# 差异空间的叙事

CHAYI KONGJIAN DE XUSHI

## 文学地理视野下的
## 《尘埃落定》

WENXUE DILI SHIYEXIA DE
CHENAILUODING

丹珍草 著

东北林业大学出版社
Northeast Forestry University Press
·哈尔滨·

**图书在版编目（CIP）数据**

差异空间的叙事：文学地理视野下的《尘埃落定》/
丹珍草著 . —哈尔滨：东北林业大学出版社，2016. 12
（2024.8重印）
　　ISBN 978 - 7 - 5674 - 0988 - 0

　　Ⅰ . ①差… Ⅱ . ①丹… Ⅲ . ①小说研究—中国—当代
Ⅳ . ①I207. 42

　　中国版本图书馆 CIP 数据核字（2017）第 015607 号

**责任编辑**：赵　侠　杨秋华
**封面设计**：琦　琦
**出版发行**：东北林业大学出版社
　　　　　　（哈尔滨市香坊区哈平六道街 6 号　邮编：150040）
**印　　装**：三河市天润建兴印务有限公司
**开　　本**：710 mm ×1 000 mm　1/16
**印　　张**：23
**字　　数**：375 千字
**版　　次**：2017 年 9 月第 1 版
**印　　次**：2024 年 8 月第 3 次印刷
**定　　价**：75.00 元

# 目　录

导　言 …………………………………………………………………… 1

一、空间及空间观念的变革 ……………………………………… 3

二、文学地理学 …………………………………………………… 7

三、空间视野下的《尘埃落定》 ……………………………… 11

四、多民族文化视野中的《尘埃落定》 ……………………… 14

五、阿来写作的空间立场 ……………………………………… 17

六、《尘埃落定》研究综述 …………………………………… 22

七、结　语 ……………………………………………………… 37

第一章　嘉绒藏区地理文化空间与阿来其人其作 ……………… 41

第一节　嘉绒藏区地理空间 ………………………………… 43

一、嘉绒藏区地理空间 ………………………………… 43

二、嘉绒藏区的地理脉息构成阿来文学创作的基础性因素 … 47

第二节　嘉绒藏区历史文化空间 …………………………… 56

一、嘉绒藏人族源构成 ………………………………… 56

二、嘉绒藏区历史发展 ………………………………… 64

三、土司制度与"嘉绒十八土司" …………………… 75

四、嘉绒藏区宗教 ……………………………………… 82

第三节 阿来其人其作 ·········································· 87

一、从幽深不断走向宽广 ···································· 88

二、族群记忆与本土认同——长篇地理文化散文《大地的阶梯》····· 94

三、机村传说——《空山》系列 ······························ 100

四、从口头传说到小说文本——长篇小说《格萨尔王》 ········· 104

五、"群山，或者关于我自己的颂辞"——阿来的诗 ············· 115

六、旧年的血迹——阿来的中短篇小说 ······················ 122

结 语 ···················································· 127


第二章 文化身份寻踪 ········································ 130

第一节 文化身份与"流浪" ································· 131

一、文化身份 ············································ 131

二、文化身份的迷失 ······································ 133

三、文化身份的混杂 ······································ 140

第二节 文化身份与"寻根" ································· 145

一、阿来的文化寻根 ······································ 145

二、寻根与文化身份自我调节 ······························ 150

三、阿来的文化寻根——"接近民歌就是接近灵魂" ············· 156

第三节 文化身份建构 ······································ 164

一、人是不能离开身份生活的 ······························ 165

二、跨文化写作与文化身份整合 ···························· 168

三、无边界的普遍性人类关怀 ······························ 173

结 语 ···················································· 176


第三章 第三空间语言 ········································ 177

第一节 "第三空间"与"第三空间语言" ················· 180

一、"第三空间" ········································· 180

二、"第三空间语言"概念 …………………………… 182

三、"第三空间语言"的内涵及特征 …………………… 184

第二节 嘉绒藏语——"第三空间语言" ………………… 196

一、藏语三大方言 ……………………………………… 197

二、混融语言——嘉绒藏语 …………………………… 198

第三节 《尘埃落定》的"第三空间语言"特征 ………… 207

一、汉语叙事与母语表达方式的有机融合 …………… 210

二、汉语表述中富含母语意象 ………………………… 224

三、汉语表述与母语思维互为表里 …………………… 231

结 语 ……………………………………………………… 236


第四章 空间化叙事策略 ……………………………………… 238

第一节 复调理论及其文学批评实践 …………………… 240

一、复调 ………………………………………………… 240

二、复调叙事的基础是对话 …………………………… 241

三、阿来小说的复调叙事 ……………………………… 242

第二节 复调叙事方式 …………………………………… 245

一、叙述方式的复调 …………………………………… 246

二、叙述视角的复调 …………………………………… 250

第三节 狂欢化书写 ……………………………………… 263

一、狂欢化 ……………………………………………… 263

二、复调思维与狂欢式体裁的内在关系 ……………… 265

三、《尘埃落定》的狂欢化书写 ……………………… 266

结 语 ……………………………………………………… 272


第五章 《尘埃落定》与多元文学文化传统 ……………… 273

第一节 《尘埃落定》与藏文学文化传统 ……………… 274

　　一、《尘埃落定》与藏传佛教文化 …………………………………… 274

　　二、《尘埃落定》与嘉绒藏区苯教文化 ……………………………… 280

　　三、《尘埃落定》与藏族口传文学 …………………………………… 301

　第二节　《尘埃落定》与汉文学文化传统 ……………………………… 320

　　一、阿来的汉语阅读 …………………………………………………… 320

　　二、阿来的汉语表达 …………………………………………………… 326

　第三节　世界文学对阿来文学创作的影响 ……………………………… 330

　　一、聂鲁达、惠特曼与阿来 …………………………………………… 332

　　二、《尘埃落定》与拉美魔幻现实主义文学 ………………………… 336

　　三、《尘埃落定》与福克纳 …………………………………………… 341

　　四、阿来与奈保尔 ……………………………………………………… 344

结　语 ………………………………………………………………………… 348

参考文献 ……………………………………………………………………… 349

# 导　　言

　　20世纪末期，学术界的"空间转向"使地理学与文化研究诸学科呈现出交叉互渗的态势。人类生存对地理环境天然的依存关系，为文学与地理学的有机融合提供了潜在的可能。"新文化地理学"与"文学地理学"把空间作为一种社会、文化和地域的多维存在，重视对地方性独特的社会环境和文脉的研究，把地点感的研究转向"地点身份"的研究，把景观研究与历史研究结合起来，注重景观的文化符号学意义和象征意义，并将人类学、社会学、考古学、宗教学、史学、哲学、文学、政治学等纳入空间研究的范畴。恩斯特·卡西尔说："我们只有在空间和时间的条件下才能设想任何真实的事物。"① 学术研究的"空间转向"使空间理论向一切新的空间思考敞开了大门，呈现出极大的开放性。空间成为事物存在的本体纬度，充满了丰富性、多元性，也充满了异质性。

　　正如米歇尔·福柯所言，当代人并不生活在一个二元对立的空间里，如私人空间/公共空间、家庭空间/社会空间、文化空间/实用空间、休闲空间/工作空间等非此即彼的空间里，其实还生活在许多其他空间里，如想象的空间、感觉的空间、梦的空间、热情的空间等。空间从来都不是一个单面的存在，而是诸多层面的复合。在人们的实际感觉中，现实物理空间、地域空间和想象的空间、表征的空间是重叠在一起的。因此，人们对于某一地域空间的感觉和体验，往往不是一种单纯的地理学认知，而是一种混合了情感、记忆和历史、文化的综合体验。这种天然的复合型和重叠性特征，赋予了空间牵一

---

　　① ［德］恩斯特·卡西尔：《人论》，甘阳译，上海译文出版社2004年版，第66页。

发而动全身的网状影响力，使得空间成为一个可以扭结自然地理以及各种社会、人文关系和生活层面的关键点。

作为想象的空间，文学自身就是现实空间的重要组成，是多元开放的空间经验的一个有机部分。文学空间中弥漫着自然脉息、社会关系和文化传统，文学对现实社会的表现力量的呈现最终也将借助于对文学文本的多重阐释。以往的文学研究往往将文学中的"空间"等同于"文学虚构空间"，仅仅以小说描写的房间、广场等具体环境和作为叙事对象的"空间"为研究对象，而没有将空间作为一个"社会、文化、地域"的多维存在来进行考察。同时，以往的文学研究往往比较重视时代、思潮，注重讨论作品的思想性、艺术性，基本上是把握文学的时间流向，空间的问题相对地被忽略了。杨义先生在《重绘中国文学地图通释》一书中，概括了文学的空间维度涉及的四个文化层面："首先是地域文化。齐鲁文化、楚文化、燕赵文化、三晋文化、岭南文化和江河源文化、塞外文化、西域文化等，作为中华文明的子文化都是源流多异，风貌互殊，由此生成的文学也千姿百态。其次，空间问题还涉及家族的联姻、分支和迁移，并带着家族文化基因在文学领域承传和旅行。其三，空间问题还涉及作家的人生轨迹，他的出生地、宦游地、流放地、归隐地。中国文学中很多好作品，都是作家在流放的时候写出来的……最后，空间问题还涉及作家文学群体的形成和文化中心的转移。"① 在时间维度上增加和强化文学的空间维度，便于我们从地理空间入手，考察文学的发生和变异，寻找文学的"矿脉"，解释文学的深层文化意义。

"嘉绒藏人"阿来的汉语创作明显带有文明板块接合部特有的流动性和开放性，具有典型的空间化书写特征，他以本土视野，具体而微地呈现了"藏族大家庭中这样一个特殊的文化群落"——嘉绒部族生息的地理空间、人文脉息与集体记忆，展示了一种生动有机的地域文化身份。空间化书写构成阿来文学文本的多元性和异质性，也给读者阅读和阐释中国当代多民族文学提供了多重思考空间。

阿来试图通过其文学创作，解读、阐释处于地理和文化"过渡地带"的"嘉绒藏区"独特的地域文化和历史命运，进而探求身处多元文化背景中的

---

① 杨义：《重绘中国文学地图通释》，当代中国出版社 2007 年版，第 16 页。

"嘉绒藏人"的心灵轨迹。阿来的空间化书写关涉空间地理、空间文化身份、空间生命体验、空间记忆、空间立场、空间叙事策略等诸多命题。

　　本书旨在以阿来的长篇小说《尘埃落定》为个案，在多元文化平行互动的比较视野中，从中国当代文学整体性和中国多民族文学关系的角度，以小说文本的空间因素研究为切入点，以空间理论、文学地理学等理论作为基本方法论，对阿来及其文学创作加以探讨，并尝试从文学发生学、文学生态学的层面对阿来的《尘埃落定》予以观照。

## 一、空间及空间观念的变革

　　空间（space）因与"地方""区域""地图"等概念相关而成为地理学的核心概念。在地理学中，空间是很具体的，它可以是一个地方、一片区域、一块土地、一个地域系统或综合体。空间又是一个抽象的哲学概念，2 000多年以来吸引了从亚里士多德、牛顿、莱布尼茨到康德等哲学家的关注。最初的空间概念把空间当作一个不同于主体（精神实体）的客观的同质延伸（物质实体），即把空间当作人类活动在其中展开的一个空洞容器。也就是说，空间首先被当作一个物质实体，而与空间密切相关的地理学也多集中于对实体空间进行研究和积累大量有关各个地方的知识；其次，空间又是一种关系，区位论、形式主义和科学主义的区域分析都将空间作为关系的几何学。

　　批评理论的空间转向根源于20世纪下半叶从现代到后现代的文化转型。1945年，约瑟夫·弗兰克提出了小说的空间形式（spatial form）理论，开创了新的研究范式。此后的50多年来，有关空间的研究经历了不断发展的过程。查特曼认为，文学空间（literary space）是指人物活动或居住其间的环境，并运用位置、场景、方位、背景、区域等具体术语表述空间的存在。菲利普·韦格纳（Phillip E. Wegner）在其长篇论文《空间批评：批评的地理、空间、场所与文本性》中指出了空间理论的跨学科特征。他说："正在出现的跨学科格局把中心放到了'空间'、'场所'和'文化地理学'的问题之上。"① 在菲利普罗列的对"庞大的多种形式的"空间研究做出贡献的学者

————————

　　① ［美］菲利普·韦格纳：《空间批评：批评的地理、空间、场所与文本性》，程世波译，阎嘉主编《文学理论精粹读本》，中国人民大学出版社2006年版，第136页。

中，既有社会理论家、历史学家、地理学家、建筑师，也有人类学家、文学批评家、哲学家。

20世纪末期，空间研究对空间的理解已超越了对其本体论的探讨，人们更加关注的是空间的社会实践，关注人们在空间中的主体性行为和空间的生产与再生产，空间变成了一种社会生活的经验事实，构成了经验现象的表征和知识系统，构成了浓缩和聚焦现代社会一切重大问题和事件的符码。

1974年，马克思主义哲学家、社会批判理论家亨利·列斐伏尔（Henri Lefebvre，1901—1991）出版了法文版的《空间的生产》（The Production of Space），提出了"空间是社会的产物"这一命题。该书第一次集中地、系统地论述了社会空间问题。在这部著作中，他力图纠正传统理论对空间的简单看法，认为空间不仅仅是社会关系发展演变的静止的容器或者平台。他特别强调空间的社会性，认为空间是社会生成的，但同时又与社会和人的行为有某种内在关联，是一个无限开放的、冲突的和矛盾的动态过程，同时还叠加着社会、历史和空间的三重辩证，空间也是一个我们作为一种力量不断介入其中的过程。在他看来，资本主义正是通过不断地生产新的空间关系和全球空间经济来延续其存在并获得进一步的发展的。列斐伏尔将空间和地理分析引入马克思主义之中，使得马克思主义从纯粹的时间魔力中解放出来，也使得人们将对时间问题的关注转移到对空间问题的关注上来了。他说："空间并不是某种与意识形态和政治保持着遥远距离的科学对象。相反地，它永远是政治性的和策略性的。"① 他指出，空间向来是被各种历史的、自然的元素模塑铸造，这个过程是一个政治的过程。空间是政治的、意识形态的，是一种充斥着各种意识形态的产物。总之，空间是带有意图和目的地被生产出来的，是各种利益奋然角逐的产物。

列斐伏尔创立了一套贯通现代世界复杂情境的研究方法，在跨学科立场上把握日常生活和空间生产的辩证法。他力图冲破二元对立逻辑的束缚，提出空间性、社会性和历史性三元辩证法，解构线性时间观和历史主义的单一

---

① ［法］亨利·列斐伏尔：《空间政治学的反思》，陈志梧译，包亚明主编《现代性与空间的生产》，上海教育出版社2003年版，第62页。

统治，在物质空间、社会空间、心理空间、空间想象以及空间建构力量的迷宫之中展开对人类生活形式的思考。同时，他又把"他者"引入空间，"他者之永恒存在"为空间注入了一种创造差异的批判意识，将同质性空间爆破成异质性空间，把静态的真实转化成流动的真实。在此之后，空间问题开始成为现代主义和后现代主义研究的中心论题之一。

米歇尔·福柯关于空间问题的论述散见于他的多部著作和有关他的访谈中。福柯在《论其他空间》一文中宣称："当下的时代将可能首先是空间的时代。我们处在同在性的时代：我们处于并置、远与近、并排、分散的时代。"他认为，我们时代的焦虑根本上与空间有关，我们所处的场域由点和因素的邻近关系所界定，这些关系可以在形式上描述为序列、树状或网格。在《规训与惩罚》中，他以监狱为例，为读者细致地呈现了一种具体的、仪式化的权力空间变化的谱系史。米歇尔·福柯认为，人类已经从单一的空间中跳脱出来，进入一个丰富多元的空间时代。

在哲学和地理学界，从福柯到伯杰，从列斐伏尔、哈维再到迈克·克朗的《文化地理学》，都有关于空间的精辟论述。其中，爱德华·苏贾最具代表性，在30多年的时间里，他先后出版了《肯尼亚的现代地理学》（1968）、《后现代地理学》（1989）、《第三空间》（1996）、《后大都市》（2000）等著作。在从现代到后现代的研究中，爱德华·苏贾创立了"第三空间"理论，形成了一套有别于传统的语境分析和跨学科的理论话语。

与此同时，时空关系以及时间的空间化问题也成为人们讨论的焦点。1984年，弗雷德里克·詹姆逊（Fredric Jameson）在《后现代主义，或晚期资本主义的文化逻辑》中指出，后现代主义文化已经"日益被空间和空间逻辑所统治"。他宣称："时间已经变为永恒的当下因而成空间的了。我们同过去的关系也是空间的。"1999年，安东尼·吉登斯的《现代性的后果》第一章第四节"现代性、时间和空间"与齐格蒙特·鲍曼的《流动的现代性》第三章"时间/空间"都探讨了现代性框架中的时空关系。戴维·哈维在《后现代状况》中提出，后现代生活中的"时间压缩"，原因在于生产和消费的加速度。此书在将空间观念和地理学引入文化和文学研究中起了关键的作用。戴维·哈维认为，我们的生存体验与文化实践已经遭遇到全面的空间化倾向，其突出表征正是来势凶猛的全球化以及网络技术所生产的赛博空间①。

20世纪七八十年代，西方文化地理学产生了以杰克逊（Peter Jackson）、科斯科罗夫（Denis Cosgrove）为代表的新文化地理学。1989年，杰克逊出版的《意义的地图》（*Map of Meaning*）一书被视为新文化地理学诞生的标志。新文化地理学以"空间"为关键词，取代了文化地理学的关键词"景观"，这是地理学的"文化转向"和文化研究以及社会科学普遍的"空间转向"之后学术互动的产物。

新文化地理学的崛起，使文化地理学的研究概念、主题、理论、视域等发生了从地方到空间、从景观到文化、从客体到主体、从地到人、从整体性和无差异的人到多重主体性和认同、从区域地理学到新区域地理学、从现实世界到再现与媒体世界、从地域尺度到尺度转换、从生态系统到复杂的社会综合生态系统、从地方性到非地方性、从地图的使用到照片的使用、从线性因果关系到非线性因果关系、从本体论到认识论等多方面的变化，并对人文地理学其他分支学科以及社会科学的"空间转向"产生了影响。

新文化地理学将文化研究空间化，强调文化是人与人之间的"中介"，是"生活圈"，是社会、政治和经济等各种关系的"平台"，关注空间如何作为文本、意义系统、象征系统、所指系统来表达意识形态、价值观、信仰以及民族和国家关系。这种取自文化分析视角的空间观念，倡导"全球化语境"和"地方性知识"的同步展开和相辅相成。

迈克·克朗的《文化地理学》是新文化地理学的代表性专著。克朗在《文化地理学》中不仅研究作为"世界1"的真实世界，更对"世界2"的媒体再现表征世界进行研究，他十分关注文学、艺术、电影、电视、音乐、广告、新闻、网络等媒介中的文化景观。

克朗认为，文学作品并不能简单地被视为是对某些地区和地点的描述，因为文学作品不只是简单地对客观地理进行描写，它们还提供了认识世界的不同方法，广泛展示了各类景观如情趣景观、阅历景观、知识景观，甚至在

---

① "赛博空间"是加拿大作家威廉·吉布森（William Gibson）1984年在其科幻小说《神经症漫游者》中创造的一个词语。此后不久，这个词语就超出科幻小说领域，在有关计算机和信息技术的领域内流行起来，并进入文化研究与分析领域。"赛博空间"既是虚拟的又是真实的。在这个"虚拟的真实空间"里，人们可以穿越物理和地理意义上的空间，甚至穿越历史和现实、过去和未来。

许多时候帮助创造了这些景观。并且，由于作品会或多或少地揭示空间的结构以及其中的关系如何规范社会行为，所以，通过阅读不同的作品可以揭示复杂的地理空间，揭示知识与权力的关系，以及知识、性别与经济之间的互动。克朗认为，景观不是一种个体特征，它们反映了一种社会的、文化的信仰、实践和技术，景观的形成反映并强化了某一社会群体的构成——谁被包括在内或谁被排除在外？它们能告诉我们有关某个民族的观念信仰和民族特征。因此，景观的形成体现了社会意识，而社会意识也会通过景观得以巩固和再生产。

新文化地理学将地方作为区位（local 即地方所在的地理空间关系）、场所（locale 即地方独特的社会环境和文脉）和地方感（sense of place）的综合，形成 Giddens 的结构化理论。同时，将"地方感"改造为"地方认同"（place identity），从而将地理学引入当代学术对于各种"identity"的讨论中。关注地方的区域研究即"地域体"（locality）研究，已被发展为"新区域地理学"，它超越了传统方志学，关注空间和地域体系与全球化的关系。

新文化地理学不再把空间看作是被动的和第二位的，而是把其看作文化建构的能动力量，并致力于说明空间和地方是如何成为一种建构文化体验意义地图的核心力量的。新文化地理学更乐意将空间的关系看成是社会关系，而非几何和拓扑关系，将空间的科学研究转向空间的文化研究，关注文化的空间性和空间的文化性，并强调空间的社会性、政治性。

综上所述，空间观念的变革可以归纳为如下序列：传统地理学（空间是地域存在）—后现代地理学（空间是社会存在）—文化地理学（空间是文化存在）—新文化地理学（空间是一种社会、文化和地域的多维存在）。新文化地理学的空间概念是长期的理论探索的结果，这一空间概念为文学研究提供了新的范式。

## 二、文学地理学

文学地理学是作为中国比较文学建设的一个新的分支而提出来的，是作为从地理的、空间的维度来研究文学现象的一种视角而提出来的理论。从地理空间的角度解读作家与作品，往往会有新的启示，也会让我们对经典作品有新的理解与新的认识。如果从地理空间的角度研究作家的想象，我们就能发现，没有哪个作家能够超越其地理知识圈。

有研究者将文学地理学定义为"融合文学与地理学研究、以文学为本位、以文学空间研究为重心的新兴交叉学科或跨学科研究方法"①。文学地理学就是将文学研究与地理学、空间研究相结合，透过种种文学现象直趋其精神内核，着力探寻文学本原的生命形态，重新发掘和阐释文学世界的深层意义。

有学者认为，文学地理学研究应包括八个主要领域：第一，作家受到自然地理、山水环境的深刻影响；第二，文学作品中对某一地理空间的建构；第三，文学作品中的自然山水描写及其意义；第四，文学流派产生和自然地理环境的关系；第五，文学史的演变和地理环境变迁的关系；第六，"地理大发现"对文学作品内容所发生的影响；第七，人类对宇宙空间的新观察对作家观念所产生的影响；第八，东西方作家对地理空间的不同表达。②

文学地理学关注的基本对象是作家与作品。作家对于地理空间的认识，作家对于自然的观察与表达，往往能够改变他的整个观念与视域，并且往往体现在其作品里。作为一种研究文学的角度，文学地理学强调对文学发生地与文学发展地的实地考察，关注作品是如何产生的，以及作家是在什么样的情况下进行创作的，正如地理学特别注意观察自然山川的构成与走向，以及自然天象的构成与演化一样。

文学发生地的地理空间与地域文化对于每一个作家及其作品来说，都具有文学发生学意义。具体表现在这样几个方面：

首先，一个作家童年和少年时代所生存的自然山水环境对其日后的创作，往往有着重大而深刻的影响，如作家的气质个性、思维习惯、文化心理、认知方式、创作心理、情感表达，文学的构成与演变，作品的美学建构，等等。

其次，文学作品中对自然山水的描写，往往能够体现出作家本人的审美情趣、审美态度与审美个性，由此可以进一步解读作品的思想价值与美学意义。

再次，文学作品中的自然山水具有基础性意义。从本质上说，文学作品

① 梅新林：《文学地理：文学史范式的重构》，《中国社会科学院报》2009 年 4 月 7 日，第 6 版。
② 邹建军：《文学地理学研究的主要领域》，《世界文学评论》2009 年第 1 期，第 41—46 页。

所建构的都是想象的空间，作品中的自然山水表达的都是作家的心理意象，是作家的情感符号，或者是一种具有象征性的意义符号。

文学地理学是一种"有体温的地理学"①，涉及作家的出生地、移居地以及地域文化、家族文化、作家的人生轨迹、文化中心转移等问题。这些因素往往在相互交织中产生综合效应，而地理空间和地域文化构成基础性因素。

地域文化是指在一定的地理空间中，产生形成于生产及饮食习惯与地理环境关系之上的一种文化。在不同的生态②系统中，地理位置、海拔、纬度、气候、动植物资源等要素的不同，必然给人类社会带来不同的生产、生活条件，因而使文化出现不同的区域特征。在地域文化中，自然环境与文化相互作用，构成"生态—文化"板块，"环境—文化—人"共同构成一种共生关系和生态关系。

阐明文化的空间变化，就必然要探讨文化与环境之间的相互影响。文化地理学家在此基础上建立了文化生态学。文化生态学将人类平等地看成是生态系统的一个组成部分，主要研究环境对文化的影响，以及人的文化活动对生态系统的影响。美国学者特利·格·乔丹与利斯特·罗文垂在其《文化地理学》中认为，文化生态学的研究对象是文化与自然环境之间因果的相互作用。这里的自然环境是指气候、地貌、土壤、植被等诸多自然要素网络而成的整体。而人类为了生存与发展，必然同自然环境发生各种各样的作用。因此，文化生态学侧重"相互作用"的研究。

钱穆先生在《中国文化史导论·弁言》中指出："各地域各民族文化精神之差异，究其根源，最先还是由于自然环境之分别，这种自然环境的差异直接影响着人们的生活方式，并由其生活方式而影响着民族的文化精神。"③

另外，地域空间的多样性和区域文化的多元性，也从客观上反映了各民族族群结构的多层次性和复杂性，以及族群认同的多层次性。因为地域辽阔

---

① 杨义：《重绘中国文学地图的方法论问题》，《社会科学战线》2007 年第 1 期，第 5—7 页。
② "生态"是生物学术语，指生物与环境的关系。"文化生态"是指文化同自然环境的关系。"文化生态"概念是美国人类学家斯图尔德（J. H. Ste Waid）在《进化和过程》中首先提出的。斯图尔德认为，要研究由于人类适应环境所导致的文化变迁，以及人类在适应不同的生态环境时，文化也将显现出不同的生态现象。
③ 张岱年：《中国文化概论》，北京师范大学出版社 1994 年版，第 168 页。

或因地理差异、历史原因等，在许多族群的内部，又往往生活着居于不同层次的"亚群体""次亚群体"。如美国的白人就因为原迁出国的不同而分为盎格鲁-撒克逊裔、爱尔兰裔、德裔、波兰裔等。又如，在我国的彝族内部，就有以"诺苏""纳苏""罗武"等自称的不同亚群体。藏族内部有"卫藏""安多""康巴"等不同的族群。1989年，费孝通先生从人类学、考古学、语言学、历史学、社会学等不同角度对中华民族形成的历史过程做了综合性的分析，首次提出了"中华民族多元一体格局"的系统性理论。他说，我们可以把"中华民族多元一体"这个大格局进一步具体化为"文化多元"和"政治一体"两者的结合，并在这样一个大框架下来思考中国的族群关系以及未来发展的方向，逐步把我国的少数族群"文化化"而不是"政治化"。这样既尊重了各少数族群的发展历史与文化传统，又兼顾了国家在政治与制度上的统一性，有利于各族之间在平等基础上的彼此尊重，在文化上相互欣赏，在经济上充分交流，在政治上广泛合作，并最终真正达到各族群在各个方面的共同繁荣。

在文化生态学的理论基点上，我们由此也可以推衍出文学生态学的概念，借以表达文学与自然环境、文化环境之间的"相互作用"关系。

文学地理学的兴起，对于考察中国多民族文学版图，特别是研究中国少数民族文学和多民族文学关系开拓了新的理论视野。中国文学史实际上是由多地域、多民族与跨地域、跨民族的多样性文学共同创造、形成的。从单一的地域文化角度，或者从单一的民族文化角度来认识中国文化的多样性，而很少将地域文化与民族文化综合起来研究中国多民族文化对中国文学发展的影响，是现今中国文学史的一大缺失。从文学地理学的角度解读中国文学，就是力图从一个新兴交叉学科的崭新平台，从地理的、空间的维度，审视中国文学现象、形态和规律，通过多文学场景的还原与文学版图的复原，重构一种时空并置交融的新兴多民族文学史研究范式。这不仅可以克服中国文学史研究过于注重时间一维的单向度的线性范式，而且将直接或间接地催化中国多民族文学研究视野、理论与方法的重大变革，为其注入新的精神养液与活力。

### 三、空间视野下的《尘埃落定》

《尘埃落定》截取了地处汉藏两大地理和文化板块"接壤地带"的"嘉绒藏区"一段尘封的历史，作者以其独特的诗性语言和鲜活的生活画面向读者展现了历史文明进程中"嘉绒藏区"藏文化与汉文化、本土文化与域外文化的种种矛盾和冲突，展示了"过渡地带"不同族群文化之间的冲突、融合、涵化与变迁。阿来写作背后所蕴含的空间地域背景、空间文化身份、空间立场以及书写策略都值得我们进行深入的分析和讨论。

第一，对于中国大多数的读者来说，《尘埃落定》展示的是一个新奇的地理文化空间。阿来围绕伴随着他生命成长的"嘉绒藏区"的空间转换、历史记忆及与之关联的社会转型，将那片地域空间的过去、现在并置呈现，共时展开，如同鲁迅笔下的江浙小镇、沈从文笔下的湘西、老舍笔下的北京、余华笔下的刘镇，是一种既"由内及外"，又"由外及内"的多重视域下的空间化写作。

第二，《尘埃落定》既为作家阿来也为读者建构了一个精神空间。《尘埃落定》描述的是作者"想象中的家园"。阿来说："藏族是我的母族，我对她的感情是极其深厚的，我在四川阿坝藏区生活了 36 年，尽管我没有生活在藏族的文化地理中心，但对藏族有着极为深厚的文化、宗教、自然和社会的体验。"[1]"更重要的始终是，自己通过人生体验获得的历史感与命运感，让滚烫的血液与真实的情感，潜行在字里在行间。"[2]

阿来的精神原乡深植于极富宗教精神的藏文化，"尘埃落定"一语的创生就表现了作者特有的宗教情怀和诗性智慧。深沉的宗教情怀并不意味着导向宗教本身，而更多的意味着人性、生命智慧以及人类共享的精神价值理念。在描写一个旧制度和显赫家族的兴衰过程中，阿来使用了一个令人回味无穷的哲学和宗教意象——"尘埃"。

"尘埃"轰然而起，徐徐落下。旧的"尘埃"尚未落定，新的"尘埃"又腾空而起。旧劫未平，新劫已生。从无到有，而后从有到无——王朝更替，

---

① 阿来：《大地的阶梯》，人民文学出版社 2001 年版，第 121 页。
② 阿来：《就这样日益丰盈》，解放军文艺出版社 2002 年版，第 294 页。

家族兴衰，生命轮回，事业成败，亦复如此。土司制度的土崩瓦解只不过是人类历史长河中无穷劫变中的一环而已。"有土司以前，这片土地上是很多酋长，有土司以后，他们就全部消失了。那么土司之后起来的又是什么呢，我没有看到。我看到土司官寨倾倒腾起了大片尘埃，尘埃落定后，什么都没有了。是的，什么都没有了。尘土上连个鸟兽的足迹我都没有看到。大地上蒙着一层尘埃，像是蒙上了一层质地蓬松的丝绸。"①

人们有限的活动是一种悲剧。从时间的角度看，什么东西都有消失的一天。万物消长，生生不息——"沉舟侧畔千帆过，病树前头万木春。"人生处于时间的不息洪流中，无论什么都转瞬即逝。但从空间的角度看，什么东西都未曾消失过。尘归尘，土归土。今日之"沉舟"，乃昔日之"千帆"；今日之"千帆"，亦将为后日之"沉舟"。无数的"千帆"与"沉舟"叠合在空间里。"尘埃"之微不足道，又表征了一种宿命的悲剧意味。藏传佛教经典《普贤行愿词》里面说，一粒微尘中存在整个宇宙，"一刹那"的时间和多少个劫的时间是相等的，这是空间和时间的相对论。所以，"尘埃"又承载了作者抗辩现代性时间观的空间化姿态。

第三，《尘埃落定》关注的是多民族文化交流融汇中的历史进程，将历史叙事的时间维度和精神体验固置在嘉绒大地的空间维度中，构筑了一个多维度的文学空间。小说中的土司们，与汉人有着密切的交往，也与"白衣之邦"的印度有着密切的联系，同时与"日不落国"的英国有亲戚往来。在他们的生存范式中，既传承着藏文化的精神，也浸渍着汉文化的基因，又蕴含了西方文化符号。小说富有哲理地诗性演绎了川西北嘉绒藏族的心灵史。《尘埃落定》关注的是在嘉绒藏区沿袭数百年的土司制度的消亡过程及其隐含的意义。作品所建构的复合文化背景、多重文化交汇的历史现实及变化轨迹都经由"我"——麦其土司的"傻瓜"儿子的视域获得表现。"傻子"二少爷身上集中了社会和文明形态过渡时期的丰富性和复杂性，体现了作者对丰富深邃人性的关注。

第四，《尘埃落定》展示了多民族文化背景下的复合性文化身份。这与作家阿来的复合文化身份及其悬置性状态密切相关。阿来与其作品中的许多主

---

① 阿来：《尘埃落定》，人民文学出版社 2001 年版，第 363 页。

人公一样，也同时经历着文化和心灵的流浪，这些"流浪"的感觉彼此互为因果，相互交织在一起，使得生存的状态显得更为复杂和深沉，心灵的流浪与地域文化、族群血脉密切关联。

第五，《尘埃落定》构筑了一个土司时代的权力空间，展示了不同权力视野下的生存景观。阿来曾多次说过，《尘埃落定》揭示的是关于权力的秘密。权力将人分出高下，二少爷是"一个脑子有点问题但生来高贵的人"，即便是一个傻子，当他率领人马在麦其土司的领地上巡行时，也时时能感受到权力带来的尊贵感："我每一次回头，都有壮实的男人脱帽致礼，都有漂亮的姑娘做出灿烂的表情。啊，当一个土司，一块小小土地上的王者是多么好啊。"

小说中，在以麦其土司为代表的四个土司（麦其、汪波、茸贡、拉雪巴）之间的权力之争的大背景下，在不同的生活层面上，权力不断地被展示：族群，部落，家族；君臣，父子，兄弟，夫妇，朋友；贪欲，情欲，杀戮，道义；人性，尊严，奴性；市场，妓院；"白色汉人""红色汉人"；消失的城邦，灿烂的罂粟，割掉的舌头。"尘埃"不断地轰然升起，又不断地徐徐落下。作品对权力、对欲望、对人性的描述，在一定程度上寄托了作者对人生、对社会、对历史的思考。权力往往与政治、意识形态、话语权等相关联。阿来的创作，敏锐地触及了权力空间的核心问题——对人性生态缺陷和政治生态缺陷的批判，以及对政治生态文明的追问。

第六，《尘埃落定》采用了一种空间化结构模式。所谓空间化结构模式，就是一种与时间化结构模式相对的追求反复与同一性特征的非线性发展的共时性结构模式。小说叙事往往以一个个空间场面的并置代替了传统小说叙事的连续性，追求一种情节上的片段感。打破叙述的时间流，并列地放置那些或小或大的意义单位，使文本的统一性更多的不是存在于时间关系中，而是存在于空间关系中。《尘埃落定》的每个单元都有较为独立的故事情节，铺展在一个个空间场景中，具有"同时并置"的特征。小说的情节转换完全依从空间场景的变化而不是线性的时间连续，在结构上有意地强化了空间变化，对时间则做了淡化处理。作品以麦其土司的辖地为中心，借助人物在不同地域空间的活动，将周围的"白衣之邦"印度，"黑衣之邦"汉地、英国，以及省城成都、雪域的中心拉萨、嘉绒十八土司、南方边界、北方边界等一一呈现，拓宽了小说叙事的空间背景。地域空间的移动推动了小说情节的发展，人物的命运与世事的浮沉也更多地在空间的转换中得到体现。主人公"傻子"少爷的一生在空间的移置和变换中展开，影响人物命运的因素不是时间，而是空间。

### 四、多民族文化视野中的《尘埃落定》

阿来的家乡——"嘉绒藏区"处在藏地三区（卫藏、安多和康区）多个藏族支系的接合部，处于藏族农耕文化与游牧文化的交接地带，也处在汉藏文化生态板块的"接壤地带"，以及费孝通先生所说的"藏彝走廊"上，不同族群文化（藏、汉、彝、羌、纳西、回等）之间的杂交与互动是"嘉绒藏区"文化的基本特色。在地理和政治关系上，"嘉绒藏区"是一个过渡地带，是"内地的边疆"，又是"边疆的内地"。嘉绒藏族在族源构成、宗教派别、语言使用、文化传承体系等方面，都充分体现了多民族文化过渡地带的复杂性、丰富性、流动性和敏感性。

阿来就出生、成长于这样一个多民族文化生态区，在多元、异质文化之间穿行，"在两种语言之间流浪"。阿来内心"神秘的伤口"，他身上"拖带着的世界"①，他多重的文化背景以及既在局外又在局内的感受，都来自其生长地"嘉绒藏区"的社会生活和空间背景。正是在这样的文化背景下，阿来的汉语创作天然地获得了语言文化的双栖姿态，并从一开始就被天然地置于多元文化与多民族文学比较的视野中。《尘埃落定》是融合了多元文学文化传统的复合文本。

中国自古以来就有许多用汉文创作的少数民族作家。这些用汉文创作的少数民族作家，一方面常常在他们的作品中或多或少地表现出本民族的审美理想和文化特色，另一方面又明显地融合在汉语种文学的整体系统中。例如，在元代北方和西北各民族中，曾出现大量用汉文创作的少数民族作家。再如，南方一些少数民族作家很早就开始用汉文写作。

---

① 语出夏多布里昂的《意大利游记》："每一个人身上都拖带着一个世界，由他所见过、爱过的一切所组成的世界，即使他看来是在另外一个不同世界里旅行、生活，他仍然不停地回到他身上所拖带着的那个世界去。"

又如，元明时代形成的回族也一直在用汉文创作，清代建立后满族作家很快也开始主要用汉文创作，等等。这些少数民族作家的汉文创作，既丰富了本民族的文学，也丰富了汉语种文学，并且在一定意义上也丰富了汉族文学。这些事实说明，汉语还在很早以前就已经成为中国多民族文学创作的工具，汉语种文学是一个多民族混合文学。因此，关于这些用汉文创作的少数民族作家的研究，是很难局限在一个民族文学系统内的。他们的文学活动，无论从作品的审美价值而言，或者就文学与文化的系统而言，都很难不是具有双重乃至多重相互平行的民族特性"基因"。要深刻理解这些作家的作品，不能脱离民族文学之间关系研究。①

"嘉绒藏区"这种文化的"过渡地带"或"中间地带"，与爱德华·萨义德提出的"中间状态"②和霍米·巴巴提出的"间质空间"③十分相似，这个空间是由其他空间的边缘组成的，来自各个空间中心地带的力量在这个由边缘构成的空间中呈现出不同的力量的对比与张力，而生存于这个空间的人，往往既游离于各个族群文化空间的中心，又因血缘、习俗和心理皈依等因素而与各个空间有着割舍不断的联系。

从地域文化的角度看，"嘉绒藏区"处在汉、藏文化的接合部，这实际也是两种文化的一个"中间状态"，既不完全在新系统一边，也没有完全摆脱旧的系统，而是处在与旧的系统半牵连半脱离的位置，处于两种文化的相互作用、相互影响的中间地带，两者之间形成一种共存互动、平行统一的辩证关系。平行统一就是在似乎已没有统一基础的多元纷争中寻找到一个新的统一模式。平行统一在内涵上包括有间隙的统一、共存互动的统一、和谐的统一、

---

① 扎拉嘎：《中国各民族文学"你中有我，我中有你"格局的形成与发展》，郎樱、扎拉嘎主编《中国各民族文学关系研究·先秦至唐宋卷》，贵州人民出版社 2005 年版，第 7 页。

② "中间状态"是爱德华·萨义德在《剥夺的政治》一书中提出来的一个概念，主要是用来描绘当代黎巴嫩人暨贝鲁特人的社会的。萨义德认为，"中间状态"就是移民者、流亡者存在的空间。他说："流亡者存在于一种中间状态，既非完全与新环境合一，也未完全与旧环境分离，而是处于若即若离的困境，一方面怀乡而感伤，一方面又是巧妙的模仿者或秘密的流浪人。"

③ 所谓"间质空间"，指的是文化之间的冲突、交融和相互趋同的交叉位置（有时也是不同学科的交叉位置）。这种"间质空间"并不是对抗关系的两者隔离，而是在两者之间起到调停斡旋的作用，使两者有可能进行交换以及意义的连接。

不可通约的统一和多元统一等诸多方面。

每个"过渡地带"的社会习俗、文化、信仰、思维方式等都带有文化接合部的多元性、丰富性和互动性。"过渡地带"的空间背景与多元文化传统也使文学创作呈现出多种文化元素共存杂糅的特点。动人的故事总是容易发生在文化交汇的地带。

阿来特殊的民族身份、人生经历和文化背景使他能比别人更充分和更深入地揭示出"嘉绒藏区"文化的多元、丰富、矛盾和冲突。正是这种在"接合部"和"中间地带"影响下形成的思维方式,以及这种思维固有的双重性和相对性使得他对世界有异常敏锐的感受,在别人听到一种声音的地方,他能听出两种声音,在别人只看到一种思想的地方,他能发现两种思想,在每一个现象上他能感知深刻的双重性或多重含义。

这种富含双重性或相对性的思维方式,把一切表面稳定的、已经成型的、现成的东西,全给相对化了;同时又以除旧布新的精神,帮助作者进入人的内心深处,进入人与人关系的深层中去。这种多元性的空间思维使原来的生活形态、道德基础和信仰都发生了变化,原来一种隐蔽着的人的两重性和人的思想的两重性与复杂性都显现出来了,暴露出来了,同时人和人的思想也从封闭的巢穴中挣脱出来,相互交往和相互对话,最终形成一个多元、矛盾、有张力的丰富的世界。

阿来的长篇小说《尘埃落定》和长篇地理文化散文《大地的阶梯》等作品正是反映"过渡地带"和文化杂交地带多元文化文学传统的具有民族志诗学和人类学意义的典型个案。阿来对"嘉绒藏区"地方性空间文化资源的书写,是地理的,也是文化的,是个人的,也是族群的,这些族群文化印记,是民族文化有力的表征。这种叙述已从"地点感"转向"地点身份"的确认,空间不只是场所或舞台,而是表达一种在特定文化场域中与族群文化血脉保持持久互动和共存的密切关系的诉求。通过双脚触及、目光注视和心灵感知,阿来试图赋予那片空间和地方族群文化以更丰富的意义,进而阐释民族、社会、历史、文化的多重价值和多重矛盾关系,传达自己对社会、文化、人性的思考。

《尘埃落定》承袭了藏民族丰富的文学文化传统,也深受汉语文学传统以及世界文学特别是美国南方文学和拉美文学的影响。值得关注的是,文化混血和生理混血的阿来同时也具备了汉藏两大"族群"的特点。一方面，他具有确定的嘉绒藏族身份符号；另一方面，又不断地接受来自现实生活中汉文化和当代西方作家成功作品的巨大吸引。身处不同文化的夹缝之中，反而能借鉴多种传统，又不完全属于任何一个传统，具有了双重乃至多重的内在性和外在性，他栖身于两个甚至多个文化系统之中，以独特的多栖姿态获得了一种特殊的边缘和跨界混合文化身份，并用自己特别的写作开拓着他所处的这个"中间地带"。阿来执着于一种精神臆想和生存悖论的较为单纯而有深度的探询，使他的作品具备了深入藏文化某个生存层面的锐利性——在超越中把握到了"嘉绒藏文化生存""藏文化生存"与中华文化以及人类文化生存的某种共鸣。

## 五、阿来写作的空间立场

现代思维的一大变化，就是以多元对话思维代替了传统的井然有序的以线性逻辑为主的独白式一元思维。现代思维不再试图寻找一种单一、固定的逻辑结构，而是更倾向于追求横向、动态、多元的思维方式。在这个边缘不断"中心化"的时代，阿来的写作实际上是非常中心的，他敏感地触及了这一时代的大多数主题，如地理、民族、族群、身份、空间、权利、信仰、地方、国家、全球化、现代性等当代文学及其批评理论的热点问题，并在文学创作中表现出一种多元文化的宽容立场。具体而言，阿来文学创作的空间立场可从以下几个层面予以表述。

### 1. "嘉绒藏人"的本土立场

"人之初"的原始记忆和文化基因，有时可能影响作家一生的文学追求和文化理想。在《尘埃落定》后记中，阿来说："因为我的族别，我的生活经历，这个看似独特的题材的选取是一种必然。"① 阿来有36年生活、成长于"嘉绒藏区"，他走遍了自己的家乡——阿坝高原，造访过几乎每一处寺庙与遗址，对本部族本区域的地理、历史、文化有深入的了解。在写作中，阿来不断地深入故乡的群山，在高岭深谷、冰川牧场间进行寻访与踏勘：县城、小镇、乡村、寺庙、古堡、土司官寨遗址和已经完全废弃的古驿

---

① 阿来：《尘埃落定》，人民文学出版社2001年版，第425页。

站……在宽广的文化过渡地带上，美好与伤痛都深藏在这些群山深刻的褶皱中间。阿来不是在写异乡异闻，而是从"嘉绒藏人"的视角观照世界，从"我"出发看待本土文化和异质文化，驻足于两种或多种文化的"中间地带"感受文化的冲突和融合。阿来说，《尘埃落定》的写作"其实是身在故乡而深刻的怀乡"：

> 在这部作品诞生的时候，我就生活在小说里的乡土所包围的偏僻的小城，非常汉化的一座小城。走在小城的街上，抬头就可以看见笔下正在描绘的那些看起来毫无变化的石头寨子，看到虽然被严重摧残，但仍然雄伟旷远的景色。但我知道，自己的写作过程其实是身在故乡而深刻的怀乡。这不仅是因为小城里已经是另一种生活，就是在那些乡野里，群山深谷中间，生活已是另外一番模样。故乡已然失去了它原来的面貌。血性刚烈的英雄时代，蛮勇过人的浪漫时代早已结束。像空谷回声一样渐行渐远。在一种形态到另一种形态的过渡时期，社会总是显得卑俗；从一种文明过渡到另一种文明，人心委琐而浑浊。所以，这部小说，是我作为一个原乡人在精神上寻找真正故乡的一种努力。[1]

对"想象中家园"的热爱，使得阿来对本民族的历史和精神文化有着自己独特的体悟。"嘉绒藏人"的文化视角和文化心理是阿来观察世界和感受世界的始发之地，"嘉绒藏区"赋予阿来的族群文化心理积淀也无疑成为他的一种文化本能和创作资源。但是，阿来却一直徘徊、游离在想象中"本土的乡村"和想象中"理想的城市"之间：

> 在那篇小说中，我曾经说：城市是广大乡村的梦想，洁净、文明、繁荣、幸福，每一个字眼都在那些灯火里闪烁诱人的光芒。我还在小说中幻想，乡村也是城市夜晚的梦想，那里灿烂的星空下，是一些古老而又意味深长的，我们最最渴望的安详。

---

[1] 阿来：《尘埃落定》，人民文学出版社 2001 年版，第 425 页。

但是这一切仅仅是一种不切实际的理想。①

## 2. 民间文化立场

阿来说："我生于民间，长于民间，是命运、母族文化给了我无比丰厚的馈赠。"因为出生、成长于远离藏文化中心的"嘉绒藏区"，更因为不懂藏文，不能接触藏语书面文学，阿来的文学创作先天性地具有非常强的民间立场和民间文化色彩：

> 我作为一个藏族人，更多是从藏族民间口耳传承的神话、部族传说、家族传说、人物故事和寓言中吸收营养。这些东西中有非常强的民间立场和民间色彩。藏族书面的文化或文学传统中，往往带上了过于强烈的佛教色彩。而佛教并非藏族人生活中原生的宗教。所以，那些在乡野中流传于百姓口头的故事反而包含了更多的藏民族原本的思维习惯与审美特征，包含了更多对世界朴素而又深刻的看法。这些看法的表达更多地依赖于感性的丰沛而非理性的清晰。这种方式正是文学所需要的方式。通过这些故事与传说，我学会了怎么把握时间，呈现空间，学会了怎样面对命运与激情。②

相对于书面传统如正史、经传、典藏而言，民间文化历来被认为是低级的、不雅驯的、不可信的、边缘化的，因而也是无价值的。对此，杨义先生认为："正史以它的官方意识形态来过滤材料，那些没有获得话语权的东西，就留在了民间，没有被记载下来，但是它们一直在民间生长着，对整个民族文化的生成、发生起到了潜移默化的作用。"③民间文化更能代表人类原始的信仰、习俗和生存智慧，更富有人性原色感，也更能体现生命或生活的本相。一个族群的民间文化往往与其文化根脉息息相关。

阿来以自下而上的民间视角，围绕"嘉绒藏区"的空间转换、族群记忆及与之关联的社会转型，对"小地方""小族群"的"地方性知识"以及自然

---

① 阿来：《大地的阶梯》，人民文学出版社 2001 年版，第 206—207 页。
② 阿来：《阿坝阿来》，中国工人出版社 2004 年版，第 157—158 页。
③ 杨阳：《还原诸子，解码文化 DNA——杨义研究员专访》，《国际社会科学杂志》2009 年第 2 期，第 96—101 页。

物候、地理风情、人文脉息进行了追本溯源的描绘。"嘉绒藏区"的山川草木承载着包容诸多内容的文化，蕴含了遥远的地方性知识体系，民间口传的创世神话、"大鹏鸟巨卵"的族源传说、"嘉绒十八土司"传奇、庞大繁杂的神山系统、黑苯白苯的原始宗教信仰、阿里文化的遗存、众多的寓言故事及谚语歌谣等，这些丰富、鲜活的文化遗存，经过漫长岁月的绵延传续，逐渐沉淀为族群文化的深刻印记，对塑造文化特性和族群身份起着意义深远的作用。

### 3. 作家的文学立场

在《尘埃落定》中，作家以感性而写意的笔触，以深刻的表达虚构了一个"巨大的游戏空间"①。这是阿来"根据某种激情臆造的故乡"②，是对"想象中的家园"的一种诗性描绘。但小说更多地传达了作家对世界与人生深刻的体验，以及所有抽象的感悟和具体的捕捉能力。阿来说："历史与现实本身的面貌，更加广阔，更加深远，同样一段现实，一种空间，具有成为多种故事的可能性。所以，这部小说，只是写出了我肉体与精神原乡的一个方面，只是写出了它的一种状态，或者说是我对它某一方面的理解。"③ 还有最重要的一点，就是作为一个作家的真诚，及其对文学的信仰。这关涉作家的创作态度。阿来说："文学是我的宗教。"④ 在 1994 年《尘埃落定》完稿前，阿来做了大量的前期准备，如对嘉绒地方史的研究、对本土宗教的研究、对土司制度的研究等，当然还有对文学语言完美表达的不懈追求。他说："我至少相信自己贡献出了一些铭心刻骨的东西。"⑤ 在《格萨尔王》的创作中，阿来同样做了大量的田野调查，采访了许多不同类型的格萨尔说唱艺人⑥，对格萨尔史诗研究成果进行了广泛的阅读与研究。阿来说："我写《格萨尔王》，并没有想解构什么、颠覆什么，相反，我想借助这部书表达一种敬意——对于

---

① 阿来：《尘埃落定》，人民文学出版社 2001 年版，第 427 页。
② 阿来：《尘埃落定》，人民文学出版社 2001 年版，第 426 页。
③ 阿来：《尘埃落定》，人民文学出版社 2001 年版，第 424 页。
④ 吴怀尧：《阿来：文学即宗教》，《延安文学》2009 年第 3 期，第 102—118 页。
⑤ 阿来：《尘埃落定》，人民文学出版社 2001 年版，第 425 页。
⑥ 格萨尔说唱艺人主要分为神授艺人、圆光艺人、掘藏艺人、闻知艺人、吟诵艺人等几种类型。中国三大藏区现有 140 多名《格萨尔》史诗说唱艺人。在这些艺人中，"神授艺人"的比例较大，他们大多是目不识丁的牧民，却能说唱几十部甚至上百部优美流畅的史诗华章。他们超群的记忆力、充沛的激情和非凡的想象力令人惊叹，这已成为藏族文学特有的一种文化现象。

本民族历史的敬意，对于历史中那些英雄的敬意，对于创造这部史诗的那些一代又一代无名的民间说唱艺人的敬意，对于我们民族绵延千年的伟大的口传文学传统的敬意。"①

### 4. 多民族文化立场

由于出生、成长于多民族混合杂居地带，阿来天然地被置于多民族文化的中间地带，能借鉴多种传统，又不完全属于任何一种传统，而是处在一种跨文化、跨语言的多元、互动的复合状态。阿来说："在不同的文化间游走，不同文化相互间的冲突、偏见、歧视、提防、侵犯，都给我更深刻的敏感，以及对沟通与和解的渴望。我想，我所有的作品都包含着这样一种个人努力。"② 在文学创作中，阿来以双重乃至多重声音体现了自身独特的文化表意功能。他的作品一方面与其种族、民族民间话语、文化传统、经验方式密切关联；另一方面，这种文化自觉体现出作者力求在一个更为宏大的文化场域中，以隐喻、象征、寓言和意象化特征表现自我和民族，试图展现人类精神世界中共同遭遇的种种困境和迷惑。

多民族文化立场体现的是我们这个时代更为需要的多维、动态、宽容、开放、创新的文化态度。正如费孝通先生指出的："从总体上说，人类文明的多样性，是各个文明得以'不朽'的最可靠的保证。一种文明、文化，只有融入更为丰富、更为多样的世界文明中，才能保证自己的生存。人们常说，'只有民族的，才是世界的'，这是不错的；反过来说，只有世界的，才是民族的，才能使这个民族的文化长盛不衰，也很有道理。所以，文化上的唯我独尊、故步自封，对其他文明视而不见，都不是文明的生存之道。只有交流、理解、共享、融合才是世界文明共存共荣的根本之路。不论是'强势文明'，还是'弱势文明'，这是唯一的出路。"③

### 5. 普遍的人性立场

《尘埃落定》在构筑了一个时空交错的历史空间的同时，也为读者展示了一个丰富复杂的人性空间。阿来认为，自己的小说在努力追求一种普遍意义，

---

① 阿来：《向本民族文化致敬》，《中国新闻出版报》2009 年 10 月 19 日，第 7 版。
② 吴怀尧：《阿来：文学即宗教》，《延安文学》2009 年第 3 期，第 102—118 页。
③ 费孝通：《费孝通九十新语》，重庆出版社 2005 年版，第 322 页。

即超越于某一民族或某一地域的"普遍的历史感""普遍的人性指向"。

《尘埃落定》所描绘的时代早已逝去,那些人物和他们的故事也早已成为历史天空中久远的传说。土司王朝末世的政治、战争、宗教、财富、权力、阴谋、性爱、巫术和神谕等,对于今天的读者来说,已经失去了昔日的魅力。但是,蕴含在这一切后面的人性的意蕴,却仍在闪耀着熠熠的光彩,吸引着对于人性具有普遍兴趣的现代读者的视线。历史在不断地发展,空间在不断地转换,人事在不断地更替,但人性的变化却要深沉缓慢得多。从人性的角度看来,空间的因素要比时间的因素重要得多。生活在过去与生活在现在,生活在别处与生活在此处,本质上并无多大的不同。"在一套完全陌生的服饰里面,有着一个我们似曾相识的躯体;而在这似曾相识的躯体里面,则跳动着一颗我们非常熟悉的心灵。"①

我们阅读小说,实质上也是在感受我们自己对生活、对历史、对现实、对人性的一切感觉,体验我们熟悉的或似曾相识的一切。

《尘埃落定》描述的是一个嘉绒土司家族的历史故事,却更是一个富有人性原色感的故事。小说透过主人公"傻子"少爷的眼睛,让我们看到了一个独特地域非常时期的复杂生活空间,以及那些生活表象之下更为深广的人性。作者试图通过慧光离合的"傻子"形象告诉世人,雪山栅栏环围的至美田园并不是天堂,罪恶同如画的风景、美妙的牧歌一样无处不在。仇恨、掠夺、放纵让人们精神空虚,心灵无所依托,崇高的精神原则对此则无可拯救,反而遭到无情的践踏,劫后余生的大地,一切都像茫茫尘埃徐徐落定。

## 六、《尘埃落定》研究综述

《尘埃落定》是 20 世纪末中国文坛一部具有重要意义的优秀作品。2000年,《尘埃落定》获第五届"茅盾文学奖",评奖委员会委托北京大学严家炎教授起草的颁奖辞说:

> 《尘埃落定》借麦其土司家"傻瓜"儿子的独特视角,兼用写实与象
> 征表意的手法,轻巧而富有魅力地写出了藏族的一支——康巴人在土司

---

① 邵毅平:《小说——洞达人性的智慧》,复旦大学出版社 2008 年版,第 2 页。

制度下延续了多代的沉重生活。作者以对人性的深入开掘，揭示出各土司集团间、土司家族内部、土司与受他统治的人民以及土司与国民党军阀间错综的矛盾和争斗。并从对各类人物命运的关注中，呈现了土司制度走向衰亡的必然性，肯定了人的尊严。小说有丰厚的藏族文化意蕴。轻淡的一层魔幻色彩，增强了艺术表现开合的力度。语言颇多通感成分，充满灵动的诗意，显示了作者出色的艺术才华。这是藏族作者首部获得茅盾文学奖的长篇小说。①

文学批评家雷达说，《尘埃落定》获奖并非因为阿来是少数民族作家，而在于作品本身的艺术魅力，尤其是飘逸如梦的意象描写和奇特独异的民间传说。著名作家、评论家、茅盾文学奖获得者柳建伟说："阿来是中国离诺贝尔文学奖最近的作家。"徐新建认为，《尘埃落定》的艺术成就和茅盾文学奖的肯定，既表现出阿来的民族特性，更表现出阿来作品具有了超越民族的特点。阿来作品及其叙事方式、表意方式对于当代少数民族文学和中国文学都将会有很大的意义。②《尘埃落定》的出版，使作者阿来迅速跻身于中国当代文坛著名作家行列。

截至 2008 年，《尘埃落定》已出版了 4 种中文版本。人民文学出版社出了两种，其中一种被列为《百年百种优秀文学图书》丛书中的压卷之作；另两种分别由中国台湾地区宏文馆及加拿大明镜出版社出版发行，在海外华人世界颇为畅销。2002 年，根据《尘埃落定》改编而成的同名电视剧也在全国轰动一时。《尘埃落定》的英文版已在加拿大、美国、印度尼西亚发行。除此以外，《尘埃落定》的法语、荷兰语、德语、葡萄牙语等 16 个语种的版本合同也已签订。

据《中华读书报》（2003 年 9 月 4 日）介绍："据了解'语文新课标必读丛书'几乎囊括了中外现当代文学史上的名家名作，有杨绛先生的译著《堂吉诃德》、诗人陈敬容先生的译著《巴黎圣母院》、朱生豪先生的译著《哈姆

---

① 杨义主编：《中国文学年鉴 2001》，中国文学年鉴社 2002 年版，第 457 页。

② 徐新建：《本土认同的全球性》，《西南民族大学学报》（人文社会科学版）2004 年第 1 期，第 49—52 页。

雷特》等。而阿来获茅盾文学奖的长篇小说《尘埃落定》则成了唯一人选的当代经典。"

《尘埃落定》自出版以来就遭遇了各种不同的甚至完全对立的评价与解读。阿来说："《尘埃落定》出版后，人们的议论，有指点一座飞来峰的感觉。"① 小说从 1994 年完成，1998 年出版到现在，已历经 20 多年，但《尘埃落定》荡起的尘埃却一直未能落定。

2002 年，中国社会科学院民族文学研究所组织召开了阿来作品研讨会。与会学者认为，阿来作为藏族青年作家，深受汉藏双重文化背景的滋养，又以汉语言为写作载体，其创作天赋、语言表现力、叙事方式有独特的风格。阿来的作品充溢着新奇鲜活的诗意，表现着从容灵动的知性，有很强的原创性和简单、真率的风格，这与其民族作家的身份及深厚的生活积累密切关联。阿来的中、短篇作品大多是从较深的层次捕捉民间的真实，关注民族的、家族的、村落的历史，关注被历史忽略了的边缘人、普通人和弱势群体的理想与智慧。与会学者一致认为，嘉绒藏族的民间文化传承对阿来创作的影响很大。神奇独特的雪域藏文化、丰富深厚的民族民间文化是阿来作品的生命来源和创作根基，其字里行间挥抹不去的是母语文化对他的哺育，这得益于阿来对地方史、民族宗教史的认真研究。藏文化固有的本质特征不可阻挡地渗透于阿来的文本之中，他对故土的眷恋和诉说，对家园、对本土文化一次次远离后的回归，是对自己民族和文化的一次次深刻认知后的依附。

文学研究界对阿来及其《尘埃落定》的评论是多方面的，有对作品的研究，也有对作家的研究；有深入其中的探索，也有出乎其外的观照；有赞誉，也有批评；有肯定，也有否定。简要引述如下。

廖全京在《存在之镜与幻想之镜——读阿来长篇小说〈尘埃落定〉》一文中认为，阿来"精心营造出了一个当代人眼中的神秘浪漫的康巴土司世界，一个关于最后一个康巴土司的诗化的东方寓言"。阿来的眼光，已经超越上溯到汉唐与吐蕃对这一地区的双重文化影响这一层面，而将它置于更宽泛的东土文化（印度佛教文化和汉民族文化）的内在碰撞与交融之中予以思索和表现。小说开头那一段关于"迦格"和"迦那"的言论，有深意存焉。嘉绒藏

---

① 阿来：《阿来文集·中短篇小说卷》，人民文学出版社 2001 年版，第 588 页。

话中，称印度为"迦格"，阿来说，那是"我们信奉的教法所来的地方"。而"迦那"，则是指汉人居住的地区，阿来说，那是"我们权力所来的地方"。正是以教法与权力、对神祇的敬畏和对帝王的膜拜这样交错起来形成的双重意识形态的力的互动为文化前提，阿来将自己的思想触角和审美触角同时伸向了这片又熟悉又陌生的土地，伸向了呼吸劳作在这片土地上的人们。这是阿来一种自觉的文化意识，又是阿来不断深化的文化意识。

该文认为，《尘埃落定》"是面镜子"，"充满着亦真亦幻亦实亦虚的梦幻感"，"乃存在之镜与幻想之镜的合二为一。镜子里的景物，花非花，雾非雾，望之如有，揽之如无，却之如去，吹之如荡，如不可执，如将有闻"。"这是一个史诗性的故事，同时，又是一个虚拟性的故事，梦与现实在这里交织成一个迷离恍惚的世界。一种柔曼的抒情的韵味，在其间欢畅地流去。"阿来在小说的表现层面中运用了"双重视线的交叉"。从叙事文本的角度说，《尘埃落定》中实际上有两个叙事人（一个呈显性，一个呈隐性），或者说，有两个人物视点：一个是傻子，一个是翁波意西。这两个叙事人（或人物视点）都是作家这一个叙事人的化身。通过这种叙事方式的一分为二的变化，阿来实现了两种视线的交叉——"智者"视线和"愚者"视线的交叉。这是一面幻想之镜。傻子与翁波意西的视线交叉本身，就同时构筑起了一个幻想文学的框架。"在某种程度上，我愿意将《尘埃落定》视为一种幻想文学。"①

贺绍俊认为，《尘埃落定》给我们带来"一种新的小说样式"："悟性的思维"和"结构的神游"。"我读这部作品时始终感到作者并不是在非常理性地建构自己的作品，这部作品虽然涉及一个民族的方方面面，历史的，哲学的，宗教的，还有大量民俗的和民间的内容，但作者并没有在这里向你宣布他的某种思考成果，向你阐释某种观点。我以为，作者创作这部作品是采用的悟性的思维。"《尘埃落定》最为特别的地方，是以作者大量的悟性构筑起来的。抽去"悟"，也就抽去了一种诗意。阿来的悟性也许应该归因于他所属的民族。"藏族对于我来说依然是一个十分神秘的民族，它的神秘性也表现在它那浓厚的宗教氛围里。"悟性其实是同人的内心宗教的觉醒相关联的，这种内心

---

① 廖全京：《存在之镜与幻想之镜——读阿来长篇小说〈尘埃落定〉》，《当代文坛》1998 年第 3 期，第 8—10 页。

宗教的意识也许带有某种先验性。喇嘛教可以说是普照着藏族心灵的宗教。喇嘛教是佛教的藏族本土化，佛是什么？佛就是觉悟，大彻大悟。我们今天说到的"悟"字，实际上已经浸透了佛教精神。《尘埃落定》的悟性往往指向藏民族的集体无意识，仿佛有一个冥冥先祖穿越悠久岁月的召唤。"这部作品的结构首先给人的感觉可能会是松散。我以为有这种感觉就算是读进去了。这种松散结构也许可以用古人的一句话来概括，这就是'游心太玄'。当作者以悟性的思维进入角色时，他就获得了在心灵空间神游的自由，作品的结构便成为作者神游的痕迹。"《尘埃落定》的神游"并不是来自西方的非理性，而是来自于传统艺术精神"。"这是因为一个很自在、很特别的民族，其思维、情感、行为、习俗，对这部作品的作者阿来，有着太深太沉的影响。"①

　　郜元宝认为，"《尘埃落定》语言优美明净，叙事清晰流畅，结构对称扎实，聪明幽默灵气十足的对话和描写随处可见，但这些公认的长处只是一个够资格的好作者必备的素质罢了。至于用表面呆傻实则聪明的小孩视觉与口吻讲故事……在20世纪80年代中期以后的中国文坛都谈不上有什么强烈的独创性"。《尘埃落定》描写民国初年至新中国成立四五十年的历史，基本可以归入从作者开始写作后不久的20世纪80年代末直到时下一直盛演不衰的"新历史小说"，属于这个潮流中"重述现代史"的分支。"区别在于，《尘埃落定》绕开以汉人为主体的现代中国史，关注边缘地域——汉族世俗政治中心与西藏高原神权中心皆鞭长莫及的川藏交界，讲述生活在这里的'黑头藏民'及其末代统治者'土司'们的传奇故事。要说它有什么特点，也就在这里，但围绕阿来的一个根本问题恰恰由此而来——阿来反复强调土司领地在地缘政治上的居间性，但这一地域在文化上的特性，反而处理得很草率。'黑头藏民'既不认同任何流派的藏传佛教文化（麦其土司家供养的喇嘛活佛都是摆设，唯一例外是土司次子的奶妈有过为期一年有余的虔诚朝圣，但她回来后就被土司全家弃绝），也不接纳一度试图进入的基督教文化，更不沾染丰富复杂的汉文化。这种'既不……也不……更不'的文化本身究竟如何？作者似乎并不关心。读者在《尘埃落定》中没有看到居间政治可能产生的居间

---

　　① 贺绍俊：《说傻·说悟·说游——读阿来的〈尘埃落定〉》，《当代作家评论》1998年第4期，第36—39页。

文化，也没有实际感受到不同文化之间相互撞击而产生的新的杂交形态。土司领地成了一片空灵的文化荒场。空灵的文化养成的人性也很'空灵'：土司代表权力、欲望和智慧狡诈，下人体现顺服愚忠或狡黠背叛，男人和女人也都各从其类，突出描写他们的类的共性。无论土司、自由民还是奴才的精神世界都趋于扁平，既无多少民族特点，作者看重的人类共性也没有得到深入挖掘。""作为民族志和地方志式的历史写作，倘与同样描写边缘文化的张承志的《心灵史》相比，《尘埃落定》的文化依托过于空虚含混，对灵魂和人性的开掘也颇肤浅。这都源于作者暧昧的文化身份。他不像张承志那样明确宣布精神文化上的族性归属，承当某种历史或现实的使命，也不像写《在伊犁》的王蒙那样诉说一个被迫闯入维吾尔文化的落魄汉人的好奇、惘然、领悟与感恩。阿来虽然假托土司后代书写藏族历史的一部分，实际上却采取了一个从小失去本族文化记忆而完全汉化了的当代藏边青年的超文化、超族性的代笔者立场。阿来以过人的想象与语言能力吸引读者，但又以象征、传奇、寓言化乃至戏拟化的封闭梦幻的世界拒绝渴望真实的读者。""基于这一认识，我认为《尘埃落定》与《空山》共同的问题都是作者在尚未自觉其文化归属的情况下贸然发力，试图以长篇小说的形式对复杂的汉藏文化交界地人们几十年的生活做文化与历史的宏观把握。"①

对此，也有论者认为，《尘埃落定》是第一部以史诗笔法观照嘉绒藏区一个重要时段的小说。"阿坝地区在唐代以前基本上是羌人及氐人的地盘，后来，吐蕃势力进入，才成为藏族地区。后来的藏族是多年的羌藏混血而成，称之为嘉绒藏族（靠近汉地的藏族）及白马藏族。当地语言异于西藏藏语，黄教寺院也较少，加之与汉族天时地利的关系，这一地区历来就有些边缘性质。乾隆的军队为平定大小金川叛乱进去过，赵尔丰的军队进去过，红军北上抗日路过并在部分地点建立政权，国民党进去过。另外，它也是汉地和西藏之间交通、商贸的中介。20 世纪 50 年代解放军欲进西藏，这里首当其冲；蒋介石叫嚣反攻大陆时也最先在这里空降武器和人员。由于阿坝的木材、药材和畜牧产品的丰盛以及交通的相对便利，改革开放之风也先于西藏地区。所以，这一藏族地区不太同于金沙江以西、黑河以南

---

① 郜元宝：《不够破碎——读阿来短篇近作想到的》，《文艺争鸣》2008 年第 2 期，第 118—121 页。

的藏族地区，由于其血缘、地域、宗教文化、语言风俗等的边缘性，它的文学反应也与西藏小说家有微妙的差异。藏族诗人阿来首先在这段空白上填补了颇具境界的一笔。"①

邵燕君在《"纯文学"方法与史诗叙事的困境》一文中认为，阿来算得上是一位典型的"纯文学"作家。这不仅由于奠定其文学地位的长篇处女作《尘埃落定》被"纯文学"价值体系确认，并在 1998 年"雅文化"回温的文化环境中因"纯文学"而畅销，更因为哺育其成长的文学资源来自于"纯文学"的知识谱系。和马原、余华等作家一样，阿来也是喝"狼奶"长大的，他开出的一大串书单也是外国文学作家。他同样更注重"怎么写"，只是在"写什么"方面得天独厚——"和这些汉族作家比起来，阿来似乎得天独厚。作为一个藏族作家，他身后有着高大的雪域和不灭的神灵。"在他的藏族身份面前，"汉人马原"完全是个外来者。但是，在这身份的背后并没有相应的藏文化和文学传统——"阿来的文学才能和他在当代文坛的地位与他的藏族血统并没有必然的联系。"文学上的阿来依然是属于"汉文学"中的"纯文学"的。"纯文学"刺激了他的文学灵性，打开了他看西方的文学视野，同时也封闭了其前辈作家惯常的从政治、经济、社会制度等宏观视野看问题的方法，甚至是思考的欲望。于是，阿来只能用"纯文学"的方法想象西藏的百年变迁史——这方法可以简单地概括为意识形态上的"去革命化"，文化立场上的超越性和文学描写上的寓言化——《尘埃落定》如此，《空山》也如此。②

德吉草认为，阿来以空灵清闲、浓重深厚的民族文化为底蕴，以对历史的审视和反思为切入点，营造出一种浪漫绚丽、神秘悠远的文学氛围，"向读者传达了另一种思维的智慧，另一种生活的方式"。如果"剥离了小说中错综复杂的情节，剩下的便是一种根深蒂固、挥抹不去的民族生存方式和生存观念。不管这种观念是文明还是落后，都不能断然而论，这涉及更深刻复杂的社会历史价值的评判"。阿来的思想"盘旋在赐给他生命、梦想、母语的梭磨河畔"。民族的历史、部落的历史、家族的历史、特定的自然环境和文化传

---

① 阿坚：《尘埃当落定》，《读书》1998 年第 10 期，第 56—57 页。

② 邵燕君：《"纯文学"方法与史诗叙事的困境——以阿来〈空山〉为例》，《文艺争鸣》2009 年第 2 期，第 18—24 页。

承，以及"这个民族充满神性的诗意生活""始终扶持着他的精神殿堂"。"阿来在《尘埃落定》中描绘的那个家园，那里的青山绿水，蓝得醉人的天空，雪后到处飞行的画眉，和无边无际的麦田，都是他刻骨铭心的爱和梦的起点。虽然这里的美景、巫术和神话都是外人迫切窥视的目标，但这些都是一种近似甜蜜的心理亲近……是作者对家园对本土文化一次过滤后的归顺。阿来以一种娴然气静的审美心态遥遥观视纷扰喧哗过后的寂静缓缓落定，以表达生命个体细微的体验和民族群体的生存精神，为我们提供了巨大的艺术张力和想象空间。""藏民族博大精深的传统文化，深邃睿智的思辨才能和浑朴顽强的民族个性都是吸引域外民族向往她的独特神韵，谁仰仗了她的光芒，谁用心灵供奉她，她的光环就会环抱谁。这也是阿来和其他许多的藏族作家成功的重要因素。"

　　阿来的双重混血儿身份，又使他先天地经历了双重文化的洗礼。环境，决定了他以汉民族思维方式为主，以藏民族思维为补充的"有机化合"而成的特殊思维模式。这种挥抹不去的情结，又充当了阿来探测描摹藏民族精神世界方面的向导。"作为阿来的同族一员，我很欣赏他用另一种民族的语言文字空灵、透彻、淋漓尽致地表达出自己所想表达的意象。不仅如此，阿来创作的目光总是投向更广阔的异域文学，并能迅速地将这种文化的内涵进行有意的开掘和汲取，以一种'有机化合'的特殊思维模式，与本民族的内心情感沟通与对位，这是阿来对小说的审美追求，是自觉进行的文化切入。"但是，由于特殊的历史文化背景，阿来和一批用汉语进行创作的藏族作家"身栖汉藏两种文化的交界处"，"被称之为文化边缘的边缘人，他们或多或少都带着文化边缘人那种被他人在乎、自己已忘却的失语的尴尬"。"我无意在此猜测阿来是否能用自己的母语和文字与自己民族的文化作面对面、真实赤裸的对视与交流，一个以民族记忆为表现自己创作之根的作家，如果失去了这一功能，不能说是不足，但起码也是遗憾的……属于一个作家'民族记忆'的文字语言，始终是不需要中介的力量，是不必向对方解释的词汇和手势，我们的生命是应该承受起这份本不应减轻的重量。"①

　　刘俐俐认为，《尘埃落定》"引起的一个重要效应是景观化"。"所谓景观

---

① 德吉草：《认识阿来》，《西南民族学院学报》（哲学社会科学版）1998 年第 6 期，第 18—24 页。

化，就是站在历史和文化之外，为了市场及其他目的，随意把历史文化书写成可供观赏、消费的景致。文学作品成为被消费性地单纯地被看的对象。""阿来的《尘埃落定》的景观化是多民族的互相制约、互相牵制的消极作用的表现，是少数民族作家心甘情愿地将自己本民族的资源景观化让人'看'的例证。20 世纪 90 年代以来，市场对于'看'的需求影响到文学想象和文学书写，文学自觉适应市场的一个突出表现就是作家纷纷加入景观化的大合唱。阿来成功地由一个边缘作家进入主流文学的庙堂，也汇入了这个大合唱。阿来仅仅汲取他的民族资源，而取的视角却是汉族的，在景观化的过程中与汉族作家没有什么区别。所以，《尘埃落定》是一部以汉文化为视角的藏族风俗画，阿来的藏族出身（身份）只是为这幅风俗画的素材或原料提供了必要的资源。这部小说的优美情调或可读性，产生于作者从藏文化逸入汉文化之后的写作距离，准确地说，产生于作者与这段历史的天然联系断裂之后，后者成为前者回忆中的一段纯粹的风景。从身份角度看，他在缩小自己作为一个民族作家与汉族作家的差异，结果是民族作家和汉族作家思索的差异也自然消失。"① 也有论者认为，"这部描述一个藏族部落在农奴制废除前后的辉煌与幻灭的小说，把部落头人（麦其土司）一家的生活展现为一幅怪异而富有奇幻趣味的藏族风俗画"②。

姜飞以《可持续崩溃与可持续写作——从〈尘埃落定〉到〈空山〉看阿来的历史意识》为题，论述了阿来的历史意识。他认为，从《尘埃落定》到《空山》，阿来小说的经验内容不但与当代内地作家大异其趣，而且与藏区作家相比也是判然两分。阿来在他长长短短的叙述中重建历史，但是他重建历史依据的是自己的历史意识，而不是轻巧地袭用曾经长期有效的乐观主义叙事话语。阿坝特别的历史经验经过阿来的历史意识过滤之后，在纸面上留下的是不断崩溃的历史记忆。阿来不是站在胜利者的角度为历史进程唱一往无前的颂歌，而是常常站在被淘汰者、被遗忘者的角度描述旧文化、旧秩序不断坍塌和崩溃的景观。在阿来的镜头中，历史是可持续的崩溃，而非可持续

---

① 刘俐俐：《民族文学与文学性问题》，《民族文学研究》2005 年第 2 期，第 5—9 页。

② 肖鹰：《九十年代中国文学：全球化与自我认同》，《文学评论》2000 年第 2 期，第 103—111 页。

的高歌猛进。或者说，在历史可持续的高歌猛进中，阿来看到的是其背后的可持续崩溃，并以此为展开叙述的视角。"他的这些小说无疑也写到了新事物、新秩序的接踵登场，但是他着重看取的是旧事物、旧秩序、旧信仰、旧文化的相继崩溃和黯然落幕。"首先表现为对不断崩溃的旧事物的哀挽之情。"他在哀挽美好旧物的时候，也对热衷于毁灭旧物、戕害人性、破坏生态、践踏信仰的特殊历史进程展开了批判之思。"①

李康云认为，藏族作家阿来十年来连续推出的《尘埃落定》《随风飘散》《天火》三部长篇小说，取得了骄人的实绩。《尘埃落定》描述的是土司集体的毁灭；《随风飘散》以及该小说的前身《格拉之死》描述的是民间集体的人性杀戮；《天火》描述的是集体的迷狂。这些不同历史时期政治文明生存状态和人性生态的现场，不是在建构，而是在描述体制崩溃、精神瓦解的过程，追问着瓦解消亡的根源。因此，从整体来看，阿来文学正是对于人的精神生态缺陷、政治文明生态缺陷的瓦解与批判。这种既深入又超然逍遥的写作姿态，是当代文学中罕见的另类，昭示着文学发展的动向。在阿来的作品中，"我们看见，在土地与阳光的接合部，在藏族、汉族、回族、羌族文化碰撞的接合部，细小的昆虫扬起愤怒的翅膀，低处的村庄和碉楼像针一样刺透了人性板结的宁静。我们嗅到了尘埃、花朵、牲畜的味道、人的味道，嗅到了血液生锈的味道、鸦片的味道、火药的味道、死亡的味道。我们更听见了谎言、流言、寓言、傻言、蠢言，也听见了碉楼倒塌的声音，听见了格拉灵魂飘散的声音，听见了山火肆虐心灵的声音，听见了塔娜目光闪烁的声音……"这是"阿来给我们带来的文学视听嗅觉"②。

黄书泉在《论〈尘埃落定〉的诗性特质》一文中，以巴赫金的诗学理论为参照，以陀思妥耶夫斯基小说的诗性特征做比照，揭示出《尘埃落定》具有的陀思妥耶夫斯基式的对话性、双声语叙述方式和复调小说的特征。该文还指出，《尘埃落定》的对话性叙事应因于作者的"原始与宗教的艺术思维"③。

① 姜飞：《可持续崩溃与可持续写作——从〈尘埃落定〉到〈空山〉看阿来的历史意识》，《当代文坛》2005年第5期，第15—17页。
② 李康云：《人性生态与政治文明缺陷的瓦解与批判——兼评阿来长篇小说〈尘埃落定〉、〈随风飘散〉、〈天火〉》，《西南民族大学学报》（人文社会科学版）2007年第8期，第176—181页。
③ 黄书泉：《论〈尘埃落定〉的诗性特质》，《文学评论》2002年第2期，第75—79页。

也有论者认为,《尘埃落定》是关于中国智慧的寓言。穿越历史的、民族的、现实的表层,我们看到,文本更深的内在意蕴是对中国智慧寓言模式的建构。小说不仅凝聚着阿来本人的生命体验,而且积淀着汉藏民族的集体无意识。①

1998 年,殷实以《退出写作》为题,对阿来的叙事策略提出质疑。他认为,《尘埃落定》在叙述方面有着"显然的失误",在人物性格逻辑上是"混乱"的,有着"致命的疏忽","显然的优长与显然的败笔、谬误并呈,却奇怪地难以互补"。他以福克纳的《喧哗与骚动》为例,说明让"白痴"讲长篇故事的不可能,并服膺于福克纳严谨的理性精神和执着态度,从而认定阿来辈无此精神,亦乏此能力,居然不合逻辑地让一个"白痴"讲了一个长篇:"阿来却是把整部长篇都交给了'头脑有问题'的土司少爷来讲述。令人吃惊的是,'傻子'少爷不但随着小说的演进而变得聪明过人,而且还担负着全知全能的叙述者的角色……从纯粹技术的方面考虑,这种致命的'疏忽'是几乎完全可以使整部作品倾覆的。"②

李建军以《像蝴蝶一样飞舞的绣花碎片——评〈尘埃落定〉》为题,对《尘埃落定》的内容和形式提出了尖锐的批评。该文认为,"如果用严格的尺度来衡量,我们会发现,这部小说确实存在着令人无法讳掩的问题和残缺"。首先,《尘埃落定》运用了"失败的不可靠的叙述者"。"不可靠的叙事者,按我的界定,就是指那些在智力、道德、人格上存在严重问题和缺陷的叙事者。从这样的叙事者角度展开的叙事,通常具有混乱和不可靠的性质。叙事者只是从自己的角度,以无序或有序的方式,叙述自己的破碎、零乱的内在心象(我们从白痴型的叙事者那里可以看到这样的情形),或者叙述自己的混乱的道德生活。""《尘埃落定》中的叙事者显然也是一个不可靠的叙事者,但是,阿来对这个叙事者的修辞处理是失败的。""阿来想用含混的办法来解决问题,也就是说,他既想赋予'我'这个叙事者以'不可靠'的心智,又想让他成为'可靠'的富有洞察力和预见能力的智者。""总之,阿来对'我'的心智

---

① 孟湘:《中国智慧的寓言——〈尘埃落定〉的文化解读》,《长江大学学报》(社会科学版)2004 年第 3 期,第 18—23 页。

② 殷实:《退出写作》,《当代作家评论》1998 年第 4 期,第 40—43 页。

状况的含混处理，至少造成这样一些消极后果：造成人物形象的分裂和虚假；显得矫揉造作，令人生厌；不利于形成强烈的真实效果和深刻的主题效果；造成叙述的混乱。"因此，整个叙述是不真实的。其次，就是小说"语言的无个性化"或"语言的作者化"，满纸都是"随风飘转的绣花碎片"。"《尘埃落定》的语言，就是一种具有'统一的个人特点'的语言，换句话说，就是作者自己的语言。小说中的人物都讲着一样风格的语言。几乎每一个人物说出的话，都不像人们在日常情境中所讲的平常话，而是带有书卷气和哲理色彩的。所有人的语言都烙着作者说话风格的徽章。他们是作者说话的传达者，而不是自己说话的言说者。人物与人物之间、人物与作者之间的话语的'内在分野'不复存在。于是，人物个性和生命，亦不复存在。是的，《尘埃落定》就是一个由作者一人的话语疯狂独舞的舞场。"该文指出了《尘埃落定》在"语言上"的四个"问题"和"病象"："第一个问题是啰唆，不够简洁、省净，用许多话重复说一件事，而这种重复并不具有积极的修辞效果，而是反映着作者叙述时的随意而主观的语言倾向。""第二个病象，是逻辑不通或晦涩难懂。""第三个语言病象是语法不通的地方太多"，"语法""随意越出规范"。"第四个语言病象是夸饰过度和'套板反应'性质的描写和形容太多。"

最让李建军不满的是"这部小说对'下人'的态度是傲慢的，对'女人'的态度是侮慢的。作者的叙述态度超然而冷漠"。该作的主题暧昧，没有"寓言性的主题效果"，而是"从阿来的文字里，感受到一种茫昧的怅惘，但却无法把握到有价值、有'普遍性'的主题"。小说中的矛盾叙述是一种布莱恩·T.菲奇所说的"悔言修辞"，即"犹豫不决"的叙述。[①]"在我看来，无论从叙述、语言和寓言修辞上看，还是从作者对人物的态度、主题建构及'普遍性'追求等方面考察，《尘埃落定》都是一部应该进行质疑性批评的作品。它给人的总体印象，就像这部小说中的核心意象'尘埃'一样，散乱、轻飘，随风起落，动静无常。它远不是一部成熟的经典之作。"[②]

---

[①] 李建军：《像蝴蝶一样飞舞的绣花碎片——评〈尘埃落定〉》，《南方文坛》2003 年第 2 期，第34—43 页。

[②] 李建军：《你到底要说什么——关于〈尘埃落定〉的主题及其它》，《延河》2003 年第 6 期，第23—25 页。

对于李建军的观点，张劢在《穿透"尘埃"见灵境》一文中提出辩驳，他说，以上结论"体现了李建军别出手眼、直言不讳的批评风格以及剔骨抉心、校字如仇的文本细读功力"。但"李建军在其著述中无视《尘埃落定》的边地民族文化属性与语境，对小说的叙述者、语言、审美意识等多有误判"。关于李建军对"不可靠叙述者"与"傻子"的质疑，该文认为，"在那多维的时空里，既有社会历史的跨越式发展，也有恍若隔世的时差；既有文化错位的荒诞，也有世事巨变的无常；既有佛教式的可辨的因果链，又有'不可知'的神秘、超验……阿来若有所悟"。"因而他宁取某种诗性化的叙事方式。追根溯源，这一方式似可联系到阿来所属少数民族那源远流长、至今未曾泯灭的'诗性智慧'。""阿来用一个傻子作为叙述者，借此展开童蒙般天真、自由的诗性想象，则是由于意识到了既有理性的局限，从而试图超越先在世界观念，向那无穷丰富的诗性灵境升腾。""就此意义而言，阿来的类诗性智慧亦可读解为一种反拨：多以'可以随意放置的细节完整'的碎片般的意境，来解构既有世界观、宇宙观以及一切理性模式的系统划一，连带李建军一类批评家所崇奉的'稳固'的认知判断、'可靠的主题把握'、'稳定的意义建构'。""《尘埃落定》之难能可贵，不仅在于小说修辞学意义上的善用通感；更在于一种哲学、文化人类学意义上的'通灵'。那是阿来所属边地民族所特有的与天地鸿蒙、自然万物息息相通的灵性。"

关于小说的语言，该文认为，"李建军的语言隔膜是因着他无视小说汉藏语言、文化混融的语境"。"小说中无论是思维感觉的方式、组接的句法，还是语言的质感、神采等，都感染了藏民族独异的情调。加之作者对非母语的汉语的本真语义异常敏感，笔下汉语因此绽放出某种异质的新鲜与芬芳。"而"审美误判则缘于其忽略了阿来所属边地民族与自然极其紧密的生命联系"。"借助民族学、文化人类学的既有研究，我们不难发现，叙述者所属边地民族与自然有着密不可分、交互感应的联系。特定的自然环境与生存环境不仅成为启发其独异的生命意识的导师，而且是其奇丽的审美意识（包括性审美意识）的本源。""《尘埃落定》中自有一种与现实主义反映论理念、规范汉语标准以及汉儒审美意识抵牾的质素。若欲穿透'尘埃'，直抵灵境，需要批评家具有更其开放的理论视野、更其丰沛的感性、更其包容的胸襟。最要紧的是应放下波普尔所谓的'先入之见的框架'。唯其如此，方有可能变批评为对话，变隔膜为沟通。然而，李建军却不无固执地捍卫其'理论预设'。"①

以上评论，触及《尘埃落定》文本多方面的文化意蕴，对小说的语言，以及表达方式、写作技巧等也有广泛的讨论。我们从中能感受到地域的差异、民族的差异、文化的差异、文化心理的差异等对文学评论的影响。当然，我们也能从中感受到文化相互间的误读，地域相互间的误读，民族相互间的误读，甚至人的差异，人性的差异。阿来说："在不同的文化间游走，不同文化相互间的冲突、偏见、歧视、提防、侵犯，都给我更深刻的敏感，以及对沟通与和解的渴望。我想，我所有的作品都包含着这样一种个人努力。"②

面对评论界，阿来说，他不反对"人们在阅读这种异族题材的作品时，会更多地对里面的一些奇特的风习感到一种特别的兴趣"，但他决不无条件地同意那种占了西藏题材便宜的说法。他认为，自己要表达的是一种"普遍的历史感，普遍的人性指向"——"这是具有普遍意义的东西。"

阿来的"历史感"似乎隐含了一种挽歌情结和悲剧意识。历史总是充满了"无可奈何花落去，似曾相识燕归来"的悲凉感、沧桑感和轮回感。人类前行的历史无非"兴""废"二字，"其兴也勃焉，其亡也忽焉"——喜剧开始，悲剧收场。无论"兴"了多少次，"废"却是必然的。正如姜飞所论："历史是可持续的崩溃，而非可持续的高歌猛进。"从表面看，随着时代的推移，技术变了，服饰变了，饮食也变了，但生活的本相没有变，人没有变，人性没有变，转来转去，还是几千年前那一套，该犯的错误还是要犯——所有的错误，我们都知道，然而终究改不掉。前人走过的弯路，后人还在不断地重复——"历史在好的地方从不重复，但在坏的地方总是重复自己。"人们无法超越历史，如同人们无法超越自己、超越人性的弱点。一切皆源于人性。"所有的人，无论身处哪种文明，哪个国度，都有爱与恨，都有生和死，都有对金钱、对权力的接近与背离。"对此，阿来都有深刻的体悟和展示。

《尘埃落定》使阿来由一个边缘作家进入"主流"文学，由于他的努力，

① 张勐：《穿透"尘埃"见灵境——为〈尘埃落定〉一辩》，《民族文学研究》2005年第2期，第18—20页。

② 吴怀尧：《阿来：文学即宗教》，《延安文学》2009年第3期，第102—118页。

生活在文化边缘和文化夹缝中的"嘉绒藏人"的生活形态得以进入"主流"文化①的视野。毫无疑问，阿来在小说里传达了不同民族之间文化交互杂糅的信息。《尘埃落定》为我们讲述了一个发生于四川西北部的汉藏交界地带的"嘉绒藏区"，一个成都平原与边地藏区的接壤处，一个历史接合部、社会阶段接合部、民族接合部的故事，为读者展示了一种不同的文化空间、不同的生存方式和不同的生命智慧。读者还会发现，在这个看似陌生的地域空间中发生的故事，其实也与我们熟知的一个喧闹时代大部分的现代性进程同步：国民革命与皇权的颠覆，军阀混战与难民的流离，外国传教士深入内地，抗日战争，国共内战以及红色政权的最终胜利——甚至还有中国被动的近代化过程中必不可少的两个符号：鸦片和梅毒等。这样的进程、这样的符号在大多数读者的阅读经验中，是不难找到可以互相印证和产生共鸣的交叉点的。当《尘埃落定》终于尘埃落定之后，"尘埃落定"一词也成了这许多年流行频率最高的词语之一。因一部小说而使一个书名成为长盛不衰的流行词汇，阿来自己或许也始料未及。

截至 2010 年，对于《尘埃落定》的评论，大多停留在单个层面的一般性研究上，还较少论及藏民族传统历史文化的多样性和"嘉绒藏区"地理文化空间的过渡性、混融性对阿来创作的影响，对阿来作品的整体性和综合性分析还欠深入，还缺乏多元文化比较视野下的多民族文学互动关系的研究视角，还较少从空间理论、文学地理学，以及文化多样性等角度对阿来作品进行观照和研究。当然，民族问题的敏感性在一定程度上也阻碍了评论的深入。有研究者认为："在对阿来的小说《尘埃落定》的研究中，我们发现，大多数的研究文章都对小说中陌生化的民俗以及小说独特的第一人称外视角的叙述方法表现出了浓厚的兴趣，但对于小说民俗和叙述表象下的深层的民族文化价值却缺少深入系统地研究和评析。或者说，研究者只注意到了小说对民族文化的表现，并没有注意到为什么这样表现，也就是说，并没有真正深入到藏文化的系统之中，从藏民族文化心理的角度来阐释小说中的人物性格和人物行为。因此，这部小

①　一个时代的文化内涵是复杂的，往往是多种文化的混合体。所谓主流文化，是指与强权（power）相结合的文化，而大量的、各色各样的非主流文化的存在，在社会中同样具有重大意义。在社会变革时代，所谓非主流文化的历史意义可能更大。

说虽然可以因为自身边缘化的题材而获奖，但对这部小说在中国少数民族文学史以及中国当代文学史上出现的意义的研究却远没有开始。"①

## 七、结　语

20世纪末期，空间问题开始受到学术界前所未有的关注，空间研究也成为现代性研究中一个重要的课题。福柯指出："19世纪以前的西方思想史一直与时间的主题相纠缠，人们普遍迷恋历史，关注发展、危机、循环、过去、死亡等问题。而20世纪则预示着一个空间时代的到来，我们所经历和感觉到的时间可能并不是一个传统意义上的由时间长期演化而成的物质存在，而更可能是一个个不同的空间互相缠绕而组成的网络。"② 社会理论的空间转向已成为人们的共识，跨学科的空间视角也逐渐为许多研究领域所采用。新文化地理学，特别是文学地理学的兴起，为研究中国少数民族文学和多民族文学关系研究开拓了新的理论视野。因此，从空间这一角度来研究阿来作品、研究中国多民族文学关系是一种有意义的尝试。

第一，《尘埃落定》是具有空间化书写特征的典型文本。从地理的、空间的维度研究文学作品，考察文学的地理要素，寻求文学发生的根源，进而考察作家如何建构自己的文学空间；研究地理空间之于作家个性及其创作的深刻影响，解读和阐释阿来的《尘埃落定》，将作家研究与作品研究相结合，便于我们从文学发生学的层面对文学现象进行研究。

第二，对《尘埃落定》的空间化书写进行探讨，有助于我们从地域文化的层面对中国多民族文学关系的研究。

作为一部产生于多民族文化背景下的文学作品，《尘埃落定》为我们提供了一种比较文学视野下多民族文学多元互动的研究视点。在对国内各民族文学关系的研究实践中，我们还应该"关注在民族杂居的状态下，某一个民族的审美要求如何影响另一个民族作家的创作、某一个民族的非文学的社会意识如何影响另一个民族的审美观念和文学创作，以及某一个民族

---

① 李晓峰：《中国当代少数民族文学创作与批评现状的思考》，《民族文学研究》2003年第1期，第68—74页。

② ［法］米歇尔·福柯：《不同空间的正文与上下文》，陈志梧译，包亚明主编《后现代性与地理学的政治》，上海教育出版社2001年版，第18—28页。

的作家如何通过到另一个民族中采风而获得文学创作题材和灵感等等"①。这种从多元文化视角出发的开放性研究，对我们认识作家作品的历史地位，以及理解中国各民族文学"你中有我，我中有你"格局，无疑具有重要的价值。

《尘埃落定》表层叙述的是麦其土司家族覆灭的故事，其深层叙述则呈现了特殊历史境遇下藏族广大地域中的特殊地区——"嘉绒藏区"——一个汉藏接合部的藏族山地农区特定的族群历史和文化变迁，以及个体生命与群体归宿的精神困惑。作品展示的是具有双重血统和多重文化背景的作家笔下的文化杂糅的一个真实的"嘉绒藏区"。《尘埃落定》丰厚复杂的文化底蕴源自多重文化的融会，蕴含了汉藏文化等多元文化以及国外文学艺术等多种文化元素。《尘埃落定》立足本土又渴望超越本土，既追寻和探求地域性的民族文化传统与民族文化心理又把眼光投向汉文化和西方文化，并能以现代理性的反省精神重新回望和体认自己的民族，最终赋予藏族文学以新的审美意义，为中国当代文学提供了独特的参照系。

第三，阿来是藏族当代文学汉语创作群体中成就突出的一个代表性作家，《尘埃落定》也是跨语言、跨文化和跨族际写作的典型文本。对《尘埃落定》的空间化书写研究，可以帮助我们理解和认识多民族文学交流和族际之间存在的共生性、互化性和内在的有机性及其蕴含的文化哲学、文学规律，会使我们的研究进入一个新的广大空间。

第四，阿来的文化身份与民族归属是一个有意味的和值得深入探寻的问题。在这样一个全球化时代，文化身份和族群归属问题越来越成为一个世界性的敏感话题，这也是一个关涉现代人生存境况的具有现实意义和普遍意义的话题。

疏离母语转而运用汉语写作是中国当代少数民族文学创作的一种群体态势。阿来的汉语写作极为典型地体现了少数民族作家的汉语创作现象，以及他们的文化选择性、能动性和创造性。

用汉语写作的少数民族作家身份模糊、语言杂糅，两难境地使得他们的

---

① 扎拉嘎：《中国各民族文学"你中有我，我中有你"格局的形成与发展》，郎樱、扎拉嘎主编《中国各民族文学关系研究·先秦至唐宋卷》，贵州人民出版社 2005 年版，第 5 页。

文化身份与民族身份都具有明显的双重性。学术界将这类作家的文学创作称为"边界写作"①。从语言上疏离母语到从精神上回归母语意识和母语文化，是每个"边界写作"者必然的心路历程。值得关注的是，"边界写作"在面临两难语境的同时，也获得了"跨语言写作"和"跨文化写作"的优势，从而也获得了"跨越"语际和"跨越"文化的写作成就。研究这些被称为"边缘"作家的作品，对探讨多民族文学在当代全球化背景下如何发展，如何保持和发扬本民族特色，具有重要的学术理论意义和现实社会意义。

阿来的文本很大程度地体现了中华民族文化和藏文化的多样性以及文化内部的多元性。在文学创作中，阿来通过跨文化的对话，努力寻求"美人之美，美美与共"的途径。本书选取《尘埃落定》作为研究个案，一方面是想通过对阿来及其作品的研究，探讨中国少数民族作家的汉语写作现象及其特征；另一方面，希望通过笔者的努力，能够为国内相对滞后的少数民族作家文学研究、藏族当代文学研究做一些铺垫性工作。

在写作过程中，笔者主要采用个案分析与理论阐述相结合，辅之以田野调查、作家访谈与文献资料的整合，从多学科的角度对阿来及其《尘埃落定》进行探讨。

首先是对《尘埃落定》文本的认真解读。关注作品是研究的基础，通过阅读、分析、体验，从作品中发现与地理空间相关的元素，在此基础上讨论文学地理学的相关问题。同样，如果不深入被研究者的文化和心灵中，对其情感和经验的文化差异以及表现形式进行细致的考察，就无法直接领悟其本质，更无法将之从一种文化传达到另一种文化。

其次，实地调查与作家访谈。深入解读《尘埃落定》，就要进入这个叙事文本生成的地理环境和文化传统中，感受并了解中华文化和藏文化多样性存在中"嘉绒藏区"这个特殊族群的历史变迁、宗教信仰、生活方式、价值观

①　"边界写作"（boundary writing）作为后现代话语，通常是指具有多重族籍身份和多种语言表述能力的作家或诗人，用主流或强势的语言文字进行创作，传达一种处于边缘或弱势的"小"社会与"小"传统的地方知识文化特质；同时又立足于"边缘化"写作的优势关注人类共享的生命体验。"边界写作"大都发生在"大—小"文化领地的"接壤地带"和"过渡地带"。在多元文化的交流地带，他们"穿行""游走"于两种地域、两种文化、两种传统、两种语言文字之间，在边缘展示着边界写作的"异质性""杂糅性"，实践着一种崭新的、"双重超越"的深度精神变革。

念和族群性格等，这就需要通过田野研究的方法予以补充。在写作过程中，笔者对"嘉绒藏区"的历史文化变迁等做了调研，进行了有关嘉绒族群史、宗教史、语言史、社会史、生活史的调查，并对阿来的家乡——四川阿坝"嘉绒藏区"做了实地调查，运用了书面史料、口述史资料和作家访谈材料，以加强对作家及其文本构成的分析。

再次，本书试图在多元文化的视野中，从中国多民族文学关系的角度，以空间理论、文学地理学等理论作为基本方法论，并借鉴族群批评理论和文化生态学等理论，以文本的空间因素研究为切入点，对阿来及其《尘埃落定》进行探讨。

中国各民族文学关系是多元互动的辩证关系。在对当代中国少数民族文学的研究中，笔者试图以跨学科的研究思路予以整合、总结和提升，广泛借鉴相关学科的学术资源，如人类学资源、地理学资源、民俗学和生态学资源等，综合多学科的研究范式和理论方法，争取形成多维度跨学科视野中的研究思路，来发现、分析和总结中国当代多民族文学作家文本。

将空间分析、多民族文学比较视角引入藏族当代作家作品的研究还有很大的学术空间，在后续的研究中，笔者将继续深入对这一课题的研究。

# 第一章　嘉绒藏区地理文化空间与阿来其人其作

> 人类从来不曾是
>
> 大地的儿子以外的东西
>
> 大地说明了他们
>
> 环境决定了他们
>
> ——引自勒内·格鲁塞《草原帝国》

任何一个作家，都有自己精神成长的地理空间和文化空间，都有自己文学王国的建构地。不同的地域环境和文化空间对作家的影响使我们一读作品就能感知作家成长地的文化。克林斯·布鲁可斯在《乡下人福克纳》一文的开头说："大多数读者十分自然地把威廉·福克纳和南方联结在一起，正如他们把托马斯·哈代和威塞克斯联结在一起，把罗伯特·弗罗斯特和新英格兰北部联结在一起，把威廉·巴特勒、叶芝和爱尔兰联结在一起……"[①] 福克纳诞生在美国密西西比州的奥克斯福特镇，他以家乡的地理环境、风土人情为依据，为他的小说虚构了一个典型的美国南方县城，县城杰弗逊镇显然是以奥克斯福特为样板的，他的小说后来被文学评论家们定名为"约克纳帕塔法世系小说"。福克纳描绘的约克纳帕塔法县，方圆只有 2 400 平方英里，人口 15 611 人，地处密西西比州的丘陵和肥沃的黑土洼地之间。福克纳有九部长篇小说完全是关于约克纳帕塔法县及其居民的，这些人物还出现在他三部

---

① ［美］克林斯·布鲁克斯：《乡下人福克纳》，陆凡译，李文俊编选《福克纳评论集》，中国社会科学出版社 2004 年版，第 237 页。

小说的部分章节以及三十多篇短篇小说中。福克纳说:"我的像邮票那样大小的故乡本土是值得好好描写的。而且,即使我写一辈子,也写不尽那里的人和事。"①

沈从文先生在回忆其创作生涯时曾说:"最亲切熟悉的,或许还是我的家乡和一条延长千里的沅水,及各个支流县份的乡村人事。这地方人民的爱恶哀乐,生活感情的式样,都各有鲜明特征。我的生命在这个环境中长成,因之和这一切分不开。"② 迈克·克朗在其《文化地理学》中指出:"正如测量中的基准线对地图绘制以及地图上所有点都非常重要一样,所以出生地、生长地这些关联点对任何人,尤其是对于一个作家,就成了自始至终都很重要的因素。"③

对于阿来及其文学创作来说,川西北嘉绒藏区的地理空间和文化背景具有决定意义。"嘉绒"是阿来的成长地,也是其文学作品的发生地和文学王国的建构地。他说:"这片大地所赋予我的一切最重要的地方,不会因为将来纷纭多变的生活而有所改变。"④

在文学地理的视野中,无论是福克纳、沈从文,还是阿来,他们的文学创作都展示了一种强烈的地域文化身份,表现出作家出生地、成长地与文学发生地之间的密切关联。他们的作品都是对"小地方""小族群"的"地方性知识"及其自然物候、地理风情、人文脉息追本溯源的描绘。"地方性知识"是由美国阐释人类学家格尔兹(Clifford Geertz)提出来的,与反本质主义、民族志以及田野作业等研究方法密切相关,强调关注和研究各种不同文化间的差异性特征,主张做具体细微的田野个案考察,通过实践活动认识丰富多彩的地域文化,以区别于全球化知识或普遍性知识。地方性知识本身就是一个相对的概念,任何知识系统在与比它包含范围更广的知识系统相比时都是地方性的,这就将原本与"地方性"似乎相对立的"普遍性"也纳入"地方性"的视野中,倡导和阐释价值的多元立场。其实,人类任何地方性知识都

---

① [美]斯通·贝克:《福克纳与乡土人情》,陶洁译,《世界文学》编辑部编《福克纳中短篇小说选》,中国文联出版公司1985年版,第11页。

② 沈从文:《沈从文小说选集》,人民文学出版社1957年版,第4页。

③ [英]迈克·克朗:《文化地理学》,杨淑华等译,南京大学出版社2005年版,第95—96页。

④ 阿来:《大地的阶梯》,人民文学出版社2001年版,第7页。

不是仅仅局限于地方性的知识，所有地方性知识同时也是人类共同性知识。每一个地方性知识都如同黎曼几何学曲面上的一个特殊点，如同爱因斯坦相对论非惯性系中的一个独特位置，这些特殊的点和独特的位置，用临近联结的方式与整个曲面和全部非惯性系形成互相不可分离的统一性关系。这些特殊的点和独特的位置中任何一个发生变化，都会引起整个曲面的变化和全部非惯性系的变化。因此，强调地方性知识的重要性，并不仅仅因为它们是地方的，还因为它们是人类的。[①]

# 第一节　嘉绒藏区地理空间

从地域文化的角度看，青藏高原文化圈包含了卫藏地区、安多藏区和康巴藏区三大子文化系统，这三大子文化系统有其禀赋于青藏高原特殊的地理、经济、历史、文化的"生态共性"，又呈现出各自不同的地域族群个性。但是，由于地域广阔、地形复杂以及历史等原因，这三大子文化系统中，又包含处于不同层次的"地域—族群"文化圈，如地处康巴藏区的嘉绒藏区就是这样一个"地域—族群"文化圈。费孝通先生在提出"中华民族多元一体格局"的理论背景下，基于民族内部的文化多元性和多样性，进而提出了"多层次民族认同"理论，这对于我们探讨中国多民族文化、文学的多元互动关系，以及区域文化、文学的多样性，有着重要的意义。

## 一、嘉绒藏区地理空间

据藏文史籍，藏民族传统上习惯用山川河流来划分地域空间。见之于史书的地理区划单位主要有"部""围""岗""翼"等，一般三部为一围，两水之间为一岗。清朝同治四年，拉卜楞寺著名高僧智观巴·贡却乎丹巴绕吉撰写的《安多政教史》就记载了当时人们对整个藏区地域空间的划分。依据本

---

① 扎拉嘎：《展开 4000 年前折叠的历史：共工传说与良渚文化平行关系研究》，中央民族大学出版社 2009 年版，第 310 页。

土空间划分的传统观念，整个藏区分为上、中、下三部，上部阿里三围，中部卫藏四翼，下部多康六岗[①]。多康六岗后来演变为"多康三岗"，三岗包括"马尔康岗"（马尔康，意为中康）、"野摩塘"（多麦）、"吉塘"（宗喀），也就是今天康区与安多藏区的范围。[②] 著名藏族学者更敦群培在《白史》中认为："包括'康'及'安多'在内的东部地区统称'康'。所谓'康'是指'边地'，是针对'卫藏'的'中心'而言，才产生了意为'边地'的'康'区。"

藏文化的多元性、藏语言的多样性与其族群的复杂性是相一致的。藏族在四川是一个人口较多的少数民族，四川藏族大体上又分为三块：康巴藏区（主要在甘孜州）、安多藏区（甘孜州与阿坝州的牧区）、嘉绒藏区（主要在阿坝州的农区和半农半牧区），还有平武县的白马藏族。"嘉绒"分布在四川省阿坝藏族羌族自治州的汶川、理县、马尔康、黑水、金川、小金等县，以及甘孜藏族自治州丹巴县和雅安市宝兴县一带。"嘉绒"（rgyal rong）是"rgyal mo tsha ba rong"的缩写，其中"tsha ba rong"是"温暖的农区"的意思，而"rgyal mo"为"女皇"之意，与甘孜藏族自治州丹巴县的墨尔多神山（rgyal mo dmurdo）以及大渡河（rgyal mo mgul chu）的名称有关。

1955 年，国家将四川省藏族自治区人民政府更名为阿坝藏族自治州。1987 年 7 月又更名为阿坝藏族羌族自治州。据口头传说，"阿坝"这个地名得自于吐蕃大军征服了这片土地之后。当时，这支军队的主体部分大多来自现在西藏的阿里地区，他们长期屯居这片地域，与当地的土著在血缘上交融混合，而留下了这个意义已经有所转化的名字。阿坝又分成两个部分，一部分是西北部以九曲黄河第一弯的若尔盖县为中心的草原，一部分是东南部的山地。这片山地森林哺育壮大了长江上游几条重要的支流，从北向南依次是嘉陵江、金沙江和大渡河。大渡河上游的中心地带，哺育出一个独特的与这种地理息息相关的半农半牧区——嘉绒藏区。

---

① "六岗"指色莫岗（金沙江和雅砻江上游中间一带的地区，即今天的白玉、德格、石渠等县）、擦瓦岗（怒江和澜沧江中间的地带，即今天的八宿、左贡等县）、芒康岗（金沙江和澜沧江上游中间的地带，即今天的昌都、察雅、芒康等县）、波播尔岗（金沙江与雅砻江下游中间的地带，即今天的甘孜南部、云南西部地带）、满扎岗（即今天的果洛州黄河以南部分及甘孜州原泰宁以北地区）、木雅让瓦岗（雅砻江中游东部的地带，即今天的甘孜州到康定泰宁一带）。

② 智观巴·贡却乎丹巴绕吉：《安多政教史》，吴均等译，甘肃民族出版社 1989 年版，第 3 页。

　　嘉绒藏区，在今四川省西北边陲之地，具体说，就是云南、贵州、甘肃、青海与四川省接合部的大渡河、金沙江、岷江、黄河源头的部分地区，东起四川省成都市的都江堰和阿坝州汶川县、雅安地区的宝兴县，西至今甘孜藏族自治州的炉霍县、雅砻江一带地区，南起四川雅安地区的石棉县和凉山彝族自治州的冕宁县一带，北至四川省阿坝藏族羌族自治州的壤塘县和红原县界，与青海省班玛县接壤。嘉绒藏族聚居区最南分布到北纬 30°30′，最北到北纬 32°附近，西起东经 101°30′，东至东经 103°20′附近，南北长 840 余千米，东西长 650 多千米，总面积约为 16 万平方千米，相当于五个台湾省，超过江苏、浙江两省面积之和。

　　从地理单元上看，嘉绒藏区处于青藏高原东缘的横断山脉地区——河谷纵横交错，既有大峡谷，也有海拔 4 000 米以上的高山，还有河流冲积而成的台地与河谷平原。境内崇山峻岭，江河纵横，物产丰富，森林密布。大渡河盘绕折流，穿越大部分嘉绒藏区。古有"白马羊同部落多，十四嘉绒大渡河"的诗句，"十四嘉绒大渡河"说的是在嘉绒十八土司中，有十四个土司分布在大渡河沿岸。

　　嘉绒藏族聚居区域，地质结构错综复杂，极为少见。据专家论证，这里的地质构造为全国地质构造的一个"缩影"。由于处在亚欧板块、印度板块和太平洋板块之间，这一带在不同时期受到这些板块不同程度的俯冲、挤压、顶撞，因而形成境内地质结构的特殊性、多样性和不稳定性。2008 年震惊世界的"5·12"汶川大地震就与其复杂的地质结构密切相关。全球大部分地震都发生在大板块的边界上，一部分发生在板块内部的断裂带上。汶川县处于九顶山新华夏构造带，地质构造复杂，断层、褶皱发育构造对岩土体的改造强烈。除了古代文献记载外，仅从 1933 年开始统计，四川省共发生 5 级以上大地震 32 起，其中 6 级以上地震 13 起，7 级以上地震 4 起。地震发生频率位居全国第五位，属于地震发生较频繁地区。《尘埃落定》中几次写到地震，并不只是因为小说情节发展的需要，而是由于地质构造的原因，嘉绒地区历来就是一个地震多发地带。

　　嘉绒藏区的植被呈明显的垂直性分布，可划分为 5 个垂直带。几大河流冲积而成的峡谷地带和河谷台地，宜于耕耘，出产稻谷、玉米、小麦、青稞、荞、蚕豆类和马铃薯类农作物，也盛产苹果、梨子、花椒、核桃、花红、李子、葡萄等经济林果。嘉绒境内分布着卧龙等几大动植物自然保护区，大熊猫和金丝猴就生长在这里。还有各种珍稀植物数十种，出产名贵中药材大黄、羌活、木香、贝母、虫草、干松、党参、麝香、鹿茸、牛黄等。

由于青藏高原东部地壳厚度急降，加之横断山系因受几大地壳板块的挤压而隆起呈南北走向，由此形成南北纵向、山川并行的高山峡谷地貌，这是中国三级地形大势由高而低的第一条地形过渡带。这个过渡带就是嘉绒文化带得以存在的自然基础，其地理态势有三个基本特点：

其一，边缘性。这一地带既处在青藏高原的东部边缘，又处在四川盆地及云贵高原的西部边缘。从西部来说，是冲积平原与盆地区域最接近高原区域的地带；从东部来说，则是高原区域最接近冲积平原及盆地区域的地带。

其二，便通性。在这一地带，江河沿高原断裂带切下，然后山川并行，由高原下倾以及山川走势构成若干自然通道。

其三，屏蔽性。高山横断、深峡隔绝于高原与冲积平原及盆地之间，犹如一道屏障。这是一条具有自然阻隔作用的实实在在的界线，连绵不断的岷山、龙门山、邛崃山、大凉山等，就是一道道由北向南、横断东西的自然屏障。

嘉绒藏区所处地段的自然地理态势，决定了这个地带的历史文化无不与其自然特点相对应：

其一，这个地带是黄河流域文化与长江流域文化发生交流的最早的通道和地区之一，也是历史上古藏缅语系及其他语系的民族及族群南来北往的通道和区域。

其二，这个地带是古代冲积平原农耕文明中心对其边缘进行政治经略最早的对象之一。"藏彝走廊"的东部是最先被纳入中原王朝政治建制的地区，也是最先设置官道的地区。秦统一后，就在"藏彝走廊"东部设立郡县，并开拓了联系蜀滇的五尺道。至汉武帝时，随着武都郡、汶山郡、沈黎郡、越巂郡、犍为郡等政治建制在"藏彝走廊"东部的设立，武都氐道、零关道、南夷道、西夷道等交通路线也在这些地区开辟出来了。

其三，这个地带是历史上族群活动最频繁、最复杂的地区，也是各种文化交流、融合异常丰富的地区。早在先秦时代，这一带就不仅有古汉藏语系藏缅语族的各种古代族群在其中活动，而且还有古汉藏语系壮侗语族的各种古代族群在其中活动，甚至可能还有非汉藏语系的诸如阿尔泰语系、印欧语系、南亚语系等诸多古代族群在其中活动。秦汉以后，这个地带差不多成了汉文化与非汉文化区域的分界线，特别是在唐代以后，更是在大体上成了汉文化与藏文化的分界线。这个地带作为藏缅语族三大族群藏、彝、羌的历史文化分布地带，处于藏文化的东部边缘，又处于汉文化的西部边缘，强烈地受到汉文化和藏文化的双重影响。

其四，这个地带是一条深大的历史文化沉积带，许多曾经处于中心区域的古老文化在这里得以保存。由于这个地带的"边缘"性质，使它成为吸纳已成为过去的文化因素的特殊地带。如同费孝通先生所说，是"活着的历史遗留"保存地。

## 二、嘉绒藏区的地理脉息构成阿来文学创作的基础性因素

从作家的成长地与文学发生地出发来研究文学创作，一方面便于我们从起点考察作家的创作根底、创作形态和智慧方式，并由此"探索他们著作中的生命痕迹，解码文化的 DNA"①；另一方面，也便于我们对文学作品进行还原，考察它的发生学、形态学，及其文化元素的由来。

第一，嘉绒藏区的地理位置和空间背景对于阿来的文学创作具有重要意义。

"一切都发生在土地之上，与土地有关或者由土地引起。"② 从富饶的成都平原，向西向北，到青藏高原，其间是一个渐次升高的群山与峡谷构成的过渡带③，这个过渡带在藏语中称为"嘉绒"。阿来讲述的许多故事都发生在这个宽广的"过渡带"上。以长篇小说《尘埃落定》《空山》系列、《格萨尔王》和地理文化散文《大地的阶梯》、非虚构写作《瞻对》为代表，阿来的作品几乎都是以青藏高原特别是以川西北嘉绒藏区的地理空间为背景，是阿来对处于地理和文化"过渡带"的故乡——"嘉绒藏区"的"深描"。

---

① 杨阳：《还原诸子，解码文化 DNA——杨义研究员专访》，《国际社会科学杂志》2009 年第 2 期，第 96—101 页。

② ［美］爱德华·萨义德：《文化与帝国主义》，李琨译，生活·读书·新知三联书店 2003 年版，第 107 页。

③ 英国著名文化人类学家汤因比提出"逆境论"。他认为，在地形崎岖、气候恶劣的环境下，一样能产生文明，原因在于那里的人富有智慧、高超的管理与强有力地征服。

阿来把从成都平原开始一级级走向青藏高原顶端的一列列山脉看成"大地的阶梯"。在《永远的嘉绒》一文中,阿来对嘉绒的地理空间做了这样形象的描述:

> 嘉绒,是藏民族大家庭中一个部族的名字。
>
> 嘉绒也是一个地区的名字。
>
> 我在一篇小说里说:这个地区在行政上属于四川,地理上属于西藏。
>
> 嘉绒在藏语中的意思,就是"靠近汉区山口的农耕区"。这个区域就深藏在藏区东北部、四川西北部绵延逶迤的邛崃山脉与岷山山脉中间。座座群山之间,是大渡河上游与岷江上游及其众多的支流。出四川盆地,从大渡河出山的河口,或岷江出山的河口一直往西往北,这两条大河像是一株分岔越来越多的大树的庄严的顶冠。
>
> 最后,澎湃汹涌的水流变成了细细的一线,如牧人吹出的笛音的清丽与婉转。那些细细的水流出自于冰川巨大而有些麻木的舌尖,出于草原沼泽里的浸润与汇聚。
>
> 那种景象出现时,双脚已经穿过了数百公里纵深的嘉绒大地,登上了辽阔的青藏高原。
>
> 在大多数人的想象里,那里才是异域风光的开始。
>
> 长期以来,大家都忽略了青藏高原地理与藏文化多样性的存在。忽略了在藏区东北部就像大地阶梯一样的一个过渡地带的存在。
>
> 我想呈现的就是这被忽略的存在。她就是我的家乡,我精神与肉体的双重故乡。[1]

阿来就出生在这片构成大地阶梯的群山中间,在那里生活、成长,直到36年后才离开。他说:"我更多的经历与故事,就深藏在这个过渡带上,那些群山深刻的褶皱中间。"[2]

文化从来与地理相关,不一样的地理往往意味着一种新的精神启示与引

---

[1] 阿来:《阿来文集·诗文卷》,人民文学出版社2001年版,第144—145页。
[2] 阿来:《大地的阶梯》,人民文学出版社2001年版,第25页。

领，复杂多变的地理往往预示着别样的生存方式，构成多姿多态的文化，而任何一个地理空间都不只意味着一个地理位置、物理空间，而是地理与历史、文化的多维存在，是一种心理空间，一种更为多样化和独特生活方式的象征，是渗透了历史的、文化的、政治的有意义的立体的"地图"。

第二，在探讨阿来的空间化书写时，"过渡地带"是一个无法回避而又十分有意味的话题。

"过渡地带"是处于两个地理空间之间的由此及彼而又非此非彼的间隙或中间地带，地理上的"过渡地带"往往与文化上的"过渡地带"密切相关，也与种族、宗教、语言、历史、政治、经济、道德以及权力、知识、话语权、心理、情感等密切相关。因此，地理空间也是一种人文"区位"。美国学者派克在他的"人文区位学"里，把人文世界分为四个层次：基层是和动植物等同的，称之为区位层或生物层；往上升一层是经济层；再上一层是政治层；最高一层是道德层。这几个层次像是堆成了一个金字塔，区位层是基础，道德层最高。"嘉绒藏区"处在一个特殊的人文"区位"，在这个地域空间里，文化的多元性，尤其是族裔身份的多元性决定了这个文化空间是多维的而不是单一的，是杂糅的而不是纯粹的。

"过渡地带"也是不同地理、经济、政治、文化、语言板块的"边缘地带"，是一个汇聚了多种矛盾的场所，具有诸多"边缘性"特征。一方面，"边缘地带"夹在两个权力空间之间，超脱于两种权力斗争之上，游离于两种文化的秩序之外，是两种政治、两种语言、两种文化之间的"公共空间"和两个经济区之间的"转运港"，具有"三不管"的超然色彩；另一方面，正如梁秉钧在《今天》"香港文化专辑"（1995 年第 1 期）的引言中所言，"边缘性"也"是一种长远以来被迫接受的状态，它代表了人家对你的视而不见、听而不闻，对你所做的事视若无睹"。处在两大权力中心之间的"边缘地带"，一直以来都面临着两种命运或两种状态：一是在两种或一种政治势力削弱或无暇他顾的时期，"边缘地带"滑出了中心或主流视野，被忽视甚至被遗忘，自生自灭，形成了另一种政治上的边缘。如《尘埃落定》中的土司制度，就处在这样一个时代。也正是由于这个原因，土司制才得以在不同权力空间的"间歇"中延续。一是在两种或多种政治势力因为强大而不断对外扩张的过程中，"边缘"又往往成为各种政治、文化势力争夺的中心。如唐朝时期，嘉绒地区就一直处在吐蕃王朝和唐王朝的激烈争夺之中。

阿来对处在汉藏两大"生态—文化"板块之间"过渡带"上的"嘉绒藏区"及其历史、文化有深入的了解，对"过渡带"上的各种复杂的关系也是体悟颇深。在长篇小说《尘埃落定》中，阿来从地理空间的角度对"嘉绒藏区"的权力空间做了如下描述：

> 有谚语说：汉族皇帝在早晨的太阳下面，达赖喇嘛在下午的太阳下面。
>
> 我们是在中午的太阳下面还在靠东一点的地方。这个位置是有决定意义的。它决定了我们和东边的汉族皇帝发生更多的联系，而不是和我们自己的宗教领袖达赖喇嘛。地理因素决定了我们的政治关系。①

在其后的作品中，通过散文、随笔、访谈、小说，阿来不断地编织着这些记忆。在《大地的阶梯》后记中，阿来写道：

> 我作为一个并不生活在西藏的藏族人，只想在这本书中作一些阿坝地区的地理与历史的描述，因为这些地区一直处在关于西藏的描述文字之外。阿坝地区作为整个藏区的一个组成部分，一直以来，在整个藏区中是被忽略的。特别是我所在的这个称为嘉绒部族生息的历史与地理，都是被忽略的。我想，一方面是因为地理上与汉区的切近，更重要的原因还在于，这个部族长期以来对于中原文化与统治的认同。因为认可而被忽略，这是一个巨大的不公正。我想这本书特别是小说《尘埃落定》的出版，使世界开始知道藏族大家庭中这样一个特殊的文化群落的存在，使我作为一个嘉绒子民，一个部族的儿子，感到一种巨大的骄傲。②

第三，地理空间及其自然脉息构成阿来精神世界的底层成分。

在写完长篇小说《尘埃落定》后，阿来把作为这部作品背景的地区又重

---

① 阿来：《尘埃落定》，人民文学出版社2001年版，第19页。
② 阿来：《大地的阶梯》，人民文学出版社2001年版，第273页。

走了一遍。他说："我需要从地理上重新将其感觉一遍。"① 这是很有意味的。阿来的文本，对嘉绒大地的地形地貌、山川风物、气候植被有大量的景观② 描述。但景观描写中表达的却是有关这片大地的一切心灵感受，展示的是一幅幅与自然气脉息息相通的心灵图景。我们从阿来的所有作品中，都能感受到嘉绒大地的自然地貌和自然风物对作家精神世界的引领。阿来说："我在群山中各个角落进进出出，每当登临比较高的地方，极目远望时，看见一列列的群山拔地而起，逶迤着向西而去，最终失去陡峻与峭拔，融入青藏高原的壮阔与辽远时，我就把这一片从成都平原开始一级级走向青藏高原顶端的一列列山脉看成大地的阶梯。"③ 这是一种至大至美的境界。在某种程度上，嘉绒的地理脉息对阿来心灵世界的建构甚至超过了人文历史。构造雄奇的地理骨架、悠久复杂的历史空间和强大的族群文化链，构筑了一个部族共同的精神空间，也构筑了阿来的心灵世界。

新文化地理学认为，景观并不是如传统人文地理学（即文化地理学）所定义的那些我们在地面上看到的风景、景象或一片土地，而是看的方式（ways of seeing）。

阿来喜欢不间断地漫游，从马尔康县的藏族村寨卡尔古村开始，到梭磨河、大渡河、墨尔多神山、大小金川、若尔盖草原……在漫游中写作，是阿来的生活方式之一。地理文化散文《大地的阶梯》就是阿来缘自自我心灵深处的自然与文化依恋情结而完成的一次寻根之旅，带有强烈的寻根式家园情怀。他说："嘉绒大地，是我生长于兹的地方，是我用双脚多次走过的地方，是用心灵更多次走过的地方。"④

---

① 阿来在其新浪博客《我的格萨尔故乡还愿之旅》一文中也说过："不是第一次了，写完一部作品后，总要重新游历一遍作为故事背景的那片大地。有些时候，这种游历会有一个直接的结果。《尘埃落定》之后，我就曾经重新游历了当年嘉绒18个土司的故地，四川省阿坝州和甘孜州的部分地区，不意间又写了一本叫《大地的阶梯》的书，一本地理、文化、历史交相辉映的书，当然也可以说是一本芜杂的书。更多的时候，则只是行走与回味，也许，正是在这样的游历中，新的故事又在心中生长了。"

② 与自然景观密切相关的是"文化景观"。"文化景观"一词的应用始于20世纪20年代。美国著名地理学家C. D. 索尔在1927年发表的《文化地理的新近进展》一文中，把"文化景观"定义为"附加在自然景观上的人类活动形态"。

③ 阿来：《大地的阶梯》，人民文学出版社2001年版，第1页。

④ 阿来：《大地的阶梯》，人民文学出版社2001年版，第273页。

在漫游中，阿来把自己融入那片雄奇的大自然，他自觉地扮演了一个文化人类学者的角色，"坚定地要以感性的方式"，"以双脚与内心丈量故乡大地"，在群山中各个角落进进出出，探寻嘉绒部族的历史以及随着历史的变迁而湮灭于荒山野岭间的历史中的文化。阿来试图通过地理考察，以寻幽探微的方式，以真切的自我体验穿越空间和时间，捕捉那些附着于地理之上在历史的天空中早已逝去的"遥远星光"①。

民族志和随笔体具有的真实性与可读性，引领读者沿着大地的阶梯，走上梯升的群山，走上世界屋脊，领略藏民族多元一体文化格局中一个独具特色和魅力的文化地带——嘉绒藏区。

第四，嘉绒藏区的地理空间与地域文化铸造了阿来的空间感与空间意识，也对其文学创作产生了深刻的影响。

在一次访谈中，阿来说："我一直认为，中国小说的空间感比较差，这也是中外小说一个比较明显的差异，而我希望自己的小说中有空间的质感，这需要通过亲自游历才能实现。"②"成功的作家总是表现出非常敏锐的空间感。这个空间是外化的，同时也是内在的。"③

藏传佛教的空间观念是轮回，在这种观念支配下，宇宙之轮往复循环。在过去、现在、未来之间，在生与死之间，生命之轮永恒旋转。时间的流逝只是一种表象，只会影响生命的外观，任何变化都不会影响和区别生命空间的本质。这种时空观完全排除具体历史事件的意义，每一个新的事物都是在回溯旧的不变性。

穿越空间与时间，藏人有一种与生俱来的空间意识。千年不化的雪山，望不到边际的荒原……传统的藏人就生活在这样一个恍如隔世的世界屋脊之上。雪山和高原像栅栏一样把他们阻隔于外部世界之外，使其孤悬于地球之巅。置身于这样巨大的自然空间中，在自然施予的旷远神圣与残酷威压中，无论是个体还是集体，都极容易感受到空间的孤独、丰富与广阔。单纯的地理空间感让人自身的存在显得无助而渺小，藏人对宗教的执着与痴迷，以及复

---

① 阿来：《就这样日益丰盈》，解放军文艺出版社 2002 年版，第 186 页。
② 蒋楚婷：《阿来：文学是一种沟通的工具》，《文汇读书周报》2009 年 9 月 8 日，第 9 版。
③ 阿来：《局限下的写作》，《当代文坛》2007 年第 3 期，第 129—131 页。

杂而丰富的感受或许是潜意识里对这种孤独感的反抗。但是，如果我们把空间看作是人与神灵沟通的心灵空间，空间又是丰富的、复合性的和感性的。特殊的地理位置，以及藏传佛教文化的思维特质，赋予了藏民族广阔的精神空间。

藏人生活的青藏高原富有山川地貌罕见的地理个性与瑰丽的审美想象，这种地理个性深刻地影响着藏族人的感觉、意绪、思维习惯和行为方式。当藏族作家、诗人歌唱他们生息的故土时，作为自然景观反映的艺术世界必然打上青藏高原地理的烙印。由地理个性造成的审美想象对于藏族作家来说，是民族整体性的独特因素之一，藏文化、藏文学同时秉有了自然与人文的双重魅力。① 在《尘埃落定》中，阿来借"傻子"少爷的意识活动，传达了他对空间与时间的感悟：

> 这是又一个春天了。
>
> 等等，叫我想想，这可能不是一个春天，而是好多个春天了。可这又有什么关系呢？在这个世界上，如果说有什么东西叫人觉得比土司家的银子还多，那就是时间。好多时候，时间实在是太漫长了。我们早上起来，就在等待天黑，春天刚刚播种，就开始盼望收获。由于我们的领地是那样宽广，时间也因此显得无穷无尽。
>
> 是的，宽广的空间给人时间也无边无际的感觉。
>
> 是的，这样的空间和时间组合起来，给人的感觉是麦其家的基业将万世永存，不可动摇。
>
> 是的，这一切都远不那么真实，远远看去，真像浮动在梦境里的景象。②

对于"嘉绒藏人"阿来来说，空间感与空间意识几乎是与生俱来的。这种感觉或意识，除了地域文化的陶养，更多的是地理空间的模铸。

嘉绒藏人主要聚居在川西北高原的大、小金川流域一带及岷江流域以西。川西北高原是康藏高原的极东边缘地带，北有岷山山脉，南有邛崃山脉，彼

---

① 丹珍草：《藏族当代作家汉语创作论》，民族出版社 2008 年版，第 18 页。

② 阿来：《尘埃落定》，人民文学出版社 2001 年版，第 146 页。

此纵横交错，岷江与大金川纵穿高原的两侧，而以"四土"地区的鹧鸪山为分水岭。川西北地区除极北的若尔盖、阿坝等是草原外，其余皆是群山重叠的峡谷及冲积而成的台地与河谷平原，土地十分肥沃。这些地方一半在海拔2 000米左右，一半是在2 000米以上，嘉绒藏人就居住在这群山重叠的峡谷间。阿来在2009年接受腾讯读书的采访时也曾说："我们在青藏高原生活的人，很少跟人打交道，大部分时候是处在一个自然界的笼罩之下。周围人很少，自然界很广大，你相信自然界那种美，自然界那种力量是一个非常人格化的存在，自然界不是一个我们生活的环境，是我们生活的一部分，它也是跟家里的任何一个人一样，是我们生活当中的一个成员。"

嘉绒藏区的自然地貌、山川风物是极具心理张力的地理空间，在这样的空间中，时间的、物质的、思维的、感觉的、想象的一切都深刻地打上了空间的烙印。这个由群山和峡谷构成的过渡地带，总是处在不断地"上升与陷落"之中。生存在这些"群山深刻的褶皱中间"，历史的兴衰、人事的浮沉、生活中的幸与不幸、精神上的荣与辱……似乎都可以用地理上的上升与陷落来表述。时间长河中的历史和文化在此呈现为一种折叠状态。这是一种真切而深刻的感受：

> 作为一个漫游者，从成都平原上升到青藏高原，在感觉到地理阶梯抬升的同时，也会感觉到某种精神境界的提升。但是，当你进入那些深深陷落在河谷中的村落，那些种植小麦、玉米、青稞、苹果与梨的村庄，走近那些山间分属于藏传佛教不同流派的或大或小的庙宇，又会感觉到历史，感觉到时代前进之时，某一处曾有时间的陷落。
>
> 问题的关键是，我能同时写出这种上升与陷落吗？①

由于处在汉藏两大地理、文化板块的接合部，在缓慢的历史进程中，嘉绒藏区往往被边缘化甚至被遗落，时间因而被空间所悬置。与生命历程相关的个人或族群记忆，在那片空间中，也是一种折叠状态。作为"嘉绒藏人"，阿来穿行于多种地理文化空间之间，对空间具有更加深切的体验。在阿来的

---

① 阿来：《大地的阶梯》，人民文学出版社2001年版，第7页。

很多作品中，对本土景观的描述，高旷悠远，壮美纯粹，藏域故事因而与别处有了区别。

阿来的空间想象力，也得益于他在《科幻世界》杂志社的工作经历，以及对科幻知识的浓厚兴趣与感悟。阿来曾任《科幻世界》杂志社社长、编辑，并创办《飞》等六种科幻杂志。他在访谈中说："因为我一直对科学及科幻都有兴趣，加之供职于一家科幻杂志，因此，每期在杂志上写一篇科学随笔。我就此做了一系列的阅读与思考，以便对科学诸方面形成一点自己的想法。"阿来举办过科幻讲座、科普讲座，参加过在美国芝加哥召开的国际科幻大会，访问过美国宇航员罗斯上校。阿来喜欢阅读天文学家哈勃（哈勃太空望远镜的发明者）的传记《星云世界的水手》。在《视线穿越空间与时间》一文中，阿来写道：

> 伽利略把望远镜对准月亮那一刻，数十倍地扩展了我们的视场。哈勃望远镜却将我们的视线在几乎穿透空间的同时，也穿越了时间。

> 仅仅从科幻创作的眼光来看，这一系列的发明引发了时空观念的改变，这其实也为科幻小说家们重新考虑时空以及这个世界的关系提供了新的视角。美国科幻作家特德·奇昂在新作《巴比伦塔》里，就以古老的圣经故事为题材，对地狱与天堂的关系进行了一种纯空间意义上的想象。

> 而在爱因斯坦们、霍金们探索追问望远镜在我们面前展开的时空何以如此时，都在设想超越这一切宏大无边之上的终极力量。对于这一切，阿西莫夫却只写了一篇精巧的短篇《眼睛不仅用来看东西》，描绘出一种梦境般的力量，一种律动不已的欲望。今天，我们相信，科幻小说还有着许多已知与未知的空间，因为，还有许多望远镜等待开启，茫茫太空中还有许多的光线、许多的信号，正要抵达，或者刚刚出发。[1]

在《尘埃落定》的后记里，阿来阐发了他对于历史、现实、人生的空间感悟：

> 看哪，落定的尘埃又微微泛起，山间的大路上，细小的石英沙尘在

[1] 阿来：《就这样日益丰盈》，解放军文艺出版社2002年版，第156页。

阳光下闪烁出耀眼的光芒。

我的人本来就在路上，现在是多么好，我的心也在路上了。

唉，一路都是落不定的尘埃。

你是谁？

你看，一柱光线穿过那些寂静而幽暗的空间，便照见了许多细小的微尘飘浮，像茫茫宇宙中那些星球在运转。①

阿来以一个作家的直觉触及空间问题的核心，更为重要的是，他用他的文学参与了对空间的体验。空间是一个社会、文化、历史和地域的多维存在，文学作品不应被看成仅仅是反映或描述世界，相反，我们应当考察空间是如何建构在小说、诗歌等文学艺术中的。《尘埃落定》构筑了一个广阔的历史空间，描绘了一个特定时代、特定地域中的土司制度的兴亡史。那一片历史的天空，被阿来怀旧的、感伤的、记忆的、想象的光束穿过，顿时变得鲜活起来。在萨义德看来，空间意识比事实存在更具有诗学价值："事实的存在远没有在诗学意义上被赋予的空间重要，后者通常是一种我们能够说得出来、感觉得到的具有想象或具有虚构价值的品质……空间通过一种诗学的过程获得了情感甚至理智，这样，本来中性的或空白的空间就对我们产生意义。"②

# 第二节　嘉绒藏区历史文化空间

## 一、嘉绒藏人族源构成

"嘉绒"又称甲绒或嘉戎。有些地方的嘉绒藏族自称为"嘉戎"（rgyal rong），有的地方则自称"格戎"（ka－run 或 ka－ru，ke－ru 等）。"理县的

---

① 阿来：《尘埃落定》，人民文学出版社 2001 年版，第 428 页。

② ［美］爱德华·萨义德：《东方学》，王宇根译，生活·读书·新知三联书店 1999 年版，第 68 页。

嘉绒藏族自称'格尔'、'格绒'；嘉绒藏族称汉族为'格逼'或'格巴'；羌族称嘉绒藏族为'蚩布'；藏族称羌族为'达弭'；西藏地区称嘉绒藏区的人为'察柯哇'；草地藏族称嘉绒藏人为'嘉绒哇。'①

嘉绒的族源问题一直以来为学术界所瞩目，这也是嘉绒文化研究中有争议的焦点问题之一。邓廷良先生曾通过一系列文章阐发了他对嘉绒族源的独特看法：

> 甲绒一词乃西藏人对格茹的称呼，并非自名，一般史家多解为"靠近汉地之农区（人）"，因在藏语中，"甲"有"汉、大、王"等义；"绒"指"低湿温暖的农区"，解为"靠近汉地之农区（人）"，虽是讲得过，但未必确切。直译当为"汉地农人"或"农区汉人"之意。因为不但字面如此，且此（甲绒）乃西藏地区之人对格茹的称呼，而西藏人历来以格茹为"汉人"。自从吐蕃占格茹地区以来，所谓"自喇嘛教传，甲绒无国"，格茹人皈依其教，入藏求学，所居之地名"甲绒孔仓"（喇嘛之学院），甲绒之称亦正由此而来，但正因茹家是"汉人"（甲绒），故历来不受信任。据桑、杨等人说：从前一甲绒高僧入藏四十年，被荐为管三大寺（哲蚌、葛州、色拉）的"甲令可巴"，连报七次，均因其是"汉人"而不得获准；而且"仓嘎仑"（管各学院之僧官）中亦不准甲绒人任职，甚至哲蚌诸寺的铁棒喇嘛（执法喇嘛）也规定不得用甲绒；等等。更有直指甲绒为"夹尔根"（汉人）的。其意因甲绒虽奉喇嘛教，但语言、服饰均异于青藏，故藏人误以为异族，如同甘南夏河及川北草地之藏人指语言、服饰不同的卓尼、宕昌的藏人为"半蕃子"一样。相传直至清赵尔丰进兵西藏，藏兵阻击，一败再败。西藏人不得已就近起用善战悍勇的甲绒人，居然获胜，西藏始信任甲绒，但仍以为是"汉人"。
>
> 从史上看来，甲绒所居之处乃自古藏汉相交、相争之地。如《旧唐书》及《理藩厅志》均记有：唐代吐蕃攻维州不下，吐蕃人以一蕃妇嫁维州门官生二子，二十年后助吐蕃陷维州的故事。而且唐李德裕所筑之

---

① 王文泽：《扎西朗嘉绒藏族史料》，四川藏学研究所《嘉绒藏族研究资料丛编》（内部资料），1995年，第5页。

"无忧城"（今薛城）及"筹边楼"至今尚在（后世重建），且地属甲绒人之咽喉。藏、汉以兵相见之时，各募甲绒健儿助之，故汉以甲绒为夷、为戎、为藏，而藏则因服饰与语言之殊误指甲绒为汉。[①]

邓廷良在《甲绒与牦牛羌》一文中，从史料、传说、居住地区、语言、图腾遗痕等方面首次提出并论证了嘉绒应是古代牦牛羌后裔的观点。他认为，从已有的材料看来，可以肯定嘉绒是"货真价实"的藏族，而且与古藏人同祖，是牦牛羌的嫡系后代。邓廷良针对嘉绒土司中广泛流传的大鹏鸟传说，在《琼鸟与牦牛羌——兼谈图腾变迁的另一面》[②] 一文中认为，琼鸟部实际上仍是牦牛部的一部分。

1944 年，马长寿先生在《嘉绒民族社会史》一文中曾提出了"冉駹—嘉良—嘉绒"的演进序列。应该说，这一演进序列确立了嘉绒族源研究的基本范式。20 世纪 80 年代以来，学术界关于嘉绒族源的讨论基本上都以此为基础展开。

1986 年，邓廷良在《嘉绒族源初探》[③] 一文中为嘉绒建立了一个完整的演进序列：

雪山之子＋古蜀人—戈基人＋冉駹（巴蜀族）＋牦牛羌—嘉良夷＋琼鸟部＝嘉绒
（先秦）　　　　　　　　（秦汉）　　　　　　　　（唐）

格勒在其《古代藏族同化、融合西山诸羌与嘉绒藏族的形成》[④] 一文中认为，嘉绒藏族是唐以来藏族同化、融合这一地带的古代氏羌部落而逐渐形成的，这些氏羌部落包括先秦的牦牛羌、冉駹夷以及隋唐的嘉良、哥邻等。他说："藏族同化和融合诸羌部落并非整齐划一，大体上有三种情况：一是完

---

① 邓廷良：《甲绒与牦牛羌》，《社会科学战线》1981 年第 2 期，第 232—235 页。

② 邓廷良：《琼鸟与牦牛羌——兼谈图腾变迁的另一面》，《社会科学战线》1984 年第 3 期，第 242—245 页。

③ 邓廷良：《嘉绒族源初探》，《西南民族学院学报》1986 年第 1 期，第 17—25 页。

④ 格勒：《古代藏族同化、融合西山诸羌与嘉绒藏族的形成》，《西藏研究》1988 年第 2 期，第 22—30 页。

全同化，如苏毗、羊同、白兰等，几乎不知去向；二是大部同化，但在某些文化特征上，尤其是语言上仍保留部分残迹，今天仍可隐约寻其踪迹，党项羌就属这类；三是在藏汉、藏羌、藏彝边界的部分古氐羌部落，虽然也被同化，但明显保存着其部分文化原貌，使这一带的藏文化显现出明显的多元化特点，即在吸收和融合藏文化为主的前提下，又保留某些古羌文化因素，今嘉绒藏族、白马藏族等就属于这类同化和融合的结果，我们称它们为同而未完全化，融而未完全合。"[①] 严木初先生在格勒观点的基础上强调了藏传佛教在嘉绒藏族形成过程中的重要作用。[②] 王建康的《嘉绒藏族的成因》[③] 一文，从共同语言、共同地域、共同经济生活和共同文化心理四个方面论证了"嘉绒藏族与其他地区的藏族是统一的、稳定的、长期的、不容含混的"。

对于嘉绒族群的历史脉络，阿来在《尘埃落定》中也有描述：

> 多少年以前——到底是多少年以前，我们已经不知道了。但至少是一千多年前吧，我们的祖先从遥远的西藏来到这里，遇到了当地土人的拼死抵抗。传说里说到这些野蛮人时，都说他们有猴子一样的灵巧，豹子一样的凶狠。再说他们的人数比我们众多。我们来的人少，但却是准备来做统治者的。要统治他们必须先战胜他们。祖先里有一个人做了个梦。托梦的银须老人要我们的人次日用白色石英石作武器。同时，银须老人叫抵抗的土人也做了梦，要他们用白色的雪团来对付我们。所以，祖先们取得了胜利，成了这片土地的统治者。那个梦见银须老人的人，就成了首任"嘉尔波"——我们麦其家的第一个王。
>
> 后来，西藏的王国崩溃了。远征到这里的贵族们，几乎都忘记了西藏是我们的故乡。不仅如此，我们还渐渐忘记了故乡的语言。我们现在操的都是被我们征服了的土著人的语言。当然，里面不排除有一些我们原来的语言的影子，但也只是十分稀薄的影子了。我们仍然是自己领地

① 格勒：《藏族早期历史与文化》，商务印书馆 2006 年版，第 334 页。
② 严木初：《浅论嘉绒藏族的起源与形成》，《四川藏学研究》（四），四川民族出版社 1997 年版，第 32 页。
③ 王建康：《嘉绒藏族的成因》，《西藏研究》1989 年第 3 期，第 39—44 页。

上的王者，土司的称号是中原王朝赐给的。①

以上描写，与嘉绒部族迁徙、同化的历史是相吻合的。阿来说："因为这个原因，我的感情就比许多同辈人冷静一些，也复杂一些。所以我也就比较注意不同民族不同文化的冲突、融合。"②

公元 7 世纪末，随着吐蕃对康区的武力征服和统治，康区诸羌大部分成为吐蕃属部。他们不仅在政治上服从于吐蕃，同时还被大量编入吐蕃军队对唐作战，成为吐蕃军事力量的重要组成部分。吐蕃军队在康区一带长期与唐作战，这些军队除了由党项、白兰等诸羌部落组建外，主要由来自吐蕃本土的各部落组成。这些以部落为单位的吐蕃军队既是军队组织，又是生产单位，因此，他们的每一次东征，实际上都是一次民族迁徙活动。这些来自吐蕃本土的军队与康区诸羌长期杂处，混同作战，在经济、文化上相互影响，加速了彼此的融合。吐蕃占领和控制康区的过程，也是吐蕃对康区诸羌逐步同化的过程。

对于康区的党项等属部，吐蕃不仅将其纳入自己的军队建制，授其首领以官职，同时还以婚姻作为联系这些属部的重要手段，从政治、文化心理以及血缘上加速了吐蕃对康区诸羌的同化进程。据《安多政教史》载，吐蕃从军中挑出九名勇士，率部驻扎在霍尔与藏区之交界处，令其弗接藏王圣旨，不准返回。因此，他们的后裔就称葛玛罗（ka－ma log）。多麦南北地区的藏族人，均是藏王遣驻彼地边防将士之后裔。当地语言中亦保留了相当多的古藏语部分。今天的川西北地区的嘉绒藏族所使用的嘉绒语中就保留了大量吐蕃时期古藏语语音③。事实上，康区诸羌被完全融合于藏族之中，大体是在吐蕃王朝灭亡后的五代、宋、金时期，即公元 11—12 世纪才最后完成的。

由于吐蕃对康区诸羌部落实行了长达两百余年的统治，并使他们在相当程度上接受了吐蕃居民与诸羌部落居民相互杂处的局面，这使吐蕃与康区诸羌的同化趋势得以延续，他们在经济上相互依存、彼此杂居，在文化心理上

① 阿来：《尘埃落定》，人民文学出版社 2001 年版，第 98—99 页。
② 阿来：《时代的创造与赋予》，《四川文学》1991 年第 3 期，第 5—8 页。
③ 王建康：《嘉戎藏族的成因》，《西藏研究》1989 年第 3 期，第 39—44 页。

彼此影响，在血统上自然交往、彼此通婚。但是，对康区藏族的最终形成起到关键性作用和文化凝聚作用的，则是藏传佛教的传播和普及。10世纪以后，随着藏传佛教后弘期的到来，藏传佛教文化由吐蕃本土不断地向东传播和渗透，这不仅使得四川藏区各部族在文化心理和语言上渐趋一致，而且最终使嘉绒藏族与吐蕃本土文化融合为一个有机的整体。因此，可以将藏传佛教的传播和普及视为嘉绒藏族最终形成的标志。

在青藏高原多元一体文化格局形成的过程中，嘉绒部族承担了民族碰撞融合中巨大的苦难，也为文学和文化的发展打下了基础，对今天嘉绒藏区特殊文化的形成产生了重大的影响。阿来的文学创作，对此都有深刻的展示。阿来说，他的叙述更多的是"藏民族中一个叫作嘉绒的部族的集体记忆"[1]。

> ……正是有了盘热的军事占领在先，再有了毗卢遮那带来已经相当西藏本土化的佛教传播，特别是佛经典籍传播中的文字传播，嘉绒才形成了藏族中一个自身特性保持最多的独特的文化区。
>
> 我知道，我的身体里，既流淌着嘉绒土著祖先的血液，也流淌着来自阿里三围的吐蕃军人的血液。当地的土著是农人，农闲时节就在村庄附近放牧或狩猎，而那些从世界屋脊上拾级而下，曾经所向披靡的铁血武士，慢慢地也成为了在青稞地里扶犁的人，变成了在高山草甸放牧牛群的人，变成了在鲜花盛开的季节，围着女人的百褶裙追逐爱情或肉欲的人。
>
> 但是武士与军人的血液不会永远沉沦，当危机袭来，那些勇武的因子又被唤醒，平和的农人，甚至澹定的僧侣又成为血脉贲张的武士。
>
> 这样的两相结合，就是今天作为藏族一个较为特别部分的嘉绒人。[2]

嘉绒藏人迁徙与融合的历史轨迹，同时也昭示藏民族共同体内的认同基础。时空变换，朝代更迭，同一民族分成若干族群、部落散落在青藏高原的崇山峻岭之间，枝叶早已伸展开去，覆盖四面八方，同根相连的无形血脉和

---

① 阿来：《大地的阶梯》，人民文学出版社2001年版，第271页。
② 阿来：《大地的阶梯》，人民文学出版社2001年版，第31页。

有形经典，早已烙印在集体无意识中。我们"唯有深入地总揽文学地理学的综合效应，才能真正破解和探寻文学之为文学的生命本质，以及作家之为作家的原创力机制的秘密所在"①。

在嘉绒的口头传说中，大多认为嘉绒土司是由大鹏鸟的巨卵所生。"嘉绒藏族土司传说是由大鹏鸟的卵所生。绰斯甲、瓦寺土司也保留有这一传说，并在官寨大门首上雕有大鹏鸟孵卵形象。绰斯甲土司官寨中，自祖代传下来的壁画，记述其远祖起源与土司来源传说，大致为：'远古之世，天下有人民而无土司，天上降一虹，落于奥尔卵隆仁地方，虹内出一星，直射于嘉绒，其地有一仙女，名喀木茹米，感星光而孕，后生三卵，飞至琼部山上，各生一子。长子为花卵所生，年长东行为绰斯甲王。其余二卵，一白一黄，各出一子，留琼部为上、下土司。绰斯甲王出三子：长曰绰斯甲，为绰斯甲土司；次曰旺甲，为沃日土司；三曰蔼许甲，为革什咱土司。'又瓦寺土司之起源神话，与绰斯甲者略同。其内容：'天上普贤菩萨，化身为大鹏金翅鸟曰琼，降于乌斯藏之琼部，首生二角，额上发光，额光与日光相映，人莫敢近之。迨琼鸟飞去，人至山上，见有遗卵三只，一白，一黄，一黑，取置庙内，诵经供养。三卵产三子，育于山上，三子长大，黄卵之子至丹东、巴底为土司，黑卵之子至绰斯甲为土司，白卵之子至涂禹山为瓦寺土司。'传说现在的嘉绒族多谓其远祖来自琼部，该地据说约在拉萨西北，距拉萨十八日程。传说该地古代有三十九族，人口很多，因地贫瘠而迁至康北与四川西北者甚众，后渐繁衍，遂占有现在的广大地区。三个卵，黑（或花）、白、黄可能原来是三个部落。"②

基于以上的族源传说，《尘埃落定》文本中也有如下的文字：

> 我当然知道经堂里有画。那些画告诉所有的麦其，我们家是从风与大鹏鸟的巨卵来的。画上说，天上地下什么都没有的时候，就只有风呼呼地吹动。什么都没有的时候在风中出现了一个神人，他说："哈！"风

---

① 杨义：《重绘中国文学地图通释》，当代中国出版社2007年版，第88页。

② 西南民族学院民族研究所：《嘉绒藏族调查材料》，四川藏学研究所《嘉绒藏族研究资料丛编》（内部资料），1995年，第81—82页。

就吹出了一个世界，在四周的虚空里旋转。神又说："哈！"又产生了新的东西。神人那个时候不知为什么老是"哈"个不停。最后一下说"哈"的结果是从大鹏鸟产在天边的巨卵里"哈"出了九个土司。土司们挨在一起。我的女儿嫁给你的儿子，你的儿子又娶了我的女儿。土司之间都是亲戚。土司之间同时又是敌人，为了土地和百姓。虽然土司们自己称王，但到了北京和拉萨都还是要对大人物下跪的。[①]

嘉绒藏族是在漫长的历史进程中，在多民族不断融合和同化的基础上逐渐形成的。

嘉绒藏族的族源构成十分复杂，即使到了 20 世纪以后，也仍然有其他民族以各种方式不断地加入其中，这些民族成分包括汉、羌、彝、回、蒙古等。正如阿来在诗中所写的：

啊，一群没有声音的妇人环绕我

用热泪将我打湿，我看不清楚她们的脸

因为她们的面孔是无数母亲面容的叠合。[②]

我们的族谱宽大

血缘驳杂，混合着烟尘

胸腔中充满未曾入眠的空气

脑袋中充满声音的幻影

毛发风一样生长

手脚矿脉一样生长。[③]

康区藏族内部也存在众多支系，而且所使用的藏语言种类繁多。今天的康区藏人中，有讲白马语的白马藏人、讲嘉绒语的嘉绒藏人、讲木雅语的木雅藏人、讲道孚（尔龚）语的自称"布巴"的藏人……这些不同支系的藏人，

---

① 阿来：《尘埃落定》，人民文学出版社 2001 年版，第 99—100 页。

② 阿来：《阿来文集·诗文卷》，人民文学出版社 2001 年版，第 2 页。

③ 阿来：《阿来文集·诗文卷》，人民文学出版社 2001 年版，第 110 页。

彼此在文化和风俗上均存在一定的差异。

　　"每一个个体心灵后面都拖着一长串记忆。"① 记忆意味着一种过去的时间经验，而在巴舍拉尔和海德格尔看来，记忆之所以有意义，正是因为它是可以被锁定在空间之中的。在文学地理学视野下，考察族群迁徙的地理和历史脉络，便于我们从起点、从历史的深处探寻族群文化的真实血脉和族群记忆。我国川西北嘉绒藏族的迁徙历程就清晰地展现在由群山与峡谷构成的"大地的阶梯"上，地理脉络为我们展示了民族同化过程中血缘融合、文化融合的生动图景。

　　中国不同民族、族群之间，一直以来存在着复杂的交流和融合的关系。分布在不同地区的同一个族群的各个部分，与周边族群的融合程度也有所不同。如土族的两部分人口，因分别与藏族和汉族杂居而在语言与文化习俗上分别受到两族的影响；散居在东部沿海的回族人口，在接受汉文化方面也不同于聚居在宁夏、甘肃临夏的回族。在族群融合方面的族群多样性、族群内部不同部分之间的差异性、族群融合方向的双向性等，既说明了中国族群关系格局及其内涵的复杂程度，也说明中华各民族族群之间的相互融合一直处在发展进程中。

## 二、嘉绒藏区历史发展

　　由于嘉绒藏区在地理空间和地缘政治上的边缘化与过渡性，以及历史文化的复杂性与独特性，古代文献对嘉绒藏区的记载缺乏连续性、系统性和整体性，多间接传闻，少直接可信记载，而且存在混乱模糊、真假难辨、前后抵牾等现象。

　　最早记载嘉绒主要居住地——川西北高原人群分布情况的是公元前 1 世纪初的《史记·西南夷列传》，但只有寥寥数语。《后汉书·冉駹夷传》对川西北高原地区的记载比较系统，内容涉及人群分布、地理环境、物产、风俗、社会文化及政治制度等多个方面，基本上勾勒了一幅早期川西北高原社会全景图，是嘉绒研究中的重要史料之一。成书时间略早于《后汉书》的《华阳

---

　　① ［法］莫里斯·哈布瓦赫：《论集体记忆》，毕然、郭金华译，上海人民出版社 2002 年版，第 70 页。

国志》，以地理及建制沿革为线索，对这一地区进行了较为仔细的记载，这些记载也是嘉绒研究的重要史料。

南北朝的分裂与南北对峙，使中原王朝均无暇顾及边陲之地，我们几乎找不到这一时期与嘉绒地区相关的记载。隋唐时期，统一的中原王朝势力积极向川西北高原地区渗透。尤其是公元 7—9 世纪，唐蕃双方对川西高原地区展开了激烈而持久的争夺。相应地，与嘉绒地区相关的材料在诸如《北史》《隋书》《新唐书》《旧唐书》《资治通鉴》《册府元龟》以及《元和郡县图志》等史籍中都可以找到。此外，还有一些史料零星散布于唐人的诗文、别集和政府诏令中，而个别保存至今的隋唐碑铭石刻作为直观可信的材料，也可以弥补史料的不足。五代及宋、元时期，有关嘉绒的史料相当少。

与宋、元史料的单薄相比，明清两代——尤其是清代关于嘉绒的记载就丰富多了。就明代而言，《明实录》《明史》中均有不少与嘉绒相关的记载。清代有关嘉绒的记载，其内容之丰富是前代无法比拟的。在《清实录》中，保存着大量与嘉绒相关的诏令、奏折、法规等；在清代的各级档案中也有不少与嘉绒相关的内容。清代关于金川之役的记载尤其多，除《平定金川方略》《平定两金川方略》《平定两金川军需案例》《金川案》《金川档》等官方的文献外，赵翼的《平定金川述略》以及魏源的《乾隆初定金川记》与《乾隆再定金川记》等，虽属文人笔记，但也带有研究性质，同时还保存了不少重要史料。

两金川平定之后，一些内地人士陆续来到嘉绒地区为官作吏，他们中的部分人有记载嘉绒地区风土人情的文字传世，如李心衡的《金川琐记》即属此类。另外，明清以来尤其是清代中叶以后，相关方志陆续涌现，较重要的有《理番厅志》《汶志纪略》《保宁府志》《懋功厅乡土志》等以及嘉绒地区各屯土志。这些方志的记载详细而具体，为我们了解清代嘉绒社会提供了新的途径。

20 世纪 80 年代以来，随着地方志编纂工作的普遍开展，不少学者（包括嘉绒藏族学者）加入嘉绒研究的队伍中来。其中《嘉绒史料集》（阿坝州地方志办公室，1991 年）和雀丹的《嘉绒藏族史志》（民族出版社，1995 年）是代表性的研究成果。此外，各相关州、县政协陆续出版的文史资料中，大量亲见、亲闻乃至亲身经历的回忆录使嘉绒研究在史料上得以进一步扩充。

吐蕃王朝从青藏高原崛起后，一直坚持不懈地"东向发展"①，藏文明的重心逐渐东移。藏文化东向发展的传播和渗透，主要是在公元 7 世纪后开始。当松赞干布统一吐蕃本土各部建立吐蕃王朝之际，四川康区还是一个由众多氐羌部落盘踞的地区。其中较大的部落有党项、白兰、东女以及后来形成的西山八国②等。同时，在这些较大的部落组织之间，还错落分布着众多的小部落。如《隋书》所载，其地"往往有羌、大小左封、昔卫、葛延、白狗、向人、望族、林台、春桑、利豆、迷桑、婢药、大牂、白兰、叱利摸徙、那鄂、当迷、渠步、桑悟、千碉，并在深山穷谷，无大君长，其风俗同于党项"③。

可见，当时分布于四川藏区的多是一些居住分散、支系众多、内部组织松散的氐羌游牧部落。在政治上处于分散状态，往往"无大君长，不相统属"。如党项即"以别姓为部（共有八部），一姓又分为小部落，大者万骑，小者数千，不能相统"④，且"无法令，各为生业，有战阵则屯聚，无徭役，不相往来"⑤。显然，与新兴的吐蕃王朝相比，川西北的这些群羌部落无论在政治或经济上还都处于相对落后状态。因此，7 世纪初，由群羌部落盘踞的康区嘉绒，实际上是东面的唐朝与西面的吐蕃之间的中间地带，嘉绒成为吐蕃军队与唐王朝军队双方反复争夺的军事要冲和目标。

唐蕃对康区的争夺基本上是以吐蕃对康区的占领和控制而告终，至公元670 年，吐蕃"尽收羊同、党项及诸羌之地，东与凉、松、茂、巂等州相接"⑥，其版图向东推进到今岷江上游、大渡河上游及中游一带。公元 763

---

① 石硕：《西藏文明东向发展史》，四川人民出版社 1994 年版，第 78 页。

② 吐蕃征服和统一嘉绒地区以前，此地属于"西山"的一部分。所谓西山，即岷江上游诸山之泛称。隋唐时期，西山一带有许多古羌人部落交错杂居其间，这些古羌人部落经过长期的互相争夺、同化、融合，出现了局部的统一，形成了一些较大的羌人地方政权。如《隋书》记载的"嘉良夷"，《旧唐书》和《新唐书》记载的"西山八国""东女国"等，都是吐蕃统一川西北以前，西山地区诸羌所建立的地方政权。所谓"西山八国"即哥邻国、通祖国、南水国、弱水国、悉董国、清远国、咄坝国、白狗国。这里所谓的"国"，实际上就是部落。唐以后，吐蕃统一了整个青藏高原，也统一了"朵康"地区。西山诸羌陆续地被藏族同化、融合，形成了这一带众多的藏族支系。嘉绒藏族就是其中之一。

③ （唐）魏徵等：《隋书》卷 83《附国传》，中华书局 1973 年版，第 352 页。

④ （宋）欧阳修、宋祁：《新唐书》卷 221（上）《党项传》，中华书局 1975 年版，第 6214 页。

⑤ （唐）李延寿：《北史》卷 96《党项传》，中华书局 1974 年版，第 3192 页。

⑥ （后晋）刘昫等：《旧唐书》卷 196《吐蕃传》，中华书局 1975 年版，第 5224 页。

年，吐蕃大军攻陷长安，在从长安撤出后，又南下联合南诏军队，先后攻破唐松、维、保等地，占领了剑南西部的大片地区。公元783年，唐蕃双方订立清水会盟，规定沿岷江、大渡河画线，以东属唐朝，以西属吐蕃。这条新边界的划定标志使康区诸羌之地完全纳入吐蕃王朝版图。

吐蕃王朝时期，党项部还与苏毗、象雄和吐谷浑等同被称为"吐蕃外四族"①，这说明以党项为首的康区诸羌已成为吐蕃在政治、军事上所依赖的重要属部之一。同时，党项还成为与吐蕃王室通婚的部落。《智者喜宴》载"未来生育王子，松赞干布又娶……木雅（党项）王之女如拥妃洁莫赞（ru - yongs - bzav - rgyal - mo - btsun)……总娶王妃五人"。可见，对康区党项等属部，吐蕃不仅将其纳入自己的军队建制，授其首领以官职，同时还以婚姻作为联系这些属部的重要手段，这无疑从政治、文化心理以及血缘上都加速了吐蕃对康区诸羌的同化进程。

从吐蕃王朝崩溃以后的唐末开始，即有大量的吐蕃部落和吐蕃属部在原属吐蕃东部疆域的康区一带广为扩散，这样，康区一带逐渐形成了吐蕃居民与原为吐蕃属部的诸羌部落居民的杂处局面。康区诸羌被完全融合于藏族之中，大体是在吐蕃王朝灭亡后的五代、宋、金时期，即公元11—12世纪。在这一漫长的历史时期，"西山诸羌"陆续地被藏族同化、融合，形成了这一带众多的藏族支系。嘉绒藏族就是其中之一。

公元10世纪以后，随着藏传佛教后弘期的到来，藏传佛教不断由西部卫藏地区向东部藏区康、嘉绒一带传播和渗透，从而使康、嘉绒居民与卫藏地区居民在文化心理和语言上逐渐趋于一致。故宋人称："吐蕃在唐最盛，至本朝始衰。今……岷水至阶、利、文、政、绵州、威、茂、黎、移州夷人，皆其遗种。"② "在黎州③过大渡河外，弥望皆是蕃田。"④ 可见，宋人已将康区一带居民称为"吐蕃遗种"，这说明当时康区、嘉绒居民已同吐蕃居民融为一

---

① 王忠：《新唐书吐蕃传笺证》，科学出版社1958年版，第22页。

② （宋）邵伯温、邵博撰，王根林校点：《邵氏闻见录　邵氏闻见后录》，上海古籍出版社2012年版，第76页。

③ 今四川汉源。

④ （清）徐松：《宋会要稿·蕃夷五记》，转引自朱瑞熙、王曾瑜、蔡东洲主编《宋史研究论文集》（第11辑），巴蜀书社2006年版，第279页。

体。"由于嘉绒地区自然地理环境特殊，自唐代以来西边有强大的吐蕃王朝，东边是强大的汉王朝，他们长期处于两个强大民族征战的要冲之地，受到两个民族文化的渗透和影响，特别是吐蕃文化的直接渗透和传播，其地已被蕃化。经数百年唐蕃征战，时和时争，其地也时唐时蕃，最终属蕃地。"① 吐蕃军队因为长期屯守，大多数人与当地土著通婚繁衍。即或是这样，无论是在意欲西进的唐王朝眼中，还是在意图东向发展的吐蕃人看来，嘉绒这个特殊的地区都是一个化外的蛮荒之地。

嘉绒藏区东南与成都平原相接，西北与西藏、青海、甘肃相连，历史上，是内地通往藏区的要塞和兵家必争之地。嘉绒藏区也一直处在众多民族迁徙流动的重要通道——"藏彝走廊"上，这是最具有界线标志的特殊地带，是今天人们研究古人类繁衍生息不可多得的人文地理库。费孝通先生说："这个走廊正是汉藏、彝藏接触的边界，在不同的历史时期，出现过政治上拉锯的局面。正是这个走廊在历史上是被称之为羌、氐、戎等名称的民族活动的地区，并且呈现过大小不等、久暂不同的地方政权。现在，这个走廊的东部已经是汉族聚居区，西部是藏族聚居区。"②

早在汉代，中原王朝就曾经经营过其东部地区，汉文化也已开始浸润这片神奇而古老的土地。随着历史的发展，汉文化的影响逐步加强，而且向纵深发展。

唐朝以来，"茶马古道"主要有三条：青藏道③、滇藏道、川藏道。藏族有句谚语说，"汉家饭饱腹，藏家茶饱肚"。肥美的牛羊肉，非茶不消化；青稞之热，非茶不解。至明清以来，汉文化、藏文化与其他少数民族文化在此交融，形成了具有多元特色的嘉绒文化。嘉绒文化具有"融合性""复合性"和"混杂性"的特点，即不同民族（藏、汉、羌、彝、纳西、回等）文化之间的互动与混杂是其文化的基本特色，嘉绒藏区因而成为一个典型的多元文化生态区。

历史用特别的方式在这片土地上演进时，留下了杂陈的脚迹。从人文自

---

① 雀丹：《嘉绒藏族史志》，民族出版社 1995 年版，第 70 页。
② 费孝通：《关于我国民族的识别问题》，《中国社会科学》1980 年第 1 期，第 128 页。
③ 即唐蕃古道。

然景观到生活于其上的人们的穿戴、言行，都呈现出一种杂陈痕迹。在这个地方，许许多多的中年男子的穿着都是这种汉藏混合，并同时呈现出不同时代特色的打扮。他们的穿戴是"那种藏汉合璧的样式，而且是过去与现在混杂的版本"。交界地带的藏人几乎都有两个名字，他们的语言、他们的名字也是藏汉合璧式的，如张扎西、李才让。

在《尘埃落定》中，阿来通过新教派格鲁巴虔诚的信徒翁波意西的口，对嘉绒藏区这个多元文化生态区做了形象的表述。在圣城拉萨取得格西学位后不久，翁波意西"在拉萨一个小小的黄土筑成的僧房里梦见一个向东南敞开的山谷。这个山谷形似海螺，河里的流水声仿佛众生吟咏佛号。他去找师傅圆梦……师傅说，你是要到和汉人接近的那些农耕的山口地区去了。那些地方的山谷，那里的人心都是朝向东南的。他跪下来，发下誓愿，要在那样的山谷里建立众多的本教派寺庙"。当翁波意西终于找到这个梦中的地方时，他对麦其土司说："我是一路喝着山泉到这里来的。找这个地方我找了一年多，我喝过了那么多山泉，甜的，苦的，咸的，从来没有人尝过那么多种味道的泉水。"[①]

对此，笔者在两个层面上予以解读：

一是表明了翁波意西一路上跋山涉水的艰辛，说明这位朝气蓬勃充满热情的年轻僧人对弘扬"新教"的执着，以及坚韧不拔的意志，暗示翁波意西是一个具有坚定信念的人，而且是一个坚守信念不畏险阻的人。这从个性的层面为他后来在麦其土司领地上的不幸遭遇埋下了伏笔。

二是借泉水来隐喻嘉绒藏区文化的多元性和多样性。为了找到麦其土司的领地，在一年多的寻找和游历中，翁波意西对嘉绒藏区的多元文化景观体悟颇深。"那么多种味道的泉水"，正是对嘉绒多元文化融汇混杂特征的隐喻。更重要的是，嘉绒地区是一个教派林立的地方，这里同时存在着藏传佛教的许多派别，苯教的势力也十分强大，人们的信仰是多元而且混杂的。翁波意西想要传播戒律谨严的格鲁派新教，就必须同时面对他们。麦其土司的领地处在"和汉人接近的那些农耕的山口地区"，"那些地方的山谷，那里的人心都是朝向东南的"。由于地域的关系，土司制下的嘉绒藏区与西藏的政教合一

---

① 阿来：《尘埃落定》，人民文学出版社 2001 年版，第 93 页。

制度略有不同，这是一个王权大于教权的地方，土司是这片土地上至高无上的王者。这就意味着，在麦其土司的领地上，崇高的宗教精神与纯粹的宗教信仰，必须臣服于世俗王权。

历史上，宗教的传播和普及，几乎都经历了与地方政权以及本土宗教从对抗、妥协到模仿、借鉴、互动、融合的过程。嘉绒地区的不同族群文化之间、不同宗教派别之间就一直处在这样一种动态的过程中。但是，翁波意西是一位对自己的信仰充满自信的年轻的、热烈的、纯粹的、义无反顾的、虔诚的格鲁教信徒，所以，他选择了对抗和不妥协：

土司说："瞧，又来了一个有学问的人。我看你可以留下来，随你高兴住在我的家里还是庙里。"

翁波意西说："我要在这里建立一个新的教派，至尊宗喀巴大师所创立的伟大的格鲁巴。代替那些充满邪见的，戒律松弛的，尘俗一样罪恶的教派。"

土司说："你说那是些什么教派。"

翁波意西说："正是在土司你护佑下的，那些宁玛巴，那些信奉巫术的教派。"

土司再一次打断了远客的话头，叫管家："用好香给客人熏一个房间。"

客人居然当着我们的面吩咐管家："叫人喂好我的骡子。说不定你的主人还要叫骡子驮着宝贵福音离开他的领地呢。"

母亲说："我们没有见过你这样傲慢的喇嘛。"

喇嘛说："你们麦其家不是还没有成为我们无边正教的施主吗？"然后，才从容地从房里退了出去。①

在这个多元文化杂糅地带，翁波意西选择了一元文化模式。在这个教派林立、苯教盛行、宗教戒律"松弛"的地方，翁波意西选择了戒律谨严的格鲁教。在这个宗教必须依赖于土司的施舍才能生存的地方，翁波意西选择了

---

① 阿来：《尘埃落定》，人民文学出版社 2001 年版，第 89 页。

岩居穴处的清修生活——"在一个山洞里住下来，四处宣讲温和的教义和严厉的戒律"。在这个一切都匍匐于至高无上的土司王权的地方，翁波意西选择了与王权的分庭抗礼（甚至对王权的蔑视）。所有这一切，都成为翁波意西悲剧的因缘。他必然地、宿命地成为一个殉道者。翁波意西身上蕴含了人类历史上许多文化先行者和精神领袖的品质，以及人生选择和价值取向。英国传教士查尔斯说："我要说，他是一个好的僧人。但你们不会接受好的东西。所以，他受到你们的冷遇和你们子民的嘲笑，我一点也不奇怪。"① 麦其土司说："我有时也想，这家伙的教法也许是好的，可你的教法太好了，我又怎么统治我的领地？我们这里跟西藏不一样。你们那里，穿袈裟的人统治一切，在这里不可以。你回答我，要是你是个土司也会像我一样？"

从古以来，嘉绒就是一个处在几大自然地理板块、人文地理板块、政治生态板块的接壤地带，也就是说，这是一个在地理、政治、族群血脉等方面多少有些暧昧的中间地带，也是一个多种文化的交流互动地带。正如费孝通先生所言："中国社会的民族特征，从历史上开始就在不同民族的交错地带，建立了经济和文化的联系。久而久之，形成具有地区特色的文化区域。人们在这个区域中，你来我往，互惠互利，形成一个多元共生的格局。"②

另外，在嘉绒藏区的近代史进程中，还有一个不得不提及的话题，就是罂粟的传入和大面积种植。

《尘埃落定》中关于罂粟的描写，具有真实的历史背景，并非作者向壁虚造。罂粟最早传入嘉绒藏区，是清朝光绪年间。一些有钱人家的纨绔子弟从外地带回一些鸦片品尝把玩，慢慢吸食成瘾，便引进烟种，试着在当地种植。嘉绒地区的土壤植被，非常适宜于罂粟的生长，于是，嗜烟之徒越来越多，种烟之人与日俱增。到了 20 世纪 30 年代，罂粟的种植便遍及了嘉绒各土司、土屯区。40 年代达到顶峰，嘉绒地区几乎有 90％ 的家庭种植罂粟，罂粟用地占整个耕地的 40.5％。特别是懋功（现为小金县），更是人人吸鸦片、家家种罂粟③。

①　阿来：《尘埃落定》，人民文学出版社 2001 年版，第 89 页。
②　费孝通：《费孝通九十新语》，重庆出版社 2005 年版，第 121 页。
③　李涛：《鸦片烟在嘉绒地区的传播》，《西藏民俗》1994 年第 1 期，第 25 页。

从下面的口述史资料中（引用时，笔者对个别文字和标点做了修正），我们可以大致窥见当时嘉绒藏区罂粟的种植情况：

> 很早以前，小金和黑水就开始种植鸦片了，我记得那时一两烟只需半块银圆。在小金种烟的多属外地进来的汉人，他们烟瘾极大，以租地、帮人等方式种烟为自己吸用，有时所得之烟不够自己吸用时，有的就偷别人的烟。名声败坏不敢久留，逃至卓克基土司所辖地区的旺增头人所在的蒙岩地段。当时个别汉人请求旺增头人让他们在荒僻的山上烧荒种烟，后来人数不断增多，把蒙岩山上的三个土丘都种上了烟，故称"蒙岩三个片"。
>
> 一九三七年，小金跑来一些汉人在大藏三耳宗沟、东藏沟一带开始种烟，次年，种烟人数增多，吸引了一些烟贩。大藏三耳宗沟、东藏沟种烟规模迅速扩大，与此同时，索土司就注意了一些问题，便故意禁止汉人种烟。种烟者向土司请求说："我们生活困难，允许我们种点烟吧，我们给土司烟税。"索土司考虑到有利可图，规定每亩烟地收五两烟税，允许了汉人在此地种烟，就这样，种烟成了公开的秘密。
>
> 一九三九年，师爷林后春、商人杨访卿和索土司在马尔康喇嘛寺后山上合伙种烟，林后春出口粮，杨访卿出面经营，土司保护，这年的烟获得丰收，从阿坝来买烟的客帮就有四五批，每批有四五锅子（每客帮合烧一锅茶，约十人）客帮。该年，马尔康汉人看到索土司和大藏一带汉人种烟，便要求头人请示土司，允许他们种点烟，照例给土司每亩烟地上五两烟税。当时索土司知道种烟不是件好事，但又舍不得放弃这笔可图之利，于是把马尔康的汉人安排在离马尔康较远之茶铺河一带去种烟。
>
> 一九四〇年，索土司允许了汉人在马尔康附近种烟，当地藏民也出租土地给汉人种烟，每亩地租收现金十五至二十块银圆或等待收割后再补交十两烟。当时藏民要现大洋不要烟。
>
> 一九四一年，买烟客帮增多，烟价涨到七八块银圆一两。马尔康当地藏民看到种烟本小利大，有搞头。藏民种烟每亩地同样要给土司五两烟税；另外乌拉、差役不得免，地粮仍旧征收。为不漏掉烟税，土司派

人丈量各户种烟土地，往往把面积扩大，从中多收烟税。

一九四二年，索土司所管辖的地区，只要种烟户给土司上烟税，无须再履行请求手续，即可种烟。

一九四三年，由于种烟地区的扩大和种烟户的增多，土司也增加了烟税，规定外地来种烟者，每亩地收十两烟税；对本土藏民"优待"，每亩地收八两干烟税。那年我和土司的管家在茶馆摆龙门阵时，谈到土司收烟税情况，知道土司共收了十万两干烟。

从一九四四年以后，马尔康地区的枪炮逐渐增多。据我所知，在俄尔雅，有一户种烟的藏民就买了几挺机枪。

到了一九四八年，马尔康附近的藏民，因为种烟已经赚了不少银圆。有些藏民以十五两一亩的地租把土地出租给别人种，他们却做起烟土、枪弹的贩运生意，从小金贩烟土来马尔康卖给甘肃、青海等地的烟帮，将烟帮贩卖的枪弹又转运到小金贩卖，换成烟土带回马尔康，这样他们所赚的银圆多于自己种烟所赚的若干倍。[1]

在《尘埃落定》中，罂粟也是一个重要的具有象征、隐喻意味的文化符号。小说中这样描述罂粟：

罂粟开花了。硕大的红色花朵令麦其土司的领地灿烂而壮观。我们都让这种第一次出现在我们土地上的植物迷住了。罂粟花是那么美丽！

翁波意西第一次发现这里的空气是不对的。他嗅到了炼制鸦片的香味。这种气味叫人感到舒服的同时又叫人头晕目眩。这是比魔鬼的诱惑还要厉害的气味。

罂粟第一次在我们土地上生根，并开放出美丽花朵的夏天，一个奇怪的现象是父亲、哥哥，都比往常有了更加旺盛的情欲。我的情欲也在初春时觉醒，在这个红艳艳的花朵撩拨得人不能安生的夏天猛然爆发了。

---

[1]　路梓常口述，王安康记录：《我所知道的马尔康烟毒情况》，四川省阿坝州政协会文史资料委员会编《阿坝藏族自治州文史资料选辑》第1辑（内部资料），1984年，第131—136页。

在那天的酒席上，头人的老婆把麦其土司迷得五迷三道，我也叫满眼鲜红和侍女卓玛丰满的乳房弄得头昏脑涨。头人在大口喝酒。我的脑袋在嗡嗡作响，但还是听见查查喃喃地问土司："这些花这么刺眼，种下这么多有什么意思？"

从官寨的窗口望出去，罂粟在地里繁盛得不可思议。这些我们土地上从来没有过的东西是那么热烈，点燃了人们骨子里的疯狂……风吹动着新鲜的绿色植物。罂粟们就在天空下像情欲一样汹涌起来。

在火红的罂粟花海中，我用头靠住她丰满的乳房。而田野里是怎样如火如荼的花朵和四处弥漫的马匹腥臊的气味啊。我对女人的欲望不断膨胀。美丽的侍女把她丰满的身子贴在我背上，呼出的湿热的气息撩拨得我心痒难忍。我只感到漫山遍野火一样的罂粟花，热烈地开放到我心房上来了。

宽广的大地上，人们继续收割罂粟。白色的浆汁被炼制成了黑色的药膏。从来没有过的香气四处飘荡。老鼠们一只只从隐身的地方出来，排着队去那个炼制鸦片的房子，蹲在梁上，享受醉人的香气。①

鸦片，不仅点燃了人们骨子里的疯狂，勾起人性中难以满足的贪欲，还使麦其土司的财富无与伦比，银子换来的新式武器更使麦其土司无比强大。大地是世界上最稳固的东西，但麦其土司在大片领地上初种罂粟的那一年，大地确实摇晃了；"狗像猫一样上了树"；"入了洞的蛇又从洞里出来了"；"好多天生就该在地下没有眼睛的东西都到地上来了"。"从炼制间里飘出的气息，只要有一点点钻进鼻子里，一下子就叫人飞到天上去了。麦其土司，伟大的麦其土司用一种前所未有的美妙东西把人们解脱出来了。这样的灵药能叫人忘记尘世的苦难。"②

在一次访谈中，阿来说："在我所书写的那一块地方——藏区的东北

---

① 阿来：《尘埃落定》，人民文学出版社 2001 年版，第 43—44，78 页。
② 阿来：《尘埃落定》，人民文学出版社 2001 年版，第 77 页。

部，罂粟在二十世纪上半叶对当地的经济政治都起到了非常大的作用。与之邻近的四川的商人、军阀等确实靠这个东西打开了通往这个地区的大门，找到了介入当地政治与经济的有效的方式。对于一个封闭的地区来说，鸦片似乎是一个有效的武器。英国人曾经用这个东西来对付闭关锁国的大清朝。民国了，鸦片广泛进入了封闭的藏族地区。很多看了我的书的汉族读者不高兴，说，汉民族就没有给你们好的影响吗？我说阿来成为一个汉语作家就是好的影响，好的影响还有很多。但某一个特定的时期，可能情况就是如此。直到今天，中国在经历了漫长而痛苦的走向现代的过程后，好多人还有这样的幻想，就是输入现代性就是只输入好的东西，坏的东西可以关在门外，但历史上已经发生的事实可能更复杂、更纠缠。关于这个，我们人人都在经历，其实不必多谈……我在写作中感到惊奇的是，西方人打开中国的大门，用了鸦片这个商品，而在我故乡，封闭的大门不论是主动还是被迫，稍稍打开一点的时候，鸦片这个东西就进来了。好像有历史学家说过，历史在好的地方从不重复，但在坏的地方总是重复自己。如果查不出哪个历史学家说过这样的话，那就算我对历史的一个心得。就是从这里开始，大家共同走向现代。这两者完全像是一个一个 copy，一种复制。从小说中的开始到后来，围绕着罂粟出现了很多故事、很多问题，比如，正是罂粟导致了'开放'，导致了'市场'。很明显的，小说中的罂粟其实也是一个相当巨大的象征。"①

### 三、土司制度与"嘉绒十八土司"

《尘埃落定》讲述的是土司家族的兴亡史，在作品所展现的那个历史时代，土司制度是嘉绒藏区的基本政治制度。因此，我们有必要对此做一些交代。

1959 年，阿来出生于四川西北部阿坝藏区，他的履历表上列为籍贯的马尔康县俗称"四土"，即四个土司统辖之地。《尘埃落定》讲述的故事就渊源于这片土地。但《尘埃落定》只是一个传说，不是历史小说，因而也没有"人物原型"。在一次访谈中，阿来说：

---

① 何言宏、阿来：《现代性视野中的藏地世界》，《当代作家评论》2009 年第 1 期，第 28—39 页。

在阿坝那个地方有清朝册封的18个土司。我也读了很多史料。如果我照着一个原型写，说不定土司的后代会找我纠缠。这种题材是比较敏感的。服饰、建筑、风俗、典章故实，我保证都很真实。但进入到故事领域，就是我的虚构了。

············

土司在藏语里叫"嘉波"，就是国王的意思。他从中原王朝领一块金牌，不时有大员来他的领地视察一下。每年上供一些麝香、豹皮、鹿茸，上边则赏赐银子、绸缎。这种交易是一种赚钱的买卖。他给皇帝的总是少，皇帝给他的总是多。皇帝是一个大施主。但他回去后完全是个国王。它很小，是一个缩微景观，可以看得很清楚。①

土司制度是我国封建王朝在少数民族的某些聚居地区和杂居地区采取的一种政治统治制度。"土"是指当地的土著民，"司"是指官吏职位，所谓"土司"，就是"以土官治土民"。具体而言，就是用分封的方式，以土著民族的首领、豪酋充当地方官吏，对本部落或本地区进行世袭统治。这种制度主要用于羁縻或安抚那些中央王朝鞭长莫及的和远离中央王朝统治中心的偏远少数民族地区。"其主要内容可以归结为两个方面：一方面是，中央王朝对归附的各少数民族或部族首领假以爵禄，宠之名号，使之仍按旧俗管理其原辖地区，即通过土著首领对民族地区实行间接统治；另一方面是，各民族或部族首领须服从中央王朝的领导和听从驱调，并须按期上交数量不等的贡纳，即承担一定的政治、经济、军事等义务。"② 一般情况下，中央王朝对于这些地方首领往往只封以名号，并不干预其内部事务。《明史·土司列传》序写道："其（指土司制）道在于羁縻。彼大姓相擅，世积威约，而必假我爵禄，宠之名号，乃易为统摄，故奔走维命。"③

在中国历史上，土司制度是逐步形成和发展起来的，其渊源可以追溯到秦汉时期，中经魏、晋、南北朝、隋、唐、两宋，不断得到充实，正式形成

---

① 亚辰：《〈尘埃落定〉：一本神秘的书》，《南方周末》2000年10月20日。
② 吴永章：《中国土司制度渊源与发展史》，四川民族出版社1988年版，导言。
③ （清）张廷玉等：《明史·土司列传序》，中华书局1974年版，第7981页。

于元朝时期。明代是土司制度的全盛时期，清代以后则为延续时期。元代最先设置了各级土司官职，有宣慰、宣抚、安抚、招讨、长官等司，土司官号为宣慰使、宣抚使、安抚使、招讨使、长官等。元朝"参用土酋为官"，在任命土官后，均赐予诰敕、印章、虎符、驿玺书、金银符作为信物，"俾得以王官旌节，统摄其部落"①。明、清两代基本上承袭了元代的土司制度。

土司制度的形成是有其深刻的地理、社会、历史原因的。由于地处偏远，许多少数民族地区长期以来实行豪酋统治，那些"大姓"、豪酋，世代据有其地，源远流长，势力根深蒂固。在某种程度上，土司就是其辖地的王者。元朝的一位土司——播州安抚使杨邦宪说："本族自唐至宋，世守此土，将五百年。"② 在西南地区，甚至有豪酋"世领其地"达千年以上者，几百年者更不在少数。对于拥有如此雄厚实力的豪酋，中央王朝为防止其"急而生变"，只有采用赐予爵禄名号的办法加以笼络，通过他们对这些地区进行统治。"用其土酋安抚使统之"，"则蛮情易服，守兵可减"③。

唐朝在今四川松潘、茂汶、天全等地设置了"羁縻州"，可以说是土司制度在藏区的雏形。元朝则专门设立了主管全国佛教事务和藏族等地区政治、军事、财政大权的机构——总制院（宣政院），在藏区设置了包括今天西藏、拉达克、青海、甘肃南部、四川西北部、四川西部、云南西北部等藏区在内的三路宣慰使司都元帅府。明朝继续推行元朝土司制度，在承认元朝所封土司的基础上，在藏区又册封了更多的土司。公元17世纪，清朝统一全国后，沿袭元、明两代建制，采取分封土司和扶持藏传佛教的政策，使藏区土司制度趋于完备。

自元朝开始，经明、清两代，中央王朝逐渐在嘉绒藏区分封领地，设置土司管辖，至清朝顺治年间，基本形成"嘉绒十八土司地域"，在嘉绒藏语方言中，称为"嘉绒甲卡却吉"。这十八个土司分别为：（1）明正宣慰使司（今康定、雅江、道孚、冕宁等县境内）；（2）冷边长官司（今泸定、天全、石棉等县境内）；（3）沈边长官司（今泸定、天全、石棉等县境内）；（4）鱼通长官

---

① （清）邵远平：《元史类编》四十二卷，转引自田晓岫《中华民族发展史》第2卷，华夏出版社2001年版，第1222页。

② （明）宋濂等：《元史·世祖本纪六》，中华书局1976年版，第192页。

③ （清）张廷玉等：《明史·广西土司列传一》，中华书局1974年版，第8207页。

司（在今康定县境内）；（5）革什杂安抚司（又称"丹东土司"或"丹东·革什杂"，今丹巴、道孚、炉霍等县境内）；（6）巴旺宣慰司（今丹巴、炉霍县境内）；（7）巴底宣慰司（与巴旺土司原系同一家族分封的。今丹巴、道孚县境内）；（8）穆坪宣慰司（今宝兴、邛崃市境内）；（9）绰斯甲宣慰司（今金川、壤塘、色达、炉霍等县境内）；（10）大金安抚司（又称"促侵土司"或"祁侵土司"。今金川县境内）；（11）小金安抚司（又称"赞拉土司"。今小金县境内）；（12）沃日安抚司（又称"鄂克什土司"。今小金县境内）；（13）党坝长官司（今马尔康县境内）；（14）松岗安抚司（今马尔康县境内）；（15）卓可基长官司（今马尔康县境内）；（16）梭磨宣慰司（今马尔康、红原、黑水、理县等县境内）；（17）杂谷安抚司（今理县、茂县、黑水等县境内）；（18）瓦寺宣慰使司（今汶川县、都江堰市境内）。马尔康县境内的党坝、松岗、卓可基、梭磨又被称作"四土"①。

嘉绒土司世系之渊源可列示如下：

| | | |
|---|---|---|
| | (1) 绰斯甲 | |
| | (2) 沃日（鄂克什） | (10) 卓克基 |
| 由乌斯藏琼部三十九族 | (3) 丹东（革什杂）—(8) 杂谷—(9) 梭磨— | (11) 松　岗 |
| 东移所建之嘉绒部落 | (4) 穆坪（董卜韩瑚）—(13) 瓦寺 | (12) 党　坝 |
| | (5) 巴底（巴拉斯底）—(14) 巴旺 | |
| | (6) 促侵 | |
| | (7) 赞拉 | |

历史上，嘉绒藏族自分两大部分，在邛崃山以西的大、小金川流域和大渡河沿岸的藏族称为嘉绒本部，相当于嘉绒的中心地区，包括"四土"部（党坝、松岗、卓可基、梭磨）、大金部（绰斯甲、促浸、巴底、巴旺、丹东）、小金部（赞拉、沃日、穆坪）。据1985年的调查，这部分嘉绒藏族有三万至四万人；另一部分散居在邛崃山以东的理县、汶川、芦花和夹金山东南的宝兴、天全、康定以及道孚等地的部分嘉绒藏族，称为嘉绒冲部，相当于

---

① 雀丹：《嘉绒藏族史志》，民族出版社1995年版，第103—105页。

嘉绒的外层。这两大部分的嘉绒藏族在语言、习俗等方面略有差别。其中外层的嘉绒藏族由于与汉族大杂居，受汉文化影响较深；理县、汶川一带的嘉绒藏族与羌族杂居，受羌族文化的影响较明显。①

　　嘉绒藏区本部各土司，所推行的是等级森严的世袭制度和政教合一制度。土司在其管辖区内，掌握着政治、经济、军事、司法等大权，拥有至高无上的权威。辖区内的一人一畜、一山一水、一草一木，都归土司所有。土司对百姓手操生杀予夺大权，言出法随。所有的百姓对土司都是人身依附关系和领属关系。民间常说："土司是我们头上至高无上的主人，判明真假、理顺乱事的'国王'。"在嘉绒本部的大金川、小金川、绰斯甲、沃日、巴底、巴旺、革什杂和"四土"地区，土司制下的等级制度是极其严密的。人们常说："一层一层的佛塔，一台一台的木梯，上下严密得像鸟的翅膀。"这是用来描述土司—土舍②—日迦伦（大头人）—正头人—副头人—空衔头人—寨首—百姓—科巴③—家人（奴仆）等级森严的上下关系的。在这样一个等级关系中，一级管一级，层层管制，监督严密，各司其职，不能越级。"主仆之分，百世不移。"土司家族，一旦被封为土司，就是世袭制。土司是世袭的，其他各级也都是世袭的。"土司死，其子继承，无子者，兄弟儿女皆可继承。无弟兄，而且子幼，可由土妇摄政。如无弟兄，又绝嗣者，可由其他土司子嗣继位。女子继承土司位者，招赘其他土司之后为婿，所生子女可继承土司位。也有土司、土妇均死，又绝嗣者，可由土舍继承。土司家族死绝时，可由其他土司迎请有土司'根根'者入嗣，像卓克基土司传至民国年间就是这样，便由汶川瓦寺土司后代来卓土继位。"④ 一般情况下，土司也只与土司通婚。"土司们挨在一起。我的女儿嫁给你的儿子，你的儿子又娶了我的女儿。土司之间都是亲戚。土司之间同时又是敌人，为了土地和百姓。"⑤

　　对于嘉绒藏区土司制下的等级制，阿来在《尘埃落定》也有描述：

---

①　格勒：《藏族早期历史与文化》，商务印书馆 2006 年版，第 310 页。
②　"土舍"为土司的直系亲属，其权力虽与一般大头人相同，但地位高于大头人。
③　"科巴"多为土司赐给头人的农奴，每户有一份地，给主人（头人）当差，但一般不纳粮。
④　雀丹：《嘉绒藏族史志》，民族出版社 1995 年版，第 94 页。
⑤　阿来：《尘埃落定》，人民文学出版社 2001 年版，第 100 页。

骨头，在我们这里是一个很重要的词，与其同义的另一个词叫作根子。

根子是一个短促的词："尼。"

骨头则是一个骄傲的词："辖日。"

世界是水，火，风，空。

人群的构成乃是骨头，或者根子。

·············

在我们信奉的教法所在的地方，骨头被叫作种姓。释迦牟尼就出身于一个高贵的种姓。

·············

麦其土司的官寨的确很高。七层楼面加上房顶，再加上一层地牢有二十丈高。

里面众多的房间和众多的门用楼梯和走廊连接，纷繁复杂犹如世事和人心。官寨占据着形胜之地，在两条小河交汇处一道龙脉的顶端，俯视着下面河滩上的几十座石头寨子。

寨子里住的人家叫作"科巴"。这几十户人家是一种骨头，一种"辖日"。种地之外，还随时听从土司的召唤，到官寨里来干各种杂活儿，在我家东西三百六十里，南北四百一十里的地盘，三百多个寨子，两千多户的辖地上担任信差。科巴们的谚语说：火烧屁股是土司信上的鸡毛。官寨上召唤送信的锣声一响，哪怕你亲娘正在咽气你也得立马上路。

顺着河谷远望，就可以看到那些河谷和山间一个又一个寨子。他们依靠耕种和畜牧为生。每个寨子都有一个级别不同的头人。头人们统辖寨子，我们土司家再节制头人。那些头人节制的人就称之为百姓。这是一个人数众多的阶层。这又是一种骨头的人。这个阶层的人有可能升迁，使自己的骨头因为贵族的血液充溢而变得沉重。但更大的可能是堕落，而且一旦堕落就难以翻身了。因为土司喜欢更多自由的百姓变成没有自由的家奴。家奴是牲口，可以任意买卖任意驱使。而且，要使自由人不断地变成奴隶那也十分简单，只要针对人类容易犯下的错误订立一些规矩就可以了。这比那些有经验的猎人设下的陷阱还要十拿九稳。

索郎泽郎的母亲就是这样。

她本来是一个百姓的女儿，那么她非常自然地就是一个百姓了。作为百姓，土司只能通过头人向她索贡支差。结果，她却不等成婚就和男人有了孩子，因此触犯有关私生子的律条而使自己与儿子一道成了没有自由的家奴。

…………

总而言之，我们在那个时代订出的规矩是叫人向下而不是叫人向上的。骨头沉重高贵的人是制作这种规范的艺术家。①

骨头把人分出高下。

土司。

土司下面是头人。

头人管百姓。

然后才是科巴（信差而不是信使），然后是家奴。这之外，还有一类地位可以随时变化的人。他们是僧侣，手工艺人，巫师，说唱艺人。对这一类人，土司对他们要放纵一些，前提是只要他们不叫土司产生不知道拿他们怎么办好的感觉就行了。

有个喇嘛曾经对我说：雪山栅栏中居住的藏族人，面对罪恶时是非不分就像沉默的汉族人；而在没有什么欢乐可言时，却显得那么欢乐又像印度人。

川西北土司制的实行，加强了藏区与内地的联系，在很大程度上促进了藏区经济文化的发展。但是，土司制度毕竟是封建王朝在少数民族地区采取的一种过渡性的政治措施，是在不得已的情况下实施的一种羁縻之法，目的是"以夷制夷""分而制之"。随着历史的发展，土司制浮出时间的水面，它的消极意义就更加明显了。由于土司制度本身实施的是"奴隶制"和"农奴制"，因此，无论是政教合一，还是土司专制，土司、头人和上层喇嘛都是强势群体，而差巴、科巴都是弱势或无势群体。在那些"天高皇帝远"的地方，土司占有了一切，包括土地、山林、牲畜、生产资料、生产工具以

---

①　阿来：《尘埃落定》，人民文学出版社 2001 年版，第 11—15 页。

及生产者本身。在那个等级森严、尊卑贵贱极其分明的世界里，土司们的生活是无限美好的，而"差巴"们、"科巴"们的幸福、自由和尊严则是极其有限的。

嘉绒藏区的土司制度有其深远的政治、历史、文化背景，这种绵延近千年的特殊的政治制度成为一种传统后就变得异常坚韧。在《尘埃落定》中，阿来重现了嘉绒藏区这个汉藏接合部"土司制度"千年以来的历史惯性，展示了土司制度没落阶段和社会历史转型时期的人性生态。但是，阿来精心营造出来的只是一个当代人想象中的神秘浪漫的嘉绒土司世界，是关于"最后一个嘉绒土司"的诗化的东方寓言。

### 四、嘉绒藏区宗教

嘉绒藏区的宗教信仰和宗教文化，充分表现出文化过渡地带的多元性和杂糅性。嘉绒藏区所在地——康区是现今保留藏传佛教各教派最多、最集中的地区，且兼容并存。这里不仅有格鲁派（黄教）、萨迦派（花教）、宁玛派（红教）、噶举派（白教）等各派，甚至在西藏已消失的觉囊派在今天的壤塘、阿坝等县仍得以保存并有较大影响。历史上，甘孜藏区转世了四位达赖，即七世达赖喇嘛格桑嘉措（理塘人）、九世达赖喇嘛隆多嘉措（邓柯人）、十世达赖喇嘛楚臣嘉措（理塘人）和十一世达赖喇嘛可珠嘉措（乾宁人）。黑帽系噶玛巴第一世至十二世、十四世、十六世转世活佛均诞生于这片土地。历史上，康区还存在过噶当、希解等教派，涌现过一批著名的高僧和大学者。除藏传佛教各教派外，中亚古波斯文化、南亚古印度文化、西亚及欧洲文化、东亚汉地文化，都通过茶马古道和南丝绸之路在这里相交融汇。自古以来，康区就是藏、汉、彝、羌、回、纳西等多种民族文化频繁交往之地。康区除藏地本土的原始宗教、苯教、藏传佛教之外，还有中原汉地的儒教、道教、民间巫教，外域的伊朗祆教、印度佛教、西伯利亚和蒙古的萨满教、阿拉伯的伊斯兰教、西方的基督教、天主教等相互并存。

正如前文所述，这是一条多种文化景观色彩纷呈的、深大的历史文化沉积带。在这里，我们只简要阐述一下对嘉绒产生深远影响的苯教和藏传佛教。

嘉绒藏区原来是苯教最盛行的地区之一。嘉绒藏区有苯教文化中的年、鲁、赞神灵崇拜和原祇崇拜、猕猴崇拜、雍仲图符崇拜，有建于 3 000 年前

的丁青孜苯教大寺、早期修建的阿坝"雍仲拉顶寺"、兴建于公元203年前的
阿坝苯教苟象寺和修建于4世纪初的阿坝阿西象藏寺等最早的苯教大寺，有
苯教信奉的丹巴的墨尔多神山、昌都的日乌孜珠神山、果洛的阿尼玛卿神山、
中甸的卡瓦格博神山等。这些远古的自然崇拜和神灵信仰文化是藏民族传统
文化的共同根基和源头。

　　西藏的苯教很早就传入了阿坝。早在公元2世纪以前，苯教就已经在嘉
绒地区传播开来，传播的途径是：首先传入嘉绒地区，再沿着大金川、小金
川上溯，顺着河谷地区传入马尔康、壤塘、阿坝等地。另一条线路是从青海
传入若尔盖、松潘等地。这个阶段，正是西藏苯教的中弘期。嘉绒藏区成为
历史上继象雄以后的最后一个苯教圣地和复兴之地。后弘期的苯教就是从这
里发祥的。汶川、理县、小金川、大金川、马尔康等地是苯教的主要势力范
围，大金川的雍仲寺则为其中心。

　　苯教起源于藏族先民的自然崇拜，其理论核心是万物有灵观念。苯教从
最初崇拜天地、日月、雷电、雪山、湖泊等自然现象的自然宗教发展成为藏
族社会第一个有教义、有仪轨、自成体系的宗教，经过了十分漫长而又坎坷
的发展过程。苯教作为藏族土生土长的传统宗教，承袭了比它更古老的藏族
先民的原始文化，是佛教传入藏区之前藏族人普遍的信仰。时过千年，苯教
仍然以各种各样的方式与藏族人的生产生活发生着千丝万缕的联系，而且以
集体无意识状态存在于藏民族的文化心理结构中。

　　苯教渗透着藏民族"敬天畏雪、尚巫信鬼"的文化基因，与藏族的社会
生活关系极为密切。苯教虽然有一些比较精巧的思辨哲理，但更重视巫术、
祭祀和各种崇拜，侧重于现实人生及经验认识。苯教的各种巫术仪式，目的
是为了"上祀天神、中兴人宅、下镇鬼怪"。苯教在其形成初期被称为"鬼魂
附体的苯教"，宗教活动主要是："占卜吉凶，祈福禳灾；崇尚法术，役使鬼
神。"重视煨桑、禳祓、招魂（神）等仪式。在苯教的巫术中，有通过祭祀祈
祷来引福和聚财的法术，有专讲作法弄神、呼风唤雨、施放咒术、咒害仇敌
的法术，也有专讲招魂、驱邪、超度亡灵的法术，等等。有关苯教巫师进行
占卜和施展巫术、咒害仇敌的活动，在《尘埃落定》文本中，都有所展示。

　　佛教的传入，以及佛苯斗争、佛苯融合、藏传佛教各教派之间的冲突，
是一个复杂的历史过程，学界关于这方面的研究已经十分丰富。因此，本书

不再赘述。

这里要指出的是，嘉绒藏区是一个藏族宗教文化"沉积带"。一是教派林立，信仰杂糅。嘉绒本土的原始信仰、苯教信仰，以及藏传佛教的各个教派，在这里都有其传承体系。如马尔康县境内就有格鲁派（黄教）、宁玛派（红教）、萨迦派（花教）、噶举派（白教）、苯波派（黑教）、觉囊派、希解派等多个藏传佛教派别。各个教派都有自己的寺院：格鲁教有大藏寺、草登寺、马尔康寺、直波城寺等；宁玛教有觉那寺、那不尔加斯当寺、色不着寺、索木寺、食俄寺、党坝寺、多尔苏寺、若宗兴寺等；苯波教有色郎寺等；萨迦教有色五保寺等；噶举教有色不着寺；等等。正如藏地民谣所说的："每个山谷都有自己的喇嘛，谷后的每个山口都有一种不同的教派。"同时，在嘉绒的许多地区，苯教的势力也一直十分强大。"直到20世纪50年代初，绰斯甲土司还依靠苯教势力进行政教合一的统治。一直是苯教势力的一个大本营。"①二是这些宗教所传承的文化精神，作为人类共有的非物质文化遗产在这里积淀并保存了下来。因为地理结构复杂，位置特殊，在长期的历史发展中，嘉绒常常为时代进程所遗落，因此，这些文化遗存才得以保留下来。

公元8世纪末至公元10世纪，是西藏佛教的前弘期和后弘期之间，是所谓藏传佛教的"黑暗时代"。但对阿坝地区来说，当时却是佛教兴盛和发展的一个重要历史时期。8世纪末，白诺杂纳到阿坝传播佛教，首先在马尔康松岗一带把当地苯教徒化为佛教徒，在松岗直波建起阿坝的第一座寺院——直波罗尔伍朗。寺庙作为宗教的象征和主要活动场域，对信教群众有很大吸引力。苯教见此情形，立即仿效。这段时期，苯教在马尔康抢修了二十几座寺庙，使马尔康地区，乃至整个阿坝地区的苯教结束了只有祭坛或简易修行庙的历史。从此开始，苯教广建寺院。由于白诺杂纳几乎走遍了阿坝的每一块土地，系统地传播佛教，也使唐蕃大战后留居阿坝的吐蕃军人带来的佛教得到一次重新弘扬的机会。这是阿坝佛教发展的第一个历史时期，但白诺杂纳传播的佛教还只是限于接近苯教的侧重于宗教仪轨一类的旧密教阶段。

从公元10世纪开始，康巴地区成为"后弘期"藏传佛教的发祥地。不少康区的僧人成为藏传佛教"后弘期"各教派的开山祖师。有建于1147年并开

---

① 阿来：《大地的阶梯》，人民文学出版社2001年版，第29页。

创了活佛转世制度的噶举派祖寺昌都类乌齐寺（又称噶玛丹萨寺）、建于1159年的宁玛派白玉噶托寺、建于1444年的格鲁派昌都强巴林寺、建于1448年的德格更庆寺、建于1679年的格鲁派的中甸松赞甘丹林寺、建于1727年的噶举派德格八帮寺等一大批藏传佛教寺院。目前，仅甘孜藏区对外开放的藏传佛教寺庙就达500多座，几乎每一座山头都飘扬着经幡，每条道旁都矗立着"嘛呢"，每个城镇都有金碧辉煌的寺院。

佛教在嘉绒传播的过程，也是佛苯的融合过程。佛教的传入打乱了人们的思维习惯。苯教的多元神论与佛教的一元神论，苯教的现实、参与、巫术与佛教的幻想、避世、修习等是相互冲突的。但是，佛教传入藏区，从一开始就与权力之争搅在一起，所谓佛苯之争的实质是权力之争而非佛苯教义之间的水火不容。作为政治斗争的手段，佛教首先在贵族阶层传播，对佛教的接纳和排斥开始主要表现在贵族权力机构的中心，只是根据政治斗争的需要，所谓的排斥也只是一种对于外来文化的本能的反映。佛教依附王权，在形式上与苯教改头换面，"借壳上市"。佛教借用苯教的仪轨，苯教吸收佛教的义理。藏区民众也以苯教的思维方式、宗教仪轨对佛教进行阐释、认同、吸收。从心理结构上讲，民间信仰是内苯外佛，信仰方式则主要是通过渗透于生活各个层面的宗教禁忌和宗教仪式，而这些禁忌和仪式原本就属于苯教。

嘉绒藏族普遍信仰藏传佛教。"嘉绒十八土司"，每一个土司都有几所大喇嘛寺和几个较小的寺，各寨大都有寨寺，各户有经堂。这里的各教派寺院与卫藏地区的寺院多多少少都有些联系，寺院的组织结构也与卫藏地区大同小异，喇嘛们大都以到拉萨进修深造为荣。众多互不隶属、见修各异的教派与土司之间形成了密切而又互惠的联盟。寺院僧众依靠世俗权力，扩大各自的根据地和获取经济保障，而世俗政权又从僧侣那里得到有关思想舆论方面的支持。佛教在嘉绒的传播过程，也是文化和文明的传播过程。也正是因为藏传佛教的传播和普及，才将嘉绒地区真正纳入藏文化的版图。那些传扬佛教的高僧大德们，同时也是文化的传播者。阿来在其《大地的阶梯》中写道：

> 说到语言，又是一个有关文化传播与整合的话题了，我们必须再回到藏族最早出家的"七觉士"之一毗卢遮那的身上来。
>
> 藏王赤松德赞迫不得已将毗卢遮那流放到吐蕃东北部的边疆地带。

毗卢遮那流放时，嘉绒地区一个个靠近汉地的山口，那些河水冲向成都平原的逐渐宽大的峡口，都成了吐蕃军队与唐王朝军队反复争夺的军事要冲。吐蕃军队因为长期屯守，除了少数贵族还谨守自己纯正的血统，大多数人都与当地土著通婚繁衍。即或是这样，嘉绒这个特殊的地区，不管是在意欲西进的唐王朝眼中，还是欲向东图的吐蕃人看来，都是一个化外的蛮荒之地。

被流放的毗卢遮那就成了一个光明的使者。

他为这个地区带来了佛音与创制历史并不久远的藏族文字。要是没有佛教与一致的文字系统，没人能设想出今天这样一个幅员辽阔独具魅力的藏文化地带。这点道理，任何人只要打开中国的地图就能明白。那占去五分之一中国版图的棕色的青藏高原上，只生活着几百万藏族人，而且，中间还有那么多高山峡谷的巨大空间阻隔，却发育出一种相对完整统一的民族文化。这在民族与文化区域的形成史上，无疑是一个令人惊叹的奇迹。

这并不是几十上百年的军事占领可以达到的。

对嘉绒这个地区来说，盘热所率的大军是为佛教文化的传播扫除了障碍，廓清了道路。

⋯⋯⋯⋯⋯

嘉绒人都说，是毗卢遮那大师给我们带来了文字。而文字给我们的眼睛与心灵带来了另一种光明，黑夜都不能遮蔽的光明。一种可以烛见到野蛮与蒙昧的光明。他来到嘉绒，就在大渡河上游、岷江上游的崇山峻岭间四处云游，也许是吸取了在西藏传法时的经验与教训，他在嘉绒地区传法不是辩驳，不是批判，不是攻击，甚至也不宣讲，而是用无声的方式展示。在今天，我们已经很难区分这种展示中显露出来的有多少是教法的吸引，又有多少是因为人格的感召。正是用了这种方法，他才一改在西藏与苯教徒激烈对抗的局面，以一种更接近藏族本土宗教的理念与形式传播佛教，获得了当地笃信苯教的嘉绒民众的拥护与爱戴。他建立寺庙，译经说法，在较大范围内传播了创制不久的藏语文，使各说各话的部落共同的交流有了一个依凭，有了一种共同使用的官方语言。

从他经过地方留下的遗迹来看，更多的时候，毗卢遮那都在山间修行。其中最广为人知的是一个他曾面壁修行的山洞，位于距马尔康县城十余公里的查米村附近，梭磨河岸边山坡上的葱郁茂盛的森林中间。这个山洞就叫作"毗卢遮那洞"。洞中石壁上几个隐约模糊的印迹，据说是他面壁修炼时留下的掌印。至少，前去朝圣的当地民众中的大多数对此是深信不疑的。至今，朝拜之人络绎不绝。

在这个高大轩敞的干燥山洞中，还竖着一根直径一尺多，高有六七米的带根树干。当地民众传说，毗卢遮那在嘉绒传法期间，也曾出山去四川盆地中的峨眉山传经说法。回来时，所挂的拐杖放在洞中，自行发芽生根，茁壮生长。

今天，这树干也是修行洞中的神奇之物，朝拜此洞的百姓往往会刮下一点木屑，加入煨桑的烟火中，说是可以求得大吉大利。
············

毗卢遮那弘传的是藏传佛教中最古老的派别宁玛派。[1]

# 第三节　阿来其人其作

在本节中，笔者试图对阿来的文学创作做一些梳理，并对其部分作品进行简要分析。阿来从深陷于高山峡谷的藏族村寨出发，从诗歌创作开始，逐渐步入"茅盾文学奖"的殿堂，期间经历了怎样的困顿、感奋、忧伤和喜悦？有着怎样的心路历程？在《尘埃落定》出版之后的10多年时间里，阿来先后创作了长篇地理文化散文《大地的阶梯》、长篇小说《空山》系列、《格萨尔王》和"非虚构写作"《瞻对》，这些作品继续保持了阿来一贯的气定神闲、从容不迫的叙事风格，于大气中蕴含智性和诗意，从不同侧面构筑起阿来的文学世界。阿来的诗歌和中短篇小说深刻地记录了他的心灵轨迹，是其文学创作中不容忽视的重要成果。有人认为，阿来的中短篇小说比他的长篇写得好，阿来则认为自己的诗歌比小说好。本节的最后两部分，对阿来的诗歌和

---

[1]　阿来：《大地的阶梯》，人民文学出版社2001年版，第25—29页。

中短篇小说做了简要回顾，目的是能够勾勒出阿来文学创作的全貌。

## 一、从幽深不断走向宽广

阿来在自己的小说集中曾这样自我介绍：

> 阿来，男。藏族。1959 年 7 月出生于四川省西北部藏区只有 20 多户人家的阿坝州马尔康县一个藏族村寨叫卡尔古（意为"山沟更深处"）村的一个农民家庭。关于出生的日子，母亲说她以前是清楚记得的，但最近却提供了两个日子供我选择。造成这个结果的原因是艰难生活，使我走上文学道路的也是艰难生活……1976 年在卓克基公社中学初中毕业后回乡务农，大部分时间在山间牧场放牧。1977 年到阿坝州水利建筑工程队当合同工，先后当过牧人、拖拉机手与机修工。高考恢复后报考一所地质学校，因为在那时我有限的见识中，这是唯一一种可以把自己带到很多和很远地方的职业。结果事与愿违，一纸录取通知书将我送进了马尔康师范学校。毕业后，做过将近五年的乡村中学教师。后因写作转做文化工作和编辑……①

童年阿来是在山地草坡上放牛放羊的牧童。他说，那时候他跟每一株树每一棵草说话。大地辽阔寂静，牛羊悠闲，孤独的阿来对自然却有着丰富的感受。同每一个藏人的感觉一样，自然界是美丽神奇和令人敬畏的。童年最美好的记忆是家乡雪峰下的高山牧场、森林、田野和各种美丽的山花。即便今天已久居都市，日常生活中，很多时候，阿来还是会打开一本又一本青藏高原的植物图谱，他识得许多人们认识却叫不出名来的花朵的名字。很多人都知道阿来喜欢行走②，喜欢走进田野，喜欢拍摄高原上各种各样的花朵，还出版一本散文随笔《草木的理想国：成都物候记》。这是阿来对记忆中的故乡一种美丽的怀想。怀想中的故乡掩映在青山绿水间，和风吹拂着牧场，金

---

① 阿来：《旧年的血迹》，作家出版社 1989 年版，封底。

② 阿来说："漫游中的写作，在我二十五之后，与三十岁之前那段时间，是我的生活方式。那时，我甚至觉得这将成为我一生唯一的方式了。"（参见阿来《大地的阶梯》，人民文学出版社 2001 年版，第 86 页）

黄色的蒲公英明亮照眼，浓绿欲滴的树林里传来布谷鸟的啼鸣，幽深的群山肃穆而沉静，灿烂星空下美丽的村庄安详而又意味深长……每个人的记忆深处都有着这样一个怀想中的故乡。

　　阿来是在只有两三间校舍的村小读完小学的。那些年，全国正在搞"文化大革命"，当时的民族教育，是要在藏地普及汉语。在一个藏语的乡村出生、成长的藏族人，学习汉语，如听天书。阿来回忆说，一二年级，听不懂老师说什么，惶惑到了三年级某一天，他突然听懂了老师说的一句汉话。这个顿悟使他感觉幸福无比。从此，他进入了汉语世界。

　　1974年，阿来正在贫困中念小学五年级。这一年，有几个"穿得煞有介事"的地质队员，为勘探森林资源、水资源和矿物资源来到了阿来居住的四川阿坝州马尔康县马塘村。被大山重重包围着的马塘村，周围几十公里人烟稀少，15岁的阿来从来就没有离开过村子的"活动半径"，也没有见过那么"神气"的地质勘探工作者。他们"拿个镜子一照"，拿个小锤子再敲一敲，"居然就知道下面有什么"。有一次，阿来从地质队员那里看到了一些地质图片，他们告诉他："这是从飞机上拍下的你们这里，飞上天就什么都能捕捉到。"阿来说，在此之前，"我觉得我们那个世界很大，几十里长的山沟，那么高的雪山，那么宽的牧场，这个村子完了再走十五里地，另外还有村子，觉得这个世界够大了。但是突然他说，你们这个村子就在这，你看不见呐，就是那个大山里头一个小小的皱褶，说你们村子就在这里头，这么大个世界，就是这个土里头小小的一个皱褶"[①]。这样的"蛊惑"，第一次点燃了阿来追寻大山外面世界的梦想。上初中，对马塘村的少年来说，简直就是不可思议的事情。因为，到最近的一所"戴帽子"小学念初中，至少也得翻山越岭，走150多里山路，更何况，各家买油盐酱醋的钱都成问题，到哪里去筹书费和学费。为此，阿来进山采药，上山打柴，筹集书费和学费。整整一挑子柴火，才卖一分钱。但他乐意干。到了山腰上，一排排掠过长天的长途迁徙的雁阵，总是令人神往。好多同村的孩子坚持不下来，又回到山上放牛放羊。但阿来坚持下来了。冬寒暑热，阿来孤寂地行走在山路上。阿来早年的小说

　　① 许戈辉、阿来：《藏族作家阿来：我不是藏民族的代言》，凤凰网（http://phtv.ifeng.com/program/mrmdm/200904/0408_1597_1096683_3.shtml），2009年4月8日。

（如《格拉长大》）里，有个孤寂敏感的孩子，还有学校的老师那捉摸不定的无奈的神态，可以看得出阿来早年生活的印迹。

靠着采药打柴卖钱，阿来读完了初中。但在那个提倡知识分子上山下乡的年代，他不得不回到了马塘村，成了寨子里的水电建筑工。在修水库的工地上，阿来扛了一个月石头后，因为念过初中而被指挥部委派了一个好差使——做拖拉机手。全国恢复高考后，阿来想报考一所地质学校，"因为在那时我有限的见识中，这是唯一一种可以把自己带到很多和很远地方的职业"。结果事与愿违，初中毕业的阿来考上了一所中师——阿坝马尔康民族师范学校。

从师范学校毕业时，阿来自感留校任教不成问题，可分配通知却是叫他到马尔康县教育局报到。教育局把他分配到一个比自己的村庄还要偏僻的山寨村小，当了一名乡村教师。阿来回忆说，从县城到那所山区村小，要坐大半天汽车，然后公路就到了尽头，接下来，还要骑马或步行三天，翻越两座海拔四千米以上的雪山。学校有一、二、三、四共四个年级，但学生总共才十几个，只有一位代课教师。后来，阿来被调到通公路的公社中学教了一年初中。接着，又调到县中学教历史，一直到1984年。

这个时候，阿来的第8个弟弟出生了，每个月，家里还等着他的35.5元工资作开销，阿来不得不想法子找"外快"。可一个教书匠，除了纸和笔，又有什么法子挣钱呢？看到改了行的同学经常写点小新闻，弄几元钱打打牙祭，于是，本来就喜欢文学而且阅读了很多文学作品的阿来开始了写作。

阿来的第一首诗发表在1984年的《西藏文学》上。在此之前，他从未发表过任何作品。不久，阿坝州文化局的《草地》文学双月刊缺人手，阿来调去当了编辑。阿来的文学生涯是从诗歌开始的，他说："诗永远都是我深感骄傲的开始。"[①] 直到现在，阿来还认为自己的诗比小说好，如《群山，或者关于我自己的颂辞》，又如《三十周岁时漫游若尔盖大草原》，等等。到了20世纪80年代中后期，阿来逐渐转向小说写作，先后发表了《群蜂飞舞》（载于《上海文学》）、《月光里的银匠》（载于《人民文学》）、《宝刀》（载于《湖南文学》）等作品。《宝刀》发表后，立即被《小说选刊》转载，还上了当年的"中国文学排行榜"。1988年，阿来带着他此前创作的一些小说，找到了第一

---

① 阿来：《阿来文集·诗文卷》，人民文学出版社2001年版，第156页。

届茅盾文学奖得主、四川作协的领导周克芹，希望得到他的帮助和推荐。周克芹看了这叠厚厚的、打印得整整齐齐的文稿，十分高兴，把文稿推荐给了作家出版社，并写了序。1989 年，阿来的第一本小说集《旧年的血迹》由作家出版社出版。这个集子是"文学新星丛书"中的一本。被列入这套丛书的，还有苏童、池莉、迟子建、马原等作家的作品。那一年阿来 30 岁。

30 岁那年，阿来背上他最喜爱的聂鲁达、惠特曼的诗集，带着《旧年的血迹》，在故乡的土地上进行了一次长时间的漫游。"从森林到草原，从深陷于人们视界之外的那些峡谷河川，到最早迎接日出的高原。"他说："我要在自己三十周岁的时候，为自己举行一个特别的成人礼，我要在这个成人礼上明确自己的目标。"[1] 那一次漫游，后来变成了阿来的一首抒情长诗《三十周岁时漫游若尔盖大草原》。在"既是肉体故乡，也是精神原乡的土地"上漫游，对于阿来是铭心刻骨的，他的精神世界发生了深刻的变化。

> 我的脚迹从岷山深处印向若尔盖。
>
> 在黄河还十分清澈的上游，遥远的草原，路一直伸向天边，那里堆着一些厚厚的积雨云，头顶上，鹰伸展开翅膀，一动不动悬在空中，像是在畅饮着方向不定的风，羊群四散在小山丘上，马有些孤独，立在水平如镜的沼泽边上。当然，还有寺院，还有一些附着了神迹的山崖与古树。
>
> ⋯⋯⋯⋯⋯⋯
>
> 天哪！/我正穿越的土地是多么广阔/那些稀疏的村落宁静而遥远/穿越许多人，许多天气/僧人们的袈裟在身后/旗帜一样噼啪作响，迎风飘扬/我匍匐在地，仔细倾听/却只听见沃土的气味四处流荡/我走上山岗，又走下山岗。
>
> ⋯⋯⋯⋯⋯⋯
>
> 那次漫游终于成为了我晚来的成人礼，即使独自一人，我也找到了终生献身于某种事业所需要的那种感觉：有点伟大，有点崇高，当然，最需要的是，内心从此澄澈空灵的境界，和那种因内心的坚实而充溢全

---

[1]　阿来：《旧年的血迹》，作家出版社 2000 年版，重版自序第 3 页。

身的真正的骄傲。那是整个世界，整个生命，一个人的过去与未来全部发生神奇变化的重要一刻。

一个世界与自身心灵的倾听者就在这一天诞生了。①

一个诗人诞生了。"诗人帝王一般/巫师一般穿过草原/草原，雷霆开放中央/阳光的流苏飘拂/头带太阳的紫金冠/风是众多的嫔妃，有/流水的腰肢，小丘的胸脯。"② 多年以后，阿来回忆说："30周岁的时候，我总是听见一个声音，隐约而又坚定，引我向前。这次漫游也是一个求证，求证我能不能真正书写这块土地，书写这块土地上的人。大概三年多以后我又开始写作。"③ 阿来"被朝圣者的坚定和信徒们的虔诚所感动，背上喜爱的诗集，走向传说中有神谕的山顶，前去瞻仰，不仅仅是去获得宁静与启悟，瞻仰的背后，潜伏着强大的精神回归力量。我认为，从这时起，阿来的文学创作开始找到了自己的灵魂，他开始意识到了自己所要表达的思想皆源于决定他成为藏人、成为自我，而未能成为其他的血缘因素，一种缠绵、扭结、血脉般的联系，凭借着祖先遗传给他的灵性和神性的力量，每时每刻感召着、宣泄着，当然，更多的是洗荡着灵魂"④。

1994年5月的一天，阿来坐在窗前，面对着不远处山坡上一片嫩绿的白桦林，听见从林子里传来的杜鹃的啼鸣声：悠长，遥远，宁静。于是，他打开了电脑。多年以来在对地方史的关注中积累起来的点点滴滴，忽然在那一刻呈现出一种隐约而又生机勃勃、含义丰富的面貌。于是，《尘埃落定》的第一行字"野画眉"便落在屏幕上了。小说中的50多位人物，从隐秘的地方纷纷启程，陆续登场……每天有几千字的进度。到了冬天，当马尔康周围的山上铺满白雪，涤尽了浮尘的积雪在阳光下闪烁着幽微的光芒时，阿来写完了小说的最后一个字，并回到开头的地方，回到第一个小标题"野画眉"前，

---

① 阿来：《阿来文集·诗文卷》，人民文学出版社2001年版，第148页。

② 阿来：《阿来文集·诗文卷》，人民文学出版社2001年版，第111页。

③ 徐春萍、阿来：《阿来：重要的是信念不可缺》，中国作家网（http://www.chinawriter.com.cn/2007/2007-02-11/22140.html），2007年2月11日。

④ 德吉草：《认识阿来》，《西南民族学院学报》（哲学社会科学版）1998年第6期，第18—24页。

写下了书名"尘埃落定"。阿来说："那时的一切都是一种自然而然的流淌。"① "小说完成了，所有曾经被唤醒，被激发的一切，都从升得最高最飘的空中慢慢落下来，落入晦暗的意识深处，重新归于了平静。"② 《尘埃落定》是阿来对嘉绒部族历史的一种深刻的怀想。他说："我一直关注地方史，《尘埃落定》中某些真实的细节来自我长时间地从民间传说和各种资料中积累起来的感性知识。小说的另一个情结是埋在我心中的英雄主义梦想，这也是我作为一个藏族人血液中遗传的精神气质。我们今天的生活舒适但很平庸，我用小说去怀念那生与死、铁与血的大的浪漫。"③

《尘埃落定》的创作只用了不到一年的时间，而出版时间却长达四年。或许因为这部小说并没有采用当时流行的畅销书写法，因而在四年内，阿来先后向全国的十多家出版社投了稿，但无一例外地遭遇退稿的命运。阿来回到阿坝州继续做文学双月刊《新草地》的编辑，有时抽空给旅游电视片撰写解说词，或给地方志撰写宗教方面的文章。

1996 年阿来辞职，应聘至成都《科幻世界》杂志社做编辑。1998 开始做策划总监。1999 年，还是"借用"身份的阿来，成为《科幻世界》的主编。这一年，他编辑的文章《假如记忆可以移植》，被选作了高考语文作文题目。2000 年，阿来开始做总编，他任总编后，《科幻世界》杂志从 20 万份的发行量猛增至 40 万份。新推出的少年版《飞》的发行也一路看好。于是，他很快又出任了杂志社社长。在此期间，《科幻世界》又推出了五种科幻杂志，并由刊物、书籍发展到音像制品。在世界科幻类杂志中，《科幻世界》的发行量名列榜首。④

1997 年，《当代》杂志社编辑周昌义、洪清波将《尘埃落定》书稿带到了北京，并转给人民文学出版社，出版社副总编辑高贤均读后，认定这是一部好小说。于是，四处飘飞的《尘埃落定》在屡遭拒绝和冷落后，终于在人民文学出版社的某一间办公室里找到了自己的归宿。《尘埃落定》终于由人民文学出版社出版了。1998 年年初，中国作家协会召开《尘埃落定》研讨会，

① 阿来：《阿来文集·诗文卷》，人民文学出版社 2001 年版，第 148 页。
② 阿来：《尘埃落定》，人民文学出版社 2001 年版，第 423 页。
③ 尚晓岚：《拂去尘埃见本心》，《北京青年报》2000 年 10 月 26 日，第 8 版。
④ 阿来：《大地的阶梯》，人民文学出版社 2001 年版，第 273 页。

众多评论家、民俗学专家、史学家肯定地说，这是当年出版的文学作品中最有亮色的一部小说，是近年来长篇小说创作的一个高峰。2000 年，《尘埃落定》获第五届茅盾文学奖，当时一起参评的长篇小说有 138 部。阿来也是自1981 年 10 月中国文学最高奖——茅盾文学奖设立以来 22 名获奖者中最年轻的作家。

## 二、族群记忆与本土认同——长篇地理文化散文《大地的阶梯》

1999 年，阿来参与了云南人民出版社组织的"走进西藏"文化考察活动，完成了长篇地理文化散文《大地的阶梯》。阿来说："我想写出的是令我神往的浪漫的过去，与今天正在发生的变化。特别是这片土地上的民族从今天正在发生的变化得到了什么和失去了什么？"[1]

《大地的阶梯》是阿来缘自地理文化空间记忆而完成的一次"寻根之旅"。作者试图以心灵自传的形式倾听族群的声音，将这个地理空间的过去和现在并置呈现，共时展开。民族志和随笔体具有的真实性与可读性，引领读者沿着大地的阶梯，走上世界屋脊，走上梯升的群山，领略藏民族多元一体文化格局中一个独具特色和魅力的文化过渡地带——嘉绒藏区。作者围绕嘉绒藏区的空间转换、历史记忆及与之关联的社会转型，通过对"小地方""小族群"、地方文化、自然物候、现实脉息的描绘，以本土作家的情愫和自下而上的民间视角，追本溯源，寻觅心萦神系的精神家园。

阿来把从成都平原开始一级级走向青藏高原顶端的一列列山脉看成大地的阶梯。书名也是由此而来：七八年前，作者曾造访一座山间小寺庙，送他出山门的年轻喇嘛，在分手时指着一列列拔地而起，遥遥西上，最终融入青藏高原的群山，脸上浮现出一丝犹疑的笑容说："我看那些山，一层一层的，就像一个一个的梯级，我觉得有一天，我的灵魂踩着这些梯子会去到天上。"这个诗人般年轻喇嘛的话，阶梯的意象，深刻而长久地留在了阿来的心里。从青藏高原的腹地——藏文化中心的拉萨开始，从大山阶梯的顶端，阿来又一次迈开双脚，深入故乡的群山，在高岭深谷、冰川牧场间开始实际的寻访与踏勘：县城、小镇、乡村、寺庙、古堡、土司官寨遗址和已经完全废弃的

---

① 阿来：《大地的阶梯》，人民文学出版社 2001 年版，第 273 页。

古驿站……感受这块土地的发展变迁,感受荒芜和消亡的失落。他说:"有时候,离开是一种更本质意义上的切近与归来。我的归来方式就是用我的书,其中我要告诉的是我的独立的思考与判断。我的情感就蕴藏在全部的叙述中间。我的情感就在这每一个章节里不断离开,又不断归来。"

一个漫游者是一半的朝圣者,通过朝圣,个人经历同样具有人生"通过仪式"的表征,实现一种身心的再生,这样的朝圣也可以比附为一种仪式。阿来出生在这片构成大地阶梯的群山中间,在那里生活、成长,直到 36 年后才离开。成人之后的阿来喜欢不间断的漫游。他的朋友说:"每次分手,他背着红色的旅行包,脚蹬一双旅游鞋消失在汤汤的人流中,你就觉出他那种情绪自信而茫然,以至你有时伤感:他为什么偏偏这么喜欢流浪。"大草原上,一个人,总是背着红色旅行包踽踽独行。在漫游中写作,是阿来的生活方式。在编定了小说集《旧年的血迹》和诗集《草原回旋曲》送交出版社之后,阿来又在大渡河上游一些地方生活了一段时间——从马尔康县的藏族村寨卡尔古村开始,到梭磨河、大渡河、莫尔多神山、大金川、小金川、若尔盖草原……"本意是在经历了第一阶段的创作实践后,脱开书本,脱开对文学的理论性思考,以自己乡土——培育了我全部情感世界和创作愿望的这片乡土上的真实生活本身,来映照自己的创作实绩与文学观念进行一番冷静的反省。"

阿来的作品几乎都是以青藏高原和川西北嘉绒藏区的地理空间为背景。任何一个地域都不只仅仅意味着一个地理位置,而是渗透了历史的、文化的、政治的这样一个复杂立体的有意义的"地图"。"行走在文化的田野上",阿来说:"文化是一种存在……我们审视一个民族的生活——无论是整体还是局部,一个特定背景下的人,只要对其背景性因素给予足够的注意,也就能同时写出一种文化。"

阿来的民族志叙述,带有强烈的寻根式家园情怀,故乡之行更多的是回忆,他个人的回忆以及"藏民族中一个叫作嘉绒的部族的集体记忆"。作者去瞻仰传说中有神谕的山岩,渴望听到天空深处传来的海螺的鸣响,或站在岷山之巅,俯瞰生养自己的土地,看奔流入江的大渡河水,寻找某种源于内心或源于故土的精神引导者,展开关于族群、关于人类的讨论。

《大地的阶梯》章节的名目连缀起来,就是嘉绒的地理、历史、文化地图：

第一章 从拉萨开始：1. 嘉绒释义；2. 民间传说与宫廷历史；3. 僧人与宫廷；4. 盘热将军；5. 我想从天上看见；6. 流放中的光明使者：藏族最早出家的"七觉士"之一毗卢遮那——被吐蕃王室流放到嘉绒中心大渡河流域的藏传佛教宁玛派高僧。

第二章 走向大渡河：1. 醉卧泸定桥；2. 仙人掌河谷；3. 一片消失的桦林；4. 穿越在伤心地带；5. 滞留丹巴的日子；6. 没有旅客的汽车站。

第三章 嘉木莫尔多——现实与传说：1. 东方天际的神山；2. 山神的战马与弓箭；3. 清晨的海螺声；4. 一座山之与一个地区——莫尔多神山神庙；5. 山神的子民们。

第四章 赞拉——过去与现状：1. 走过了那些村庄；2. 小金川风景画；3. 山中人家；4. 马路边上的台球桌；5. 错乱时空中的舞蹈；6. 找不到过去的影子；7. 土司传奇之一；8. 血缘与族别；9. 过去的桥与今天的路；10. 土司传奇之二；11. 上升的大地。

第五章 灯火旺盛的地方：1. 马尔康地名释义；2. 怀想一个古人：查柯·温波·阿旺扎巴；3. 露营在星光下；4. 上升还是下降；5. 梭磨河谷：真正的嘉绒；6. 从乡村到城市；7. 看望一棵榆树；8. 灯火旺盛的地方；9. 土司故事之二；10. 永远的道班与过去的水运队；11. 寻访一位藏画师；12. 一座与长征史有关的寺庙。

第六章 雪梨之乡金川：1. 大河两岸的风光；2. 想象一座理想的城市；3. 雨夜读金川故事；4. 大金川上的渡口；5. 嘉绒曾经的中心：雍忠拉顶；6. 在涨水的大河边午眠；7. 告别金川，告别历史。

第七章 上溯一条河流的源头：1. 卧龙：熊猫之乡；2. 土司们的族源传说；3. 发现熊猫；4. 阅读地理与自然；5. 翻越鹧鸪山口；6. 最后的行程；7. 上溯一条河流的源头。

文学空间自身就是现实空间的重要组成，阿来以本土的"第一手材料"，通过双脚触及、目光注视和心灵感知，将对地域文化的描述，置于更大的区域——民族以及全球性文化场域中，探溯嘉绒藏文化的内涵、价值及其对于当代人类学的意义。他试图告诉人们，如果深入藏民族和嘉绒的地理、历史、神话、传说和宗教文化中，就会发现，"历史"不是唯一的，"文化"不是唯一的，"宗教"不是唯一的。"历史"只是多种历史中的一种，"文化"只是多种文化的一种，"宗教"也只是多种宗教中的一种。应该说，阿来并非只是简单地重组过去的知识和经验，而是通过对地方性文化的描述，在重新思考民族社会历史文化中的多重价值和多重矛盾关系。

人类的理性运动不单纯是一种在认识上从神化到科学、在实践上从野蛮到文明的单向进步过程，同时还包含着由文明进入新的"野蛮"的反向过程。回顾来路的漫漫与去路的苍茫，怀着对美好事物逝去的惆怅，阿来力图追寻一种曾经存在而现在正在消失或已经消逝的意义，在"遥距"与"贴近"之间，将历史切割成碎片，再现历史本身的具体、繁杂、丰富和多样的一面，展开对新旧文明以及不同文化、民族、信仰的批判之思，以口述史方式在字里行间隐现对于本土文化与"他者"的融合方式、接受尺度等问题的忧虑。

> 我读西藏的书，第一就是从字里行间感受读者是在融入还是疏离，如果其中有太强大的另一种文化的优越感，那好，对不起，我只有放下。

> 在很多与青藏高原有关的书籍中，在很多与青藏高原上生活的藏族人生活有关的书籍中，有一种十分简单化的倾向。好像是一到了青藏高原，一到了这样一种特别的文化风景中，任何事物的判断都变得非常简单。不是好，就是坏，不是文明就是野蛮。更为可怕的是，乡野里的文化，都变成了一种现代化都市生活的道德比照。

世界上的任何民族，无论大小，无论其生活方式如何，都有自己的文化。各民族在长期的历史发展过程中形成各自适应生存环境的行为方式和生活理念。不同民族的文化差异，构成世界文化的多样性。文化的自觉应该如费孝通先生所说的："各美其美、美人之美、美美与共、和而不同。"世界各民族都对人类文化做出过各自的贡献。文化，就本质而言，并无高下、优劣之分。文明并非由哪一个或哪几个民族创造，而是由多民族共同创造的。喝酥油茶与喝咖啡，吃生鱼片与吃生牛肉，吃糌粑与吃大米……差异仅在习俗不同。在印度教徒看来，美国人吃牛肉的习惯既原始，又令人作呕。因为，在他们的文化中，牛是神圣的动物，不能宰割为食。

民族志写作，可以使一个族群、一个民族、一个社会在文化上的丰富性有较大的机会被呈现出来，被误读、想象化、污名化的文化就有较大的机会获得准确、全面表述，生活于其中的个体或民族就有较大的机会由此发现文化的多样性和对文化的多重阐释。

当我带着一本有关西藏的新书四处走动时，常常会遇到很多人，许多接近过西藏或者将要接近西藏的人，问到许多有关西藏的问题。我也常常准备有选择地进行一些深入的交流。却发现，提出问题的人，心中早有了关于西藏的定性：遥远、蛮荒和神秘。更多的定义当然是神秘。也就是说，西藏在许许多多的人那里，是一个形容词，而不是一个有着实实在在内容的名词……

一个形容词可以附会许多主观的东西，但名词却不能。名词就是它本身。

但更多的时候，西藏就是一个形容词化了的存在。对于没有去过西藏的人来说，西藏是一种神秘，对于去过西藏的人来说，为什么西藏还是一种神秘的似是而非的存在呢？你去过了一些神山圣湖，去过了一些有名无名的寺院，旅程结束，回到自己栖身的城市，翻检影集，除了回忆起一些艰险，一些自然给予的难以言明的内心震荡，你会发现，你根本没有走进西藏。因为走进西藏，首先要走进的是西藏的人群，走进西藏的日常生活。但是，当你带着一种颇有优越感的好奇的目光四处打量时，是绝对无法走进西藏的。强势的文化以自己的方式想要突破弱势文化的时候，它便对你实行鸵鸟政策，用一种蚌壳闭合的方式对你说：不。

无论在文明社会，还是土著部落，生活的本质在于人们如何以日常生活本身展演哲学，民族志写作能从这种展演中说出真实。对于“异文化”研究者而言，“地方性知识”最容易引起文化阻隔和文化误读，而本土学者“近距离研究”的相对客观性是建立在对本土知识背景的深刻理解和“离去归来”的双重身份基础之上的。

阿来的目光始终聚焦和描述崩溃的秩序和退场的人群，其核心或许就是对本土社会理论的表白。族群社会呈现本土社会理论的方式，或许未必是对哲学的直接书写或是对历史的直接解释，却是以生活（种族、身份、归属、记忆、权力、信仰、话语、立场等）展演其历史和哲学。作者的反思性和实证性，使他将地理空间作为文本，作为意义系统、象征系统、所指系统来表达意识形态、价值观、信仰以及族群和国家关系。

卡尔古村那么的宁静与僻远，很多的时候被遗忘，但也有的时候与整个国家的命运息息相关。准备打仗就是贡献出那片白桦林。村子里的男人们又带着刀锯上山了。白桦一株株呻吟着倒下。然后根据要求切成一定的长度，一定的口径。不合格的都仍在山上，不到两年就慢慢腐烂了。合格的就一垛垛堆在公路边上，等待着卡车队拉到我们不知什么地方的兵工厂去。

卡尔古村的人都被告知，这些白桦的用途是制造步枪、机枪、冲锋枪的枪托及其他木质部分。所以，这些白桦给我们卡尔古村带来了无上的光荣。

那么多卡车来来去去，寂静的卡尔古村是多热闹啊！

也许因为这种光荣过于抽象，所以，直到今天为止，许多卡尔古村的人还在为那些白桦感到惋惜。

其实，卡尔古村岂止是失去了这些白桦，我们还失去了四季交替时的美丽，失去了春天树林中的花草与蘑菇，失去了林中的动物。从此，一到夏天，失去蔽护的山林被雨水直接冲刷。泥石流年年从当年的泉眼那里爆发，冲下山坡阻断交通……

在那些白桦消失的同时，多少代人延续下来的对于自然的敬畏与爱护也随之从人们内心中消失了。村子里的人拿起了刀斧，指向那些劫后余生的林木，去追求那短暂的利益。

刀斧走向更深的大山，河里漂满了大树的尸体。

感伤的旧地重游使阿来在哀惋美好事物逝去的同时，以犀利的笔锋，展开了对毁灭森林、破坏生态、践踏信仰的批评。行文中多次提及消失的白桦林，明显隐喻自然神性的消解以及由此而导致的人性的堕落：到处兜售松茸、虫草，倒卖文物的小贩，县委招待所里势利的服务员，虐待国宝熊猫的人们……这种伤痕的造成，是通过和平的方式，以建设的名义，以进步的名义，以大多数人的幸福与生存的名义，无休止索取的结果。

现代性不再只是标明历史的发展和现代化的进程，而是反思和自反意识的基础，如马歇尔·伯曼所言："所谓现代性，就是发现我们自己身处一种环境之中，这种环境允许我们去历险，去获得权利、快乐和成长，去改变我们自己和世界，但与此同时又威胁要摧毁我们拥有的一切，摧毁我们所知的一切，摧毁我们表现出来的一切。"

《大地的阶梯》是阿来对川西北嘉绒藏区本土文化的"人类学笔记"或"笔记式的田野报告"，是对地方性知识、地域文化的描述和探索。阿来通过对故乡嘉绒藏区的民族志分析，借助历史文献与考古资料，透过文字，记录过往时代的人、事、时、地、物，用文学的笔调叙述和表达了嘉绒藏区的地理空间、历史文化、民族宗教和社会人生，对世纪之交社会剧变、文化转型等纷乱现象背后的宗教、族群和生态等价值观冲突的历史与现实给予现代性的反思，具有现代民族志诗学写作特征。《大地的阶梯》不仅是阿来心灵的自白，也是有意识地对作者自身所处的文化场域和文化碰撞进行了阐释，记述所依据的原材料也不是"远方文化的谜"，而是阿来所熟悉和了解的"本土文化"。法国汉学家顾彬认为，《大地的阶梯》的文学价值超过了阿来获茅盾文学奖的《尘埃落定》，但《大地的阶梯》一直没有引起文学界应有的关注。

### 三、机村传说——《空山》系列

2005 年 5 月，人民文学出版社出版了阿来的长篇新作《空山——机村传说一》（卷一《随风飘散》、卷二《天火》），2007 年出版了《空山——机村传说二》（卷三《达瑟与达戈》、卷四《荒芜》），2009 年出版了《空山——机村传说三》（卷五《轻雷》、卷六《空山》）。《空山》系列的出版，距离《尘埃落定》的创作已有 10 年，这种长时间的间隔和谨慎的出手，表明阿来对创作的用心和投入。

小说由六个独立而头绪相连的机村故事构成，多线条、多节奏地描绘了机村的当代变化图景。关于小说形式的选择，阿来说："多年来，一直想替一个村庄写一部历史，这是旧制度被推翻后，一个藏族人村落的当代史。在川西北高原的岷江上游，大渡河上游那些群山的皱褶里，在藏族大家庭中那个叫嘉绒的部族中，星散着许多这样的村庄。但我迟迟没有动笔。原因是，我一直没有为这样的小说想出一个合适从头到尾贯穿的写法，肯定会在呈现一些东西的同时，遗落了另外一些东西。我一直在等待天启一样，等待一种新的写法。现在我明白，这样一种既能保持一部小说结构（故事）完整性，又能最大限度包容这个村落值得一说的人物与事件的小说形式，可能是不存在的。所以，只好退后一步，采用拼贴的方式，小说的重要部分的几个故事相当于是几部中篇，写值得一说的人与事，都可以单独去看，看上去都可以独立成篇。但拼贴起来的时候，会构成一幅相对丰富与全面的当代藏区乡村图景。"①

《空山》还是在讲述发生于嘉绒故土上的故事。整部作品约计 70 万字。比起之前给他带来巨大荣誉的《尘埃落定》，《空山》探讨的问题更加现实而沉重，凸显了尖锐的现实冲突。《空山》"再次以纯正的藏文化精神，以沉静感伤的格调，以天然瑰丽的文字和奇思变形的本土化叙事，书写藏地村落的故事，讲述并非传说的真实，以此追问迷失的人性、迷失的神灵庇佑，追问关于文化和信仰沦落的秘密"②。

与《尘埃落定》不同的是，阿来把悲悯的目光从历史延伸到了现实，从写浪漫传奇转向写沉重现实。《尘埃落定》是历史的挽歌，《空山》则在续写"新生"——在土司制度被推翻后的新制度下，嘉绒的历史出现了怎样的"上升与陷落"？嘉绒人真实的生存状态又是怎样？在巨大的社会变革中，他们心灵又经历了怎样的"卑俗、浑浊和伤痛"？或许是因为作品的内容太凝重了，《空山》写作的时间长达五年。

《空山》的书名有些禅意，但不是"空山新雨后"那种清新旷远，也不是"空山不见人"那种空灵飘逸，而是"好一似食尽鸟投林，落了片白茫茫大地真干净"的空山。它讲了几个令人痛楚的故事。《随风飘散》中善良的格拉在机村的谎言中死去，他给母亲做好饭时，才发现自己已成魂魄；《天火》中激动了好多天的机村人却在大火到来的那个夜晚进入了梦乡……这样动人心魄的情节，是阿来式的。对现实的悲悯，对文学宗教般的情感，使《空山》气象不凡。

---

① 阿来：《一部村落史与几句题外话》，《长篇小说选刊》2005 年第 3 期，第 4 页。
② "第一届汉语文学大奖"颁奖词。

　　《空山》让我们看到了一个中国当代川西北嘉绒藏区的"村落史",看到了一个原始的、自然的人神共处的乡村的陨落、消逝的过程,并为那些逝去的人和事唱响了一曲悲凉的挽歌。小说并非以浪漫的意绪来揭示复杂的人性,而是以一个个平凡而简单的故事、朴素的细节去描摹无奈的现实,并经由这种细节化的现实图景,深切叩问一个个小人物和一个藏地小山村的悲剧命运。"如果说十多年前《尘埃落定》是一声对历史的唯美喟叹,那么,《空山》就是一曲关于藏族乡村的大地哀歌。"① 两部小说虽然相隔十年,但是忧伤的基调、寓言化的氛围、挽歌式的悲悯格调依然贯穿始终。

　　也许,与故事情节同样重要的还有故事的时空背景——20 世纪 50 年代末到 90 年代初近 40 年时间川西北嘉绒藏区——一个交织着多重矛盾的特殊时空扭结点。阿来透过一个村落的动荡历史,对自然生态与人性生态、现代性进程与个体命运、宗教信仰与社会发展、政治文明与意识形态等进行了深入的审视。以"文化大革命"为背景的《天火》讲述了一场莫名的森林大火烧毁了大片森林,烧向机村。地质工程师放出神湖水想扑灭大火,结果神湖塌陷,湖水消失,火却越烧越旺,最后机村也被烧毁。一个自给自足的藏区小村庄——机村在进入"新的世道"之后,无可奈何地向衰败一路滑去。面对"革命""文化大革命"这样强大的政治压力,一个山区村庄的命运,实在是难以自我把握的。阿来把一个特殊时代的狂躁症清晰地表达出来了。独具魔力和隐喻意义的"大火"其实是一个人类生存的寓言。"大火"是从人的心底燃烧起来的。铺天盖地、轰轰烈烈的心火点燃了人与人的嫌隙和人与自然的对立,让机村走向毁灭。政治与权力的狂乱野蛮与叙述之间构成的反讽,使那段历史的荒诞、残酷昭然若揭。从小小的"机村"出发,穿越时空,穿越历史与现实,我们不无悲凉地发现:善与恶、真与伪、智慧与愚昧、勇敢与怯懦、神性与人性、欲望与情感、古老与现代的碰撞无时不有、无处不在,一切都被扭曲、被异化。现代性与民族性、传统性的矛盾冲突始终与人性、欲望的苍凉与深刻纠结在一起,机村的命运不过是一个个大悲剧中的小例证而已。

---

　　① 颜炼军:《"空"难交响曲——阿来〈空山〉三部曲阅读札记》,《当代文坛》2011 年第 1 期,第 85—88 页。

"如果说《随风飘散》毁灭的是机村的'人心'、《天火》毁灭的是机村的'水源'、《达瑟与达戈》毁灭的是机村的'价值观'、《荒芜》毁灭的是机村的'土地'的话,《轻雷》则把毁灭的魔爪伸向了机村的'森林',并由此让机村赖以生存的物质基础和精神基础走向全面的崩溃与毁灭。《轻雷》的主人公拉加泽里显然与《达瑟与达戈》里的达瑟有着相同的精神气质,然而两个人却走上了不同的道路:达瑟从学校走到了树上,拉加泽里从学校走进了监狱。这是不是象征着机村已然走进了无可毁灭的歧途?

"支撑两个故事底部的情感源泉依旧是'忧伤的农耕乡愁',思想源泉依旧是传统与'现代性'的历史辩证法。只不过,随着时间进程的推进,机村毁灭旧有生活状态和价值观的方式越来越有序,越来越露骨,而当毁灭持续,重建寥寥的时候,最终留给机村的,留给机村人的,只有迷失在未来的空茫里。'未来'这个被线性历史观寄予厚望的词,在阿来的《空山》里变得寓意复杂。与其说代表着希望和美好,不如说意味着不可抗拒又不可预知。当年的《尘埃落定》用鲜血和死亡、用黑夜的意象象征一个时代的终结,如今的《空山》则用漫天大雪、用'白茫茫一片大地真干净'的空山象征未来的不可预测和人对未来的想象无力。"①

在写实性描写的同时,《空山》表现了一种强烈的象征意味。藏语里,"机村"是"根"的意思。在敦煌古藏文写卷中,记录有多篇吐蕃或者更早时期流传于民间的故事,如《美好时代的结束——马和牦牛的悲剧》《没落的时代——机王国和它的宗教》。故事中名叫"机"的王国,一般认为在现今甘肃、青海一带黄河上游,属于当年被吐蕃征服的"大蕃"范围,或苏毗故地。显然,阿来想用《空山》三部曲"寻根"。"但在'现代性'将一切传统摧毁得支离破碎的今天,生活之'根'和文化之'根'都暧昧不清的时候,寻求的结果或许只能如当年的'寻根文学'一样,激情开始而尴尬结束,最终陷入更大的空茫和失落之中。"②

2007 年,阿来的《空山》(卷三)获得了由国内文艺理论家、著名评论

---

① 付艳霞:《由〈空山〉三部曲看阿来的"寻根"之旅》,《中华读书报》2009 年 3 月 11 日,第 9 版。

② 付艳霞:《由〈空山〉三部曲看阿来的"寻根"之旅》,《中华读书报》2009 年 3 月 11 日,第 9 版。

家及资深编辑担当评委的"第一届汉语文学大奖"的综合类奖项，同时获得此奖项的还有谢冕的《我的学术笔记》。同年，阿来辞去所有职务，去了四川省作家协会，成为一个专业作家。从一个乡村教师到编辑、作家、杂志社社长，再回归作家身份，阿来说："写作对我来说像生命一样重要，它是我内在的需要。我一直跟我的同事说，做文化商人、出版商可能是我人生的一段经历，写作才是我终生的事业。"

2008 年 3 月 16 日，阿来被提名华语文学传媒盛典"年度杰出作家"。

## 四、从口头传说到小说文本——长篇小说《格萨尔王》

2009 年 8 月，阿来的长篇新作《格萨尔王》出版，成书约 30 万字，历时三年完成。该书是重庆出版社出版的"重述神话"① 系列之一。2009 年，《格萨尔王》在北京国际图书博览会上举行了全球首发式。英、德、法、意、日、韩 6 种语言的《格萨尔王》的翻译已经完成，并在法兰克福国际书展上签订了版权协议。阿来并不觉得自己重述《格萨尔王传》有什么意外，他曾说自己是藏族人，从小就听过格萨尔王的故事。虽然童年正值"文化大革命"时期，当时这些传说被禁止讲述，可格萨尔王对藏族人来说太重要了，哪怕不是听说唱艺人讲，断断续续零星的故事仍旧听得到。比较系统地了解这部史诗，则要到 20 世纪 80 年代，那时格萨尔王的故事再度在藏区流传，政府也做了一些书面整理的工作。"我写《格萨尔王》，并没有想解构什么、颠覆什么，相反，我想借助这部书表达一种敬意——对于本民族历史的敬意，对于历史中那些英雄的敬意，对于创造这部史诗的那些一代又一代无名的民间说唱艺人的敬意，对于我们民族绵延千年的伟大的口传文学传统的敬意。"②

### 1. 说唱文学《格萨尔》

英雄史诗《格萨尔》已在藏族民间以口传心授的形式传唱千年。史诗从

---

① "重述神话"是由英国坎农格特出版社发起，包括英、美、中、法、德、日、韩等 40 多个国家和地区的知名出版社参与的首个跨国出版合作项目，已加盟的丛书作者包括诺贝尔奖、布克奖获得者及畅销书作家，如大江健三郎、玛格丽特·阿特伍德、齐诺瓦·阿切比、若泽·萨拉马戈、托尼·莫里森、翁贝托·艾科等。这个项目的中国部分已先后推出苏童的《碧奴》（重述孟姜女哭长城的传说）、叶兆言的《后羿》（重述后羿射日和嫦娥奔月的神话）、李锐（与蒋韵合写）的《人间》（重述白蛇传的传说）和阿来的《格萨尔王》。

② 阿来：《向本民族文化致敬》，《中国新闻出版报》2009 年 10 月 19 日，第 7 版。

生成、基本定型到不断演进，包含了藏族民间文化的原始内核，凝聚着藏族民间从远古以来长期积淀的心理能量以及审美趣好。在漫长的传播中，人们将自己对生活的理解和认知，对雪域高原的审美感受，以及多种多样的民间文化知识和民俗文化精神都编织进了这悠久的古歌中。整部史诗的情节结构包括《天界篇》《英雄诞生》《赛马称王》、"四部降魔史"以及"十八大宗""三十六中宗""七十二小宗"，最后是《地狱救母》《安定三界》。由于获得了多种文化元素的哺育以及民间艺人心魂系之的天才创造，史诗由原来的几部，滋芽引蔓，生机蓬勃，拓章为部，部外生部，成为世界上规模最大、篇制最长的史诗。截至 2008 年，已有 120 余部，百万以上的诗行，至今仍然还在产生新的部本。

《格萨尔》史诗是生存于不同时代、不同地域的藏民族的集体创作，有自己独特的修辞构成方式、意义表达方式和传播方式，以及特定的审美心理定式，也保留着藏民族早期的文化遗存——原始的生活形态、思维意象和思维方式，充满了形象性和神秘主义的文化元素，比如史诗中无处不在的各种崇拜、禁忌、巫术仪式等——整个史诗完全被包容在庞大的神话体系之中。

"口头文学的交流更加依赖于社会语境：观众的特点、表演的语境、表演者的个性、表演本身的细节等。"[①]《格萨尔》史诗是藏族民间诗歌的汇集。作为说唱文学，《格萨尔》史诗不是供阅读的，而是用来听或者观赏的，是诗的节奏与歌的旋律的结合。说唱艺人实际上是歌剧表演艺术家，他们通常头戴四方八角的高帽，上插十三种羽毛，象征他们能像山鹰飞遍四面八方。有的说唱艺人摇动双面鼓，有的手持牛角琴，有的只用双手比画，有的则很少动作，意在用歌声打动听众。有的说唱艺人在演唱前，必须向神祈祷，意在通过神灵的附身，将自己变成《格萨尔》中的某个人物，最后再开始演唱。曲折的故事情节、动听的曲调、精彩的表演，对接受者来说完全是一种对综合艺术的享受，是藏族民间宗教精神和英雄崇拜情结的合二为一。《格萨尔》的唱腔多达 130 多种，曲调有 80 多种，有经验的说唱艺人，几乎每一个人物都规定有几种曲调。这些曲调，有的雄浑，有的委婉，既适应于人物性格，又与故事的内容吻合。这种说唱、表演的传播方式，是民族固有的，也是百

---

① 尹虎彬：《古代经典与口头传统》，中国社会科学出版社 1998 年版，第 176 页。

姓喜闻乐见的，符合民族传统的审美方式。许多精彩华章如《天界篇》《英雄诞生篇》《降魔篇》《地狱篇》等几乎家喻户晓。诗与文、韵与白交响辉映，有散文化的叙述，有自由体和格律诗的吟唱，演唱风格多种多样，语言通俗流畅。人们在草原上，在帐篷里，可以整天整天地盘坐在那里，倾听格萨尔"仲肯"①汨汨如山泉般不间歇的说唱。光怪陆离的古战场，浩浩荡荡的英雄群体，雍容华贵的古代装饰，斩杀妖魔的痛快淋漓，还有格萨尔王春风得意的战史、情史，等等，在艺人华美、幽默的说唱里，人们得到了无比的愉悦和享受。盛大的"格萨尔藏戏"每年都要举行，格萨尔成为护法神，被信仰和膜拜。从心理学的角度看，越是超现实、超自然，越是神秘，人们越喜欢，更乐意接近它，以便从中汲取某些现实生活与现实文化里所缺乏的但又为人性所渴望的精神要素。对格萨尔的信仰来自于每个人内心的需求，人们渴望布绸，就有了《米努绸缎宗》；需要耕牛，就有了《松巴犏牛宗》；举行赛马会，就说唱《赛马称王》；男孩出生，就说唱《英雄诞生》。在藏族民间，人们更乐意遵从稳固的既定传统以滋养精神、陶冶情怀。那些古老的口头传统和歌吟形式，寄托着民众的欢乐和悲伤，引导着民众对宇宙、历史、文化和地域文化的理解。

格萨尔故事的传承，除了口传系统，还有书面文本系统。口传系统是在时间之流中生生不息的活态系统，是借声音传播的，方生方死，方死方生，此一时彼一时，是人们无法两次踏进的一条河流。书面文本系统是在空间中铺陈的篇章，是用文字传承的，把在时间长河中不断流逝的语音流，再现于文本空间，通过"有意味的文字"描述那些逝去的英雄时代的雄浑壮阔和金戈铁马。

《格萨尔》史诗的书面传承经历了从文字记录、整理、编纂、翻译到作家的个性化创作等不同阶段。

最早的文字记录本是拉达克本《格萨尔》。据考证，这可能是最原始的手抄记录本，但故事零散，缺少逻辑性，都是片段性的和口语化的，并没有佛教色彩。

由青海说唱艺人华加收藏，《格萨尔王传·贵德分章本》约成书于 15 世

---

① "仲"（grung）：故事、寓言、神话。仲肯：说唱故事的人。

纪。原文是手抄本，王沂暖先生的翻译基本是逐句直译。语言简练优美，富于藏区乡土气息，故事性已经很强，叙事完整，章节结构清晰，并且已经有了佛教色彩。

青海版《霍岭大战》和四川版《岭·格萨尔王》的整理、编纂者已经是一些高僧、活佛。如以"写不完的格萨尔"著称的格日坚赞就是一位当代僧人。他们的整理编纂已是民间文学和作家文学的混合版本，结构缜密，文字流畅，内容丰富，已经具备了藏族书面文学的许多特征，佛教色彩浓郁。

藏族谚语说："每个格萨尔说唱艺人心中都有一个格萨尔。"千百年来，古老的格萨尔传说一直在不断地被增加新的内容。人们在不同时代、不同地域、不同的说唱艺人和不同作者的笔下，总是能看到一些新的"仲肯"新的吟唱，史诗外更多的"意义"被延伸。

阿来的长篇小说《格萨尔王》是关于民族记忆的又一次新的书写，是对千年以来传唱不息的格萨尔传说的丰富和发展。史诗《格萨尔》是关于格萨尔降妖伏魔的战争史，是民间文学中关于战争的颂歌，在内容和情节上表现出对历史真实和战争真实的虚置以及对故事的传奇性和娱乐性的津津乐道。阿来的《格萨尔王》关注的则是战争背后的问题——立足于传说和战争之外，审视和思考战争的缘起以及战争的因果。作者以"重述神话"的方式，试图在神话与现实、历史与当下找到一个契合点，赋予格萨尔传说新的含义和审美价值。

2. 主要文本与插入文本①

长篇小说《格萨尔王》设计了两条并进的复合性叙事线索：一是全知视角，以千百年来在藏族民间口耳相传的史诗《格萨尔》的主干部分《天界篇》《英雄诞生》《赛马称王》和"四部降魔史"以及"地狱救母"和"安定三界"为"主要文本"或"主要素材"，侧重讲述格萨尔王一生降妖除魔、开疆拓土的丰功伟业。没有这个全知视角，是难以全方位地展现重大事件复杂的因果关系和兴衰存亡的形态的。另一条线索是限知视角或副视角，是依赖于"主要文本"的"插入叙事"——围绕一个当代康巴藏区的格萨尔说唱艺人晋美的说唱经历展开的"插入文本"。阿来将他所接触到的众多的格萨尔说唱艺人

---

① ［荷］米克·巴尔：《叙述学》，谭君强译，中国社会科学出版社 2003 年版，第 61 页。

的经历、性格和情感浓缩到了小说中"晋美"这个角色身上，形成"主要文本"与"插入文本"的复合性视角。

眼神模糊、思维单纯的牧羊人晋美——一个孤独的草原牧人，在一次偶然的小憩中被天神选中，从此开始说唱格萨尔王的故事，成为一个真实与虚无、人与神之间的中介和灵性意识的体现者。晋美相信神的力量，带着神的意志，用全部的身心，在梦中回望远古，等待着每一个梦境的到来，期待着每一次神的召唤，又在现实中穿行于荒凉原野和现代都市之间，成为闻名遐迩的"仲肯"。这个"插入的叙述文本"以限知视角将各种社会层面以及人物行为心理的各个层面进行了展示。"插入文本"与"主要文本"之间相互解释，设置悬念，又化解悬念，构成从容不迫、井然有序的认知过程，使小说文本最终形成一个完整的整体。

晋美与格萨尔之间的对话发生在人与神、远古与现代之间。在晋美的说唱过程中，他们相遇、相识，莫逆于心。第三人称全知视角叙述与作品中人物的局部或限知视角叙述的结合，使两种叙述视角相互穿插，相得益彰。史诗《格萨尔》成为小说《格萨尔王》"故事中的故事"，其形而上意味在"戏中戏"中进一步强化，由全知到限知再到多重视角的相互交织，使感知世界的层面变得丰富而深邃，深化了作品的多层次立体结构意义。

从来也没有停下过脚步的说唱人晋美，心里有太多"没有人问过的问题"，而神说："你被选中就是因为你对世事懵懂不明，你是想把自己变成一个什么都知道的人吗？""那些故事和那些诗句张口就来，不需要你太动脑子！"但晋美并不情愿自己只是一个故事的传唱者，他还想成为故事的参与者、求证者甚至思想者。"一个'仲肯'应该到人群密集的地方去"，而"瘦削的，长得像阿古顿巴"的说唱人晋美，却总是在追问不该追问的问题，他总是在路上。在广阔的荒原上，晋美踏遍格萨尔王征战过的土地，传唱格萨尔王的英雄业绩，追寻传说中格萨尔王遗留的宝藏。显然，这是一个不一样的传唱者。他要寻觅故事背后的真相，追究故事的"意义"，他"还有些愤世嫉俗"，而这一切，影响了他前行的步伐，让他的故事竟然"跑到他前面去了"。

阿来的重述神话，为格萨尔的传说注入了现代理性。作者试图通过晋美这个"隐含作者"表达自己对历史、社会、人性的思考和体悟。作家文本与口头的、民间的、活态的文学形式既保持着密切联系，又经历着逐步疏离的过程。晋美与作者一直保持着一种隐秘的心理同构，甚至是作家自我的一种心理投影，是作者的"另一个自我"，双重叙事贯通全篇。

阿来曾说："晋美就是我。"通过晋美的说唱，小说讲述了一个与口传史诗不一样的故事，塑造了一个不一样的格萨尔王形象。以往的说唱艺人张扬的是格萨尔王神性的一面，阿来的《格萨尔王》使格萨尔在神性的祭坛之外呈露出人性的复杂。当格萨尔进入"仲肯"晋美的梦中时，他和凡间的普通男子一样，有爱恨情仇，有七情六欲，他会因为饮了"健忘酒""忘泉水"而"遗忘"或"迷失"，会沉溺于魔国阿达拉姆美色的诱惑而不能自拔，对王妃珠牡的嫉妒、好胜感到无奈。作为一个贤明的王，他并非永远慈悲宽大，当自己的尊严受到侵犯，同样表现出帝王的残忍——毫不犹豫地杀死了珠牡与白帐王所生的婴儿——"没有丝毫的怜悯之心。"直到人间生母、妻子替他受过，下了地狱，格萨尔王才意识到自己杀戮太多。他征战一生，铲除了四大魔王。在无魔可杀之后，格萨尔在自己的国土上巡游，却发现自己的臣民总是伏首于地、不敢正视自己。为此，他迷惑不解："他们应该爱我，而不是怕我。"孤独之余，他终于明白：既要为众生尽除妖孽，又要在人们的心里撒播慈悲、怜悯的种子，他教导侄子扎拉以后要成为一个怜老惜贫的国王，但一个伟大的王总是有一个难解的谜团：为百姓散尽财宝还是锻造更多无敌的兵器？他对自己的存在价值和事业深感疑惑："这就是做王吗？"本想为人间带来福祉，可提供给人们的却常常是锋利无敌的兵器和无休止的战争。他的英名虽然被人们不断传诵，而百姓却依然处于没有尽头的苦难之中。格萨尔最终放弃王位，回归天界，或许是一种无可奈何的自我放逐。

实际上，晋美与格萨尔一直都在面对共同的困惑：永恒之魔的存在，亦即人性的悖论。人间王国里争端纷扰，刀兵四起，众生则变得像"逆来顺受的绵羊"，"听天由命"。外在的魔已经消失，而那些深植于人类内心的魔性，却永远也不可能灭绝。人们只知传诵那个骑在战马上披坚执锐、目光深远坚定的格萨尔，有谁探问过英雄内心的孤独和忧伤？

小说中"主要文本"与"插入文本"相互解释，相辅相成，这种独特的双重视角，使我们在阅读文本时既可入乎其内，又可出乎其外——在空间维度上展开那些在漫长的历史进程中因绵延传唱而折叠的故事，在时间维度上又置身故事之外，从旁观者的角度远距离理性地审视故事。换言之，视角中也可以蕴含着人生哲学和历史哲学。认真考察从隐含作者到文本叙述者的心灵投影方式，在许多时候往往具有解开文本蕴含的文化密码的关键性价值。"作者与叙述者的关系，是形与影，甚至道与艺的关系，其间有深意存焉。"①

　　3. 神魔世界与人性寓言

　　在格萨尔传说的故事框架下，作者以一种在现实世界与幻想世界之间自由穿越的方式，以异常繁复的精神意蕴，将自己对历史、现实、人性的思考融入对《格萨尔》，对藏族民间文化，以及对人类自身发展困境的现代性思考。故事的外壳是"人、神、魔大战"的魔幻世界，深层意蕴则是关于人性与人类社会发展关系的寓言。阿来试图通过重述神话来阐释历史，透视人性。其实，无论是"神"的世界，还是"魔"的世界，本质上都是人的世界。所谓的"人、神、魔大战"的历史，就是人类社会发展史上人性、神性、魔性的争斗史。神性代表了良知、仁善、慈悲、怜悯、自由、尊严、正义和理性，是建设者和道义匡扶者；魔性代表了欲望、嫉妒、憎恨、怀疑、贪婪、禁锢、杀戮、邪恶和非理性，是"毁灭者和践踏者"。只不过在神话叙事中，这些神性和魔性被形象化、人格化了。而在人性中，怜悯是很重要的。怜悯自己，也怜悯别人；怜悯所有同类的时候，也怜悯了自己。人类历史上所有的黑暗时代，都是那些良知泯灭、魔性张扬、理性丧失、人欲泛滥的时期——"总之，妖风一吹起来，晴朗的天空就布满了乌云，牧场上的青草在风中枯黄。更可怕的是，善良的人们露出邪恶的面目，再也不能平和友爱。于是，刀兵四起，呼唤征战与死亡的号角响彻了草原与雪山……高僧说，那些妖魔都是从人的内心释放出来的，所以，人只要清静了自己的内心，那么，那些妖魔也就消遁无踪了。"②

　　在小说中，格萨尔降生岭噶之前，那里被妖魔鬼怪所占据，大地上飘散着"哀怨悲苦的味道"。神已经住在天上去了，只有人和魔还住在下界。在人和魔的争斗中，人总是失败的一方。而且，魔是富于变化的，魔变成了人自己，魔与人变成一体，魔还找到了一个好去处——那就是人的内心那暖烘烘的地方。魔让人们自己跟自己斗。"那时，它们就在人的血液里奔蹿，发出猎

① 杨义：《中国叙事学》，人民出版社1997年版，第210页。
② 阿来：《格萨尔王》，重庆出版社2009年版，第3页。

猯的笑声。"许多地方已经人魔不分了，不是国王堕入魔道，就是妖魔潜入宫中，成为权倾一时的王臣。妖魔的统治摧残着人们的意志，践踏着人们的尊严，禁锢了人们的精神，而且毁坏了人们的心灵，在百姓的心头不断地播下绝望的种子。逆来顺受的百姓"怨从心起，大放悲声。哭声掠过人们心头，像一条黑色的悲伤河流。不论是什么样的人，但凡被这样的哭声淹没过一次，心头刚刚冒出的希望立即就消失了"。

下界悲苦混乱的情形激荡起神子崔巴噶瓦内心的悲悯，机缘成熟，神子"便自动结束了在天界的寿命，准备降临到苦难的人间"，帮助黑发藏人，拯救"本该佛光沐浴的岭噶"。神子下界，起名"世界英豪制敌宝珠格萨尔"。

在岭噶，一场人、神、魔大战的序幕才要拉开。

也有人说，世界上本来就没有魔。群魔乱舞，魔都是从人内心里跑出来的。上古之时，本来没有魔。因为人们想要一个国，于是就要产生首领，首领的大权下还要分出很多小权，所以人有了尊卑；因为人们都想过上富足的日子，于是有了财富的追逐：田地、牧场、宫殿、金钱、珍宝，男人们还想要很多美女，于是就产生了争斗，更因为争斗的胜负而分出了贵贱。所有这些都是心魔所致。

岭噶的情形也是这样。河流想要溢出本来的河道，冲击泥土与岩石混杂的河岸，结果是使自己浑浊了。这是一个比方，说岭噶的人们内心被欲望燃烧时，他们明亮的眼睛就蒙上了不祥的阴影。①

以上描写，蕴含了作者"幽深抽象的思考"②。

在藏传佛教早期经文中，"魔"（梵文：Mara；藏文：bDud）是欲神，是最高欲界众神之主。当他呈现此化身时，被视为"他化自在天魔"或"魔子"。在金刚乘佛教中，魔代表着一切精神和情感上的"惑"。在藏族"佛陀十二业绩"的系列唐卡中，第九业绩描述了试图阻碍佛陀在菩提树下证果的邪"魔"，魔的大军被描述为四兵（马兵、象兵、车兵、步兵），佛陀被团团围住，恶魔大军用许多恐怖武器恫吓他……

---

① 阿来：《格萨尔王》，重庆出版社2009年版，第3页。
② 阿来：《格萨尔王》，重庆出版社2009年版，第3页。

　　小说中的重要人物晃通，身为王室的核心成员，任幼系达绒部长官并是格萨尔的叔叔。少年时代的晃通胆大气盛，好勇斗狠，只几拳头就让对方一命归西了。有人告诉他母亲一个秘方，暗中让晃通喝下了胆小怕事的狐狸的血。晃通中了命运的魔法，从此具有了狐狸的胆怯、阴暗与狡猾。他不仅长期沉迷于魔道的修炼，通晓多种神变之术，而且毕其一生与格萨尔争夺王权。他们之间，原本有着族群意义上的血缘关系，属于同一家族，然而，由于格萨尔从诞生之日起，就以神的意志出现在族群面前，而且成为王权的象征，这使魔性缠身的晃通无法平衡自己内心的欲望。于是，围绕着权力之争，他们开始了长达几十年的神魔之争。

　　在关于人类起源的神话中，藏族族源神话《神猕猴与岩罗刹魔女》的故事深含寓意：

　　　　神猴乃观世音化身，在贡布日山洞修行，有岩魔女罗刹前来诱惑，神猴不为所动。罗刹女声言，如不能与神猴结为夫妇，就将委身于恶魔，生下魔子魔孙，为害世间生灵。神猴闻听此言，权衡利弊，从而与岩魔女罗刹结缘。

　　身为神与魔的后代，人类同时拥有了神与魔的遗传基因。

　　在藏族的传统观念中，就有"神佛菩萨皆有凶善两面"的说法。悲悯是保护，怖厉是更强的保护，一面是雷霆万钧，一面是雨露阳光。格萨尔与晃通之间特定的血缘关系，隐喻了神与魔共聚一体的潜在事实。他们都是以人的身份活动在世界上，又通过各自"非人"的禀赋左右这个世界。而这些"非人"的禀赋之间之所以产生尖锐的对抗，正是因为心魔作祟。如果我们将这种血缘族群视为一个完整的生命个体，则可以看到，所谓的神与魔，实质上是对个体生命之中所隐藏的人性的不同侧面的暗示：一种是以理性的意志来行使权力，使权力带来公正与安宁；一种是受欲望的驱使而获取权力，让权力带来自我满足。在很多时候，人们往往总是徘徊在本能与道德的张力之间。格萨尔与晃通，正是关于人性不同侧面的隐喻和象征。

　　4. 现代性反思

　　文学是对人类困惑的书写。在小说《格萨尔王》中，我们依然能看到阿来对旧文化破碎、新文化无望的困惑，以及深刻的人文关怀。无论是"公开叙述者"，还是"隐蔽叙述者"，都提出了引人深思的现代性问题。

流浪艺人晋美穿越于现实世界和自己的说唱世界之间。"学者"对晋美说，"你是国家的宝贝"，但"领导脸上的表情很淡漠，说'前些年不准演唱时，他们都像地鼠一样藏起来，现在刚宽松一点，这些人一下就从地下冒出来了！'晋美就觉得自己不像一个人，身量真的就像一个地鼠一样矮下去了"。无论是过去，还是现在，在社会深层心理结构上，说唱艺人的社会地位并未发生多少改变。对史诗格萨尔的搜集整理以及对说唱艺人的重视似乎只是遵从了某种社会时尚或表面化的短暂的社会效应。因为说唱格萨尔的机缘，晋美认识并爱慕上了广播电台的节目主持人——"说话像王妃珠牡：魅惑而又庄严"的阿桑姑娘。"虽是康巴大地上一个非常有名的神授艺人了"，但晋美觉得，在阿桑姑娘眼里，自己"又脏又丑"，只不过是"一字不识的愚笨的牧羊人"，"身上的牧场气味"让胸藏万千诗行的神授说唱者自惭形秽。晋美短暂的"恋爱"并没有受到温暖神光的照耀，还没有开始就迅速地结束了。

在一个日益庸常的世间，英雄的故事需要传扬。因为受了英雄的嘱托，晋美全身心地演唱，但故事中所说的"百姓永享安康"的那个伟大的岭国，早已不复存在——"土地还在，但没有什么岭国了。"格萨尔王曾经征战过的地方，如今到处是石头的、泥土的、黑铁的、不锈钢的各种格萨尔像，还有画在画布上的、图书上的、CD里的……在欢庆的赛马会上，"得胜的马是要卖给出价最高的商人"，"最好的马买到城里去，每天比赛，更多的人押赛马的胜负赌钱"。在《格萨尔》故事发生过的地方，晋美看到：青草被猖狂的大风拔光了，肥沃的土地和美丽的草原在严重沙化，湖泊干涸，河流改道……当他发现格萨尔故事中的盐湖，并试图"追索故事背后的真相"时，忙于采盐贩盐的牧人，回答很干脆："快滚吧！"在镇政府组织的"樱桃节"上，晋美"只唱了小小的一段，连嗓子都没有打开，就被一阵掌声欢送下台了"。因为镇长、水果商只是需要"格萨尔打开祝古国中的藏宝库，得胜还朝的这个结果"而已。演唱《格萨尔》已悄然变味——人们已经可以通过收音机、广播喇叭倾听了，甚至可以通过录音机、录音笔复制了，一个"仲肯"的说唱和使命已经可以轻松实现了。草原上说唱英雄史诗的艺人也越来越少了……雪山依旧在，而又有多少人是为了怀念英雄而吟唱？又有多少人在真正理解《格萨尔》？

晋美这个副视角以喜剧性的口吻过滤了一种悲剧性的人生，给读者以浓郁的辛酸感受和冷隽的反讽情调。晋美在其说唱的流浪生涯中，饱尝了现实世界的困惑与落寞。格萨尔在晋美的梦中发出过的许多疑问，也正是晋美内心的疑惑："魔从来就没有离开过这个世界"，世道一直未变。神与魔的称谓已被人类用更有"文明"意味的辞藻替换了，正如懵懂的晋美所说："没有妖魔跟神仙了，就是人跟人打。黑颜色的人打，白颜色的人打，跟我们一样颜色的人打。"如果我们稍加审视，这些"打杀"和"交易"的背后，蕴含着怎样的关于"人""社会""现代性"的思考？又何曾脱离了神魔对垒的格局？最终，一个倦怠于英雄伟业，一个也厌倦了说唱，他们彼此心领神会，"神"与"人"同时意识到："故事应该结束了。"

结局打开，晋美主动结束了"仲肯"身份。

在小说中，晋美艰辛地寻找宝藏，格萨尔则告诉晋美，真正的宝藏，其实在人们心中，它叫作"慈悲"。这既是创作主体的人生哲学，亦是藏传佛教的核心教义。"佛法传授的，就是人自己战胜心魔的无上胜法。"只有慈悲，才是人类最需要寻找的宝藏，也是驱除所有魔性最有力的武器。

《格萨尔王》是阿来以一个小说家的方式"重述"藏族英雄史诗《格萨尔》的"故事新编"。现代视角的切入与作家个性化的叙事、阐释方式赋予了民间传说理性的高度和异常繁复的精神意蕴。从活态到固态，从民间传说到作家创作，口头文学与书面文学之间既保持着密切的"互文性"，又经历着逐步疏离自身文类独有形态的差异性，体现了传统的民族民间文化精神与现代理性的审美错综。《格萨尔王》让我们怀念那个敬仰神灵、崇尚英雄的浪漫时代，也引发了我们对神话的现代意义及其美学价值的深思。

阿来创作《格萨尔王》的态度是十分严谨的，为了以自己的方式重述格萨尔王的故事，他曾数次前往传说中的格萨尔出生地和流传地区搜集资料、拜访说唱艺人、亲近那里的山川河流，多次游历德格、甘孜、康定、道孚、炉霍、色达和白玉等地区，感受那里的人文气氛与地理脉息。他说："这是我的还愿之旅，感谢康巴大地赐给我力量与灵感；感谢这片大地上聆听史诗与传唱史诗的人们，使我能够捕捉到庄严与朴素的美感。"

为了还原格萨尔传说的原初状态，在动笔之前，阿来做了大量的案头工作。多年来，国内外关于《格萨尔》的研究成果很多，藏区也有不少史料，这些需要仔细研读、拣选、核实，才能接近历史，接近故事原貌。为此，阿来说他至少读了上百本与此有关的书，像这样高度虚构的史诗，有些内容其实可以与历史对照，就像《三国演义》与《三国志》的对照。《格萨尔王传》的还原难度在于它没有一个《三国志》那样的史学底本。崇拜是抽象的，如果"重述"回到学理层面，就要把崇拜放在一边，何况再优秀的传统文化也有消极的东西，藏文化也一样。"格萨尔王的故事发展到后来，宗教因素越来越多，我得在写作中调整进而还原。一方面要还原《格萨尔》与历史的关系，另一方面要把后来宗教色彩浓厚的史诗还原（接近）到它最初产生时的民间色彩上。""淡化宗教色彩，甚至还有些反宗教的意味。"

为了找到适合史诗题材的叙事语言，阿来翻阅了《伊利亚特》《奥德赛》等欧洲史诗，参考它们的文体。他还参考了不少历史著作，因为史书"叙述上很大气、很沉稳"。他也读了一遍《圣经》与《古兰经》——"那里有简洁、诗意的历史。"

2009年12月20日，中国作家协会、四川省委宣传部、四川省作家协会、重庆出版集团联合举办了阿来《格萨尔王》研讨会。中国作家协会主席铁凝发表了题为《慢慢地走，专注地看》的致辞。铁凝表示，《格萨尔王》带给自己更大的感动是"一个写作者的姿态"，她赞同阿来在写作上不同于大多数人点到为止的"采风"，而是采取学者田野考察的方式，这种孜孜不倦的严谨写作态度值得学习。"这需要坚守和信仰，那些民间艺人，不仅坚信所讲的故事，更坚信故事中所含的那些价值观。"与会学者普遍认为，相对于重述神话系列的前几部作品，阿来挑战了难度极大的题材，体现了当代文学叙事的高度水平，使藏族史诗所承载的藏民族精神得到深度的挖掘，引人深思神话的现代意义和普世价值。

五、"群山，或者关于我自己的颂辞"——阿来的诗

阿来进入文苑，始于诗歌创作。他说："诗永远都是我深感骄傲的开始。"①"我的脸上充满庄严的孤独——我乃群山与自己的歌者。"② 阿来的诗

① 阿来：《阿来文集·诗文卷》，人民文学出版社2001年版，第156页。
② 阿来：《阿来文集·诗文卷》，人民文学出版社2001年版，第9页。

大多是行吟之作，是在漫游中对嘉绒大地的吟唱，是一个嘉绒藏人的文学流浪。与许多山水、田园诗人一样，阿来于自然山水间看见了自己的心灵图景，寻觅到了身心安放之地。在一首《永远流浪》的诗中，阿来写道：

> 在无人区，寂静让我醒来/眼睛里落满星星的光芒/想起流浪是多么好的一张眠床……就在这时，我才明白/一直寻找的美丽图景/就在自己内心深处，是一个/平常之极的小小国家/一条大河在这里转弯/天空中激荡着巨大的回响/这个世界如此阔大而且自由/家在边缘，梦在中央/就在这个地方，灵魂啊/准时出游，却不敢保证按时归来。①

青年阿来曾在马尔康中学教书，每天按部就班的课程曲终人散后，傍在山边的校园便空空荡荡了。在那些漫长的夜晚，为了挨过腿病被误诊后的病痛折磨和内心的寂寞，他开始接近诗歌。"那是我的青春时期，出身贫寒，经济窘迫，身患痼疾，除了上课铃响时，你即便是一道影子也必须出现在讲台上外，在这个世界大多数人的眼里，并没有你的存在。就在那样的时候，我沉溺于阅读，沉溺于音乐。愤怒有力的贝多芬，忧郁敏感的舒伯特。现在，当我回想起这一切，更愿意回想的就是那些黄昏里的音乐生活。音乐声中，学校山下马尔康镇上的灯火一盏盏亮起来，我也打开台灯，开始阅读，遭逢一个个伟大而自由的灵魂。"②贝多芬柔声吟咏的协奏曲《春天》，让阿来泪流满面！"那个深情描画的人其实也是很寂寞很孤独的吧，那个热切倾吐着的人其实有很真很深的东西无人可以言说的吧，包括他发现的那种美也沉寂千载，除他之外便无人发现的吧！""那是一个怎样丰富的世界啊！那样的自由，那样地至疼至爱，那样的淋漓尽致。"无眠的夜晚，阿来拿起了笔在无边的寂静里开始歌唱：

> 寂静/寂静听见我的哭声像一条河流/寂静听见我的歌声像两条河流/我是为悲伤而歌，为幸福而哭/那时灵魂鹰一样在群山中盘旋/听见许多悄

---

① 阿来：《阿来文集·诗文卷》，人民文学出版社 2001 年版，第 23—24 页。
② 阿来：《阿来文集·诗文卷》，人民文学出版社 2001 年版，第 156 页。

然而行的啮齿动物/寂静刺入胸腔仿佛陷阱里浸毒的木桩/寂静仿佛一滴浓重的树脂/黏合了我不愿闭上的眼睑。

我在这里/我在重新诞生/背后是孤寂的白雪/面前是明亮的黑暗/啊，苍天何时赐我以最精美的语言。①

黑夜，我的灵魂已经离开我/变成青草与树木的根须在暗中窜动/痛苦而又疯狂/并在遇到蛀虫的地方悄然哭泣/我要他回来的时候，他的脚已被硫黄腐蚀。②

阿来始终相信，这种寂静之后，是更加美丽丰盈的生命体验和表达的开始。阿来的创作是从诗歌开始的，他从文学中得到的感动也是从诗歌开始的。早期的阿来，带着虔诚和崇敬，用大量充满浓烈情绪的笔墨，礼赞藏民族博大深邃的文化，倾吐对赐以他智慧的故土的眷恋和对藏民族历史文化的深情缅怀。

我是一个从平凡感知奇异的旅者/三十周岁的时候/我的脚力渐渐强健。

许多下午/我到达一个村庄又一个村庄/水泉边的石头滋润又清凉/母亲们从麦地归来/父亲们从牛栏归来/在留宿我的家庭闲话收成，饮酒/用樱桃木杯，用银杯/而这家祖父的位子空着/就是这样，在月光的夜晚/我们缅怀先人/先人灵魂下界却滴酒不沾。

窗外月白风清，流水喧阗/胸中充满平静的温暖。③

从一开始创作，阿来就意识到，自己所要表达的一切皆缘于决定他成为藏人的血脉，缘于祖先创造的深厚久远的文明，源于地处边缘地带的嘉绒藏区，他在诗中写道："背弃你们我不能够。"④ 早期阿来曾发愿要"续写我们

---

① 阿来：《阿来文集·诗文卷》，人民文学出版社 2001 年版，第 8—9 页。
② 阿来：《阿来文集·诗文卷》，人民文学出版社 2001 年版，第 116 页。
③ 阿来：《阿来文集·诗文卷》，人民文学出版社 2001 年版，第 113 页。
④ 阿来：《阿来文集·诗文卷》，人民文学出版社 2001 年版，第 6 页。

停滞的历史"，要在高原的历史上"写下磅礴的篇章"。

1984年，阿来的第一首诗歌发表。1989年，他出版了第一本诗集《梭磨河》。《文艺报》曾载文赞扬阿来是"最具代表性的藏族青年诗人"。阿来说："那时候出书是特别不容易的，一般人会很高兴的。旁边人开始叫你作家，作家这个词对我是神圣的。我就觉得有点害怕。我读的那么多经典作品在前面树立了一个作家的标准。你真的是一个作家吗？我后来差不多有一年的时间没有写作，我想我一定要找到一个方式来验证一下我自己可不可以成为我心目当中的作家，或者证明至少我有信心说我可能接近这个目标。"于是，他背起行囊，背上自己的诗歌和喜爱的书籍开始了对家乡大地的漫游：

当地势越来越高，天空便越来越蓝。洁白的云朵使这些正在丈量的土地永远都像是在世外般遥远。就是这样，变化总是出现在围绕着村寨的土地里，先是玉米变成了小麦，小麦又变成了青稞。当青稞大片大片出现在眼前时，我才发现，自己已经是在一片青山绿水中间了。

……………

我在林间绒绒的草地上坐下来。

……鲜红的野草莓，一颗一颗，点缀在翠绿洁净的草地上，就像一粒粒红色宝石陈列在绿色的丝绒之上。当我坐下来，采摘草莓，一颗颗扔进嘴里的时候，恍然又回到了牧羊的童年，放学后采摘野菜的童年。

抬起头来，会望见某一座高山戴着冰雪的晶莹冠冕。

我庆幸在我故乡的嘉绒土地上，还有着许多如此宽阔的人间净土，但是，对于我的双眼，对于我的双脚，对于我的内心来说，到达这些净土的荒凉的时间与空间都太长太长了。

在这种时候，我不会阻止自己流出感激的泪水。

总是这样，海拔度越高，山间的谷地就越宽阔，山谷两边的山坡也越发平缓。

我背起背包，继续往前，在这样的地方，就是走上一生一世，我的双脚与内心都不会感到绝望与疲倦。

　　当最后一个农耕的村庄消失在身后时，我已经在高山牧场上行走了。①

　　嘉绒的民居是广阔田野间美丽的点缀。墙上绘着巨大的日月同辉图案，绘着宗教意味浓重的金刚与称为"雍仲"的卍字法轮的石头寨子，超拔在熟黄的麦地与青碧的玉米地之间。果园、麦地向着石头寨子汇聚，小的寨子向着大的寨子汇聚，边缘的寨子向着中央的寨子汇集。天空碧蓝如洗，阳光总是非常好。藏民们种点青稞，种点玉米，牦牛和羊群散流在草地上。藏民们紧皱眉头，却有悠闲的生活状态，转经筒，转玛尼堆，要不就三三两两地坐在路边上往远处眺望，吃点牦牛肉干，喝点老白酒。天空有白云聚散，他们却能保持与时空无关的姿态。这就是作者生长的土地和土地上的风物与习俗，是个体生命的根系。

　　阿来曾在四川《新草地》当编辑，许多时间，他都是"在路上"的行者，无论是学富五车的喇嘛，还是目不识丁的牧人，都曾是他潜心求教的老师。阿来与他们喝酒、聊天，看天上苍老的浮云，去瞻仰传说中有神谕的山岩，或站在岷山之巅，俯瞰生养自己的土地。在高原上漫游，行走的收获没有人能够分享。作为一个诗人，阿来更崇尚自己民族已经逝去的古典时代。在诗歌里，那是一个英雄、质朴而又意蕴深长的民歌的时代。阿来固执地认为，就那个时代人们心灵的自由与纯净而言，每一个人都可以成为很好的诗人。阿来的行吟体诗歌，继承了藏族古代民间歌谣、谚语、史诗的游吟体诗艺特征。

　　当大多数人听邓丽君的时候，阿来遭逢了贝多芬；当中国诗歌杂志在为朦胧诗争论得面红耳赤的时候，许多伟大的先贤来到了他的身边。阿来"从惠特曼、从聂鲁达开始，由这些诗人打开了诗歌王国金色的大门"。他说："感谢这两位伟大的诗人，感谢音乐，不然的话，有我这样经历的人，是容易在即将开始的文学尝试中自怜自爱，哭天抹泪，怨天尤人的。中国文学中有太多这样的东西。但是，有了这两位诗人的引领，我走向了宽广的大地，走向了绵延的群山，走向了无边的草原。那时我就下定了决心，不管是在文学之中，还是在文学之外，我都将尽力使自己的生命与一个更雄伟的存在对接

---

　　① 阿来：《大地的阶梯》，人民文学出版社 2001 年版，第 137 页。

起来。"① 或许,这个"更雄伟的存在",就是阿来故乡雄奇的大地和那片大地上生生不息的人们。我们试读阿来的《三十周岁时漫游若尔盖大草原》:

河流:南岸与北岸/群峰:东边与西边/兀鹰与天鹅的翅膀之间/野牛成群疾驰,尘土蔽天/群峰的大地,草原的大地/粗野而凌厉地铺展,飞旋。

仿佛落日的披风/仿佛一枚巨大宝石的深渊/溅起的波浪是水晶的光焰/青稞与燕麦的绿色光焰。

听哪,矿脉在地下走动/看哪,瀑布越来越宽。

我静止而又饱满/被墨曲与嘎曲/两条分属白天与黑夜的河流/不断注入,像一个处子/满怀钻石般的星光/泪眼般的星光/我的双脚沾满露水/我的情思去了天上,在/若尔盖草原,所有鲜花未有名字之前。②

然后,雨水降落下来了/在思想的里边和外边/使湖泊和河流丰满。

若尔盖大草原/你的芬芳在雨水中四处流溢/每一个熟悉的地方重新充满诱惑/更不要说那些陌生的地方/都在等候/等候赐予我丰美的精神粮食/令人对各自的使命充满预感。

天啊,泪水落下来/我哭泣,绝不因为痛苦/而是因为犹如经历新生/因为如此菲薄而宽广的幸福。

雨水,雨水落下来了。③

阿来将自己的诗歌置于天空和大地之间,嘉绒的"群山""草原""大地""一个又一个的村庄",在阿来不间断地漫游和吟唱中,日益走向宽阔和深广——"在那样的荒凉而又气势雄浑的河谷里漫游,一个又一个村落会引起一种特别的美感。"④ 阿来醉心于"用宽阔歌唱自己幽深的草原",喜欢用雄浑阔大而且自由动感的诗歌意象抒写情怀,如群山的波涛、轰鸣的河流、宽

① 阿来:《阿来文集·诗文卷》,人民文学出版社 2001 年版,第 155 页。
② 阿来:《阿来文集·诗文卷》,人民文学出版社 2001 年版,第 105 页。
③ 阿来:《阿来文集·诗文卷》,人民文学出版社 2001 年版,第 114 页。
④ 阿来:《大地的阶梯》,人民文学出版社 2001 年版,第 91 页。

广的谷地、河谷的长风、大片的荒原、荒原的边缘、高峻的雪山、幽深的夏天、金色的阳光、高大的云杉、群山深刻的褶皱、大地裸露的神经、海浪排空的节奏、奔马似的白色群山，等等。又如：

> 如何面对一片荒原/当大地涌向中心/高出的平旷被劲风不断吹拂/犹如一声浩叹绵延不绝/那些粗糙的边缘，是雪山的栅栏。①

这是嘉绒大地特有的自然脉息留在阿来心灵上的深刻印记。他说："我只通过深山的泉眼说话，最初的言辞是冰川舌尖最为清冽的那一滴，阳光、鸟语、花粉、精子、乳汁，这一滴是所有这一切东西。"②

自然之眼中的生命，自由、轻盈而灵动：沐浴晨光的骏马，在花香中奔跑的羚羊，蓝天下翱翔的鹰隼，旷野中悠闲的鹿群，月光下飘飞的灵魂……还有："小路边鲜艳的花朵，春天招摇的新娘。"

于深沉阔大之境中赋予生命以轻盈灵动之美，是阿来诗歌的特点之一。我们试读下面的诗：

> 一匹红马/站在经过了秋霜的旷野中间/金色旷野，灿烂而又辽远/我们日渐遗忘的精神的衣衫。

> 红马听见风在旷野边缘/自己昂首在一切的中央/俯首畅饮，眼中满是水的光彩/时间之水冲刷着深厚的岸土/而红马，总是在岸上，在退却中的旷野/英雄般地孤独而又庄重/带着它的淡淡的忧伤，走上了山岗。

> 在若尔盖草原，黄河向北/岷山之雪涌起在东边/就在这大地汇聚之处/一匹红马走上了浑圆的山岗/成为大地和天空之间一个鲜明的接点/在人神分野的界限/轰然一声，阳光把鬃毛点燃/这时我们正乘车穿过草原/红马的呼吸控制了旷野的起伏/天地之间正是风劲朦满……③

---

① 阿来：《阿来文集·诗文卷》，人民文学出版社 2001 年版，第 47 页。
② 阿来：《阿来文集·诗文卷》，人民文学出版社 2001 年版，第 9 页。
③ 阿来：《阿来文集·诗文卷》，人民文学出版社 2001 年版，第 30 页。

　　阿来的诗歌服从了内心深处某种神秘力量的召唤——与族群文化血脉息息相通的某种内在冲动。但更多的还是阿来自己的生命体验，以及对那片土地的爱和感悟。毕竟，阿来在与故土 36 年的厮守和相伴中度过了他人生的最美年华，在这里他寻找到了诗歌的机缘。这里是他少年时代和青年时代幻想与梦的断脐之地，是他深爱的故乡。阿来把那些梦想和爱，都珍藏在了自己的诗行里。

### 六、旧年的血迹——阿来的中短篇小说

　　在一次访谈中，阿来说："从诗歌转向小说时，我发现自己诗中细节性的刻画越来越多，也越来越沉溺于这种刻画。后来，刻画之外又忍不住开始大段的叙述。这些刻画与叙述，放在一首诗里，给诗歌结构造成了问题。但是，只看那些局部，却感到了一种超常的表现力，一种很新鲜很有穿透力的美感。于是，开始为那些漂亮的局部编织一个将其串联起来的故事。于是，小说开始了。"①

　　截至 2010 年，阿来的中短篇小说大致有《猎鹿人的故事》（《民族文学》1986 年第 12 期）、《环山的雪光》（《现代作家》1987 年第 2 期）、《远方的地平线》（《民族文学》1987 年第 4 期）、《奥达的马队》（《民族作家》1987 年第 4 期）、《旧年的血迹》（《现代作家》1987 年第 9 期）、《鱼》（《现代作家》1989 年第 10 期）、《永远的嘎洛》（作家出版社 1989 年版）、《奔马似的白色群山》（作家出版社 1989 年版）、《寐》（作家出版社 1989 年版）、《生命》（作家出版社 1989 年版）、《守灵夜》（作家出版社 1989 年版）、《猎鹿人的故事》（作家出版社 1989 年版）、《老房子》（作家出版社 1989 年版）、《已经消失了的森林》（《红岩》1991 年第 1 期）、《电话》（《四川文学》1991 年第 3 期）、《狩猎》（《四川文学》1991 年第 3 期）、《银环蛇》（《四川文学》1991 年第 3 期）、《蘑菇》（《民族文学》1991 年第 5 期）、《欢乐行程》（《萌芽》1991 年第 10 期）、《最新的和森林有关的复仇》（《四川文学》1992 年第 5 期）、《断指》（《萌芽》1992 年第 7 期）、《火葬》（《四川文学》1992 年第 10 期）、《群蜂飞舞》（《上海文学》1992 年第 11 期）、《少年诗篇》（《上海文学》1993 年第 10

---

　　① 　阿来、脚印：《丰富的感情，澎湃的激情》，《文学报》2000 年 10 月 26 日，第 2 版。

期)、《红狐》(《西藏文学》1994 年第 1 期)、《月光里的银匠》(《人民文学》1995 年第 7 期)、《望族》(《四川文学》1996 年第 12 期)、《有鬼》(《上海文学》1996 年第 12 期)、《非正常死亡》(《四川文学》1997 年第 4 期)、《小镇的话题》(《湖南文学》1997 年第 8 期)、《宝刀》(《湖南文学》1998 年第 7 期)、《鱼》(《花城》2000 年第 6 期)、《行刑人尔依》(《花城》2000 年第 6 期)、《野人》(人民文学出版社 2001 年版)、《阿古顿巴》(人民文学出版社 2001 年版)、《血脉》(人民文学出版社 2001 年版)、《槐花》(人民文学出版社 2001 年版)、《永远的温泉》(《北京文学》2002 年第 8 期)、《格拉长大》(《人民文学》2003 年第 12 期)等。脚印说,阿来的"中短篇小说,打磨得都很精致,格调也很稳定。谈这类小说,是很要心智的"①。

　　最受论者激赏的是阿来用《空山》的边角料写成的《马车》《水电站》《马车夫》《脱粒机》《声音》《报纸》等一些小短篇。作者"把目光凝聚于一点,紧紧抓住坚硬的真实的或一角落","从一些小人物小物件入手,像微雕艺术家那样精细地刻画沉埋到历史河流底层也珍藏于内心深处的记忆碎片。光影色泽蕴涵其中,无须多说,只消从某一点因由出发,加以适当暗示,轻轻勾勒,就境界全出"。"语言也因此摆脱了众人叫好而我窃以为甚可忧虑的曼妙无比却飘忽无定的调子。"② "阿来将目光盯准一个人物,一件器物,大树的一片枝叶,世界的一个角落,然后以四两拨千斤的巧劲儿,将世界之大隐身在眼前事物的精微中,将佛教灵性的智慧凝聚在'笔记小说'般的短故事里,言简意赅中显出微言大义。"③

　　在小说里,阿来保留了诗歌充沛的激情,他把目光投放到一个古老族群走向新生时那些新的经历、新的痛苦与喜悦。1984 年,阿来最初的两个短篇小说《红苹果,金苹果》和《温暖的秋阳》发表,这是他在诗歌之外的又一次拓展。之后是中篇小说《奥达的马队》获得好评,短篇小说《远方的地平线》在《小说月报》上转发,中篇小说《猎鹿人的故事》获民族文学奖,短

---

① 脚印:《阿来与〈尘埃落定〉》,《人民日报·海外版》2000 年 11 月 15 日,第 9 版。
② 郜元宝:《不够破碎——读阿来短篇近作想到的》,《文艺争鸣》2008 年第 2 期,第 118—121 页。
③ 邵燕君:《"纯文学"方法与史诗叙事的困境——以阿来〈空山〉为例》,《文艺争鸣》2009 年第 2 期,第 18—24 页。

篇小说《环山的雪光》获四川文学奖，短篇小说《欢乐行程》获《萌芽》文学奖，短篇小说《蘑菇》再获《民族文学》奖，中篇小说《鱼》获四川省少数民族文学奖。1988年，就有评论家在评论《奥达的马队》时指出，阿来的《奥达的马队》《老房子》《猎鹿人的故事》等"不但具有鲜明的民族特点和时代感，而且具有了超越民族的普遍的思想意义和审美价值"。"马队的消亡，使我们对已经发生的和将要发生的许多类似的事物以及许多类似驮脚汉的人们有了深一层的理解。在当今的中国，这类事和这类人每时每刻都发生着和存在着。从《奥达的马队》我看到了少数民族作家的创作优势，尽管这种优势还不被一些理论家和评论家所承认。"①

1989年，作家出版社出版了阿来的第一本小说集《旧年的血迹》，那一年阿来30岁。1993年《旧年的血迹》获全国少数民族文学奖。

《旧年的血迹》是一首与命运抗争而又终于屈服的悲歌。主人公"父亲"是若巴家族的子孙，家世与经历，使他有一种荣耀感，精神世界异常"稳固"。新中国成立后当过兵。"文化大革命"时期，村里没有"四类分子"，他理所当然地成了顶替的对象。但他坦然而孤傲地接受了人生的磨难。当新生活重新开始后，他反而被一桩"意外"变故击倒了——他心爱的狗"追风"死于非命，仇敌用的武器恰巧是若巴家族昔日行凶的刀，那刀"沾满黑血，刀口寒光闪闪"，"父亲"仿佛参透玄机，认定这是"轮回"，是"命定的"。"父亲眼中的绿光从此熄灭，整个身心对不公正命运的抗拒都全部彻底地消失了。""一个孤傲男人身上的倔强之气随狗的灵魂飘然逸去。"在这个有着300年历史的色尔古村里，古旧的文化气氛似乎更为久远。人间的生生死死，荣辱兴衰，给人们留下祸福无常的沉重感，人们已习惯用命运来解释人生世相。对偶然事件的无能为力，往往出自对"命运必定如此"的心理。"父亲"有精神力量与政治压力对抗，却没有勇气反叛命运——为先辈偿还罪过。这种"原罪感"牢牢地控制着他，一生动荡，阴沉落寞，在征战生涯中也未摆脱孤独的重荷。作者突出悲剧性的一面：个人命运、家族兴衰和社会环境的动荡更迭。作品旨在揭示沉重莫测的命运和世态艰危以及历史的变迁与个体的隐痛。在《旧年的血迹》中，阿来

---

① 白崇仁：《评〈奥达的马队〉》，《民族文学》1986年第2期，第18页。

给自己选择了一条艰苦的路：直面现实人生，直视社会变革大潮，在历史与现实的交汇点上透视本族同胞的心路历程。

　　　阿来的眼光相当的"现代"。但是，他即是在处理民族的进步与变革、面对生活中新与旧的冲突这样一些尖锐主题的时候，他没有表现出浮躁、虚荣和时髦，他笔下的人物，乃至他自己面对势必消亡的旧的生活和过往的岁月，会流露出真实的惆怅、惋惜，甚至留恋的情绪来。对民族历史的肯定，对民族文化的挚爱，对故乡本土的深情，以及对民族未来的呼唤，使阿来许多"严格写实"的作品染上一层浪漫主义的色彩，弥漫着一种诗意的光辉。使你仿佛听到来自遥远天国的歌声，听到人类在诉说。①

　　"人类在诉说"的评语，尤其使阿来深受鼓舞。周克芹的分析是中肯的，阿来后来的小说集《月光里的银匠》仍保持着这种特点。中篇小说《鱼》以藏族生活为背景，表现了人与自然的关系，以及人与人、人与社会的关系。作品不足 4 万字，却达到了多声复义的艺术效果。短篇小说《守灵夜》"写对教师的轻贱——来自愚昧社会或与愚昧社会非常接近的文明社会的轻贱"。主人公贵生，从小沉默畏怯，隐忍顺从，逆来顺受，身心麻木灰暗，常年借醉解愁，在自己称之为"乡亲"的人们眼中最为"低贱"，也命定要在"低贱"中了此残生。但作为教师，他持身谨严，堪为表率。贵生死于车祸。乡邻们所以要来守灵，是因为"国家的人，国家预备棺材，预备守灵的酒钱"。守灵仪式没有一点悲怆、哀痛和压力，人们反而像过节一样尽兴吃喝，漫不经心地发些关于死者的议论。两位在场的教师，禁不住兔死狐悲、物伤其类。格桑教书的时间短，人年轻，从两位前辈同行身上，已看到了自己的未来。他们的"黑色身影"如此不祥，让一位"眼光明亮"的少年感到可怕，以致"呼吸不畅"，而衬托守灵之夜的背景冷清压抑，四野萧疏，雪光幽蓝，灵前灯火飘忽不定，还有法力无边的"咒语"，散发着孤独与忘却的霉味，给人以时间凝固恍若隔世的感觉。这个"日渐

---

① 阿来：《旧年的血迹》，作家出版社 2000 年版，序第 11 页。

败落"的乡村是未被外来文明打破的平静世界，或者说文明还暂时被推拒门外。这里的人乐天安命，完满自足，麻木迟钝，结成封闭群体。封闭维持住了心理平衡。封闭过紧，长时间坚韧难催，才使得文明的传播者们一败涂地，哀伤终生。

阿来早期的小说和此后的创作，都以嘉绒藏区为背景，以命运的神秘和对文明的困惑为主题。作者试图对人的生存做出阐释，但面对传统和现实，又深感作为个体的渺小。作品时时流露出对艰难人生的感慨和价值判断上的矛盾，表现得模棱两可，若明若暗，读者虽幡然有悟却又难道其详。《奔马似的白色群山》《环山的雪光》《老房子》《远方的地平线》《奥达的马队》《猎鹿人的故事》等中短篇小说，几乎都是对这种精神迷惘的诗意表达。阿来尤其乐于借景抒情，将抽象的情感寄寓于具体的外物，小说浸润着浓郁的诗情。如在《远方的地平线》中，草原上的地平线成为老记者记忆的源泉，是他的一个梦想，也是他生命的归宿。文中写道："豪雨冲刷过的地平线，闪烁着新浴后嫩绿的光彩，横亘在天尽头，绿光不断地泛起，像一支长长的魔笛，奏出潺潺的水声、云雀的鸣啭以及百花开启、牧草拔节的声音。之后是和风起于天外，催动一个女人——红头巾、白衬衫、绿腰带，在地平线上出现。羊群随之也柔润地涌流出来。"这是眼前之景，还是心中的幻象，不得而知。《奥达的马队》中的林海、山道、峡谷、野花、夜幕等都是如此迷人，如此让"我"魂牵梦绕。《鱼》中静谧神秘的雨，也是人物心理的一种反映。《灵魂之舞》则写得轻盈、纯净。

阿来从他脚下的那片土地，浸染了一种深刻的忧患意识，他剖析人的精神世界，写愚昧、宿命，写生的挣扎和新旧文化的碰撞，往往直指心灵。《奔马似的白色群山》表现的是价值观的眩晕感，身处传统与变革之间的难以取舍和追求文明所付出的代价，字里行间蕴含着阿来的个性特质：孤寂与敏感。阿来的足迹不止一次走过嘉绒的山山水水，他所采集到的不只是诗歌，在获得宁静与启悟的背后，潜伏着巨大的精神回归的力量。他后来创作的另外一篇《鱼》，通过具有象征意义的钓鱼事件，形象地展示了处于文化冲突中的个体在面临挑战时的心理状态。叙述者"我"在跨越文化禁忌时的"自我"与"本我"之间激烈的内心冲突，正是作为文化个体的作家阿来在现实的文化融合中所遭遇的文化处境。

# 结　　语

　　本章对嘉绒藏区的自然地理、历史、文化、宗教等做了简要的阐述，并对阿来的文学创作进行了简单梳理，旨在从文学生态学和文学发生学的层面，对地理和文化"过渡地带"文学创作的多元文化特征予以观照。

　　将地理研究与文学研究、作家研究与作品研究相结合，解读和阐释阿来及其长篇小说《尘埃落定》，是本书的研究基点。

　　传统的文学研究以文本为中心，往往忽略了文本发生和发展的实际过程，遮蔽了文本生成的生态环境和文化空间。正是与文学的发生、发展和具体存在形态相关的各种自然与文化环境，构成了文学存在的根据和文学的深层意蕴。因此，笔者试图在作家的创作实践和其所处的族群、地域、文化之间建立一种联系，从地理、历史、宗教、文化、语言、叙事、社会、政治的多维视角出发，尽量全面、深入地理解作品。

　　以往对藏族文学的研究，在概念上往往把藏族文学混同于西藏文学，只关注藏族文学的"生态共性"，而忽略了文学创作的地域"族群个性"，忽视"藏族文学地图"中有关不同族群文化生态板块"接壤地带""边界地带"的地理、历史、文化、宗教、民俗等对作家及其文学创作的深刻影响。

　　只有边缘和原初性才泄露了文化交融时的最初景象和人生百态。

　　《尘埃落定》讲述的故事发生在一个地理和文化的过渡地带，那是一个独特的地理空间，也是一个多元文化的混合杂交地带。自然的和人文的因素在此构成了一个复杂的、多元的、动态的、多维的、立体的混合空间。从文学与文化空间①关系的层面看，这是一个具有文化生态学意义和文学生态学②意义的多元文化生态区。《尘埃落定》就是对这个多元文化生态区的文

---

　　①　文化空间，是指某种文化活动得以存在、传承和发展的特定客观环境——地域、族群、社会结构和生活方式体系等的总和。

　　②　文学生态，就是指与文学的发生、发展和具体存在形态相关的各种自然与文化环境，正是这些环境关系构成了文学存在的根据和文学意义的深层蕴含。

学展示。

笔者以为，阿来的文学创作大致可以分解为三个层进式的发展阶段。

第一个阶段：三十周岁时漫游若尔盖大草原（即 1989 年）之前。这一阶段，阿来主要以诗歌和中、短篇小说的创作为主，更多地表达了个体的生存痛苦、心灵困惑和身份焦虑。三十周岁时漫游若尔盖大草原，对于阿来是一次精神的洗礼，是一次蛹化为蝶的人生蜕变和精神境界的提升。这一次漫游，也使阿来的文学创作从积累、探索进入一种文学自觉状态。

第二个阶段：1989 年到 1999 年（这一年阿来 40 岁），以长篇小说《尘埃落定》和长篇地理文化散文《大地的阶梯》为代表，阿来的创作进入了辉煌期。这两部作品表达了作者强烈的文化本土意识和文化寻根意识。《尘埃落定》以意味深长的诗性语言，以富含智性而气定神闲的叙述，对"想象中的家园"，对嘉绒的历史进行了浪漫的怀想，表达了作者"对人生与世界的更为深刻的体验"。1999 年对嘉绒大地和青藏高原的再一次漫游（之前阿来也曾多次漫游），是阿来以田野调查的方式与嘉绒大地的自然脉息以及族群血脉和族群文化根脉的深层对接，是一次寻根之旅。《大地的阶梯》对于阿来是一座里程碑。在《大地的阶梯》里，阿来对自己的心灵轨迹做了深刻的展示。这次漫游之于阿来，也是一次本土文化和民族文化的深刻洗礼，使阿来从一种文学的自觉状态进入了族群文化表达的自觉状态。

第三个阶段：1999 年至《格萨尔王》出版，是阿来创作的第三个阶段。以《空山》系列和《格萨尔王》为代表。与《尘埃落定》相比，《空山》系列已从写历史故事、浪漫传奇转向写沉重现实，描写了历史进程中的自然生态、政治生态、社会生态和人性生态。作品风格也从轻松浪漫一变而为庄严凝重。《格萨尔王》则于"重述神话"中，触摸到了族群传说、历史发展与人性关系的深层脉络。小说一方面与藏族民间话语、文化传统、经验方式密切关联；另一方面，阿来力求在一个更为宏大的文化场域中，以隐喻、象征、寓言和意象化特征表征这种文化自觉，试图展现人类精神世界中共同遭遇的种种困境和迷惑。

这三个阶段，展示了阿来人生历程的三个时期：充满激情而又困顿、迷茫的青年时期；飞扬激越的壮年时期；从容厚重的中年时期。

这三个阶段也呈现出三种不同的人生"境界"，正如王国维在其《人间词

话》中说的："古今之成大事业、大学问者，罔不经过三种之境界：'昨夜西
风凋碧树。独上高楼，望尽天涯路。'此第一境界也。'衣带渐宽终不悔，为
伊消得人憔悴。'此第二境界也。'众里寻他千百度，蓦然回首，那人却在灯
火阑珊处。'此第三境界也。"①

　　阿来是在一个被原始乡土包围的偏僻村寨里，在自然山川、宗教、故
事、歌谣的熏陶下成长的，作为一个原乡人，他一直在努力寻找精神上真
正的故乡。在创作中，阿来摒弃了那种狭窄的个人抚慰式写作，以自己特
有的时空穿透力和不断走向开阔的文化视野，将其作品推向了更为宽广的
生命空间。

---

　　①　王国维著，滕咸惠校注：《人间词话新注》（修订本），齐鲁书社 1986 年版，第 2 页。

# 第二章　文化身份寻踪

　　无论是城市还是乡村，都那么焦躁不安，都不再是我们的希望之乡。于是，我们就在无休止的寻找中流浪。除了一些逶迤成行的文字，我真不知道这无休止的寻找会有什么样的结果。同时我即使十分清楚地知道，寻找的尽头就是虚无，我也会不断寻找。

——引自阿来《大地的阶梯》

　　文化认同危机是随着全球化进程的日渐深入凸显出来的。全球化的文化同质化走向正在把世界各地的民族文化纳入一个更大的话语权力结构中，使越来越多的民族文化特性和民族意识受到了压制，导致民族文化原质失真，其结果之一就是人文知识分子的文化认同危机化。因而，寻找民族或个体的文化身份，重建文化认同成了一个无法回避的话题。中国的少数民族作家，特别是用汉语写作的少数民族作家，除了要面对全球化的文化同质化问题，还要面对本民族文化与中华民族文化特别是汉文化之间的认同问题。

　　作为一个生活于地理和文化过渡地带的使用汉语写作的嘉绒藏人，阿来拥有双重文化身份和双重文化视野。这一方面是由于阿来具有双重血统；另一方面也是因为嘉绒地区在历史上就是一个多元文化生态区，是一个血统和文化的混合杂糅之地。在持续的文化寻根与文化身份寻踪中，阿来的文化心理日益丰盈，文化视野也日渐开阔。但是，无论是在生活中，还是在文学创作中，阿来都始终面临自我文化身份和族群文化身份认同的困惑。

# 第一节　文化身份与"流浪"

## 一、文化身份

在当代文化研究和文化批评中，"identity"一词具有两种基本含义：一是指某个个体或群体据以确认自己在一个社会里之地位的某些明确的、具有显著特征的依据或尺度，如性别、阶级、种族等，在这种意义上，我们可以用"身份"这个词语来表述；另一方面，当某个个体或群体试图追寻、确证自己在文化上的"身份"时，"identity"也被称为"认同"。实际上，identity的两种含义是密切相关的，确切地说，它的基本含义是指一种"同一性"，即某种事物原本固有的特质、本质等。但是，如果我们用发展变化的眼光来看，如果我们承认"特质""本质"并非固定不变的东西，那么所谓"认同"就与寻求和确认特质、本质的途径、方法、过程相关联。在文化研究中，人们关注的重点往往是不同人群在社会之中的"社会身份"和"文化身份"，简单地说，我们要在理论上追问自己在社会和文化上是"谁"（身份），以及如何和为什么要追问"谁"（寻求"认同"）。

没有认同就没有集体目标，认同和目标是国民国家概念的基本要素。族群也不例外。没有认同，就没有族群。族群和族群意识自古就存在，并且一直延伸到现代。就确认人们的社会身份和文化身份而言，在理论上大体有民族（nation）、族群（ethnicity）、种族（race）、阶级（class）、性别（gender）、宗教（religion）、职业（profession）、语言（language）等依据或尺度。对这些问题的关注和研究，自然会涉及特定的历史、地理、社会、政治、经济、国家、意识形态、文化和亚文化、通俗艺术等复杂的领域，加之研究者自身的立场和价值取向，也会影响到他们如何看待上述复杂问题。国民国家有两种形态：一是地缘国民国家（territorial nations）型，即多族群共同体，如美国、澳大利亚等；二是族群国民国家型（ethnic nations），即由单一族群形成的国家，如希腊、波兰等。在地缘国民国家里，主流文化往往来自优势族群或者多数族群。现代国民国家要求国家与国民在共同的文化认同上整合，而这种共同的文化，也就是国家文化，绝大部分属于优势族群。这样，少数民族就面临双重效忠的局面：一方面他们要效忠国家及其文化（在很大程度上意味着接受和认同优势族群的文化）；另一方面他们要效忠自己的族群文化，在族群文化中学习社会，走向社会，培养自己，继承前辈的人格。

按照英国文化研究学者斯图亚特·霍尔（Stuart Hall）在《文化身份与族裔散居》（*Cultural Identity and Diaspora*）一文中的看法，我们或者可以把"文化身份"定义为"一种共有的文化"，集体的"一个真正的自我"，它反映了共同的历史经验和共有的文化符码，为我们提供了变幻的历史经验之下稳定不变的和具有连续性的意义框架。按这种定义，文化或文学研究的任务也要揭示这种"隐藏着的"文化身份以及"隐藏的历史"。对"文化身份"的第二种理解更加强调"真正的存在"，即在塑造文化身份中的作用，认为文化身份既是一种"存在"，又是一种"变化"，它在连续性中有着差异，而在差异中又伴随着连续性持续的存在。这种看法实际上强调的是从现实状况出发去理解"文化身份"。有关身份和认同最有争议的重要问题是，人们的社会身份或文化身份到底是固定不变的、普遍的、本质论的，还是在实际的社会历史过程中被人为地建构起来的，并且是为了某些特定目的与利益（政治的、民族的、意识形态的等）而人为的建构起来的。今天，大多数的文化研究者都赞同社会身份和文化身份是流动的，是在历史和现实语境中不断变迁的观点。

由于"藏彝走廊"特殊的地理与文化，嘉绒藏人始终处在与多个民族之间"剪不断，理还乱"的互动、共生、融合、对抗及冲突的张力关系中，同时，又聚焦于宗教、文化、习俗的认同与分歧，因此嘉绒是一个没有清晰身份界限的地带，一个注定处于孤独流浪的地带。所以，对"中间地带""过渡地带"和文化板块接合部的特殊性的观照是阿来创作的重要特点之一。阿来的藏族文化身份必然受到来自汉文化和西方文化的牵引与分离，他不得不面对杂糅、融合和分裂带来的文化认同危机。因此，我们从阿来的文本、访谈和随笔中不断地看到他对民族身份与文化认同的天然的敏感和复杂的体验甚至排斥。但"流浪"是阿来意识中注定的生存状态，流浪者的局外角色和游离状态实际上使他对于文化的深入观察成为可能。

民族文化身份认同是在不同民族关系框架中进行的。比如，在我国的多民族文学关系框架中，某一少数民族文学对自己民族形象的塑造，对自己民族情感的体验，对文化身份的强调、认同和艺术表现愿望等。当作家以自己所属的民族、国家为情感背景，描绘跨民族和跨文化交往中的情感体验时，则是另一个层次的民族文化身份认同。如郁达夫《沉沦》中的主人公"他"所经历的文化身份认同即属于后一个层次的。一方面，"他"的民族之根毕竟在中国，华夏文化滋养了"他"，"他"的精神归宿理当在中国和中国文化之中。可是另一方面，那时的中国在全球化的过程中是处于弱势的、被异邦他国所歧视的国家，"他"在跨民族和跨文化的情境中，必然感到若有所失，似乎生活总不在"他"的身边，而在别处，做着一个永远的旅人。这是跨民族和跨文化交往中，作为弱势民族或国家的人们一种普遍的心理状态。

从本质意义上讲，现实生活中的每一个个体都处在不同层次的身份认同的链条上，都要持续面对身份认同的多层次性：有国家层面的、民族层面的、族群层面的、家族层面的、文化归属层面的，还有地域层面的、社会群体层面的、职业群体层面的，等等。无时不有，无处不在。比如，在地域层面上，由于地域文化差异、语言差异、文化心理差异、地域归属感、乡土本位意识等因素，身份认同往往呈现为由小到大层进式的状态——由村、乡、县、市到省、区域、国家。人们往往习惯用地理称谓确认身份，如：北方人，南方人；西北人，东北人；北京人，上海人，香港人，广东人；等等。又如，在社会群体层面和职业群体层面，有农民、工人、知识分子、商人、企业家等身份称谓。身份认同广泛地存在于现实生活中，但更多地存在于人们的意识深处，呈现为一种恒久的心理状态。

## 二、文化身份的迷失

"我是谁？我在哪里？"的身份困惑一直是《尘埃落定》文本所关涉的重点与焦点之一。阿来借似傻非傻的"傻子"二少爷之口，讲述了自己对变幻无常的世事人生的矛盾体验，以及徘徊于藏文化与汉文化、宗教文化与世俗文化、中国文化与西方文化之间的精神流浪，这实际上也是阿来作品中最深层的悖论式复义指向。

阿来是一个藏回混血儿，混血儿是时时能感到双重身份的存在的。他的作品中诸多主人公的"流浪"状态也是多重的，除了地域、文化的因素外，还有血缘的因素，而移居以及跨族别、跨血缘婚姻，则使"流浪"成为一种更彻底的生存状态。阿来也在某种程度上成为生存于跨族别、跨血缘状态中的"流浪"作家。生活在两种文化的边缘，既骑墙于两种文化之间，又同时受到两种文化的排斥。这种感觉是痛苦的。华裔作家韩素音曾这样写道："世界已分割成互不相连、互不渗透的密封舱室。难道我不能穿过所有这些舱室？哪一个舱室才是我真正的归宿？我生活在欧亚混血儿的半个世界中，依附于盛气凌人的白人世界。在这里，白人主宰一切，享有种种特权，除了中国人之外，从未受到任何人的质疑。但这些中国人又不属于我所处的那个渺小的半个世界。"① 双重性已不仅仅局限于身份了，而是深深地植根于血液中，成为个体的品性，它通过血液将两种分裂的文化乃至种族元素统一为一体了。正如埃里克森所说，身份认同是每个人一生都要持续面对的问题。

由于地缘以及历史等方面的原因，在一些传统保守和处于藏文化中心的藏人眼里，嘉绒藏区多少是有些暧昧的"中间地带"。从地理上看，嘉绒藏区从来就不是藏文化的中心地带。历史上，"嘉绒"一直生存在汉藏文化的夹缝中，在汉族看来"嘉绒"是藏族，而在藏族看来"嘉绒"又是过早汉化了的另一个族群。作为"嘉绒藏人"，阿来也始终要面对族群——文化身份认同的尴尬与困惑，"模糊"的种族——文化身份曾使他一度徘徊在欲进不得欲退不能的精神还乡的路上：

> 我们这种人，算什么族呢？虽然在这里生活了几辈人了，真正的当地人把我们当成汉人，而到了真正汉人地方，我们这种人又成了藏族了。真正的藏族和真正的汉族人都有点看不起你。②

这是由于"身份边界模糊和破碎"所导致的"身份焦虑"。在《尘埃落定》中，阿来以隐含的方式，通过有着混杂血统的"傻子"少爷的反复质疑，

---

① 韩素音：《凡花》，杨光慈、钱蒙译，中国华侨出版公司 1991 年版，第 155 页。
② 阿来：《大地的阶梯》，人民文学出版社 2001 年版，第 221 页。

不断地传达了这种困惑与焦虑。"傻子"是一个边缘性的人物，生活在两个交错的时空之间，他时常会迷失自己，一次次地从睡梦中醒来，却一次又一次地迷失了自己。"傻子"问得最多的两个问题是："我是谁？我在哪里？"这样的问题在《尘埃落定》中一共出现了 16 次。这是富有象征意味的。这是阿来对个人种族——文化身份的追问，也是对"嘉绒藏人"族群文化身份的追问。这两个问题或许也是许多"嘉绒藏人"经常感到困惑的问题，也是所有身处文化"过渡地带"的"族际边缘人"经常感到困惑的问题。

> 我困惑于故乡这个概念，如同困惑于我的血统。我常常这么想，即便在一个地方消磨了一生，又能说明什么呢？因为有些东西，比如血统，它一旦混杂就不伦不类，难以挽回，使得人的真实处境如置身于一块狭长的边缘地带，沟壑深深，道路弯弯，且被驱散不尽的重重迷雾所笼罩，难辨方向。而终身踯躅在这样的边缘地带，这本身就把自己孤立起来了，这边的人把你推过来，那边的人把你推过去，好不容易站稳了，举目四望，一片混沌。多么难以忍受的孤独啊！犹如切肤之痛，深刻，又很难愈合。[1]

血缘和族别是身份认同、族群认同、文化认同无法回避的两个核心问题，对此，阿来在其作品中都有深刻的展示。

> 血缘问题，在这些汉藏交界的地区，对许许多多人来说，都是一个敏感的问题，也是一个心照不宣的问题……文化上的认同感，远非是纯生物学意义上的血缘问题那么简单。当我们宏观上无法对此进行把握的时候，我想倒不如把这样的细节呈现给读者。让每一个人根据自己的经验，对一个地区，对一个民族，对一种文化的衰变做出自己的思考与判断。[2]

---

[1] 唯色：《西藏笔记》，花城出版社 2003 年版，第 431 页。
[2] 阿来：《大地的阶梯》，人民文学出版社 2001 年版，第 122—124 页。

在阿来的短篇小说《血脉》中，出身于汉族而流落到藏区的"爷爷"，一直试图找回失去的用母语表达和思维的能力，但直到死去时，还是藏语讲得比汉语好。他一直生活在寻找的焦虑中，"死亡"对他来说成了一种解脱。藏名叫"多吉"而汉名叫"亚伟"的"我"，在以藏族身份离开村子去了成都后，在自己父亲的眼中则成了"假藏人"：

> 父亲踱到我面前，看看悬在墙上的巨大的牦牛头骨，又翻翻矮几上的一本藏文史料，问："你以为你是藏族，是吗？"
>
> "我是。"
>
> "你真的想是？"
>
> ·············
>
> 我这一生，在一个一定要弄明白你属于一个什么样民族的国度和文化里，只能属于一个民族。虽然我有两种血统，虽然我两种都是，两种都想是，却只能非此即彼，只选其一。①

正如作品中所说的那样："两个名字不能把人分开，却能备感无所皈依的痛苦。"小说中还有一段"我"陪"父亲"上街的经历。"父亲"身着"厚实的紫红色氆氇行走在衣着轻薄鲜艳而且香气扑鼻的人流中间，稠密的人流在他面前自动分开，就像他不是一个人，而是一头野兽来到了人群中间"。这实际上暗示了两种族群文化的潜在冲突和文化认同步履的艰难。

由于族群个性和文化个性差异的现实存在，生活在"过渡地带"的"族际边缘人"对自我身份危机的焦虑和对族群认同的困惑，已经是一种普遍存在的和必须要面对的现实。

阿来说："虽然，我不是一个纯粹血统的嘉绒人，因此在一些要保持正统的同胞眼中，从血统上我便是一个异教，但这种排斥的眼光、拒绝的眼光并不能稍减我对这个部族的认同与整体的热爱。"② 阿来始终关注文化身份认同的问题，并将之贯穿在他的创作之中。流浪——地域意义上的流浪和心理意

---

① 阿来：《阿来文集·中短篇小说卷》，人民文学出版社 2001 年版，第 374—375 页。

② 阿来：《大地的阶梯》，人民文学出版社 2001 年版，第 273 页。

义上的流浪——似乎是阿来小说永恒的主题。可以说，只要是身处不同文化交汇地带的人，都是流浪者，如《尘埃落定》中的"傻子""土司太太"，《空山》中的"驼子"，《随风飘散》中的"格拉"，《血脉》中的"汉族爷爷和藏族孙子"，还有阿来多个中短篇小说中的主人公"我"。阿来把心灵"流浪"表现得极为浓稠，他细致入微地表现了两种文化夹缝中的种种困境：家庭中的，村庄里的，人与人之间的。在漂泊和被遗弃的孤独感中生活，常常有一种被排斥在当地文化之外的边缘人的深深的悲哀，时时刻刻处在两种文化冲突的氛围中。他们的内心世界不仅被不同的文化撕扯着，还被他们个人生活经历中的痛苦折磨着。

阿来与《尘埃落定》中的"傻子"二少爷一样，是一个生理与心理上双重的混血儿，生长在四川西北部堪称"边地的边地"的嘉绒藏区，其文化身份认同的惶惑与无所皈依与时代感紧密相连，这种现代意义上的飘零感，渗透在他的叙事文本中。由于地域与族别的原因，阿来自20世纪80年代进入汉语写作圈以来，一直处在某种内外交困的矛盾之中，他命定般地成为一个"用汉文写作的藏族作家"。因为，"我们国家"是一个"象形表意的方块字统治的国度"①，虽然是藏族人，但他必然身不由己地进入民族国家一体化的进程中。

荷兰比较文学学者莱恩·T. 赛格尔斯指出："在当今这个时代，对一个民族的文化身份充分而均衡的洞察，意义重大。"② 文化身份的解构、建构与认同也是困扰中国少数民族当代作家的一个历史性、集体性问题。认同问题还是一个终极性的问题。首先，认同是所有人必然会遇到的问题，只要人类存在着，认同问题就不会消失；认同问题也不可能一次性、一劳永逸地解决。其次，认同本质上是对自我根源的不断追寻，对自我身份的不断追问，是对人类自然家园和精神家园的双重探究，是对生命意义的终极关怀。"我是谁？""我从哪里来？""我的归宿在哪里？"在一定意义上，认同就是对这些人类生命哲学中永恒问题的暂时性解答。

---

① 阿来：《尘埃落定》，人民文学出版社 2001 年版，第 426 页。
② ［荷］莱恩·T. 赛格尔斯：《"文化身份"的重要性——文学研究的新视角》，龚刚译，乐黛云、张辉主编《文化传递与文学形象》，北京大学出版社 1999 年版，第 335 页。

陀思妥耶夫斯基在《地下室手记》里写道："一个聪明人绝不会一本正经地把自己弄成任何性质确定的东西，只有傻瓜才干这种事。是的，在19世纪做一个人必须并且应当非常显然地成为没有个性的生物；一个有个性的人，一个性质确定的人显然是受限制的东西。"由此产生了陀思妥耶夫斯基的小说中苦恼着主人公的那个伟大却没有解决的思想往往就是"我是谁？我是什么人？"主人公在社会、在他人那里得到了完全否定，因而希望通过分裂自我、制造自己的同貌人来重新获得自己的人格。"主人公们最为重要的一些自白式的自我表述，无处不贯穿着他们对于他人语言的紧张揣测，要考虑到他人对这种自我表述会说什么，对这种自白有何反应？"[①] 这意味着，认同总是存在于关系当中，或者说认同本身就是一种关系，而且认同关系就是指人与人、人与群体及人与社会之间的关系。认同不同于认可，后者只是确认或承认，不意味着接受和赞同；而认同则可理解为确认并赞同，或者是承认并接受。认同也不同于趋同或同化，无论是趋同还是同化，都是指走向相同的过程，而认同指的是确认相同的平行过程。

在《尘埃落定》中，当"傻子"二少爷意识到"我知道自己什么时候应该显出是世界上最聪明的人，叫小瞧我的人大吃一惊。可是当他们害怕了，要把我当成个聪明人来对待的时候，我的行为立即就像个傻子"[②] 时，或自我审视"这样看来，我的傻不是减少，而是转移了。在这个方面不傻，却又在另一个方面傻了"时，"我是谁？"的追问便随之而来。这种陀思妥耶夫斯基式的自我对话，贯穿了主人公"傻子"二少爷的一生。认同的目的是为了使自我的身份趋向中心。如果说，认同产生危机是自我的被边缘化，那么认同则是自我向中心的自觉趋近。就此而言，认同总是同人们的自我意识的发展水平相关联的。人们自我意识的程度，直接影响着他对他人或社会认同的程度。无论是从人类的发展史来看，还是从个体发展的历程来看，人们每一次认同即自我身份危机的出现，都是同自我中心主义的破除相伴随的。

麦其土司家的"傻子"是"汉人母亲生的傻瓜儿子"，父亲"是辖制数万

---

① ［苏］巴赫金：《陀思妥耶夫斯基诗学问题》，白春仁、顾亚铃译，生活·读书·新知三联书店1988年版，第251页。

② 阿来：《尘埃落定》，人民文学出版社2001年版，第124页。

人众的土司"。他每天醒来都问自己："我在哪里？""我是谁？"这巧妙地暗合了萨义德在《最后的天空》中所说的"身份——我们是谁，我们来自何方，我们是什么？"[1]

　　说老实话，我的脑子真还有些毛病。这段时间，每天醒来，我都不知道自己在什么地方。我睁开眼睛，看到天花板上条条花纹像水上的波纹曲曲折折，看到窗子上射进来的光柱里悬浮着细细的尘埃，都要问自己："我在哪里？"然后，才尝到隔夜的食物在口里变酸的味道。然后，再自己回答：是在哪里哪里。弄明白这个问题，我就该起床了……大多数时候，我只问自己一个问题，有时，要问两个问题才能清醒过来。第二个问题是："我是谁？"问这个问题时，在睡梦中丢失了自己的人心里十分苦涩。[2]

这种丢失常常发生。在睡与醒这两个空间中游荡着的灵魂，因为无处栖身而迷惘，因为迷惘而丢失。有的时候，"傻子"二少爷也知道自己其实并不是真正意义上的傻子，却又被迫在自己的生存空间里挣扎，他是被捆绑着的，又是被挤压着的，在两个空间的缝隙中生存着。他的角色注定他是无奈的，他想证明自己的价值，却常常因为这种证明而迷失自己。他有着一种浓重的悲哀，"傻"又"不傻"使他一直迷惑着、挣扎着。他明白自身的处境，明白土司们行将衰亡，因而这种清醒的痛苦就更加铭心刻骨了。于是，每一次醒来，在最初接触到这个清醒后的世界时，他总会迷惘与困惑：

　　……直到嘴里没有臭气了，我才开始想自己的问题：我是谁？我在哪里？我躺在床上想啊，想啊，望着墙角上挂满灰尘和烟灰色的蛛网，后来，那些东西就全部钻到我脑子里来了。[3]

---

① Edward Said. *After the Last Sky*. New York：Pantheon, 1986, P. 16.
② 阿来：《尘埃落定》，人民文学出版社 2001 年版，第 197—198 页。
③ 阿来：《尘埃落定》，人民文学出版社 2001 年版，第 305 页。

那种从内心深处延伸开来的迷惘，是无奈的。他的睡和醒似乎是相对的，也就是说，他睡着的时候并不一定是真正的睡着，而醒的时候也并不代表一定清醒着，对他来说，睡和醒只是一种形式，并没有既定的含义。他的自我迷失会经常发生在这种睡与醒交接的时刻，也许是因为不适应这种现实中的残酷与无奈，而情愿沉迷于虚幻的那个时空。醒来后片刻的丢失，实际上是为了整合思维，重新开始新的起点，所以他要弄清身在何时何地也就显得异常重要了。他想找到空间坐标中的具体方位，也就是他的起点经纬度，这样的话，他才有可能在两个时空里顺利地过渡。其实"傻子"的这种迷失从深度上讲，实际上是自我身份的迷失，是意识中的生存状态，是追溯深刻的人类文化的精神内涵。在读卡夫卡的小说时，也许我们会对这种迷失有更深刻的理解。

在当今的时代，如果民族、地域间的差异真的能用一个简单的"跨"字就可以跨越、消融和混同，那么文化与血统的混血也许能使一个人因为自身能够成为交流的桥梁而欢欣鼓舞并淡忘这种痛苦；但是恰恰相反，在当下一浪高过一浪的所谓文化寻根、身份认同的追问之下，族群间的区别反而更加彰显，而混血带来的更多是夹缝中的无奈、无所皈依的彷徨和首鼠两端的矛盾——难怪二少爷要在小说中一再追问"我是谁？我在哪里？"而又得不到答案。

阿来的文学创作不仅要面对主流话语空间，还要面对本民族话语空间。作为特殊的汉语叙事者，他从族群身份、文化身份、价值信念等诸多的矛盾体验中，表达着独特地域文化环境中藏、汉等多民族文化混杂融合的生存体验。阿来一面提醒世人不要忘怀"嘉绒部族"这"边缘的边缘"的特殊存在，一面强调"人"的普世意义。阿来认为，小说创作是阐释人类历史和人类文化的一种方法。在"对话"的语境下，阿来通过对嘉绒部族历史真诚地叙述，从对地域文化和民族性的咀嚼、探询、阐释，最终走向对人类"共同性"精神的体悟。

三、文化身份的混杂

在《尘埃落定》中，"傻子"二少爷的父亲是土著的藏族，母亲是外来的汉族，从一出生就面临着文化身份认同的困惑与危机。父母亲组成的文化或种族混杂的家庭氛围，使他一出生就被"流放"了。这种先天的双重洗礼看似给了主人公双重的视角和自由出入两种文化的通行证，事实上，两套完全不同的话语体系之间差别甚大，有些甚至大相径庭，用任何一方试图去解读另一方，都会出现误读与曲解，因此，他既不明白为什么同为亲戚的土司们之间要愚蠢地打来打去，也无法弄懂黄师爷对"红色汉人"与"白色汉人"的分析……二少爷要找到自己的话语表述方式，重建自身言说与思维的规则，首先必须找到自己的身份、自己的根，延续自己赖以承系的血脉，但是两种文明之间无法避免的冲突以及由此而引起理解上的陌生化，使得二少爷成为一个无处寻根的迷失者，那么，失语注定是他无法逃脱的博尔赫斯式的迷宫体验。他似乎不属于任何一种单一的文化，他游移于任何一种单一的文化之外，因而造成了不确定文化身份的困惑，成为"肉体与精神上的双重流浪儿"。

当一个人意识到他的民族语言、民族传统生活方式、宗教等将面临消亡的危机时，或者不得不接受另外一种文化标准的仲裁时，处于不同文化交汇的空间都可能产生"流浪"的感觉。"流浪"状态的产生就成了"心理流放"。精神的流浪很大程度上是指文化身份的混杂或跨越状态。阿来在他的小说中以丰富的多样性体现出多个"流浪"者形象，如 20 世纪 80 年代创作的《阿古敦巴》中的阿古敦巴，《生命》中的长发汉子、邮递员与和尚，《尘埃落定》中的"傻子"二少爷，《空山·荒芜》中的驼子林登荣，《空山·达瑟与达戈》中的达瑟和达戈，《空山·随风飘散》中的格拉，《空山·轻雷》中的拉加泽里，等等。"流浪"不仅仅表述离乡背井的状态，更表达一种强烈的"家园"追求，这个"家园"不一定是他原来所属的民族、国家或种族，"家园"可以是真实的，也可以是想象的家园，是一种文化认同的结果，一种心理归属的结果。萨义德认为，流放，既是一种现实的状态，也是一种隐喻的状态。萨义德 1935 年出生于耶路撒冷，20 世纪 50 年代赴美就学，获哈佛大学博士学位，1963 年起任教于哥伦比亚大学，讲授英国文学与比较文学。他是置身于西方学术中心的一个有着第三世界背景的知识分子。尽管人们会对萨义德本人的双重身份提出种种质疑，但他仍然为自己辩解："也如同其他许多人那样，我不止属于一个世界。我是一个巴勒斯坦的阿拉伯人，同时我也是一个美国人。这赋予我一种奇怪的，但也不算怪异的双重视角。此外，我当然也是一个学者。所有这些身份都不是清纯的；每一种身份都对另一种发生影响和作用。""每一种文化的发展与维护都需要一种与其相异质并且与其相竞争的另一个'自我'存在。自我身份的建构……牵涉到与自己相反的'他者'身份的建构，而且总是牵涉到对与'我们'不同特质的不断阐释和再阐释。每一个时代和社会都重新创造自己的'他者'。因此，自我身份或'他者'身份绝非静止的东西，而在很大程度上是一种人为建构的历史、社会、学术和政治过程，就像是一场牵涉到各个社会的不同个体和机构的竞赛。"①

流浪的含义也指地理位置的错置。当地域上的"移置"成为一种事实时，文化上的"错位"感就产生了。这种错位感很大程度上是带有隐喻意义的，更多地表现为心理和精神上的"流浪"感。生存空间发生了"移置"，或者说他的"身体空间"被流放了，随之而来的是他不得不面对他心理和精神上的"错位"感。

在很多情况下，人是很难完成自己的角色定位的，人的精神、灵魂究竟应该在哪里做最后的停泊与皈依？这些没有答案的追问，一遍遍拷打着二少爷焦灼的灵魂。成长起来的"傻子"接受了汉地传来的现代商业理念，赢得了百姓的拥护和土司们的敬畏，成为哥哥继承麦其土司王位的强大竞争对手。他将北方边界的城堡拆掉一面，使之与外部世界融为一体，并进一步建成了土司历史上第一个现代化的贸易市场。所以黄师爷对他说："你已经不是生活在土司时代了。"由此，一个新时代的开创者，土司时代的继承人，两顶桂冠都戴在了"傻子"的头上。但好景不长，天然的强弱等级观念，使他在权力角逐失势后，立即失去了妻子的忠贞，失去了对未来行刑人小尔依的领主权，他同时又意识到现代商业文化使他失去原有的纯洁，变成了钩心斗角的能手。这让他对两种文化双双失望。于是，他越来越不在乎权力的追逐以至连父亲唤他回去"讨论麦其土司的将来"都反应冷淡。然而，当毁灭的力量真正来临时，他的心却"被突然涌起的，久违了的，温暖的亲情紧紧攫住了"。他冒着生命危险回到家中，与父母家族共存亡。

文化身份是民族历史积淀层下一个稳定的、持续的意义框架。土司制度与麦其家族的存亡紧密联系在一起。国家统一的进程，导致了这一政治制度

---

① ［美］爱德华·萨义德：《东方学》，王宇根译，生活·读书·新知三联书店 2000 年版，第426 页。

的变动，导致了麦其统治的走样，导致了与之有着千丝万缕关系的元素的变异，这是整个麦其家族都无法接受的。当家族成员都以死亡来抗拒这一转变，抗拒集体文化身份的重新排位时，"傻子"也做了坚定的选择。他成全了仇人宿命般的复仇任务，甚至冷静地激怒还缺乏足够仇恨的杀手，而且在被杀前调整好姿态，从容就死。尽管"红色汉人"允诺："你会当上麦其土司，将来，革命形势发展了，没有土司了，也会是我们最好的朋友。"①

　　人的身份是处在"文化间"的际遇中，是在与异己文化的冲突、调和中动态地被定义的。一方面，族群对共有文化符码的"内在的、无意识"的诉求，激发了"傻子"的自我意识和种族根植感；另一方面，他又摆脱不了外来文化的影响，表现出一种"在同化和分离之间持续的张力"②。乔治·拉雷恩（Jordge Larrain）指出，在这样的冲突中，"主体不再拥有恒定的文化身份感，主体成了各种异质的意识形态相互冲突的领域，分裂成残缺的思想碎片"③。而某些敏感的个体，更企图在集体身份与个体选择的不完全重合处，发出自己的声音。在临死前，"傻子"觉得自己分裂为两半——"一个部分是干燥的，正在升高，而被血打湿的那个部分正在往下陷落"④。未尽的结果象征着"傻子"并没有完成对身份的重构。当然，如果他不选择死亡，或许会完成身份重构。事实上，他已经做好充分的准备适应身份转变，只不过差一个行为上的宣告。但是，他逃避了这种可能。最终，他用肯定的语气回答了一直悬而未决的身份问题——"我知道我是谁"，"我在当土司的地方"。作家对于角色的塑造，正体现了其对自身文化身份的深刻反思。

　　阿来一直称自己是一个"用汉语写作的藏族人"，从一出生就生活在复合文化的环境中，而且这种文化的复合性已经注入他的血液中，成为他生命的存在形态。他的作品是复合文化的产物，他本身也是复合文化的产物。他承认自己虽然是藏人，但家乡位于靠近汉人区山口的农耕地区；虽然母语是藏语，但不懂藏文，不能接触藏语的书面文学；虽然有强烈的宗教感，但不是佛教徒。尽管在阿来看来，这诸多的"但是"成全了他的"超越性"，如在接

---

① 阿来：《尘埃落定》，人民文学出版社 2001 年版，第 418 页。

② ［美］佩克（David R. Peek）：《美国少数裔文学》，（帕萨迪纳）塞勒姆出版社 1992 年版，第 75 页。

③ Jordge Larrain. *Ideology and Cultural Identity*. Cambridge：Polity Press，1994，P. 143。

④ 阿来：《尘埃落定》，人民文学出版社 2001 年版，第 418 页。

受藏文化传统时更具有"民间"性，从小在汉藏两种语言间流浪培养了他文学的敏感。但他依然是一个文化身份的困惑者。中篇小说《血脉》的背景依然是"行政上属于四川，习俗及心理属于西藏。也就是说，这是一个藏族聚居的山间村落"，在这个藏族村落里，因为爷爷的汉人身份，"我"和家人又成了村子里的边缘人。这个被麦浪包围的汉藏交界地带在"我"看来竟是一个"孤岛"，"我和奶奶站在岛子的边缘"。在这里，作者用"孤岛"二字表达出这个在两个民族、两种语言以及两个地域之间沿袭着独特的生活方式的村落的独特状态。"边缘"二字则暗示着"我"和家人在这个藏人聚居的"孤岛"中的身份和地位，在点明了"这个村落就是我的故乡"后，紧接着连用了三个独句段：

> 但不是爷爷的故乡。
>
> 爷爷是汉族人。
>
> 我是这个汉族爷爷的藏族孙子。

"我"的父亲——这位有着二分之一汉族血统的父亲，已经很自然地从生活中获得了完全藏人的生活方式、语言、习惯，甚至是藏人的体格和心理。而"我"即"亚伟"或"多吉"，尽管只有 1/4 的汉族血统，面对两个名字，"六岁的时候，幼小的身体就感到了一分为二的痛楚。我用双手捧住脑袋，两个声音就在我小小的脑子中厮打"[1]。面对这样的分裂的痛楚，"我"无能为力，因为，"两个名字不能把人身子分开，却能叫灵魂备感无所皈依的痛苦"[2]。即使是长大了，"我"依然面临这样的困境："一个杂种家庭以一种非常纯种的方式在时间尽头聚集在一起。这其中没有我。祖孙四代中就缺我一个。但我比置身其中的人更清晰地看到整个场景。""在城市，我是藏族人。在西藏，在种青稞、放牦牛的人眼中，我们又是另外一种人了。"这些话语充分体现了阿来在精神与肉体上的双重流浪，表达了许多悖论式的矛盾困惑，如寻找与虚无、离开与归来、宗教信仰与科技理性、文明与落后等悖论式人

---

① 阿来：《阿来文集·中短篇小说卷》，人民文学出版社 2001 年版，第 388 页。

② 阿来：《阿来文集·中短篇小说卷》，人民文学出版社 2001 年版，第 400 页。

生与文化价值立场。"我"在两种异质文化间穿梭逡巡，迫使自己不断思考和追问自我的身份，但最终也难做出一个两全的抉择，反而加深了处在边缘的孤独与寂寞，在背离与回归之间是永远的伤痛和困惑。

《尘埃落定》同样是在叙述历史，这种叙述不只是集中于"傻子"二少爷对于自我身份的确认，而且也包含着历史对个体生命肆意的改造以及这种改造给个体带来的荒诞命运。萨特说，荒诞的基本点表现为一种割裂，是人渴望统一和谐的心理状态与世界的混乱无序状态的不协调。在这一点上，荒诞的产生与身份危机的产生又发生了联系。

# 第二节　文化身份与"寻根"

## 一、阿来的文化寻根

在一个多元文化杂糅的时代，文化身份已经成为每个作家不能回避的问题。一个人尽管可以像利奥塔所说的那样，进入当代文化的零态度："听西印度群岛的流行音乐，看西部影片，午餐吃麦当劳，晚餐吃当地菜肴，在东京洒巴黎香水，在香港穿'复古'服装……"① 但归根到底，还是无法摆脱他或她的民族文化身份。血液、肤色和母语是无法选择也是无法改变的。那么，是做一个文化上无根的世界公民，永远像米兰·昆德拉所说的那样"生活在别处"，还是与民族文化记忆认同，继续做记录者和表达者？心灵的流浪可以理解成一种"无根"的感觉。

从世界范围的"寻根"热潮来看，"寻根"意识每每产生于民族历史的转折时期，产生于本土文化与外来文化大碰撞时期。哪里有文化的融合，哪里就有文化的独立意识。"文化寻根"作为中国 20 世纪 80 年代的一种文学思潮，探讨的是一个民族对于生命价值或者人生意义的文化确认。如贾平凹的

---

① 〔美〕让·弗朗索瓦·利奥塔：《后现代状况——关于知识的报告》，岛子译，湖南美术出版社 1996 年版，第 201 页。

"商州"系列极富浓郁的秦汉文化色彩，李杭育的"葛川江"系列颇得吴越文化的神韵，阿城则以他的《棋王》表现了民族某种独特的生存方式，乌热尔图的笔下有鄂温克文化的味道，扎西达娃的创作让人领略了西藏文化的神秘感。

阿来的乡土叙事，以人文情怀感叹社会物质化进程对于人类自然性的破坏，抒写原始道德被现代生活解构的挽歌，具有某种现代性的文化焦虑和冲动，他敏锐地感受到全球文化综合趋势与地方寻根意识的冲突。阿来的《尘埃落定》把我们带到一个有着浓厚的地域空间背景和族群历史文化特征的环境里，以一个土司制度下群体的行为方式和人情世态为视点，以一个家族世代相袭的行为准则和价值形态为中心，寻找着乡村社会赖以生存发展的真正的精神支撑，从而让人们在一系列生活具象和一以贯之的心理状态中，追寻族群文化的核心和灵魂，把握族群文化的价值形态。阿来以文学的方式，进入并参与了族群文化寻根的行列。

阿来的文化寻根意识渗透在他几乎所有的作品中，具体表现为对嘉绒大地不间断地漫游和深情描绘，以及在文学创作中与族群血脉和历史文化根脉的贴近或"对接"。阿来用"大地裸露的神经"比喻附着于嘉绒地理之上的历史文化根脉，把族群血脉的绵延传续喻为"矿脉在地下延伸"。当阿来以瞻仰和崇敬之心，用双脚与内心丈量故乡大地的时候，往往会使人想起藏人的一种承继不息的身心运动——朝圣：

> 部落的历史，家族的历史/像丛丛鲜花不断飘香/不断迷失于不断纵深的季节/野草成熟的籽实像黄金点点。①

> 听吧/高蹈的舞步渐渐变缓/鼓声在疲惫的大地上趋于沉寂。
> 土屋里塘火灭了/木柴上缭绕最后的青烟/雾从河面升向山岗/松脂香潜入人们的睡眠/高的风攀过山口低的风卷动废弃的纸张/祖先们在这样的夜晚从天上归来/他们趟过牛奶般新鲜的月光/抚摸壁画上自己的面孔/抚摸锄头与镰刀上光滑的木把/抚摸纸币。纸币上陌生人的脸/抚摸所

---

① 阿来：《阿来文集·诗文卷》，人民文学出版社 2001 年版，第 107 页。

有陌生器物上新鲜的图案/抚摸我们睡梦中的脸/他们宽大的衣氅絮满百禽的羽毛/呼吸像明亮秋阳的淡淡温暖/醒来，我们看见/一些老树根像筋络虬结的手/一些乳房像圆润的石头/满天星星像眼睛一样。

这样的夜晚/我们相信四周充满祖先的灵魂/额头上有他们涂抹吉祥的酥油/听到自己血流旺盛而绵远。

啊，母亲们/把高插在墙上的松明点燃/用家传的木杯与银碗斟满蜜酒/我们要在松木清芬的光焰下/聆听嘉绒人先祖的声音/让他们第一千次告诉/我们是风与大鹏的后代/然后，顺着部落迁徙的道路/扎入深远记忆/扎入海一样深沉的睡眠。①

啊，一群没有声音的妇人环绕我/用热泪将我打湿，我看不清楚她们的脸/因为她们的面孔是无数母亲面容的叠合/她们颤动的声音与手指仿佛蜜蜂的翅膀/还有许多先贤环绕着我/萨迦撰写一部关于我的格言/格萨尔以为他的神力来源于我/仓央嘉措唱着献给我的情歌。

一群鸽子为我牵来阳光的金线/仙女们为我织成颂歌的衣裳。②

阿来的情感所向，始终是那些"藏人血液中的精神气质"。他向读者倾诉他所有的行程——双脚，以及内心：

泥土，流水/诞生于岁月腹部的希望之光/石头，通向星空的大地的梯级。

就是这样/跋涉于奇异花木的故土/醇香牛奶与麦酒的故土/纯净白雪与宝石的故土/舌头上失落言辞/眼睛诞生敬畏，诞生沉默。

草原啊，我看见/沐浴晨光的骏马/翠绿草丛中沉思默想的绵羊/长发上悬垂珠饰与露水的姑娘/众多的禽鸟在沙洲之上/一齐游弋于白云的故乡/天下众水的故乡。③

---

① 阿来：《阿来文集·诗文卷》，人民文学出版社 2001 年版，第 102—103 页。
② 阿来：《阿来文集·诗文卷》，人民文学出版社 2001 年版，第 2—3 页。
③ 阿来：《阿来文集·诗文卷》，人民文学出版社 2001 年版，第 109—110 页。

　　文化之根应深植于民族传统文化的土壤里，根不深，则叶难茂。"寻根"不是出于一种廉价的恋旧情绪和地方观念，而是一种对民族的重新认识，一种审美意识中潜在历史因素的苏醒，一种追求和把握人世无限感和永恒感的对象化的表现。王国维说："诗人对于自然人生，须入乎其内，又须出乎其外。入乎其内，故能写之。出乎其外，故能观之。入乎其内，故有生气。出乎其外，故有高致。"① 要对民族文化有更深入的理解，必须有一段"出走"，然后再"回归"（聂鲁达语）。

　　加勒比作家沃尔科特在《来自非洲的遥远的哭声》一诗中写道：

　　　　受到双重血液毒害的我/何去何从，在切开的脉搏中？/我诅咒/醉醺醺的不列颠官员/我将怎样做出选择/在我所爱的这个非洲和英语之间？/是对两者都背叛/还是把它们给予的统统归还？

　　如果我们把沃尔科特的"双重血液"同时读作文化上的"双重血统"，那么，无论是在文学之中，还是在文学之外，阿来都有着与沃尔科特一样的割裂之痛。这种痛感源自于双重血统所带来的双重情感倾向、双重心理意志和双重文化模式。阿来的文本透露出一种置身于意义欠缺中的焦虑，在叙事层面上流露出无所终始的怅惘情绪和精神危机感。

　　在《尘埃落定》中，"傻子"少爷预见了自己的死亡，并坦然地、几乎是主动地接受了世仇之子的报复。这个结局显然具有超现实主义成分，如死亡可以预知，本来已弱化了复仇情结的仇人突然而至，在主人公的等待甚至是期待中完成了终结生命的仪式。这个结局显然是非自然的。小说中的主人公是死于自己的意志：我应该死去。这其中包含着耐人寻味的多重意蕴和作者的情感倾向、心理意志。

　　表面上，主人公的死呼应了小说的理性反思，衰落和消亡是某一个特定时代落后制度的宿命。"傻瓜"儿子是土司制及其衍生文化的一个象征，仇人评价他是"土司的土司"，他的心和魂完全是那个制度孕育的，成了那种制度和文化活的代表，他难以脱离那种社会生态系统，就像植物离不开土壤，鱼

① 王国维：《人间词话》，上海古籍出版社 1998 年版，第 13 页。

离不开水。千百年来形成的文化观念、文化心理是根深蒂固的，远非一朝一夕便可以改变和淡化得了的。相反，越是现代化，越是处于现代意识与传统观念的巨大反差之下，那潜藏于内心深处的族群意识、地域归属感反倒由于这种反差的刺激而变得更加强烈。"傻子"将死之时，曾仰天而叹："上天啊，如果灵魂真有轮回，叫我下一世再回到这个地方，我爱这个美丽的地方！"[①]这种乡土之爱正是一切失落和悲怆的根源，不为理性所拘，像孩子对母亲的爱，源于天性，超越了政治，超越了死亡。书中写道：

> 我的时候就要到了。我当了一辈子傻子，现在我知道自己不是傻子，也不是聪明人，不过是在土司制度将要完结的时候到这片奇异的土地上来走了一遭。
>
> 是的，上天叫我看见，叫我听见，叫我置身其中，又叫我超然物外。上天是为了这个目的，才让我看起来像个傻子的。[②]

"傻子"的死亡似乎标志着一个时代的结束，整篇小说都带有这种寓言性质。这种关于民族的寓言"投射了一种政治"，小说中的土司制度终结，"傻子"少爷也随之死去。这样解释只能说揭开了结局的表层意向。实际上，"他者"文化在小说中的重要影响形成小说结局的深层意向。

中国现代文学评论家严家炎先生曾说："乡土文学在乡下是写不出来的，它往往是作者来到城市后的产物。"[③] 边缘与中心，乡村与城市，都不再停留于单纯的地理意义上的差异，而更多地反映出不同民族文化心理之间的接触与碰撞，即乡村不仅是一个地理空间、生态空间，至少在文学史上，乡村同时是一个独特的文化空间。对于作家来说，地理学、经济学、民族学或者社会学意义上的乡村必须转换为一套生活经验，这时，文学的乡村就产生了。通常，乡村是一个相对于城市的区域，但是，两者之间的差别开始纳入传统与现代的对立。

---

① 阿来：《尘埃落定》，人民文学出版社 2001 年版，第 422 页。
② 阿来：《尘埃落定》，人民文学出版社 2001 年版，第 418 页。
③ 严家炎：《中国现代小说流派史》，人民文学出版社 1989 年版，第 74 页。

阿来的乡土写作是一种"身在故乡而深刻的怀乡"。这是一种既"置身其中",又"超然物外"的写作。他以"汉语变形""藏式汉语"的摹写方式来反对对本民族"根"文化的抹杀或歪曲,并在变形的摹写中试图建立其想象的家园。他游移于两种文化之间,在黑暗中摸索寻求援救之手,但却什么也没有找到。或许,当代藏族文学从形成的那一时刻就已是一个混合体了,就已综合了藏文学传统与汉文学传统以及西方文学传统。古老璀璨的藏文学传统已成为可言而不可求得的东西,已经不可能再回到从前的模样了。在当代藏族文学中,已经很难区分什么是纯粹属于藏文学传统的因素,只有混合后的藏族古老的文学的指代物或象征物。换句话说,民族之根在模仿过程中已变得模糊难辨了。或许因为无根,或者说虽然有根但根部盘根错节,才更加激发了漂泊者、流浪者寻根的热情,流浪者又意味着是更广阔空间领域里的穿越者。

## 二、寻根与文化身份自我调节

寻根是个体对群体性文化身份的追寻与贴近,文化身份自我调节则是个体在群体性文化身份中对自我身份的确认。寻根的过程,也是文化身份自我调节的过程,是个体在寻觅精神家园的过程中,对族群的或群体性精神家园的皈依。历史学家、散文家、小说家、传记作家、诗人——美国黑人精神领袖杜波伊斯(W. E. B. Du Bois)提出的"双重意识"就概括了美国黑人所处的矛盾境地及其所产生的身份困境。他在《黑人的灵魂》中有一段论述经常被人援引:

> 一个人总是感觉到他的两重性——自己是美国人,而同时又是黑人;感觉到两个灵魂、两种思想、两种不可调和的努力;在一个黑色身躯里有两种相互较量的思想,它单凭其顽强的力量避免了被撕裂开来。
>
> 美国黑人的历史便是这种斗争的历史——渴望获得自觉的人格,渴望把自己的双重自我合并成一个更美好、更真实的自我。在这个合并过程中,他不希望原来的任何一个自我丧失掉。他不会使美国非洲化,因为美国拥有太多对世界和非洲有教益的东西。他也不会在崇尚美国的大潮中漂白自己的黑人灵魂,因为他明白,黑人血液里含有传给世界的信

息。他只是希望同时做一个黑人和一个美国人，而不至于受到同胞的诅咒和唾弃，不至于被机会拒之门外。①

杜波伊斯对自我双重身份的困惑，以及"渴望获得自觉的人格，渴望把自己的双重自我合并成一个更美好、更真实的自我"的现实努力，在多民族国家里是一种普遍现象。这也反映了个体身份认同意识的多层次性：个体归属、地域认同、族群认同、民族认同、国家认同。其实，在当今世界，每个个体都处在这样的链条上，而且都需要在这个链条上，调整并安顿自己的身心。当然，这需要具备一种开放的而不是封闭的、宽容的而不是狭隘的多元文化视野并为之做出现实努力。文化多样性和多元性被不断强调，正说明了在全球化背景下，许多文化种群正在逐渐消亡，如同物种多样性受到重视是因为有许多物种已经灭绝一样。阿来的本土化写作，正是这样一种努力。在一次访谈中，阿来说："今天的中国看起来是多元社会，可是在多元的名义下，我们对多元的理解却未必准确。我不想笼统地谈文学的责任，只说我个人的文学观念，就是我的写作是对藏文化祛魅上的一种努力。这与我的身份有关，也与中国的现实有关。能用文学做一些工作，这让我觉得有意义……我既然有能力站在藏文化和汉语文化之间，不妨用写作来做些工作，这是理所当然的，没什么不得了。"

藏族作家的汉语创作中强烈的族群归属感和寻根意识，本质上也是一种通过文学的方式对自我文化身份不断巩固、更新与建构的过程。

20世纪80年代以来，使用汉语写作的藏族作家，都表现出一个共同的特征，即呈现出一种浩荡的"朝圣之旅"的态势。他们都不同程度地受到汉语言文化的影响，都呈现出淡化母语的倾向，但他们的汉语创作却表现出日益强烈的民族文化本体意识。具体表现在对本民族历史文化的抒写、对种族文化中心的回归、对民族精神信仰的体认等。他们都力图在口头传统与书写传统的双重文化系统中，在两种语言文化的交汇中，在对特殊生活的心灵感受中，从创作思维的基本构型上创造性的复归母族文化。他们拥抱草原和牧

---

① W. E. B. Du Bois. *The Souls of Black Folk.* NewYork：DoverPublications, Inc., 1994, P. 2—3.

场，他们对着缄默无言的雪山下跪，他们假托所有的"意象""符号"和一组组的隐喻……等待进入精神之门，向神往的母族出示情结，渴望和臆想他们朝圣得救后的幸福感。这几乎是所有置身种族——文化身份认同危机的边界写作者的精神历程。但是，藏族作家的汉语创作也表现出了对汉语及汉语文化传统的深入把握，而且努力将自我民族文化的精神实质、认知方式、人文品格及宗教理念有机地通过诗歌小说意象、意境的创造带进汉语，使其所使用的汉语语义得到丰富，义项得以增加，从而极大地拓展为自我语言艺术的张力场，用母语文化思维同汉语表述方式进行诗意嫁接、诗意凝合、诗意昭示。

身份认同是人对自己与某一种文化的关系的确认。身份认同也是一种心理现象，一种心理过程。所谓民族文化身份认同，在心理学上说，就是在诸种所属群体里，激活对自己所属的民族群体的忠诚和归属感。这种激活，一般是指在民族间或民族国家间发生事实的联系。捷克作家米兰·昆德拉指出："家园：意即有我的根的地方，我所属的地方。家园可大可小，仅仅通过心灵的选择来决定。可以是一间房间，一处风景，一个国家，整个宇宙。"① 在1987年的一次访谈中，米兰·昆德拉被问道为什么他的全部小说都发生在捷克斯洛伐克，尽管他十年前就移居国外（法国）。他说："生命的前半部分对我们多么根深蒂固……我们注定扎根于生命的前半部分，即使生命的后半部分充满强烈而动人的经历。不仅是个经历的问题……而是困扰和创伤，这些问题与前半部分的生活无法解开地系在一起——包括童年、青春期和成人。"② "生命的前半部"与作家的出生地和成长地，以及个人记忆、族群记忆、自然根脉、族群血脉、文化根脉、地域归属、族群归属、国家归属、文化心理等密切关联。

自我文化身份调节有时候也表现为作家对故乡田园、山水的流连忘返——回归自然，回到生命的原初状态，选择自然的生活方式，将故土大地、自然山水作为心灵的栖息地。在本质意义上，这也是寻根意识的体现。在自然中涵养性灵，将情怀寄托于一山一水、一草一木、一花一叶、一泉一石，

① ［捷克］米兰·昆德拉：《小说的艺术》，董强译，上海译文出版社2004年版，第95页。
② 孙妮：《奈保尔小说研究》，安徽人民出版社2007年版，第98页。

这是一种温馨的心理氛围。心安乐处，便是身安乐处。中国古代的山水诗、田园诗中，有许多这样精美的篇章。但是，山水诗、田园诗又往往与躲避"尘网"羁绊、对抗政治强权密切相关。如东晋诗人陶渊明的《归园田居·其一》："少无适俗韵，性本爱丘山。误落尘网中，一去三十年。羁鸟恋旧林，池鱼思故渊。开荒南野际，守拙归园田。方宅十余亩，草屋八九间。榆柳荫后檐，桃李罗堂前。暧暧远人村，依依墟里烟。狗吠深巷中，鸡鸣桑树颠。户庭无尘杂，虚室有余闲。久在樊笼里，复得返自然。"又如宋代邵雍的《贺人致政》："宜放襟怀在清景，吾乡况有好林泉。"

在一次访谈中，阿来说："因为我们成长在'文革'时期，我觉得我并不特别爱我的家乡——就是人与人之间那种关系，在阶级斗争那种年代，是非常非常不好的……但另外一方面，这个家乡也有非常好的，就是那种自然界：雪山，森林，牧场。我的家乡那一带有点像现在我们经常看到的新疆北疆那种景色，一面山坡是那种草地，一面山坡是阴坡，是森林，然后是高高的雪山。峡谷里头有小小的盆地，盆地中间就有农庄、田野，那就是非常美好的自然界。但在这个自然界里头，人的生活又不是那么美好，而且形成一个非常强烈的对比。所以，我从小时候就开始这样，就是不喜欢人，很自然地喜欢亲近自然界。"[1]"大自然总是能给我最多的美感。所谓'大美无言'。这个世界上并不是所有地方，都有这样大气磅礴的自然。我们生活在人类社会中，会产生一个认识，或者说一个愿望，就是这个世界不是为少数雄踞于权力与财富的金字塔顶端的人准备的，所以，我们追求平等与自由。当我身处自然界中，又会明白另一个道理，那就是，这个世界也不光是为人类而准备的。这个世界是所有生命的世界。"[2]

阿来在《空山·达瑟与达戈》中，写了一个带有作者自传性质的具有避世意味的人物达瑟，这个藏族知识青年，在机村代表着最高的"理性智慧"。达瑟从城里运回一马车书，然后整日在树上阅读。对于书的类别，他是精心挑选的。这些书里"没有毛主席，没有共产党，也没有万岁，没有打倒"，书

---

① 许戈辉、阿来：《藏族作家阿来：我不是藏民族的代言》，凤凰网（http：//phtv.ifeng.com/program/mrmdm/200904/0408_1597_1096683_3.shtml），2009年4月8日。

② 吴怀尧：《阿来：文学即宗教》，《延安文学》2009年第3期，第102—118页。

里有的是花草树木、飞禽鸟兽的彩色图案和名字——这是一套《百科全书》，代表着自然科学"纯粹的知识"。

这部小说的背景是"文化大革命"时期，那是一个让许多中国人精神迷狂的时代，也是一个让许多灵魂无所归依的时代，即便是地处高峡深谷中的偏僻的小小的机村，也未能幸免。与纷乱攘扰的社会现实相比，自然界显得井然有序、生机勃勃。作为与喧嚣的政治狂欢的对抗，作者赋予了达瑟一种独与自然精神往来的个性气质，并让其住到了村外一棵远离人群的大树的树冠上，像鸟类一样过着"隐居"的生活。这与作者青少年时的生活经历以及对自然界的深入感受有关。阿来的许多作品中，都蕴含着这种对自然的深刻感怀，渗透着与自然气脉息息相通的心灵默契。

> 我的脸贴在地上，肥沃的泥土正散发着太阳留下的淡淡的温暖。然后，我感到泪水无声地流了出来。泪水过后，我的全身感到了一种从内到外的畅快。我就那样睡在草地上，看着黑夜降临到这个草地之上。看到星星一颗颗跳上青灰色的天幕。这时，整个世界就是这个草地。每一颗星星都挑在草梢之上。

> 黑夜降临之后，风便止息下来了，叹息着歌唱的森林也安静下来，舞蹈的草地也安静下来。一种没有来由的幸福之感降临到我的心房。泪水差点又一次涌出了眼眶。[①]

正如王国维所言："词人之忠实，不独对人事宜然。即对一草一木，亦须有忠实之意，否则所谓游词也。"[②]

对于使用汉语创作的藏族作家而言，个体身份认同离不开对种族文化身份的确认，恰如一枚硬币的正反两面，无法分割。斯图亚特·霍尔在《文化身份与族裔散居》中谈到了关于文化身份的两种不同认识，他对此进行的辨析有助于我们认识民族/文化身份认同。霍尔指出，第一种立场是把"文化身份"定义为一种共有的文化，共享一种历史和同一祖先的人们共享这一文化。

---

① 阿来：《大地的阶梯》，人民文学出版社 2001 年版，第 259 页。
② 王国维著，滕咸惠校注：《人间词话新注》（修订本），齐鲁书社 1986 年版，第 91 页。

他认为："按照这个定义，我们的文化身份反映共同的历史经验和共有的文化符码，这种经验和符码给作为'一个民族'的我们提供在实际历史变幻莫测的分化和沉浮之下的一个稳定、不变和连续的指涉和意义框架。"① 对这种文化身份观念的作用，霍尔给予了肯定性评价。他进一步指出了另一种文化身份观念，即看到共享身份背后的"断裂和非连续性"。

一个作家的情感必定与他的族裔、他的故土血肉相连，其艺术创作在达到一定的高度和深度之后，就会自觉不自觉地对其文化归属和精神归宿投以极大的关注，由此进一步确认心灵深处与生俱来的文化依恋和深层精神渴求。正如伊莱恩在《迁移、文化、身份》一书里指出的："我们没有人能够简单地选择一种语言，好像我们可以彻底抛弃我们以前的历史，随心所欲地选择另外一个。我们以前的知识，语言和身份的感知，我们独特的遗传，不可能轻易地从经历里擦去、删除。我们所继承的——诸如文化，历史，语言，传统，身份感——没有被毁灭，只是被拆散，被展开去面对质询、重写和改道发送。"②

阿来早期作品《旧年的血迹》《永远的嘎洛》《鱼》《血脉》中，几个中心人物就被塑造成藏族汉化的"父亲""我"和汉族藏化的"爷爷"、嘎洛，作品中虚构的处于汉藏接壤处的色尔古村，被阿来一再拿来作为自己的文化之根。像其他身处边缘地带的少数民族作家一样，阿来也宿命般地成了"一个肉体和精神的双重流浪儿"。对民族传统精神的依恋，对个体生命"弃儿感"的抗争意识，纠结在阿来创作的深层心理中。他说："因为这个原因，我的感情就比同辈人要冷静一些，复杂一些。所以我也就比较注意不同民族不同文化的冲突、融汇，从而产生一种新的具有鲜明时代性，更具有强烈地域文化色彩的文化类型和亚文化类型。"③

---

① ［英］斯图亚特·霍尔：《文化身份与族裔散居》，陈永国译，罗刚、刘象愚主编《文化研究读本》，中国社会科学出版社 2000 年版，第 209 页。

② Chambers，Ilain. *Migrancy*，*Culture*，*Identity*. London and New York：Routledge，1994，P. 24.

③ 阿来：《时代的创造与赋予》，《四川文学》1991 年第 3 期，第 16 页。

### 三、阿来的文化寻根——"接近民歌就是接近灵魂"

文化的传承蕴含着两个系统：一个是官方的、经典的、书面的系统；一个是民间的、通俗的、口传的系统。前者来自于文献，居于中心的、主流的地位，代表了一个民族的尊严、智慧和文明程度，是一个民族精神和心灵的依托；后者来自于田野，处在边缘的、非主流的位置，代表了一个民族的活力、信仰和生存智慧，是一个民族创造力和想象力的体现。前者是文化精英的个性化写作，呈现出清晰的理性；后者是广大民众的集体创作，依赖于感性的丰沛。前者是民族精神的主导因素；后者以集体无意识状态积淀于民族文化心理之中。前者庄严大气，是被固置的；后者生机勃勃，处于"活态"流动之中。在文化发展史上，这两个传承系统一直处在一种相互影响、相互消解、相互建构的平行互动关系中，都是文化整体性的体现。

文化寻根的意义并不仅仅在于能够寻找到真正的文化根脉，而是通过调整不同文化的位置，使不同的文化、边缘的文化，从边缘的位置走向中心的位置，颠覆原有的传统的、线性单一的价值观念和社会关系结构，消解中心文化的权威性，从而弥合边缘文化与中心文化的差异，以凸显文化的整体特质。

如前文所述，阿来出生、成长于远离藏文化中心地带的嘉绒藏区，更因为不懂藏文，不能接触藏语书面文学，所以，阿来的创作是扎根于民间文化土壤的，更多是从藏族民间口耳传承的神话、部族传说、家族传说、人物故事和寓言中吸收营养。"那些在乡野中流传于百姓口头的故事反而包含了更多的藏民族原本的思维习惯与审美特征，包含了更多对世界朴素而又深刻的看法。"[1]"更为重要的是，口头文学它不可能像编年史那般有序，更不是对官方价值观念亦步亦趋的阐释。它所体现的东西，简单点说，一切都是这么近，一切都是那么远。一个人的记忆就是整个部族的记忆。这些记忆都是一些可以随意放置的细节完整的时间碎片。关于这个，你只要看看藏传佛教寺院里的壁画立即就明白了。什么东西都在一个平面上，没有透视，就没有时间的纵深感与秩序感。昨天发生的故事仿佛是万年以前的，万年前的东西可能就

---

① 阿来：《阿坝阿来》，中国工人出版社 2004 年版，第 157—158 页。

在今天。"①

《尘埃落定》就创生于嘉绒丰厚的民间文化土壤和作者"在对地方史的关注中积累起来的点点滴滴"。但在相关研究中,"《尘埃落定》从人物形象与文体两方面所受到的西藏②民间文化影响被长久地忽略了"③。阿来曾不无遗憾地指出,"西藏的自然界和藏文化被视为世界性的话题,但在具体的研究中,真正的民族民间文化却很难进入批评界的视野"④。民间文化更多地体现了生活的原初状态和生命欲求,蕴含了特定的地域文化遗传基因,是一个民族的根性所在。民间文化是一个民族不同时代的文化积淀——族群记忆(历时状态)在同一个空间维度中的并置呈现(共时状态),是时间与空间的统一体。从本书第一章中,我们知道,由于特殊的地理文化背景,嘉绒的历史记载是残缺的和不连续的,有许多历史是以口头的形式在流传。对此,阿来在《尘埃落定》中也有描述:"在过去,刚有麦其土司时,就有专门的书记官记录土司言行。所以,到现在,我们还知道麦其家前三代土司每天干什么,吃什么,说什么。后来,出了一个把不该记的事也记下来的家伙,叫四世麦其土司杀了。从此,麦其就没有了书记官,从此,我们就不知道前辈们干过些什么了。"⑤

民间文化往往表达了一个民族心理层面的东西。民间文化中的故事大多是编造的,是经不起历史考证的,但想法、情感和心理是真实的。民间文化表达的就是生活本身,是民众自己的情感,是集体无意识心理。

集体无意识是群体意识的最终积淀物,是人类在种族演化中长期留传下来的一种普遍存在的原始心像与观念。这种原始心像与观念代代相传,成为人类积累的经验,此类种族性经验,有些是直接经验,有些是传说故事,有些是禁忌、信仰。如对魔鬼的信仰,魔力和灵魂不死的观念,还有诸如对太阳、对海、对水、对死亡、对母亲等,都有共同性、象征性的原型存在于种

① 冉云飞:《通往可能之路——与藏族作家阿来谈话录》,《西南民族学院学报》(哲学社会科学版)1999年第5期,第8—10页。

② 这里所说的"西藏",是指文化意义上的西藏。

③ 阿来:《文学表达的民间资源》,《民族文学研究》2000年第3期,第3—5页。

④ 阿来:《文学表达的民间资源》,《民族文学研究》2000年第3期,第3—5页。

⑤ 阿来:《尘埃落定》,人民文学出版社2001年版,第136页。

族的集体无意识中,这些来自于孩童时代的原型很难从意识深处驱除或予以替代。久之,将事实象征化,代代相传,最后形成大家的潜意识。比如,藏区苯教的种种禁忌,留存在同族人的潜意识中,成为每一个个体人格心理结构的基础。形形色色的神话和象征,赋予人类内心体验以外在形式。初期的苯教信仰中,众神和精灵就是先民心中的无意识,它们作为一种心理氛围,震慑或控制着人们的心灵与行为。因此,研究藏族文学的发生学,是难以回避这种形成于特定地域中的群体无意识心理的。

藏文化更多地体现出一种神巫——神佛文化色彩,而汉文化则更多地体现出伦理文化色彩,藏汉两个民族的文化心理有很大差异。身处汉藏文化之间,阿来对此体悟颇深。在《尘埃落定》中,阿来对蕴含神巫文化色彩的巫术、歌谣、民歌等都有内涵丰富的描述。小说中,这些歌谣是作为某种神秘力量的暗示——神谕出现的。如"大地摇晃":

> 在我所受的教育中,大地是世界上最稳固的东西。其次,就是大地上土司国王般的权力。
>
> 但当麦其土司在大片领地上初种罂粟那一年,大地确实摇晃了。那时,济嘎活佛正当盛年,土司的威胁并不能使他闭上嘴巴。不是他不害怕土司,而是有学问的人对什么事情都要发点议论的习惯使然。济嘎活佛坐在庙中,见到种种预兆而不说话叫他寝食难安。他端坐在嵌有五斤金子的法座上,静神敛息。他只略一定神,本尊佛就金光闪闪地来向他示现。也就在这个时候,肥厚的眼皮猛烈地跳动起来。他退出禅定,用指头蘸一点唾液涂在眼皮上。眼皮依然跳动不已,他叫小和尚拿来一片金屑挂在眼上,眼皮又猛跳一下,把那金屑震落了。
>
> 活佛便开口问外面又发生了什么事情。
>
> 答说,入了洞的蛇又都从洞里出来了。
>
> "还有呢?我看不止是蛇。"
>
> 答说,活佛英明,狗想像猫一样上树,好多天生就该在地下没有眼睛的东西都到地上来了。
>
> 活佛就由人簇拥着来到了庙门前:他要亲眼看看世界上是不是有这样的事情真正发生了。

　　寺院建在一个龙头一般的山嘴上面。

　　活佛一站到门口，就把一切都尽收到法眼之中。他不但看到了弟子们所说的一切，还看见土司家的官寨被一层说不清是什么颜色的气罩住了。一群孩子四处追打到处漫游的蛇。他们在小家奴索郎泽郎带领下，手里的棍棒上缠着各种色彩与花纹的死蛇，唱着歌走在田野里，走在秋天明净的天空下面。他们这样唱道：

　　牦牛的肉已经献给了神，
　　牦牛的皮已经裁成了绳，
　　牦牛缨子似的尾巴，
　　已经挂到了库茸曼达的鬃毛上，
　　情义得到报答，坏心将受到惩罚。
　　妖魔从地上爬了起来，
　　国王本德死了，
　　美玉碎了，美玉彻底碎了。

　　活佛吓了一跳，这首歌谣是一个古老故事的插曲。这个故事叫作《马和牦牛的故事》。这个故事在有麦其土司之前就广为流传了。有了土司之后，人们口头多了些颂歌，却把有关历史的歌忘记了。只有博学的喇嘛还能从一些古代的文书上找到它们。济嘎活佛曾潜心于本地历史的研究，知道有过这样一些歌谣。现在，没有人传授，这些失传已久的歌又在一群对世界茫然无知的小奴隶们的口中突然复活了。汗水一下从活佛的光头上淌下来。他吩咐在藏经楼前竖起梯子，找到了记有这个故事的书卷。小和尚鼓起腮帮，吹去灰尘，包裹书卷的绸子的黄色就露了出来。

　　活佛换件袈裟，挟起黄皮包袱上路了。他要给土司讲一讲这个故事。叫土司相信，这么一首歌谣不会平白无故地在小儿们口中复活。①

―――――――――――

　　①　阿来：《尘埃落定》，人民文学出版社 2001 年版，第 63—65 页。

这首古谣的神秘出现，预示着一场灾难将要降临在麦其土司的领地上，但只有学识渊博、修为高深的济嘎活佛从"这些失传已久的歌又在一群对世界茫然无知的小奴隶们的口中突然复活"预感到了大难将至。正是作为人的贪欲象征的罂粟的引种，引发了麦其土司领地集体的迷狂。"罂粟第一次在我们土地上生根，并开放出美丽花朵的夏天，一个奇怪的现象是父亲，哥哥，都比往常有了更加旺盛的情欲。我的情欲也在初春时觉醒，在这个红艳艳的花朵撩拨得人不能安生的夏天爆发了。"① 这是富有象征意味的。仿佛一阵"妖风"吹来，土司官寨"被一层说不清是什么颜色的气罩住了"。被麦其土司抢来的查查头人的女人——"那笑容证明她是个妖精。"欲望的"魔鬼"从人的内心被释放出来了。于是，大地"摇晃"了。

麦其土司显然是鬼迷心窍了。"大地摇晃"过后：

> 一脸灰土的土司把住活佛的手嘿嘿地笑个不停。笑一声，一口痰涌上来，吐了，又笑，又一口痰涌上来。这样连吐了五六七八口，土司捂住胸口长喘一阵，叹了口气说："天哪，我干了好多糊涂事吧？"
>
> "不多也不算少。"
>
> "我知道我干了什么，但就像是在做梦一样。"
>
> "现在好了。"
>
> "现在我真的好了？好吧，你看我该怎么办呢？"
>
> "广济灾民，超度亡灵吧。"②

这是一场天灾，但却暗示了一场人祸，类似于汉文化中的"天人感应"。神谕、梦兆、占卜等文化"原型"——遗传基因也存在于许多民族的文化基因库中。如被奉为汉文化经典的《易经》就是讲占卜的。其他如《三国演义》《水浒传》《东周列国志》《封神演义》等都沉积着这些"文化的DNA"。《东周列国志》第一回中就有这样一段描写：

---

① 阿来：《尘埃落定》，人民文学出版社 2001 年版，第 46 页。
② 阿来：《尘埃落定》，人民文学出版社 2001 年版，第 75 页。

　　再说宣王在太原料民回来，离镐京不远，催趱车辇，连夜进城。忽见市上小儿数十为群，拍手作歌，其声如一。宣王乃停辇而听之。

　　歌曰：月将升，日将没；檿弧箕箙，几亡周国。

　　宣王甚恶其语。使御者传令，尽拘众小儿来问。群儿当时惊散，止拿得长幼二人，跪于辇下。宣王问曰："此语何人所造？"幼儿战惧不言；那年长的答曰："非出吾等所造。三日前，有红衣小儿，到于市中，教吾等念此四句，不知何故，一时传遍，满京城小儿不约而同，不止一处为然也。"宣王曰"如今红衣小儿何在？"答曰："自教歌之后，不知去向。"宣王默然良久，叱去两儿。即召司市官吩咐传谕禁止："若有小儿再歌此词者，连父兄同罪。"

　　次日早朝，三公六卿，齐集殿下，拜舞起居毕，宣王将夜来所闻小儿之歌，述于群臣："此语如何解说？"大宗伯召虎对曰："檿，是山桑木名，可以为弓，故曰檿弧。箕，草名，可结之以为箭袋，故曰箕箙。据臣愚见：国家恐有弓矢之变。"太宰仲山甫奏曰："弓矢，乃国家用武之器。王今料民太原，思欲报犬戎之仇，若兵连不解，必有亡国之患矣！"太史伯阳父奏曰："凡街市无根之语，谓之谣言。上天儆戒人君，命荧惑星化为小儿，造作谣言，使群儿习之，谓之童谣。小则寓一人之吉凶，大则系国家之兴败。荧惑火星，是以红色。今日亡国之谣，乃天所以儆王也。"宣王曰："朕今赦姜戎之罪，罢太原之兵，将武库内所藏弧矢，尽行焚弃，再令国中不许造卖。其祸可息乎？"伯阳父答曰："臣观天象，其兆已成，似在王宫之内，非关外间弓矢之事，必主后世有女主乱国之祸。况谣言曰：'月将升，日将没'，日者人君之象，月乃阴类，日升月没，阴进阳衰，其为女主干政明矣。"宣王又曰："朕赖姜后主六官之政，甚有贤德，其进御官嫔，皆出选择，女祸从何而来耶？"伯阳父答曰："谣言'将升''将没'，原非目前之事。况'将'之为言，且然而未然之词。王今修德以禳之，自然化凶为吉。弧矢不须焚弃。"宣王闻奏，且信且疑，不乐而罢。起驾回宫。①

————————

① （明）冯梦龙、（清）蔡元放：《东周列国志》，人民文学出版社1955年版，第2—3页。

在上面的描述中，"上天"以"童谣"的方式向周宣王示警：国家将乱、大难将至。"太史"伯阳父通过夜观"天象"，预测出"后世有女主乱国之祸"，并劝宣王"修德以禳之，自然化凶为吉"。有意味的是伯阳父对"红衣小儿"那首附有神谕的"童谣"的阐释："凡街市无根之语，谓之谣言。上天儆戒人君，命荧惑星化为小儿，造作谣言，使群儿习之，谓之童谣。小则寓一人之吉凶，大则系国家之兴败。荧惑火星，是以红色。今日亡国之谣，乃天所以儆王也。"

在汉文化的早期传承中，"太史"掌管文化与宗教，是神与人交通的中介，他们侍从在王的左右，不仅随时记录王和臣下的言行，而且要预见上天的吉凶，随时把神的意志传达给王。"究天人之际"是"太史"的重要职责。"天人感应"是汉武帝时董仲舒提出来的，但并非董仲舒的独家发明，因为这种思想早就存活于许多民族的集体无意识中了。

从实践理性的角度看，对于未来的预言，其实往往笼罩着我们过去的记忆与现在的愿望的投影，因而可以说是一种从过去与现在伸向未来的探索的触角。在这个意义上，所有的预言都包含着某种合理性和可能性。

阿来凭借其对民间文化的关注与体悟，捕捉到了历史潜行的踪迹与部族更为久远的文化遗传基因——由民间信仰、禁忌、习俗、传说、巫术、民歌、民谣等所承载的民族文化心理和人性的因子。在这个层面上，无论生活在哪里，无论生活在什么时代，历史永远只是外壳，是在生活表层不断流淌的东西，生生不息的是那些生活的潜流——活态流动中的生命本相。

禁忌作为民间文化的重要组成部分，处于民族文化心理的深层，是集体无意识的表现之一，也是一个民族区别于他民族的重要标志。禁忌作为具有遗传特质的文化心理之一，在藏族人的生活中表现得格外明显。藏族初民信仰苯教，在处理人与众多神灵的关系中持有一种特殊形式即宗教禁忌。这些禁忌涉及藏族人社会生活的诸多领域，成为人们在生活中必须遵守的准则。对禁忌产生的根源，宗教学家、人类学家在理论上有不同的看法，其中较为一致的观点是，禁忌源于原始初民对神圣事物和凡俗事物的划分，禁忌和神圣物之间的关系体现为禁忌观念是神圣观念的本质规定性，有神圣观念就必然有相应的禁忌规定。而没有禁忌规定，神圣物就必然与普通的凡俗物无异，不复成其为神圣。既然人们对神圣物和神秘力量在观念上有所反映，在体验上就感受到了和普通俗物的不同感情，表现为恐惧、尊敬等心理状态。在这种心理状态下，人们和这些神圣物发生关系时，往往对自己的行为加以限制，因而，禁忌的本质是人们信仰和尊敬神秘的异己力量与神圣的宗教对象的一种宗教行为。禁忌的产生根源决定了其本身的消极性，在禁忌中，神灵是威严的，人是谦卑的，人竭力限制自己的行为以免冒犯神灵。

在小说《鱼》中，阿来描写了汉藏民族对于鱼的不同态度和价值取向，展示了两种文化心理的矛盾与对抗。我们从中可以深刻地感受到禁忌对人们心灵的深刻影响。鱼是让藏族人敬畏的，是一种民俗禁忌，但在另外一些民族，比如汉族，捕鱼、食鱼的体验是愉快的。在汉语诗文中有许多描写垂钓的名篇佳句。如唐朝诗人胡令能的《小儿垂钓》："蓬头稚子学垂纶，侧坐莓苔草映身，路人借问遥招手，怕得鱼惊不应人。"又如储光羲的《钓鱼湾》："垂钓绿湾春，春深杏花乱。潭清疑水浅，荷动知鱼散。日暮待情人，维舟绿杨岸。"还有我们耳熟能详的，如：姜太公钓鱼，愿者上钩；庄子钓于濮上；严子陵垂钓碧溪滩；李白的"闲来垂钓碧溪上，忽复乘舟梦日边"；柳宗元的"孤舟蓑笠翁，独钓寒江雪"；等等。垂钓不仅是一种生活方式和娱乐方式，还是一种政治态度和人生境界。但是，在藏族文学中，是绝对找不到这些元素的。

民歌作为口头文学和集体创作，是先于书面文学和精英文学的。"从文学和文学形式的发生来说，民间的口头的文学先于和富于文人的书面文学，少有拘束，自由创作，七嘴八舌，杂中见新，往往成为文人的书面文学传统的源泉。"[1] 民歌的发生、发展、传播与人类的生存和心灵世界相关，是人类精神、情感的表征。阿来的创作，深受民歌的滋养，他将民歌称之为"关乎灵魂的歌唱"，"是难以释怀的生命经历"，"与命运之感与心灵的隐痛息息相关"。

　　　　在我的故乡，有不少这样的民谣。没有人能说清其起源于何时，也没有人知道最初的旋律起自于一种什么样的情境。于我，从还未懂得普通的说话开始，那旋律就已是一种深深的浸染。羊群在灌木丛生的山坡

---

[1] 杨义：《重绘中国文学地图通释》，当代中国出版社 2007 年版，第 98 页。

上四处散开去时，牧羊人唱出的调子是苍凉的；春风拂动翠绿麦苗，布
谷鸟在远山啼鸣时，地里拔草的女人们的歌声是欢快的。马背上吟唱部
族曲折的历史，河岸边吟唱适时开放的爱情……缅怀祖先，赞美劳作，
瞩望未来。有了这一切，艰辛的生活，苦难的生命，就有了灵光照耀。

…………

对我来说，接近民歌就是接近灵魂。①

"简单、质朴，却轻而易举就击中心灵"的民谣一直为阿来所倾心，他希
望通过自己的作品"最大限度地表现出民歌的本质与这种本质的力量"②。

在藏族民间，民歌与交流语言的界限并不明显，民歌仍在许多重大场合
普遍使用，并起到重要的交流作用。民歌是民族的集体记忆和心理积淀，折
射着民族的生活处境和精神情感。对民歌的深入体悟，使阿来的作品在心理
层面与嘉绒文化形成某种共鸣。

民族作家的汉语创作，一方面面临着与不同文化系统的整合问题；另一方
面，也面临着与本民族文化不同传承系统的整合问题。只有这种与不同文化系
统的整合才会给自己本民族的文学赋予新的价值，才能对各种文化进行定位，
才能以超越的眼光来看待并思考国家、种族、文化身份、文化地位等问题，并
进行文化之间的商榷；同时，也只有通过这种文化寻根，与本民族文化不同传
承系统进行对接、整合，才能看清本民族文化的整体性及其传承脉络。

## 第三节　文化身份建构

英国学者斯图亚特·霍尔在《文化身份与散居》一文中指出，应该把身
份当作在表征之中而不是之外的、永不终结的、无休无止的一种建构产物。
他认为，文化身份既是一种"形成"物，又是一种"存在"物——既属于未

---

① 阿来：《就这样日益丰盈》，解放军文艺出版社 2002 年版，第 300—301 页。
② 阿来：《关于灵魂的歌唱》，《人民文学》1999 年第 4 期，第 77 页。

来又属于过去，而非某种超越地点、时间、历史和文化的已经存在物。在这样一种视角的观照之下，身份及文化身份都处于一个不断建构的过程之中，与鲜活变化的生存经验紧密相关，呈现出永无止境的未完成状态。正是在这样一种意义上，人们的身份不是一种天生的、自然的状态，而可以是自己的一种主观选择，可以通过自己的生活经验进行一种有意识的建构。

## 一、人是不能离开身份生活的

身份认同是任何个体都会面临的"内在的、无意识的"行为要求，只有通过确认身份，个体才能获得心理的安全感。在设法维持、保护和巩固这种认同感中，个体的主体性才得以确立。身份认同还是一种持续终身的行为，也是一种不断更新的行为。而且身份认同还可以被分享，在分享的过程中，共同的身份得到了保护和巩固。个体之间产生的身份共同感就是个体的集体归属感。从群体的发展来看，作为文化主体的集体也需要确定自己的文化身份，集体的文化身份为个体身份认同提供了可供分享的经验，同时也是在个体的体验和想象中得到建构、充实与发展。

身份认同是对自我身份的寻找和确认。认同的过程，就是人们通过他人或社会确认自我身份的过程，也就是在自我之外寻找自我、反观自我的过程。有许多"边缘人"在自我之外寻找自我身份的时候灵魂彻底走失了。

在阿来早期的短篇小说《格拉长大》中，主人公格拉不知道"谁是自己的父亲"，母亲桑丹也是个"来历不明的女人"。他们是机村的外来者，流落到机村。"有些痴呆、有些优雅"的傻女人桑丹不事农事，只会"没心没肺地""歌唱"和"欢笑"，在机村无名男人的"关爱"下，生下私生子格拉。在"他者"的环境里，母子俩相依为命，生活在命运的底层，饱受机村人的冷漠、嘲笑。外来者身份使他们能更能清楚地见证机村的变迁和震荡。因为恩波等人认为是格拉把身体孱弱的兔子带去了野外被花妖迷惑了，他们被迫离开机村。"机村这么小，但两个无所事事的人从机村消失，不再在村子里四处晃悠了，却不曾被任何人一个人注意到。也许有人注意到了，却假装没有注意到。也许还有更多的人注意到了，却没有吱声。"① 这是阿来关于身份认

---

① 阿来：《空山·随风飘散》，人民文学出版社 2005 年版，第 27 页。

同危机的典型叙述。在《格拉长大》中，格拉与母亲共同承担苦难，在家里担当着男人的角色，勇敢地保护母亲生下妹妹。但在后来的《空山·随风飘散》中，格拉与母亲的关系发生了转变，他怨恨母亲不能给他一个可以确定自己身份的父亲。在自我与自我之外的双重精神磨难中，格拉灵魂飘散了。这或许是阿来潜意识里对自我双重身份的困惑和质疑。格拉出走后又回到了机村，死后灵魂在机村的游荡都深层次地反映了阿来对本民族文化的诉求、眷恋和回归——只有在这片土地上，心灵才是安宁的。

不同的文化身份往往隐含不同的生活方式、思维方式和心理习惯，并因此形成不同文化身份之间的隔膜。在《尘埃落定》中，藏族的土司和汉族的土司夫人一起生活了多年，但在土司夫人的汉族身份凸显——省府大员黄特派员到来时，土司依然认为后者是另类，因此要求她代替自己去和汉人黄特派员交涉——"我是弄不懂汉人的心思的，还是你去办这件事吧。""白色汉人"黄特派员失势后投奔二少爷——"我"，但"我"却对"白色汉人"与"红色汉人"的区别一直感到困惑——"汉人都是一个样子的，我可分不出哪些是红色，哪些是白色。"汉藏混血的主人公二少爷，因为"白色汉人"军官无法接受在厕所里讨论问题，拒绝了与"白色汉人"的合作。这些情节所昭示的是族别身份差异后面的文化心理差异及冲突。文化身份往往呈现为一种心理景观，文化身份差异中往往蕴含着耐人寻味的心理冲突：英国传教士查尔斯把"傻子"少爷——"我"拥进怀里告别时，"我闻到他身上十分强烈的牲口的味道"。从英国回来的姐姐"把票子给了我，又用嘴碰碰我的额头，一种混合气味从她身上十分强烈地散发出来。弄得我都差点呕吐了。看看那个英国把我们的女人变成什么样子了"[1]。姐姐"送给父亲的一顶呢绒帽子，高高的硬硬的，像是一只倒扣着的水桶。母亲得到了一些光亮、多彩的玻璃珠子。土司太太知道，这种东西一钱不值。她就是脱下手上一个最小的戒指，也可以换到成百串这种珠子"[2]。

阿来在书写这些因文化身份差异而引起的心灵困惑时，也在试图寻找着因"同"而跨越身份差异的可能。如在《血脉》中，"我"对父亲说："都是

---

[1] 阿来：《尘埃落定》，人民文学出版社 2001 年版，第 177 页。

[2] 阿来：《尘埃落定》，人民文学出版社 2001 年版，第 177 页。

中国，没有你们的地方和我们的地方。"但小说的结尾却是："一生中间，爷爷、我、我的亲人都没有找到一个窗口进入彼此的心灵。我们也没有找到一所很好的心灵医院。"①

作家的创作也是不能离开身份的，这决定着作家的创作立场、倾向和心理定位。阿来与《尘埃落定》在地域和族别上所表现出的本土定位显而易见。从小说故事的整体发展脉络来看，的确如此。麦其土司本来相对封闭而完整的领地，自从为了在与汪波土司的战争中获胜而引来汉人的军队助阵之后，就立刻被卷入波诡云谲的危机之中。显然，在作者看来，随着汉人的进入，土司辖地固有的宁静被打破了。在与汉人的一次次接触中，军火、毒品、梅毒等现代性的灾难也涌入藏区并逐渐把土司家族引向毁灭，直到"红色汉人"到来将后者彻底埋葬。这种强烈的本土意识，是对本土文化和本土生活方式走向衰败的痛惜和无可奈何，是对这种外来的席卷大地的现代化过程的感伤而不是欣然接受。同样的，这种本土定位还可以从故事中主人公对于旅居英国的姐姐的厌恶、对于"白色汉人"和"红色汉人"争斗的漠不关心、对于解放军中的红色藏人"趾高气扬"的反感中得到鲜明的印证。但是不容忽视的是，作者在小说中却又在不断地借用二少爷的思想反思甚至指摘这种本土意识，这又透露出二少爷的双重文化身份。

身份认同也是一个语境问题。本尼迪克特·安德森说："身份无法被回忆，它必须叙述出来。"② 作为用汉语进行创作的藏族作家，一方面无法运用本民族文字"与自己民族的文化面对面、真实赤裸的对视与交流"；另一方面，他们以藏文化为题材的作品对于汉族读者来说又具有很大的"陌生感"，这种模糊不清的"临界状态"，使得他们无可避免地要面对文化身份认同的危机。但是，无论走到哪里，无论是在用什么语言文字创作，青藏高原一定是他们时时记录与回忆的出发点。他们既是外在于故乡的一个冷静的观察者，也是一个内在于雪域文化的寻求出路的当事人。对于阿来来说，在故乡嘉绒36年的生活已成为他创作的"艺术源泉"之一，是他人生之旅和作家之梦时

---

① 阿来：《阿来文集·中短篇小说卷·血脉》，人民文学出版社 2001 年版，第 415 页。

② ［美］本尼迪克特·安德森：《想象的共同体：民族主义的起源与散布》，吴叡人译，上海人民出版社 2005 年版，第 38 页。

时回望的"故乡"。

可以说，文化认同就是指对个体之间或个体同群体之间的共同文化的确认。使用相同的文化符号、遵循共同的文化理念、秉承共有的思维模式和行为规范，是文化认同的依据。认同是文化固有的基本功能之一。拥有共同的文化，往往是民族认同、社会认同的基础。而个体对社会的认同，主要体现在个体的社会化，即对社会所创造和拥有的文化的学习与接受；社会对个体的认同，则体现在社会的基本文化规范在个体中的普及、推广和传播。个体之间在文化上的认同，主要表现为双方相同的文化背景、文化氛围，或对对方文化的承认与接受。

显然，这里强调的不是地理上的差别，而是由地理差别演化而来的心理差别："流散地与家乡并非纯粹的地理概念，它们更多地表现为心理作用和心理建构。家乡实际上代表着某种看待问题的方式，而对流浪者来说，新的家乡就意味着以新的眼光来看待世界的方式的产生，是对世界的新发现。"① 这也正是霍米·巴巴所说的杂交与异他性理论，以新的自我，以"第三空间"来消除自我与他者之间的界限。

### 二、跨文化写作与文化身份整合

在英文中，"认同"概念的本义就是"身份"。换句话说，认同不过是认同者从别人或社会那里折射出来的自我而已。作为一种关系，认同必然包括认同者和被认同者，必然是双向和互动的。无论是在人与人之间还是在人与社会之间，单向的、一厢情愿的所谓认同并不能在人与人之间建立真正的认同关系。认同不仅包含着认知，而且还包含着信任和承诺。信任与承诺都只能是双向和互动的，甚至是平等的。这种信任与承诺，又是建立在相互认知基础上的。没有必要的相互认知，就不可能有真正的信任与承诺。因为无论是相互认知、相互信任还是相互承诺，都是要在人们的相互关系中。从这个意义上说，认同就是要在人们之间的相互关系中增加确定性、建设性的因素。

对于"边缘人"而言，身份认同的困惑不仅来自个体心灵的自我调节，最重要的是与他人以及社会建立一种真正的信任与承诺。但事实上是，在许

① 石海军：《后殖民：印英文化之间》，北京大学出版社 2008 年版，第 103 页。

多的时候，他人是冷漠的，甚至是残酷的，而社会是不宽容的，甚至是狭隘的。因此，在很多时候，"边缘人"大多徘徊于尴尬的进退两难的境地。有一个故事说，一头牛在两堆干草之间犹豫不决，不能决定先吃哪一堆，结果饿死了。在经历了两难、尴尬、徘徊、犹豫、痛苦之后，"边缘人"都必然地进入了自我心灵救赎、自我身份整合、自我身份建构的过程。在藏族作家的汉语创作中，表现为两种倾向：一种是强调民族差异，或凸显民族文化传统的"根"，在寻根中回归母族文化，与藏文化血脉进行身心合一的对接，比如唯色；另一种是在跨文化创作中，不过分强调民族差异，通过文化寻根，进行自我文化身份的整合与建构，实现某种超越，进入一种更高和更宽视野中的文化自觉状态，表达人类共同性诉求，比如阿来。

这种跨界状态虽然使个人的意识被放置于一个非常敏感的结状的交点上，但跨文化写作使阿来成为更广阔领域的穿越者，也使他得以用批判的眼光、从边缘来重新审视不同的文化，从而获得了精神境界地不断提升和个人意识的自我定位。阿来的文学"流浪"——跨文化创作构成了一种新的文学生态系统。正如海德格尔所说："边界并不表示某一事物的发展到此为止，而是像希腊人所认知的那样，边界是某种事物开始展现的地方。"

阿来经历了诸多生活空间和文化空间的变迁：卡尔古村—马尔康—阿坝—成都—世界各地，从藏区到汉区，从边缘到中心，从中国到美国，从东方到西方，对不同地理文化空间的体验使阿来的精神世界具有了特别的丰富性和复杂性。面对文化的冲突、断裂、变异和融合，他需要对自我、对不同文化在新的认知中做出判断、分析和定位，并由此而发现新的空间，获得新的空间。

阿来的文化寻根过程，也是其自我文化身份整合的过程。对于阿来来说，穿越不同的文化领地和文化空间，就如同在嘉绒大地上穿行一样，一路上是看不完的风景，所领略和感受的是一种更为开阔的视野中的雄浑、博大和多姿多彩，所体验的是内心的喜悦、平静、宽容和自适：

> ……足足两个小时，峡谷再一次收缩，细细的一线溪流又回到我的脚边。这时，两边的山丘差不多已经完全消失了。如果说还有山丘的话，也是两脉隐约而长的起伏了。直到这时，我才真正走到了梭磨河的源头。

一个平淡无奇的小小水洼。水慢慢地从草皮底下浸润出来，我甚至看不出它在地面上的流淌。于是，我摘下一小片草叶，放在水上，才看出细细的一线水上，那片草叶慢慢地顺流而下。我的身心没有出现预想过的那种激动的反映。虽然，我知道，这就是哺育了藏文化中独特的嘉绒文明的一条重要水流的发源，是大渡河，是长江一条支脉的最初的缘起。但我仍然平静得像这荒芜而又壮阔的荒野一样。而在我想象源头的景象，在想象中描画自己到达源头的情景时，曾经写下不止一首激情充沛的诗章。

也许，生命中有了这样的经历，面对一些人生的坎坷与磨难时，就能够从容面对了。

我俯下身去，慢慢地啜饮梭磨河源头的溪水。

清清的水有一种透骨的冰凉。

我登上浅浅的山丘，这是我要攀登的大地的阶梯的最后一级。

这是一个地理的制高点，也是我人生经历中的一个制高点。回望身后，河水曲折，越来越宽，一直没入越发崎岖的群山之中。那是长江水系的群山。一列列地向着东南方向。东南风不断顺着峡谷吹送，那是来自大海的气流给这片高地带来雨云的方向。也是我家乡的方向。

我现在也是站在一个地理的分界点上，只要原地转一个圈子，把脸朝向西北方向。像一声浩叹一样，展开了秋风中金黄的草原。草原上游牧的藏民们，已经是另外一种语言，另外一种风俗，是传统上称为安木多的游牧文化区了[①]。


登高壮观天地间，大江茫茫去不还。会当凌绝顶，一览众山小。阿来似乎已经摆脱了强烈的文化本土意识和自我身份焦虑，登上了精神领域的某种"制高点"。在这个"制高点"上，他看到了许多文化的"水系"如何从"细细的一线溪流"通过不断地融汇众流而奔腾浩荡的景象。也是在这个"制高点"上，阿来获得了一种自我文化意识的"世界性"定位：一切文明都"像一条不断融汇众多支流，从而不断开阔深沉的浩大河流。我们从下游捧起任

---

① 阿来：《大地的阶梯》，人民文学出版社 2001 年版，第 269 页。

何一滴，都会包容了上游所有支流中的全部因子。我们包容，然后以自己的创造加入这条河流浩大的合唱。我相信，这种众多声音的汇聚，最终会相当和谐、相当壮美地带着我们心中的诗意，我们不愿沉沦的情感直达天庭"①。

爱德华·萨义德说："被流放者看待事物时，既根据既往的历史，也根据现在眼前的事实，他们总是有一种双重的眼光，从来不孤立地看事物。"② 他们由于处在"流放"的状态而具备了这种双重目光，既从文化的内部，也从文化的外部来看待或批判一种文化，而这种批判则将导致更彻底的流放，即把"不一致的经验"放在一起加以考察，发现它们之间的相互作用关系和共存状态，不同民族经验或不同文化的边界在这种审视下被淡化或消解了。为此，无家可归被转化为处处为家，这是流浪者的喜悦。

混杂性的文化身份，使阿来及其作品中的一些人物不再具有完整统一的身份，而是同时属于两个世界。不确定的身份所感受和传达给读者的一种悖论与张力却使我们发现了文明之间冲突与交织的新象征。这种文化杂交、文化含混现象被霍米·巴巴视为多种文化并存状况下寻求协调的良方。萨义德也同样注重文化的混合、杂糅，他的"杂糅"指的是具有了发生交流双方的特点但又是不同于双方的混合体，而且具备了双方都不可比拟的优点，混杂型有其自身独特的内涵。他把"杂糅性"描绘成文化的本质特征："一切文化都是你中有我，我中有你，没有任何文化是孤立单纯的，所有的文化都是杂交性的、混成的，内部千差万别的。"③

阿来的作品表达了本土文化与外来文化之间的隔阂与融通、冲突与交流，还表达了对那种给人以和谐、秩序、古朴和宁静之感的诗意栖居生活的追忆，以比照现实生活的混乱和疯癫，从而形成一种杂糅性、浮动性和包容性的思想和风格。

在《尘埃落定》中，必然灭亡的土司制度和依附于这种制度之上的民族文化是汇聚了他种文化因子的一种具有独特秩序的独特文化机制。这种制度本身就是文化杂交的产物，你中有我，我中有你，就像汉藏混血的"傻子"

---

① 阿来：《阿坝阿来》，中国工人出版社 2004 年版，第 160 页。

② Edward W. Said. *Representations of the Intellectual.* New York：Vintage，1996. P. 60.

③ Edward W. Said. *Orientalism.* NewYork：Random House，1978，P. 19.

少爷。"傻子"是麦其土司在一次醉酒后与汉族太太生的，这种身份加上其既傻又不傻的特征，使他成了这段历史的见证者和参与者，阿来有意让"傻子"少爷成为见证历史文化变迁的符号。历史是由智者和愚者共同承担的，二少爷的一些似傻非傻的举动又往往被证明是智者之举，这就使他具备了智者和愚者的双重历史文化身份。这种杂化的身份能洞见社会历史的未来，比只有单一身份的人物形象如土司、大少爷、汉族太太或其他人更能看到事物的发生与发展。或许，在作者的意念里，杂化是多元文化语境的必然结果，即在不知不觉中把不同的文化精神有机地融合在一起。

在多元文化的生活形态当中，阿来希望的民族文化交融应该是民族文化有继续发展的能力。《尘埃落定》中完全西化的姐姐身上散发出来的混合气味令"傻子"弟弟厌恶，她完全背离了藏族，恨自己"出生在这个野蛮的地方"，作者借土司之口，愤怒地喊出了："你不是回来要嫁妆的吗？拿了你的嫁妆滚回你的英国去吧！"可见，作者理想的文化杂糅是一种双向、互动、平行的交融与建构，而不是一种文化上拙劣的杂糅。霍米·巴巴在《献身理论》一文中说：

> 国际文化的基础并不是倡导文化多样性崇洋求异思想，而是对文化的杂交性的刻写和表达。为此，我们应该记住，正是一个"际"字表达出谈判和刻写的切割线，表达出开始设想民族的、反民族主义的"人民的历史"。通过探索这个第三度空间，我们有可能排除那种两极对立的政治，有可能作为我们自己的他者而出现。

处于全球化时代的每一个个体在文化心理上实际上已经不可避免地处在漂泊不定的状态之中了，人们的文化视角再也不可能单一固定，来自异国他乡的文化景观不断地改变着人们的思维习惯，使人们在文化心理上都变成了"漂泊者"。在多元文化的交流地带，在持续的"大—小"文化的遭遇和碰撞的过程中，"漂泊者"穿行、"游走"于两种地域、两种文化、两种传统、两种语言之间，在边缘孤独而丰富地展示着"异质性""杂糅性"的特点。这些作家身上或多或少地体现了处于"过渡地带""第三空间"的"过渡人""边缘人"或"第三文化人"的特色。他们存在于一种"中间状态"，身处特色迥异的文化世界的夹缝之中，他们能借鉴多种传统，却又不属于任何一个传统，既不完全与一种文化合一，也非完全与另一文化分离，而是处于若即若离的困境，一方面怀乡而感伤，一方面又是巧妙的模仿者和秘密的流浪人。

然而，漂泊与夹缝却未必没有裨益，其中很重要的一点便是这种疏离造成批判的距离，提供观察事物的另一种观点：具备过去与现在、他方与此地的双重视角。在自我文化与他者文化的差异之间形成互动关系，在两种文化相互作用、相互影响的中间地带，文化主体寻求着确认自己文化身份和文学创作的策略，发出自己真实的声音，以摆脱"自我"文化的困境，抵制"他者"文化的压制，自我与他者的共同作用和影响最终形成混合文化身份。同时还意味着这些作家在处于两种文化或多种文化的边缘、交界地带，在多种文化的冲突和交流中充当一个对两种或多种文化的旁观者、创新者、包容者和"协商者"（negotiator）的角色。正如巴赫金所说："在两种文化发生对话和相遇的情况下，它们既不会彼此完全融合，也不会相互混同，各自都会保持自己的统一性和开放性的完整性，然而，它们却相互丰富起来。"

### 三、无边界的普遍性人类关怀

普遍性的概念，源自德国古典哲学中有关理性和普遍人性的观念，其哲学含义为：一个属于同一类属中所有成员的无限制的和容包一切的普遍法则——某种抽象的特征或"共相"，如正义、美、智慧、善、人性等。普遍性往往希望得到各种合理价值体系的合力支持，而不仅仅是一种价值体系的支撑。在跨文化、跨语言写作中，无边界普遍性人类关怀大致表现在两个层面：一是作家在精神境界的某种提升中，在对人类生存中某些共性的东西或深层意蕴予以关注时，身份的差异被超越或被悬置起来；或者说身份的差异和焦虑在某种"想象的共同体"[①]中被不断地建构，甚至被消解了。二是由于多种文化的不断碰撞，"族际边缘人"的身份分裂为无数自我的碎片，难以寻觅或难以再行拼接，不同文化身份的差异因而消融在这些分裂的碎片中，如盐入水，既有味可尝，又无迹可寻。正如一位美国学者所言："两种文化相互撞

---

① "想象的共同体"是本尼迪克特·安德森在《想象的共同体：民族主义的起源与散布》一书中提出的概念。他认为，"想象的共同体"构成了我们对身份、家园之想象的必要组成部分。

击之后会迸发出火星，之后会燃起熊熊烈火，将我们的家园、财富与记忆通通烧掉。等到大火熄灭、烟雾散尽之后，我们在灰烬中找到的是被烧焦的一片片身份的碎片、语言的残骸和文化的瓦砾。但从这烈火中腾起的是一只再生的凤凰，一只两种文化杂交而成的五彩斑斓的凤凰。"① 华裔作家韩素音对此有同样的感受，她说："我感到全世界都是我的家，我的根已蔓延开去，布满了全球。"②

在文化差异中长大和生存的人才真正理解文化的差异性意味着什么，才会有那种试图弥合文化差异的渴望和追求。就文学"鉴证生存历史，抒发深层人性"的独立价值和创作自由而言，作家在创作中关注人类的共同本性，正视各民族间的差异而又不执着于差异，正是弥合差异、化解流浪的一种手段。

无边界的普遍性人类关怀，表现了作家在创作中对自我身份建构的主体意识。印度裔英国作家奈保尔称自己为"世界公民"。他认为，作家应当是世界人，被称为"世界公民"的作家不应该局限于狭义的种族主义或民族主义，而应该在作品中淡化民族意识，表现无边界的人类关怀。奈保尔反对人们用种族、宗教等标准来划分人群，他反对任何意义上的划分。奈保尔在其小说中注重表现人物性格中所具有的泛人类共性，试图以共性瓦解差异性，从而弥合不同民族文化差异，瓦解主流文化的霸权。他的作品关注的是个人或个体的特征，而不是以种族或文化划分出的群体特征。从阿来的作品中，我们虽然能明显地感觉到他对寻根的热切渴望和焦虑，但他却没有陷入对民族文化的狭隘理解，而是表现出一种对多元文化混合的宽容和欣赏。正是无根的感觉使他具有更开阔的视野和更宽容的态度。阿来描述的是"嘉绒藏人"的社会历史文化生活，但阿来反对别人将他的作品只囿于"藏族文学"，他认为，自己的小说写了超越于某一民族的"普遍人性"。阿来说：

我在一篇文章里谈过，对"越是民族的就越是世界的"这种比较笼统的说法，我是一直不以为然的。从老派一些的文学方式出发，这种提

① 李贵仓：《文化的重量：解读当代华裔美国文学》，人民文学出版社 2006 年版，第 228 页。
② 韩素音：《再生凤凰》，庄绎传、杨适华译，中国华侨出版公司 1991 年版，第 307 页。

法容易倡导一种外在的风俗化的写法。外表上具有一些现代感的，又很容易找到一些甚至一堆文化符号，弄出一大堆看似特别的东西来。文学最终是要在个性中寻求共性。所以，我并不认为《尘埃落定》只体现了我们藏民族或那片特别的地理状况的外在景观。当然，在这样一个层面上，读者有权猎获一些奇异的东西，特别的东西，都市生活里永远都不可能真正体味的东西。但我始终认为，人们之所以需要文学，是要在人性层面上寻找共性。所有人，无论身处哪种文明，哪个国度，都有爱与恨，都有生和死，都有对金钱、对权力的接近与背离。这是具有普遍意义的东西，也是不同特质的人类文化可以互相沟通的一个基础。①

阿来的《尘埃落定》和《空山》系列都在一定程度上表现了政治生态背景下复杂的人性生态。在《随风飘散》中，格拉飘散的魂灵撕碎了生活在底层的人们普遍人性的遮蔽物，人性的泯灭和重生使我们看见了时代转型期复杂社会形态隐藏的深刻寓言。陈晓明评论说："小说对这种生活的情境的刻画相当有力，它写出一种生存的事实，在存在的极限处去看生命经受的磨砺。""小说的叙述相当简洁，这些故事都显得随意而纷乱，但有一种原生态的质地，那是生存事实本身的过硬，机村的生存境遇本身就具有奇异性，生存的荒凉与贫瘠，生存的无望与坦然，在生活尽头的承受，这些都写出了那种特殊的存在的深远性，其中却流宕着结实的悲悯与爱，这是对草民与贱民的爱，是他们之间自然表露的爱。这种爱有一种感人至深的力量，不经意地流出，但却具有抹不开去的那种弥漫性。"②

跨界写作者不仅视"边缘"为财富，他们还在艰难的心灵跋涉中回归文学本质的纯粹性与边缘性。在他们这里，"边缘"不是一种流放，一种无奈的困境，而是一种独异的文化财富和有价值的生命归宿。

在某种意义上，无边界普遍性人类关怀是文学创作追求的一种最高境界。作为"边缘人"，跨界写作者几乎都经历了自我身份认同的困惑与焦虑，也经

---

① 冉云飞：《通往可能之路——与藏族作家阿来谈话录》，《西南民族学院学报》（哲学社会科学版）1999 年第 5 期，第 8—10 页。

② 陈晓明：《回到原初状态去写作——读阿来的新作〈空山〉》，《文汇报》2005 年 5 月 30 日，第 8 版。

历了自我心灵救赎、自我身份整合和自我身份不断建构的过程。

# 结　　语

阿来是一个文化族际共享的代表。"跨族别边缘人"的身份认同危机与困惑一直是阿来作品关注的重心。阿来的"流浪者""边缘人""过渡者"等诸多身份使他对藏文化的情感是复杂的,既充满了深情,又看到不足。不同空间的文化体验,对阿来的写作起了至关重要的影响。既在局外,又在局内,无法融入,又不能离去,正如卢梭所说:"人天赋自由,然而人无往不在枷锁之中。"其实,这样的身份也让阿来获得一种自我反观的优势视角,这是一种内视点与外视点相结合的观照方式。"被置于里外之间,对于外边是里面,对于里面是外边,这是具有强烈象征意义的地位。"[①] 这使阿来总是能够有距离地、冷静地审视他所处的空间世界。

阿来从"深陷"于河谷中的"村庄"出发,沿着"大地的阶梯"不断攀升,渐行渐远,渐行渐高,最终"融入了青藏高原的壮阔与辽远"。在不断地漫游和创作过程中,阿来完成了自我的心灵救赎,进入了自我身份不断建构的过程。正如其在《大地的阶梯》中所言:"在感觉到地理阶梯抬升的同时,也会感觉到某种精神境界的提升。"从阿来的诗歌、中短篇小说,到《尘埃落定》,到《大地的阶梯》,到《空山》系列,到《格萨尔王》,我们能清晰地看到阿来从狭小走向开阔,从细小幽微走向浩大深沉的心路历程——《格萨尔王》已进入了关于人性及人类生存的深层哲学思考。写作使阿来超越了现实的自我而获得更多新的身份,他已由一个边缘的"藏族作家"逐渐走向中心,成为一个"中国作家",而且还是一个逐渐被很多国外读者认识的"世界作家"。

---

① 〔法〕米歇尔·福柯:《疯癫与文明》,刘北成等译,生活·读书·新知三联书店1999年版,第8页。

# 第三章　第三空间语言

> 一个人丢弃了自己的母语而使用别人的语言，这对吗？这看上去是
> 一种非常可怕的背叛，会使人产生一种罪孽感。但对我来说，我别无选
> 择。我的语言是别人给我的，而我也愿意用它。
>
> ——引自钦努阿·阿切贝《非洲作家与英语》

语言是一种特殊的文化，语言可以深入文化的内核，对文化进行阐释；语言同时又是文化的载体，语言可以继承文化、描写文化、评价文化，通过语言，人们可以了解一个文化的特点。洪堡特在《论人类语言结构的差异及其对人类精神发展的影响》中指出："语言与人类的精神发展深深地交织在一起，它伴随着人类精神走过每一个发展阶段，每一次局部的前进或倒退，我们从语言中可以识别出每一种文化状态。"语言是活的化石，包罗着一个民族或一个地区社会历史的变迁和经济文化的发展，透示着一个民族的思维方式和精神特质，反映着发展中主体与客体千丝万缕的关系。

在一个以汉语文为主要阅读空间的社会，少数民族作家使用汉语写作，一方面会使作家的创作疏离或淡化母语文学传统，另一方面也会使两种语言混合后形成新的语言艺术和新的审美话语实践。苏联吉尔吉斯双语作家钦吉斯·艾特玛托夫①认为："两种语言把不同的语言联系在一起，因而也是把不同的思维方式、不同的观察世界的方法联系在一起，而这，就像科学中各学

---

① 　钦吉斯·艾特玛托夫是一位双语作家，他的创作使得 1924 年才有书面文字的吉尔吉斯文学跻身于世界文学之林，引起世界的瞩目。他的作品已被译成 70 多种文字，在全世界的 90 多个国家和地区出版发行。

科相互结合时产生各种现象那样，将创造出新的认识水平，创造出一种附加运动和附加作用，在这以外是不会有艺术存在的。"① 印度英语作家萨尔曼·拉什迪则将这种跨语言写作称之为对目的语的重构。他说："我希望我们不仅仅是按照英国人的方式来使用英语，而要按照我们自己的意图去改造或重塑它。尽管我们这些使用英语写作的人在使用这种语言的态度上是暧昧的……我们的内心中有不同文化的冲突……但对英语的占领或许是实现我们真正自由的过程。"②

阿来是一个用汉语写作的嘉绒藏人，对他来说，母语不是书面语言而是口头语言。阿来的创作一方面深受目的语——汉语言文化的影响，另一方面也承袭了母语——嘉绒藏语的语言文化传统。语言学家和跨文化研究者一致认为，第二语言习得的结果永远不可能是目的语文化，目的语文化是不可能完全被习得的，而只能是基于母语文化和目的语文化而产生的过渡文化与过渡语言，过渡语言带有母语文化和目的语文化的特征，但又是区别于两种文化的过渡状况。阿来虽然使用汉语写作，但汉语表述中渗透着母语表达习惯和母语文化意识。因为受到母语文化的影响，通常会不自觉地依赖母语文化，在母语文化中找到原型，或者说受到母语文化的"过滤"。阿来的汉语叙事，与藏语语法、藏语思维习惯、藏文化心理及其情感表达方式、藏文化认知方式、藏族民间文学传统叙事方式等密切相关。阿来认为，同样是使用汉语写作，但少数民族与汉民族的"文化感受"是有差异的：

> 汉族人写下"月亮"两个字，就受到很多的文化暗示，嫦娥啊，李白啊，苏东坡啊。而我写下"月亮"两个字，就没有这种暗示，只有来自于自然界的这个事物本身的映像，而且只与青藏高原这样一个特殊的地理天文景观相联系。我在天安门上看到月亮升起来了，心里却还是那轮升起于某座以本族神话中男神或女神命名的皎洁雪峰旁升起的那轮从地球上任何一个地方看上去，都大，都亮，都安详而空虚的月亮。如果汉语的月亮是思念与寂寞，藏语里的月亮则是圆满与安详。我如果能把

---

① 陈学迅：《艾特玛托夫论少数民族文化》，《民族文学研究》1986 年第 5 期，第 84—88 页。
② Salamn Rushdie. *Imaginary Homelands*. New York：Granta，1992，P. 17.

这种感受很好地用汉语表达出来，然后，这东西在懂汉语的人群中传播，一部分人因此接受我这种描绘，那么，我可以说，作为一个写作者已经成功地把一种非汉语的感受成功地融入了汉语。①

这不仅仅是在使用汉语，更是在改造汉语、丰富汉语。作家用自己本民族的语言意象和思维习惯在感觉和思考，却用另外一种异族的语言来表达。这种"藏化汉语"游移在规范的汉语和非规范的汉语之间，表现出一种由母语向目的语过渡的复杂流动关系，既与汉语的传统相连接，又能适用于表达嘉绒藏区的文化环境，虽然是汉语表述，但汉语却承载了嘉绒藏人的经历、情感、集体经验、共同兴趣或文化价值。其实，即便同样是汉族人，同样拥有相同的文化意象，由于所处地域不同，"文化感受"也不尽相同。

文本总是在语境中被阅读的。审美意象的象征意义总是在一定的文化语境中，虽是同一象征物，由于创作主体（或接受主体）文化背景和主观世界的差异，可以生发出无穷指向，从而超越一般语义学的范畴。文学的语境是没有穷尽的，文学语言的特点就在于它的"不可枯竭性"，文学语言从来没有也不可能局限于一种"纯粹的"的语言学。

两种语言表述能力，意味着两种"文化感受"和两种文化视野——"既内涵汉藏文化身份和语言能力，又包括汉藏文化修养与汉藏历史眼光。"② 这个语言交接点构成的空间，类似于爱德华·W. 苏贾（Edward W. Soja）的"第三空间"和霍米·巴巴的"间质空间"，是两种语言的接触地带和过渡地带。在本章中，笔者尝试用"第三空间"理论延伸出的"第三空间语言"概念，对阿来的母语——嘉绒藏语的混融性特征以及《尘埃落定》文本的双语混合现象予以观照。

---

① 阿来：《汉语：多元文化共建的公共语言》，《当代文坛》2006年第1期，第18—20页。
② 徐新建：《权力、族别、时间：小说虚构中的历史与文化》，《西南民族学院学报》（哲学社会科学版）1999年第4期，第20—29页。

# 第一节 "第三空间"与"第三空间语言"

## 一、"第三空间"

"第三空间"是美国后现代地理学家爱德华·W.苏贾在 1996 年出版的《第三空间：去往洛杉矶和其他真实和想象地方的旅程》一书中提出并运用的一个重要的跨学科批评概念。苏贾说，他是在最广泛意义上使用"第三空间"这一概念的，是有意识尝试用灵活的术语来尽可能把握观念、事件、表象以及意义不断变化的社会背景。20 世纪后半叶对空间的思考大体呈两种向度：空间既被视为具体的物质形式，可以被标示、被分析、被解释，同时又是精神的建构，是关于空间及其生活意义表征的观念形态。苏贾提出的"第三空间"正是重新估价这一二元论的产物。据苏贾自己的解释，这一理论把空间的物质维度和精神维度均包括在内的同时，又超越了前两种空间，而呈现出极大的开放性。

第三空间认识论既是对第一空间认识论和第二空间认识论的解构，又是对它们的重构。用苏贾的话来说，就是它源于对第一空间—第二空间二元论的肯定性解构和启发性重构，也是我所说的他者化——第三化的又一个例子。这样的第三化不仅是为了批判"第一空间"和"第二空间"的思维方式，还是为了通过注入新的可能性来使它们掌握空间知识的手段恢复活力，这些可能性是传统的空间科学未能认识到的。

空间性和人类的存在与生俱来。尤其在当今世界，人类生活的空间维度深深地关系着实践与政治。但空间是真实存在，还是想象的建构？是主观的，还是客观的？是自然还是文化？在过去的若干个世纪，人类的认识徘徊在二元论的思维模式之中，试图在真实与想象、主观与客观以及自然与文化之间给空间性定位，由此便出现了两种空间认识模式："第一空间"的透视法和认识论模式——关注的主要是空间形式之具体形象的物质性，以及可以根据经验来描述的事物；"第二空间"是感受和建构的认识模式，它是在空间的观念之中构想出来的，缘于人类的精神活动，并再现了认识形式之中人类对于空间性的探索与反思。如果可以把"第一空间"称之为"真实的地方"，把"第二空间"称之为"想象的地方"，那么，"第三空间"就是在真实和想象之外，又融构了真实和想象的"差异空间"，一种"第三化"或"他者化"的空间，或者说，"第三空间"是一种灵活地呈现空间的策略，一种超越传统二元论认识空间的可能性。

"第三"所表现的是一种既是 A 又是 B、既不是 A 又不是 B 的模糊不清的"临界状态"。跨文化传播学所关注的"第三文化人"和"第三文化孩子"指的是那些游走或者成长于多种文化语境中、难以用传统的"民族—国家"的身份/认同来加以界定的社会群体。"第三空间"是一个由不同文化之间的"翻译"所形成的话语场。这里所说的"翻译"是一个广义的概念，包括对任何文化符号的"挪用""重新解读""重新构建"和"重新历史化"。因此，在"第三空间"内，所有文化符号及其意义都失去了其固有的"统一性"和"稳定性"，处在不间断的对话、谈判和调和中。[①]

霍米·巴巴认为，作为"他者的空间"，"第三空间"是空间差异结构的呈现和增强，他的策略是背靠文化差异，将自己放置在具有差异性的界限位置。霍米·巴巴经常用"in-between"即"间隙""中间地带"来描述知识分子在跨文化语境中的状态。在当今的时代，各种矛盾都汇集在一起，个人很难坚定地站在某一个点上，固守某种绝对的价值立场，但人们实际又很难永远地处在飘忽不定的状态，左右逢源不过是一种自欺欺人的假象，同时又被各种力量所分裂和挤压，如同处在某种间隙中。

"第三空间"也被称作"间质空间"。所谓"间质空间"，指的是文化之间的冲突、交融和相互趋同的交叉位置（有时也是不同学科的交叉位置）。这种"间质空间"并不是对抗关系的两者隔离，而是在两者之间起到调停、斡旋的作用，使两者有可能进行交换以及意义的连接。在"间质空间"中，不同语言文化相互冲突、交融的结果不仅仅是物理意义上的混合，更是化学意义上的混合反应，它的结果只能是将产生出一种新的物质，而绝不可能回复到反

---

① 史安斌：《"边界写作"与"第三空间"的构建：扎西达娃和拉什迪的跨文化"对话"》，《民族文学研究》2004 年第 3 期，第 5—11 页。

应之前的存在状态。语言的模仿，或者说文化价值的模仿，已经不再是被动的了，而是一种在混合状态下所不可避免、不可或缺的手段了。在《文化的位置》一书的导言中，霍米·巴巴指出，不同种族、阶级、性别和文化传统之间进行跨差异的文化"间性协商"的空间就是"间质空间"。"在不断出现的缝隙之中——存在着差异的混杂语言，是根与流浪的关系，各个领域的层层相叠与相互错位之中——民族的主体内部的集体经验、共同兴趣或文化价值被相互协商着。"①霍米·巴巴从文化差异书写之中，引出了"混杂性"（hybridity）概念，并将其放置在"作为他者的第三化范型"之中，并以此"混杂性"筑构起反抗本质主义、解构文化帝国主义以及挑战单一性的话语空间。

"混杂语言"的产生最主要的作用是对殖民帝国叙述的反叙述，以处于边缘的多元民族文化来消解殖民者单一的中心文化。混杂语言也可看成是一种反语言中心的语言——非主流的"小文学"，多语言混合的表现方式作为对文化中心主义的挑战，它表现为以自由的、活动的语言形态来对抗正统的、森严的官方语言，这种被称之为颠覆性的表现手法及其意义在于对文化差异的整合。混杂语言的使用，对跨越不同文化边缘时的窘态起到了一定的遮掩作用。

## 二、"第三空间语言"概念

"第三空间语言"是笔者在"第三空间"理论基点上延伸出来的概念，本书使用这个概念，目的是用来阐释两种语言接触地带以及跨语言、跨文化写作中的多语言"混杂"现象。

语言自身就是一个不断建构的系统。"第三空间语言"是产生于两种文化、两种语言"接触地带"和"过渡地带"的"接触语言"（或"过渡语"）。"接触语言"（或"过渡语"）的产生，一方面是为满足具有不同语言背景的讲话者相互交流的需要而产生的；另一方面，也是不同民族、语言和文化之间相互接受、协作、交流和模仿的过程。不同语言之间的相互学习、交流和模仿，除了与语音、语素、语法、词汇、句式等语言的基本要素密切相关外，

---

① Homi Bhabha. *The Location of Culture*. London & New York：Routledge，1994，P. 1.

还与社会、历史、文化、心理情感、思维习惯等相关联。

　　"第三空间语言"就是指在两种语言的接触与交流过程中形成的具有"过渡语"性质的多语言、多文化混合或融合现象，这种新的空间语言，交织着两种语言系统、两种思维模式、两种社会历史背景、两种文化心理的矛盾冲突，表面上似乎是对语言常规、常识的偏离或对目的语语法的"违规操作"，实际上是一种新的语言形态和新的审美话语实践。所以，"第三空间语言"是一种差异性语言的综合体，是在共时状态下融构了真实和想象的具有差异性、开放性、创造性并随着语境的变化而改变着外观和意义的新的空间语言。

　　"第三空间语言"是那些现实生活中的母语与目的语"混合""杂糅"后的语言，它既非纯母语亦非纯目的语，而是两个空间语言交叉混合杂糅后一种有新的"第三空间"意义的表述语言。这种混杂语言是在母语与目的语的交流过程中逐渐产生的，是混杂了他语言特征的非纯粹语言，无论在词汇还是语法方面，都突破了目的语的语言传统和语法规范。更重要的是，在"第三空间语言"中，读者也是一个隐含的作者或叙事者，读者的感知过程为作品的阐释与解读提供了更广阔自由的空间。

　　随着全球化的到来，空间认识的二元论模式逐渐暴露出其自身的局限性，空间意识的"他者"形式开始涌现，那些既非真实也非想象的地方，那些既非经验亦非先验的空间，那些幽灵般游离于自然与文化之外的空间，就是"第一空间"和"第二空间"认识模式所无法把握的空间。这种"测不准的空间"，不仅意味着地点、方位、景观、环境、家园、城市、领土等边界不断漂移和外观不断变化，而且意味着与它们相关的一系列概念都具有深刻的历史内涵，并随着文化背景的移易而不断地改变意义。"第三空间"的基本宗旨，就是超越真实与想象的二元对立，将空间把握为一种差异的综合体，一种随着文化历史语境的变化而改变着外观和意义的"复杂关联域"。在"第三空间"里，一切都汇聚在一起：主体性与客体性、抽象与具象、真实与想象、可知与不可知、重复与差异、精神与肉体、意识与无意识、学科与跨学科等，不一而足。在危机深重和风险涌流的全球化时代，"第三空间"是一种时间与空间、历史和未来的交融状态，一种穿越真实与想象、中心与边缘的心之旅程。"第三空间语言"作为"他者化""第三化"的又一个例子，很显然不仅仅是一种批判和否定，诚如"解构"一语本身的肯定和建构意味已为大多数人肯定。"第三空间语言"在基于"第一空间"和"第二空间"思维方式的同时，也在注入传统空间语言未能认识到的新的可能性，从而使把握空间多元的手段重新恢复活力。可见，将"第三空间"分割成专门类别的知识和学科的做法，都会损害其解构和建构的包容，而且会损害其无穷的开放性。语言在本质上是一种非线性的体系，因此，无论是"第三空间"本身，还是"第三空间语言"，都应是一个永远保持开放和多义的姿态。

### 三、"第三空间语言"的内涵及特征

语言作为一个开放性系统，不可能在封闭的真空中生存与发展。一方面，它的结构本身会有一定的历时衍变，另一方面，也会由于环境的变化，在语言的接触与交流过程中产生不同的变异——两种或多种语言的混合甚至融合。在此过程中，往往会形成介于母语与目的语之间的具有过渡语性质的"第三空间语言"，如"中介语""过渡语""双语""多语""倒话""方言"等"混合语言"与"融合语言"。由于接触程度有深有浅，交流频率有高有低，接触时间有先有后，因此，这些语言形态又处在不同的层次和状态中。

1. "中介语""过渡语""族际语"

"中介语"是在第二语言习得中所表现出来的一种语言过渡现象。最早是美国学者赛林格（Selinker）于 1969 年在其著名论文《语言迁移》（*Language Transfer*）中提出的。1972 年，赛林格又在其论文《中介语》中提出中介语假说，进一步确定了中介语在第二语言习得过程中的重要地位。在国内研究中，有人也将其翻译为"过渡语""族际语""中继语"等。"过渡语"是不同于母语和目的语的独立的语言系统，是学习第二语言时从零起点开始不断向目标语靠近的渐变过程，是语言学习者在学习第二语言时自主形成的母语与目的语之间的但又独立于母语和目的语之外的一种过渡性语言，兼有学习者的母语和所学目的语的特征。这种"过渡语"是在认知心理学的理论基础上发展起来的。"中介语"处在母语与目的语之间并不断地整合两种语言中有生命力的部分，在这种对语言生命力的筛选中，从无序到有序又形成新的整合机制。

语言学者王建勤在考察了第二语言习得过程中的文化习得现象以后，认为第二语言学习者常常表现为一种"中介文化行为"，从而假设有一种"中介

文化行为系统"存在。"所谓'中介文化行为系统'是指第二语言学习者的一种特有的文化行为系统；或者说，是指第二语言学习者的带有中介文化特征的语言行为系统。这种中介文化行为系统，既区别于学习者的母语文化行为系统，也不同于学习者的目的语文化行为系统。然而，它却带有两种文化的某些特征。"语言教育家认为，第二语言的习得固然导向目的语的掌握，但从文化的角度看，并不是使学习者掌握"目的文化"，而是使他们进入"第三位置"（the third place）——既不同于原有的文化，又有别于"目的文化"的新状况。"第三空间语言"正是这种带有"中介文化特征"的语言行为系统。

## 2. 混合语言

混合语言具体表现为目的语与母语呈现出势均力敌、你我参半的混合状态，如"双语""多语""倒语"等。这是一种典型的两种或多种语言之间的过渡形态。在对话的语境下，语言混合发生的时间和过程都是比较短暂和迅速的，因此，混合语言是一种处在流动和不稳定状态中的语言。

在两种或多种语言的相互接触和影响中，语言成分相互借贷的现象十分普遍。语言成分的相互借贷一般是从吸收借词开始，并随借词借入规模和程度的增加，逐步对语言的各结构层面产生影响。语言学家喻世长先生把这种影响分为三个等级：第一级是相互吸收借词，其读音和构词格式以适应母语原有特点为主；第二级是相互吸收更多的借词，其读音和构词格式不完全适应母语原有特点，目的语的某些语音单位或特征和某些构词方式、词序、虚词、句子格式补充到母语的语音和语法中去，与母语原有形式并用；第三级是目的语的借词大量增加，目的语的语音、语法特点影响母语，母语某些深层结构特点向与目的语相似的方向转变。

此外，语言相互借用成分的复杂情况还表现在：一是与不同地区的语言的接触，会影响同一语言方言的转化，甚至影响语言的谱系分类结果；二是与不同时期的语言的接触，会使同一语言系统内部同时存在形成于不同年代层次的语言成分。

语言的接触和相互影响一方面与历史上由于民族迁徙、人口迁移形成的民族聚居以及多民族杂居状况有关；另一方面，也与不同民族聚居区及不同语言区在地理上的接壤有关。

由于历史的原因和国家的语言构成状况，我国少数民族语言与汉语的关系主要趋势是汉语的核心作用及其对民族语的影响；同时，少数民族语言与汉语之间，以及少数民族语言之间也存在相互的接触和影响的关系。正如阿来在谈到他写作的双语背景时所说的：

> 关于这些词语的故事，很多都来自于我直接的经验。青少年时代，我在乡村里生活，主要用的是藏语，但也得间杂着使用一些汉语。少数民族语言的逐渐被弱化，好像是一个趋势。你如果是在你原来的日常生活当中，像是家里呀，还有就是村庄里的人们互相之间，主要就是用藏语。但你总得还要走出这个村庄。走出这个村庄，就算到了临近的一个小镇上，你的语言就得发生变化。你要去邮局，去医院，你要去百货公司，它就要求你使用另外一种语言……就这样，很多词语就逐步地进入了我们的生活。①

在民族杂居地区，居民使用双语或多语是相当普遍的，最典型的是瑶族。瑶族大多是与其他民族杂居的，为了日常生活和交际的需要，他们一到成年都能说一种或更多别族的语言或方言。青海省贵德县有一种很特殊的双语现象，当地的藏族人和汉族人交谈时，在同一句话中既有汉语成分，又有藏语成分，有点一边说话一边自己当翻译的味道。青海人把这种现象叫作"风搅雪"。

就目前所知，我国青海省同仁县的"五屯话"、甘肃省东乡族自治县的"唐汪话"、四川省甘孜州雅江县的"倒话"，还有新疆和田县等地的"艾努语"，都是语言混合的代表。

"五屯话""唐汪话""倒话"都是源语言为汉语和当地某种少数民族语言之间发生结构的混合，通常表现为基本词汇使用汉语词，语法结构采用接触语言的语法。

四川省甘孜州雅江县的"倒话"是汉语深受藏语影响而发生结构转型的混合语言。这种语言的词汇全部是汉语，语序和形态变得和藏语一样，表现藏语词法范畴的黏附形态主要用汉语相应的语素替代。从汉语的语法立场来

---

① 何言宏、阿来：《现代性视野中的藏地世界》，《当代作家评论》2009 年第 1 期，第 28—39 页。

看，藏语是一种倒装句，因此，这种语言被称作"倒话"。这是汉语藏化的典型范例。

"五屯话"是一种掺杂型语言，也是一种杂居式移民方言。移民到新地后与土著杂居，语言中往往会掺杂进土著的方言成分。这种现象在杂居式移民中是屡见不鲜的，不过掺杂的程度不等。"五屯话"是一种掺杂程度严重的语言。五屯人聚居于青海省黄南藏族自治州同仁县，周围多系藏族村落。五屯人至迟是在明代万历年间从四川迁入的。"五屯话"本来应该是一种汉语的方言，但是由于长期以来受到藏语的强烈影响，人们甚至怀疑它能不能算作汉语方言了。"五屯话"在词汇的总数上以汉语词占优势，在词汇库中除了有汉语词和藏语词以外，还有汉、藏词互用的现象。"五屯话"与藏语一样使用SOV的语序，动词后面可以附加大量复杂词缀赋予动词新的词汇意义和语法意义，构成一些复杂的结构。这些后缀大都从汉语材料的基础上发展演变而来。"五屯话"也受到保安话的影响，如名词有用汉语成分表示凭借格和界限格的语法范畴，有并列、立刻、假定、前提、让步、迎接等和保安语平行的副动词词尾。①

两种或多种语言相互混合的同时也会产生双语文化。双语文化是在兼用两种或两种以上语言的过程中形成的异质语言文化的融合形式，具有双重性、兼容性等特点。双语现象的发生是基于母语文化传统和不同文化之间的相互接触、交流等条件之上的一种文化现象，其本质是两种文化的交流、吸收、融合、互补的最直接体现。从双语现象的历史演变轨迹以及发展趋势来看，一方面表现出对不同文化之间互补互动的依赖关系，同时又表现出其"和而不同、求同存异"的特征。

混合语言处在两种交流语言的中间状态，也出现在跨语言、跨文化的创作中。藏族作家白玛娜珍曾经这样看待她自己的汉语写作。她说：

多年以后，我渐渐在言语之外，语言之间找到了空隙，找到了自己的天地。于是，我不必像地道的藏族那样，虔诚的心根深蒂固。我可以有更多的怀疑，反思甚至否定；也不会像远道而来的异族人那般，对这

① 张公瑾、丁石庆：《混沌学与语言文化研究》，中央民族大学出版社 2005 年版，第 14 页。

片土地有许多惊奇、迷茫或者曲解。很多时候，我就像一个冷静的旁观者，注目于激流和漩涡，但绝不把脚伸进去。而在我的家庭里，我的父母渐渐地接受了如我一般的三个他们看似怪异的孩子。语言在这个家庭中成为名副其实的"工具"，只负责运输我们的思维和感情。通常，我们用汉语回答父母的藏语问话，又选择最动人的藏语语汇掺杂其间，表达自己。像别的当代藏族青年一样，我们还喜欢说上一点英语，以显示自己的活泼、潇洒和入时。如果我们懂得更多的语言，相信家庭会话会更具特色更精彩。

也有很多人把这些视为文化的相互侵犯和混乱。但对于我个人而言，混乱的语言之中，我对语言的选择却是主动的，为我所用。从这一点始，使我自由，也感到了自由中飞翔的愉悦。是呵，一场场关于文字、语言，关于民族、文化的纷争，好比浪涛，也许惊天动地，但水会包容它们，是它们共同的本质。[①]

阿来在谈到自己的汉语写作时，也表达了类似的感受：

我在写人物对话的时候，会多想一想。好像是脑子里有个自动翻译的过程，我会想一想它用藏语会怎么说，或者它用乡土的汉语怎么说，用方言的汉语怎么说，那么这个时候，这些对话就会有一些很独特的表达。但这只是取得一些局部的效果，很多独特的感受和对这种感受的表达一定是随着本族语言的弱化而湮灭了。也是因为这个原因，我提供的汉语文本与汉族作家有差异。[②]

### 3. 融合语言——方言

对于所有语言来说，语言借用都是普遍存在的。在语言借用阶段，语言之间可以相互借用词汇，但是借用一般不会深入词汇的核心层面，不会影响

---

① 郑靖茹：《现代文学体制建立的个案考察：汉文版〈西藏文学〉与西藏文学》2005 年第 5 期，第 129—130 页。

② 何言宏、阿来：《现代性视野中的藏地世界》，《当代作家评论》2009 年第 1 期，第 28—39 页。

音系格局和语法类型的转变。而语言长期而深刻的接触可能导致不同的语言合而为一，即语言之间的融合。语言融合一般是指语言的词汇、语音、语法系统整体上被另一种语言所取代，母语仅存某些底层成分或痕迹。

语言融合同时也是不同语言所拥有的文化个性、心理现象和思维特征的融合。语言学家张公瑾先生将之称为"语言的文化气质"。他说："一种语言在交际过程中使说话人和听话人在心理上得到某种感受，这种感受受整个自然环境与文化环境的制约，它不完全决定于语音、词汇、语义所具有的结构特点，但最终还是由语音、词汇、语义等语言结构综合作用而形成的整体影响所给予的。"①

笔者将方言纳入"第三空间语言"的视域，是因为所有方言都是在语言的接触和交流过程中产生、发展和形成的。方言一方面是语言分化的结果，另一方面也是不同语言长期融合的产物。从本质意义上说，无论是哪一种语言，哪一个民族的语言，或哪一个地区的语言，几乎都是以方言的形式存在的。民族语言以及本书前面提到的"五屯话""唐汪话""倒话"等都是比较特殊的方言存在形式。由于地理分布以及地域文化的差异，在我国56个民族的语言中，普遍存在着不同的方言和次方言，如汉语包括七大方言②：官话、吴语、赣语、客家话、湘语、闽语、粤语；藏语包括三大方言：卫藏、康、安多；达斡尔语包括四种方言；等等。每一种方言一方面是语言接触、融合的产物——历时存在，同时又处在不断地与周边其他方言的"接触"和相互影响之中——共时状态，并与其他方言之间存在着"接触语言"以及语言的混合、融合现象。如达斡尔语的四个方言，其中布特哈方言历史上受过满族的强烈影响，齐齐哈尔方言较早受到汉语的影响，海拉尔方言主要受蒙古语的影响，新疆方言受突厥语尤其是哈萨克语的影响较深，并因此广泛地形成了达斡尔语和所接触语言的双语及多语现象，方言中吸收所接触语言的借词或其他表现形式，形成达斡尔语内部方言与异族文化交融的亚文化状态。

古今任何语言，除了使用地区很小、使用人口很少的以外，都有方言的地域差异。西汉扬雄所著《方言》是我国第一部记录方言的书。扬雄的所谓

① 张公瑾：《文化语言学发凡》，云南大学出版社1987年版，第74页。
② 周振鹤、游汝杰：《方言与中国文化》（第2版），上海人民出版社2006年版，第6页。

"方言"是跟所谓"通语"相对而言的,"通语"或称为"通名""凡语""凡通之语""四方之通语",都指的是通行范围较广的词语。方言又可分地域方言和社会方言两大类。地域方言是语言的地域变体。一般来说,同一种地域方言集中分布在同一个地区,也有移民把它带到远离故乡的地方的,如流布在海外的粤语和闽南话。这些远离故乡的方言久而久之会演变成新的地域方言。社会方言是语言的社会变体,使用同一种语言的人因职业、阶层、年龄、性别等不同,口音、措辞、言谈也会有差别。一般意义上的方言都是指地域方言。通常情况下,人们在口头上使用的都是方言。我们虽然在使用所谓的"民族共同语",但还是不能将之与方言和"民族语"等同起来。因为民族共同语也是以某一种方言为基础的。例如汉民族共同语——普通话就是"以北京语音为标准音,以北方话为基础方言"的。

按国内语言学界的传统看法,中国境内的语言分属五大语系:汉藏语系、阿尔泰语系、南亚语系、印欧语系、马来·波利尼亚语系(南岛语系)。

国内各种语言的系属关系如下[①]:

### (1) 汉藏语系

汉语——汉民族共同语,回族、满族、畲族通用汉语

壮侗语族　壮傣语支——壮语、布依语、傣语
　　　　　侗水语支——侗语、水语、仫佬语、毛南语、拉珈语
　　　　　黎语支——黎语

藏缅语族　藏语支——藏语、羌语、门巴语、珞巴语、嘉绒语
　　　　　彝语支——彝语、傈僳语、纳西语、白语、拉祜语、哈尼语、基诺语
　　　　　缅语支——阿昌语、载佤语
　　　　　景颇语支——景颇语、独龙语
　　　　　语支未定——普米语、怒语、土家语、僜语

---

① 周振鹤、游汝杰:《方言与中国文化》(第2版),上海人民出版社2006年版,第5—6页。

苗瑶语族　　苗语支——苗语、畲语
　　　　　　瑶语支——瑶语

语族未定——仡佬语
暂归本语系——京语

## （2）阿尔泰语系

　　　　　　西匈语族——维吾尔语、哈萨克语、撒拉语、乌兹别克
　　　　　　　　　　　语、塔塔尔语
突厥语族
　　　　　　东匈语族——柯尔克孜语、西部裕固语

蒙古语族——蒙古语、达斡尔语、土族语、东乡语、保安语、东部
　　　　　　裕固语

满通古斯语族　　通古斯语支——鄂伦春语、鄂温克语
　　　　　　　　　满语支——满语、锡伯语、赫哲语

暂归本语系——朝鲜语

## （3）南岛语系
印度尼西亚语族——高山语

## （4）南亚语系
孟高棉语族——崩龙语支佤语、崩龙语、布朗语

## （5）印欧语系
斯拉夫语族——斯拉夫语支——俄罗斯语
伊朗语族——东伊朗语支——塔吉克语

不同类型的文化从相互隔离进入渗透和交融状态，最主要的原因之一就是人口的迁徙，亦即移民。移民一方面造成文化的传播；另一方面，又使不同地域的文化发生交流，产生新的文化，推动文化向前发展。人口的迁徙在促使文化发展的同时，也使语言发生很大的变化。

语言的发展和演化可以从宏观和微观两个方面来考察。宏观的演化大致包括语言的分化、融合和更替；微观的演化是指一种语言或方言中某些语言读音的变化、词汇的增减、语法结构的变化等。

语言演化的原因是多方面的，人口变迁是其中最重要的原因之一。人口的大规模迁徙往往引起语言的分化。本来使用同一种语言的人群，聚居在一起，同属一个大社团，后来由于种种原因四散移居，分化出若干不同的社团。社团的分化往往引起语言的分化。语言分化的结果是产生方言或次方言。

方言演化既指移民方言的种种变异，也指土著语言所受到的种种影响：如果移民在人数上大大超过土著，并且在政治、经济、文化上处于优势地位，同时迁徙时间集中，那么移民所带来的方言就有可能取代土著的方言；如果移民在政治、经济、文化方面的地位远逊于土著，人口相对较少或成分分散而处于土著的包围之中，那么他们就不得不放弃旧地的方言，比如我国的满族；在移民和土著势均力敌的情况下，他们的语言有可能互相渗透和融合，也可能是移民语言和土著语言并存竞争，造成混杂语或双语现象。"方言形成后，一方面它会从'初始'的母语那里继承并沿袭其基本结构特征，同时又会不断地增加其变异成分，产生新的无序演变轨迹，并进一步形成各种新的不平衡点，与母语文化及双语文化构成语言文化整体中的一种新的非线性系统。"[①]

相比而言，"中介语""过渡语""族际语"以及"混合语言"体现的是语言接触的共时状态与过渡状态，是流动的、不规则的、不稳定的和暂时的（在语言个体对话的情况下，甚至是转瞬即逝的）；方言则是比较稳定的、相对规则的和时间久远的"第三空间语言"。方言体现的是语言接触的历时状态，是不同历史时期各种语言接触与融合景观的折叠，也是不同语言基因的

---

① 丁石庆：《双语族群语言文化的混沌演化历程分析——以达斡尔族个案研究为例》，张公瑾、丁石庆主编《混沌学与语言文化研究》，中央民族大学出版社 2005 年版，第 141 页。

积淀。同样，方言与方言的接触，也会产生"过渡语"和"混合语言"。

作为一种"接触语言"，"第三空间语言"广泛地存在于不同语言的"接触地带"和交流过程中，如跨语言写作、对第二语言的习得、翻译或阅读非母语作品、拥有不同语言表述能力的个体相互间的对话与交流，等等。在两种或多种语言的对话过程中，"第三空间语言"不只是一种特殊的空间话语存在形态，也是交织混合着两种或多种意象空间、心理空间、文化空间、审美空间的一种混沌状态，展现了"语言接触"中复杂的文化现象和奇特的心灵景观。

4. "第三空间语言"的特征

（1）过渡性

如前文所述，"第三空间语言"处在由母语向目的语过渡的复杂流动关系中，是一种由边界者维系的"根"与"放逐"的关系，是一种过渡性存在。一是指其"可塑性"，就学习者的整个语言系统而言，它是不断发展变化的；二是"可渗透性"，渗透是指规则的渗透，表明过渡语系统的开放性。无论是"可塑性"还是"可渗透性"，都是过渡语系统动态特征的表现。

（2）空间性（共时性）

"第三空间语言"处在"第一空间语言"和"第二空间语言"之间的冲突、交融和相互趋同的交叉位置，在两者之间起到调停斡旋的作用，是在空间维度中对母语与目的语的肯定性解构和启发性重构。"第三空间语言"是一种差异的综合体，是在共时状态下融构了真实和想象的具有差异性、开放性、创造性并随着语境的变化而改变着外观和意义的新的空间语言。

（3）混沌性

混沌性是"第三空间语言"的主要特征。混沌是现实系统的一种自然状态，一种不确定性，它在表现上千头万绪、混乱无规，但内在的蕴含着丰富多样的规定性、有序性。

人类语言是混沌的，是有序和无序的统一，是确定性与不确定性的统一。一方面具有有序性——大致的平衡、稳定，这确保人们之间的交际得以顺利进行；另一方面又具有无序性——大致平衡、稳定中有不平衡、不稳定的因素，这又使语言可以在动态复杂的系统中得到不断演化。

演化的动态系统时刻在相互的作用和干扰中实现自我的生成和发展，发展中的状态有过渡态和定态两种。定态也有两种，受干扰而产生变化的定态称不稳定定态，干扰之后能够恢复原态的叫作稳定定态，稳定定态以周期性为特征。绝对周期性的、平衡态的系统是那种死的晶体系统，它没有与外界的交换和相互作用，因此也没有演化和进化。准周期行为、倍周期分叉行为、阵发（间歇）行为等是产生混沌的机制，是活的演化系统的特性，是世界的基本存在形式。远离平衡态，并非是说完全失衡，它的数学描述只是偏离，而不是脱离，往往在偏离过程中，产生无法辨认的混沌现象，而且这种现象的起因不在于外界作用，而在于系统自身的一种固有属性，系统自身产生的某一微小的变化，在长期行为中潜在地壮大，最后导致了混沌现象。

混沌学指出，世界是复杂的关系和作用体系，动态系统除了有序的规则行为外也可以有无规则行为，这些无规则行为是系统自身固有属性表现出来的自组织能力的表现。不仅这样，对于动态系统来讲，往往是这种无规则行为才是系统发展演化的真正动力，这种内在动力和来自于环境的外来干扰的复杂的相互作用推动着系统的生存和发展。

"第三空间语言"是"第一空间语言"与"第二空间语言"相互"干扰"和演化的一种过渡态，其混沌性一方面体现的是语言演化过程中的不确定性、无序性、不稳定性、非平衡性、复杂性、流动性、非线性、不可预测性、对初始条件的敏感依赖性，以及不符合逻辑的、不和谐的、动态的无规则行为和过程；另一方面，体现在这种混沌性也是有序和无序的统一、确定性与随机性的统一、稳定性与不稳定性的统一、复杂与简单的统一、线性与非线性的统一，是一种整体性的动态平衡过程。

（4）历时性

历时性主要是指在不同的历史时期，不同地域、不同族群的语言接触中产生的"第三空间语言"在语言演化中沉淀下来，并在共时性语言中呈现出来，如借词、底层语言①等。

语言演化的过程，也是各种语言之间不断地相互冲刷、消磨、影响、吸收的过程。语言演化的结果是不同语言最终走向融合状态并在各自的地域空间中形成不同的方言。当一种语言被另一种新来的语言取代的时候，"战败"

---

① "底层语言"理论是 19 世纪意大利语言学家雅科夫·布列兹托尔夫奠定的。

语言的某些成分有可能残留下来成为战胜语言的底层成分。语言学家指出，底层语言以多种方式对新的语言——上层语言产生程度不等的影响。一般说来，新的语言是经济、文化比较发达的民族的语言。一方面原住民学习新语言时受到原有语言习惯的制约和影响，造成有规律的错误，这是造成底层语言成分的原因之一；另一方面是旧语言中某些成分在新语言中找不到相应的表达方式，也就是说原住民文化中的某些成分在新语言中并不具备，于是旧成分就沉淀下来成为底层成分。底层成分是语言接触的历时积淀和文化遗留。

底层成分和借用成分都是由一个体系渗入另一个体系里的成分，但底层成分更深入、更隐蔽，对语言研究意义更大。底层成分能渗入语言结构，借用成分通常只见于词汇。底层语言的产生必须有民族底层作为前提，即原有民族跟外来民族在同一个地域中共同生活，借用则不必有此前提。底层成分都是通过口语产生的，而借用成分还可以通过书面语输入。底层语言成分不限于词汇，也包括语音和语法现象，还包括语言所蕴含的个性气质和文化基因。从整体看，语言底层跟文化史关系甚大。例如某些底层成分的地理分布能为底层民族在迁离之前的活动范围提供宝贵的线索。

历时性体现了语言演化的历史层次，也体现了历时性与共时性的统一，即空间与时间的统一。语言学家索绪尔在《普通语言学教程》中设定了语言与言语、共时语言与历时语言、能指与所指等一系列的对立关系。索绪尔所说的"对立"是指相互不能分离和相互并存中的适应关系。这些对立关系中体现出的内涵是包含历时的共时，也就是历时与共时统一、时间与空间统一、纵向思维与横向思维的统一。索绪尔解释了共时的多元性内涵和历时的一元论内涵。共时既是某种共存的统一秩序状态，又是相互区分的多元状态。正是在共时态中，我们发现了多元问题。[①]

"第三空间语言"是以文化多元性和语言多样性为前提的。随着经济全球化的到来，人口的迁移和语言的"接触"现象将越来越普遍，"第三空间语言"也将成为一种普遍性存在。语言的交流过程，同时也是各种语言不断走向融合和同化的过程。不同语言之间不断地相互"接触"和交流虽然丰富了

---

① 扎拉嘎：《互动哲学：后辩证法与西方后辩证法史略》（下册），中国社会科学出版社 2007 年版，第 549—592 页。

人类的语言文化，但文化的多元性和语言的多样性却被不断地消解。这种语言发展中的趋同倾向和单一化倾向已经使世界上许多民族面临着母语丧失的危机。而事实上是，有许多小语种和人口较少民族的语言已趋于濒危状态或已经消亡。人类的语言基因库正在逐渐萎缩。

## 第二节  嘉绒藏语——"第三空间语言"

如前所述，中国的语言按系属分类，可分为汉藏、阿尔泰、南亚、南岛和印欧 5 个语系，语言数量超过 130 种。其中，属于汉藏语系的语言就有近 80 种，汉语以外的诸多语言主要分布在西北、西南和华南，使用人口约 5 000 万人；阿尔泰语系的语言有 20 种左右，分布在东北、华北和西北，使用人口约 1 700 万人；南亚语系有几种语言，分布在云南和广西的小部分地区，使用人口约 50 万人；南岛语系是分布在台湾的近 20 种原住民（高山族）语言，海南回族讲的回回语也属这个语系；印欧语系只有俄罗斯和塔吉克两种语言，分布在黑龙江和新疆的个别地区。此外，还有五屯、唐汪、倒话、艾依努等被认为是混合型语言。

中国 55 个少数民族中，除了回族使用汉语，满族大部分使用汉语以外，都有自己的语言。同时，有些民族使用两种或者两种以上的语言，各民族中也有数量不等的成员转用了其他民族的语言[①]。也就是说，语言的数量和民族的数量不一致，民族语言和一部分民族成员所使用的语言在族属上也不一致。在中国的 55 个少数民族中，使用两个或者两个以上本民族语言的民族有藏族、门巴族、景颇族、怒族、珞巴族、瑶族、裕固族等。不同系属的语言在结构上也存在很大的差异。

---

① 中国社会科学院民族研究所、国家民委文化宣传司：《中国少数民族语言使用情况》，中国藏学出版社 1994 年版，第 2 页。

## 一、藏语三大方言

中国的藏族主要分布在五个省区，居住地域辽阔，语言使用情况复杂。由于所处地理位置的差异以及历史的原因，藏语形成了多个方言区。在藏族的历史文献中，将藏语分为卫藏、康、安多三大方言区。目前，有90％的藏族人使用卫藏、康、安多方言，有10％的藏族人使用嘉绒语、木雅语、尔苏语、僜语等语言，还有部分藏族人使用羌语和普米语。藏语方言不仅分歧大，而且情况复杂。不同语言或方言的差异程度，与使用这种语言或方言的族群的地理、历史、文化、社会等语言之外的种种因素密切关联。

传统藏语文研究的主要内容包括文法、正音、正字、修辞、翻译和诗歌韵律等方面，并以文字学习、古籍解读、佛经翻译为目的，研究对象主要是古代文献资料。这种传统在藏族大多数学者中一直延续至今——研究的对象大都是古代藏语、文字学、书面语，藏语与藏文脱节。这与五四运动前汉语和汉文的关系一样，语言与文字脱节——写的是"文言"，说的是"白话"。新中国成立以后，中国藏族语言文字的研究不仅逐步扩大了范围，而且从书面语扩展到口语、方言和藏族使用的其他语言。1956年，为了解决少数民族的文字和教育问题，调查了解中国少数民族语言的使用情况，推动语言研究，国家抽调700余人组成7个工作队深入民族地区进行语言普查。其中，第七工作队主要调查藏语和藏族使用的有关语言。包括地方上协助调查的人员在内，前后参加调查的人员将近200人。他们对四省一区的藏语进行了全面的普查，调查方言100余点。此外，对藏族使用的嘉绒语和羌语也进行了全面的调查，调查方言土语有四五十个点。据2000年的统计，藏族总人口约514万人，90％以上使用藏语。在藏语的三个方言中，卫藏和安多方言差别较大。康方言介于两者之间，东部土语和南部土语较接近卫藏方言，其余四个土语较接近安多方言。卫藏和安多方言内部各土语之间的差别较小，一般来说，彼此通话不成问题。康方言内部情况比较复杂，土语之间的差别比较大，彼此通话有一定的困难，有"五里不同音，十里不同调"之说。

藏语三个方言之间在语音、语法、词汇上都有一定的差别，但以语音差别为主；其次是词汇和语法。土语之间的差别主要是语音，其次是词汇，语法差别较小。概括来说，卫藏、康与安多方言的非同源词约20％，方言内部土语之间的非同源词一般在 10％左右，差别大的也能达到 20％；语音差别主要表现在浊辅音和复辅音声母、单元音韵母、辅音韵尾和声调的差异上；语法差别则主要是动词和曲折形态的助词的差异。[①] 当然，对藏语方言的分类，学术界还有不同的看法。[②]

## 二、混融语言——嘉绒藏语

嘉绒语也被称为"四土话"，因为嘉绒地区操这种语言的人最多，理县、马尔康、大金川、小金川、丹巴等县都有讲这种语言的人。嘉绒语的特点之一，就是与卫藏语、康语在读音上有所不同。在嘉绒语中，藏文的前加字、上加字、后加字以及辅音、元音等读出音，如猴这个词，藏文写成 sprevu，拉萨读作 piu[15]，甘孜读作 tşiu[55]，嘉绒则读作 sprewə。又如"药"，藏文写作 sman，甘孜读作 me[55]，嘉绒读作 smen。丹巴的革什杂、金川的观音桥、马尔康的木尔宗等地操一种特殊的土话，语言专家称"尔龚语"。马尔康的达维地区有一种土话与"四土话"有一定的差别，如石头，四土话读作 rgyu－ru，达维读作 du－ro－ba。

众所周知，在民族特征中，语言是比较稳固的因素，语言不太容易在短期内形成较大的差别。嘉绒地区语言的差异是在长期的历史进程中逐渐形成的。格勒在《藏族早期历史与文化》一书中，对藏文、卫藏方言、嘉绒藏语进行了比较[③]。举例如下：

| 藏文转写 | 卫藏方言 | 嘉绒藏语 | 汉义 |
| --- | --- | --- | --- |
| snum | num[55] | snAm | 油 |
| sman | me[55] | smen | 药 |
| nag | na[13] | kənak | 黑 |

---

① 瞿霭堂、金效静：《藏语方言的研究方法》，《西南民族学院学报》（人文社科版）1981 年第 3 期，第 76—84 页。
② 瞿霭堂和谭克让在其所著《中国语言地图集·藏语方言图》对此表达了不同的看法。此书对我们了解藏语言丰富的文化元素有很大的帮助，是当时比较科学和精确的方言地图。
③ 格勒：《藏族早期历史与文化》，商务印书馆 2006 年版，第 315 页。

**续　表**

| 藏文转写 | 卫藏方言 | 嘉绒藏语 | 汉义 |
| --- | --- | --- | --- |
| sprin | tʂʅ⁵⁵ | sprən | 云 |
| gnyis | ŋi⁵⁵ | kənEs | 二 |
| gsum | sum⁵⁵ | kəsem | 三 |
| brgyad | cɛ¹³ | wurjet | 八 |
| mi | mi¹³ | tərmi | 人 |
| nŋu | ŋu¹³ | kəŋu | 哭 |
| rna | na⁵⁴ | tərna | 耳 |
| kha | kha⁵⁴ | təkha | 嘴 |
| myig（古） | mi⁵⁴ | təmɳak | 眼 |

从以上的比较中，可以看出几点规律：

第一，嘉绒藏语读藏文时，前加字、上加字、后加字都发音。如"云"（sprən），s 为上加字，r 为下加字，ə 即元音 i 之音，n 为后加字。这种发音方法是古代藏语的读音方法。噶玛司徒大师在《藏文文法注疏》中说："嘉绒、青海、甘肃等地方的人，至今保留着卫藏语的古音。在他们的口语中，前加字、上加字的音，都能清楚地读出。"格勒曾从语言学的角度论证了古代藏语的辅音的韵尾是要读出音的。他认为，现在的卫藏和康区的藏语语音已发生了较大的变化，即大多数前加字、上加字、下加字等在拼读中被省略、简化，然而生活在深山老林中的嘉绒藏族，就像保留藏族古代宗教"苯"一样，一直保留着古藏语的读音方法。因此，卫藏人与嘉绒人交谈不了的原因之一，就是嘉绒藏语较多地保留了藏文古拼音的读法，即不仅能读出辅音和元音，而且能清楚地读出前后加字、上加字、下加字的音。由于读的时候，尤其是讲话时，连读速度很快，所以一般卫藏人或康巴人就听不懂嘉绒藏语了。

第二，在嘉绒藏语中，名词和动词前面往往多加一个并无实际意义的词头辅音，即 kə 和 tə。如"哭"，卫藏方言为 ŋu¹³，嘉绒藏语为 kəŋu；"耳"，卫藏方言为 na⁵⁴，嘉绒藏语为 tərna；"嘴"，卫藏方言为 kha⁵⁴，嘉绒藏语为 təkha。如何解释这种现象呢？有的藏族学者认为，在古代藏语中，凡名词前都可以加 tə 字。藏文文法《三十颂旨要》中就有此说，目的是为了便于口述，并以此解释"吐蕃"即古藏语 təbod 的译音。此说既新颖又颇有道理。这种可能性，即嘉绒语中名词和动词前加 tə 或 kə 词头辅音，可能是受古羌语的影响。举例如下：

| 对应情况 | 羌语 | 嘉绒藏语 | 汉义 |
|---|---|---|---|
| xtʂ – kətʂ | xtʂu$^{33}$ | kətʂok | 六 |
| xg – kən | xguə$^{33}$ | kəngu | 九 |
| xq – təkh | xqa$^{33}$ | təkha | 嘴 |
| xtʂ – təʂ | xtʂuə$^{35}$ | təʂtʂE | 汗 |
| xd – təə | xda$^{33}$ | təədor | 油 |
| xg – tərg | xgy$^{33}$ | tərgi | 粒 |
| xb – tərb | xbu$^{33}$ | tərbo | 鼓 |
| xm – tərm | xmə$^{55}$ | tərmE | 名字 |
| xɳ – təm | xɳ$^{55}$ | təmnu | 锥子 |
| xn – kəʃn | xne$^{33}$ | təʃna | 鼻涕 |
| xp – kəmb | xpə$^{55}$ | kəmbak | 暴烈 |
| xp – kəp | xpa$^{33}$ | kəpar | 豺狗 |

自唐以后，藏族就与古氐羌族长期在嘉绒地区杂居，藏族在同化和融合这些古氐羌人的过程中，一方面强行推广藏族传统语言；另一方面，不可避免地要吸收当地土著羌族的语言并受其影响。这种语言上的复合现象正好说明历史上藏族与古羌相融的事实。

关于嘉绒地区藏族与古羌人的融合或藏族同化古羌人的问题，我们可以进一步从嘉绒藏族迄今保留的部分古羌文化特征中得到证明。

藏族与古羌融合的证据之一是语言。在目前的嘉绒藏语中，"四土"和马尔康的木尔宗、金川的观音桥、丹巴的革什杂等地的语言与藏语存在着一定的差别。其中的"四土"话被语言学者称为"嘉绒语"。嘉绒语一方面与藏语接近，保留着古代藏语的读音方法；另一方面，"它具有羌语支语言的许多重要特征，特别是基本词汇和语法特征，一些主要语法现象与羌语支语言有明显的同源关系"。显然，这不可能是现代羌族语言影响的结果。因此，我们只能认为，形成这种语言特点的原因是它保留了部分唐以前此地古羌人的语言。

马尔康、木尔宗等地的语言被学者称为"尔龚语（rgu）"。尔龚语中渗入了许多藏语词，例如 ma lva（酥油）、sman ba（医生）、ge tein（绸子）、guŋ（价钱）、phc（工资）、tshuŋ khuŋ（商店）、a pa（父亲）、a kiw（叔父）、ku ku（布谷鸟）、ska ska（喜鹊）、me tɔ（花）、ŋu（银子）等日常用词与藏语相同或相近。而且，无论是操嘉绒语的藏族还是操尔龚语的藏族，除讲本地土语外，还会讲标准的藏语，包括草地藏语和康巴藏语。这种语言上的双语现象是历史上藏羌杂居和融合所造成的。

金鹏等在《嘉绒语梭磨话的语音和形态》中说：嘉绒语中与藏语比较接近的词占总词数的 37% 左右，而且这部分词的复辅音系统和韵尾系统与藏文创制时期的语言结构十分相似。这就是 1 000 多年来，藏族同化和融合当地古氐羌人的过程中，语言上所产生的同化效果。[①]

目前，嘉绒语是四川省阿坝藏族羌族自治州和甘孜藏族自治州部分藏族所使用的语言，与羌、普米等语言同属汉藏语系藏缅语族藏语支，主要通行于四川省阿坝藏族羌族自治州的马尔康、大金川、小金川、壤塘、红原、黑水、理县、汶川等县，以及甘孜藏族自治州的丹巴、道孚两县和雅安专区宝兴县的部分地区，使用人口约 19 万人，占藏族人口的 3.8%。嘉绒语可以分为东部、西北部和西部三个方言，又可分成四个互不相同的方言：四土话、草登话、茶堡话和日部话。嘉绒十八土司地区的藏语方言繁多，尤其是以马尔康的四大坝等地为例，一村、一寨，一个"垄坝"都有自己的"家庭语"。寨子之间，或垄坝之间往来，用通用的嘉绒语来交流，即所谓的四土话。"四土"这个名称指的是新中国成立前马尔康一带的四个土司：卓克基、梭磨、脚木足和白弯。四土话，即嘉绒语东部方言，是使用人口最多、分布地区最广的嘉绒语方言，总人数超越十万多，因此又被称为"官话"。20 世纪 50 年代，在中国进行大规模的民族语言调查时，金鹏先生和他的学生对嘉绒语的三十多个点进行了深入的考察，当时研究最全面的方言是四土话。

嘉绒语是藏语支乃至藏缅语族中一种极富特点的语言，嘉绒语和藏语是同属于一个语族，有着密切的同源关系，因此，它们之间的共同词汇可以是

---

① 格勒：《藏族早期历史与文化》，商务印书馆 2006 年版，第 329—332 页。

借用的结果，也可以是属于本土层次的同源词汇。我们用"关系词""中介语""过渡语""混沌语"来表示嘉绒语和藏语的共同词汇，包括同源词和借词在内。比如，嘉绒藏语和安多藏语之间的接触最早发生在吐蕃时代，因此嘉绒语直接从古藏语吸收了很多借词，这些借词的语音面貌和吐蕃时代文献中的古藏文一样原始，所以一般都不能运用藏语方言的后期语音创新（如韵尾的脱落、复辅音的简化等）来辨别出借词，大部分借词直接反映古藏语的音系。

嘉绒语与藏语的比较研究可以给我们提供几个重要的价值：

① 在汉藏比较研究中，只能运用嘉绒语的本土词，不能运用藏语借词，因此，可以说分辨嘉绒语与藏语之间的借词和同源词是进行汉藏语比较的先决条件。

② 藏语借词进入了嘉绒语系统之后会发生和本土词一样的语音演变，因此可以运用藏语借词来考察嘉绒语方言的后期音变。

③ 因为嘉绒语完整地保留了古老的复辅音系统，这些借词带来有关古藏语的发音和安多方言的历史音变的一些重要的线索。复辅音声母是藏语语音的一个重要的特点。历史上，藏语有丰富复杂的复辅音声母。随着语音的发展和变化，复辅音声母已经简化和消失了。现代藏语方言中所保留的复辅音声母同藏语书面语（藏文）中的复辅音声母比较起来，显然已经简单得多了。现代藏语三个方言中，安多方言有比较繁多的复辅音声母，而卫藏方言的多数地方复辅音声母已经消失。所以，复辅音声母还是划分方言在语音上的一个重要标志。藏语新音位的产生、浊音的清化、元音的复化等现象，都和复辅音声母及其发展变化有关。

④ 有一些古藏文词汇只保留在嘉绒语中，而在现代的藏语方言中大多都消失了，这些在嘉绒语中保留下来的词汇有助于对吐蕃时代的古藏文文献获得更为精确的了解。

一部分藏语借词溯源于原始嘉绒语的时代，可以当作原始嘉绒语词汇的一部分，但大部分借词显然是在不同时代分开地进入嘉绒语的不同方言。在藏区的所有语言中，嘉绒语是把前加字保留的最完整的语言。只有在嘉绒语中才可以听到古藏文的复合前置音，如茶堡话 bsgyur（变化），在安多方言和巴基斯坦的巴尔底方言中，复合前置音都被简化了，上加字一律脱落

（bsgy－）。举例①如下：

| 藏文 | 嘉绒语 | 拉萨语 |
|---|---|---|
| glo | glu | Lo |
| gnis | Keuəs | ŋj |
| rmas 伤 | rmas | mɛ |
| sga 鞍 | sKjɛ | Ka |
| smanpa 医生 | sməpjɛ | manpa |
| snjŋ 心 | ʂnj | ɳi |
| rnawa 耳 | rna－rne | nawa |

　　嘉绒语非常完整地保留了古藏文的音节结构，因此，带有晚期藏语安多方言形成的特征，一定是从安多方言借来的，而不是嘉绒语本身的创新。因此，藏语借词的研究与嘉绒语方言的比较研究是紧密相连的。我们从同一个词在嘉绒话、古藏语和安多话中的读法比较中即可看出嘉绒话的读音正是保留了古藏语的读法②。举例如下：

| 汉义 | 藏文 | 嘉绒话 | 古藏语 | 安多话 |
|---|---|---|---|---|
| 身体 | sku | ［sku］ | ［sku］ | ［ke］ |
| 标志 | rtags | ［rtas］ | ［rtas］ | ［ta］ |
| 美丽 | mchor | amʧhor | mʧhor | tɕhor |
| 发胖 | vdar | ［ndar］ | ［ndar］ | ［ndar］ |
| 肺 | glo | ［glo］ | ［glo］ | ［hlo］ |
| 牙 | swa | ［swə］ | ［swə］ | ［so］ |
| 老鼠 | byi | ［bʃ］ | ［bji］ | ［ɕo］ |

　　① 嘉绒语是藏语支语言中较完整地保留古藏文特征的语言，如复杂而规律的复辅音声母系统以及包括古藏文的复合前置音结构和人称、从属范畴的

---

　　① 四川省编辑组：《四川省阿坝的藏族社会历史调查》，四川省社会科学院出版社 1985 年版，第 223 页。

　　② 四川省编辑组：《四川省阿坝的藏族社会历史调查》，四川省社会科学院出版社 1985 年版，第 223 页。

语法系统，是汉藏语言历史比较研究的宝贵资料。在所有藏区的语言中，分辨借词和同源词是历史比较语言学的首要任务。语言学家们做了大量的分辨同源词和借词的研究，比如嘉绒语与古藏文和藏语安多话都有许多共同的特征，包括语音系统、词汇、形态和句法等方面。这些共同特征的一部分是借用的结果，而另一部分是同源的原因。

② 具有复杂的语言和历史文化背景。嘉绒语方言复杂，差异较大。有人认为，嘉绒语的西部方言是一种独立的语言（称道孚语或尔龚语）。嘉绒语的系属一直是颇有争议的话题。一部分学者认为，嘉绒语是藏语的方言之一（阿旺措成，1992），嘉绒方言中藏语借词多达 30％～40％，在政治、历史、宗教、文化等方面与使用藏语的藏族又有极其密切的关系。另一部分学者认为，嘉绒语是藏语支的语言（林向荣，1993）。还有学者认为嘉绒语是羌语支的语言（孙宏开，1983）。

20 世纪 80 年代，四川省民族研究所、中国社会科学院民族研究所和中央民族大学先后对川西地区的语言进行过调查研究。20 世纪 90 年代末，中国社会科学院对语言文字使用的活力进行了调查和研究，其中包括了藏语。以藏语来说，康方言内部土语之间的差别远远大于卫藏和安多方言内部的差别。

从方言内部来看，嘉绒语东部方言各土语间差别甚微，并不影响彼此通话；西北部方言土语间差别较大，通话有一定的困难，至多能懂一半左右；西部方言各土语间基本不能通话。

从嘉绒语三个方言的差别程度来看，东部方言与西部方言差异最大；西北部方言是过渡的桥梁语言，介于其中，它把东西部两个方言，像一条纽带紧紧系在一起，而且比西部方言更接近东部方言。这种差异与地理位置相合，即离得越远，差别越大。如西北部方言地理位置居中，与其他方言的差异也居中，而东部方言东端的理县土语与西部方言的差异就大于西北部马尔康土语与西部方言的差异。嘉绒语方言或土语的差异，就语言结构来说，语音、词汇、语法上都有较明显反映，尤其是词汇和语法。①

---

① 林向荣：《嘉绒语研究》，四川民族出版社 1993 年版，第 25 页。

嘉绒藏话区，东临汉区北接草地。说这种话的总计有四十多万人。嘉绒藏人有三分之一与汉人杂居，由于长期频繁交往，话中产生大量的借词，有的地区甚至高达百分之十。但在话中大量的基本词和语法结构却与汉语相异与北部安多话相同。为什么呢？因为一个语言的众多基本词汇和语法结构是无法从不同语言中借来，嘉绒话与安多话是同一语言中的不同方言。①

比较而言，在嘉绒研究中，嘉绒语是一个得到比较系统和深入研究的领域。早在 20 世纪 40 年代，语言学家闻宥、金鹏等先生都曾对嘉绒语做过调查与研究。顾颉刚先生也认识到，嘉绒语读音"似较拉萨和拉卜楞为古"。新中国成立后，语言是民族调查中的一个重要方面，尤其是 20 世纪 80 年代以来，学术界围绕嘉绒语究竟是一种藏语方言还是一种独立语言，以及如果是一种独立语言，那又应该归属于藏缅语内哪一语支等问题展开了热烈的讨论，发表了大量相关论文，亦有专著出版。

多语言混杂是嘉绒文化的重要特点之一。嘉绒地区各种语言彼此之间互为词源和衍生词，又分别代表不同的宗教派别和地区范围。"藏彝走廊"地区，多种民族交错杂居，分布着众多藏缅、侗台、苗瑶、孟高棉等语族语言，类型错综复杂，甚至同一县、乡可并存多种语言。以四川阿坝、甘孜州为例：阿坝州使用的语言有藏、羌、嘉绒、尔龚语等，甘孜州使用的语言有藏、彝、嘉绒、普米、尔苏、木雅、却域、贵琼、纳木依、扎巴、倒话等。

费孝通先生把此地的语言称之为"语言孤岛"。从这些纷繁密布的方言"孤岛"群中，不难看出嘉绒部落迁徙与族群发展的历史折影。

文化之间的接触首先出现在不同文化相互接触的地带。"接触地带"典型地反映了不同的族群、语言和文化之间的相遇，这是不同文化之间交流和模仿的地带，也是协作和接受的地带。接触地带几乎一开始就是多元文化和多种语言并存的语言中心、文化中心，它的典型特征就表现为跨文化因素的出现。

方言的形成和移民有关。一是讲同一种语言的人同时向不同地区迁徙，

---

① 王建民、赞拉·阿旺措成：《安多话、嘉绒话对比分析》，四川民族出版社 1992 年版，第 153 页。

在不同的条件下经过发展演化，成为不同的方言；二是使用甲地方言的部分居民在某一历史时期迁移到乙地，并与乙地的土著民语言相互融合，久而久之，同一种方言在甲、乙两地演变成两种不同的方言。移民远离聚居地来到新居地后，仍然聚居在一起，如果他们原有的文化传统和新地土著的文化特点格格不入，语言也大相径庭，那么移民就有可能保持原有的语言或方言。如闽南方言远播海南岛，客家话迁至台湾岛。甚至在美国还有几十万华裔说广东话，因为他们的祖宗大多是广州一带的农民。

嘉绒藏语的复杂性与其特殊的历史背景、族群构成，以及独特的地理构造密切相关。

如前所述，嘉绒地区处在多民族语言文化密集交流的"藏彝走廊"上，也处在汉藏之间的过渡地带。一直以来，这个地区就是一个多语言的混合杂糅地带。

嘉绒藏族是在长期的历史进程中，在古代藏族与古代氐羌部落相互同化、融合的基础上形成的。因此，现在的嘉绒藏语一直保留着古藏语的读音方法和古羌语的某些底层成分。这种语言上的复合现象也印证了嘉绒历史上藏族与古羌人融合的史实。

在吐蕃统一嘉绒之前，这个地区曾盘踞着众多的氐羌部落。因此，嘉绒藏语的众多方言，除了与历史上吐蕃王朝的东向发展以及吐蕃在不同时期的多次移民有关，也与这些氐羌部落众多的语言支脉及其语言文化遗存有关。

另外，由高山和峡谷构成的嘉绒地区复杂的地理环境天然地造成了嘉绒人居住地的条块分割与相对的隔离状态。吐蕃移民进入嘉绒地区后自然地星散于大小不等的峡谷河川之中，被分隔在一个个较小的地域内，无法与外界发生太多的接触和交流，当地土著也不容易介入移民区，那么这些移民的方言就可能长期保留原有的基本面貌或某些特征，而与包围它的土著方言有明显的区别。它所流行的小块地域在包围它的土著方言区中正好像大海中的一个又一个"孤岛"。在嘉绒的一些方言"岛"上，主要是移民——驻防或屯垦的军队以及其他人口；另外一些方言"岛"上，则是那些同样由于深山和峡谷的阻隔而散居的土著民的后裔。

可以说，嘉绒地区是一个不同时代的语言、不同民族的语言、不同地域空间的语言的混融地带，也是一个具有语言生态学意义的语言沉积带和基因库。产生、形成于这一语言土壤之上充满了杂语喧哗的嘉绒藏语正是典型的"第三空间语言"。

# 第三节 《尘埃落定》的"第三空间语言"特征

在从事文学创作的过程中，那些具备了两种或多种语言表述能力的作家，无论他是使用母语创作，还是使用非母语创作，或多或少，都不可避免地会面临多语言混合或"第三空间语言"的问题。

疏离母语转而运用汉语写作是中国当代多民族文学创作的一种群体态势。具体而言，少数民族作家的汉语创作，对汉语的语音、语素、语法都产生了很大的影响：一是汉语表述中渗透着母语思维；二是用汉语转写母语的词汇、句式；三是将本民族的历史、典故、短语、格言、谚语、俚语等转写进汉语叙事中。少数民族作家根据自己不同的民族文化背景和语言习惯，从内部改变了汉语，把他们母语中的某些富有民族色彩和鲜活生命力的语言文化元素以及表达方式融入汉语中，改变了原有汉语的节奏，使汉语更富有色彩，更富于表现力。由于融合进了不同的民族语言和文化色彩，汉语在这些作家笔下呈现出奇特的节奏和风韵，在一定程度上激活并丰富了汉语体系的表现力。我们很难将"跨族别写作""跨文化写作""跨语际写作"局限在一个民族的文化系统之内。

对于使用汉语写作的藏族作家阿来来说，母语不是书面语言而是口头语言，但即便是在使用汉语写作，他表达的却依然是母语意识和"回归"母语文化的情怀与渴望。他别无选择。从开始的疏离母语到最终的"回归"母语意识，阿来获得了全新的文化体验。1999 年，阿来在国际比较文学学会的一次会议上发表了题为《穿行于异质文化之间》的演讲，他说：

> 从童年时代起，一个藏族人注定就要在两种语言之间流浪。
> 在就读的学校，从小学，到中学，再到更高等的学校，我们学习汉语，使用汉语。回到日常生活中，又依然用藏语交流，表达我们看到的

一切，和这一切所引起的全部感受。在我成长的年代，如果一个藏语乡村背景的年轻人，最后一次走出学校大门时，已经能够纯熟地用汉语会话和书写，那就意味着，他有可能脱离艰苦而蒙昧的农人生活。我们这一代的藏族知识分子大多是这样，可以用汉语会话与书写，但母语藏语，却像童年时代一样，依然是一种口头语言。汉语是统领着广大乡野的城镇的语言。藏语的乡野就汇聚在这些讲着官方语言的城镇的四周。每当我走出狭小的城镇，进入广大的乡野，就会感到在两种语言之间的流浪，看到两种语言笼罩下呈现出不同的心灵景观。我想，这肯定是一种奇异的经验。我想，世界上会有越来越多的人加入这种体验。

我想，正是在两种语言间的不断穿行，培养了我最初的文学敏感，使我成为一个用汉语写作的藏族作家。①

"在两种语言之间流浪"，形象地描述了"族际边缘人"的语言杂糅现象和他们的"心灵景观"。对阿来而言，"第三空间语言"既非纯母语，亦非纯汉语，而是两个空间语言交叉混合杂糅的一种有新的第三空间意义的表述语言。阿来虽然用汉语写作，却并没有淹没或消融他的民族文化身份，而是实现了积极有效的话语转换。在两种文化表述的交错中，阿来用自己个性化的写作，以母语涵化汉语，将母语文化与汉语表述方式相结合，形成了自己独特的语言风格。在长篇小说《尘埃落定》中，阿来所营造的是一种多文化和多语言混合的语境，用完全的汉语表述的却是母语的思维方式，把藏语思维与现代汉语的表述结合起来，在语言的能指与所指之间建立起了自己的语义场，达到了独特的语言使用效果。

在《尘埃落定》中，作者以简洁灵动而富于诗意和智性的语言营造了一个轻盈优美的话语空间。《尘埃落定》语言的诗性美一直以来为许多论者所激赏，也有诸多誉美之辞，如飘逸空灵、纯净清澈、流动感、音乐感、韵律感，以及隐喻性、哲理性、象征性、抒情性，等等。评论家周政保说："就我的感受而言，与其说《尘埃落定》是一部小说，还不如把它看作是一首长诗。""其中的意义在于，诗的目光或诗的思维直接地牵连着小说的创造性——'尘

① 阿来：《阿坝阿来》，中国工人出版社2004年版，第156页。

埃落定'便是一句诗，即便把这句诗放入诗的海洋，漫漫波涛也掩盖不了它的夺目光彩。"① 评论家李建军认为："在这部小说中，我们可以感受到作者的精神气质和文学追求。他自觉地追求语言的诗意效果，善于用充满诗意情调的语言渲染氛围，抒情状物。有时，他甚至有能力把诗意转化为画境。小说一开始描写野画眉在雪中叫唤以及母亲在铜盆中洗手的情景，就仿佛一幅色彩明艳、生动逼真的风景画，读过的人，谁能忘得掉呢……阿来还是一个能心照神交地对天地万物进行观察和体味的人，这一点，我们从他的这部长篇小说中的大量景物描写中可以看出来。他对柔软、冰凉、气味、声音、颜色，都有极为灵敏、精微的感受力。"②

作为跨族际、跨语际、跨文化创作，《尘埃落定》的语言体现了汉语表达与藏语思维的完美融合。这种融合性语言，与阿来的双语文化背景密切相关。双语现象在本质上是两种文化的交流、吸收、融合、互补的最直接的体现。阿来的汉语创作一方面表现了他娴熟的汉语驾驭能力，以及对汉语美的深切体验和诗意把握；另一方面是他的汉语叙事打上了母语文化、母语思维和表达方式的深刻印记。

语言是观察思维的窗口。语言之间的差异的核心是世界观的差异。正如德国著名的语言学家洪堡特所述："每一种语言里都包含着一种独特的世界观。"学会一种语言，实质上就是学会一种观察世界的角度和认识现实的方法。

阿来的汉语创作，交织着汉藏两种语言系统、两种思维模式、两种社会历史背景、两种文化心理。阿来"过着两个民族的生活，拥有两个民族的生活体验"，"在两个民族的表达智慧中欢快地游来游去"③。在两种语言、文化的过渡地带，阿来把一种非汉语的文化感受成功地融入汉语。下面，我们试从表达方式、语言意象、思维习惯、文化心理、认知方式等层面对《尘埃落定》文本的语言特点予以探讨。

---

① 周政保：《精神的出场——现实主义与今日中国小说》，山西教育出版社 2000 年版，第 142 页。

② 李建军：《时代及其文学的敌人》，中国工人出版社 2004 年版，第 125 页。

③ 唐韧：《阿来占的是什么便宜？》，《文学自由谈》2002 年第 5 期，第 27—29 页。

## 一、汉语叙事与母语表达方式的有机融合

在汉语的叙述和对话中很自然地融入母语的叙述和对话方式，这在民族杂居地区是很自然的常态。阿来在一次演讲中说："找不到适当的形容，就想到藏语的对话，如觉得好就借用，把藏语对话变成汉语，汉语对话必然隐含藏语的思维模式。"汉语语感、汉语的表意体系与嘉绒藏语的语言意识、认知方式相互叠加，藏语文化与汉语文化相互磨砺、互为淘滤，从极富象征意蕴的文化断面走向相濡相融的统一的新的观念和意识的支配中。《尘埃落定》文本语言的混融性主要表现在以下方面。

第一，在双语混合的语境中，汉语的语言结构被简化。"混合语言无一例外在语言结构方面都出现简化的趋势，这与语言在没有接触的情况下会不断繁化的常规变化有所不同。"①《尘埃落定》中很少有结构复杂的长句或复句，而是运用了大量结构简洁的句子，这类句子以单句见多。这种藏语与汉语嫁接后的语言表现形式，在叙述中创造性地形成了一种开放性的、发散式的语言系统。这套语言系统被很恰当地运用在对差异性的表述上。整部小说始终保持旁观者进退自如的灵活性或柔韧性，在多语混合的宽松空间中显得气定神闲、游刃自如。

值得关注的是，这种简洁灵动的单句形式，也直接来源于阿来所承袭的藏语口语、藏族民间故事的表达方式，也与阿来的民间叙事立场密切相关。也就是说，在阿来的汉语写作过程中，耳熟能详的母语作为"潜语言"或潜规则同时在支配着他的感觉和表达方式。一般来说，民间话语对那些"简单、质朴，却轻而易举就击中心灵"的民歌的叙事方式充满热爱。《尘埃落定》的情节或叙述几乎都是由单句承担或由成群的单句完成的。如：

> 窗外，雪光的照耀多么明亮！传来了家奴的崽子们追打画眉时的欢叫声。而我还在床上，躺在熊皮褥子和一大堆丝绸中间，侧耳倾听侍女的脚步走过了长长的回廊，看来，她真是不想回来侍候我了。于是，我一脚踢开被子大叫起来。

---

① 张公瑾、丁石庆：《混沌学与语言文化研究》，中央民族大学出版社 2005 年版，第 15 页。

在麦其土司辖地上，没有人不知道土司第二个女人所生的儿子是一个傻子。

那个傻子就是我。

除了亲生母亲，所有人都喜欢我是现在这个样子。要是我是个聪明的家伙，说不定早就命归黄泉，不能坐在这里，就着一碗茶胡思乱想了。土司的第一个老婆是病死的。我的母亲是一个毛皮药材商买来送给土司的。土司醉酒后有了我，所以，我就只好心甘情愿当一个傻子了。

虽然这样，方圆几百里没有人不知道我，这完全因为我是土司儿子的缘故。如果不信，你去当个家奴，或者百姓的绝顶聪明的儿子试试，看看有没有人会知道你。

我是个傻子。

我的父亲是皇帝册封的辖制数万人众的土司。

所以，侍女不来给我穿衣服，我就会大声叫嚷。

侍候我的人来迟半步，我只一伸腿，绸缎被子就水一样流淌到地板上。来自重叠山口以外的汉地丝绸是些多么容易流淌的东西啊。从小到大，我始终弄不懂汉人地方为什么会是我们十分需要的丝绸、茶叶和盐的来源，更是我们这些土司家族权力的来源。有人对我说那是因为天气的缘故。我说："哦，天气的缘故。"心里却想，也许吧，但肯定不会只是天气的缘故。那么，天气为什么不把我变成另一种东西？据我所知，所有的地方都是有天气的。起雾了。吹风了。风热了，雪变成了雨。风冷了，雨又变成了雪。天气使一切东西发生变化，当你眼鼓鼓地看着它就要变成另一种东西时，却又不得不眨一下眼睛了。就在这一瞬间，一切又变回了原来的样子。可又有谁能在任何时候都不眨巴一下眼睛？祭祀的时候也是一样。享受香火的神祇在缭绕的烟雾背后，金面孔上彤红的嘴唇就要张开了，就要欢笑或者哭泣，殿前猛然一阵鼓号声轰然作响，吓得人浑身哆嗦，一眨眼间，神祇们又收敛了表情，回复到无忧无乐的庄严境界中去了。[1]

---

[1] 阿来：《尘埃落定》，人民文学出版社2001年版，第3—4页。

没有冗长的描写，也没有繁复的叙述和绵密的逻辑与推理。随着主人公意绪的流动，一个又一个的单句很自然地连缀成篇。各个单句之间很少插入过渡语或连带成分，也不着意追求前、后两个句子之间的连属与参比关系。在视角的不断跳跃和场景的不断转换中，叙事与议论，写实与想象，时间与空间，视觉与听觉，眼中之景与心中之境，呈现出离合不定的流动状态，表现了多种因素多层次地相互作用。这种结构方式，从表面或细节看来，充满了随机性、跳跃性和无序状态，也缺乏逻辑性和层次感——想起什么就说什么，想到哪儿就说到哪儿。但从整体、直观的角度看，这些单句又构成了一个相互关联、相互制约的多层次的具有相对稳定状态的动态平衡的开放系统——"意绪空间"①。这个空间，是由情节的演化与意绪的扩散形成的一种语言"场"。在这个空间中，所有的表述，都遵从了主人公意识的流动过程。

第二，汉语表达的直觉化。阿来小说最显著的特点是用最基本的汉语表述最基本的事实：行为和直觉，或者叫感情和灵感，他"力图使汉语回到天真，使动词直指动作，名词直指事物，形容词直指状态"②。李敬泽在《为万物重新命名》一文中指出，阿来洗去汉语几千年来的文化背景，给汉语以直觉的定位，使之回到"天真"，为藏族末代土司世界重新命名。吴卫平在《基本语言的叙事：〈尘埃落定〉》一文中也认为，《尘埃落定》的描摹语言被还原为最基本的行为语言，把中国自五四运动以来的白话小说受到西方语言的浸渗和大工业文明下的语境彻底洗白。这两篇文章十分敏锐地指出了阿来汉语创作中的两种语言趋向：一是对汉语所承载的意义系统或思想意蕴的淡化，以及对汉语所传承的文化精神的疏离——在一定程度上是由于文化差异、语言差异、文化心理差异带来的"异质感"与"疏离感"造成的。倘若我们略加注意，就会发现，阿来的汉语叙事中，几乎没有汉语典故，也很少有汉语成语。二是对由汉语承载着的某些西方文化元素的疏离。也就是说，阿来使汉语回到了简单质朴的原初状态或本真状态。

这种直觉化的表达方式也被称为"初民式的表达"③，是一种山野气息浓

---

① 阿来：《局限下的写作》，《当代文坛》2007年第3期，第129—131页。
② 李敬泽：《在"阿来作品研讨会"上的发言》，《民族文学研究》2002年第1期，第8页。
③ 唐韧：《阿来占的是什么便宜?》，《文学自由谈》2002年第5期，第27—29页。

郁的纯净、质朴的乡村话语，清澈、流动如汩汩山泉，鲜艳、芬芳如山花烂漫。这种语言风格的形成，一方面源于阿来的乡村生活体验和母语思维习惯；另一方面，也表现了阿来写作的民族民间文化立场和价值趋向，以及有意识地对语言意识形态性的深度剥离。阿来说：

> 我们讲汉语的时候，是聆听，是学习，汉语所代表的是文件，是报纸，是课本，是电视，是城镇，是官方，是科学，是一切新奇而强大的东西；而藏语里头的那些东西，都是与生俱来的，是宗教，是游牧，是农耕，是老百姓，是家长里短，是民间传说，是回忆，是情感。就是这种语言景观本身，在客观上形成了现代与原始，官方与民间，科学与迷信，进步与停滞的鲜明对照。在这样两种不同的语言间不间断的穿越，我对不同语言的感觉，就绝对不是发音不同与句式不同那么简单。而是发现，可能我们面对这个世界的基本立场，都是由所操持的语言所决定的：对世界与人生认知或者拒绝认知，带着对传统的批判探寻理性或者是怀着自足的情感沉湎在旧知识体系的怀抱。[①]

正如李建军所言，阿来"是一个能心照神交地对天地万物进行观察和体味的人"，"他对柔软、冰凉、气味、声音、颜色，都有极为灵敏、精微的感受力"。阿来小说的语言，更依赖于感性的丰沛，依赖于视觉、听觉、嗅觉、味觉、触觉、意识活动等感觉系统的直接感受。有时候，不同感官的感受往往随着主人公意绪的流动发生移位——产生"移觉"。所谓"移觉"，就是在叙事状物时，用形象的词语使感觉转移，把某种感观上的感觉移到另一种感官上。如："牛皮鼓和铜钱的声音此起彼伏地响着，像是河上一朵又一朵浪花。"[②] 把听觉听到的"声音"用视觉上的"浪花"表述出来。声音往往不如视觉表达更直接，也不如视觉那样更容易被感知。这是典型的移觉。又如"两个年轻人还显稚嫩的脸上露出了凶恶的神情，这种神情比冻得河水冒白烟

---

① 阿来：《汉语：多元文化共建的公共语言》，《当代文坛》2006年第1期，第18—20页。
② 阿来：《尘埃落定》，人民文学出版社2001年版，第314页。

的寒冷早晨还要冰冷"①。两个年轻的公安对又一次放火烧荒的巫师多吉显出凶恶的神情，这是一种视觉印象，这种神情使多吉感到了如寒冷早晨般的冰凉（触觉）。在《尘埃落定》文本中，这种直觉化表达方式不胜枚举②。如：

来自重叠山口以外的汉地丝绸是些多么容易流淌的东西啊。（视觉）

但我最终什么也想不出来，却听见画眉想在我肚子里展开翅膀。（听觉、移觉）

喇嘛的泻药使我的肠子唱起歌来了。（听觉）

满世界的雪光都汇聚在我床上的丝绸上面。我十分担心丝绸和那些光一起流走了。心中竟然涌上了惜别的忧伤。闪烁的光锥子一样刺痛了心房。（视觉、移觉）

办了一会儿公事，母亲平常总挂在脸上的倦怠神情消失了。她的脸像有一盏灯在里面点着似的闪烁着光彩。（视觉）

她嘤嘤的哭声叫人疑心已经到了夏天，一群群蜜蜂在花间盘旋。（听觉）

罪过的姑娘呀，水一样流到我怀里了。（触觉、移觉）

麦子已经成熟了。阳光在上面滚动着，一浪又一浪。（视觉）

奶娘把我从母亲手中接过去。我立即就找到了饱满的乳房。她的奶水像涌泉一样，而且是那样的甘甜。我还尝到了痛苦的味道，和原野上那些花啊草啊的味道。（味觉、移觉）

---

① 阿来：《空山·天火》，人民文学出版社 2005 年版，第 212 页。
② 以下小说引文均引自阿来《尘埃落定》，人民文学出版社 2001 年版。

　　她穿上缎子长袍，晨光就在她身上流淌。（视觉）

　　屋子里响起塔娜披衣起床的声音，绸子摩擦肌肤的声音，赤脚踩在地毯上的声音。（听觉、移觉）

　　她对着我的脸颊亲了一口，带给我好多远处的日子和地方的味道。（嗅觉、移觉）

　　灯一灭，我就被牧场上的青草味道和细细花香包围起来了。（嗅觉）

　　他细细地呷了口茶，香喷喷的茶在舌尖上停留一下，热热地滚到肚子里去了。（味觉、触觉）

　　（查查）头人气得直翻白眼，却又不好发作，他只好仰起脸来，让万里无云的天空看看他的白眼。（视觉）

　　于是，（管家）亲自给活佛献茶，又用额头去触活佛形而上的手。形而上的手是多么地绵软啊，好像天上轻柔的云团。（触觉、移觉）

　　楼上的经堂里，喇嘛们诵经的声音嗡嗡地响着，像是从头顶淌过的一条幽暗河流。牛皮鼓和铜钱的声音此起彼伏地响着，像是河上一朵又一朵浪花。（听觉、移觉）

　　她把票子给了我，又用嘴碰碰我的额头，一种混合气味从她身上十分强烈地散发出来。弄得我都差点呕吐了。看看那个英国把我们的女人变成什么样子了。（嗅觉）

　　当小和尚从水里爬起来，湿淋淋地站在桥上时，土司太太咯咯地笑了。你听听，她的笑声是多么年轻啊。（听觉、移觉）

我望她一眼，她也大胆地望我一眼，这样，我就落入她眼睛的深渊不能自拔了。(移觉)

这场辩论进行了很长时间。后来济嘎活佛的脸变成了牛肝颜色。看来，活佛在辩论中失败了。(视觉、移觉)

我跳起来，落下去时，又差点把自己的影子踩在了脚下。(视觉、移觉)

这个人用满是泪水的眼睛望着天空，好像那里就有着他不公平命运的影子。(视觉、移觉)

拉雪巴土司实在太肥胖了，胖到下马时，都抬不起腿来……拉雪巴土司歪着身子，等屁股离开马鞍，利用重力，落在了马前奴才们的怀里。(视觉)

(因为肥胖，再加上着急)拉雪巴土司差点就叫自己的汗水淹死了。(视觉、移觉)

每个人都按照规矩对着死人的脸唾上一口。这样，他就会万劫不复地堕入地狱。人们吐出的口水是那么的丰富，许多苍蝇被淹死在正慢慢肿胀的死人脸上。(视觉、移觉)

在《尘埃落定》中，作者也往往将思维活动和心理感受还原为各种感觉的直观状态。如：

(土司太太)一边看着自己的手一日日显出苍老的迹象，一边等着侍女把水泼到楼下的声音。这种等待总有点提心吊胆的味道。水从高处的盆子里倾泻出去，跌落在楼下石板地上，分崩离析的声音会使她的身子忍不住痉挛一下。水从四楼上倾倒下去，确实有点粉身碎骨的味道，有点惊心动魄。

但今天，厚厚的积雪吸掉了那声音。

该到声音响起时，母亲的身子还是抖动了一下。

盆里的牛奶噎得它（小狗）几乎喘不过气来。土司太太很喜欢听见这种自己少少一点爱，就把人淹得透不过气来的声音。

我说："你死了，也会活在我心里。"

塔娜倒在了我的身上："傻子啊，活在你心里有什么意思。"后来，她又哭了，说："活在你眼里还不够，还要我活在你心里。"

从床上看出去，小小窗口中镶着一方蓝得令人心悸的天空。

（土司官寨）里面众多的房间和众多的门用楼梯和走廊连接，纷繁复杂犹如世事和人心。

我只感到漫山遍野火一样的罂粟花，热烈地开放到我心房上来了。

她（土司太太）看着土司领着新欢一步步走向官寨，也就等于是看见了寂寞的后半生向自己走来。卓玛对我说，她听见太太不断说："看见了，我看见了。"

痛苦又一次击中了我。像一支箭从前胸穿进去，在心脏处停留一阵，又像一只鸟穿出后背，吱吱地叫着，飞走了。

风吹在河上，河是温暖的。风把水花从温暖的母体里刮起来，水花立即就变得冰凉了。

水就是这样一天天变凉的。直到有一天晚上，它们飞起来时还是一滴水，落下去就是一粒冰，那就是冬天来到了。

哥哥用聪明人的怜悯目光看着我。那样的目光，对我来说，是一剂心灵的毒药。

　　她叹息了一声，说："你坐下吧。"

　　我就在她身边坐下了。

　　她又叹息了一声，使我心都碎了。要是她一直叹气的话，会要了我的性命的。

　　亲爱的父亲问我："告诉我爱是什么？"

　　"就是骨头里满是泡泡。"

　　这是一句傻话，但聪明的父亲听懂了，他笑了，说："你这个傻瓜，是泡泡都会消散。"

　　"它们不断冒出来。"

　　父亲伸出手来，抚摸我脑袋。我心里很深的地方，很厉害地动了一下。那个很深很黑暗的地方，给一束光照耀一下，等我想仔细看看里面的情景时，那光就熄灭了。

以上语言有一种藏族人说汉语的特点：言辞本真，直指人心，不尚修饰，平白质朴，随物赋形，大巧若拙，能抓住人物一瞬间的直觉和感受，并使读者产生阅读通感。"汉语写作表达出的却是浓浓的藏族人的意绪情味，给人以独特的美感享受。"[1]

第三，汉语表达的形象化。《尘埃落定》的文本语言形象直观，表现出与藏语表达方式以及藏族传统思维——形象思维习惯的一脉相承。

阿来虽然用汉语写作，但他的思维方式和表达方式却是藏语式的，而且更多的是藏族民间文学的思维方式和表达方式——这是"命定的"。语言学家将这种语言选择的不同趋向称为"路径选择"。当这种"路径选择"表现为对某种思维方式和认知方式的选择时，往往呈现出一种必然性或"命定"模式。语言学家认为，语言的发展对路径和规则的选择有依赖性，一旦选择了某条

---

　　[1] 李敬泽：《在"阿来作品研讨会"上的发言》，《民族文学研究》2002年第1期，第8页。

路径就很难改变，一旦形成规则就不易改弦易辙。对个体亦然。我们试选取汉、英、羌、藏四种语言，对其"路径选择"进行简单对比。

如：汉语中对于空间顺序的选择是由大到小，英语则是由小到大。汉语的方位中有"东南、东北、西南、西北"，英语则是"southeast，southwest，northeast，northwest"。汉语对世界顺序的选择是由整体到个体，这里就有汉民族认知方式的特点，也有文化上的传统。汉语音系简化，尤其对于双音节和偶音节的喜爱好像是确定的。这源于两字一顿成为汉语最基本的节拍单位，源于汉民族的对称性思维，延伸下来就是汉语词汇中的双音节化的趋势、四音节霸占绝大部分成语、词语搭配的双音节选择现象成为一种语言使用的规律。

又如：羌语绝大多数动词都附加有趋向前缀或可附加有转换功能的趋向前缀，这反映了羌族的方向概念很强，非常重视动作方向的分类，其方向概念系统也表现在方位词上。羌语方位词分得很细，除了与主要运动方向对应的"上""下""上游方""下游方""前""后""里""外"八个方向之外，同一个方位概念还根据不同的处所有不同的方位词。如表示上、下两个方向的词就有五对十个之多：空间上下、河流上下、楼上楼下、火塘上下方、山顶山脚。羌语对方向概念的重视以及对方向的详细划分，是在长期的历史过程中由其地理状况与生活条件形成的：从汉代起生活在岷江上游的羌族人世世代代居住在高山峡谷之中，因而高山的上下、河流的上下游、河谷与山沟的里外等成为判断方向的主要标准。在羌语的固有词汇中，没有平原地区民族的语言中常有的"东、西、南、北"等以日出日落作为判断标准的方位词。羌族的生产劳动（如放牧、采药、种植等）和日常生活（如背水、砍柴等）使他们长年上上下下于高山之上，来来回回于河流之旁，进进出出于河谷、山沟之中，因而形成了强烈的方向概念，并反映在语词上。[1]

相比而言，藏民族更擅长"观物取象"、连类取譬，更喜好形象直观的思维方式。我们可以通过对以下语言材料的分析，简单了解藏民族思维方式和认知方式的一些特点。如藏语词汇：lcags rta（铁·马）——自行车；gnam gru（天·船）——飞机；vgo khrid（头·牵引）——领导；vbu dmar（虫

---

① 黄布凡：《藏语藏缅语研究论集》，中国藏学出版社 2007 年版，第 560 页。

子·红）——蚯蚓；sbrul nya（蛇·鱼）——泥鳅；等等。这些形象化类比，使一些抽象的或陌生的事物和现象转化为具体的、熟悉的事物和现象，"以其所知喻其所不知"，容易让人接受和理解。它体现了藏民族具象思维（或形象思维）比抽象思维发达，以及习惯于借助直观、形象的事物来思维的特点。价值观和隐含于其中的辩证法塑造着人们的文化心理。

又如：藏语"knri"，作名词有"座位、架子"的意思，现在还有"床""榻"的意思。这是因为在以前，藏式住房是不设床的，仅铺设坐垫（gdan），既席垫而坐，又席垫而卧。所以，至今卓尼藏巴哇一带藏语称"住店费"为"gdan rin"（坐垫钱）。"邀请"一词，藏语是"gdan vdren zhu"，意思是"引导到垫子上（去坐）"。

再如：藏语"nor"，既是"牛"的意思，又是"财富"的意思；"zog"既表示"牲畜"，又表示"货物"。"牛"与"财富"等同，"牲畜"与"货物"同义，显然与藏族社会以牲畜作为价值形态的经济生活有关。①

无论是藏族传统文学，还是民间叙事，在表达方式上都较少采用"赋"——直陈其事的手法，而更多采用"比""兴"、寓言、格言、谚语等手法，尤其是善用比喻。在藏族史诗、民间故事、神话传说、谚语格言中，各类比喻往往层出不穷。

《尘埃落定》中有大量的比喻、哲理、象征、夸张，由于篇幅所限，笔者在此只对文本中的比喻做一些简要的罗列和分析。如：

> 这时，我看到官寨厚重的石墙拐角上，探出了一张鬼祟的脸。我觉得自己从这脸上看出了什么。是的，一看这张脸，就知道他很久没有跟人交谈过了，他甚至不在心里跟自己交谈。这张比月亮还要孤独的脸又一次从墙角探出来，这次，我看到了孤独下面的仇恨。
>
> 天井里却响起了皮鞭飞舞的声音。这声音有点像鹰在空中掠过。
>
> 柜子的钥匙挂在父亲腰上。腰上的钥匙由喇嘛念了经，和土司身上

---

① 崔军民：《藏语言的文化功能探析》，《西藏民族学院学报》（哲学社会科学版）2006 年第 4 期，第 21—24 页。

的某个地方连在了一起。<u>钥匙一不在身上，他身上有个地方就会像有虫咬一样。</u>

<u>吃东西时，我的嘴里照样发出很多声音。卓玛说，就像有人在烂泥里走路。</u>

浓稠的白色，一点一滴，从一枚枚罂粟果子中渗出，汇聚，震颤，坠落。罂粟挤出它白色的乳浆，就像大地在哭泣。它的泪珠要落不落，将坠未坠的样子，挂在小小的光光的青青果实上无语凝咽……一点一滴，悄无声息在天地间积聚，无言地在风中哭泣。

<u>时间比以前快了，好像谁用鞭子在抽它。</u>

书记官说，事情发生得越多，时间就过得越快。<u>时间一加快，叫人像是骑在快马背上，有些头晕目眩。</u>

一阵风刮过，<u>那片乌云不再像一个肚子痛的人那样翻滚。</u>

天哪，<u>她是那么美，坐在那里，就像在梦里才开放的鲜花。</u>

帐篷里，黄特派员身边的士兵已经换成了我们的姑娘，<u>他的双眼像夜行的动物一样闪闪发光。</u>

杀手来到了他的门前，用刀尖拨动门闩，<u>门像个吃了一惊的妇人一样"呀"了一声。</u>

这天半夜，我起来时，<u>天上的银河，像条正在苏醒的巨龙，慢慢转动着身子。</u>这条龙在季节变换时，总要把身子稍稍换个方向。

土司太太自己开了一枪。<u>子弹却不能飞到远远的目标那里，中途就</u>

像飞鸟拉在空中的粪便一样落到了地面。

她的美又像刚刚出膛的滚烫的子弹把我狠狠地打中了。

在这些雪山下面的谷地里，你不能太弱小，不然，你的左邻右舍就会轮番来咬你，这个一口，那个再来一口，最后你只剩下一个骨头架子了。我们有一句谚说：那样的话，你想喝水都找不到嘴巴了。而我哥哥好像从来不想这些。他说："趁那些土司还没有强大，把他们吃掉就完事了。"

父亲说："吃下去容易，就怕吃下去屙不出来，那就什么都完了。"

被枪瞄准的感觉就像被一只虫子叮咬，痒痒的，还带着针刺一样轻轻的痛楚。

官寨更剧烈地摇晃起来。我坐在那里，先是像风中的树一样左右摇摆，后来，又像筛子里的麦粒一样，上下跳动起来。

聪明人就像山上那些永远担惊受怕的旱獭，吃饱了不好好安安生生地在太阳下睡觉，偏偏这里打一个洞，那里屙一泡屎，要给猎人无数障眼的疑团。可到头来总是徒劳枉然。

我听到风呼呼地从屋顶上刮过。那感觉好像一群群大鸟从头顶不断飞过。

（姐姐）送给父亲一顶呢绒帽子，高高的硬硬的，像是一只倒扣着的水桶。

这个山谷形似海螺，河里的流水声仿佛众生吟咏佛号。

追兵都在母鸡一样咯咯叫的机枪声里躺倒在大路上了。

塔娜回来了。她摇摇晃晃地骑在马上，回来了。我妻子脸上的尘土像是一场大火后灰烬的颜色。

播种的女人们的手高高扬起，飘飘洒洒的种子落进土里，悦耳的沙沙声就像春雨的声音。

那些粉末（药）倒进口中，像一大群野马从干燥的大地上跑过一样，胃里混浊了，眼前立即尘土飞扬。

和风送来了她的笑声，咯咯，咯咯咯，早春时节，将要产蛋的斑鸠在草丛里就是这样啼叫的。

索郎泽郎和我一起开怀大笑。将来的行刑人笑是不出声的。他的笑容有点羞怯。索郎泽郎的笑声则像大盆倾倒出去的水哗哗作响。

我听到索郎泽郎像一只落入陷阱的小熊那样喘息，咆哮。他出来时，月亮升起来了。我又叫小尔依进去。小尔依在里面扑腾的声音像一条离开了水的大鱼。

土司喜欢更多自由的百姓变成没有自由的家奴……而且，要使自由人不断地变成奴隶那也十分简单，只要针对人类容易犯下的错误订立一些规矩就可以了。这比那些有经验的猎人设下的陷阱还要十拿九稳……总而言之，我们在那个时代订出的规矩是叫人向下而不是叫人向上的。

太阳当顶了，影子像个小偷一样蜷在脚前，不肯把身子舒展一点。

这些比喻，往往有一种从山野、田间信手拈来的味道，简单随意，质朴天成，形象直观，从词汇、修辞到想象力，都凭借直觉，抓住一瞬间的直觉感受，更多地体现了一种生活的原初状态和普遍感受，如同谚语、民歌、歌谣、民间故事一样，是一种民间智慧方式。这种"不失其赤子之心"的天真质朴的表达，虽然"粗服乱头"，却"天生丽质"。阿来善于以生活中（或身边）随意捡取的物象（如动物、植物）作比，贴切、自然、生动。博尔赫斯说，最好的比喻，"仿佛水消失在水中"。阿来的一些"简单质朴到入骨""朴素得魅人"的比喻，确实到了这样的境界。这些比喻透出了独特的藏族民间文化气息。

## 二、汉语表述中富含母语意象

在作家的文学创作中，意象作为一种符号体系是外在于思维方式和文化心理的表意体系和文学元素。这些表意（符号）体系里渗透着一个民族的历史情境，也沉淀着一定的地域文化信息，它们不仅凝结着主体心理和情感的复杂知识，而且蕴藏着所属民族的文化精神和历史记忆。也就是说，文化或文学意象一方面是凝结着物质性和精神性的心理单位，同时也是文化或文学的细胞和基因。

意象可大致分为三个层面——地理意象、历史文化意象和心理意象。这三种意象的交互作用，构成作家创作的"原风景"。一般来说，故乡（或"前半生"）是作家眼中第一幅风景——"原风景"，其人生路上所有风景都是基于"原风景"衍生展开，并形成坐标。意象本质上是一种原始意象，心理学家荣格指出："每一个原始意象中都有着我们祖先的历史中重复了无数次的欢乐和悲哀的残余，并且总的说来始终遵循着同样的路线。它就像心理中的一条深深开凿过的河床，生命之流在这条河床中突然奔涌成一条大江，而不是像生前那样在宽阔而清浅的溪流中流淌。无论什么时候，只要重新面临漫长的时间中曾经帮助建立起原始意象的特殊情景，这种情形就会发生。"这些原始意象由地理脉息、文化传承体系、民族文化心理共同构成，包含地形气候、河湖分布、森林草原、动物植物等自然存在，以及创始神话、祖先崇拜、图腾崇拜、民族史诗、民族寓言、神祇谱系、历史发展、英雄传奇、文化遗存等文化形态，还有与前两者息息相通的民族人格心理。

《尘埃落定》的藏语意象，首先表现为阿来对生于斯长于斯的故乡——嘉绒大地自然"原风景"的仰观俯察、流连忘返和深情描摹。如：

我们前面展开一片阳光灿烂的旷野，高处是金色的树林，低处，河水闪闪发光。萋碧的冬麦田环绕着一个个寨子。

和风吹拂着牧场。白色的草莓花细碎，鲜亮，从我们面前，开向四面八方。间或出现一朵两朵黄色蒲公英更是明亮照眼。浓绿欲滴的树林里传来布谷鸟叫。一声，一声，又是一声。一声比一声明亮，一声比一声悠长。

头上的天空一片深深的蔚蓝，只有几朵白云懒洋洋地挂在山边的树上。

天空中晴朗无云。一只白肩雕在天上巡视。它平伸着翅膀，任凭山谷间的气流叫它巨大的身子上升或下降。阳光把它矫健的身影放大了投射在地上。白肩雕一面飞行，一面尖锐地鸣叫。

这个早上，太阳升起来有一阵子了。空气中充满了水的芬芳。远处的雪山，近处被夜露打湿的山林和庄稼，都在朝阳下闪闪发光，都显得生气勃勃，无比清新。

从山口向下望，先是一些柏树，这儿那儿，站在山谷里，使河滩显得空旷而宽广，然后，才是大片麦地被风吹拂，官寨就像一个巨大的岛子，静静地耸立在麦浪中间。

头上的蓝天很高，很空洞，里面什么也没有。地上，也是一望无际开阔的绿色。南边是幽深的群山，北边是空旷的草原。

站在独木楼梯上，我看到下面的大片田野，是秋天了，大群的野鸽子在盘旋飞翔。我们这时是在这些飞翔着的鸽群的上边。看到河流到了很远的天边。

河谷里起风了。风在很高的空中打着呼哨。

面前，平旷的高原微微起伏，雄浑地展开。鹰停在很高的天上，平伸着翅膀一动不动。

春天越来越深，我们走在漫长的路上，就像是在往春天深处行走一样。

我和母亲站在骑楼的平台上，望着那些快马在深秋的原野上惊起了一股股灰尘……背后，群山开始逐渐高耸，正是太阳落下的地方。

一条河流从山中澎湃而来，河水向东而去，谷地也在这奔流中越来越开阔。

这一天，我好像看见了隐约而美好的前程，带领大家高举着鞭子，催着坐骑在原野上飞奔，鸟群在马前惊飞而起，大地起伏着，迎面扑来，每一道起伏后，都是一片叫人振奋的风景。

这些自然景观是眼中之景，也是心中之景。这些符号体系在小说文本中形成一个意象群——文学地理图景，即一个一个的意象通过点线结合构成一个多视角的立体的生机勃勃的生命空间。即使我们不进行分析和归类，只将文本中的部分意象随意罗列在一起，也能感受到氤氲弥漫的嘉绒气息："阳光灿烂的旷野""金色的树林""菱碧的冬麦田""和风吹拂着牧场""浓绿欲滴的树林""幽深的群山""空旷的草原""被夜露打湿的山林和庄稼""远处的雪山""傍晚时分下山的狼群""土司碉楼""石头寨子""野画眉""雪光""牦牛""群蜂在花间盘旋""牧场上的青草味道和细细花香""天上轻柔的云团""河上一朵又一朵浪花""厚厚的积雪""蓝得令人心悸的天空""月亮孤独的脸""鹰在空中掠过""双眼闪闪发光的夜行动物""一群群大鸟从头顶飞过""永远担惊受怕的旱獭""一大群野马从干燥的大地上跑过""群山开始逐渐高耸""河流从山中澎湃而来""将要产蛋的斑鸠在草丛里啼叫"……这里面沉淀着嘉绒大地的自然脉息，也蕴含着作者的个人情感和记忆。

又如，文本中对"行刑人"父子的描写：

现在，他们来了，老尔依走在前面，小尔依跟在后头。

两人都长手长脚，双脚的拐动像蹒跚的羊，伸长的脖子转来转去像受惊的鹿。从有麦其土司传承以来，这个行刑人家便跟着传承。在几百年漫长的时光里，麦其一家人从没有彼此相像的，而尔依们却一直都长得一副模样，都是长手长脚，战战兢兢的样子。他们是靠对人行刑——鞭打，残缺肢体，用各种方式处死——为生的。好多人都愿意做出这个世界上没有尔依一家的样子。但他们是存在的，用一种非常有力量的沉默存在着。①

这种描述完全是藏族式的，也是一种表里互文的写法。"长手长脚"的人走路应该比较快，然而，作为麦其家族世袭的杀人工具，行刑人饱受孤独、寂寞的煎熬，还要忍受受刑人及其家属的仇恨。他们步履蹒跚，双脚就像羊一样拐动。沉重的精神负担使他们在走路时左顾右盼、"战战兢兢"，"伸长的脖子转来转去像受惊的鹿"。羊和鹿是藏族人生活中非常熟悉的动物，它们的外形特征和生活习性也是藏民非常了解的。这种比喻生动形象，很符合藏族人的思维习惯和表达方式。

其次就是小说中蕴含的历史和人文意象。嘉绒大地的山川草木承载着包容诸多内容的文化意象，如民间口传的创世神话、"大鹏鸟巨卵"的族源传说、"嘉绒十八土司"传奇、庞大繁杂的神山系统、黑苯白苯的原始宗教信仰、众多的寓言故事及谚语歌谣，等等。

在《尘埃落定》"大地摇晃"一节中，有这样一段叙述：

门巴喇嘛回头看看经堂里的壁画。门廊上最宽大的一幅就画着天上、人间、地狱三个世界。而这三个各自又有着好多层次的世界都像一座宝塔一样堆叠在一个水中怪兽身上。那个怪兽眨一下眼睛，大地就会摇晃，要是它打个滚，这个世界的过去、现在、未来都没有了。

门巴喇嘛甚至觉得宗教里不该有这样的图画。把世界构想成这样一个下小上大，摇摇欲坠的样子，就不可能叫人相信最上面的在云端里的

---

① 阿来：《尘埃落定》，人民文学出版社 2001 年版，第 123 页。

一层是个永恒的所在。

这种"经堂里的壁画",在别处是很少能看到的。这里似乎隐含着佛教对世界构成和"大地摇晃"的解释,也隐含了苯教与佛教教义的某些内在冲突。这些渗透于作者记忆深处的文化意象及其赋予作者的文化感受都是通过汉语传达出来的。两种文化感受的差异性,使《尘埃落定》的叙事具有较多不确定性,也为阅读主体提供了文本阐释的多种可能性,使整个作品的语言形成一个开放的接受体系。又如:

> 但不等他走到我跟前,两个强壮的百姓突然就把我扛上了肩头。猛一下,我就在大片涌动的人头之上。震耳欲聋的欢呼声从人群里爆发出来。我高高在上,在人头组成的海洋上,在声音的汹涌波涛中漂荡。两个肩着我的人开始跑动了,一张张脸从我下面闪过。其中也有麦其家的脸,都只闪现一下,便像一片片树叶从眼前漂走了,重新隐入波涛中间。
>
> 尽管这样,我还是看清了父亲的惶惑,母亲的泪水和我妻子灿烂的笑容。看到了那没有舌头也能说话的人,一个人平静地站在这场陡起的旋风外面,和核桃树浓重的萌凉融为一体。

以上叙述,源于藏族远古史中记载的悉补野王统世系中第一代藏王聂赤赞普"以肩为舆而迎回吐蕃"[1] 的典故。

据《西藏王臣记》记载:"(聂赤赞普)沿天梯下降,步行至于赞塘阁西,时苯教中有才德卜士十二人放牧于此,为其所见,乃趋前问从何而来,彼以手指天,知乃自天下谪之神子。众言此人堪为藏地之主,遂以肩为座,迎之以归,因此遂称为'聂赤赞普'。"[2]

《雅隆尊者教法史》的记载与此接近:"(聂赤赞普)行至惹波神山山顶,沿天梯而下,来到赞塘阁希,为苯教徒等十二位贤德牧民所见,问从何处而来,乃以手指天,彼遂为一从天而降之王,故奉劝曰:'请为我等之主。'于

---

① 恰白·次旦平措:《西藏通史——松石宝串》(上),西藏古籍出版社1996年版,第21页。
② 第五世达赖喇嘛:《西藏王臣记》,刘立千译注,西藏人民出版社1991年版,第9页。

是肩舆而迎，称杰涅赤赞普，是最早被献进称号之吐蕃王。"① 据《汉藏史集》记载："涅赤赞普之子为木赤赞普，以下后裔依次为丁赤赞普、索赤赞普、达赤赞普、德赤赞普、塞赤赞普，这七位赞普合称天赤七王。以上诸王具有发光的天绳，当儿子能够骑马时，父王就用发光的天绳返回天空，犹如彩虹一样消失，不留遗骸在人间。"②

小说叙述的意象方式导致了我们阅读小说的意象方式。如果没有对藏族历史文化的了解，读者是无法体味到以上情节所蕴含的历史文化内涵的。读者在阅读中只能根据小说所提供的信息，并结合自己已有的知识结构和文化心理去阐释、去体验，小说因而显现出多种可能性和对读者的多种暗示。

再次，不同的意象往往意味着不同的想象方式，体现着不同的审美取向和价值取向。杨义在《深入发掘〈格萨尔〉丰富的文化内涵》③ 一文中，对不同地域文化意象的审美差异及其价值取向有精辟的论述。他认为，《格萨尔》之所以成为"最具有高山旷野气息的超级史诗"，是因为它拥有"雄伟壮阔"的"想象空间"。"其想象出入于天地人三界，驰骋于高山神湖。写英雄则自天而降，赛马夺魁，降妖伏魔；写魔王则'吃一百个成人做早点，吃一百个男孩做午餐，吃一百个少女做晚餐'，胃口极大，贪欲无限，凶恶之极；写美人则如彩虹，如雪山月光，灿若太阳，美若莲花。这些想象方式都具有高原民族的崇高感和力度。就拿写美人来说，中原民族喻之杨柳腰、樱桃口，与此对比，就显得过于文弱秀巧了。霍尔王派出选美的乌鸦说珠姆'她前进一步，价值百匹好骏马；她后退一步，价值百头好肥羊'，这也是游牧民族才有的比喻。汉族地区说是'价值连城'，说绝世佳人是'一顾倾人城，再顾倾人国'，这都是平原地区以城池作为攻守的基本依靠所产生的比喻。只有具备这种高山旷野的魄力和气概，《格萨尔》才可能在千年间的艺人说唱过程中，像滚雪球一样愈滚愈大，成为世界上篇幅最长，长到100万行以上的超大型史诗，茫茫九流，滚滚滔滔如长江大河。"《格萨尔》"产生、发展的年代是在九世纪西藏朗达玛灭佛、吐蕃王朝崩溃之后。那几百年间，藏传佛教教派纷

① 释迦仁钦德：《雅隆尊者教法史》，汤池安译，西藏人民出版社1989年版，第28—29页。
② 达仓宗巴·班觉桑布：《汉藏史集》，陈庆英译，西藏人民出版社1983年版，第82页。
③ 《中国〈格萨尔〉》第1集，中国民族摄影艺术出版社2002年版，第10页。

起，政治上分崩离析。民心、民气、民风都转向一个'寻找英雄'的时代。这个英雄在北方可以征服吃人魔王鲁赞，征服抢劫美人和牛羊财富的霍尔王，也就是说，北方是他们的家庭、国家的主要威胁。这个英雄在南方可以保护盐海不被姜国萨丹王吞占，可以保护自己的盟友不被门国的魔王骚扰，即是说，南方是他们的衣食之源和后院。这个英雄赛马夺魁，不需要什么高贵血统，就能当岭国国王，娶最美的美女珠牡为妻，这也是游牧文化的价值观，而不是宗法文化的价值观。它的战争观也与中原礼乐文化不同……中原文化，比如《诗经》，少有对战争场面的描写，多写征人思归。《老子》则说：'兵者不祥之器，非君子之器，不得已而用之。'这种文化主张'耀德不观兵'，即是战争失败了，也能以柔克刚，以文化把对方同化过来。而《格萨尔》则是战争的颂歌，降妖伏魔，大小百十场战役，连它的赞词都长至十数行、数百行，也多是英雄赞、马赞、鞍赞、刀剑赞、弓箭赞、盔甲赞等战争礼赞。主张以柔克刚的中原文明，由于有了这种少数民族边疆文明而变得质文互补、刚柔相济，呈现出内在的丰富性。我常说，文化上有一种'边缘的活力'。就是说当中原文明模式化甚至僵化之后，边疆地区的文明给它输入带原始野性的新鲜血液。中华文明五千年不中断而保持坚韧的生命力，正是这种中原文明的凝聚力和边疆文明的新鲜活力互动互补的结果。"

从前面的有关章节中，我们知道，嘉绒大地的自然气脉与阿来的审美心理有着密不可分、交互感应的联系，特定的生存环境不仅启发了他独异的生命意识，也是其审美意识的本源。阿来喜好使用更贴近自然、更合乎自然的具有原始野性美和生命活力的动植物或自然物象作为其作品的意象（如烈马、旋风等），并使这些精神气质与小说人物的个性及其命运交织在一起。但在差异性叙事——汉语表达中，在比较视野中，这种审美取向发生偏离，并不断走向差异互补状态。如《尘埃落定》中的"大少爷"与"二少爷"：一个感性冲动，一个理性自守；一个喜好战争，崇尚进攻，一个守拙藏愚，以柔克刚；一个充满原始野性，一个呈现文明病态——"傻子"……又如：索郎泽郎与小尔依；土司的汉族太太与"傻子"的藏族妻子……都是具有差异互补特征的象征符号。

### 三、汉语表述与母语思维互为表里

《尘埃落定》"在冲淡汉语文化背景的同时，巧妙地抹上了藏文化心理色彩"①。既符合装傻的似痴愚而实聪慧的汉藏混血儿"我"的个性特征，又符合藏族的思维习惯和情感表达方式。

汉语思维与藏语思维的习惯性差异，一直交织在阿来的汉语叙事中。比如，在汉语中，往往用"门槛""门第"的高低来表述一个人身份的贵贱或一个家族社会地位的高低。在汉语里，"门槛"一词所蕴含的意象是十分丰富的，"门槛"高低的表述也是十分形象的。而在藏语里，这个表述却令人费解。因为，在藏语中，身份的贵与贱被表述为"骨头"的重与轻——"骨头把人分出高下"。同样是形象思维，汉语用的是方位词汇，而藏语用的是重量词汇。于是，差异就出现了。也难怪"傻子"二少爷对此疑惑不解：

> 在我们信奉的教法所在的地方，骨头被叫作种姓。释迪牟尼就出身于一个高贵的种姓。
>
> 那里是印度——白衣之邦。而在我们权力所在的地方，中国——黑衣之邦，骨头被看成和门槛有关的一种东西。那个不容易翻译确切的词大概是指把门开在高处还是低处。如果真是这样的话，土司家的门是该开在一个很高的地方。我的母亲是一个出身贫贱的女子。她到了麦其家后却非常在乎这些东西。她总是想用一大堆这种东西塞满傻瓜儿子的脑袋。
>
> 我问她："门开得那么高，难道我们能从云端里出入吗？"
>
> 她只好苦笑。
>
> "那我们不是土司而是神仙了。"②

母语思维是一个整体性概念，是关联着文化身份、文化心理、概念体系、认知方式、情感方式、意象体系以及语言立场的内在规制。阿来的母语思维

---

① 周政保：《在"阿来作品研讨会"上的发言》，《民族文学研究》2002年第1期，第8页。
② 阿来：《尘埃落定》，人民文学出版社2001年版，第13页。

与他的民族以及嘉绒的地域文化血肉相连。

藏族人擅长而且喜好"观物取象"的形象思维，无论是传统叙事文学，还是民间话语，在人们惯常使用的比、兴、象征等言说方式中往往都隐含着独特的"感悟—理喻"思维模式。这源于藏民族文化心理的内在规定性。藏人说话，张口就来比兴、象征，其言语更注重从具体直感的物象中发掘理喻的含义，这个思维过程必然要求人们充分调动人生经验展开联想，然后生成对形象寓意的感悟。这些表达方式是一种古老的形象直观思维形式，其中隐含着对"言说内容"的感悟和体验。藏族人的"理喻式"言说类似于"选择性接受理论"——言说者选择什么形象做比喻、用怎样的方式使其蕴含某种道理，要根据听者的情况做出选择、判断和表达，表现了对听者的充分尊重和重视。"感悟—理喻"思维模式也可以称作"形象理喻—想象象征—体验感悟"思维模式，这种言说的特点就是把道理隐含在比喻象征的形象性生活图景中。

藏文化中富含语言崇拜。藏族人十分崇尚语言所显示出来的智慧和力量，也"非常重视口头语言"，一般都具有"会说话就会唱歌"的天赋。《格萨尔》史诗在民间得以代代传唱，也正是因为这些因素。阿来在《三十周岁时漫游若尔盖大草原》的长诗中就有这样的句子："我们嘴唇是泥/牙齿是石头/舌头是水/我们尚未口吐莲花/苍天啊，何时赐我最精美的语言。"①

在藏传佛教中，僧侣之间为了切磋所学而进行的"辩经"行为，就是以辩论的方式进行的语言表达能力和思维智慧的较量。这与汉文化传统的思维方式与语言表达趋向有所不同。虽然那些作为汉文化精华（如"诸子百家"）的学说都是在激烈的思想交锋和语言辩驳中形成的，但人们似乎都不约而同地发现了语言表达的极限或局限性。比如我们耳熟能详的表述："巧言令色鲜矣仁""君子敏于行而讷于言""知者不言，言者不知""大音希声，大辩不言""多言获利，不如默而不言""言者不智智者默"，等等。比较极端的例子是典型的"汉传"佛教禅宗的一些分支。在佛教传承中，他们发现，那些佛教经典的文字表述充满局限性和歧义解读，而且往往形成一种"语言障"或"文字障"，妨碍了人们对佛学精义的领悟。因此，他们主张"教外别传，不

---

① 阿来：《大地的阶梯》，人民文学出版社 2001 年版，第 7 页。

立文字"，但他们毕竟还需要进行语言上的交流。这一支脉发展到后来，形成的"棒喝派"，甚至完全放弃了语言的表达功能。

由于独特的历史机缘，藏族的原始文化形态得以相对完整地传承下来，因而在语言习惯中十分鲜明地保存了中华大地上一种极其发达的形象理喻思维方式。这种思维方式更多地存留在口传文学中。在《格萨尔王》霍岭大战中，辛巴梅乳泽追上了抢走战马的丹玛。前者意欲讲和，后者则想立功。两个人之间的一段对唱①，都是一些比兴、象征、暗示和隐喻。

辛巴梅乳泽唱道：

世间藏民谚语说/同样勇敢的上等汉/见了面好比虎豹相对立/量抢马事/两个人安宁相处多和睦。

同样勇敢的中等汉/见了面像鹰狼相撕拼/然后交换白头盔/其次交换白铭甲/最后交换腰间的武器/互相称赞对方的武艺。

两个相同的下等汉/见面时就像公羊扭一起/然后绵羊逃来山羊跑/谁也不敢回头看/两个都是懦狐狸。

丹玛有自己的打算，他唱道：

藏区自古谚语说/无事找事树旗蟠/旗尖要被风吹断/无事找事想乱闹/太阳妄想融雪山。

辛巴你想对不对/事情不仅仅是这样/深沟大川的清河水/它永无休止地要奔流/它是河谷的开拓者/高山岭上的雨和雪/它永不停止地要下降/它是四季节气的更换者。

我这个岭国的牧羊人/不能丢马要赶马/是要做战绩的夸耀者。

作为民间口传的史诗，其语言必然随着时代发展不断被后人加工改造，但其中的谚语则是一种语言智慧的历史积淀。这些谚语不仅在说唱艺人的说唱中得到传承，在今天人们的表达中也在普遍运用。

---

① 石硕：《青藏高原的历史与文明》，中国藏学出版社 2007 年版，第 153—164 页。

这种源自于民族传统的"感悟—理喻"思维方式，客观上赋予阿来小说以诗性与智性的光芒——哲理性。"诗的哲学总是以浑融蕴藉者为多，它不落'哲学之痕'，却引诱你体验着'哲学之味'。"①《尘埃落定》的语言精练、简洁、幽默，具有深邃的哲理性——这种哲理性不依赖于思辨，也不是逻辑推理所得，而是诗化了的哲学，是在直觉中感悟到的某种玄妙的哲学命题和哲学境界。

在小说第10节"新教派格鲁巴"中，外国传教士查尔斯向土司太太和侍女卓玛传播基督教：

> 查尔斯则在房里对土司太太讲一个出生在马槽里的人的故事。我有时进去听上几句，知道那个人没有父亲。我说，那就和索郎泽郎是一样的。母亲啐了我一口。有一天，卓玛哭着从房里出来，我问她有谁欺负她了，她吞吞咽咽说："他死了，罗马人把他钉死了。"

> 我走进房间，看见母亲也在用绸帕擦眼睛。那个查尔斯脸上露出了胜利的表情。他在窗台上摆了一个人像。那个人身上连衣服都没有，露出了一身历历可数的骨头。我想他就是那个叫两个女人流泪的故事里的人了。他被人像罪人一样挂起来，手心里钉着钉子，血从那里一滴滴流下。我想他的血快流光了，不然他的头不会像断了颈骨一样垂在胸前，便忍不住笑了。

> 查尔斯说："主啊，不知不为不敬，饶恕这个无知的人吧。我必使他成为你的羔羊。"

> 我说："流血的人是谁？"

> "我主耶稣。"

> "他能做什么？"

> "替人领受苦难，救赎人们脱出苦海。"

> "这个人这么可怜，还能帮助谁呢。"②

由于两种文化心理的巨大差异，"傻子"少爷很难在短时间内领悟基督教

---

① 杨义：《李杜诗学》，北京出版社2001年版，第851页。
② 阿来：《尘埃落定》，人民文学出版社2001年版，第94页。

文化中耶稣"替人领受苦难，救赎人们脱出苦海"的深刻含义。他只是从直观的表象中感悟到："这个人这么可怜，还能帮助谁呢。"简单的话语包含了令人深思的哲理——这种感受是瞬间对永恒的质疑，也是一种文化对另一种文化的质疑。在藏传佛教中，神佛超越一切，至高无上，具有无上法力，是众生的护佑者，即使偶尔像格萨尔那样下临尘世，也具有超越常人的智慧和能力，是解救人间苦难的使者，在他们的身上，很少能发生像耶稣罹难那样的故事。

在第 18 节"舌头"的故事中，新教派信徒翁波意西在麦其土司的领地上不但传教没有成功，反而被投进土司的牢房。在反思了整个冬天后，翁波意西自问式的问了"傻子"一个问题：

> 为什么宗教没有教会我们爱，而教会了我们恨？[1]

这种追问的冲击面很广——如果我们对人类历史上的宗教冲突以及宗教战争稍做考察，便明白了。翁波意西从自己的经历和现实处境出发，走向了对某种终极意义的思考，"为什么"的追问从其内心深处展开，通向纯粹的精神境界和形而上的终极存在。这种对宗教的深刻反思，也给读者以震撼和思考空间。

阿来冷静地阅读历史，平静地观察现实生活，他往往把那些对于历史和人生的感悟通过小说人物的口倾吐出来。如：

> 凡是有东西腐烂的地方都会有新的东西生长。

> 我突然明白，就是以一个傻子的眼光来看，这个世界也不是完美无缺的，这个世界上的任何东西都是这样，你不要它，它就好好地在那里，保持着它的完整，它的纯粹，一旦到了手中，你就会发现，自己没有全部得到。

> 他的话大多都是说给自己听的。准备让位的土司说给不想让位的土

---

① 阿来：《尘埃落定》，人民文学出版社 2001 年版，第 151 页。

司听。有时候，一个人的心会分成两半，一半要这样，另一半要那样。一个人的脑子里也会响起两种声音。

命运不能解释。

不想凡事都赢的人是聪明人。

这是作为个体的人，在面对人生的困惑和命运的无常时的一种内心独白。如同小说篇名"尘埃落定"，充满哲理的思辨与象征性："人是尘埃，人生是尘埃，战争是尘埃，情欲是尘埃，财富是尘埃，而历史进程的某些环节也可能是尘埃，像尘埃那样升腾飞扬，散落，始于大地而最终归回大地……这便是宇宙无休无止的歌唱：往复循环，苍凉而又凄楚。"①

# 结　　语

《尘埃落定》的语言是一个具有无限开放性的"召唤结构"，存在着许多的不确定性和多种可能的意义。阅读的召唤性不是外在于文本的东西，而是文本自身的结构性特征，读者的阅读也不是外在于文本而存在的，它与文本之间始终存在着一种互动交流关系。从这个意义上说，文学阅读就是由文本与潜文本——读者对作品的阅读阐释共同完成的过程。

语言学家萨丕尔认为："每一个语言本身都是一种集体的表达艺术。其中隐藏着一些审美因素——语音的、节奏的、象征的、形态的——是不能和任何别的语言全部共有的……艺术家必须利用自己本土语言的美的资源。"② 藏族作家的汉语写作，是在汉语经验与藏语经验共同作用下不断走向"第三空

---

① 周政保：《"落不定的尘埃"暂且落定——〈尘埃落定〉的意象化叙述方式》，《当代作家评论》1998 年第 4 期，第 30—35 页。

② ［美］爱德华·萨丕尔：《语言论》，陆卓元译，商务印书馆 1985 年版，第 197—202 页。

间语言"的实践过程。这是一种多维度、多侧面、多层次、立体的、复合交叉的有机融合写作，是一个技巧的结合体，也是一种对新生活、新语境的适应。这种叙事方式还适用于弥合不同文化之间的差异，对占据中心地位的主流文化提出新的语言整合，是对主流语言文化单一性的消解，也是一种新的审美话语实践。

# 第四章 空间化叙事策略

> 小说的叙事从来不是延伸到结局的直线公路，而只是交叉的山间小径，没有可以让人一眼看穿的目的，小说的想象在布满灌木和草丛的森林中自由流浪，从而获得更为广阔的时间和空间，组成一种更为广阔的视野。
>
> ——引自《当代文坛·〈空山〉评论小辑》

小说叙事的空间问题是叙事理论中一个很重要的话题。许多批评家对此都有论述，如约瑟夫·弗兰克（Joseph Frank）的《现代文学中的空间形式》（*Spatial Form in Modern Literature*，1945）、米克·巴尔的《叙事学》、西摩·查特曼的《故事与话语》、赫尔穆特·W. 邦海姆（Helmut W. Bonheim）的《叙事模式：短篇小说的技巧》（*The Narrative Modes：Techniques of the Short Story*，1982）、加布里埃尔·佐仁（Gabriel Zoran）的《走向叙事空间理论》（*Toward a Theory of Space in Narrative*，1984），等等。

弗兰克的《现代文学中的空间形式》一文发表于 1945 年，并于 1963 年再版。此文结合对现代主义文学作品的讨论，明确地提出了文学中的空间形式问题，并从叙事的三个侧面，即语言的空间形式、故事的物理空间和读者的心理空间分析了现代小说中的空间形式。弗兰克认为，现代主义的文学作品（包括 T. S. 艾略特、庞德、乔伊斯和普鲁斯特等人的作品）是"空间的"，它们用"同在性"取代了"顺序"。现代主义作家试图让读者从空间上而不是从顺序上理解他们的作品，他们通过"并置"这种手段来打破叙事的时间顺序，使文学作品取得了空间艺术效果。弗兰克的这篇论文引发了人们对文学作品中空间形式问题的关注。从某种意义上可以说，这篇论文是叙事空间理论的滥觞之作。从此以后，"空间形式"也成了小说叙事理论的一个常用术语。

对文学的空间问题进行研究的还有巴赫金、巴什拉、梅洛·庞蒂等。巴赫金在《小说中的时间和时空体形式》一文中提出了"时空体"的概念，并以之研究文本与社会历史语境的联系，考察在特定文类或时代中，真实历史时空和人物如何得到表达、小说时空和人物如何关联等问题。巴赫金认为，在文学"时空体"中，空间和时间的标记融合成一个构思精细的、具体的整体，时间因而变得充实，空间也同样饱满。

传统小说叙事的空间状态多为场景叙述。相比而言，阿来《尘埃落定》的空间叙事多表现为后现代地理志的新空间意象——不仅表达常规的地形地貌，而且涵盖文化生态。新的空间意象不仅研究地理本身，而且透视地理背后的文化、权力话语等，并由此化生出立体多元的文学空间。阿来的文学世界，就像苏贾的洛杉矶，也像博尔赫斯的"交叉小径的花园"，叙事始终向无限的空间延伸，而不是只依据时间序列展开。主人公"傻子"二少爷的一生在空间的移置和变换中展开，影响人物命运的因素不是时间，而是空间。地域空间的移动推动了小说情节的发展，人物的思想变化及其命运轨迹也更多地在空间的转换中得到体现。小说在情节结构上有意地强化了空间变化，对时间则做了淡化处理，每个情节单元在空间上并置排列，使小说文本成为各种意义的交织体，具有了统一的空间化结构模式特征。作品借助人物在不同地域空间的活动，将麦其土司周围的白衣之邦——印度、黑衣之邦——汉地、日不落国——英国、省城成都、雪域的中心拉萨、十八个土司、南方边界、北方边界等一一呈现出来，使小说的空间感大大增强。这本身就是一种空间形式的创作实践。

现象学的哲学家们认为，文学作品作为一个图式结构，读者可以从不同的角度进行具体化的解读。由于复调叙事内的时间不是一个自然时序的延续，而是一个读者意识的感知过程。因此，读者是在隐含的作者或几个叙事者，或一个人物化的叙事者刻意组织而非自发关联的媒介中感知故事。从接受理论来说，就是依赖读者对文本的格式塔思维，读者通过反映参照、补充想象对小说文本做整体的理解，使无序的形式成为内容，从而达到内容与形式的统一。

# 第一节　复调理论及其文学批评实践

## 一、复调

"复调"（polyphonic）原来是音乐术语，源于希腊语，指由几个各自独立的音调或声部组成的乐曲。这是多声部音乐的一种主要形式，与"主调音乐"（homophony）相对。"主调音乐"的特点是常常有一个处于主导地位的高声部，旋律性最强，其余声部大多是和声，起烘托作用。"复调音乐"则由两组以上同时进行的声部组成，这些声部各自独立，但又和谐地统一为一个整体，彼此形成和声关系。"复调音乐"以对位法为主要创作技法。

首次将音乐中的"复调"概念引入小说理论的是苏联著名文艺学家米哈伊尔·米哈伊洛维奇·巴赫金（M. M. Bakhtin），他在《陀思妥耶夫斯基的创作问题》（1929）中用"复调"来描述陀思妥耶夫斯基小说中的多声部、对位以及对话特点。巴赫金在 1963 年更名再版的《陀思妥耶夫斯基诗学问题》中进一步发展了"复调理论"，使其理论体系更趋完整和系统。巴赫金认为：

> 有着众多的各自独立而不相融合的声音和意识，由具有充分价值和不同声音组成的真正的复调——这确实是陀思妥耶夫斯基长篇小说的基本特点。在他的作品里，不是众多性格和命运构成一个统一的客观世界，在作者统一的意识支配下层层展开，这里恰是众多的地位平等的意识连同它们各自的世界，结合在某一统一事件中，而且相互不发生融合。[①]

> 复调的实质恰恰在于：不同声音在这里仍保持各自的独立，作为独立的声音结合在一个统一体中，这已是比单声结构高出一层的统一体。如果非说个人意志不可，那么复调结构中恰恰是几个人的意志结合起来，

---

[①] ［苏］巴赫金：《陀思妥耶夫斯基诗学问题》，白春仁、顾亚铃译，生活·读书·新知三联书店 1988 年版，第 29 页。

从原则上便超出了某一人意志的范围。可以这么说，复调结构的艺术意识，在于把众多意识结合起来，在于形成事件。①

巴赫金在上述定义中强调了复调小说的三个层面：

第一，复调小说的人物不仅是作者描写的客体，同时也是表现自己意识的主体。

第二，复调小说不只是展开情节、表现人物性格，更重要的是展现具有同等价值的各不相同的独立意识；作品的人物与作者都作为具有同等价值的一方参加对话，是平等对话关系。

第三，复调小说虽是由各自独立的声部构成的，但它仍是一个统一体，而且是比单声结构高出一层的统一体。

## 二、复调叙事的基础是对话

对话是日常生活中人与人之间普遍的语言交流现象，巴赫金则赋予了对话以新的内涵。他将对话由具体含义抽象为一个哲学概念，认为它既是语言的本质，也是人类的思想本质，自我的存在状态甚至也是一种对话。他由此建构起"对话主义"多元思维模式理论。

当我们把巴赫金理论运用到民族文学批评领域中时也发现，对话、狂欢理论带来的全新批评视角和研究方法，同样大大拓展了批评实践的空间。评论家葛红兵认为，"阿来在《尘埃落定》中表现了一种有节制的先锋性叙述，这是极端实验主义小说的后产品，它避免了极端实验小说对读者的歧视，将阅读和理解的张力交给了读者"②。也给现时期的人们提供了审美多元主义的可能性。

我们从《尘埃落定》中看到了巴赫金揭示的陀思妥耶夫斯基小说的那种诗性质核——"在叙事中对话，在对话中叙事。"首先是叙事中"内心独白中的对话"③。在小说里，"我"经常被置于"我是谁?"这样的主人公兼叙述人

---

① ［苏］巴赫金：《陀思妥耶夫斯基诗学问题》，白春仁、顾亚铃译，生活·读书·新知三联书店1988年版，第50页。

② 葛红兵：《评阿来的〈尘埃落定〉》，《武汉晨报》2000年10月14日，第9版。

③ ［苏］巴赫金：《陀思妥耶夫斯基诗学问题》，白春仁、顾亚铃译，生活·读书·新知三联书店1988年版，第382页。

与自我的对话中。主人公的意识始终在驾驭叙述人的叙述,作者与人物各自保持独立性,充满张力,并构成对话关系。这使《尘埃落定》与以往的小说有了不同,我们读到的是一个在自我意识中叙事的叙述。其次是主人公兼叙述人与他者的对话。在《尘埃落定》中,进入"我"的自我意识,与之构成对话关系的他人话语有:父亲的话语、母亲的话语、叔叔的话语、哥哥的话语、情人的话语、仆人的话语、书记官的话语、管家的话语、不同汉人的话语等。在不同的话语关系中,他们的对话具有了"不同声音在每一内在因素中交锋"的双声语特征。对话往往具有在所指与能指之间游动的模糊性与共时性,充满一种空间感的"潜对话"。这种对话的不同表现形式,除了人物之间的言语交谈这一表面的对话形式外,还有以非直接的潜隐形式存在的潜对话形式。他者是对话的主体,所有对话的主体都具有了平等性、独立性、差异性,使对话呈现出永恒的未完成性和开放性。

巴赫金在阐述陀思妥耶夫斯基小说的对话性时指出:"对话关系具有深刻的特殊性。不可把它归于逻辑关系、语言学关系、心理学关系、机械关系或任何别的自然界的关系。这是一种特殊类型的含义关系。构成这一关系的成分只能是完整的表述,或者被视作整体或潜在的整体,而在这些完整表述背后则站着实际的或潜在的主体——表述的作者。"[1] 同样,在《尘埃落定》对话性的背后,则站着作者阿来。阿来在 2000 年接受《成都商报》文化新闻版记者采访时曾多次说过一段很有意味的话:"如果小说拍成电影,我自己可以扮演老土司、傻瓜儿子、被割去舌头的书记官中的一个角色,因为这几个形象反映了我自己性格中的不同侧面。"《尘埃落定》的叙述方式中充满了陀思妥耶夫斯基式的对话、多声部、双声语等复调小说特征。对话不仅是文学诗学,同时也是一种不同民族文化叙事的交流与对接。文学批评的实践表明,巴赫金用于分析陀思妥耶夫斯基和拉伯雷创作的理论术语在中国当代多民族文学批评实践中同样具有生命力。

### 三、阿来小说的复调叙事

《尘埃落定》具有多声部复调叙事的特点,从这一角度可以挖掘出阿来小

---

[1] 〔苏〕巴赫金:《文本·对话与人文》,白春仁等译,河北教育出版社 1998 年版,第 333 页。

说叙事的空间化复调性因素，如作品思想及人物情感的多重复杂性、人物话语的多层次复合、叙事角度的灵活多变等。

《尘埃落定》以适度的方式隐匿了人物、情节、主题发挥的时间叙述顺序，表达了按时间顺序来展开的线性叙述不能够有效地反映诸种事件和诸种可能性事物的同存性和延伸性，因而表现出一种空间化叙事方式。这种空间形式实际上是小说家用来颠覆内在于叙述中的时间序列，从中获得一种空间化叙事的技巧。空间形式不仅意味着作家创作的空间化，也意味着作者理解的空间化。阿来在小说的表现层面中再一次运用了另一种交叉——双重视线的交叉。从叙事文本的角度看，《尘埃落定》中实际上有两个叙事人（一个呈显性，一个呈隐性），或者说，有两个人物视点：一个是傻子，一个是翁波意西。实际上，这两个叙事人（或人物视点）都是作家这一个叙事人的化身，通过这种叙事方式的一分为二的变化，阿来实现了两种视线的交叉——"智者"视线和"愚者"视线的交叉。

阿来的中篇小说《孽缘》和《鱼》，就随时让读者面对一个情景的开始或起点，但始终没有终点，面对着一个个的叙事行动，在叙述的任意特定时刻，都处于已经开始但还没有结果的状态，将叙述结局指向对未来的多种预想与推测，叙述的精神维度呈现为未完成的开放和播撒状态。作者以自己丰厚的本土资源、民间文化资源为依托，自觉不自觉地实践着"叙述是对所见之事的记录，是对言说时刻正在发生的事情的记录，与之对立的是历史学家的叙事陈述，后者是回头将意义赋予行为和行动"的同步叙述。比如，两篇小说中大量的叙事篇幅是将过去发生之事、现在发生之事、未来发生之事并置，多种叙事人称并用，多个叙事身份互换，在更深的人文精神底蕴和人性深度唤醒的精神根基上，试图从每一事件、每一时间、每一人物、每一行动的表象、形态，甚至声色、香味、气息的发散性认知及其精当奇妙的叙写，从生命细部最小的可能性发掘和把握人性，并自由自在地、来去无牵挂地往返于按照维特根斯坦所反复讨论的"规则悖论"建构的"语言游戏"之中。

短篇小说《奥达的马队》和《最新的和森林有关的复仇故事》的叙述方式、叙述视角、叙述人称、叙事结构同样较为开放。在作者创造和建构的叙事框架中，现实与历史（现在时态与过去时态）两条线索交叉并行，语言行动与思想情感交替活动，大大地拓展了表现的时空领域，并由此塑造了一批性格鲜明的人物形象。《最新的和森林有关的复仇故事》采取的是第三人称的全聚焦视角，在纵深的背景下，通过对 50 年前的复仇和当下的复仇的交替叙述，展示"最新的和森林有关的复仇故事"的来龙去脉、前因后果及其历史的和文化的意蕴。

阿来的中篇小说《旧年的血迹》，故事时间跨度长达几十年——从"我"小时候到长大、流浪、娶妻回家乡。小说的叙述者是"我"，叙事视角分别是小时候的"我"和长大的"我"。在叙事过程中，随着故事时间的穿插混杂，叙述视角也经常悄悄发生位移，一会儿是小时候的"我"在观察周围的人和事，一会儿又跳到了成人的"我"，继续告诉读者发生了怎样的事情。最终，作者尽可能展现给读者的是一个全知全能的视角，让读者不因为限知性第一人称叙事而被禁锢视野，陷入不知所云的局面。有时候作者自己跳出来发言：

> 亲爱的读者，你们又聪明又愚蠢，一如我聪明而愚蠢。我们都想对小说中出场的人物下一种公允的客观判断。我们的聪明中都带有冷酷的意味。也正是由于我们的聪明，我们发现各种判断永不可能接近真理的境界，并从而发现自己的愚蠢。这就是在写作过程中深深困扰我的东西。这种愚蠢是我们人永远的苦恼，它比一切生死，一切令人寻死觅活的情爱更为永恒，永远不可逃避。①

作者跳出叙事，和读者直接对话，拉开读者和小说文本的距离，把叙事视角从"我"转移到了现实中的作者身上，给人们一种空间的共存感。《旧年的血迹》是一种对于历史的家族式书写，是对处于时空交错变换中的人性、鬼性、权威、英雄的展示和思考——在浩渺的时空中，世仇、恩怨也不过是些转瞬成空的东西。

在《尘埃落定》的叙事中，主人公同样获得与作家平等的立场和平等的自我意识，并因此在某种程度上获得了意识和立场的相对自由与独立。在这种平等的基础上，作家笔下的主人公在被赋予了意识的同时，也被赋予了真正的生命。"复调小说要求于作者的，并不是否定自己和自己的意识，而是极

---

① 阿来：《阿来文集·中短篇小说卷》，人民文学出版社 2001 年版，第 45 页。

大地扩展、深化和改造自己的意识（当然是在特定方向上），以便使它能包容具有同等价值的他人意识。"① 因此，创作的艰难与复杂就会在这种平等立场和平等意识的融合与对抗中被相应扩大化。毕竟，在这种意识的给予与平等中，创作的层面和角度也随之扩大深入，创作的领域甚至会突破单纯的文学疆界，触及人性、社会性、科学性等领域，作家面临的并非是简单的表现性写作与再现性的临摹，而是在作家自我意识与主人公意识、与他者意识的交织中从事的文学创作。

《尘埃落定》与陀思妥耶夫斯基的小说有着共同的复调叙事特征。他们的叙事正如巴赫金所揭示的，都是"有着众多的各自独立而不相融合的声音和意识，由具有充分价值和不同声音组成的真正的复调"。但两者又有不同：《尘埃落定》是以一个主要人物承担"具有充分价值和不同声音"的讲述；陀思妥耶夫斯基小说则让几个人物分别承担"具有充分价值和不同声音"的讲述。巴赫金说："陀思妥耶夫斯基材料中相互极难调和的成分，是分成几个世界的，分属于几个充分平等的意识。这些成分不是全安排在一个人的视野之中，而是分置于几个完整的同等重要的视野之中。"② 也就是说，陀思妥耶夫斯基的小说是多个人物以不同的声音作平等对话式叙事；而阿来的《尘埃落定》则是一个主人公以不同的声音自问自思的对话式叙事。这里面蕴含了两个作家、两个时代、两种文化、两种写作意图等多方面的内质。从根本上看，《尘埃落定》的复调叙事具有悖论性质，而陀思妥耶夫斯基式的复调小说则没有这种明显的特征。

# 第二节　复调叙事方式

巴赫金"复调小说"理论所体现的独立性、自由性、未完成性和复调性，对于研究中国当代小说的创作意识和创作现状的启发意义是不容忽视的。如

---

① ［苏］巴赫金：《诗学与访谈》，白春仁、顾亚铃译，河北教育出版社1998年版，第45页。
② ［苏］巴赫金：《诗学与访谈》，白春仁、顾亚铃译，河北教育出版社1998年版，第18页。

果我们借鉴巴赫金的对话理论分析《尘埃落定》中的对话形式，就会发现，小说就是由"各类社会性话语和个人话语以平等对话方式联结在一起"产生的众声喧哗的世界，这个世界与小说外的现实世界又构成一种内在的对话关系。下面我们试从叙述方式和叙述视角两个层面来分析小说的叙事结构。

## 一、叙述方式的复调

《尘埃落定》是通过自述、对话、回顾的叙述方式展开文本写作的。小说叙事的基点则是处于文化过渡地带和文明过渡阶段的混血的"傻子"二少爷的心理混乱状态和末世情怀。作品主人公兼叙述者丰富复杂的内心活动赋予了这部作品独特的对话性叙述方式，通过自我对话、与他人对话，将主人公的意识直接转化为艺术描写的对象。主人公意识不仅驾驭着叙述人的叙述，而且突出"我"的意识成为读者关注的对象。

小说在叙事方式上形成了"小我"与"大我"共在的叙述格局。"小我"是指小说展现给我们的第一人称"我"，这个"我"就是麦其家的二少爷"傻子"——既是故事的讲述者——承担叙事功能，又是作品中的一个人物——参与到作品情节中去，有自己的言语行为和意识活动。所谓"大我"是指作家虽然选择了第一人称的叙述视角，但在叙事中又往往突破这种限知性叙述，给读者展现另一面的内容。"我"作为叙事视角，本应严格按"我"的视角限定，讲述"我"和他人的故事。但是文本让"我"变成了多重叙事视角的承担者。

其一，"我"是一个有生理缺陷的傻子。于是小说许多地方写到"我"以傻子的方式去感知、思考、行动，表现出一系列的傻相。比如："一个月时我坚决不笑"；"两个月时任何人都不能使我的双眼对任何呼唤做出反应"；"我一咧嘴，一汪涎水从嘴角掉了下来"；等等。

其二，"我"又是一个不傻的正常人，甚至是智者。于是小说许多内容写到"我"以正常人或智者的方式去感知、思考、行动，表现出一系列的智慧之举："我"可以预先知道客人的到来；"我"知道父亲派自己的哥哥去南方边界的意图，但聪明的哥哥却猜不出；"我"能预测重大事情的发生；"我"可以在关键时刻做出正确的决定使麦其土司更加强盛；"我"可以糊涂又聪明地取得与拉雪巴土司和茸贡土司较量的胜利；"我"可以和割掉舌头的书记官通过眼睛对话；"我"可以洞察父亲、母亲以及他人的心理；"我"甚至可以预见土司世界的未来。

其三，因为"我"既傻又不傻，所以许多内容就干脆让作者来充当"我"讲述，于是"我"变成了一个无所不知的全能叙述者。"我"可以预知各种将要发生的事，"我"还时常进行一些理性、中立的第三人称独白。

整部小说都将这三种视角并置于"我"身上，小说中的"我"是一个特殊的有着"不相融合的声音和意识"的复调叙事视角的承担者，其特殊之处在于"我"既充当叙事视角，又兼当叙事人，同时，"我"又是一位傻亦非傻的主人公。于是构成了多重叙事视角叠置的状态：全知全能的第三人称视角（作者视角）与限知性的第一人称视角（主人公视角）叠置，傻子视角与智者的视角叠置。这样文本中就有了三种声音：作为傻子的"我"的声音；作为智者的"我"的声音；作为作者的"我"的声音。这三种声音就形成了多重复调，"我"呈现为多声部的杂语交替发声的复调叙事者。

这三种声音构成的叙事，由于人物的特殊性而使叙述内容充满了悖论式的逻辑矛盾。

首先，小说中的"我"兼容"傻子"与"智者"这两个矛盾的声部来交替发声。一方面，叙事人是一个地道的傻子，是一个有生理缺陷的傻子；另一方面，小说中以巴赫金所揭示的"对话"形式成分证明"我"的傻性。"我"的对话又包含三个声部：

一是"我"与"我自己"的对话，或叫内心独白。小说中的"我"以不断地自问自思的方式中断叙事而进行内心独白。如："我是个傻子"；"我一咧嘴，一汪涎水从嘴角掉了下来"。并从"我在哪里？我是谁?"的自问式对话中，显示着对"我"的傻性的确认。

二是"我"与他人的对话，包括"我"与父亲、母亲、哥哥及周围人的对话。如小说中写"我"跟随母亲一道骑马去迎接父亲的大队人马时，看到母亲向人群挥动红缨马鞭，我心中充满了对母亲的无限爱意：

> 我和母亲一起从楼上下来，大队人马就出发了。
>
> 土司太太骑一匹白马走在一队红马中间。腰间是巴掌宽的银腰带，胸前是累累的珠饰，头上新打的小辫油光可鉴。我打马赶上去。母亲对

我笑笑。我的红马比所有红马都要膘肥体壮，步伐矫健。我刚和母亲走到并排的位置，人们就为两匹漂亮的马欢呼起来。欢呼声里，阳光照耀着前面的大路，我和母亲并肩向前。我以为她不想跟个傻乎乎的家伙走在一起。但她没有，她跟儿子并马前行，对欢呼的人群挥动手中挂着红缨的鞭子。这时，我心中充满了对她的无限爱意。

我一提马缰，飞马跑到前面去了。

我还想像所有脑子没有问题的孩子那样说："我爱你，阿妈。"

可我却对随即赶上来的母亲说："看啊，阿妈，鸟。"

母亲说："傻瓜，那是一只鹰。"①

在"我"与母亲的对话中，证明"我"还是脑子有问题的傻瓜。

三是"我"与读者的对话。小说中的"我"多次向读者说明："土司醉酒后有了我，所以，我就只好心甘情愿当一个傻子了。""那时我已经三个月了，母亲焦急地等着我做一个知道自己来到这个世界的表情。一个月时我坚决不笑。两个月时，任何人都不能使我的双眼对任何呼唤做出反应。土司父亲像他平常发布命令一样对他的儿子说：'对我笑一个吧。'见没有反应，他一改温和的口吻，十分严厉地说：'对我笑一个，笑啊，你听到了吗？'他那模样真是好笑。我一咧嘴，一汪涎水从嘴角掉了下来。"比如"我"哥哥用鞭子抽"我"，"我"不觉得疼，还让哥哥再抽打"我"，没有实现，终于在银匠那儿，"我"尝到了鞭子抽打在身上不疼的感觉。

一方面，小说通过"我"与自己、与他人、与读者的对话，叙写出"我"是一个傻子；另一方面，叙事人又不是一个真正的傻子，有时还是大智若愚的智者。小说同样以对话的方式证明"我"不傻的智性。"我"的对话同样包括三个声部，即"我"与自己、与他人、与读者的对话，在对话中证明"我"不是真正的傻子。这样，第一重双声语叙事就形成了一对超逻辑的矛盾叙事，即悖论式的复调叙事。

其次，小说中的"我"兼容了"傻子"二少爷的叙事视角和作者的叙事视角。也就是说，除了作为"傻子"的二少爷和作为"智者"的二少爷的视

---

① 阿来：《尘埃落定》，人民文学出版社 2001 年版，第 22 页。

角外，小说的其他内容都是以作者的视角讲述的。这就造成了叙事视角的矛盾与含混。按第一人称叙事的常识，作为叙事者的"我"，要么是"我"讲"我自己的故事"（"我"是主人公），要么是"我"讲"他人的故事"（"我"是见证人）。无论是作为主人公的"我"，还是作为见证人的"我"，都应按"我"的见闻感知来叙事，且应遵循"我"的性别、年龄、学养等个性化特征，这样方可显示叙事的客观与真实。

而从《尘埃落定》的叙事视角看，既是"我"讲"我的故事"，又是"我"讲"我与他人的故事"；既是作者讲自我的故事，又是作者讲他者的故事。这个"我"到底是二少爷，还是作者？还是两者兼而有之？这就形成了又一层充满矛盾的悖论式复调叙事。作者将这三种声音都放在一个人身上交替发声，按常理是不符合生活事理逻辑和充满矛盾的。已有评论者对此提出了质疑。① 阿来的叙事，在某种程度上有些类似于曹雪芹的"假作真时真亦假，无为有处有还无"——以真为假，以假为真，真真假假、假假真真，真假含混，造成历史事件、生活事件在客观上的有意含混，从而将故事推向了超现实语境，仿佛一个"文化亡灵"（周政宝语）讲述的"文化神话"，既像古老的寓言，又像现代主义神话，成为一部"想象中的历史，一部精神的历史，而非纯粹历史学意义上的那种历史"②。有论者认为，《尘埃落定》对嘉绒"四土"之地的宗教、土司制度、典章文物等的叙写虽然是依据了历史的本来面目，但他宁愿将其视为博尔赫斯所倡导的"幻想文学"。当年，神奇的博尔赫斯曾提出："小说应依照魔术的程序和逻辑，而不应依照科学与自然这种混乱的'真实'世界的程序和逻辑。"他据此提出了"幻想文学"这个概念。他主张用隐喻来表达现实，以艺术作品中之艺术作品，以现实与梦幻的混淆、时间旅行、双重人格等四种幻想文学的手法打破现实主义小说的常规，乃至打破现实的常规。他认为，幻想文学有助于我们更深刻、更复杂地理解现实。他本人的创作便以此为目标。实际上，从《变形记》开始的西方现代

---

① 李建军在《像蝴蝶一样飞舞的绣花碎片——评〈尘埃落定〉》一文中，对阿来小说的叙述者、语言、主题建构、审美意识等提出质疑和批评。他认为，《尘埃落定》依靠了一个不可靠的叙述者——"在智力、道德、人格上存在严重问题和缺陷的叙述者"，那个"心智尚处于童蒙状态"的傻子少爷作为叙述人只能以"无序或有序的方式，叙述自己破碎、零乱的内在心象"。

② 阿来：《先知刚刚离去——关于〈尘埃落定〉的源流》，《光明日报》1998 年 4 月 6 日，第 12 版。

神话和寓言都有这种叙事特征。不过，古老的寓言和西方现代派神话中的假定性叙事的多重"声音"并不一定存在悖论式的矛盾，而《尘埃落定》的三种声音却有着更多的矛盾。阿来采取这种充满矛盾的悖论式复调叙事，显然突破了理性主义叙事学的种种规范，其目的是为了表达作者一系列悖论式的思想。"傻子"视角的运用，打破了现实与幻想的界限，并使之融为一体，"傻子"二少爷既傻又不傻，大智若愚，洞悉过去、现在乃至未来，混淆并穿越幻想与真实。"只有那具有宗教感的眼睛才深入了解真正美的王国。"① 阿来的这种类似于神话式的思维，与他的藏文化及其心理资源密切相关。

## 二、叙述视角的复调

《尘埃落定》用了第一人称——"傻子"来叙述，但"傻子"又同时担当着"局外人"的角色，他既是叙述者又是参与者，两个角色处于同在位置。"傻子"因为其"傻"而与现实世界割断了彼此认同的脐带，也由此而获得一种类似局外人的角色，形成了其独特的叙事视角。作为全书的中心人物，"傻"让主人公具有脱离常规的局外人眼光，而以一个傻子的眼光去看待和认识这个世界，又给"我"带来相当程度上的自由，反而使"我"看清了事物的本质，看到了别人未看到的真相。

同时，"傻"也是一种叙事策略。就像在白纸上容易写字和绘画一样，用智力上有问题的主人公兼作叙述者，能更多地保留人性的原色，也更方便作者体现自己的价值观。通过"傻子"的叙述，小说呈现出感性与理性两个视角共同推进的氛围，也使读者在沉浸于感性的悲欢离合的同时还能进行理性的思考。

作者将全知全能的第三人称叙事视角与第一人称限知视角混同使用，从而造成叙事视角的多重叠置。如前文所述，《尘埃落定》有两个叙事人，一个是"傻子"，一个是翁波意西，一个呈显性，一个呈隐性，两个叙事人都是作家的化身。通过两个身份的离合不定，阿来实现了两种视线——"智者"视线和"愚者"视线的交叉互动。翁波意西是一个智者和先知形象，他来到麦其土司的领地后，总是思考一些大家都不愿意深究的问题。他超前的思维和

---

① ［德］费希特：《人的使命》，梁志学、沈真译，商务印书馆 1982 年版，第 138 页。

智慧，为土司制度所不理解和不接受，因而两次被割掉舌头。在小说中，翁波意西置身于权力斗争的漩涡之外，呈现出一种智者旁观式的俯视和观照，其眼光似乎无处不在，又无所不察。这种视线与身处权力斗争漩涡中的"我"——"傻子"的视线交叉，造成一种既置身于历史而又外在于历史的极为深刻的效果。

阿来将第一人称经验自我的限知视角和全知全能的叙事视角通过视角越界的方式结合起来，并结合了"白痴叙述"的傻子视角，造成叙事视角的多重叠置。这是一种颠覆性叙事视角的运用。

1. "傻子"的第一人称回顾性叙述

《尘埃落定》的叙述者是"我"，这个"我"从身份上来说，就是小说中麦其土司的傻儿子。所以我们也可以认为叙述者就是"傻子"。但是在小说中"我"的叙述和"傻子"的叙述并不完全一致，这是两个既相交叉又有所区别的叙述部分，"我"与"傻子"完全相同的只是身份，小说最表层的叙述是傻子叙述。

从叙事学的角度讲，傻子叙述是一种限知角度叙述，里蒙·凯南在《叙事虚构作品》中将这种叙述称为"白痴叙述"，这种叙述是不可靠的叙述，"不可靠的主要根源是叙述者的知识有限"。这样的叙述令我们想到了福克纳的《声音与疯狂》第一部分里的班吉，电影《阿甘正传》中的阿甘，鲁迅小说《狂人日记》中的狂人。这种叙述就是"戴着有色眼镜看"。它使被叙述者呈现出与常规不同的形态，但又由于这种"变形的手段"是一致的、有规律可循的，所以又能让读者轻松揭开面纱，准确洞悉叙述真相，它不伪装自身的不可靠性，一出现便强有力地暗示着读者来探寻事实。但同时，一眼看穿并非意味着傻子叙述徒有其表，毫无用处，它使叙述者在这道屏障下可以自由地驰骋——夸张、变形、虚构，装疯、卖傻，使对话呈现出永恒的未完成性和开放性。

《尘埃落定》中的傻子叙述，与《阿甘正传》中阿甘的叙述更为相近，而与班吉的叙述、狂人的叙述略有不同。前者的情节基本按照客观事件的原貌，不做太多的变形；后者则非常强调变形。前者犹如照一面被水汽蒙上的镜子，后者则是照哈哈镜。傻子叙述也可以理解为一个叙述人称。因为在小说中的第一人称里有两个"我"，一个是作为"傻子的我"，一个是更接近叙述者、超越了"傻性"的神智清晰的我,两个"我"水乳交融,彼此交叉。

从小说看,《尘埃落定》也属于第一人称回顾性叙述。如小说文本中写道:

> 父亲把我抱在怀中,黄特派员坐在中间,我母亲坐在另外一边。这就是我们麦其土司历史上的第一张照片。现在想来,照相术进到我们的地方可真是时候,好像是专门要为我们的末日留下清晰的画图。而在当时我们却都把这一切看成是家族将比以前更加兴旺的开端。当时,我的父亲和母亲都是那样生气勃勃,可照片却把我们弄得那么呆板,好像命定了是些将很快消失的人物。你看吧,照片上的父亲一副不死不活的样子。殊不知,当时,他正野心勃勃。准备对冒犯了我们的邻居,猛然一下,打出一记重拳呢。而在一定程度上,他是那种意到拳到的人物[1]。

文中的"现在"暗示我们,这是一个发生在过去的故事。叙述者是以回忆的口吻叙写这个故事的。在第一人称回顾性叙述中,通常有两种眼光在交替作用:一是叙述者"我"追忆往事的眼光;二是被追忆的"我"在不同时期对时间的不同看法、对事件的不同看法、对事件的不同认识程度。两者形成成熟与幼稚、了解事情的真相与被蒙在鼓里之间的对比。《尘埃落定》文本中多处使用"你看……""你听……"等句式,好像作品中的人物在与读者直接对话。这种视角将读者直接引入"我"经历事件时的内心世界,使读者产生阅读通感,并与阅读对象之间形成一种平等平行的对话关系。

《尘埃落定》中的"我"不但是叙述者,而且还是各种重大事件的参与者和见证人。在小说中,各种人物的命运,麦其家族的兴衰,土司制度的瓦解,均是通过"我"的主观意识和心灵感受展开的。从这个意义上说,《尘埃落定》是"傻子"——"我"向读者敞开的一部心灵日记,一部见证了嘉绒土司制度衰亡过程的日记。

第一人称回顾性叙述,主要采用了经验自我的视角,然而小说结尾却又写道:"我"躺在床上,被复仇者杀死了,"我"看到"我"的血流淌出来:

---

[1] 阿来:《尘埃落定》,人民文学出版社 2001 年版,第 27 页。

"血滴在地板上，是好大的一汪，我在床上变冷时，血也慢慢地在地板上变了颜色。"① 叙述者"我"最后的结局是死亡，那这个由"我"讲述的故事又是由谁讲述的呢？一个文化亡灵的讲述？可见小说中又有一个隐含的叙述者。

"文学的真正特性在于它包含了两个交流语境：一是处于文本之外、现实生活之中、牵涉到作者与读者的交流语境；其中作者担任信息发送者，读者则担任信息接受者。另一是处于文本这一虚构世界之内由叙述者（发话者）和受述者（受话者）构成交流语境。"② "傻子"二少爷向"隐含读者"讲述了土司制度崩溃的故事。这种双重交流语境的同时存在无疑意味着文学中信息发送者与发话者的分离，也即作家与叙述者的分离。

在第一人称叙述中，作家阿来与叙述者"我"的分离体现在"清醒"与"傻"上。二少爷真正"傻"时，他作为一个傻子的事实存在，使作家与叙述者之间的距离达到最小。只有当二少爷假傻时，他才是作家着意追求的视角，才是有效发话者——这时，作家与叙述者之间的距离最大——他的傻子的身份与眼光、情感、思想的不一致，形成独具魅力的"不可靠叙述"。小说家运用不可靠叙述者的目的，正像戴维·洛奇揭示的那样，"是想以某种诙谐的方式展现表象与现实之间的差距，揭露人类是如何歪曲或隐瞒事实的"③。

小说中"我"的"傻"有三个基本含义：

一是多客观而少感情。人对自己生长于其中的文化都带有深厚的情感成分，很少有人能抱定一种情感的中立。而生活于藏区，作为贵族的"我"，傻可以令"我""不爱不恨"，因而可以看到基本事实，还可以明哲保身。作为一个身处历史进程的旁观者，他冷静而细致地描述周围的环境和事件，因为是傻子，"我"失去了继承王位的可能，"一个傻子怎么能做万人之上的土司呢？"因此，父亲少了对我的提防，哥哥丹真贡布也不用为了以后的权力对"我"防备。"哥哥因为我是傻子而爱我，我因为是傻子而爱他。""除了亲生母亲，几乎所有人都喜欢我现在这个样子。要是我是个聪明的家伙，说不定早就命归黄泉，不能坐在这里，就着一碗茶胡思乱想了。"因为是傻子，发表

---

① 阿来：《尘埃落定》，人民文学出版社 2001 年版，第 422 页。
② 申丹：《叙述学与小说文体研究》（第 2 版），北京大学出版社 1998 年版，第 130 页。
③ ［英］戴维·洛奇：《小说的艺术》，王峻岩译，作家出版社 1998 年版，第 72 页。

对事情的看法，"错了就等于没有说过，傻子嘛。对了，大家就对我另眼相看"。于是他超然物外，不动声色，对民族、家庭、血统、爱、金钱、人性，甚至尊严、宗教等都进行了客观而冷酷的嘲讽。

二是"傻"意味着超越与自由。"我"和哥哥具有鲜明的对比效应，"我"的"傻"和哥哥的聪明形成了两种精神品质，傻与聪明在于是否熟悉并且能够顺应现有规则，傻令"我"有一种脱离常规的局外人的眼光，这种身份可以使"我"从日常之流、从规则礼俗中解脱出来。傻成为一种特权，给"我"带来相当程度的自由和相对独立的立场，使"我"在某种程度上超越了"我"生长于其中的传统文化体系。"我"可以任意活动于这个社会的任一阶层、群体、场合；因为傻，"我"对生活的律条、禁忌可以毫不在意。作家可以借此对所有人生存状况的高度同情体现在其无知甚至冷漠的生活表象之下。正如小说中所说的"一个傻子，往往不爱不恨，因而只看到基本事实"，这就是作家在展示这段历史画卷时可以大胆地使用近乎自然主义的法则。傻子视角同时又是历史和哲学的视角。

三是"傻"也是一种叙述策略。"智力上与社会认可水准的差异，反而是叙述可靠的标志。"用智力上有问题的人兼做叙述者，会产生陌生化效应，使读者获得意想不到的新奇效果。因为"我"是傻子，所以"我"的叙述就具有不可靠性和不确定性，也就是超逻辑性和非正常性，但没有人去计较，因为大家都知道"我"是一个傻子，傻子的话没有人去当真。这样做便于行文，便于叙述空间的拓展，而且往往埋伏了这样的判断：人物的社会化程度越低，精神被教化的程度就越低，就能更多地保留人的自然本性，也更能体现作者的隐在价值观。正是这样的一种叙事视角，使得小说具有了历史、哲学、生活等多层面的寓意。阿来创作的既傻又不傻的土司二少爷这样一个悖论式的虚拟化人物，并由此展开一系列悖论式人生价值观的表达。由于土司二少爷有着特殊的身份与地位，所以他在对人的傻性与智性的体认上，也就有了更多的机会与自由。他既乐于自己的傻性，又乐于自己的智性，与庄周所谓"周将处于材与不材之间"（《庄子·山木》）的寓言一样，构成了一种对立统一的矛盾立场。"傻子"二少爷正是带着这样矛盾的人生价值立场去观看、去体验、去思考、去行动的，因而整个作品的内容经过"我"的眼光过滤所折射出来的主题式意蕴，在倾向性上就具有了矛盾性了。但这些矛盾并不是作品中人物认识上的错误所致，而是人类生活中客观存在的悖论现象，借作品人物之口说出而已。

可见，《尘埃落定》是借土司二少爷这个悖论式的矛盾人物，表达现实生活一系列悖论式人生价值观。其中隐含着深刻的哲学理念，聪明与愚蠢、高贵与卑贱、喜剧与悲剧只是相对的，还是可以互为转化的。与传统的历史小说不同，"傻子"少爷的许多愚与智的情节叙述不再具有再现历史和展示人物性格的意义，而只成为作者隐喻历史、将作者的想象变化为文学现实的平台。

《尘埃落定》的叙事中也隐含着一种预示叙述。在《格萨尔》《伊利亚特》《奥德赛》《埃涅阿斯纪》等史诗中，每一部都是以一种预期性的概括来开头，这在一定程度上证实了托多罗夫用于荷马式叙事的公式："预先注定的情节。"① 文本中似乎有一条"命中注定"的道路威胁到叙事的主要部分。在《尘埃落定》叙事中，"第一人称"的叙事比其他人称的叙事更适合预期，靠的正是它明确的回顾性特征这一事实，这使叙事者有权暗示未来，尤其是他现在的处境，因为这在某种程度上构成了其角色的一部分。阿来以其独特敏锐的眼光，以既是旁观者，又是体验者，更是预设者和预言家的极不确定的叙述立场与身份，尽可能预见、预演和推测更多未知事物，从而进行历史叙事传统与语言美学结合的审美人类学实践。这一叙事策略与藏族历史文化传统和宗教心理的集体无意识暗合。在跨文化思考与体验中，阿来将本土智慧与外来影响进行对接，巧妙地运用了西方后现代叙事学中强调的"预示叙述"，即未来时叙述，亦即关于言说时尚未发生之事。对所叙述之事不能做任何肯定或否定的叙事：预言、预测、推测、预演及构建的叙事学方法，使"故事世界纯粹是虚拟的，计划、持有和描述的仅仅是潜在性或可能性，而不是有待体验或叙述的实际事实。一切都可以呈现为不确定的、潜在的或仅仅是假设的或纯粹信从的东西"②。

傻子叙事赋予"傻子"以预见未来的特殊功能，使叙述结构呈现多角度。在小说文本中，"傻子"——麦其土司的傻儿子准确地预见了翁波意西的到

---

① ［法］茨维坦·托多罗夫：《散文诗学——叙事研究论文选》，侯应花译，百花文艺出版社2011年版，第65页。

② ［美］戴卫·赫尔曼：《新叙事学：跨学科叙事理论》，马海良译，北京大学出版社2002年版，第68页。

来、土司的消失，透视到哥哥的被刺、妻子与哥哥的暧昧私情，感应到家人的疼痛……一个理智正常的叙述人称如果这样来进行叙述，是不可能的和不合情理的。但一个傻子这样来叙述，读者就相信这一定是有某种神秘的原因。由此可见，傻子叙述是小说《尘埃落定》所选择的极为特殊的叙述角度。没有这个叙述角度，小说的艺术世界将是另一种景观。

采用回顾性视角叙述，拉开了两个"我"的时空距离，让此时的"我"叙述彼时的"我"，而评论性话语的运用则明显表达出此时的"我"对彼时的"我"的超然的评价性叙述。读者首先感受到的是眼前这个讲故事的人，通过他才感受到了故事中的人物。《尘埃落定》文本的独特之处在于叙述人和主人公不是一个正常人，而是麦其土司醉酒后与汉族女人生的一个傻子，他没有自己的名字。按照常理，傻子不会有正常人的思维活动，更不会有超人的智慧，但作者安排了这样一种叙事视角，即"白痴叙述"——具有不可靠性和不确定性的叙事，使小说具有了历史、哲学、生活、文化等多层面的寓意。

2. 第三人称的全知全能视角的运用

阿来把傻子塑造成小说中的重要人物，而且让他充当了自己小说的主人公兼叙述者。傻瓜是上帝的面具，在反对所有现存生活形式的繁文虚礼和展示真实人性方面，这些面具获得了特殊的意义。小丑、傻瓜、骗子被巴赫金鉴定为"体裁面具"，具有非凡的功能："他们有权不理解生活，有权打乱生活，对生活加以夸张、滑稽模仿；他们有权通过戏剧舞台的时空体验生活，把生活描绘成喜剧，把人们表现为演员；他们有权揭开他人的面具；有权用最损的话骂人；有权公开一切最最隐蔽的私生活。"[①] 可以糊涂、耍弄人、夸张生活，可以讽刺模拟地说话，可以表里不一。实际上，《尘埃落定》中也多次暗示傻子少爷并不傻。对于这个问题，麦其土司也一直感到纳闷。小说这样写道：

父亲显得十分疲倦，回屋睡觉去了。

临睡前，他说："开始了就叫醒我。"

我没有问他什么要开始了。对我来说，最好的办法就是静静等待。

[①] ［苏］巴赫金:《小说中的时间与时空体的形式》,《文学与美学问题》,莫斯科文艺出版社1975年版，第211页。

　　哥哥正在南方的边界上扩大战果。他的办法是用粮食把对方的百姓吸引过来变成自己的百姓。等我们的父亲一死，他就有更多的百姓和更宽广的土地了。他在南方战线上处处得手时，我们却把许多麦子送给了茸贡土司。所以，他说："那两个人叫茸贡家的女人迷住了，总有一天，女土司会坐到麦其官寨里来发号施令。"

　　他说这话的口气，分明把父亲和我一样看成了傻子。

　　哥哥这些话是对他身边最亲近的人讲的，但我们很快就知道了。父亲听了，没有说什么。等到所有人都退下去，只有我们两个在一起时，他问我："你哥哥是个聪明人，还是个故作聪明的家伙。"

　　我没有回答。

　　说老实话，我找不到这两者之间有多大的区别。既然知道自己是个聪明人，肯定就想让别人知道这份聪明。他问我这个问题就跟他总是问我，你到底是个傻子，还是个故意冒傻气的家伙是一样的。父亲对我说："你哥哥肯定想不到，你干得比他还漂亮。该怎么干就怎么干，这话说得对。我要去睡了，开始了就叫我。"

　　我不知道什么就要开始了，只好把茫然的眼睛向着周围空旷的原野。

　　地上的景色苍翠而缺乏变化，就像从来就没有四季变迁，夏天在这片旷野上已经两三百年了。[①]

　　这个"傻子"弟弟一直没有被他英勇聪明的哥哥放在眼里，直到这个"傻子"得到人民的拥护，哥哥才如梦初醒，家族内部关于继承权的残酷斗争终于以"傻子"弟弟的胜利告终。

　　"傻子"的视点也是孩子的视点，这种视点展现出的是人类生存史或生活中的另一侧面，具有反常规的、充满喜剧精神的荒诞感，它最大可能地超越了现实逻辑，让我们领略了生活弯曲变形的更为丰富的侧面。那些英雄事迹，史诗式的英雄人物，都在傻子的视界中显现出荒诞可笑的本质。面对历史或者家族不可抗拒的命运，像麦其土司、其他的土司、"傻子"的哥哥，那些"英雄们"终究都变成一群愚蠢的争斗者和自相残杀者。只有"傻子"自得其

---

　　① 阿来：《尘埃落定》，人民文学出版社 2001 年版，第 232 页。

乐，"傻子"预知未来，预知胜负，"傻子"知天命。但这一切，都因为"傻子"的视点而被改变，历史呈现为一出戏谑的和略显荒诞的舞台剧。《尘埃落定》把大历史与小视点结合得恰到好处，叙述得四两拨千斤。"傻子"也是始终长不大的孩子，历史是孩子眼中的戏剧，或者说皇帝的新衣，无论多么残酷，无论多么悲壮，都不过是戏剧，都不过是虚无和灰飞烟灭。

小说因为采用了傻子的叙述视点而自由洒脱，神采飞扬，无拘无束，浑然天成，行到水穷处，坐看云起时。傻子的原则就是快乐原则，傻子的精神就是游戏精神，苦难与戏谑并行，悲壮与虚无共舞。正是这种戏谑的叙述使这部小说消解了痛苦，史诗式的痛苦被虚无化，所有严肃认真的事都因为傻子的视点而变得没有意义。傻子永远保持孩童式的快乐。在解放军到来时，麦其土司一家人最终归于灭亡。"傻子"最终为仇人所杀，鲜红的血流了一地，但他依然没有痛苦——他曾经有那么复杂微妙的心理，但最终流到历史重新开始的大地上的是他的鲜血，就像是他对历史的馈赠①。

"傻子"形象显然是有寓意的。《尘埃落定》对人的傻性与智性并没有做出单值的价值判断与选择。从文本看，傻有傻的好处，也有它的坏处。聪明人出类拔萃，会受到器重和尊敬，会被委以重任，但也会欲壑难填，会为满足种种欲望而种下祸患；傻子不明世事，无纷繁的欲望，无烦恼与痛苦，但会遭遇世人的遗弃与凌侮。"我"是傻子，但"我"却知道，"除了亲生母亲，所有人都喜欢'我'是傻子"；"我"可以预知客人的到来；"我"知道父亲派自己和哥哥去边界的意图，但聪明的哥哥猜不出；"我"能预测大事情的发生；"我"可以在关键时刻做出正确的决定使麦其土司更加强盛；"我"可以糊涂又聪明地取得与拉雪巴土司和茸贡土司较量的胜利；"我"可以洞察父亲、母亲以及其他人的心理；"我"甚至可以预见土司制度的未来……从这个意义上说，小说的叙述又变成了全知全能的叙事视角。

视觉的选择对叙事至关重要。"叙事学的要点就是把握三把尺子：一把尺子是结构，一把尺子是时间，一把尺子是视角。"② 选择"傻子"二少爷为第

---

① 陈晓明：《小说的心理特权与历史化的紧张关系——阿来小说阅读札记》，《当代文坛》2008年第 5 期，第 81—83 页。

② 杨义：《中国叙事学》，人民出版社 1997 年版，第 120 页。

一人称叙述，是作者的特意安排，是对叙述者的恰当定位。阿来说："在一种形态到另一种形态的过渡时期，社会总是显得很卑俗；一种文明过渡到另一种文明，人心委琐而浑浊。"① 在土司制度行将崩溃的特殊历史生活情境中，一个被常规眼光视为正常的人几乎是不可能见证这一丰富复杂的历史全貌的。于是，"傻子"成为在"社会"和"文明"形态过渡时期真正的"视角"，同时，也是一个具有某种特殊鉴定意义的"尺子"。

"傻子"二少爷全知全能的叙事视角使"我"既可以高高在上地鸟瞰全貌，也可以同时看到在不同的地方发生的一切。"我"坐在自己的屋子里就可以知道翁波意西牵着一头骡子到来，知道自己的哥哥被仇人杀害，知道自己的死亡时间。"我"对文本人物的过去、现在和未来均了如指掌，也可任意透视人物的内心。"我"看到土司消失而看不到土司的未来。"我"可以和失去舌头成为哑巴的书记官翁波意西通过眼睛说话……"傻子"俯视众生，超脱因果，无所不知，带着先知般的清澈心灵对谬误和荒诞表现出极大的宽容。

《尘埃落定》叙事的主要承担者是文本中的主人公。作品在一开始就敞开叙事空间，让"傻子"充当叙事的引入者，同时在行文过程中对第一视角"我"的叙事进行补充和评价。作品还通过"傻子"的"通灵""预见""幻觉"将一般第一人称叙述者所不能触及的生活侧面、精神境界、心理活动全部展现了出来，曲折地外显了作者阿来的心灵图景。

正如韦勒克所言："世界在本质上是诡论性的，一种模棱的态度才能抓住世界的矛盾整体性。"站在傻子的角度，虽然有些似是而非，但可能更贴近世界的本相。唯其如此，作家才有可能超越正常人面临的拘束，他们的创作视野才会更加开阔。

3. 多重交织的视角越界和混合叙事视角

《尘埃落定》中的全知叙事与通常所说的全知叙事有所不同。通常所说的全知叙事一般是第三人称的，在视角上的一个本质性特征在于其权威性的中介眼光。而《尘埃落定》中的全知叙事视角是"傻子"超出凡人的能力的一种表现。"傻子"二少爷"有一头漆黑的，微微鬈曲的头发，宽阔的额头很厚实，高直的鼻子很坚定，要是眼睛再明亮一些，不是梦游一般的神情，就更

---

① 阿来：《落不定的尘埃》，《小说选刊·增刊》1997年第2辑，第46页。

好了"①。然而，正是这双"梦游一般的眼睛"看到了普通人看不到的意义重大的"幻象"；正是这双眼睛让"傻子"与割了舌头的土司家的第四任书记官有一种神秘联系，他们心灵相通。"傻子"虽然一字不识，但也许因为混沌质朴而更加接近本质。"傻子"的思想亦如同他的眼睛，隐秘而飘忽不定，但又如通灵的先知，连主人公自己也解释不清自己这种全知全能的能力从何而来，这种眼光没有权威性只有寓言性。在小说结束之前，"我"意识到了自己存在的意义："我当了一辈子的傻子，现在，我知道自己不是傻子，也不是聪明人，不过是在土司制度将要完结的时候到这片奇异的土地上来走了一遭。"所以说《尘埃落定》中的全知全能视角是上帝的第三只眼，和一般的全知全能视角是不同的。

《尘埃落定》的叙事主要采用了经验自我的限知视角，有时也将第一人称经验自我的限知视角和全知全能的叙事视角混同使用。大多时候第一人称经验自我的叙事视角蕴含着全知叙事视角，有时候又隔离了全知全能视角。例如，当"我"在北方边界扩张了领土，开辟了市场，为麦其家增加了财富，而后衣锦还乡，失去舌头的书记官竟然开口说话了——活佛解释为是"二少爷带来的奇迹"。这时候众人喧哗，百姓欢呼，两个百姓还把"我"像拥戴藏族远古历史上的第一个藏王——"肩座王"那样扛在肩头上奔跑，这是一个重大的场面，意味深长，但"我"不了解是众人拥戴自己当土司的意思，反而被弄得莫名其妙。这个时候文本恢复了第一人称的限知叙述，"我"又犯傻了，在显示绝顶聪明的同时又会表现出近似恶作剧的愚蠢。

《尘埃落定》在"傻子"——"我"的第一人称经验自我的限知视角中穿插着"上帝"般的全知全能视角，这是一种大范围的视角越界现象。在作品的开头，麦其土司带来了省府大员，"这是一个瘦削的人"——"瘦汉人"，这是第一人称经验自我的叙事视角。"然后，黄初民特派员……"这时的叙述者超越了经验自我视角的边界侵入了全知视角的领域。这种视角越界使小说突破了作品囿于一种视角模式的局限性或惯例性。以常规而论，第一人称叙述者是无法采用全知视角的，而《尘埃落定》却通过一个大智若愚的傻子叙事者成功地过渡到了全知全能视角。第一人称经验自我的限知视角缩短了叙

① 阿来：《尘埃落定》，人民文学出版社 2001 年版，第 265 页。

述者与读者之间的距离，使文本具有一定的可信性，并推动叙事者了解人物的内心，了解故事的真相，清楚情节的来龙去脉，更好地传达出作品的主要意旨——元叙事。所谓元叙事，就是关于叙事的叙事，即在写作中对创作行为和创作的意义进行评述。元叙事具有自我揭示虚构、自我戏仿的特性，把小说艺术操作的痕迹有意暴露在读者面前，自我点穿了叙述世界的虚构性、伪造性。① 这就意味着，一部带有明显人为操作痕迹的自传性作品通过读者的接受获得了"真实性"和"合法性"。阿来的元叙事策略奏效了。

阿来的这种视角越界和混合使用，使各种叙事视角游刃在自己的叙事和表达中，让读者获得了一种新奇的空间体验。在《尘埃落定》后记中，阿来写道：

> 我相信，作家在长篇小说中从过去那种上帝般的全知全能到今天更个性化、更加置身其中的叙述，这不只是小说观念的变化，作家的才能也发生了一些变化。或者说，这个时代选择了另一类才具的人来担任作家这个职业。
>
> 如果真的承认一个时代有一个时代的小说，那么也就应该承认一个时代有一个时代的作家。②

《尘埃落定》通过视角越界将第一人称的经验自我的限知视角和全知全能的叙事视角联系起来混同使用，并结合了"白痴叙述"的傻子视角，造成叙事视角的多重叠置。

选取"傻子"作为叙述人，不是阿来的首创。福克纳《喧哗与骚动》中的"白痴"班吉，鲁迅《狂人日记》中的"狂人"，都有类似效用。《尘埃落定》中的"傻子"，除了"痴"与"狂"，还有着更丰富的意义。在《尘埃落定》中，藏汉混血的"傻子"二少爷那飘忽的眼神，语焉不详的话语，时而清醒时而迷糊的行为举止，都给小说的叙述带来一种特殊的魅力。小说就是在这样一种"异样陌生"的场面中诠释着"土司的历史"。也许是因为混合文

---

① 杨仁敬：《美国后现代派小说论》，青岛出版社 2004 年版，第 30 页。
② 阿来：《尘埃落定》，人民文学出版社 2001 年版，第 425 页。

化基因使然，他对自身所处的环境始终保持着异样的眼光。藏族父亲的野蛮、专制，汉族母亲的任性、奢侈，使他始终感到自己与成长的环境格格不入。在这个辖制数万人众的土司家族中，兄弟间对继承权的争夺，更使他感觉到，置身局外，当一个"傻子"或许最安全，否则"说不定早就命归黄泉"。"傻子"是这个濒临衰败的土司家族的旁观者和审视者："上天叫我看见，叫我听见，叫我置身其中，又叫我超然度外。"所以，当父亲派他和哥哥分别到南、北边界守护那里堆满粮食的粮仓时，他在北方边界做出了一系列令人不可思议的举动——打开封闭的城堡，放粮赈济其他土司领地上的灾民，又用麦子作交换，破天荒地营造起一个贸易市场……他不像哥哥那样企图用征战消灭敌手，而是"用麦子来打一场战争"，由此而赢得了民心，又获得了财富。这种"怜悯之心"和"审时度势的精明气度"，给死气沉沉的土司群落带来一线生机，也使他父亲对他产生怀疑："你到底是聪明人还是傻子？"

不同的叙述视角，会产生不同的叙事效果。选择好的叙事角度，可以更方便地利用小说人物的眼睛，推进小说情节的发展，并对叙事环境进行适当的描写。每一种叙事模式都有其长处和局限性，在采用了某种模式之后，如果不想受其局限性的束缚，往往只能侵权越界。在第一人称叙述中，无论叙述者是故事的中心人物还是处于边缘的旁观者，也无论视角来自于叙述自我还是经验自我，视角越界都表现为典型的侵入式全知模式。

《尘埃落定》通过视角越界，使读者在阅读时产生一种与作品人物对话的姿态。小说本来是从"我"的视角来讲述"我"和他人的故事，但在叙述中，却把"我"变成了傻子、聪明人、全能叙述者等多重叙事视角的承担者，"我"既是主人公又是叙事者。当叙事的人称发生转换时，叙述者还是主人公，只不过此时的主人公已经从他所处的环境中超越出来，成了一个全知全能的作者与主人公的结合体，给人以一种回忆录的感觉。在人称叙事方面，这是一种全新的叙事冒险。这种叙事方式突破了中、西叙事视角理论的藩篱。有评论者认为，阿来的这种非理性叙事是"致命的疏忽、败笔、谬误"①。因为"傻子"二少爷是作者"臆造"的人物，这些臆造的人物是无法用生活或理性逻辑来解读的。

---

① 殷实：《退出写作》，《当代作家评论》1998 年第 4 期，第 40 页。

　　当我们认为有两个并列的"我"，并且看到阿来在两个"我"之间自由转移，随意闪回时，我们在这种别致的叙事游戏中获得了阅读乐趣。每当"我"按照"傻子"的逻辑去做了一件事或说了一句话时，另一个"我"就若隐若现地评述、判断或修正叙述，然而这两部分并不是截然分开的，两者收发自如，时分时合，时隐时现，增加了不可解的成分，营造出浓郁的游戏和冷幽默的气氛。比如当麦其土司派两个儿子分别到领地的南、北方时，他问"傻子"此行的目的，而"我觉得我总不能老表现得那么笨，偶尔也想聪明一下"，所以"我"说"是让我们去比赛"，一语道破不应道破或不能道破的东西。究竟是哪一个"我"在起主要的叙述作用呢，显然不能做一分为二的切割。所以这部小说中的第一人称叙述并不纯粹，含有第三人称的叙述在其中，形成一种陌生交织或叠置效果。

　　《尘埃落定》全新的复调叙事结构所表达出来的深层内涵引起了许多争议，而小说将读者引向抒情诗式的阅读，让读者由客观事实的认知进入主观心灵事件的体悟中去，进入抒情主体的情感世界中去，在充满悖论、反讽、张力的叙事语境背后，阅读隐在的一种暗示、一缕情愫、一些想往……正是空间化复调叙事的特征，才使小说能够在超逻辑的张力结构中，将充满悖论矛盾的叙事逻辑转化为心灵的矛盾情结，共时性地将那些世事、心灵的矛盾状态呈现出来。世界、人生本是一个充满悖论的矛盾集合体。阿来小说的诗化叙事中显现出一种去中心化、超逻辑的空间化叙事倾向，小说文本充满悖论的矛盾意蕴，向人们展示出一位沉思者矛盾的思绪，悖论的体验，并造成小说的寓言性、多意蕴共生和不确定性。

# 第三节　狂欢化书写

## 一、狂欢化

　　"狂欢"（carnival）是巴赫金在《陀思妥耶夫斯基的诗学问题》和《弗朗索瓦·拉伯雷的创作与中世纪和文艺复兴时期的民间文化》两部文学理论著

作中提出的概念，也是他提出的对话理论和复调概念的思想来源。与此相近的核心词是狂欢节、狂欢式和狂欢化。巴赫金对陀思妥耶夫斯基和拉伯雷小说的创作特征进行了溯源，认为他们的创作都与古老的狂欢节文化有内在关联。在古希腊和古罗马，狂欢节在民众生活中占有重要地位。巴赫金认为，所谓的狂欢化是把狂欢节的一整套形式以及它所体现的世界感受转化为文学的语言。他说："狂欢式转为文学语言，这就是我们所谓的狂欢化。"① 而受狂欢节民间文学影响的文学就是弥漫着狂欢式世界感受的狂欢化文学。

巴赫金认为，狂欢节的种种形式和象征，对文学的体裁、艺术思维、语言等方面都有重大影响和渗透。除了文学，狂欢化也渗入其他生活领域，成为一种广义的概念，一种更为宽泛的精神文化现象。它强调民间文化、俗文化的价值，对官方文化、严肃文化形成冲击。它的对抗与颠覆精神与一切永恒、等级、权威相敌对，表现出鲜活的生命力。狂欢节是欧洲历史悠久的节庆活动，后来成为一种具有普遍意义的文化形式，其主要精神表现为消除距离、颠覆等级、平等对话、自由坦率，以及戏谑、亵渎、讽刺等。

巴赫金狂欢理论的意义和影响早已超出了文学范围，具有深层的文化意义。对话理论对意识的主体性、差异性的重视，以及狂欢理论本身的文化内涵，使它们也成为描述当代中国社会文化现象的一种方式。如刘康将对话狂欢理论看作解释中国社会转型期诸种特征的文化理论，孟繁华用狂欢话语描绘市场经济兴起后中国文化的冲突场景，高小康用"狂欢"概念概括当代大众文化的特征，王宁则强调对话狂欢理论对我国文化研究和文化建设的影响。有的研究者从方法论角度探讨了对话狂欢理论对文学批评的意义。巴赫金理论创造了一种具有很大包容性的新的批评话语，他的话语分析导致了文学方法论的显著进步。这一理论提供了考察当代小说的新视角。

巴赫金的复调小说理论刚在中国文坛露面，就引起评论界的广泛关注，很快就有一批冠以"复调"字样的解读马原、刘索拉作品的文章和论著。其他如：王小波的创作是"狂欢化的历史传奇"，莫言小说《檀香刑》是"历史与话语的狂欢"，余华小说叙事是"梦魇中的狂欢"，卫慧小说创作是"狂欢

---

① ［苏］巴赫金：《陀思妥耶夫斯基的诗学问题》，白春仁、顾亚铃译，生活·读书·新知三联书店 1988 年版，第 175 页。

过后的虚无",金庸小说是"复调语言营造的诗学狂欢",等等。巴赫金理论似乎为剖析小说世界风格各异的审美特质提供了无限丰富的话语资源。20世纪80年代中后期,陈晓明就运用复调小说理论评析了张承志的《金牧场》。20世纪90年代初期,他又与张颐武共同运用巴赫金的狂欢化理论分析了"后新时期文学的发展状况",强调其与中国社会进入"多音齐鸣"的狂欢节时代的语境相关。阿来笔下嘉绒藏区的民间世界就是巴赫金在中世纪和文艺复兴时代的狂欢节中发现的"由幽默、讽刺、诙谐、诅咒构成的怪诞的世界",而阿来要借此表达的也正如同狂欢节民间表演中的情感世界,"包含了再生和更新,包含了通过诅咒置敌于死地而再生的愿望,包含了对世界和自我的共同的否定"。

### 二、复调思维与狂欢式体裁的内在关系

复调艺术思维使得陀思妥耶夫斯基能进入"人们生活中的对话领域",深入揭示发展中的资本主义的世界。世界不是自足、封闭和稳固的世界,而是充满多元性和矛盾性的世界。在巴赫金看来,正是狂欢文体中的变体之一"对话体"促生了陀思妥耶夫斯基的作品。《尘埃落定》的许多语言都具有内在的对话性质,充满了争辩的气氛,比如"傻子"与翁波意西、老土司、塔娜、杀手……的对话,渗透着狂欢式世界感受的苏格拉底对话和梅尼普讽刺的变体,描写中还贯穿一些民间"原初"的态度,语气似乎粗俗平凡(比如"傻子"对下人、对女人态度),却充满狂欢体的象征意义。在人物的对话技巧中潜伏着狂欢化与理性哲学思想的结合,使作品显出复杂而深刻的双重性感受。"思想就其本质来说是对话性的。"复调艺术思维使作家进入"人思考着的意识",进入思维的对话领域。

这类狂欢式体裁的运用,往往制造出杂体化的特征和多声部的效果。在写作中明确拒绝单体的、线性修辞方式,常常采用多种复述的对话或旁白插入。而且狂欢文体作品中还可以看到混杂式的语言,往往采用族群词汇甚至方言、俚语、行话而不是单纯的叙述语言和描述语言。复调小说描写出了生活的多种可能性和人性深处的矛盾,而不是灌输一种绝对的、千篇一律的思想,这使小说既具有辩证的色彩,又包含开放互动的可能。

阿来在小说的新发展以及可能性方面,同样提供了富于创见的思路和启

发。我们看到阿来在他的作品中所描写的都不是单个意识中的思想,而是众多意识在思想方面的相互作用。正如巴赫金所指出的"陀思妥耶夫斯基笔下人的意识,从不独立而自足,总是同他人的意识处于紧张关系之中。主人公的每一感受,每一念头,都具有内在的对话性,具有辩论色彩……"① 也正是不同思想的相互争辩和斗争,构成了作家作品意识风格的基础。与思想内在的对话性相联系的是思想的未完成性。阿来作品中所有的重要人物都是冥思苦想的人物,每个人都有一种"伟大而没有解决的思想",而嘉绒藏区的这种"接合部""过渡性"特征为阿来的复调思维和狂欢化话语提供了最适宜的土壤。

### 三、《尘埃落定》的狂欢化书写

狂欢节有一种重要的仪式和形式,就是笑谑地给国王加冕和脱冕。加冕者不是真正的国王,仪式上给加冕者穿上国王的服饰,戴上王冠,递给权力的象征物,不过这种加冕是暂时的,本身便包含着后来的脱冕。巴赫金特别强调民众狂欢式的世界感受对作家创作的影响,并且把狂欢式的世界感受当作一种民众世界的世界观来看待,把它提到哲学的高度来认识。"狂欢演出的基本舞台,是广场和邻近的街道。自然,狂欢节也进了民房,实际上它只受时间的限制,不受空间的限制……在狂欢化的文学中,广场作为情节发展的场所,具有了两重性、双面性。因为透过现实的广场,可以看到一个进行随便亲昵的交际和全民性加冕脱冕的狂欢广场。"②

在《尘埃落定》第 4 节"贵客"中,麦其土司请来了省府大员黄特派员,并在官寨前的广场上举行了欢迎仪式。在作者笔下,这个欢迎仪式似乎是具有反讽意味的,是对象征着现代文明的黄特派员的"加冕"和同时"脱冕":

> 那天早上,我们从官寨出发,在十里处扎下了迎客的帐篷。
>
> 男人们要表演骑术和枪法。

---

① 〔苏〕巴赫金:《陀思妥耶夫斯基诗学问题》,白春仁、顾亚铃译,生活·读书·新知三联书店1988 年版,第 65 页。

② 〔苏〕巴赫金:《诗学与访谈》,白春仁、顾亚铃译,河北教育出版社 1998 版,第 168—169 页。

家里的喇嘛和庙里的喇嘛要分别进行鼓乐和神舞表演……

我们这里整只羊刚下到锅里，茶水刚刚飘出香味，油锅里刚起出各种耳朵形状的面食，就看见山梁上一柱，两柱，三柱青烟冲天而起，那是贵客到达的信号。帐篷里外立即铺起了地毯。地毯前的矮几前摆上了各种食物，包括刚从油锅里起出的各种面炸的动物耳朵。听，那些耳朵还吱吱叫唤着呢。

几声角号，一股黄尘，我们的马队就冲出去了。

然后是一队手捧哈达的百姓，其中有几位声音高亢的歌手。

然后是一群手持海螺与唢呐的和尚。

父亲领着我们的贵客在路上就会依次受到这三批人的迎接。我们听到了排枪声，那是马队放的，具有礼炮的性质。再后是老百姓的歌声。当悠远的海螺和欢快的唢呐响起的时候，人们已经来到我们跟前了。

麦其土司勒住了马，人人都可以看见他的得意与高兴。而他并肩的省府大员没有我们想象的威风模样。这是个瘦削的人，他脱下头上的帽子对着人群挥舞起来。哗啦一声，一大群化外之民就在枯黄的草地上跪下了。家奴们弓着腰把地毯滚到马前，两个小家奴立即四肢着地摆好下马梯了。其中一个就是我的伙伴索郎泽郎。

瘦汉人戴正帽子，扶一扶黑眼镜，一抬腿，就踩着索郎泽郎的背从马上下来了……土司太太奉上一碗酒，一条黄色的哈达。姑娘们也在这个时候把酒和哈达捧到了那些汉人士兵们手中。喇嘛们的鼓乐也就呜呜哇哇地吹了起来。

黄特派员进入帐篷坐下，父亲问通司可不可以叫人献舞了。通司说："等等，特派员还没有作诗呢。"原来，这个汉人贵客是一个诗人。诗人在我们这里是不会有担此重任的机会的。起先，我见他半闭着眼睛还以为他是陶醉在食物和姑娘们的美色中了。

黄特派员闭着眼睛坐了一阵，睁开眼睛，说是做完诗了。兴致勃勃看完了姑娘们的歌舞，到喇嘛们冗长的神舞出场，他打了个呵欠，于是，就由他的士兵扶着，吸烟去了。他们确实是这样说的，特派员该吸口烟，提提神了。喇嘛们的兴趣受到了打击，舞步立即就变得迟缓起来。好不容易才争得这次机会的敏珠宁寺活佛一挥手，一幅释迦牟尼绣像高举着进了舞场。只听"嗡"的一声，人们都拜伏到地上了，跳舞的僧人们步伐复又高蹈起来。

…………

帐篷里，黄特派员身边的士兵已经换成了我们的姑娘，他的双眼像夜行的动物一样闪闪发光。[①]

隆重庄严的欢迎仪式显示出客人身份的尊贵，但随之而来的细节描写，则使这种尊贵感如同"雪狮子向火"——顷刻间塌了半边，而且很快地消解于无形。

最有趣的是"黄特派员"的"作诗"："黄特派员闭着眼睛坐了一阵，睁开眼睛，说是做完诗了。""起先，我见他半闭着眼睛还以为他是陶醉在食物和姑娘们的美色中了。"这种故作姿态、附庸风雅的行为方式在内地官场是十分常见的，是象征其"省府大员"身份的一张假面具。但在生于藏地长于藏域的"傻子"的眼中和心中，却显得陌生而新奇。但很快，"傻子"就看到："特派员""兴致勃勃"地看完了姑娘们的歌舞，"到喇嘛们冗长的神舞出场，他打了个呵欠"。"傻子"也看到："特派员"由他的士兵扶着"吸烟"去了。"傻子"还看到："帐篷里，黄特派员身边的士兵已经换成了我们的姑娘，他的双眼像夜行的动物一样闪闪发光。"这是一种深刻的描写。作者通过"傻子"少爷的观察和意识活动对"黄特派员"进行了本相还原。

与巴赫金的"狂欢化"略有不同的是，这不是民间文化对官方文化的冲击，也不是那种富含"对抗与颠覆精神的平等对话"，而是一种匍匐于权力之下的等级分明、秩序井然的东方式[②]"狂欢"，展示的是权力背景下的复杂世相和人性生态。那些陆续登场的人物："表演骑术和枪法"的男人们，分别"进行鼓乐和神舞表演"的"家里的喇嘛和庙里的喇嘛"，"马队"，"手捧哈达的百姓"，"声音高亢的歌手"，"手持海螺与唢呐的和尚"，"家奴"，进行"歌舞"表演的姑娘们，"敏珠宁寺活佛"……大家为了一个共同的目标走到了一

---

① 阿来：《尘埃落定》，人民文学出版社 2001 年版，第 25—26 页。

② 我们姑且这样定义。在本质意义上，这也与文化遗传因素有关，如中国传统家庭伦理中的"承欢膝下"，就与此相类。

起——这场"狂欢"的娱乐指向是"省府大员"黄特派员和土司家族的权力。

于是，我们看到，"山中的王者"——麦其土司"快活地大笑起来"。我们也看到，为了全寺僧众的生计问题，"好不容易才争得这次机会的敏珠宁寺活佛"——济嘎活佛降尊纡贵，周旋于宗教神性与世俗王权之间的尴尬和无奈。我们还看到，那些欢迎仪式："下马""敬酒""献哈达""宴请""歌舞""神舞""作诗"等，都是社会舞台上一些必要的表演。在本质意义上，这只是一种表演。表演是有角色分工和定位的，是适度的、程式化的和相对理性的，而"狂欢"是混乱的、张扬的和非理性的。"狂欢"往往呈现为一种共娱或自娱状态，而表演则是有娱乐指向的。

这是由"傻子"的视觉、听觉、嗅觉、意识活动、读者的阅读感受或补充、文本人物的行为叙事，以及"隐含的作者"共同完成的多层次、多角度的复调叙事，充满了"内在的对话性"，是一部多声部的合唱。

在土司官寨前的广场上，各种人物都因为这场盛宴而脱下了平时标志各自身份的面具，换上了新的身份不明的面具，进行着一场相互亲近的游戏。世情看冷暖，人面逐高低。于是，用来娱神的"神舞"走下了神坛，行走在尘世与天堂之间的喇嘛们脱下了袈裟，换上了"舞衣"——只是为了取悦王权，谋得衣食。可是，"黄特派员"却"打了个呵欠"，"喇嘛们的兴趣受到了打击，舞步立即就变得迟缓起来"。这种描写，留给读者很大的叙事空间。

在权力背景下的"狂欢"中，他们的表演都隐含着各自的生存欲求，那些面具后面显露出的是人性的本相和生活的真实状态。在文本的多重叙事和多角度视野中，那些身份不明的面具也无一例外被消解了。

阿来小说以其独有的反讽方式反映现代性是如何进入边地藏区，并改变边地藏民的生存形态的。在面临所谓文明与蒙昧的冲突时，在新旧交替社会转轨的历史时刻，阿来以其狂欢式叙事，以一种带有讽刺模拟意味的笑，使一切不合人性的惯例一览无遗，使真实的人性得以显现。

故事叙述到小说的第十一章时，"傻子"少爷已经成为"土司中的土司"，他在曾是荒凉的北方边界建立了土司时代最热闹、繁华的镇子，并将所有的土司们请到那里。土司们在这个边界集镇度过了他们"最后的节日"。

在这里，"傻子"少爷一面与各个土司做着生意，一面与他们进行着土司社会的末日狂欢。土司们天天坐在一起闲谈、喝酒，享受美妙的姑娘。

本来，前些时候，我已经觉得时间加快了速度，而且越来越快。想想吧，这段时间发生了多少事情。土司们来了，梅毒来了，有颜色的汉人来了。只有当我妻子为了勾引年轻的汪波土司而引颈歌唱时，我才觉得时间又慢下来，回到了使人难受的那种流逝速度。

今天，她一停止歌唱，我就感到眩晕，时间又加快了。

土司们都还没有从街上的妓院里回来。下人们陪着我走出房子，在妓院里没有用武之地的女土司用阴鸷而得意的目光望着我。四处都静悄悄的，我的心却像骑在马上疾驰，风从耳边呼呼吹过时那样咚咚地跳荡。土司们从妓院里出来，正向我们这里走来，他们要回来睡觉了。在街上新盖的大房子里，时间是颠倒的。他们在音乐声里，在酒肉的气息里，狂欢了一个晚上，现在，都懒洋洋地走着，要回来睡觉了。看着他们懒懒的身影，我想，有什么事情发生了。后来我想起了昨天和黄师爷的话题，便带着一干人向街上走去。我要去认认那些悄悄来到这里的有颜色的汉人。走到桥上，我们和从妓院里出来的土司们相遇了。我看到，有好几个人鼻头比原来红了。我想，是的，他们从那些姑娘身上染到梅毒了。

我笑了。

笑他们不知道姑娘们身上有什么东西。①

土司们在末日的余晖里纵欲狂欢，美貌的塔娜为了勾引年轻的汪波土司，天天坐在楼上的雕花栏杆后面歌唱。

黄师爷说："少爷，鸦片是我带来的，梅毒可不是我带来的。"

"由他们去吧，他们的时代已经完了，让他们得梅毒，让他们感到幸福，我们还是来操心自己的事情吧。"小说人物的全部生活与内心世界已完全外在化。一切都敞开在"广场"上，直接造就了小说中的又一次狂欢化氛围。这种"狂欢"，充满了对行将就木的土司制度的"颠覆"意味——这个边界集镇象征性地成为陈腐与新生的交汇之地：

---

① 阿来：《尘埃落定》，人民文学出版社 2001 年版，第 384 页。

　　汪波土司在信里说："女人，女人，你的女人把我毁掉了。"他抱怨说，在我新建的镇子上，妓院的女人毁掉了他的身体，朋友的妻子毁掉了他的心灵。

　　他说，好多土司都在诅咒这个镇子。

　　他们认为是这个镇子使他们的身体有病，并且腐烂。谁见过人活着就开始腐烂？过去，人都是死去后，灵魂离开之后才开始腐烂的，但现在，他们还活着，身体就开始从用来传宗接代，也用来使自己快乐的那个地方开始腐烂了。

　　我问过书记官，这个镇子是不是真该被诅咒。他的回答是，并不是所有到过这个镇子的人身体都腐烂了。他说，跟这个镇子不般配的人才会腐烂。

　　前僧人，现在的书记官翁波意西说，凡是有东西腐烂的地方都会有新的东西生长。①

　　阿来以一种极富张力的叙事建构了一幅转瞬即逝的乌托邦图景。在令人啼笑皆非的叙述中，欢声笑语的喜剧仅仅是文本的外表，悲剧才是内质。这是一种带着强烈喜剧色彩的泛人类的生存悲哀——人性的悲哀。热闹的表象下面是寂寞的灵魂，欢腾的场景里渗透阴凉。这种反讽式叙事能在一个故事的背面叙述另一个故事，在一套话语里包含了两种完全相反的话语体系。

　　《尘埃落定》是一部土司家族的兴衰史，也是发生在地缘区域里的土司争斗史。小说把这段家族史放置在历史发生巨大变异的时间段落中，但并没有过多地表现外部历史对藏地历史的介入，而是写土司社会自身对外部世界的反应和家族内部以及土司之间的争斗。但这一切，都因为"傻子"的视点而被改变，历史呈现为一出戏谑的和略显荒诞的舞台剧。

---

　　① 阿来：《尘埃落定》，人民文学出版社 2001 年版，第 395 页。

# 结　语

在《尘埃落定》中，作者时而是叙事者，时而是想象者，时而又是作品人物的替身；时而是叙事的旁观者和见证人，时而是知情人，时而又是叙事的设计者和虚构者。与此同时，作者还是叙事的阅读者和批判者，是叙事快乐的享受者和叙事痛苦的拥有者。"他""你""我"三种人称的对话可以让叙述者穿越时空，自如地将两条线索编织成锦，更可以对小说主人公的历史感、现实感和未来感进行深入细致的刻画。阿来准确地抓住了与生俱来的历史革新、文化转型和时代变迁的机缘，充分发挥了个体生命对人类历史所能做到的细致入微的生命体察、人格体验与历史洞见。

从根本上看，复调的核心是多元价值观、多重独立思想的平行并存。阿来将第一人称经验自我的限知视角和第三人称全知全能的叙事视角通过视角越界的方式，并结合"白痴叙述"①的傻子视角，造成了叙事视角的多重叠置。通过视角的越界，使读者在阅读时产生对话的姿态。所有对话的主体都具有平等性、独立性和差异性。对话承认世界的多元化，承认多中心、多意识的平行互动关系。生活的本质是对话，思想的本质是对话，艺术的本质是对话，语言的本质也是对话。《尘埃落定》结构的对白化，使主人公的每一想法、每一感受都拥有内在的对话性，或具有辩论的色彩和充满对立的矛盾性。"复调思维"的矛盾性和对话呈现出的永恒的未完成性和开放性，恰恰切合了阿来所经历的这个世界的多元、暧昧和模糊的状态。通过视角越界，阿来小说描述了生活的多种可能性和人性深处的矛盾，使得小说既具有辩证的色彩，又使读者从传统单一的叙事空间中走出，不再仅仅是叙事的接受者，而是能依赖主体性的想象，以扩充文本的意义空间。

---

① ［以色列］里蒙·凯南：《叙事虚构作品》，姚锦清等译，生活·读书·新知三联书店 1989 年版，第 181 页。

# 第五章 《尘埃落定》与多元文学文化传统

> 在我的意识中，文学传统从来不是一个固定的概念，而像一条不断
> 融汇众多支流，从而不断开阔深沉的浩大河流。我们从下游捧起任何一
> 滴，都会包容了上游所有支流中全部因子。我们包容，然后以自己的创
> 造加入这条河流浩大的合唱。我相信，这种众多声音的汇聚，最终会相
> 当和谐，相当壮美地带着我们心中的诗意，我们不愿沉沦的情感直达
> 天庭。
>
> ——引自阿来《阿坝阿来》

《尘埃落定》文本的文化混融性特征在小说主人公"傻子"少爷身上有明
显的痕迹。一是"傻子"形象与藏族历史文化、藏族民间智慧以及言说方式
的深切联系。阿来说："《尘埃落定》里，我用土司的傻子儿子的眼光作为小
说叙述的角度，并且拿他来作为观照世界的一个标尺。这也许就是受像阿古
顿巴这样智慧笨办法的影响。"① 二是"傻子"形象中隐含汉文化思维习惯和
行为方式。有论者认为，《尘埃落定》是中国式的诗性叙事，"翁波意西和傻
子则象征中国智慧的两种形态，翁波意西是'舍生取义'、'杀身成仁'的智
慧；傻子是'贵雌守柔'、'以阴抱阳'的智慧，这是中国智慧的最高境
界——无为而无不为，'不是智慧的智慧'"②。翁波意西身上那种"威武不能

---

① 阿来：《文学表达的民间资源》，《民族文学研究》2000 年第 3 期，第 3—5 页。

② 孟湘：《〈尘埃落定〉：中国式的诗性叙事》，《河北师范大学学报》（哲学社会科学版）2006 年第
5 期，第 92—96 页。

屈"的凛然正气象征着一种坚定信仰背后的自信与坚守，一种对于人类抽象总结的哲学精华的高度信任。翁波意西在一次次的肉体伤痛中感受到了自己精神的净化和纯粹，在精神完满的境界中不懈地进行对现实世界的一次次批判和改造。三是"傻子"形象体现了作者对世界文学传统和表达方式的学习与借鉴。阿来说："我对拉美文学作过一些研究，也研究过欧洲文学，但我更喜欢美国文学。欧洲文学创造了很多文体，美国文学没有。但是很多欧洲源头来的文体，一传到美国，被美国作家一加运用，跟美国的现实一结合，就出大师，就有生机勃勃的、很多现实感的东西。乔伊斯、伍尔夫读起来不把你累死。海明威的《乞力马扎罗的雪》，福克纳的《喧哗与骚动》，更有活力、更成功。它不再是纯文体的东西。对我有直接影响的，还有一部《侏儒》——很薄的长篇。写一种不太正常人的思维，对我有启发。后来还有人说我写的是中国的阿甘。幸亏阿甘是后出的。"[1]

# 第一节　《尘埃落定》与藏文学文化传统

## 一、《尘埃落定》与藏传佛教文化

阿来的精神原乡植根于有着浓厚宗教色彩的藏文化。《尘埃落定》的"尘埃"一词就创生于佛教文化，蕴含了佛教的思维习惯和认知方式，也表现为一种对历史、现实、人生的阐释方式。"尘埃"的微不足道和转瞬即逝隐含着对现世人生的否定性因子和历史虚无主义指向，这是一种超越于现实和历史轮回之上的俯照万类的视角——真实即虚幻，瞬间即永恒，陈腐即新生，过程即结局，原因即结果。"尘埃"也是掩盖人性光明的蒙蔽物——"身是菩提树，心如明镜台，时时勤拂拭，莫使染尘埃。""尘埃"还象征着滚滚红尘中的芸芸众生——当一束光穿过，那些升腾而起的"尘埃"，仿佛众生在"苦海"中浮沉。阿来说："佛教想让人忘记现世生存的意义，发明了许多形容时

---

① 亚辰：《〈尘埃落定〉——一本神秘的书》，《南方周末》2000年10月20日，第11版。

间极其短暂的词，如刹那间、瞬间、弹指，并在这些词汇间建立了一种十二进制的层递关系，而与此生的短暂相对应的却是无生无死的永恒。即便只考虑自己的族别，我也应受到这个民族强大的宗教背景的影响。"①

佛教首先是有生存信仰意义的哲学；其次，也是有社会伦理和道德约束意义的行为规范系统；佛教还包含着认识世界的智慧和关于人生、社会、人与自然关系的一整套完整的价值观念。对于藏民族来说，传承千年，融汇了佛教、藏族原始信仰和苯教文化的藏传佛教，早已转化为民族传统文化，并成为藏人皈依民族传统、认同民族历史的情感寄托方式。这种与青藏高原自然地理和藏民族的社会生活方式相濡相融的文化系统为文学创作提供了独特的思维方式与诗性智慧，是藏族文学发展的重要文化资源，也是藏族文学表现的主要内容。

藏族传统作家文学的实践者大多是藏传佛教文化的承继者——僧侣，他们的文学创作大多立足于佛教哲学，目的是宣传佛教思想。佛陀释迦牟尼的一生是认识和探寻佛教"四圣谛"、宣传和实践"四圣谛"的一生。以佛教"四圣谛"为主题而创作的藏族传统文学，其人物形象也是认识苦谛、了悟集谛、根据灭谛和道谛的修炼登上涅槃极位的形象。藏文《大藏经》中也包含佛经文学作品，就其体裁而言，有寓言、故事、叙事诗、格言诗、戏剧、历史传说等，这类作品大都是民间文学作品的结集，而叙事诗、格言诗、戏剧、历史传记等则是佛教徒的创作。佛经中的"本生经"（是释迦牟尼生前行善、积德、修行的故事）故事大致分为两种：一种是为了宣传因果报应而编写的，这类故事一般较短，内容格式也大致雷同；一种是将民间故事和神话按照宗教观点改编而成的，大都保留了民间故事的完整情节，如故事集《贤愚经》《本生论》《狮子本生》《百喻经》《百缘经》《撰集百缘经》等。有讲一个人故事的单篇，如《圣者义成太子经》《佛说月光菩萨经》《金色童子因缘经》《鸠那罗因缘经》《善摩揭陀譬喻》等。在《丹珠尔》的本生部里，还有一类是长篇叙事诗，如马鸣的《佛所行赞》、格卫旺布的《菩萨本生如意藤》，都是用诗的形式来写释迦牟尼的一生事迹和本生故事。有的把佛经故事作为典故直接引入作品，有的将佛经故事改编成戏剧、小说，有的则仿照佛经故事的情

① 阿来：《阿来文集·中短篇小说卷》，人民文学出版社2001年版，第586页。

节来创作，或将其中的某些情节移植到自己的作品中，在叙事中不时地插入阐释佛教的内容，时刻不忘记宣传宗教，诠释佛法。

20 世纪的中国现当代藏族作家，无论是使用母语进行创作还是使用汉语进行创作，他们的作品几乎都与藏传佛教文化息息相关，与藏民族文化心理互为表里。前者如察珠·阿旺洛桑、松热加措、拉巴平措、扎西班典、加央西热的创作；后者如益希单增的《幸存的人》，扎西达娃的《西藏，隐秘岁月》《西藏，系在皮绳扣上的魂》《骚动的香巴拉》，色波的《圆形日子》《竹笛、啜泣和梦》《在这里上船》，德吉措姆的《漫漫转经路》，央珍的《无性别的神》，唯色的《幻影憧憧》《西藏笔记》，格央的《小镇故事》《一个老尼的自述》《西藏的女儿》白玛娜珍的《拉萨红尘》《复活的度母》……

尽管藏传佛教已经不再是藏族唯一的精神文化资源，但作为一种民间习俗和民族传统，藏传佛教对藏族文学、藏族作家的心理世界和思维方式的影响无疑是深远的。大多数藏族作家诗人的创作几乎都涉及宗教文化意象，表达了对传统文化和民族历史的思考，以及对源自传统的精神文化生活方式的尊重。

藏传佛教文化之所以成为藏族文学的主要内容，是因为藏传佛教不只是作为一种信仰而存在，而是藏族人日常的生活方式。比如：在房屋中设置经堂，供奉三宝，佩戴"嘎乌"，煨桑，挂经幡，堆玛尼，念六字真言，摇转经筒，戴念珠，朝佛，对寺院布施，放生，等等。这种世俗化、生活化的信仰方式扩大了佛教的影响力和影响面，也是千百年来藏传佛教经久不衰的原因之一。人们自觉不自觉地将佛、法、僧作为思考问题的标准和行为范本，佛教禁忌、佛教戒律和佛学思维方式绵密地化入世俗人生的方方面面。宗教戒律道德化，世俗道德宗教化，人伦关系部分地被人神关系所取代，人们也习惯将一切关系用神佛的标准加以取舍。只要深入藏区，走进民间，从人们的为人处世、待人接物，以及饮食、丧葬、节日礼仪等习俗中，我们都可以深刻地感受到宗教信仰与藏族人生活之间水乳交融的关系。藏传佛教庞大而复杂的信仰系统已经与藏民族的风俗习惯融为一体。在藏区，宗教意识、宗教实践、宗教情感与民族意识、民族生活实践、民族情感合而为一。宗教情感甚至在某种程度上被民族情感所替代，信仰宗教与谨守传统糅为一体，人们谨守信仰和传统就如同谨守亲人、土地和家园一样，很难从严格意义上区分什么是信仰、什么是传统、什么是风俗习惯。

阿来几乎所有的作品中，都渗透着藏传佛教文化意象，也蕴含着作者关于宗教精神的思考。20 世纪 80 年代末到 90 年代初，阿来为地方志撰写过宗教方面的文章。为此，他与宗教史和地方史专家一起循着阿旺扎巴大师当年传法建寺的路线做了实地追踪考察，访问了有悠久历史的寺庙，与大德高僧彻夜交谈。经过专门的踏访和研究，阿来对早已弥漫在自己周围的佛教文化氛围有了更为清晰的理解和深刻的体悟。1990 年，阿来与蒋永志、燕松柏合著的《阿坝藏传佛教史略》由四川民族出版社出版。这本资料丰富的著作近 20 万字，填补了地方宗教史研究的一项空白。

在《尘埃落定》中，麦其土司家里就"养着两批僧人。一批在官寨的经堂里，一批在附近的敏珠宁寺里"。在作品所描述的土司时代，活佛既是精神领袖和文化精英，也是"众多神佛在这片土地上的代表"，佛教僧侣既是神职人员，也是知识文化的传承者和文化活动的主要承担者。他们既是佛教僧徒，又是医学家、美术家、历史学家、哲学家、语言学家、天文学家和文学家。在某种程度上，他们也代表着一种理性和社会良知，并作为一种与土司王权相对应的引导或警示力量而存在。如敏珠宁寺的济嘎活佛，虽然饱受麦其土司的冷遇，但在麦其土司引种罂粟时，还是提出了反对意见。在地震过后，他及时提醒麦其土司，让其"广济灾民，超度亡灵"。

在《尘埃落定》中，阿来对王权下的各种宗教现象以及各种微妙的关系都有深刻的描写。从前面的有关章节中我们知道，嘉绒藏区是一个土司王权大于一切的地方，土司是这片土地上世俗权力和物质力量的拥有者，而宗教则沦落为御用角色。权力的一元化，往往导致尊严的丧失或精神的沦陷。

在小说的第二章中，麦其土司为了霸占查查头人的妻子，引诱查查头人的管家多吉次仁枪杀了查查头人，土司太太又派家丁队长枪杀了多吉次仁。多吉次仁的妻子送走了两个年幼的儿子后纵火自焚了。在自焚前，"她用最毒的咒诅咒了一个看起来不可动摇的家族"。作品写道：

> 从此，那个烧死的女人和那两个小儿，就成了我父亲的噩梦。
> 事情到了这个地步，要叫人心安一点，只有大规模的法事了。
> 经堂里的喇嘛，敏珠宁寺里的喇嘛都聚在了一起。喇嘛们做了那么

多面塑的动物和人像，要施法把对土司的各种诅咒和隐伏的仇恨都导引到那些面塑上去。最后，那些面塑和死尸又用隆重的仪仗送到山前火化了。火化的材料是火力最强的沙棘树。据说，被这种火力强劲的木头烧过，世上任什么坚固的东西也灰飞烟灭了。那些骨灰，四处抛撒，任什么力量也不能叫它们再次聚合。

地里的罂粟已经开始成熟了，田野里飘满了醉人的气息。

寺里的济嘎活佛得意了几天，就忘记了这几年备受冷落的痛苦，恳切地对土司说："我看，这一连串的事情要是不种这花就不会有。这是乱人心性的东西啊！"

活佛竟然把土司的手抓住，土司把手抽了回来，袖在袍子里，这才冷冷地问："这花怎么了？不够美丽吗？"

活佛一听这话，知道自己又犯了有学问人的毛病，管不住自己的舌头了，便赶紧合掌做个告退的姿势。土司却拉住他的手说："来，我们去看看那些花怎么样了。"活佛只好跟着土司往乱人心性的田野走去。

田野里此时已是另一番景象。

鲜艳的花朵全部凋谢了，绿叶之上，托出的是一个个和尚脑袋一样青乎乎的圆球。土司笑了，说："真像你手下小和尚们的脑袋啊。"说着，一挥佩刀，青色的果子就碌碌地滚了一地。

活佛倒吸一口气，看着被刀斩断的地方流出了洁白的乳浆。

土司问："听说，法力高深的喇嘛的血和凡人不一样。难道会是这牛奶一样的颜色？"

活佛觉得无话可说。慌乱中他踩到了地上的圆圆的罂粟果。那果子就像脑袋一样炸开了。活佛只好抬头去看天空。

天空中晴朗无云。一只白肩雕在天上巡视。它平伸着翅膀，任凭山谷间的气流叫它巨大的身子上升或下降。阳光把它矫健的身影放大了投射在地上。白肩雕一面飞行，一面尖锐地鸣叫。

活佛说："它在呼风唤雨。"

这也是有学问的人的一种毛病。对眼见的什么事情都要解释一番。麦其土司笑笑，觉得没有必要提醒他眼下的处境，只是说："是啊，鹰是天上的王。王一出现，地上的蛇啊，鼠啊就都钻到洞里去了。"那鸟中之王带着强劲的风声，从土司和活佛面前一掠而过，从树丛里抓起一只惨叫的鸟，高高飞起，投身到树林中有高岩的地方去了。①

在专横跋扈的麦其土司那里，济嘎活佛采取了协作态度和不对抗策略。在现实生存需要和宗教精神追求的两难境地中，他的心理是极其矛盾的。"活佛曾想去西藏朝佛，也想上山找一个幽静的山洞闭关修行，但都不能成行。他看到自己一旦走开，一寺人都会生计无着。只有思想深远的活佛知道人不能只靠消化思想来度过时日。"②

与济嘎活佛形成对比的还有苯教巫师门巴喇嘛和新教格鲁派僧人翁波意西。他们与土司王权的关系呈现为一种由近及远、由密到疏、由现实到理想的层进状态：门巴喇嘛住在麦其土司的官寨里，由土司家直接供养，随时听奉差遣，与土司王权之间是一种臣属关系；济嘎活佛住在庙里，代表了与世俗王权相互对应的宗教神权，虽然接受土司的布施，但只是迫于生存压力，与土司王权之间是一种协作关系；新教僧人翁波意西代表了一种超越世俗物质层面之上的理性精神，表现了对于世俗王权不卑不亢的态度，与土司王权形成一种分庭抗礼的关系——翁波意西因此被两次割掉舌头。在这里，作品为我们展示的是一种极权背景下具有普遍意义的宗教生态。这三位僧人都是麦其土司领地上博学多能和富有远见卓识的文化精英，他们的生存状态和命运遭际，在一定程度上代表了那个时代、那个地方三种不同类型的知识分子的人生选择和命运轨迹，也隐含了嘉绒藏区复杂的宗教关系。

在异文化的视野里，有着独特生命体验并且肩负着宗教文化传承使命的僧人，是一种似是而非、亦真亦幻的存在，有着某种不可言说的暧昧与神秘感。在阿来的小说中，为数不多而各具性格内涵的僧人却给我们带来迥然不同的审美感受和精神启示。这都是一些意味深长的、很值得品味的人物，也是中国长篇小说中从未有过的人物。这使阿来的作品从整体上呈现出直面本土的深入体察和出离本土的超越。

---

① 阿来：《尘埃落定》，人民文学出版社 2001 年版，第 62—63 页。
② 阿来：《阿来文集·诗文卷》，人民文学出版社 2001 年版，第 71 页。

二、《尘埃落定》与嘉绒藏区苯教文化

由于嘉绒藏区远离藏传佛教统治的腹心地带，地处整个藏区的边缘，因而苯教文化和一些苯教寺庙在嘉绒藏区得以保存下来。到 20 世纪 50 年代初，仅四川省阿坝藏族自治州境内，就有苯教寺庙达 62 座之多。今天的川西北嘉绒藏区是目前藏区中苯教教派分布较为集中的地区。据 20 世纪 80 年代末的调查统计，在阿坝州，苯教仅次于格鲁派和宁玛派，居第三位，有苯教寺院 31 座，信仰人数约占全州藏传佛教各派总人数的 19.8%[①]。其中，嘉绒藏区最大的苯教寺院郎依寺、多笃寺等均分布在阿坝州的阿坝县境内。即使到现在，生活在那里的藏族人并没有放弃苯教的基本仪式和基本观念，占卜、禳灾、祈雨、防雹、跳神等仪式仍然是百姓日常生活中极为重要的内容。他们依然用艾蒿、柏叶、松枝煨桑——圣洁的桑烟可以净化一切。为了避免天降暴雨或冰雹，以及防止野兽和其他灾害的侵袭，他们也会请来巫师进行禳被或施展巫术。他们仍然相信灶神、帐篷神、山神的存在……尽管其中有许多东西已经与佛教纽合在一起，但作为一种集体无意识存在，苯教依然有着深厚的群众基础和很强的生命力。有学者认为，嘉绒藏区的苯教是古老原始苯教的"活化石"。

藏族民间对苯教的信仰并不仅仅局限于川西北的嘉绒藏区。实际上，在青海、甘肃、云南和西藏等大多数藏区，尤其在较为偏远的藏区，除了制度化的宗教信仰（藏传佛教、寺院苯教）外，以个体宗教职业者（"苯苯子""哈瓦"等）为载体的民间宗教也非常普遍。这些广泛流传于民间的宗教，在内容与形式上，处在一种并行不悖的多层次关系中。

苯教有许多操作性很强的巫术仪式。如：通过占卜预测吉凶祸福；通过祭祀、祈祷引福和聚财；通过作法弄神来呼风唤雨或施放咒术咒害仇敌；还有招魂、驱邪、超度亡灵等法术。这些巫术仪式在《尘埃落定》中俯拾即是，几乎构成了一幅嘉绒民俗文化图景。

---

① 郭卫平、国庆：《川西苯教调查报告》，《藏学研究》，天津古籍出版社 1990 年版，第 239—252 页。

1．苯教巫术

尽管苯教早已与佛教融合，但苯教的诸多巫术仪式作为底层成分还是在藏传佛教中保留了下来，一直流传至今。这种情形在阿来的故乡——阿坝也不例外。从阿来的小说里，我们可以时时窥见巫术的某些内容、仪式和功能，但阿来作品中的这些意象描写更多地体现为作者内心世界对超验世界的感应。

在"耳朵开花"一节中，"傻子"少爷奉麦其土司之命在边界巡视，无意中发现汪波土司埋在地下的三颗用耳朵偷回罂粟种子的勇士的头颅——每个头颅的耳朵里都生出了一朵鲜艳的罂粟花。门巴喇嘛询问了"头颅埋在地下时所朝的方向"和具体地点后，认为汪波土司已经"用最恶毒的咒术诅咒过麦其了"，诅咒麦其家的罂粟"要在生长最旺盛时被鸡蛋大的冰雹所倒伏"。

为了保护罂粟的独家种植权，麦其土司和汪波土司之间进行了一场神奇的"罂粟花战争"——战争是在双方的巫师之间展开的。在南方的边界上，汪波土司聚集了大批巫师，而麦其土司这边，则由门巴喇嘛率领巫师们展开反击。门巴喇嘛是一个类似于苯教巫师的人物，在藏语里，"门巴"是医生的意思，"喇嘛"是对他的尊称。门巴喇嘛就是一个懂得医术的"法力高强的神巫"，他会念咒语、会打卦，而且会作法弄神，咒害仇敌。作品写道：

> 信使还没有回来，就收到可靠情报，在南方边界上，为汪波土司效力的大批神巫正在聚集，他们要实施对麦其家的诅咒了。
> 一场特别的战争就要开始了。
> 巫师们在行刑人一家居住的小山岗上筑起坛城。他们在门巴喇嘛带领下，穿着五颜六色的衣服，戴着形状怪异的帽子，更不要说难以尽数的法器，更加难以尽数的献给神鬼的供品。我还看到，从古到今，凡是有人用过的兵器都汇聚在这里了。从石刀石斧到弓箭，从抛石器到火枪，只有我们的机关枪和快枪不在为神预备的武器之列。门巴喇嘛对我说，他邀集来的神灵不会使用这些新式武器。跟我说话时，他也用一只眼睛看着天空。天气十分晴朗，大海一样的蓝色天空飘着薄薄的白云。喇嘛们随时注意的就是这些云彩，以防它们突然改变颜色。白色的云彩是吉祥的云彩。敌方的神巫们要想尽办法使这些云里带上巨大的雷声，长长的闪电，还有数不尽的冰雹。

有一天，这样的云彩真的从南方飘来了。

神巫们的战争比真刀真枪干得还要热闹。

乌云刚出现在南方天边，门巴喇嘛就戴上了巨大的武士头盔，像戏剧里一个角色一样登场亮相，背上插满了三角形的、圆形的令旗。他从背上抽出一支来，晃动一下，山岗上所有的响器：蟒筒、鼓、唢呐、响铃都响了。火枪一排排射向天空。乌云飘到我们头上就停下来了，汹涌翻滚，里面和外面一样漆黑，都是被诅咒过了的颜色。隆隆的雷声就在头顶上滚来滚去。但是，我们的神巫们口里诵出了那么多咒语，我们的祭坛上有那么多供品，还有那么多看起来像玩具，却对神灵和魔鬼都非常有效的武器。终于，乌云被驱走了。麦其家的罂粟地、官寨、聚集在一起的人群，又重新沐浴在明亮的阳光里了。门巴喇嘛手持宝剑，大汗淋漓，喘息着对我父亲说，云里的冰雹已经化成雨水了，可以叫它们落地了吗？那吃力的样子就像天上的雨水都叫他用宝剑托着一样。麦其土司一脸严肃的神情，说："要是你能保证是雨水的话。"

门巴喇嘛一声长啸，收剑入怀，山岗上所有的响器应声即停。

一阵风刮过，那片乌云不再像一个肚子痛的人那样翻滚。它舒展开去，变得比刚才更宽大了一些，向地面倾泻下了大量的雨水。我们坐在太阳地里，看着不远的地方下着大雨。

············

第二个回合该我们回敬那边一场冰雹。

这次作法虽然还是十分热闹，但因为头上晴空一碧如洗，看不到法术引起的天气的变化，我觉得没有多大意思。三天后，那边传来消息，汪波土司的辖地下了一场鸡蛋大的冰雹。冰雹倒伏了他们的庄稼，洪水冲毁了他们的果园。作为一个南方的土司，汪波家没有牧场，而是以拥有上千株树木的果园为骄傲。现在，他因为和我们麦其家作对，失去了他的果园。但是，我们不知道他们的罂粟怎么样了。因为没有人知道汪波种了多少，种在什么地方，但想来，汪波土司土地上已经没有那个东西了。①

---

① 阿来：《尘埃落定》，人民文学出版社 2001 年版，第 137—140 页。

这种亦真亦幻"战争",在嘉绒的历史上或民俗生活中实际上是屡见不鲜的。因为冰雹这种自然灾害,对青藏高原牲畜和农作物的危害最大,因此,藏族群众不得不祈求于神灵的佑护和巫师的作法以消除雹灾。马长寿在《苯教源流》一文中指出:"阻止冰雹之事,非高明苯僧不为功。凡冰雹厉行之寨,寨民派粮供养一苯僧。春秋之际,风雹为厉,此僧则于寨外山顶设坛作法,或登高山而啸。空中之密云则为之散,谷内之风则为之息。"[1]

麦其家的巫师们和汪波家的神巫们展开的法力大比赛。第一个回合,门巴喇嘛胜利了,解除了对手对麦其家的诅咒,使麦其领地上的罂粟幸免于难;第二个回合,门巴喇嘛继续作法,回敬了汪波土司一场冰雹;第三个回合:

> 门巴喇嘛做了好几种占卜,显示汪波土司那边的最后一个回合是要对麦其土司家的人下手。这种咒术靠把经血一类肮脏的东西献给一些因为邪见不得转世的鬼魂来达到目的。门巴喇嘛甚至和父亲商量好了,实在抵挡不住时,用家里哪个人作牺牲。我想,那只能是我。只有一个傻子,会被看成最小的代价。晚上,我开始头痛,我想,是那边开始作法了。我对守在旁边的父亲说:"他们找对人了,因为我发现了他们的阴谋。你们不叫我作牺牲,他们也会找到我。"

> 父亲把我冰凉的手放在他怀里,说:"你的母亲不在这里,要不然,她会心疼死。"

> 门巴喇嘛卖力地往我身上喷吐经过经咒的净水。他说,这是水晶罩,魔鬼不能进入我的身体。下半夜,那些叫我头痛欲裂的烟雾一样的东西终于从月光里飘走了。

> 门巴喇嘛说:"好歹我没有白作孽,少爷好好睡一觉吧。"[2]

"傻子"在门巴喇嘛的保护下,捡了一条命,而麦其土司三太太肚子里的孩子则成为第三个回合的牺牲品——"那边的法师找到了麦其家未曾想到设

---

① 马长寿:《苯教源流》,《藏事论文选·宗教集》(上册),西藏人民出版社 1985 年版,第 142 页。

② 阿来:《尘埃落定》,人民文学出版社 2001 年版,第 141—142 页。

防的地方……这孩子生下来时，已经死了。看见的人都说，孩子一身乌黑，像中了乌头碱毒。这是这场奇特的战争里麦其家付出的唯一代价。"

《尘埃落定》所描写的这场神秘的罂粟花战争有着苯教驱雹巫术的文化遗传基因。巫术观念和巫术仪式是苯教文化体系中最核心、最本质的因素。如果我们将苯教的信仰对象、民俗禁忌、巫术仪式与《尘埃落定》中的巫术描写对读，就可以发现其精神体系的深层对接。

2. 占卜

占卜是藏族传统文化和社会生活的重要组成部分。占卜产生于藏族的原始社会，是早期藏族人认识世界、预测未知事物的一种手段或方法，也是人类自我能力不足的一种补充。不同藏区的民间至今仍传承和使用着种类繁多、内容庞杂的占卜术。从事占卜者，一般分为两种：一种是宗教职业者，如格鲁派的僧人、宁玛派的咒师；一种是生活在民间的占卜师或苯教的巫师。占卜重在观察事物的前期预兆，预测吉凶祸福与成败得失。占卜的方式很多，有骰子卜[①]、"六字真言"卜、线卜、念珠卜、圆光卜、箭卜、绳卜[②]、鼓卜、骨卜、指卜、鸟卜、签卜、征兆、占音术、相人术、石子卜、脉占、汉传占算术等。其中，绳卜、占音术、脉占等与藏族的宗教文化以及对外文化交流有密切的关系，从中可以看到历史上藏文化与中原古代文化、印度古代文化相互交流与融合的痕迹。

在《尘埃落定》中，麦其土司在遇到疑难问题时，总要请喇嘛卜卦。在小说第一章中，麦其土司领地边界上一个小头人率领手下十多家人背叛了麦其土司，投到汪波土司那边去了。麦其土司"派人执了厚礼去讨还被拒绝。

① 敦煌藏经洞的藏文卷子中有一部骰子占卜文书残卷，是目前见到的最早的有关骰子占卜术的文献。该残卷收录在托马斯的《东北藏古代民间文学》，并进行了译解。卜辞正文大多是些对自然景观的描写，含有以自然隐喻人事的意义。文辞优美，格调清新，常被视为藏族早期的诗作。至今流传藏区的一些比喻丰富、含义明确、句子精练的歌谣，与某些卜辞正文的风格极为接近。卜辞的解说部分，则直接讲明卜的结果。如：野鸭似黄金又像碧玉，是蓝蓝清水的美饰；哈罗花长出来了，是青青草原的美饰；邦锦花开得光彩夺目，甘美之味健人体，美丽光彩耀人眼，香味芬芳扑人鼻；等等。

② "绳卜"是藏族古老的一种占卜术，为苯教的主要占卜术之一，称为象雄占卜法，列入苯教九乘教法中的"恰辛乘"。最基本的占法是经一定的仪式后，将特殊的由某些动物特定部位的毛编织成的绳抛到桌面上，观察绳所形成的"结"，然后查找卦书中相应的"绳结图案"，有极为详尽的揭示。藏传佛教后来也吸收了绳卜术。尤其在宁玛派中较为流行，该派大师米旁朗杰嘉措（1846—1912）对绳卜有精深研究。米旁写的绳卜术是藏文占卜文献中部头最大、分量最重的一部。

后一次派人带了金条，言明只买那叛徒的脑袋，其他百姓、土地就奉送给汪波土司了。结果金条给退了回来。还说什么，汪波土司要是杀了有功之人，自己的人也要像麦其土司的人一样四散奔逃。麦其土司无奈，从一个镶银嵌珠的箱子里取出清朝皇帝颁发的五品官印和一张地图，到中华民国四川省军政府"去告状。麦其土司请来了省府大员——黄特派员，购买了快枪，还请来了一个排的政府士兵帮其训练军队，但黄特派员却迟迟不对汪波土司动手，麦其土司疑虑重重：

> 麦其土司知道自己请来了不好打发的神仙。一旦有了不好的预感，立即请来喇嘛打卦。结果是说失去的寨子能夺回来，或许多得一两个寨子也说不定，只是要付出代价。
> 问是不是要死人，说不是。
> 是不是要花银子，说不是。
> 问到底是什么，说看不清楚。
> 家里的喇嘛不行，立即差人去请庙里的活佛。结果卦象也是一样的。活佛说他看见了火焰一样的花。至于这花预示着什么样的代价，就不得而知了。①

这次占卜的结果，不仅一一得到应验，而且为后面的情节发展做了铺垫。《尘埃落定》里还写到了梦卜和石子卜。

① 梦卜：在藏族的传统文化中，有关梦的资料极为丰富。在一些高僧大德的传记中记载最多的就是种种梦兆。藏族民间至今仍然十分重视梦对人的启示作用，仍然将梦作为一种预兆。有关梦卜方面的文献有布顿大师的亲传弟子仁钦南杰所著的《梦观察法》和隆多喇嘛所著的《各种梦兆观察法》等。苯教对梦有着独特的揭示和认知，并自成体系，形成一种苯教梦文化。

每个人都会做梦，梦是奇特而神秘的心理活动。在科学技术不发达的年代，人们通常把梦与超自然的神灵联系起来，认为梦是神灵赐给人的言辞，是上天对人类的暗示。梦能预知未来，预测吉凶，传达神意，主宰尘世。一

---

① 阿来：《尘埃落定》，人民文学出版社 2001 年版，第 28—29 页。

些苯教巫师认为，梦是人们灵魂的活动，人处在睡眠状态时，正是人神相互通话的时刻。梦兆是神灵把即将出现的事物或者将要发生的事情告知入眠者的灵魂。弗洛伊德在分析梦的起源时指出："原始时代遗留下来的对梦的看法构成了古希腊罗马人中流行的评价的基础。他们认为，梦与他们信奉的超自然物的世界有关，梦从上帝和魔鬼处给人们带来神灵的启示。在他们看来，梦对做梦者而言，必定具有一种特殊的目的，一般说来，它们预示着未来。"[1]

在藏族先民的征兆文化中，真正形成系统、影响最深远的主要是梦兆。对梦的解析，主要是由苯教巫师来承担的，而藏族先民对巫师的解释往往深信不疑，而且十分虔诚。随着时间的推移，这种对梦兆的解析逐渐大众化，并演变成一种民间习俗。在《尘埃落定》中，梦兆往往成为预示或推动小说情节发展的一个重要手段，无论是叙述手法，还是谋篇布局，作者大都采用了与梦兆有关的虚写性预叙，使整部小说充满了奇谲、迷离、虚幻的神秘色彩。我们先看看下面的梦：

> 这要先说我们白色的梦幻。
>
> 多少年以前——到底是多少年以前，我们已经不知道了。但至少是一千多年前吧，我们的祖先从遥远的西藏来到这里，遇到了当地土人的拼死抵抗。传说里说到这些野蛮人时，都说他们有猴子一样的灵巧，豹子一样的凶狠。再说他们的人数比我们众多。我们来的人少，但却是来做统治者的。要统治他们必须先战胜他们。祖先里有一个人做了个梦。托梦的银须老人要我们的人次日用白色石英石作武器。同时，银须老人叫抵抗的土人也做了梦，要他们用白色的雪团来对付我们。所以，我们取得了胜利，成了这片土地的统治者。那个梦见银须老人的人，就成了首任"嘉尔波"——我们麦其家的第一个王。[2]

这的确是一个嘉绒藏人的梦。这个梦带有族群传说的性质，是关于嘉绒

---

① ［奥］弗洛伊德：《梦的释义》，张燕云译，辽宁人民出版社 1987 年版，第 2 页。

② 阿来：《尘埃落定》，人民文学出版社 2001 年版，第 98—99 页。

族群迁徙历史的一种美好想象。梦中的银须老人，或许就是某位神灵，得到他的神谕或护佑的某一麦其先祖率领族人战胜了当地土人，成为那片土地上的第一个王者。

梦的指向千差万别，因人而异，因时而异，因事而异，祸福难测，一如人类芜杂丰富的精神世界。新教派格鲁巴翁波意西受到梦的启示，不远万里，来到麦其土司的领地传授戒律谨严的格鲁教，却被两次割掉舌头。

小说中还有一些梦，如麦其土司做了个梦，梦见汪波土司捡走了他戒指上脱落的珊瑚。门巴喇嘛解释说这不是好梦。果然，没有多久，边界上的一个头人率领手下十多户人背叛了麦其土司，投到汪波土司那边去了。还有一次，在北方边界的"傻子"少爷梦见了麦其土司，第二天中午，他父亲真的就来了。有一段时间，"傻子"少爷每天晚上都做同样的一个梦，在梦中，他见到白色滚滚而来。这个梦有两重象征，一是罂粟挤出的浆汁的颜色，一是罂粟给麦其土司带来的滚滚财富——银子。不久，麦其土司的领地上便开满了罂粟花。有一次，"傻子"梦见自己对行刑柱上的翁波意西举起了刀子，第二天早上，翁波意西果然被押到广场上割掉了舌头。这些描写，不在于作品中的人物做了多少梦，梦见了什么，灵验不灵验，重要的是，从这些对梦的描述中，我们可以感受到藏文化中这种宗教意味浓厚的梦幻思维方式和文化心理。这里面似乎也隐含着人生如梦、万法皆空的深层文化意蕴。

有时候，梦往往表达了人们心中的某种愿望。如在《随风飘散》中，饱受冷眼和孤寂之苦的格拉一直梦想着能和母亲回到故乡，故乡人的表情和蔼生动，就像春暖花开一样。有一天晚上，格拉真的"梦见了春暖花开，梦见一片片的花，黄色的报春，蓝色的龙胆与鸢尾，红色的点地梅。他奔向那片花海，因为花海中央站着他公主一样高贵、艳丽的裙裾飘飞、目光像湖水一样幽深的母亲桑丹"。然而，残酷的现实很快打断了格拉的美梦。他被恩波等一群人从梦境中惊醒，并遭到恐吓，最后竟和母亲失散了。在这里，作者用梦境的美好反衬出现实的丑恶，让人备感凄凉。

② 石子卜：就是在占卜时将一把白色石子和黑色石子撒在地上，然后按照石子的不同位置和黑白两色的变化来做出判断，预测吉凶祸福。《尘埃落定》有一处写到石子卜。"罂粟花战争"结束后，门巴喇嘛通过石子卜预测到了新教派格鲁巴翁波意西的不幸遭遇：

人们正在山岗上享用美食，风中传来了叮叮咚咚的铜铃声。土司说，猜猜是谁来了。大家都猜，但没有一个人猜中。门巴喇嘛把十二颗白石子和十二颗黑石子撒向面前的棋盘。叹了口气说，他不知道那个人是谁，但知道那个人时运不济，他的命石把不好的格子都占住了。我们走出帐篷，就看见一个尖尖的脑袋正从山坡下一点一点冒上来。

后边，一头毛驴也耸动着一双尖尖的耳朵走上了山坡。这个人和我们久违了。听说，这个人已经快疯了。①

这个人就是在山野中清修的新教派格鲁巴翁波意西。在随之而来的与济嘎活佛的辩论中，他获得了胜利，但却被认为冒犯了土司的权威，不久他被第一次割掉了舌头。这种不可知的命运遭际，竟然暗含在一把撒出去的黑白石子上。

### 3. 灵魂之舞

藏传佛教认为，灵魂以无形之形而存在，如烟似雾，轻灵飘逸，居于眼识、耳识、鼻识、舌识、身识、意识六门之间，随世界产生而产生，随世界毁灭而消亡。灵魂附着于不同的生命体上，并根据因果报应的原理，在死亡和新生的链条上轮回。人生即苦，世间即苦，灵魂最高的实现价值是跳出"六道轮回"，永生佛界而停止轮回。

灵魂观念往往以集体无意识状态存在于人们精神世界的底层。在阿来的许多小说中，我们时常能听到灵魂飘飞的声音。有研究者认为，阿来的《尘埃落定》是一个亡灵所讲述的故事。阿来还有一篇直接写灵魂的小说——《灵魂之舞》。

小说的主人公是一位名叫索南班丹的老人，他感到死之将至，就在一个阳光明亮的日子里，走向山野和牧场，寻找他最后的一匹坐骑——早已被他放生的白马。这是一个美好安恬的过程。"索南班丹顺着山坡上斜挂的路穿过麦地，穿过一些零零星星的柳树丛和青桐树丛。他觉得自己随着这些植物的颜色而改变颜色。当他走进一片野樱桃树林，感到了白色的落花在阳光消失那一刹开始纷纷扬扬……索南班丹却是没有遇到什么花妖，只觉得这一天开

---

① 阿来：《尘埃落定》，人民文学出版社 2001 年版，第 140 页。

始的时候花香弥漫。脚下黑土云一样松软。要是那个过程开始的话，那就是在那一片缤纷的白色落英中就开始了。"① 在牧场，当他沉重的身体坐在地上时，另一个他则轻盈地升起——他的灵魂开始了对已逝岁月的重新经历。索南班丹的灵魂步态轻盈，稍微带点蓝色和淡淡雨水味道的风使他的身影飘动、膨胀，他感到"河水滑过肌肤，像丝绸一样，光滑、清凉"。他看见了坐在羊群中央正在咀嚼酸草的妻子——"怀上儿子嘎布就学会吃那种草茎的嘎觉，嘴唇染绿的嘎觉。"

然后，索南班丹又看见了从前的坐骑——青鬃马、枣红马。青鬃马死于雪崩，他看到一道青光乘虚而起，知道青鬃马的灵魂升到天界里去了。在那个什么都兴展览的年代，他的枣红马被牵到台子上展览，被吱吱喳喳胡乱怪叫的高音喇叭搅扰了，腾空而起，带着军代表一起飘飞起来，马蹄落下时踩着了军代表的胸膛，同时，马被军代表的三发子弹击中颈项。索南班丹再一次看见血从枣红马的伤口中又一次涌了出来。而他那匹早已放生的白马，此刻看到了久违的主人飞翔天际的灵魂，便犹如一道银色光芒似地飞奔下山，回家。终于，在夕阳中，在他至亲的人们和他的白马的环护下，老人的泪水滚滚而下，眼中的光芒渐渐熄灭：寿终正寝。

这是一曲动人的灵魂之歌，光明，澄澈，富有诗意。作者将人临死之前对生命过程的回顾写得悱恻动人——只有信仰灵魂不灭的人才能真切地感受到如此美妙的过程——灵魂的飞升实际上是在祈祷生命的新一轮超越。"阿来的《灵魂之舞》就是一次诗意的舞蹈。他用族人对身体的解脱，让灵魂在回忆中享受生命的轮回……生命的原生形态，在阿来，在藏族人的眼里，是不断轮回阶段的某一处停顿，所以人生不是没有苦，而是不为其苦，躯壳的安置处便是灵魂的出发点。当阿来为他笔下的老人送行时，那种飘逸、浪漫不正源于这个民族对生命阐释的谜底吗？"②

灵魂信仰是建立在原始的"万物有灵"基础上的物我不分的心理世界。万物有灵观念是苯教自然崇拜的思想根源和理论基础，而灵魂外寄予灵魂转世则是这种灵魂信仰的重要表现形式。这是一种族群记忆，也是藏文化的一

---

① 阿来：《阿坝阿来》，中国工人出版社 2004 年版，第 61—72 页。

② 德吉草：《认识阿来》，《西南民族学院学报》（哲学社会科学版）1998 年第 6 期，第 18—24 页。

个重要特征。

在《尘埃落定》第九章中，"傻子"少爷带着两个小厮来到行刑人尔依家。尔依家有一间专门存放各种各样刑具的"刑具室"，还有一个专门储藏死人衣服的阁楼。小尔依介绍说，阁楼上的衣服都是受刑的死者留下的，衣服里面藏有死者的灵魂。那些"衣服一件件挂在横在屋子里的杉木杆上，静静披垂着，好像许多人站着睡着了一样。衣服颈圈上都有淡淡的血迹，都已经变黑了。衣服都是好衣服。都是人们过节时候才穿的。临刑人把好衣服穿在身上，然后死去，沾上了血迹又留在人间"。"傻子"少爷将其中的一件紫衣穿在了身上。作品写道：

> 索郎泽郎把一袭紫红衣服抓在了手里。好多尘土立即在屋子里飞扬起来，谁能想到一件衣服上会有这么多的尘土呢。我们弯着腰猛烈的咳嗽，屋子里那些颈子上有一圈紫黑色血迹的衣服都在空中摆荡起来，倒真像有灵魂寄居其间。尔依说："他们怪我带来了生人，走吧。"
>
> 我们从一屋子飞扬的尘土里钻出来，站在了阳光下面。索郎泽郎还把那件衣服抓在手里，这真是一件漂亮的衣服，我不记得在那里见到过紫得这么纯正的紫色。衣服就像昨天刚刚做成，颜色十分鲜亮。我们还没有来得及记住这是一种怎样的紫色，它就在阳光的照射下黯淡，褪色了，在我们眼前变成另一种紫色。这种紫色更为奇妙，它和颈圈上旧日的血迹是一个颜色。我抑制不了想穿上这件衣服的冲动。就是尔依跪着恳求也不能使我改变主意。穿上这件衣服，我周身发紧，像是被人用力抱住了。就是这样，我也不想脱下这件衣服。尔依抓些草药煮了，给我一阵猛喝，那种被紧紧束缚的感觉便从身上消失了。人也真正和衣服合二为一了。①

穿上了这件"紫衣"，"傻子"少爷就与寄居在紫衣里的灵魂"合二为一"了。"我满足了它重新在世上四处行走的愿望"——"我"开始思灵魂之所思，闻灵魂之所闻，见灵魂之所见。"眼前的景象都带着一点或浓或淡的紫

---

① 阿来：《尘埃落定》，人民文学出版社 2001 年版，第 208 页。

色。河流、山野、官寨、树木、枯草都蒙上了一层紫色的轻纱，带上了一点正在淡化，正在变得陈旧的血的颜色。"

紫衣人的灵魂随着"我"到处行走："塔娜见到我，脸上奕奕的神采就像见了阳光的雾气一样飘走了。""我"穿着紫衣，走进自己的屋子，塔娜"打了一个寒噤：'天哪，哪里来的一股冷风。'""我穿着紫衣，坐在自己屋子里，望着地毯上一朵金色花朵的中心，突然从中看到，塔娜穿过寂静无人的回廊，走进大少爷的房子。"

被麦其土司杀死父亲的多吉罗布兄弟的复仇是《尘埃落定》的另一条重要线索。"寄魂紫衣"的介入使他们的复仇过程弥漫着神秘而诡异的色彩：

> 不是我要走，是身上那件紫色衣服推着我走。我还看见了那个杀手。他在官寨里上上下下，里里外外已经好多天了。这时，他正站在土司窗前。我的脚步声把他吓跑了。他慌乱的脚步声又把土司惊醒了。土司提着手枪从屋里冲出来，冲着杀手的背影放了一枪。他看见我站在不远处，又举起枪来，对准了我。我一动不动，当他的枪靶。想不到他惊恐地大叫一声，倒在了地上。
>
> …………
>
> 父亲把我看成了一个被他下令杀死的家伙。这是因为我身上那件紫色衣裳的缘故。
>
> 从行刑人家里穿来的紫色衣服使他把我看成了一个死去多年的人，一个鬼。大多数罪人临刑时，都已经向土司家的律法屈服了，但这个紫衣人没有。他的灵魂便不去轮回，固执地留在了麦其家的土地上，等待机会。紫衣人是幸运的。麦其家的傻瓜儿子给了他机会，一个很好的机会。麦其土司看见的不是我，而是另外一个被他杀死的人。土司杀人时并不害怕，当他看到一个已经死去多年的人站在月光下面，就十分惊恐了。
>
> …………
>
> 这次，塔娜没有笑，她卷起地上那件紫色衣服，从窗口扔了出去。我好像听到濒死的人一声绝望的叫喊，好像看到一个人的灵魂像一面旗帜，像那件紫色衣服一样，在严冬半夜的冷风里展开了。塔娜对屋子里

的人说："他本来没有这么傻，这件衣服把他变傻了。"

．．．．．．．．．．

（杀手）到达麦其家的官寨已经好几个月了，还没有下手，看来，他是因为缺乏足够的勇气。

我看到这张脸，被仇恨，被胆怯，被严寒所折磨，变得比月亮还苍白，比伤口还敏感。

从我身上脱下的紫色衣服从窗口飘下去，他站在墙根那里，望着土司窗子里流泻出来的灯光，正冻得牙齿咯咯作响。天气这么寒冷，一件衣服从天而降，他是不会拒绝穿上的。何况，这衣服里还有另外一个人残存的意志。是的，好多事情虽然不是发生在眼前，但我都能看见。

紫色衣服从窗口飘下去，虽然冻得硬邦邦的，但一到那个叫多吉罗布的杀手身上，就软下来，连上面的冰也融化了。这个杀手不是个好杀手。他到这里来这么久了，不是没有下手的机会，而是老去想为什么要下手，结果是迟迟不能下手。现在不同了，这件紫色的衣服帮了他的忙，两股对麦其家的仇恨在一个人身上汇聚起来。在严寒的冬夜里，刀鞘和刀也上了冻。他站在麦其家似乎是坚不可摧的官寨下面，拔刀在手，只听夜空里锵琅琅一声响亮，叫人骨头缝里都结上冰了。杀手上了楼，他依照我的愿望在楼上走动了，刀上寒光闪闪。这时，他的选择也是我的选择，要是我是个杀手，也会跟他走一样的路线。土司反正要死了，精力旺盛咄咄逼人的是就要登上土司的位子的那个人，杀手来到了他的门前，用刀尖拨动门闩，门像个吃了一惊的妇人一样"呀"了一声。屋子里没有灯，杀手迈进门槛后黑暗的深渊。

他站着一动不动，等待眼睛从黑暗里看见点什么。慢慢地，一团模模糊糊的白色从暗中浮现出来，是的，那是一张脸，是麦其家大少爷的脸。紫色衣服对这张脸没有仇恨，他恨的是另一张脸，所以，立即就想转身向外。杀手不知道这些，只感到有个神秘的力量推他往外走。他稳住身子，举起了刀子，这次不下手，也许他永远也不会有足够的勇气举起刀子了……

紫色衣服却推着他去找老土司。杀手的刀子向床上那个模糊的影子杀了下去。

床上的人睡意蒙眬地哼了一声。

杀手一刀下去，黑暗中软软的扑哧一声，紫色衣服上的仇恨就没有了。①

在藏族文学中，这种"寄魂"现象是十分常见的。如在《格萨尔》的诸多部本中，都有名目繁多的寄魂物的描述。《格萨尔》中几乎每人均有寄魂物，特别是众妖魔的寄魂物被描述得最为清晰，降伏妖魔的难易，往往视妖魔的寄魂物之多寡与强弱。格萨尔北上降魔时，正是靠梅萨的帮助，将鲁赞的寄魂物逐一毁坏，最终才降伏了魔王鲁赞。格萨尔的寄魂山是"玛沁奔热"，即阿尼玛沁雪山，寄魂湖是扎陵、鄂陵、卓陵三湖。这座圣山和三个圣湖，同时又是岭部落的寄魂物。珠牡的寄魂物是扎陵湖；嘉洛、鄂洛、卓洛三大部落的寄魂物分别是嘉洛湖、鄂洛湖。女将阿达拉姆的寄魂物是一个蛙头玉蛇。寄魂物可以是动物、植物，也可以是山川、湖泊，以及飞鸟、走兽、爬虫、游鱼、树木等。岭国的寄魂鸟有三种："白仙鹤是岭国鸟，黑乌鸦是岭国鸟，花喜鹊是岭国鸟，这是白岭三种寄魂鸟。"格萨尔所降服的四方妖魔主要指魔国的鲁赞王，霍尔国的黄帐王、黑帐王、白帐王，姜国的萨丹王等。龙魔鲁赞王的寄魂物有多种，他的寄魂牛是红野牛，寄魂湖在黑魔谷，寄魂山是九间铁围宫，寄魂鸟是共命鸟王，寄魂树在森林中。鲁赞王姐姐卓玛的命魂寄在一只装在珊瑚瓶子里的玉蜂身上。霍尔国的白帐王、黄帐王和黑帐王，分别将自己的灵魂寄存在白、黄、黑三头野牛身上。霍尔四十九代大王的寄魂山是德载萨瓦泽。霍尔国三王的寄魂树分别是白螺的生命树、黄色黄金生命树和黑色铁的生命树："在那金制宝座的里面，有一棵白螺的生命树，它是白帐王的生命柱；有一棵黄色黄金生命树，它是黄帐王的生命柱；有一棵黑色铁的生命树，它是黑帐王的生命柱；是我三大王的生命树。"霍尔王的寄魂鱼是"寄魂鱼三兄弟"。白帐王的寄魂鸟叫赛沃灾鸟，寄魂宝刀名叫"挥斩千军的拖把镇国宝刀"，寄魂鸡叫作"沙鸡九兄弟"。这些寄魂宝物都具有特殊的神力，如果一种寄魂物体消失，灵魂又可以转移到另一种寄魂物上面。有的寄魂物还会产生出一种超自然的力量，如在格萨尔与霍尔王的战争中，

---

① 阿来：《尘埃落定》，人民文学出版社 2001 年版，第 308—324 页。

格萨尔的寄魂金羽箭就发挥了神奇的力量。霍尔国的白帐王趁格萨尔远行之际，发兵抢走了珠牡王妃。远在北方魔国的格萨尔闻讯后，立即将自己的寄魂金羽箭取出，扣上弓弦，向霍尔国射去。当这支箭抵达白帐王的宫殿时，天昏地暗，日月无光，狂风呼啸，冰雹骤降，霎时间，霍尔王宫摇摇欲坠。

在嘉绒藏族的民间传说中，还有"寄魂莲花""寄魂核桃树""寄魂拨火棍""寄魂扫把""寄魂搁桶石"等。这些寄魂物不仅可以战胜那些企图害人的妖魔，有时连神灵也不是它们的对手。

《尘埃落定》中弥漫着灵魂飘飞的气息。"叔叔"在抗战中为国捐躯，"傻子"整个冬天都沉浸在悲伤里，迎风流泪，黯然神伤。有一天，他躺在床上，看见了叔叔的灵魂顺着一条大水，飞到了广大的海上，并且告诉他，月明之时，灵魂想去什么地方就去什么地方，叫他不用如此悲伤——叔叔说自己是自有麦其家以来最快乐的人，"傻子"的心灵立即得到慰藉，从此悲伤就从他心里消失了。在小说的结尾，"傻子"被麦其家的仇人杀死。他用亡灵的口吻描述了自己死亡的经过："神灵啊，我的灵魂终于挣脱流血的躯体，飞升起来了，直到阳光一晃，灵魂也飘散，一片白光，就什么都没有了。血滴在地板上，是好大的一汪，我在床上变冷时，血也慢慢地在地板上变成了黑夜的颜色。"① 到结尾时，我们才发现，全篇的叙述者竟是一个灵魂。

小说采用了第一人称的叙事视角，"傻子"既是叙事者，又是当事人，也是旁观者和评判者。作为当事人，他与常人无异，而作为旁观者和评判者，他令人惊异地具有全知的视角——"好多事情虽然不是发生在眼前，但我都能看见。"他能看到别人的心思，能听懂无舌人的话，眼睛能穿透障碍物发现麦其土司在茂盛的罂粟花中与查查头人的女人野合，黑夜里躺在床上能看到哥哥在其房里被人杀死的整个过程……作者通过亡灵的口讲述了一个土司家族的兴衰史。这一叙述立场使小说笼罩着一种诡异、怪诞、阴森的氛围。但其中渗透的苯教灵魂崇拜是明显的。

无论是源自心灵，还是源于生活，艺术的浪漫和生活的浪漫在这里得到统一。就艺术创作而言，这种在佛教智慧导引下的独特的神性浪漫主义，具有净化精神世界的功能，是一种对人的思维世界的无限牵引力量。但是，藏

---

① 阿来：《尘埃落定》，人民文学出版社 2001 年版，第 422 页。

文化中的这种神性浪漫主义已经受到一些藏族知识分子的质疑，如丹珠昂奔曾经指出："从吐蕃王朝崩溃至今的上千年的历史证明，藏族人民的聪明才智造成了极大的浪费，扼杀了这个民族的创造能力，而这种浪费和扼杀都是在神灵的具体导演下进行的。除了政治的经济的原因外，这是这个民族长期停滞不前的一个重要因素。成千上万的民族的优秀分子—知识阶层—僧人集团，并没有将大量的智力才力投入理性的科学研究，而沉湎于神的事业，将发达的创造性思维能力，将一代又一代莲花般的生命，徒用于现实之外的虚幻世界，并未用于喷香丰腴的现世的土壤，这是藏民族的悲剧……这种悲剧再也不能继续下去了。"[1]

4. 禁忌民俗

禁忌是作为一个民族的深层心理因素而存在的，禁忌民俗则是一种集体无意识心理的外现形态，是一个民族历史、社会、文化生活的底层成分和内在规定性。禁忌几乎覆盖了社会文化生活的方方面面，如宗教禁忌、饮食禁忌、服饰禁忌、语言禁忌等。

每个民族都有自己传承久远的禁忌习俗，如藏族人就禁忌伤害秃鹫和狗。秃鹫是天葬的执行者——神鹰，也是藏族人心目中的神鸟，在许多的民间神话和苯教的神灵体系中，神鹰都有很高的地位。藏族人忌吃狗肉，也禁止伤害狗。因为狗是游牧者最忠实的伴侣，也是家庭中的重要成员，并享有一定地位。藏族的民间故事和传说中有许多关于狗的美妙故事。狗在藏区受到世世代代僧俗民众的保护，寺院周围常常野狗成群。

在《尘埃落定》第三章中，"傻子"少爷——"我"随土司太太去黄特派员炼制鸦片的房子参观，却无意间看到那些炼制鸦片的人在吃老鼠肉。更可怕的是自己的母亲竟然也吃了鼠肉。

> 我并没有注意他们怎么在一口口大锅里炼制鸦片。我看见老虎灶前吊着一串串肉，就像我带着小家奴们打到的画眉一样。我正想叫他们取一只来吃，就听见吱的一声，一只老鼠从房梁上掉下来。熬鸦片的人放下手中的家伙，用小刀在老鼠后腿上轻轻挑开一点，老鼠吱地叫了一声，

---

[1] 丹珠昂奔：《佛教文化与藏族文学》，中央民族学院出版社1999年版，第169页。

再一用力，整张皮子就像衣服一样从身上脱了下来，再一刀，扇动着的肺和跳动着的心给捂出来了。在一个装满作料的盆子里滚一下，老鼠就变成了一团肉挂在灶前了。

⋯⋯⋯⋯⋯

熏好的老鼠肉就在灶里烤得吱吱冒油。香味不亚于画眉。要不是无意间抬头看见房梁上蹲着那么多眼睛贼亮的老鼠，说不定我也会享用些汉族人的美食。我觉得这些尖嘴在咬我的胃，而母亲正龇着雪白的牙齿撕扯鼠肉。全不管我在目瞪口呆地看着她。她一边用洁白的牙齿撕扯，一边还猫一样咿咿唔唔对我说："好吃呀，好吃呀，儿子也吃一点吧。"

可我不吃都要吐了。

我逃到门外。以前有人说汉人是一种很吓人的人。我是从来不相信的。父亲叫我不要相信那些鬼话，他问，你母亲吓人吗？他又自己回答，她不吓人，只是有点她的民族不一样的脾气罢了。哥哥的意见是，哪个人没有一点自己的毛病呢。后来，姐姐从英国回来，她回答这个问题说，我不知道他们吓不吓人，但我不喜欢他们。我说他们吃老鼠。姐姐说，他们还吃蛇，吃好多奇怪的东西。

母亲吃完了，一副心满意足的样子，猫一样用舌头舔着嘴唇。女人无意中做出猫的动作，是非常不好的。所以，土司太太这样做叫我非常害怕。

⋯⋯⋯⋯⋯

我害怕老鼠。

他们却说少爷是病了。

我没有病，只是害怕那些眼睛明亮，门齿锋利的吱吱叫的小东西。[1]

母亲的食鼠行为不仅引起"我"强烈的心理反应，甚至引起了生理反应。作品显然已深入饮食禁忌的深层，展示的是一种文化心理的差异。藏族人是忌讳吃蛇、鼠、鹰等动物的，也忌讳食圆蹄动物，如马、骡、驴等。

藏族的一些地方还忌讳吃鱼。食鱼的禁忌主要有几个方面的原因：一是

---

① 阿来：《尘埃落定》，人民文学出版社 2001 年版，第 78—83 页。

与苯教"三分世界"的认识论有关。苯教视鱼、蛇、蛙等水中生灵为"龙族",认为它们是地下世界的神灵——这些动物被归入苯教的"鲁"①神系统中。二是与藏族一些地区的水葬习俗有关。未成年的孩子和家里饲养的牲畜死后,往往采用水葬,让水和鱼消解灵魂的躯壳,所以藏族人不捕鱼,也不食鱼。三是与藏族传统的宗教仪式有关。巫师在举行传统的驱鬼和祛除其他不洁之物的仪式上,要对那些视而不见却四处作祟的东西加以诅咒,然后,再将其从陆地、居所或心灵深处驱逐到水里。于是,水里的鱼便成了这些不祥之物的宿主。

阿来有两个篇名都叫《鱼》的小说。在其中的一篇中,"我"的第一次钓鱼成了一种心理的历险,一种无声的战斗,对手则是内心中的两个自我。小说中钓鱼的"我"和扎西是两个对鱼有禁忌的藏人,当扎西知道"我"并不曾钓过鱼时,就迅速把装有鱼饵的罐子塞给我,"这个身材魁梧的汉子在草滩上飞奔,跃过一个个水洼与一道道溪流时,有力而敏捷。看到这种身姿使人相信,如果需要的话,他是可以与猎豹赛跑的。但现在,他却以这种魁梧的姿势在逃避"。扎西的逃避与藏民族有关鱼的诸种禁忌有关,与沉潜在意识深处的心理契约有关。

剩下的"我",试图对禁忌做一次挑战。但在内心深处,"我没有让鱼上钩的期望"。作者通过视觉、听觉、嗅觉、触觉、意识活动等细节描写,不断地传达出"我"的各种直觉体验和复杂的心理感受,读来令人感同身受。从往鱼钩上穿鱼饵开始,"我"就觉得"心里起腻"——"一根蚯蚓被拦腰掐断时,立即流溢出很多黏稠的液体,红绿相间粘在手上。"因为紧张,"我"的额头上沁出了细密的汗珠。手中的鱼钩沉入水中,片刻就感到沉甸甸的,是鱼上钩了。"鱼!这个词带着无鳞鱼身上那种黏糊糊滑溜溜的暗灰色,却无端地带给人一种惊悚感。"当鱼被提出水面,落在草丛中时,"我"的心中疑虑重重。"向鱼接近的时候,我有种正接近腐尸的感觉。""鱼还未抓到手里,那双鼓突悲伤的眼睛让你不敢正视。""我走去一看,鱼躺在那里一动不动。那

———————

① "鲁":被译为"龙",苯教的鲁是居住在下界的神灵。在苯教典籍《十万龙经》中所描绘的鲁神有人身蛇头、马头、狮头、熊头等,是人和动物的结合体。苯教的鲁神被认为是土地和雨水的主宰者,藏族民间,无论苯教僧人或佛教僧人常举行与鲁神有关的法事活动。干旱少雨则举行祈雨法事,苯教徒念诵《十万龙经》,佛教徒念诵《金光明经》等经典。

鼓凸出来的双眼死盯着人，我觉得背上有点发麻。""我"不指望自己钓到那么多鱼，所以，"我才在下意识中选择了这条清浅的小溪。而在不远处，一条真正的大河波光粼粼"。然而，就是在这条小溪中，却有鱼不断上钩，好像是约好了拥挤着从容赴死，"让人感觉到有某种阴谋的味道"。"那么多垂死的鱼躺在四周，阳光那么明亮，但那不大的风却吹得人背心发凉。""它们躺在那里一动不动，好像存心用众多死亡来考验杀戮者对自身行为的承受极限。"

钓鱼让"我"心中萌生犯罪感，随着捕获的鱼数量的增加，"我"那最初的惊悚感逐渐被恐怖甚至仇恨所代替。内心中的两个自我也在激烈地斗争。"我"选择继续垂钓，但同时又"暗暗希望这是最后一条"。但鱼们仍然拥挤着赴死，"我心中的仇恨在增加"——鱼们的慷慨赴死使我深陷于罪恶感而无力自拔。"这些鱼从神情看，也像是些崇信了某种邪恶教义的信徒，想死，却还要把剥夺生命的罪孽加之于人。"鱼上钩的地方，仿佛地狱的入口，"我的孤独与恐惧之感有增无减"。这时，雷声在头顶上炸响，大风刮起河面上的水，重重地打在"我"脸上，而鱼们还在前赴后继。"我听见自己咬牙切齿地说，来吧，狗日的你们来吧。我听见自己带着哭声说，来吧，狗日的你们来吧，我不害怕！"更让"我"感到恐惧的是，"鱼在叫！""我""从来没有听说过鱼会叫！"当雷鸣电闪停下来的时候，"好像所有将死未死的鱼都叫起来"。"它们瞪着那该死的闭不上的眼睛，大张着渴得难受的嘴巴，费力地吞咽低低的带着浓烈硝烟味的湿润空气。吞一口气，嘴一张：咕。再吞一口气，嘴再一张：咕。那么多难看的鱼横七竖八在草丛中，这里一张嘴：咕。那里一张嘴：咕。"这种"让人毛骨悚然"的叫声，像是"脚踩在一块腐烂中的皮革上发出的那种使人心悸的声音"。

这是一种令人惊心动魄的描写，也是一种深刻的生命体验。在食鱼的民族看来，这种野外垂钓是悠闲而充满生活趣味的，而对于"我"这个藏族人，则成了一场心理历险。冲破民俗禁忌形同冒险，而冲破内心的禁忌则无异于一场心理上的生死较量。小说结束时，"我"没有丰收的喜悦。在风雨大作之后的草滩上，"我痛痛快快地以别人无从知晓、连自己也未必清楚意识到的方式痛哭了一场"。

在《尘埃落定》中，也有关于"鱼"的叙述。在第四章"失去的好药"一节中，忠心的松巴头人献给"傻子"少爷一种"五颜六色的丸药"，说是一个游方僧人献给他的，"用湖上的风，和神山上的光芒炼成"。"但我尝到的是满口鱼腥。接着，像是有鱼在胃里游动。于是，就开始呕吐。吐了一次又一次。吐到后来，便尝到了自己苦胆的味道。"①

另一篇小说《鱼》②，则表达了对鱼的一种认知过程。作者站在人类学的角度，描述并审视了柯村独特的地域文化，追述了柯村人关于鱼的原始观念。在柯村人的眼里，"鱼的形体被认为是缺乏美感的，甚至是令人厌恶的，和许多软体动物一样，譬如蟾蜍、蚯蚓、蜥蜴、蜗牛、蚂蟥、各类水蛭，同时又是值得怜悯的"。他们认为，鱼是不吃东西的。鱼活着而没有食物，必定是遭到天罚的动物。"因为前世的罪孽过于深重：聚敛了太多财富，过于残忍、狡诈，如此等等。在这一点上，鱼又是可怜的动物。""人们对待鱼的态度和对待一个患了麻风病的乞丐的态度十分相似。"而鱼族布满河湾时，"又叫人产生不祥之感。这一点和乌鸦相似"。在那里，"鱼是令人敬畏而又显得神秘的东西"。鱼甚至是令人感到恐怖的东西。在一个夏天，秋秋在田野里干活，"突然，她感到一阵凌厉的风声，抬眼就看见一只鹰敛紧双翅，平端起尖利的爪子扎向河面，抓起一条大鱼。那鱼在太阳强光下变成了一团白光，待鹰翅展开，遮断阳光，鱼又变成鱼，一条苦苦挣扎的鱼。鹰飞过头顶时，玩耍的堂弟一声锐利的尖叫，鱼便从鹰爪下滑落下来，像一摊鼻涕一样，啪嗒一声摔在秋秋面前。它又弓了一次脊梁，努力做出在水中游动的姿势。这一努力没有成功，就甩动几下尾巴：啪嗒，啪嗒，啪——嗒，啪——嗒——嗒，一下比一下更没有力气。然后，一鼓肚皮死了，一些透明的胶状物，从它身上滑落，流到麦芒和草叶上。秋秋赶紧从那地方走开，发出了一阵骇人的惊叫。当人们从远处的麦地向她跑来时，她才用拳头把嘴巴堵上"。

鱼眼夺科是"柯村第一个发现鱼吃东西的人"。夺科在还是一个婴儿的时候，就"爬在岸边，注视水中的鱼"——"鱼眼夺科在水边俯察鱼群时，发出了无忧无虑的欢笑。笑声咯咯，仿佛一只失手的木碗滚下梯级密集的楼梯。"在长期的观察中，夺科发现了许多鱼的秘密，他对鱼的认识也发生了一系列的变化。这种发现当然不能被柯村人接受，只有在外面打过仗的昂旺曲

① 阿来：《尘埃落定》，人民文学出版社 2001 年版，第 131 页。
② 阿来：《阿来文集·中短篇小说卷》，人民文学出版社 2001 年版，第 416—471 页。

柯认可他的看法。他说："以前我打仗的时候，还看见过好多鱼把牛马慢慢吃光，就像蚂蚁吃掉那些受伤的画眉鸟一样。"

然而，在柯村，鱼是具有多重象征意义的原始意象，具有多种解读的可能。柯村人关于鱼的观念和认识，是一种集体无意识的折光，它积聚了柯村人有史以来的所有经验和情结。鱼是冷酷无情的，它像蛇、像铁秤般冰冷；鱼又是纯真、善良的，像婴儿的眼睛般天真无邪；同时，鱼又是极富生命力的，具有极强的繁殖力。总之，鱼是一个复杂的混合体。夺科因为喜欢观察鱼而被叫作"鱼眼夺科"。儿时的夺科常常有一些幼稚的想法和问题。他告诉小伙伴索南"冬天那些鱼肯定钻到地球的另外一边去了"，他认为鱼住在水晶宫。这个"傻子"式的人物经常问男人："鱼们到哪里去了？"问女人："鱼们冷还是不冷？"面对这些问题，柯村无人能够回答。与此相对应的还有柯村人原始鄙陋的婚俗和生活方式。夺科的恋鱼情结给他带来了诸多责难，但夺科对鱼的认识也逐渐发生着变化。在同汉人的交往中，夺科知道鱼是吃蚯蚓、蚊子等东西的动物。夺科逐渐发现，"鱼其实就是一条鱼"，鱼还可以吃，最后自己竟然喝鱼汤而不后悔。[①]

这种对鱼的认知过程和心理体验呈现的正是身处复杂文化背景中的阿来的心路历程——"我今天钓鱼是为了战胜自己。在这个世界，我们时常受到种种鼓动，其中的一种，就是人要战胜自己，战胜性情中的软弱，战胜面对陌生时的紧张与羞怯，战胜文化与个性中禁忌性的东西。于是，我们便能无往而不利了。"[②]

在佛教中，金鱼又代表幸福和自由，因为它们完全可以在水中自由游动。由于繁殖迅速，鱼又代表生命力，代表多子多孙。在藏传佛教文化的象征符号中，有一组包含八个供物或器物的吉祥符号，又叫"八宝吉祥徽"[③] 或"八瑞相"，这是藏文化中最常见的符号。其中"鱼"的形象来自印度梵文，原本代表印度的恒河和朱木那两条圣河，同时代表人体的阴阳脉道。

---

① 刘兴禄、张瑜：《原生态魅力的深度审视——阿来〈鱼〉的人类学视域审美解读》，《重庆理工大学学报》（自然科学版）2006 年第 12 期，第 119—121 页。

② 阿来：《阿坝阿来》，中国工人出版社 2004 年版，第 110 页。

③ "八宝吉祥徽"即八个象征物。具体指"宝伞""金鱼""宝瓶""妙莲""右旋白海螺""吉祥结""胜幢""金轮"。

### 三、《尘埃落定》与藏族口传文学

口传文学是相对于书面文学而言的，其根本特点就是口耳相传性。在没有文字记载的时代，文化通常是以口传的形式传承和延续的。每个民族都有其文化传承方式，但口头传承无疑是最重要的传承方式之一。

口传文学中往往保留着一个民族早期的文化遗存——原始的生活形态、思维意象和思维方式，充满了形象性和神秘主义的文化元素。相比而言，藏族的口传文学更多地蕴含了藏文化的原始属性和人类原始思维中比较普遍的"意象组合"特征。青藏高原独特的地理环境和社会生活孕育了丰富多样的藏族口传文学，也使这种文化传承体系比较完整地保存了下来，并延续到现在。藏族民间流传着大量的脍炙人口的故事、传说、民间歌谣和神话，如格萨尔的传说、阿古顿巴的故事等。这些具有丰厚土壤的民族民间文化资源，对藏族作家的影响是广泛而深远的。在一次访谈中，阿来说："在《尘埃落定》所描绘年代的藏族社会中，90%都是文盲，但他们要了解自己的过去并对今天的事情进行思考，于是就采用口头文学成体系地进行传达。家庭的历史、村落的历史、部族的历史，每个人都在进行着想象、加工，没有严谨的编年史。我们看到过西藏的壁画，它没有透视，都在一个平面上。西藏的文学也如此，讲十年前的事情一下子就可推得很远，讲一千年前的事情又可以一下子拉得很近。经过口头传说的加工，真实的东西会很虚幻，很虚幻的东西又有很强的真实感。而这种真实感就是文学批评家们所说的艺术的真实。"

藏族的口头传统有自己独特的修辞构成方式、意义表达方式和传播及接受方式。善于用说唱和歌谣表达思想、抒发情感是藏族人的生活习惯。藏族是一个热爱歌舞的民族，无论是在牧区草原，还是在农业耕作区，歌与舞总是和人们的生活密切相伴——这是一片氤氲着芬芳诗性的土地。

海德格尔说："诗歌与哲学是近邻。"藏民族的这种诗性品质一方面来自佛教的理性，另一方面来自苯教的原始信仰。佛教关于人生和社会的理论是一种完备的哲学体系，佛学思维充满了对生命的终极关怀，这种思维特征在艺术审美中往往呈现为一种诗性哲理。苯教是建立在万物有灵观念和自然崇拜基础上的一种具有原始野性和神秘色彩的古老的思维体系和行为方式，是一种超验的世界，充满了与天地万物息息相通的浪漫气息和抒情品质。在藏族作家的文学创作中，苯教的意象方式和浪漫气质与佛教的思辨哲理往往有机地融合在一起。那些潜行在人们意识深处的灵魂观念和生命轮回意识，以及亦真亦幻的神魔世界，为作家提供了奇异的意象空间和广阔的思考空间，使他们可以自由穿行于"三界"之间，神游于万物之中。

藏学家王尧先生认为，从表面上看，似乎吐蕃人是笃信宗教而沉溺于崇拜仪轨的民族，实际上，他们又是热衷于咏歌吟唱而近于迷恋诗情的民族。令人感兴趣的正是吐蕃人在那古老的年代里把"诗"和"哲学"高度结合起来，将深邃的哲理写成完美的诗篇。头顶上悠悠奥秘的苍穹，四周浩渺广袤的宇宙，都能与自身心底下升起的玄理和道德追求共同融合在一起，从中可以看出古代藏民族的幽默、达观和乐天知命的性格。有些诗歌虽然文辞浅显，但富有诗意；虽然单纯，却意味隽永。诗歌成为哲理的舟楫，哲理成为诗歌的灵性。[①]

20 世纪 80 年代以来，藏族作家出版了多部汉语长篇小说。这些小说大多数是用汉文创作的，也包括少部分用藏文创作又被译成汉文的作品。这些作品的叙事无一例外地运用了许多民间歌谣和传说。这些歌谣和传说在小说中既承担着叙事功能，又充满了抒情色彩。这与藏族文学"说""唱"结合的传统叙事方式一脉相承，如史诗《格萨尔》与藏族古典长篇小说《勋努达美》等都采用了这种"说""唱"结合的表达方式。也就是说，用歌唱或吟咏进行叙事和传情是藏族的文化传统和文化传播方式之一，这种古老的说唱是藏族人久已习惯的叙事与抒情结合模式，是散文和韵文的结合体。

《尘埃落定》中共有八首歌谣，这些歌谣在作品中发挥着塑造人物、抒发情感、表达故事主题、推动情节发展的多元叙事功能。如在第七章中，麦其土司家的傻儿子唱了一首歌谣："开始了，开始了/谋划好的事情不开始/没谋划的事情开始了/开始了！/开始了！"这首简洁的歌谣暗示了小说情节的发展：从这首歌谣开始，作品的重心移到了麦其土司家的"傻子"少爷身上，"傻子"从此开始了建功立业的聪明人生。当然，这也是一首有寓意的歌谣，预示了社会变革的开始。也正是从这首歌谣以后，由堡垒和土司所代表的土司社会的旧的生活方式开始被打破了。

---

① 王尧：《藏族古歌与神话》，《青海社会科学》1986 年第 5 期，第 92 页。

《尘埃落定》中两次出现："国王本德死了，美玉碎了，美玉彻底碎了。"这首歌谣也见于敦煌所藏藏文古卷中的一则动物神话："家马和野马是怎样分开的。"大约在公元 8 世纪记入文本。原文中的歌谣是："银河被云隔断，主人忽然死去了。美玉碎了，主人死去了。美玉从头上掉下来碎了，主人忽然死去了。"这几句歌谣在小说中重复出现，就像预言一样预示着故事的悲剧结局，同时也传达出"傻子"对社会变革的无奈和感伤，以及对旧有的"美玉"般生活的无限留恋和对未来的迷茫。小说的第十一章写道："我确实清清楚楚地看见了结局，互相争雄的土司们一下子就不见了。土司官寨分崩离析，冒起了蘑菇状的烟尘。腾空而起的尘埃散尽之后，大地上便什么都没有了……有土司以前，这片土地上是很多酋长，有土司以后，他们就全部消失了。那么土司之后起来的又是什么呢，我没有看到。我看到土司官寨倾倒腾起了大片尘埃，尘埃落定后，什么都没有了。是的，什么都没有了。尘土上连个鸟兽的足迹我都没有看到。大地上蒙着一层尘埃像是蒙上了一层质地蓬松的丝绸。"[①] 小说借"傻子"之口，说出这几句话，与富有哲理的抒情歌谣相互照应。从审美接受的角度看，"说"与"唱"结合的文本提供的不只是阅读享受，还有音乐享受。歌谣在体现民族个性、展现民俗风情的同时，也创造出了新的审美空间，增加了小说的阅读趣味，把小说推进到了视觉阅读理解和听觉感受的多媒体境界。

口头传承是藏文化的重要传承方式之一，如藏族远古时期的自然宗教——苯教就是通过口头传承的，口传人就是当时最有权威的苯教徒。苯教作为藏族原始的土著宗教，早在 3 800 多年前就已经形成。[②] 到雍仲苯教（gyung－drung－bon）创始人敦巴·辛饶弥沃齐生活的时代，开始形成比较完整的教规和教义。雍仲苯教徒认为，敦巴·辛饶弥沃齐是一个神通广大、无所不能的神人，他凭其天赋和魔力，以先知或预言者的身份成为象雄部族的精神领袖，成为神的代言人，成为天和人之间的中介。他们借助于被神化了的祖师敦巴的权威，向民众宣扬雍仲苯教，并形成了以口传为形式的三种教法："仲""德乌""苯"。

---

① 阿来：《尘埃落定》，人民文学出版社 2001 年版，第 363 页。
② 南卡诺布：《藏族远古史》（藏文），四川民族出版社 1990 年版，第 53 页。

1. "仲"（grung）

"仲"（grung）是藏语的汉语音译，意为寓言、故事、神话等。"仲"也是宣扬苯教的一种手段，苯教徒为了使群众易于了解雍仲苯教教义而传授《陀罗尼穗》（gyung – kyi – snye – ma）等神话故事，其内容涉及世界的形成、人类的起源，以及日月星辰、山川河流等自然现象。例如《斯巴形成歌》：

> 问：最初斯巴形成时／天地混合在一起／请问谁把天地分？／最初斯巴形成时／阴阳混合在一起／请问谁把阴阳分……
>
> 答兼问：最初斯巴形成时／天地混合在一起／分开天地是大鹏／大鹏头上有什么？／最初斯巴形成时／阴阳混合在一起／分开阴阳是太阳／太阳顶上有什么……①

这首古歌是远古时期藏族人对自然界形成做出的解释，也是原始苯教的世界（斯巴）形成观之一。"仲"是卫藏地区对故事的称谓，安多藏区称民间故事为"纳达"——古时候的传说。藏族民间故事数量之多，流传之广，影响之大，是难以估量的，最广为流传的有《尸语的故事》《猴鸟的故事》《猫喇嘛讲经》《阿古顿巴的故事》等。

2. "德乌"（ldevu）

"德乌"（ldevu）是古代象雄语"谜语"或"隐语"的汉语音译。苯教巫师以"隐语"或"谜语"给民众讲述世界形成、生灵来源等神话以及历史传说，并以之传达神谕王令。"德乌"似乎也是一种古老的与开发智力有关的文娱形式。在吐蕃时代遗留下来的敦煌古藏文写卷 P. T. 1287 中有一个文本，该文本记录了吐蕃第 31 代赞普囊日松赞（nam – ri – srong – btsam，松赞干布之父）时吐蕃王朝内部两大势力集团之间的一段政治对话。这两大势力集团的代表人物分别是新加入吐蕃联盟的藏蕃豪族琼保·邦色（khyung – po – spong – sad）与苏毗豪族娘·尚囊（myang – zhang – snang）。对话的方式则是二人在囊日松赞牙帐前的对唱。

囊日松赞之时，由于藏蕃（即后藏一带）的归附和吐蕃对雅鲁藏布江北

---

① 马学良：《藏族文学史》（上册），四川民族出版社 1994 年版，第 13 页。

岸苏毗的征服，吐蕃联盟的势力获得了极大发展。藏蕃豪族琼保·邦色（苏孜）因为归附吐蕃在前而且参加了征服苏毗的战争而居功自傲；苏毗豪族则因为实力强大、人数众多而与之针锋相对。两个人的对唱都采用了"德乌"——隐语的形式。

其后，娘氏孟多热忠贞之子尚囊，充任赞普内侍扈从之官，应诏前往牙帐。

后，赞普君臣大酺饮宴，琼保·邦色（苏孜）乃于宴前对酒高歌：

"孟哥之地有一虎，杀虎者，我苏孜也。
我把整只老虎献于上方，肠肠肚肚分赏予洛埃。
藏蕃牙帐之上方，白鹫在飞翔，
射杀白鹫者，苏孜也，
将大鹫翅膀献于上方，羽毛赏予洛埃。
前年早于去年，
冈底斯雪山脚下，
麋鹿野马在游荡，游荡到香波山前，
如今再来观赏，
在香波山"年神"跟前，麋鹿野马不要狂妄，
麋鹿野马如果狂妄，冈底斯雪山会把你吞没。
在去年、前年、更早之年头，在玛法木湖之岸旁，
白天鹅、黄鸭子在嬉戏徜徉，游荡来到当戈湖上，
如今再来观赏，当戈之湖是天神之湖，
天鹅黄鸭不可狂妄，天鹅黄鸭若是狂妄，
玛法木湖水会把你吞没。
'彭域'成了洛埃的附邑，
攻下'彭域'的却是'色穷'，如今更是一望无际。
伍茹、秦瓦有如粮仓，
如今四周皆牧场，岂不是苏孜之勋劳所归乎？"
············

（苏孜）如此高歌唱毕，后，赞普心中思忖：希望有一功勋之臣，歌吟以对之，而竟无一人应对。赞普乃对内侍扈从之官之尚囊瑟乌苏凌布曰："尔乃忠贞大论之子，能歌吟乎?"尚囊乃请一试，遂引吭高歌：

"吁！去年、前年、更早之年头，在滔滔大河之对岸，
在雅鲁藏布之彼岸，仇敌森波杰啊！
如同鱼儿被切成块，切成块块后被除灭；
从几曲河中捕鱼者，是义策邦道日也，
渡涉垄河（进攻）者，是增古孟道日也，
肩上背负了重任，扩展增添了土地者，
除了邦松准保未闻有别人。以大坝子作为目标，
香波大山铺在坝子上，攻克了宇那城堡，
使它成为秦瓦之属地。往昔已经巍然高耸，
召集更加高过苍穹，将岩波（即彭域）征服了，
归并雅砻地方。往昔已庞然巨室，
如今更加无边无际。'彭域'成了'洛埃'的附邑，
攻下彭域的乃是'董东'。往昔已宽阔无边，如今更加一望无际。
去年、前年、更早之年头，杀了一只公野牛，
南方竹子是上品，但若不用铁器做包头，
竹子是不能射透者，若不用鹰羽来装配，
竹子不能射中野牛身。岩波是产羊地方，
皮口袋以豹子皮为最好，若不用针来穿透，
线经是不能连缀起来，线经若不能连缀起来，
皮口袋不能自己形成!"①

琼保·邦色（苏孜）是将藏蕃之地归并于吐蕃的功臣，并因此获得二万户的赏赐，这是琼保·邦色吐蕃联盟政权中主要的政治资本。因此，琼保·邦色的唱词首先是夸耀自己的功绩，如"孟哥之地有一虎，杀虎者，我苏孜也。

---

① 王尧、陈践：《敦煌本吐蕃历史文书》（增订本），民族出版社1992年版，第163页。

我把整只老虎献于上方……藏蕃牙帐之上方，白鹫在飞翔，射杀白鹫者，苏孜也"。这两句唱词均非空泛的比喻，而是隐含了两件事和琼保·邦色（苏孜）的两件功劳。这两件事在敦煌古藏文写卷本 P. T. 1287 中均有记载：其一，"此王（指囊日松赞）之时，有琼保·邦色者，割藏蕃小王马尔门之首级以藏蕃两万户来献，（其土地民户）均入于赞普掌握之中"①，琼保·邦色（苏孜）唱词中的"孟哥之地有一虎，杀虎者，我苏孜也。我把整只老虎献于上方"，显然是喻指这一事件。唱词中的"虎"，系指"藏蕃小王马尔门"；"把整只老虎献于上方"则是指将"藏蕃小王马尔门"所属之地民户整个献于吐蕃赞普。其二，"后，'蒙氏温布'对赞普兄弟不忠，而苏孜忠心耿耿，告发彼等之阴谋而揭露之，致令赞普兄弟未受伤害"②。琼保·邦色（苏孜）唱词中的"藏蕃牙帐之上方，白鹫在飞翔，射杀白鹫者，苏孜也"一句，显然是隐喻这一事件，"白鹫"暗指对赞普不忠的"蒙氏温布"；"射杀白鹫者，苏孜也"，则指因琼保·邦色（苏孜）的告发，"致令赞普兄弟未受伤害"一事。琼保·邦色（苏孜）接下来的唱词似乎是关于自然景物与动物的叙述，实际上却隐含了对新加入吐蕃联盟的苏毗豪族的挑衅意味，以及对自己曾参与征服苏毗的"勋劳"的夸耀。

尚囊的唱词表现得更为明朗化："南方竹子是上品，但若不用铁器做包头，竹子是不能射透者，若不用鹰羽来装配，竹子不能射中野牛身。岩波是产羊地方，皮口袋以豹子皮为最好，若不用针来穿透，线经是不能连缀起来，线经若不能连缀起来，皮口袋不能自己形成！"这同样是一段隐语，仍然借助于自然事物来隐喻和表达事理。意思是，如果只有你苏孜的功绩，而没有我苏毗降臣的功勋，吐蕃就不成其为今日模样。这是尚囊针对苏孜一味过分夸耀自己的功绩而做出的回应和反击。法国学者石泰安在《西藏的文明》一书中曾引用此两段歌词来说明隐喻在藏族古代诗歌中的独特表达方式。他指出："（藏族）古人在格言方面的才能，尤其是一大批隐喻在其中起了巨大作用。这些隐喻一般都是用于神秘的誓喻，我们可以认为这种艺术属于谜歌表演者

---

① 王尧、陈践：《敦煌本吐蕃历史文书》（增订本），民族出版社 1992 年版，第 162 页。
② 王尧、陈践：《敦煌本吐蕃历史文书》（增订本），民族出版社 1992 年版，第 163 页。

的传统范畴。"①

在种类繁多的藏族隐语中，有一种实物隐语②。如松赞干布收服象雄时发生过这么一件事情：松赞干布远嫁象雄的妹妹希望她哥哥进军象雄收服阿里，统一藏区，便通过吐蕃使者带给松赞干布一顶狐皮帽和三十枚绿松石，其寓意为若有志便佩戴绿松石征战象雄，若胆小怕事不敢征战象雄便请带上狐皮帽。③ 类似的实物隐语在藏族其他历史时期也屡次出现过，其中影响较大的有吐蕃末代赞普朗达玛时期的"圣僧图"（sdom - brtson - dam - pa）、五世达赖阿旺·罗桑嘉措时期的"靴子、羽毛和香的故事"（lham - sgro - spos - gsum）、甘丹颇章政府末期噶须曲坚尼玛屋角的"核桃和糌粑袋的故事"（starkha - dangrtsam - khug）等。

在《尘埃落定》第一章中，麦其土司从省城请来了黄特派员，并购买了快枪，准备以武力对付汪波土司，黄特派员则希望以和谈的方式解决双方之间的纠纷。当麦其土司派出了和谈的信使后，汪波土司却给黄特派员送来"一双漂亮的靴子"。作品写道：

> 黄特派员来了，说："我看我还是叫汪波土司来，我们一起开个会吧。"
>
> 父亲看看黄特派员，那张黄脸这时是一副很认真的神情。便吩咐管家："派出信使吧。"
>
> 信使很快回来了。殊不知，这时是上天正要使好运气落到麦其土司身上。汪波土司给"狗娘养的汉官"送来的不是回信，而是一双漂亮的靴子，明明白白是叫他滚蛋的意思。特派员不懂得这是什么意思，母亲则把这意思做了淋漓尽致的解释。
>
> 我们尊贵的客人给激怒了。
>
> 练兵场上的枪声一阵紧过一阵。这下，人人都知道我们要打仗了。

---

① ［法］石泰安：《西藏的文明》，耿昇译，西藏社会科学院西藏汉文文献编辑室编印本，第 274 页。

② 自 13 世纪古印度《诗镜》译成藏文后将隐语分为 16 类。（参见东噶·罗桑赤列：《诗学明鉴》，青海民族出版社 1982 年版，第 511 页）

③ 多布杰、拉巴群培：《藏族古代文学史》，拉先译，西藏人民出版社 2003 年版，第 12 页。

三天后，全副武装的那一排政府军士兵和我们的几百士兵到达了边境。①

另外，作为"谜语"，"德乌"也具有测验智力的功能。如松赞干布派噶尔·禄东赞前往唐朝向唐太宗请婚，唐太宗规定，进行智力竞赛，胜者将迎娶文成公主。禄东赞以其出众的才智最终获胜，这与吐蕃盛行"德乌"这一文化背景有一定关系。据藏文史书记载，禄东赞在长安期间，曾得到当地一位相当于"占卜师"的老妇人的指点。在当时，"德乌"不仅在青藏高原盛行，在中原或许也有流行。

3. "苯"（bon）

"苯"（bon）系古藏语，含有"吟唱""吟诵""祈请"或"默诵"咒语等意。斯内尔格罗夫（D. Snel Lgrove）认为，"苯"相当于古象雄语的"gyer"，意思是"吟诵"②。也有不少学者认为，"苯"是大食（stag-gzig，即波斯，今伊朗）语，意思是"根"或"根基"③，但苯教史学家南卡诺布等学者倾向于斯内尔格罗夫的说法。

当时的苯教徒主要是通过占卜、祈祷、修法、驱鬼等仪式来传播雍仲苯教思想，其传承形式一律为口传。自苯经产生以来，远古时期的口传文化开始在苯经里出现。如在雍仲苯教《寂静续》（zhi-rgyud）里就记载过苯教"万物源于五行"的说法："终生早于大劫（时间），无行早于终生，有为（世界、空间）先于无行，辛神先于有为，辛神发射五光，光晕形成五基。"④

原始苯教的仪式中充满了咒语、祈祷语和颂神词，这些咒语、祈祷语和颂神词是藏族远古时期的口传文化，也是藏族诗歌的源头之一。

咒语是语言神秘力量的呈现，是诗的先声。原始的巫术仪式都是在载歌载舞中完成的，这使咒语天然地带有节奏感和象征、隐喻、期望、满怀感情等特征。这些特征使咒语具有了诗的雏形。

① 阿来：《尘埃落定》，人民文学出版社 2001 年版，第 30 页。
② ［英］斯内尔格罗夫：《苯教九乘》，伦敦出版社 1967 年版，第 20 页。
③ ［俄］斯塔尼米尔·卡罗扬诺夫：《伊朗与西藏——对西藏苯教的考察》，冯晓平译，《西藏学刊》1991 年第 4 期，第 19 页。
④ 贡赛宁波：《象藏文明初探》，民族出版社 2004 年版，第 184 页。

祈祷语是献祭、膜拜活动中取悦于神灵给予美好结果的"好听话"。它的唱诵往往众口一声，口气庄重，语词精美，音韵和谐，曲调固定，有时还要起舞弄姿并用乐器伴奏。

颂神词往往歌舞并作，带有狂欢性质。在对神的赞美中，人们完善着语言的节奏，修饰着话语，调整着内容。于是，这种宗教的朗诵，也成为文学的朗诵；这种对神的赞美，往往也成为对诗歌的创造。

### 4. 阿来作品的人物形象及其英雄主义情结

阿来在对藏族口传文化的深入体悟中，触摸到了藏民族更为久远的文化遗传基因——英雄主义情结。他说："我当时写作就想表达我对过去时代的留恋。虽然过去似乎意味着落后，但那是一个盛产英雄的时代而且允许浪漫出现。这种浪漫不同于现实生活中调情那种浪漫，是一种精神气质鲜明的大浪漫。""我心中埋藏着英雄主义梦想的情结，这是我藏人血液中遗传的精神。"

如果说，藏传佛教彰显的是神性和对神的敬畏，并以虔诚、神秘、恐惧、忍让、约己、对虚幻世界的追求、对现实世界的逃避、对人性的约束为基调，那么，在民间传承的《格萨尔》英雄史诗所彰显的则是人性和对人性的张扬，以英雄气概、勇敢、积极进取、不畏强暴、敢爱敢恨等这样一些体现人性的因素和内容为基调。阿来更热衷于表达后者，如《奥达的马队》。由奥达牵头，由奥达、穷达、阿措和杂朵组成的马队像是古歌中传唱的英雄一样颠簸在去邦达丘克的路上，在去阿木措海子的路上，在去可洛寺院的路上……"驮脚汉总是过于自尊过于骄傲，从提出马缰，横披上毡毯，就无可更改地充任了只流传于古歌中的那种英雄。"他们一生和几匹漂亮的坐骑、和女人、和酒、和仗义的刀结下深厚的友谊，用刀和一些强悍的男人成为朋友或者敌人。小说虽然讲述的是驮脚汉的故事和茶马古道上一个马队的衰亡史，但作者却为这个故事注入了英雄主义的血液。

《尘埃落定》中的许多人物形象，都充满了史诗时代的精神气质和古朴粗犷的原始野性美。

首先是麦其土司，作为"一片大地上的王者"，麦其土司爽直老练、精明强干、开放乐观、积极进取、野心勃勃、不墨守成规。"他有一张坚定果敢的男人的脸"，打喷嚏"中气十足"，打着"很响的嗝"。对于敌手，"他是那种意到拳到的人物"。他使麦其家族成为所有土司中最富有和最强大的土司；他娶了一个汉族女人为妻；他对自己的两个儿子充满亲情；他将自己的亲弟弟和女儿送到国外学习；他不拒绝新的宗教教派和汉地思想的传入，同意英国传教士查尔斯在麦其领地上传教；他首先将新式枪炮及罂粟引入了麦其土司领地……同时，麦其土司又是一个专横的王，他杀死了"所有头人中最忠诚的"查查头人，原因是查查头人"就是不该有这么漂亮的老婆，同时，不该拥有那么多的银子，叫土司见了晚上睡不着觉"。面对贪欲和情欲，麦其土司毫不犹豫地进行了杀戮和抢夺，表现出一种无所顾忌的原始野性——杀其夫，霸其妻，夺其地，占其财。新教僧人翁波意西因为冒犯了土司的权威而被两次割掉舌头——麦其土司的权威和律法是容不得半点轻视或挑战的。如在小说第三章中，麦其土司因为引种罂粟而收获了大量的银子，需要扩建银库：

> 土司下令把地牢里的犯人再集中一下，腾出地方来放即将到手的大量银子。要把三个牢房里的人挤到另外几个牢房里去，实在是挤了一些。
>
> 有个在牢里关了二十多年的家伙不高兴了。他问自己宽宽敞敞地在一间屋子里待了这么多年，难道遇上了个比前一个土司还坏的土司吗？
>
> 这话立即就传到楼上了。
>
> 土司抿了口酒说："告诉他，不要倚老卖老，今后会有宽地方给他住。"
>
> 麦其就会有别的土司做梦都没有想到过的那么多银子，麦其家就要比历史上最富裕的土司都要富裕了。那个犯人并不知道这些，他说："不要告诉我明天是什么样子，现在天还没有亮，我却看到自己比天黑前过得坏了。"
>
> 土司听了这话，笑笑说："他看不到天亮了，好吧，叫行刑人来，打发他去个绝对宽敞的地方吧。"①

麦其土司一直是一个生机勃勃的人物。当"红色汉人"的队伍推进到麦其土司官寨时，"麦其土司没有更见苍老，虽然须发皆白，但他的眼睛却放射着疯狂的光芒。他一把抓住我，手上还能迸发出很大的力量"。"他说，本以

---

① 阿来：《尘埃落定》，人民文学出版社 2001 年版，第 102 页。

为就要平平淡淡死去了，想不到却赶上了这样一个好时候。他说，一个土司，一个高贵的人，就是要热热闹闹地死去才有意思。他拍拍我的肩膀说：'只是，我的傻瓜儿子当不成土司了。''我是最后一个麦其土司！'他冲着我大声喊道。"

其次是麦其土司的大儿子旦真贡布。大少爷同样是土司权威的固守者。他最喜欢的两样东西就是枪和女人，而这两样东西也喜欢他。战斗中的英雄在月光下"环舞"，"被哥哥牵着手的姑娘尖声叫着。叫声有些夸张，无非是要让大家知道，她和尊贵的英雄跳舞是多么光荣和快乐。人们为哥哥欢呼起来。他那张脸比平时更生动，比平时更显得神采飞扬，在篝火的辉映下闪闪发光"。争权夺利、骁勇善斗是旦真贡布的特点。打仗时，"哥哥十分勇敢，他一直冲在队伍的前面。他举着枪侧身跑动，银制的护身符在太阳下闪闪发光。他手中的枪一举，就有一个人从树上张开双臂鸟一样飞了出来，扑向大地的怀抱"。作为麦其土司的继承者，他专制、霸道，但绝不怯懦。面对仇家的复仇行动，他毫不惧怕，反而让仇人的后代看清自己的脸。这个精力充沛、强悍好色的王位继承人，从一开始就使其父麦其土司对他能否胜任王位感到困惑："聪明的儿子喜欢战争，喜欢女人，对权力有强烈的兴趣，但在重大的事情上没有足够的判断力。"

无论是麦其土司、大少爷旦真贡布，还是"傻子"少爷、土司太太，他们在走向生命的终点时，都不同程度地体现了对人间真爱的回归，表现出一种强烈的尊严感和命运归属感。他们坦然自若地面对死亡，即使成为复仇行刺的目标，也毫不畏缩。正如藏族谚语所说的："虽不是猛虎般的英雄，但也不是狐狸一样的懦夫。与其像狐狸拖着尾巴逃跑，不如像猛虎在战斗中死去……英雄战死在沙场，懦夫死在绝路上……真隐士，要老死洞中，好汉子，要战死沙场。"①

《尘埃落定》中还有一些部落英雄式的"铁血刚烈"而又"蛮勇过人"的人物，这些人物身上体现了那个时代特有的勇敢、忠诚、视死如归，以及嗜杀、好斗的行为风格，传达出一种重恩仇、轻生死的价值取向。这种行为风格在"傻子"少爷的亲信之一索郎泽郎身上表现得十分突出和鲜明。索郎泽

① 宋兴富：《藏族民间谚语》，巴蜀书社 2004 年版，第 36—37 页。

郎的第一次亮相是在"傻子"少爷——"我"少年时代指挥的一次围剿和烧烤野画眉的"战斗"中：

> 我又分派手下人，有的回寨子取火，有的上苹果树和梨树去折干枯的枝条，最机灵最胆大的就到厨房里偷盐。其他人留下来在冬天的果园中清扫积雪，我们必须要有一块生一堆野火和十来个人围火而坐的地方。偷盐的索郎泽郎算是我的亲信。他去得最快也来得最快。我接过盐，并且吩咐他，你也帮着扫雪吧。他就喘着粗气开始扫雪。他扫雪是用脚一下一下去踢，就这样，也比另外那些家伙快了很多。所以，当他故意把雪踢到我脸上，我也不怪罪他。即使是奴隶，有人也有权更被宠爱一点。对于一个统治者，这可以算是一条真理。是一条有用的真理。正是因为这个，我才容忍了眼下这种犯上的行为，被钻进脖子的雪弄得咯咯地笑了起来。
>
> 火很快生起来。大家都给那些画眉拔毛。索郎泽郎不先把画眉弄死就往下拔毛，活生生的小鸟在他手下吱吱惨叫。弄得人起一身鸡皮疙瘩，他却一副若无其事的样子。好在火上很快就飘出了使人心安的鸟肉香味。不一会儿，每人肚子里都装进了三五只画眉，野画眉。①

索郎泽郎与"傻子"虽为主仆关系，但从小就与"傻子"在一起，始终不离左右，是"傻子"最忠诚的家奴。小说中的索郎泽郎总是一个"喘着粗气的家伙"，他的笑声"像大盆倾倒出去的水哗哗作响"。"他真是一个爱枪的家伙，一沾到枪，他就脸上放光。他端着枪站在我身后，呼吸比寻常粗重多了。""索郎泽郎吃了这些东西，心满意足地打着嗝，又端着枪为我站岗。叫他去休息他怎么也不肯。"他像草原上的藏獒，一生忠诚于他的主人。"为洗主子的耻辱，他二话不说，带两支短枪，立即就上路了。他起码该回头看看我们，但他没有，倒是我一直望着他从我的视线里消失。"这一次，索郎泽朗"失去了一只手，还丢了一把枪"。"傻子"的妻子塔娜背弃"傻子"，跟着"白色汉人"跑了。"索郎泽郎大叫着要去追击"，"他从腰里掏出刀，对大家

---

① 阿来：《尘埃落定》，人民文学出版社 2001 年版，第 10 页。

晃一晃，冲下楼，拉一匹马，翻身上去，冲向远方，在早春干旱的土地上留下了一溜滚滚尘土"——"这个人铁了心要为主子而死。""这回，他丢掉的不是一只手，而是性命。他的胸口给手提机关枪打成了一面筛子。他们打死了我的小厮，打死了镇子上的税务官，把他的脸冲着天空绑在马背上，让识途的马把他驮了回来。路上，食肉的猛禽已经把他的脸糟蹋得不成样子了。"

索郎泽郎的眼中和心中只有"傻子"少爷一人，他也只忠诚于"傻子"。为了维护"傻子"的地位和尊严，他多次跳起来，大叫着要杀掉麦其土司和"傻子"不忠的妻子塔娜。"索郎泽郎大声地叫道：'少爷！难道你除了是傻子，还是个怕死的人吗？做不成土司就叫他们杀你好了！'""索郎泽郎是个危险的家伙。管家和师爷都说，这样的人，只有遇到我这样的主子才会受到重用。"

作品赋予了索郎泽郎勇敢无畏、忠诚不贰的品格，也描写了他粗犷豪爽、嗜杀好斗的性格特征。在小说第一章中，"我"带着两个小厮到行刑人家里参观"刑具室"：

> 我们参观的第一个房间是刑具室。最先是皮鞭，生牛皮的，熟牛皮的，藤条的，里面编进了金线的，等等，不一而足。这些东西都是历代麦其土司们赏给行刑人的。再往下是各种刀子，每一种不同大小，不同形状的刀子可不是为了好看，针对人体的各个部位有着各自的妙用。宽而薄的，对人的颈子特别合适。窄而长的，很方便就可以穿过肋骨抵达里面一个个热腾腾的器官。比新月还弯的那一种，适合对付一个人的膝盖。接下来还有好多东西。比如专门挖眼睛的勺子。再比如一种牙托，可以治牙病，但也可以叫人一下子失去全部牙齿。这样的东西装满了整整一个房间。
>
> 索郎泽郎很喜欢这些东西。他对小尔依说："可以随便杀人，太过瘾了。"
>
> 小尔依说："杀人是很痛苦的，那些人犯了法，可他们又不是行刑人的仇人。"小尔依看了我一眼，小声地说，"再说，杀了的人里也有冤枉的。"
>
> 我问："你怎么知道。"
>
> 麦其家将来的行刑人回答："我不知道，我还没有杀过人。但长辈们都说有。"

> 我的收税官（索郎泽郎）是个性子暴躁的人。他一直有着杀人的欲望，一直对他的好朋友尔依生下来就是杀人的人十分羡慕。他曾经说，尔依生下来就是行刑人，一个人生下来就是什么而不是什么是不公平的。于是有人问他，是不是土司生下来就是土司也是不公平的？他才不敢再说什么了。管家曾建议我杀掉他。我相信他的忠诚，没有答应。

与索郎泽郎类似的人物，还有汪波土司派来的使者以及用耳朵偷取罂粟种子的那些勇士。这些人物虽然只是各为其主，但都表现出视死如归的英雄气概。那位使者因为不卑不亢、大声抗辩而冒犯了麦其土司的尊严，因此被割掉了一只耳朵："火光下，腰刀窄窄的冷光一闪，一只耳朵就落在地上，沾满了泥巴……那人从容地从地上捡起自己的耳朵，吹去上面的灰尘，这才鞠了一躬，退出去了。"被汪波土司派来偷取罂粟种子的那些好汉，虽然无一例外被麦其土司砍了头，但他们在临刑前表现出来的勇敢、无畏和对自己主子的忠诚，甚至使麦其家的大少爷心中升起英雄相惜之感。"通常，砍掉的人头都是脸朝下，啃一口泥巴在嘴里。这个头却没有，他的脸向着天空。眼睛闪闪发光，嘴角还有点含讥带讽的微笑。我觉得那是胜利者的笑容。"[1]

多吉罗布兄弟的复仇也是沿袭了一种古老的习惯，遵循了约定俗成的复仇规则——有仇必报，光明正大，不暗地里下黑手。"麦其土司利用了他们的父亲，又杀死了他们的父亲，他们的复仇天经地义，是规则规定了的。"即使不是天生的杀手，也要活着为亲人复仇。这种复仇，"不仅是要杀人，而且要叫被杀的人知道是哪一个复仇者所杀"。麦其家勇于面对复仇是规矩，多吉罗布兄弟即使心中没有足够的仇恨，也必须复仇，这也是规矩。他们总是徘徊在仇恨、良知、规矩之间而使复仇一直处在一种犹豫不决的矛盾和痛苦状态中。

血亲复仇，既表现了人性中愚顽残酷的一面，又传达出一种部落时代的原始的英雄主义观。"由于藏族部落成员的强悍、尚武，以及较重的本位观念，部落间容易结成冤仇。藏族有句谚语：'有仇不报是狐狸，问语不答是哑巴。'反映了对复仇观念的认同，部落之间一旦有了冤仇，就要千方百计地进

---

① 阿来：《尘埃落定》，人民文学出版社 2001 年版，第 125 页。

行复仇。"① 部落时代虽然已成为历史，但部落复仇"情结"却作为一种文化心理遗存在超时空地运转着。

《尘埃落定》所塑造的这些充满英雄气概的人物，从文化血缘上看，正是对藏族远古时代所崇尚的血性刚烈、爱憎分明和蛮勇过人的精神气质的传承。这种原始的力度感、古朴的道义感、自尊自强勇敢无畏的品格、追求财富追求美好生活的信念、超越一切的圣洁和庄严、专情和敬仰悲壮牺牲的献身精神，与藏族民间广为流传的《格萨尔》史诗的精神气质互为表里。

《尘埃落定》展示的不仅仅是一个地理空间，也是某种精神、文化或心理上的空间，整部小说始终弥漫着凝重又飘忽的沧桑感，透过字面，我们也强烈地触摸到了一股具有社会历史溶解力的精神潜流。在今天这样一个信仰失落、英雄退隐、崇高躲避、精神贬值的时代，我们在许多文学作品中已难以觅见信仰、崇高、英雄的踪影。但阿来怀念那个敬仰神灵、崇尚英雄的浪漫时代，《尘埃落定》使这种怀念成为永恒。

### 5. "阿古顿巴"式的民间智慧

《尘埃落定》中的"傻子"形象渊源于藏族口传文学中的民间智慧人物阿古顿巴，是阿来对自己熟悉的藏族民间文化资源的就地取材。阿来说："我在写《尘埃落定》中傻子的形象时，就学习了阿古顿巴那种简单的思维和方式……这就是民间文学的方式，这对于我们当下的创作也许能够提供启示性的作用和有效的借鉴。"②

作为藏族民间故事中的智者，阿古顿巴是民间口头创作出来的人物，代表着民众的愿望，体现着民间话语。阿来说，《尘埃落定》"这本书来自于藏文化和藏族这个大家庭中的嘉绒藏族的历史，与藏民族民间的集体记忆与表达方式之间有着必然渊源"。"阿古顿巴这个形象与麦其家的二少爷，有着某种相通的东西，一种一脉相承的精神血流。"在很大程度上说，"傻子"少爷就是阿古顿巴的现代化身。在《尘埃落定》写作中，需要一个能够超越一般历史真实与生活真实层面的故事，也需要一个能置身一切进程之中同时又能随时随地超然物外的人物，于是，"在塑造傻子少爷这个形象时，我想到了多

① 陈庆英：《藏族部落研究》，中国藏学出版社1996年版，第282页。
② 阿来：《文学创作中的民间文化元素》，《解放日报》2007年2月25日，第7版。

年以前，在短篇小说中描绘过的那个民间的智者阿古顿巴……于是，我大致找到了塑造傻子少爷的方法，那就是老百姓塑造阿古顿巴这个民间智者的大致方法"①。那个"憨厚而又聪明的阿古顿巴；面目庸常而身上时时有灵光闪现的阿古顿巴"。阿来说："我的傻子少爷大部分时候随波逐流，生活在习俗与历史的巨大惯性中间，他只是偶尔灵光闪现，从最简单的地方提出最本质最致命的问题。"

"傻子"形象与阿古顿巴所代表的藏族民间智慧有着深切的联系，这是一种原生态的存在方式。他的机智、幽默，他的笨拙、痴傻，有民间故事中老实人捉弄聪明人的拙朴的影子，也有民间故事中"傻人有傻福"的影子。"傻子"在对世事一次次看似玩笑的决定中，一步步构建出他所拥有的现实世界，这种智慧贵在以柔克刚，贵在以无招胜有招，贵在笨，而胜在无知无觉。

首先，无论是"傻子"，还是阿古顿巴，都体现了一种对返璞归真、大智若愚式智慧的推崇。正如阿来在《文学表达的民间资源》一文中所说的，阿古顿巴从来没有复杂的计谋和深奥的盘算，他用聪明人最始料不及的简单破解一切复杂的机关。在藏族民间故事《三不会的雇工》《佛爷吃糌粑》《贪心的大商人》②中，阿古顿巴或巧斗财主，或智取粮食，或惩治奸商，表现了民间机智人物的智慧。比如，在《三不会的雇工》里，阿古顿巴与领主谈当雇工的条件，说他一不会给山剃头，二不会背大海，三不能把一年积下来的活一天干完，除此三项，其他都行。如果领主要半途辞退自己，就得付出一年工钱。领主同意了他的条件。结果，叫他上山砍柴，阿古顿巴不干，说这是"给山剃头"；叫他下河背水，他也不干，说这是"背大海"；叫他运粪，他说这是"一年积下来的活一天干完"，他干不了。这下子把领主气昏了，要辞退他。但半途辞退，要付一年工钱。无可奈何之下，领主只好让他白白拿走一年工钱。

将复杂问题简单化，从最简单的地方提出最本质、最致命的问题，这是民间看待事物的方法和人生的基本态度。在《尘埃落定》中，"傻子"在很多时候做出的决定，看似只凭感觉，而实际上是基于他对事态发展以及世道人

---

① 阿来：《文学表达的民间资源》，《民族文学研究》2001年第3期，第3—5页。

② 廖东凡、贾湘云：《西藏民间故事选》，西藏人民出版社1984年版，第339—367页。

心的洞若观火。因为是"傻子",他经常被置于远离风口浪尖的旁观者的位置。所谓当局者迷,旁观者清,"傻子"在大事情上总比别人看得远,也比别人看得清楚。比如,在种罂粟还是种粮食的问题上,在打军事战争还是打麦子战争的问题上,"傻子"都做出了正确的判断和行动,因而使麦其土司不断走向强大。他将哥哥在边界上筑起的御敌堡垒变成了一个开放的贸易市场。在土司王位继承人的问题上,"傻子"若有意若无意地采取了全身避祸、以退为进的策略。哥哥虽然获得了土司王位继位权,却成为多吉罗布复仇的目标,为自己引来了杀身之祸。正如翁波意西所说:"都说少爷是傻子,可我要说你是个聪明人,因为傻才聪明。"

其次,无论是阿古顿巴,还是"傻子"形象,都富有喜剧色彩。民间文学的创作者们往往通过一个个短小精悍的故事,采取讽刺、幽默、诙谐的手法,使故事中的"小人物"从劣势变为优势,转危为安,变忧为喜,让听众产生一种"山重水复疑无路,柳暗花明又一村"的愉悦感。他们也常常利用头人、领主、奸商们自以为是和爱讲排场的心理,巧妙引导,使其陷入难堪境地而无地自容。例如在《吹吹我》中,有一位爱讲排场的头人,他本来只有一个庄园,却要在别人面前说成十个;本来连一个藏文字母都不认识,却要在别人面前夸耀自己才高学广,精通各种经文。他让阿古顿巴在他生日的时候在客人面前"吹吹"他,阿古顿巴答应下来了。当门庭若市、宾客满堂的时候,阿古顿巴对着头人的脸,使劲吹了起来。逗得大家哄堂大笑,头人面红耳赤。

这种喜剧手法无疑为阿来所继承。在《尘埃落定》中,阿来将愚与智的矛盾集于"傻子"一身,使"傻子"形象具有了喜剧性特点。文中的"傻子"——"我"是土司醉酒后与土司太太所生。"一个月我坚决不笑。两个月时任何人都不能使我的双眼对任何呼唤做出反应。土司父亲像他平常发布命令一样对他的儿子说:'对我笑一个吧。'见没有反应,他一改温和的口吻,十分严厉地说:'对我笑一个,笑啊,你听到了吗?'他那模样真是好笑。我一咧嘴,一汪涎水从嘴角掉了下来。"① 种种迹象表明,"我"是一个十足的傻子,并且在外表上也表现得比任何人都傻,如果谁说"我"不傻,"我"还

① 阿来:《尘埃落定》,人民文学出版社 2001 年版,第 5 页。

向父亲老土司告状，说别人不把"我"当傻子看待。"我"被视为傻子，"我"的话常常被聪明人视为不合逻辑、不合时宜、不通事理，但"我"在面对重大事件时的"惊人之举"和奇思异想，反而使"我"在矛盾斗争中始终处于优势。这种异于常人的思维与行为使得傻子这一人物形象具有了充分的喜剧色彩。瑞士心理学家荣格曾把创作过程归结为"包含着对某一原型意象的无意识的激活，以及将该意象精雕细琢地铸就到整个作品中去"。对文学的理解决定了阿来对于文化传统的选择与继承。他说："我生于民间，长于民间，知道在藏民族的日常生活中，强大的官方话语、宗教话语并没有淹没一切。在这里，我必须说，不是我开掘了这个宝库，而是命运给了我这无比丰厚的馈赠。""民间传说那种在现实世界与幻想世界之间自由穿越的方式，给了我启发，给了我自由，给了我无限的表达空间。"①

《尘埃落定》继承了深厚的藏文学文化传统，也表现出对这种传统的审视和反思。阿来认为，在全球化背景下，不断地进行文化"自新"运动，提高对新事物、新知识、新的思想方法的认知能力和表达能力，已经成为人们必须面对的现实。他说："中国的很多少数民族有语言没有文字，另一些民族虽然有文字，但这些文字本身没有随着时代的发展而变革，这样就日益与现实生活脱节。典雅，同时封闭；丰厚，同时失语。很不幸，在我自己的本族文字就面临这样一种状况。她那么专注于宗教神秘奥义的发掘与思辨，那么华丽繁复庄严地高高在上，却缺少对人生与鲜活世态的关注与表现，在日渐退守的过程中，她又变得十分敏感，而使人遗憾的是，这种敏感，不是对变化，而是对自尊。"②

在《尘埃落定》中，阿来一方面为我们呈现了宗教文化的无所不在，另一方面也表达了教义正在失去活力的悲哀。宗教能超越日常生活，却无法超越历史。济嘎活佛、门巴喇嘛所代表的宗教的世俗化、翁波意西改革宗教的失败、奶娘德钦旺姆朝圣归来后遭遇的白眼，等等，这一切都暗示了传统文化逐渐走向衰亡的命运。

在浓郁的宗教氛围中成长起来的阿来不仅对源自传统的信仰感到迷惘，

① 阿来：《文学表达的民间资源》，《民族文学研究》2001 年第 3 期，第 3—5 页。
② 阿来：《汉语：多元文化共建的公共语言》，《当代文坛》2006 年第 1 期，第 18—20 页。

而且在作品中表现了信仰与理性的冲突。这种心理冲突，在翁波意西身上得到集中的体现。翁波意西在麦其土司的领地上传播新教失败，他不仅遭到土司律法的摧残——被两次割掉舌头，而且受到其他教派的排挤和陷害。这"促使他整整一个冬天都在想一些问题。本来，那样的问题是不该由僧人来想，但他还是禁不住想了。想了这些问题，他心里已经没有多少对别的教派的仇恨了。但他还必须面对别的教派的信徒对他的仇恨。最后他问：'为什么宗教没有教会我们爱，而教会了我们恨？'"①翁波意西的结局是世俗力量对佛法的嘲弄。阿来正是在这种信仰的迷惘中，对藏族的宗教文化之根进行了深入的挖掘。信仰与理性、迷幻天国与现代文明的冲突一直是阿来小说表现的重要内容。但是，阿来对传统信仰的质疑，并不是要对藏族的宗教文化进行批判或否定，而是在思考传统文化在现代文明进程中如何发展和生存的问题。阿来说："文化是发展的结果而不是固守的结果……特别是在全球化进程日益加剧的今天，任何民族都不可能闭关自守。我们只有采取更加积极开放的态度融入当代社会，才能有效地自我发展和自我保护。只有这样，藏文化才能够得以发展而不至于仅仅被别人当成文化化石来瞻仰。"②

# 第二节 《尘埃落定》与汉文学文化传统

## 一、阿来的汉语阅读

从本书的第一章中，我们知道，因为不懂藏语书面语，阿来的母语文化传承主要来自于藏语口语和自幼耳濡目染的嘉绒民间文化土壤——民间文化资源。他说："我们讲汉语的时候，是聆听，是学习，汉语所代表的是文件，是报纸，是课本，是电视，是城镇，是官方，是科学，是一切新奇而强大的东西；而藏语里头的那些东西，都是与生俱来的，是宗教，是游牧，是农耕，是

---

① 阿来：《尘埃落定》，人民文学出版社 2001 年版，第 153 页。
② 刘柳：《解读阿来的藏族情结》，《中外文化交流》2003 年第 8 期，第 28—29 页。

老百姓，是家长里短，是民间传说，是回忆，是情感。"① 阿来的汉语言文化传承主要来自他在学校里的汉语学习。值得关注的一个现象是，阿来的藏语学习和汉语学习似乎都有一个断面：一是藏语口语与藏语书面语的断裂——"正规的藏语文字和本地方言很少有相似之处"②；二是汉语书面语与汉语口语的断裂。也就是说，阿来似乎是从藏语口语直接进入汉语书面语的——从语言习得的角度看，一个人童年的语言习惯和思维方式往往会影响其一生。正是这种在藏语口语和汉语书面语之间不断地"穿行"，使阿来的汉语创作呈现出汉语书面语表达方式与藏语口语思维习惯及其表达方式的有效嫁接，这也形成了阿来小说所特有的融原始与现代、质朴与典雅、藏语思维和汉语表述于一体的语言风格。

阿来的汉语言学养更多地来自于他的汉语阅读。在还是一个"用汉语授课"的乡村教师时，阿来就"沉溺于音乐，沉溺于阅读"。阿来的阅读面十分宽泛，而且收获颇丰——这从他对汉语言的驾轻就熟就可以感受到。阿来广泛阅读了汉语的现当代书面经典，"还用相当的时间大量阅读我国的先秦文学，诸子百家，初唐以来的诗歌和明清小说"。他说："一个在中国这块土地上成长的作家，要是对我国的古典文学一无所知，他的作品必然是浅薄的，因为他站在自己的土地上，不知道这块土地上过去到底种过什么，那么对今后的耕种至少他是茫然的，艺术品位上也就达不到想要达到的高度。"③ "其中最大的一个幸运，就是从创作之初就与许多当代西方作家的成功作品在汉语中相逢。"④ 在阿来进行文学创作的那些年代以及之后的许多时间里，已有很多藏语书面经典被不断地翻译成了汉语，与很多人一样，阿来也是通过汉语阅读和学习藏语书面经典的。

大量的阅读最终会导致有意识的借鉴与模仿。

作为用汉语言文字创作的藏族作家，阿来的文学创作深受汉语言文化传统的滋养，这是毋庸置疑的——《尘埃落定》获得汉语言文学的最高奖

① 阿来：《汉语：多元文化共建的公共语言》，《当代文坛》2006 年第 1 期，第 18—20 页。
② 阿来：《阿来文集·中短篇小说卷》，人民文学出版社 2001 年版，第 419 页。
③ 索朗：《阿来的文学与生活》，藏人文化网（http：//wx. tibetcul. com/zhuanti/zf/200712/10572.html），2017 年 12 月 29 日。
④ 阿来：《阿坝阿来》，中国工人出版社 2004 年版，第 157—159 页。

项——茅盾文学奖，说明阿来的汉语创作"达到了很高的水准"。

阿来在汉语创作方面获得的巨大成功，甚至引发了人们对其藏族作家身份的质疑。

有论者认为，"文学上的阿来依然是属于'汉文学'中的'纯文学'的"。"阿来算得上是一位典型的'纯文学'作家"，"而非'藏族作家'"。具体理由可归纳如下：第一，阿来的藏族身份"背后并没有相应的藏族文化和文学传统"。第二，"阿来的文学才能和他在当代文坛的地位与他的藏族血统并没有必然的联系。"第三，"无论是从宗教信仰还是生活方式上，阿来都与中心地区的藏人相对疏离，文化上缺乏精深的滋养，立场上更有意'超越'。"第四，"哺育其成长的文学资源来自于'纯文学'的知识谱系。"第五，"阿来与其所属的族群缺乏那种具有深切悲情意味的'同在感'。"第六，"和马原、余华等作家一样，阿来也是喝'狼奶'长大的，他开出的一大串书单也是外国文学作家。"第七，"纯文学"刺激了阿来的"文学灵性"，"打开了他看西方的文学视野，同时也封闭了其前辈作家惯常的从政治经济社会制度等宏观视野看问题的方法，甚至是思考的欲望"。第八，"阿来只能用'纯文学'的方法想象西藏的百年变迁史"……

论者一方面对阿来的"藏族作家"身份及其文化根基提出质疑；另一方面又承认，与"外来者"——"汉人马原"相比，阿来在"'写什么'方面得天独厚"，"他身后有着高大的雪山和不灭的神灵"。论者还对阿来提出忠告："他应该以更单纯的作家身份写作，以在他看来有着'最悠深最伟大'传统的汉语文学传承者的身份，立足中国，走向世界。"①

也有论者据此提出了"阿来的民族文化身份认定的问题"，认为，阿来"基本上是从小就失去本民族文化记忆而完全汉化了的当代藏边青年"，阿来"在尚未自觉其文化归属的情况下贸然发力，试图以长篇小说的形式对复杂的汉藏文化交界地人们几十年的生活做文化与历史的宏观把握"②。

以上结论，在某种程度上体现了一种文化"中心主义"的"盲目优越感"

---

① 邵燕君：《"纯文学"方法与史诗叙事的困境——以阿来〈空山〉为例》，《文艺争鸣》2009年第2期，第18—24页。

② 郜元宝：《不够破碎——读阿来短篇近作所想到的》，《文艺争鸣》2008年第2期，第118—121页。

和对中国多民族文学历史与现状的漠视，也反映了论者对"藏族文化和文学传统"的陌生，以及对藏族"宗教信仰和生活方式"的陌生；反映了论者对处于"地理和文化过渡地带"的嘉绒藏区的陌生，以及对多民族接壤杂居地区语言文化杂糅现象的陌生。

在这里，笔者无意讨论"纯文学"的问题，也无意以"纯文学"的"标准"考察阿来的作品。但有一点应该是十分明显的——论者显然是站在单一的文化立场上，以汉语思维习惯来阅读阿来作品的。阿来创作的"文学资源"或许"来自于'纯文学'的知识谱系"，但"哺育其成长的"却是嘉绒大地的地理、历史、社会生活、文化心理，以及有着深厚的藏文化传承与积淀的嘉绒藏区的民间文化资源——阿来有 36 年生活在其称之为"肉体与精神原乡的山水之间"。36 年的生活积累、文化感受以及"文化记忆"，是"阿来在'写什么'方面得天独厚"的创作资源。

世界是群体的，但更是个体的。每个个体都生活在特定的、有限的时空环境和关系里，都拥有各自特定的文化心理状态。所以，很难在公共的语言中寻求个体的"家园"，"家园"在个体的心灵里。文学艺术的意义就在于它直接诉诸这个既普遍又大有差异的心灵，而不只是具有普遍性的科学认识和理论准则。

马克斯·韦伯认为，人是悬在由他自己所编织的意义之网中的动物。美国人类学家克利福德·格尔兹从韦伯的观点中引申出了文化的定义，认为文化就是一些由人自己编织的意义之网，因此，对文化的分析不是一种寻求规律的实验科学，而是一种探求意义的解释科学。阿来在一篇文章中认为，"原创性的文学表达本身必然地成长于种种局限中间"，作家的文学创作必然要面对"语言与形式的局限"，也要面对"思想资源的局限"，是"局限下的写作"。① 当然，任何文学批评也都是"局限下"的批评。

正如论者所说的，阿来是"汉藏文化交界地"的"藏边青年"。这个"交界地"是阿来的成长地，也是其文学的发生地。这个"交界地"虽然处在"与中心地区的藏人相对疏离"的藏文化的边缘地带，在"文化归属"上虽然有些暧昧难明，但我们却很难无视这种"交界地"的客观存在，更不能无视

---

① 阿来：《局限下的写作》，《当代文坛》2007 年第 3 期，第 129—131 页。

生活于"交界地"的人们真实的生存状态——在当今这样一个全球化的时代，"交界地"已经成为一种普遍性存在。作家的文学创作固然会受到一些"知识谱系"的深刻影响，但文学是植根于生活的。出生、成长于"交界地"的作家也并不一定要向所谓的"中心"或"纯文学"靠拢。阿来说："长期以来，大家都忽略了青藏高原地理与藏文化多样性的存在。忽略了在藏区东北部就像大地阶梯一样的一个过渡地带的存在。我想呈现的就是这被忽略的存在。她就是我的家乡，我精神与肉体的双重故乡。"①

批评者在构建某种话语模式时，有时候往往更热衷于罗织一些一分为二、非此即彼的价值体系和评判标准。这种话语模式的特点之一，就是用一分为二的世界观和方法论将世界"劈成两半：一半是善，一半是恶；一半是好，一半是坏；一半是高尚，一半是卑微；一半是先进，一半是落后。对待这两半的态度，也分为两个部分：一半是爱，一半是恨。这个世界从此失去了中间的过渡部分"。这些"过渡部分"，"就像海滩的湿地一样，连接着陆地和海洋。那些湿地动物……可以惬意、自然地生活在这种湿地里。湿地是一种机制，在自然界里，它造成了生物状态的多样性存在"②。地理学家将湿地比作赋予自然界生命活力的"地球之肾"。其实，在许多的时候，我们更需要在心灵世界中保有这样的一片"湿地"。这片"湿地"，可以是一种文化之间或心灵上的缓冲地带，也可以是对自己还不十分了解的文化与历史的一种宽容态度和深入实际的考察能力，而非运用已掌握的某种"武器"或方法对事物进行简单、轻率、随意切割的能力。否则，我们往往会得出这样一些非此即彼、似是而非的结论："藏边青年"＝"完全汉化了"；因为哺育其成长的"文学资源"来自于"汉文学"中的"纯文学""知识谱系"，所以其"非'藏族作家'"；因为"与中心地区的藏人相对疏离"，在创作立场上又"有意'超越'"藏族的"宗教信仰"和"生活方式"，所以其"非'藏族作家'"；如果不能是纯粹意义上的"藏族作家"，那就"依然是属于'汉文学'中的'纯文学'"作家；如果作家在创作上"与其所属的族群缺乏那种具有深切悲情意味的

---

① 阿来：《阿来文集·诗文卷》，人民文学出版社 2001 年版，第 144—145 页。
② 王琦：《阿来的秘密花——〈空山〉的超界信息解读》，《当代作家评论》2007 年第 1 期，第 85—94 页。

'同在感'"，那么，这个作家就不能算作是这个"族群"的作家；如果一个作家没有"自觉其文化归属"，就不要"贸然发力"；如果作家在创作中没有赞美"新社会"和弘扬"社会主义革命的社会改造力量"，那么作家的"政治立场"就是"去政治化""去革命化"，就是"对一切政治和现代化入侵的断然拒斥"，以及"对'新社会'的一切都采取了拒绝姿态"；如果作家"无力"承担"史诗叙事"，就最好选择"'纯文学'方法"①……

从本质意义上讲，无论是在文学之内，还是在文学之外，每个人表达的永远是自己。考察文化差异，不仅依赖于思想、理论的锐度，更依赖于心灵的宽度，还需要足够的真诚。

阿来的家乡——嘉绒藏区在历史上就是一个多民族混合杂居的地区，也是汉藏文化生态板块的接壤地带，是一个多种民族文化混合杂糅的多元文化生态区。在地理或政治关系上，"嘉绒"是"边缘的边缘"；在文化上，"嘉绒"是典型的文化杂化地区。生存决定意识。正是在这样的文化背景下，阿来天然地获得了语言文化的双栖姿态与多元文化视野。阿来的汉语创作文本，在内容和形式上虽然与"纯粹"意义上的藏文学相去甚远，但也绝非"'汉文学'中的'纯文学'"，而是融合了多元文化的复合文本。

不同民族文学之间关系的研究，从根本上讲是跨越不同的文学与文化系统的研究。这些由民族性决定的不同文学和文化系统，显示出各个民族文学在审美理想、审美尺度和审美视觉方面的相对独立性。这种相对独立性既具有历史成因，也有现实基础，从而使得各个民族文学之间显示为本质上的某种相互平行关系……任何文学作品或者作家的存在，从来都不是孤立的，而是包含于特定民族的文化与文学系统之中的。如果从这样的角度出发，研究不同民族文学之间的影响，就不能仅仅局限于实证性研究，而必须深入到具体作品之中厘清其在审美风格和民族性格方面的内在联系，就应该注意到特定时代为这种联系提供了哪些条件。不同民族的文学之间，在审美情趣、文学风格和样式方面，都会有或多

---

① 邵燕君：《"纯文学"方法与史诗叙事的困境——以阿来〈空山〉为例》，《文艺争鸣》2009年第2期，第18—24页。

或少的区别。每个民族的文学，都会有为其他民族所没有，且可以为其他民族提供借鉴的方面。①

阿来小说对于历史、现实、人生的阐释方式，及其独特的诗性品质和史诗风格，总体上呈现为嘉绒藏文化与汉语言文化相互交织融合的状态。由于身处汉藏文化的接合部并拥有双语文化背景，阿来的汉语创作一直处在两种语言文化的比较视野中——汉藏两种语言文化之间相互形成平行互动的"干扰因子"。虽然是使用汉语创作，但由于受藏语表达方式、藏文化心理和思维习惯的影响，阿来作品中的汉语语法、汉语思维、汉语表达方式、汉语思想资源等无一例外地发生偏离或被改造。

## 二、阿来的汉语表达

这个问题，笔者在本书第三章"第三空间语言"中已做了较为详尽的阐述。阿来小说最显著的特点是用最基本的汉语表述最基本的事实——行为和直觉。有评论家认为，《尘埃落定》"洗去了汉语几千年来的文化背景"，是"基本语言的叙事"，是对深受西方语言"浸渗"的"大工业文明下的语境的彻底洗白"。这种语言呈现出一种简单化风格和"退守"状态，也体现出一种"去意识形态化""去政治化""去革命化"的特点。在多语言混合的语境中，阿来的汉语表达整体上趋于直觉化和形象化，汉语的语言结构也呈现简化趋势。这种语言风格，在一定程度上是由于文化差异、语言差异、文化心理差异带来的"异质感"与"疏离感"造成的；另外，也与阿来对藏语言文化的选择性继承有关——阿来借助藏族民间口传文学的表达习惯和思维方式对汉语言复杂的语义系统进行还原，使汉语回到一种原初或本真状态。

阿来更关注文学创作中的民间文化元素及其表达方式，特别是藏族民间的口传文学。口传文学是相对于书面文学和作家文学而言的，是在老百姓中间口耳相传的活形态的文学。在藏族民间，有一个非常强大的口传文学传统，这些口头传统体系庞杂、内容丰富，蕴含了遥远的地方性知识体系和鲜活的

---

① 扎拉嘎：《中国各民族文学"你中有我，我中有你"格局的形成与发展》，郎樱、扎拉嘎主编《中国各民族文学关系研究·先秦至唐宋卷》，贵州人民出版社 2005 年版，前言第 7 页。

民间文化资源。阿来说："在我的经验中，我们很可能从'民间'学到的东西，就是他们看待事物的方法和人生的基本态度。我觉得，假如在文学创作中找不到对现实问题的合理的解决方案的时候，民间的态度或方法也许能够提供有益的启示。"①

首先，民间文学不仅是一种文学创作的"题材资源"，而且在认识论和方法论上给人们以启迪。民间文学中"有着大量的把复杂的事情变得简单的智慧"，如在藏族民间广为流传的阿古顿巴的故事：

> 在西藏的每一个地区都有关于这个人的故事，但这个人肯定是没有存在过的。在整个藏区，如果要把所有关于阿古顿巴的故事搜集起来，可能有上万。不同的地区，不同的村庄，不同的人群里面都有关于阿古顿巴不同的故事。这些故事都有一个相同的特点，那就是他是真正代表民间的。比如说，《阿古顿巴让国王变成了一只落汤鸡》，这时候阿古顿巴是与掌握最高权力的国王在作对；另一个故事叫《让庄园主疯掉的阿古顿巴》，这里是与有财富的人作对；第三个故事叫《愚弄一个喇嘛的阿古顿巴》。大家知道，西藏在 20 世纪 50 年代以前，世俗的权力由噶厦政府来掌握，财富的权力由庄园主来掌握，话语权则由喇嘛来掌握。在这些小故事里，阿古顿巴作为民间塑造的一个人物挑战了所有的权力，而大多数关于阿古顿巴的故事都采用了这种故事模型。这些故事都是针对当地的权力阶层提出问题的。很显然，这是符合我们关于民间的想象的。但这还只是民间故事，在立场上是完全站在民间的，用我们今天的话来讲是完全站在弱势群体这一边的，要智慧没有智慧，要权力没有权力，要财富没有财富，所以这是一个弱势群体的代言人。
>
> 但阿古顿巴在故事中挑战这些权势时，与我们想象的不一样，他不是处于非常悲惨的境地、率领人们揭竿而起的老百姓，也没有不断地控诉苦难。在所有这些故事当中，代表民间的阿古顿巴都是胜利者，在斗

---

① 阿来：《文学创作中的民间文化元素》，此文是阿来于 2006 年 1 月 25 日在上海作协举办的"东方讲坛·城市文学讲坛系列讲座"上的演讲。转引自中国民族文学网（http://www.iel.org.cn）。

争中他从来没有失败过。而那些故事中的方法总是能给我们一些启示。
与财主斗争，你没有他那么多的钱，与国王斗争，你没有他那么大的权
力，与有学问的人斗争，你没有他那么多的学问。然而，民间思维认为，
掌握权力的人会把权力变成一种很复杂的游戏，掌握财富的人会把财富
变成很复杂的游戏，掌握学问的人，他们也会把学问变成很复杂的游戏。
这些人在把很多东西过于复杂化之后，自己便绕在迷宫里出不来了。有
了这样一个认识之后，老百姓就会用最简单的方式来解决问题……在一
系列阿古顿巴的故事里，有着大量的把复杂的事情变得简单的智慧。我
们在解决一些复杂的问题的时候，是不是也可以采用一些这样的简单思
维呢？这样的方式，在我们已有的文学经验中是寻找不到的。我在写
《尘埃落定》中傻子的形象时，就学习了阿古顿巴那种简单的思维和方
式。我在想，当所有事情都变得复杂的时候，我能不能把它变得简单一
点？这就是民间文学的方式，这对于我们当下的创作也许能够提供一些
启示性的作用和有效的借鉴。①

　　其次，民间文学追求一种很直接、很简练的表达，不过分地进行语言的
雕琢，也不过分地追求形式的变异。相对于民间口传文学而言，书面文学或
书面经典中往往积淀着复杂的意义系统，也往往被各种意义系统的硬壳所包
裹，而且蕴含着将简单的事情复杂化的趣好。民间文学不像作家文学那样，
一开始就面对着长期积累起来的复杂的语义系统，更多的时候是直接面对事
件与事物本身，这造就了民间文学的直接性。

　　一直以来，民间文学都是各种书面文学样式的源头活水。例如，我国汉
语言文学传统中的诗、词、曲、小说等，最早都产生于民间，而且都以说唱
的形式在民间长期流传。这些文学表现形式，到了文人士大夫的手中，无一
例外地走向了辉煌，成为文学的经典样式。但是，在经过了长期的发展、丰
富和精雕细琢之后，这些文学样式也往往因此积满了各种意义系统的尘垢而

---

　　① 阿来：《文学创作中的民间文化元素》，此文是阿来于 2006 年 1 月 25 日在上海作协举办的
"东方讲坛·城市文学讲坛系列讲座"上的演讲。转引自中国民族文学网（http://
www.iel.org.cn）。

不堪重负，最终都无一例外地走向僵化——在这样的情形下，艺术家们往往总是走向了民间，走向了田野。从简单走向复杂，又从复杂回归简单，是文学发展中一种规律性的过程。边缘的、非主流的民间话语传统及其思维方式与中心的、主流的书面文学传统及其主流意识形态之间构成一种平行的、互动的、相互消解而又相互建构的整体性的共生关系。

阿来的汉语创作是对汉语表达及其审美经验的丰富和发展。在《汉语：多元文化共建的公共语言》一文中，阿来认为：

> （汉语）在中华人民共和国版图内，在五十六个民族中的扩张（也包括汉语普通话在汉语方言区的扩张），在这种不断扩张中，不断有像我这样的过去操持别种语言的人加入，这种加入也带来了各不相同的少数民族文化对世界的感受，并在汉语中找到了合适的表达方式，而这些方式与感受在过去的汉语中是不存在的，所以，这种扩张带来了扩大汉语感性丰富程度的可能。
>
> ············
>
> 汉语在扩张过程中，吸收了很多像我这样的异族人，加入到汉语表达者的群体中来。这些少数民族的加入者，与汉族相比，永远是一个少数，但从绝对数字上讲，也是千万级以上的数字，放在全球来看，这是好多个国家的人口数。当这些人群加入到汉语表达者的行列中来的时候，汉语与汉民族就不再是一个等同的概念了。这些异族人，通过接受以汉语为主的教育，接受汉语，使用汉语，会与汉民族本族人作为汉语使用者与表达者有微妙的区别。汉族人使用汉语时，与其文化感受是完全同步的。而一个异族人，无论在语言技术层面上有多么成熟，但在文化感受上是有一些差异存在的。
>
> 语言是经过教育与现实交流后天习得，而不同族别的文化感受却要依靠千百年一代又一代人的传承与丰富。这样，在这些异族的汉语操持者，特别是一些像我这样一些几乎靠语言谋生与发展的人那里，就会出现所用语言与文化感受并不完全同步的状况……我如果能把这种感受很好地用汉语表达出来，然后，这东西在懂汉语的人群中传播，一部人因此接受我这种描绘，那么，我可以说，作为一个写作者已经成功地把一

种非汉语的感受成功地融入了汉语。这种异质文化的东西，日积月累，也就成为汉语的一种审美经验，被复制，被传播。这样，悄无声息之中，汉语的感受功能，汉语经验性的表达就得到了扩展……中国大面积能熟练把握自如操持汉语的人群出现的时候并不太久，这个群体虽然都有较强的民族自尊心，但真正具有自觉文化意识的人还不太多，但这样的人的确已经开始群体性地出现。在我比较熟悉的少数民族作家群体中，好多人在汉语能力越来越娴熟的同时，也越来越具有本民族文化自觉，就是这些人，将对汉语感受能力与审美经验的扩张，做出他们越来越多的贡献。相信有朝一日，为汉语这个强大语言做出建设性贡献的名单中，将越来越多出现非汉族人的名字。那时的汉语，将成为一种更具有公共性的语言。①

当下的中国汉语言文学传统是在漫长的历史进程中由多民族文化共同建构的。其实，汉语在很早以前就已经成为中国多民族文学创作的工具，汉语种文学已经成为一种多民族混合文学。

# 第三节　世界文学对阿来文学创作的影响

20世纪80年代后成长起来的中国作家，都不同程度地受到当代西方作家和作品的影响，如意识流、荒诞派、新小说、魔幻现实主义、乔伊斯、卡夫卡、福克纳、海明威、博尔赫斯、米兰·昆德拉……凡是20世纪西方杰出的作家作品以及有影响的文学流派，都在以不同的方式渗入中国小说界，影响了中国当代不同作家群体的创作。对世界文学传统和表达方式的学习与借鉴，也是这一时期文学创作的重要特点之一。"西方人历时性的旷日持久的文学实验，中国人共时性的相识了，并在强烈的'追赶'、'创新'、'走向世界'、'与世界扯平'这一串的强劲的欲望驱动下，忙不迭地进行着西方人的

---

① 阿来：《汉语：多元文化共建的公共语言》，《当代文坛》2006年第1期，第18—20页。

那些曾投入大量人力、智力与时间的实验。一切西方有过的东西，中国现在一样都不缺……另外，我们看到，中国对西方思潮也绝非是纯粹的模仿，而有着若干独到的方面。由苦难而积蓄起来的、特别的、唯我所有的经验与感觉，使得中国作家在面对西方从前的那些实验时，有了若干西方人当时所没有也不可能有的认识。"①

这一代中国作家是在世界文化背景下成长起来的。正如阿来所说："我们这一代人是在中国面对世界打开国门后不久走上文学道路的。所以，比起许多前辈的中国作家来，有更多的幸运。其中最大的一个幸运，就是从创作之初就与许多当代西方作家的成功作品在汉语中相逢。"

我庆幸自己是这一代作家中的一员。我们这一代作家差不多都可以开列出一个长长的西方当代作家作品的名单。对我而言，最初走上文学道路的时候，很多小说家与诗人都曾让我感到新鲜的启示，感到巨大的冲击。仅就诗人而言，我就阶段性地喜欢过阿莱桑德雷、阿波里奈尔、瓦雷里、叶芝、里尔克、埃利蒂斯、布罗茨基、桑德堡、聂鲁达等诗人。这一时期，当然也生吞活剥了几乎所有西方当代文学大师翻译为中文的作品。

大量的阅读最终会导致有意识的借鉴与模仿。

对我个人而言，应该说美国当代文学给了我更多的影响……

因为我成长生活其中的那个世界的地理特点与文化特点，使我对那些更完整的呈现出地域文化特性的作家给予更多的关注。在这个方面，福克纳与美国南方文学中波特、韦尔蒂和奥康纳这样一些作家，就给了我很多的启示。换句话说，我从他们那里，学会了很多描绘独特地理中人文特性的方法。

因为我是一个藏族人，是中国的少数民族，少数民族的文化的非主流特性自然而然让我关注世界上那些非主流文化的作家如何作出独特、真实的表达。在这一点上，美国文学中的犹太作家与黑人作家也给了我很多的经验。比如，辛格与莫瑞森这两位诺贝尔奖获得者如何讲述有关

---

① 曹文轩：《20世纪末中国文学现象研究》，北京大学出版社 2002 年版，第 7 页。

鬼魂的故事。比如,从菲利普·罗斯和艾里森那里看到他们如何表达文化与人格的失语症。我想,这个名单还可以一直开列下去,来说明文学如何用交互影响的方式,在不同文化,不同国度,不同个体身上发生作用。①

## 一、聂鲁达、惠特曼与阿来

对世界文学的阅读,使阿来进入了与藏文学、汉文学迥然不同的更为宽广的文学世界,这些来自异国他乡的文学景观、思想资源、表现手法对阿来文学创作的影响是不容忽视的。据阿来自己说,是聂鲁达、惠特曼打开了他"诗歌王国金色的大门",并给了他精神的引领和启示。聂鲁达"带着我,用诗歌的方式,漫游了由雄伟的安第斯山统辖的南美大地。被独裁的大地,反抗也因此无处不在的大地。被西班牙殖民者毁灭了的印第安文化'英魂不散',在革命者身上附体,在最伟大的诗人身上附体。那时,还有一首凄凉的歌叫《山鹰》,我常常听着这首歌,读诗人的《马克楚比克楚高峰》,领略一个伟大而敏感的灵魂如何与大地与历史交融为一个整体。这种交融,在诗歌艺术里,就是上帝显灵一样的伟大奇迹"。还有美国诗人惠特曼——"无所不能的惠特曼,无比宽广的惠特曼。"阿来说:"感谢这两位伟大的诗人,感谢音乐,不然的话,有我这样生活经历的人,是容易在即将开始的文学尝试中自怜自爱,哭天抹泪,怨天尤人的……有了这两位诗人的引领,我走向了宽广的大地,走向了绵延的群山,走向了无边的草原。那时我就下定决心,不管是在文学之中,还是在文学之外,我都将尽力使自己的生命与一个更雄伟的存在对接起来。也是因为这两位诗人,我的文学尝试从诗歌开始。而且,直到今天,这个不狭窄的较为阔大的开始至今使我引以为骄傲。"②

阿来十分喜爱聂鲁达的《马丘·比丘高处》③ 一诗。马丘·比丘

---

① 阿来:《阿坝阿来》,中国工人出版社 2004 年版,第 157—159 页。
② 阿来:《阿来文集·诗文卷》,人民文学出版社 2001 年版,第 154—155 页。
③ 这首诗又译作《马克楚比克楚高峰》或《马楚·比楚高峰》,是 1971 年获得诺贝尔文学奖的智利诗人聂鲁达的一部史诗性的诗集——《漫歌集》中最重要的一首长诗,全诗共 500 行,分 15 章,由 250 首诗组合而成。

（Machu—Bichu，英文名称是：Machu Picchu，又译作麻丘比丘）是前哥伦布时期印第安民族所建立的印加帝国的遗址，具体位于现今的秘鲁（Peru）境内库斯科（Cuzco）西北 110 千米处。整个遗址高耸在海拔约 2 350 米的山脊上，俯瞰着乌鲁班巴河谷，为热带丛林所包围，地理坐标为南纬 13°9′23″，西经 72°32′34″。公元 15 世纪，印加王朝的统治者在马丘·比丘山上修建了这座云中城堡，将其作为军事要塞和祭祀神灵的场所。但是，他们却没能抵挡住西班牙殖民者的入侵，在被打败后，这座城堡也神秘地"消失"了。1911 年，失落了几个世纪的马丘·比丘遗址被探险家发现。遗址南北长 700 米，东西宽 400 米，在萨坎台雪山的山腰上，由 216 座建筑物的废墟组成。2007 年，马丘·比丘印加遗址当选为"世界新七大奇迹"之一。

1943 年 10 月，聂鲁达途经秘鲁，参观了马丘·比丘高处的印加帝国遗址，他受到极大的震撼。据说，在此之前，聂鲁达一直想以史诗的形式，写一本智利的诗歌总集。而当他站在拉美各国的共同祖先——古代印第安人创造的文明的废墟上时，他产生了新的构思，想写一本美洲的诗歌总集——"它应该是一种像我们各国地理一样片片断断的组合，大地应该经常不变地在诗中出现。"1945 年 9 月，他先写出了长诗《马丘·比丘高处》。1948 年 2 月 5 日，智利政府下令逮捕聂鲁达。诗人被迫转入地下，同时开始《漫歌集》的写作。从此，诗人个人的命运和情感，与整个美洲大陆辉煌的历史和悲惨的命运紧紧地连在一起。"由于他那具有自然力般的诗，复苏了一个大陆的梦幻与命运。"①

《马丘·比丘高处》采用超现实主义的手法，表现古代印加帝国历史的辉煌和神秘的消亡，具有深厚的印第安文化底蕴。全诗自始至终，讴歌的是印加古石建筑的辉煌，抒发的是诗人对创造了印加文化的古代印第安人的敬仰和缅怀：

美洲的爱，同我一起攀登，/亲吻这些神秘的石头……从大地的深处看看我吧！/安第斯山眼泪的运水夫，/被压碎指头的宝石匠……

石块垒着石块；人啊，你在哪里？/空气接着空气；人啊，你在哪

---

① 瑞典文学院诺贝尔文学奖的颁奖词。

里？/时间连着时间；人啊，你在哪里？/难道你也是那没有结果的人的/破碎小块，是今天/街道上石级上那空虚的鹰/是灵魂走向墓穴时/踩烂了的死去的秋天落叶？/那可怜的手和脚，那可怜的生命……难道光明的日子在你身上/消散，仿佛雨/落到节日的旗帜上/把它阴暗的食粮一瓣一瓣地/投进空洞的嘴巴？

古老的亚美利加，沉没了的新娘/你的手指，也从林莽中伸出/指向神祇所在的虚无高空……你的指头，也是，也是/玫瑰所抽发……被埋葬的亚美利加，你也是，也是在最底下/在痛苦的脏腑，像鹰那样，仍然在饥饿？[①]

聂鲁达歌唱大地，热爱大自然，他将自己的灵魂与美洲"富饶的大地"、与天空与海洋融合在一起。他说："一切都给我带来欢乐/大地、空气/碧蓝的天/和你。"聂鲁达对自己的祖国——智利满怀依恋之情："尽管对每个人来说这个国家是如此偏远，在纬度上是如此寒冷，如此荒凉……其北部盛产硝石的大草原，幅员广阔的巴塔哥尼亚，如此多雪的安第斯山脉，如此绚丽多彩的海滨地区。智利，我的祖国。我是那些永存于世的智利人中的一员，是这样的一个人，无论在别的什么地方受到多么好的待遇，我都得回到自己的国家。"[②]

阿来的诗歌创作深受聂鲁达的启迪，当中国诗坛为"朦胧诗"争论不休的时候，阿来开始了对故乡——嘉绒大地不间断地漫游，在雄奇美丽的大自然中找到了情感与心灵的栖息地，将自己的文学创作与嘉绒大地这个"雄伟的存在"对接起来，故乡的山水草木和地域文化让其流连忘返。我们也可以将阿来的长诗《三十周岁时漫游若尔盖大草原》与聂鲁达的诗进行对读。

### 阿来的诗：

河流：南岸与北岸/群峰：东边与西边/兀鹰与天鹅的翅膀之间/野牛成群疾驰，尘土蔽天/群峰的大地，草原的大地/粗野而凌厉地铺展，飞旋。

---

① ［智］聂鲁达：《诗歌总集》，王央乐译，上海文艺出版社1984年版，第125页。
② 《诺贝尔文学奖获得者作品暨演讲文库·创作访谈卷》，中国物资出版社2004年版，第2868页。

…………

听哪，矿脉在地下走动／看哪，瀑布越来越宽。

我静止而又饱满／被墨曲与嘎曲／两条分属白天与黑夜的河／不断注入，像一个处子／满怀钻石般的星光／泪眼般的星光／我的双脚沾满露水／我的情思去到了天上，在／若尔盖草原，所有鲜花未有名字之前。①

泥土，流水／诞生于岁月腹部的希望之光／石头，通向星空的大地的梯级。

就是这样／跋涉于奇异花木的故土／醇香牛奶与麦酒的故土／纯净白雪与宝石的故土／舌头上失落言辞／眼睛诞生敬畏，诞生沉默。

草原啊，我看见／沐浴晨光的骏马／翠绿草丛中沉思默想的绵羊／长发上悬垂珠饰与露水的姑娘／众多的禽鸟在沙洲之上／一齐游弋于白云的故乡／天下众水的故乡。②

**聂鲁达的诗：**

在礼服和假发来到这里以前／只有大河，滔滔滚滚的大河／只有山岭，其突兀的起伏之中／飞鹰或积雪仿佛一动不动／只有湿气和密林，尚未有名字的／雷鸣，以及星空下的邦巴斯草原。

我在茂密纠结的灌木林莽中／攀登大地的梯级／向你，马克丘·毕克丘，走去／你是层层石块垒成的高城／……空气进来，以柠檬花的指头／降到所有沉睡的人身上／千年的空气，无数个月无数个周的空气／蓝的风，铁的山岭的空气／犹如一步步柔软的疾风／磨亮了岩石孤寂的四周。

在山坡地带，石块和树丛／绿色星星的粉末，明亮的森林／曼图在沸腾，仿佛一片活跃的湖／仿佛默不作声的新的地层／到我自己的生命中，到我的曙光中来吧／直至崇高的孤独。③

惠特曼的《草叶集》得名于诗集中的一句诗："哪里有土，哪里有水，哪

① 阿来：《阿来文集·诗文卷》，人民文学出版社2001年版，第106页。
② 阿来：《阿来文集·诗文卷》，人民文学出版社2001年版，第109—110页。
③ 〔智〕聂鲁达：《诗歌总集》，王央乐译，上海文艺出版社1984年版，第126页。

里就长着草。"《草叶集》是长满美国大地的芳草,生机蓬勃并散发着诱人的芳香,"洋溢着希望的绿色素质"。在《草叶集》中,惠特曼对大自然、对自我有着泛神主义的歌颂,诗中极力赞美大自然的壮丽、神奇和伟大,如"攀登高山,我自己小心地爬上/握持着抵桠的细瘦的小枝/行走过长满青草,树叶轻拂着的小径/那里鹌鹑在麦田与树林之间鸣叫/那里蝙蝠在七月的黄昏中飞翔/那里巨大的金甲虫在黑夜中降落/那里溪水从老树根涌出流到草地上去。"惠特曼的精神气质与哺育阿来成长的充满自然崇拜和神灵崇拜的嘉绒大地的文化气息是相通的。阿来在一首诗中写道:"我乃群山与自己的歌者……我不说话/我只通过深山的泉眼说话/最初的言辞是冰川舌尖最为清冽的一滴/阳光、鸟语、花粉、精子、乳汁/这一滴是所有这一切东西/我已石化,我/不再徒然呼唤一些空洞辉煌的名词。"①

正是在聂鲁达和惠特曼的诗歌的引领下,阿来"回到了双脚走过的家乡的梭磨河谷、大渡河谷,回到了粗犷幽深的岷山深处,回到了宽广辽远的若尔盖大草原"②。

### 二、《尘埃落定》与拉美魔幻现实主义文学

第五届茅盾文学奖评委严家炎教授认为,《尘埃落定》"有丰富的藏族文化意蕴。轻淡的一层魔幻色彩,增强了艺术表现开合的力度。语言颇多通感成分,充满灵动的诗意,显示了作者出色的艺术才华"。阿来的文学创作的确具有拉美魔幻现实主义文学的某些艺术特征——借助某些具有神奇色彩或魔幻色彩的事物、现象或者理念,运用民间传说、宗教典故、神话、杜撰、夸张等,将虚构的故事与"实际"的故事、梦幻与史实交织融合在一起,来反映历史和现实。在《尘埃落定》中,这种魔幻色彩主要呈现为一种以苯教的思想和各种仪规为基础的神巫文化背景和梦幻思维特征,如作品中俯拾即是的各种神谕、梦兆、占卜、巫术、咒语、灵魂外寄、亡灵叙事等。"魔幻现实主义"在本质上是一种"文化现实主义"。拉丁美洲魔幻现实主义文学流派的形成,离不开拉丁美洲自然的、历史的、社会的客观条件。不少拉丁美洲当

---

① 阿来:《阿来文集·诗文卷》,人民文学出版社 2001 年版,第 9—10 页。
② 阿来:《阿来文集·诗文卷》,人民文学出版社 2001 年版,第 155 页。

代著名作家认为，魔幻现实主义之所以在拉美地区繁荣昌盛，是因为"它适应和植根于我们生活的现实世界"①，是由现实的神奇魔幻性质所决定的，因为历史本身更富有奇异色彩。

拉美文学中对我国新时期作家影响最大的是哥伦比亚作家加西亚·马尔克斯的小说《百年孤独》，这部获得诺贝尔文学奖的小说，被评论界称为拉丁美洲魔幻现实主义的经典性代表作品。小说叙写了革命军总司令奥雷良诺·布恩地亚上校一家七代人的生活和这个家族的百年兴衰史，描绘了加勒比海沿岸小城镇马贡多从荒漠的沼泽地上兴起到最后被一阵飓风卷走，布恩地亚家族的最后一代被蚂蚁吃掉以至完全消亡的复杂动荡的历史过程。作者把触目惊心的现实和迷离恍惚的幻觉结合在一起，通过时空交错、时空并置、极端夸张和虚实交错的艺术笔触来网罗人事、编织情节，描绘和反映拉美错综复杂的历史、社会和政治现象。

马尔克斯认为，"小说是用密码写就的现实"。这个"密码"，我们也可以解读为民族或族群的记忆、作家的记忆或生命体验。在谈到写《百年孤独》的初衷时，他说，"我要为我童年时代所经受的全部体验寻找一个完美无缺的文学表达"。"我只想艺术地再现我童年时代的世界……我的童年是在一个境况悲惨的大家庭里度过的。我有一个妹妹，她整天啃吃泥巴；一个外祖母，酷爱占卜算命；还有许许多多彼此名字完全相同的亲戚，他们从来也搞不清楚什么是真正的幸福，为什么患了痴呆症会感到莫大的痛苦。"②《百年孤独》通过古代神话与印第安神话的结合，建立了一种庞大的神话隐喻体系，并以一种让人耳目一新的神秘语言贯穿始终。神话作为一种文化积淀，使一定范围的读者产生文化认同感，神话的神秘感本身又与现代意识的反理性成分以及开放性思维接通。这种源自于一个民族记忆深处的文化遗传因子总是与自然气脉相互贯通。在《百年孤独》中，我们能听到"蚂蚁在月光下的哄闹声""蛀虫啃食东西的巨响""野草生长时持续而清晰的尖叫声"以及"鬼魂的忙碌声"，能听到放在"墙壁深处的"骨殖"克洛克洛的响声"，能看到心如死

---

① ［秘鲁］路易斯·阿尔贝托·桑切斯：《拉丁美洲代表作家》，商务印书馆1998年版，第78页。
② ［哥伦比亚］加西亚·马尔克斯：《百年孤独》，黄锦炎等译，浙江文艺出版社1991年版，第338页。

灰的寡妇的"骨头里有磷光透过,透过闪烁的磷火的空气,看到她在凝滞的大气里移动"。

《百年孤独》是拉丁美洲百年历史的缩影,小说以马贡多镇象征整个拉美地区,以布恩地亚家族象征整个印第安土著,描绘了在殖民者入侵的历史背景下拉丁美洲从原始古朴向文明迈进时的迷惘、矛盾以及艰难的心路历程。作品用很大的篇幅描写了历史前进中各种新的灾难:内战频仍、党派纷争、西方经济的入侵等触目惊心的历史真实。奥雷良诺·布恩地亚上校一生发动过 32 次武装起义,32 次都失败了。他跟 17 个女人生的 17 个儿子一一遭到杀害。奥雷良诺·布恩地亚上校遭遇过 14 次暗杀、73 次埋伏和一次行刑队的枪决。作者还以富有象征意味的笔法描写了马贡多全体居民的集体失眠和健忘症。马尔克斯认为,"拉丁美洲的历史也是一切巨大然而徒劳的奋斗的总结,是一幕幕事先注定要被人遗忘的戏剧的总和。至今,我们中间,还有着健忘症。只要事过境迁,谁也不会记得香蕉工人横遭屠杀的惨案,谁也不会再想起奥雷良诺·布恩地亚上校"。渗透于整部作品中的是一种深刻的孤独感——个体的、族群的、文化的孤独感。这种孤独不仅弥漫在布恩地亚家族和马贡多镇,而且作为某种狭隘的思想和意识,弥漫着整个拉美大地。作者说,"布恩地亚整个家族都不懂得爱情,不通人道,这就是他们受挫的秘密。孤独的反义词是团结"。

阿来的文学创作有着与拉美魔幻现实主义文学类似的文化土壤和思维特质,作品所展示的也是具有悠久历史文化传承的民族在面临历史巨大变革时原始古朴与现代文明的冲突。这种文化冲突在作品中也表现为人物个性的差异和冲突,如麦其土司的大少爷丹真贡布与"傻子"二少爷,前者体现了感性和欲望的丰沛,后者则体现了一定的理性和对欲望的某种节制。《百年孤独》中的布恩地亚家族的人物也可以分成迥异的富有象征性的两类:一类是霍塞·阿卡迪奥、雷蓓卡、奥雷良诺第二等,他们耽于性欲、狂饮暴食、蔑视伦理、狂热昏聩、相信巫术神谕……凸显出原始的野性和蓬勃的欲望;另一类是奥雷良诺、阿玛兰塔、霍塞·阿卡迪奥第二等,体现出追求现代、渴望变革与进步的"智性"特征。

《尘埃落定》与《百年孤独》中,都流露出对原始古朴生活的留恋和向往,也传达出一种深刻的矛盾心理。相比之下,阿来对"令我神往的浪漫过去"的文化怀旧情绪更为浓烈。在《百年孤独》中，在西班牙殖民者入侵以前，马贡多的居民日出而作，日落而息，朴实勤劳，与世无争："那时的马贡多是一个有二十户人家的村落，用泥巴和芦苇草盖的房屋就排列在一条河边。清澈的河水急急地流过，河心那些光滑、洁白的巨石，宛若史前动物留下的巨大的蛋。这块天地如此之新，许多东西尚未命名，提起他们时还须用手指指点点。"① 在迁徙到马贡多后的"短短几年里，在马贡多的三百个居民当时所认识的许多村庄中，马贡多成了最有秩序、最勤劳的一个。那真是个幸福的村庄，这里没有一个人超过三十岁，也从未死过一个人"。但是，这个田园一样美丽的村庄，也有着种种的愚昧和落后的弊端，比如近亲结婚。马贡多的建造者霍塞·阿卡迪奥·布恩地亚和乌苏拉夫妇就是表亲关系，他们的上代就有因近亲结婚生下一个畸形儿——长着猪尾巴的孩子。羞耻感和恐惧感一直伴随着布恩地亚家族，但最终也未逃脱这种宿命式的结局。布恩地亚家族的第六代还是生下了一个长着猪尾巴的孩子——"全世界的蚂蚁群一起出动，正沿着花园的石子小路费力地把他拖到蚁穴中去。"布恩地亚家族就此覆灭。而这个结局也应验了一种神谕和宿命——"家族的第一个人被绑在一棵树上，最后一个人正在被蚂蚁吃掉。"

在阿来的小说中，由古老相传的文化习俗和文化心理承载着的魔幻色彩在社会的新旧交替过程中和文化比较视野中被不断地凸显出来。如在《空山》系列、《环山的雪光》《野人》《随风飘散》《旧年的血迹》《永远的嘎洛》等小说中，这种魔幻色彩或梦幻思维特征往往潜隐在意识的底层，并对新的时代和新的事物进行着类似神谕式的解释。这种解释往往渗透在民间禁忌习俗与政治话语及其意识形态的潜在冲突中：土司后人与红色藏人、藏传佛教文化与极"左"思潮、喇嘛被迫还俗、天葬与土葬、天火与心火、巫术与律法、巫医看病与封建迷信，等等。也正如马尔克斯所指出的，"西方评论家看上去魔幻的东西，实际上正是拉美现实的特征，每走一步，我们都会遇到其他文化的读者认为是神奇的事情，而对我们来讲却是每天的现实，我们还认为，这不仅是我们的现实，也是我们的观念和我们的文化！""魔幻现实主义"的本质特征是"文化现实主义"。马尔克斯描写马贡多镇的荒凉、移民和拓荒，

① ［哥伦比亚］加西亚·马尔克斯：《百年孤独》，黄锦炎等译，浙江文艺出版社1991年版，第1页。

描写香蕉热和独立革命、党派斗争、连年内战和外国势力的入侵、新工业的兴起、家族的兴衰和马贡多镇的繁荣与消失，在深厚的历史文化背景中展示了拉丁美洲现实和历史的真实情景。从这个意义上讲，阿来作品的魔幻色彩也是一种"文化现实主义"的体现——在阿来描写的那片土地上，人们已习惯那样的生活，也习惯于那样思考问题和看待事物。《尘埃落定》中的济嘎活佛、门巴喇嘛、翁波意西，《空山》中的多吉巫师等，他们的思维习惯和行为方式，在藏区有着深厚的文化土壤。

尽管中国藏地与拉美地区的文化结构和社会结构不尽相同，但两者的文化土壤的确存在着不少共性：无论是拉美的土著居民，还是中国藏地的藏民族，虽然由于历史的原因，在各方面发展较为缓慢，并保留了许多古老、原始的东西，如自然环境、观念形态、思维方式等，但现代文明并没有遗弃这些土地。古巴作家阿莱霍·卡彭铁尔曾言："在拉丁美洲，一切都显得不符合常规，崇山峻岭连绵无际，群峰叠嶂杳无人烟，瀑布千仞凌空而下，荒原广漠无边无际，密林深处虚实莫测，繁华城市建在飓风常常侵袭的内地。古代的和现代的，过去的和未来的交织在一起，现代化的科学技术和封建残余结合在一起，史前状态和乌托邦共生共存。在现代化的城市里，高耸入云的摩天大楼与印第安人原始集市为邻，一边是电气化，一边是巫师叫卖护身符。"[①] 同样，西藏作家张子文也曾这样叙述西藏："藏族人具有生活的两重性和精神的两重性。一方面是现实的物质文明生活：看电视，看体育比赛，买时髦商品；同时，又求神拜佛，转经磕头，在寺庙烧香。内心世界也是这样，既有现实的功利性的思想，但更多的仍是报应、轮回等宗教观念引向幻化中的神佛境界。"

地理环境与社会历史发展状况的某些相似，使阿来在创作上与马尔克斯有着某种契合点。1982 年，马尔克斯的《百年孤独》获诺贝尔文学奖。瑞典文学院这样评价：

> 拉丁美洲的文学之所以在当今的文化领域中赢得赞扬，在某些文学
> 体裁中显示了活力，是因为古老的印第安民间文化，包括口头创作，与

---

① 陈光孚：《魔幻现实主义》，花城出版社 1987 年版，第 197 页。

来自不同时代的西班牙巴洛克文化，来自现代欧洲的超现实主义及其他流派的影响，在那里混合成醇香而提神的美酒，而马尔克斯和别的拉丁美洲作家正是从这中间汲取了素材和灵感⋯⋯他的代表作《百年孤独》把我们带进了一个奇异的世界，将不可思议的神话和最纯粹的现实生活融为一体，反映了拉美大陆的生活和冲突。①

《百年孤独》在表现历史时，并未按照生活的本来面目来描写，并不拘泥于细节的真实，而是给历史蒙上一层魔幻的外衣，赋予生活以神性与梦幻性。与此同时，小说也有着西方现代派的痕迹，如打破时间和空间的顺序，大量采用象征主义手法，整部小说充满浓重的孤独意识和忧患意识，有一种无法摆脱的荒诞感和困惑情绪。马尔克斯的成功就在于他以拉丁美洲的现实生活为土壤，把西方现代主义的手法融合于本土的文学传统中，表现拉丁美洲的民族历史和现实生活。当拉美的孤独以文学的方式震动世界并引起中国作家的积极反映时，阿来作为一名藏族作家，更深地感受到了这样一种召唤，那就是：以民族文化为依托，兼容并蓄，借鉴拉美文学成功的经验，去创造自己的文学世界。

与拉美的魔幻现实主义文学一样，阿来更侧重于从地理、种族、文化等方面展开社会历史画面和个人命运片断，充满了异质文化交融的特征。阿来对拉美文学的借鉴，更多地体现在题材、文化主旨与人物类型方面，也体现在与自然万象的心照神交和对大自然的深情描摹上——在阿来的笔下，嘉绒大地雄奇的大自然与南美的安第斯山脉形成一种对接。阿来故乡的自然地理和人文环境与拉丁美洲有着相似性：在地理上都拥有高洁峻奇、美丽神秘的土地；在族群构成上都是土著民与外来移民融合后诞生的新的种族群体；在文化上都充满了固守传统与包容开放的冲突对立⋯⋯

### 三、《尘埃落定》与福克纳

曾获诺贝尔文学奖的美国作家福克纳对阿来的影响是显而易见的，特别是福克纳的小说《喧哗与骚动》对阿来创作《尘埃落定》应该说有着直接的

---

① 朱景冬：《马尔克斯：魔幻现实主义巨擘》，长春出版社1995年版，第331页。

影响。我们试从以下几个方面予以探讨。

首先是白痴视角的运用。"白痴视角"调动的是人的眼耳口鼻，而不是充满算计的思想，因为白痴的感觉比常人敏锐（在福克纳笔下，有时候用孩子和病人的视角进行叙事），而敏锐的感觉可以把读者从冰冷麻木的理性、结构、技巧、主题和"中产阶级趣味"里解放出来，紧拉着读者的手，渐入艺术佳境。白痴视角还有一个功能，就是对充满拜金主义和科技主义的现代人进行反讽——在金钱拜物教下跪拜不起，却忘了爱与同情的现代人跟白痴又有多大区别呢？在长篇小说《喧哗与骚动》里，福克纳的文本一开篇就用一个先天性白痴班吉的视角展开。班吉33岁了，但他的智力还不如三岁的孩子，他没有思维，没有理智，脑子里只有一片模糊的感觉和想象，他分不清现在与过去，当他的大脑活动时，过去经历过的事情和现在发生的事情一起在脑海里走马灯似地闪现，每当本能的痛苦袭上心头，他就闹着向家人要他姐姐的拖鞋。只有闻到那位败坏门庭的姐姐凯蒂的拖鞋的味道，他那白痴的忧伤才能得到安慰。评论家们一般都把书中叙述班吉的部分称为"一个白痴讲的故事"。

《尘埃落定》也是以一个傻子的视角来看纷纷扰扰的世界的。一幕幕聪明反被聪明误的精彩情节，都在"傻子"超然物外的目光审视下展开。读者也跟着有了"傻子视角"。麦其土司在一次醉酒后与汉族太太有了一个傻瓜儿子，"除了亲生母亲，几乎所有的人都喜欢我现在这样子"。如果"我"表现聪明，哥哥就会担心有人跟他争当未来的土司，父亲会因为在骨肉间难以取舍，而陷入苦恼……做个傻子的好处远不止这些，有时"我"也对一些事发表看法，如果说错了，就等于没说；说对了，大家就对"我"另眼看待。比如：麦其土司家因为种罂粟发了财，周围的其他土司也跟着种罂粟时，"我"却提出改种粮食，事实证明这样的反常思维恰恰是对的，最后麦其家变得更加富裕强大了。"我"偶尔出风头，表现一下聪明，就招来哥哥的嫉妒，骂"我"装傻，抽了"我"一个耳光，可是他带着仇恨竟然打不痛"我"，让"我"非常纳闷，于是"我"就到处找人打我，以证明我没有痛觉。找了一天，也没有人肯打我。这样，"我在证明了有时也很聪明时重新成了众人的笑柄"。因为有了傻子的思维和举止，所以《尘埃落定》里常常有近乎荒诞的情节出现，而作者也正是通过不可理喻、大智若愚、出乎意料的表现手法，让我们看到"在一种形态到另一种形态的过渡时期，社会总是显得卑俗；从一种文明过渡到另一种文明，人心委琐而浑浊"。

其次是以故乡为写作蓝本。福克纳从第三部小说《沙多里斯》开始，形成了自己独特的题材风格，即不断地写"家乡的那块邮票般大小的地方"。这个地方就是他所虚构的位于密西西比州北部的约克纳帕塔法县，这个县的中心是杰弗逊镇。福克纳后来的作品，除了少数几部之外，都以这个县和杰弗逊镇为背景。福克纳的"约克纳帕塔法世系"由十五部长篇和几十个短篇小说组成，书中的主线则是若干个家族的兴衰荣辱。福克纳对南方过去的光辉岁月表现出一种深沉的甚至非理性的热爱。他说："过去的日子，过去的时代的逝去对我是一个悲痛和悲剧性的事情。"① "我是《喧哗与骚动》里的昆丁。"② 他认为，南方"是美国唯一还具有真正的地方性的区域……在南方，最重要的是，那里仍然还有一种共同的对世界的态度，一种共同的生活观，一种共同的价值观"③，这就是他认为将会不朽的"勇敢、荣誉、骄傲、怜悯、爱正义、爱自由"的南方美德。阿来的文学创作也始终将目光聚焦在自己生长的土地上。在《尘埃落定》中，他借"傻子"之口表达了对故乡大地的热爱之情。阿来的小说虽然还没有形成一个世系，但从《尘埃落定》到《空山》系列、《大地的阶梯》《格萨尔王》、中短篇小说以及诗歌创作，阿来一直在不懈地由点及面、由历史到现实、由时间到空间地描摹着故乡的土地和人民。

再次，浓郁的地方色彩中透露出的是人类生存的本质。在《喧哗与骚动》中，福克纳虽然表达了对美国南方的热爱，但这种热爱并不影响他清醒地看到南方历史中的罪恶。在所有的作品和讲话中，福克纳都强烈地谴责存在于南方历史中的奴隶制和种族主义。福克纳"绝不仅仅是一个描绘地方色彩的乡土作家，他更关心的是祖先的罪恶给后代留下的历史负担问题，金钱文明对人性的摧残问题，现代西方社会中人的异化问题，现代西方人与人之间的疏远与难以沟通的问题，精神上的得救与净化问题。他的作品像手术刀似的狠狠刺向南方的痼疾——不是政治、经济上的而是精神、心理状态上的痼

① ［法］让-保罗·萨特：《福克纳小说中的时间：〈喧嚣与骚动〉》，俞石文译，李文俊编选《福克纳评论集》，中国社会科学出版社1980年版，第161页。

② 肖明翰：《威廉·福克纳研究》，外语教学与研究出版社1999年版，第111页。

③ 肖明翰：《威廉·福克纳研究》，外语教学与研究出版社1999年版，第236页。

疾"。福克纳对南方各种弊端的揭露甚至引起了南方传统卫道士们的强烈不满。《飘》的作者玛格丽特·米歇尔就曾攻击他，"为了北方佬的臭钱背叛南方，为北方提供它所需要的南方的腐败情况"，正是在这个意义上，有学者指出，"他的南方乡土小说也正是变革中的南方传统文化与现代世界思潮相撞击的产物"。而同时，福克纳几乎是仇恨地去审视入侵南方传统的北方工商主义文化。评论家悉德尼·芬克尔斯坦指出："他对于已经取代了旧日风尚的庸俗化的、机械化的、工业化的生活表示了他的反感。"好莱坞是现代工商业文化的生产基地，其生活方式是整个现代文化的缩影，而福克纳为自己不得不为生活所迫在此写剧本感到痛心。"对他来说，好莱坞是'进口汽车''游泳池'和腐蚀人的生活方式的象征。他为自己没有'为了一个游泳池而出卖灵魂'感到骄傲。"这样的双重批判看似矛盾却并行不悖，都源于福克纳的核心思想——人道主义。正如萧明翰所说："福克纳的人道主义是他对人民的热爱，对被蹂躏者的同情，对压迫者的愤慨，对人的尊严的赞美，对人类未来的关心和对建立人与人之间理想的关系的向往。"[①]在诺贝尔奖授奖典礼上，福克纳说："人是不朽的，并非在生物中唯独他留有绵延不绝的声音，而是人有灵魂，有能够怜悯、牺牲和耐劳的精神。"[②]

在《尘埃落定》中，阿来没有着意于写汉藏历史渊源，也没有试图阐释宗教教义，而是写了人生最基本的东西：一片地域，一种气候，一次情欲与谋杀，一场权力更迭与文化渗透。这是人类生存与人类社会发展中普遍的和共同性的东西。作者以对人性的深入开掘，揭示出各土司集团间、土司家族内部、土司与受他统治的人民以及土司与国民党军阀间错综的矛盾和争斗，并从对各类人物命运的关注中，呈现了土司制度走向衰亡的必然性，肯定了人的尊严。

四、阿来与奈保尔

作为跨语言、跨族际、跨文化创作者，阿来的汉语写作与诺贝尔文学奖获得者——印度裔英国作家维苏·奈保尔有许多相似之处。阿来认为，简单

---

① 肖明翰：《威廉·福克纳研究》，外语教学与研究出版社1999年版，第263页。
② 朱振武：《在心理美学的层面上——威廉·福克纳小说创作论》，学林出版社2004年版，第281页。

地看待少数民族作家"用本民族语言还是用汉语写作"是狭隘的。他说,"我没有疏远自己的民族语言,我反而觉得自己的写作对汉语也是一种丰富"。阿来非常欣赏奈保尔的作品,他说:"奈保尔来自印度,他用英语写作却能得诺贝尔文学奖,他对英语文学的影响和贡献有目共睹。""他是十年来获诺贝尔文学奖的作家中我唯一喜欢的,他的短篇集《米格尔街》写得好极了。"阿来喜欢奈保尔,应该是最自然不过,他们之间的确有很多相似之处。

评论界常将特立尼达印度裔作家维苏·奈保尔、印度裔作家萨尔曼·拉什迪和日裔作家石黑一雄称作"英国文坛移民三雄"。在这三个作家当中,奈保尔的文化身份是最复杂的。我们可以称他为"特立尼达的印度人""英国的特立尼达人""后殖民世界的知识分子"或"边缘人",等等。评论家提莫西·F.韦斯(Timothy F. Weiss)认为,奈保尔是"一个为英国大都会读者写作关于加勒比和西印度群岛的亚洲裔殖民地特立尼达人。像他的出生地特立尼达,一个英国前殖民地一样,奈保尔一部分属于英语世界,一部分不是。通过遗产和历史的结合它既包容又排斥他:他是个在边缘写作的作家"[①]。奈保尔的文化身份的确复杂而特殊,他虽然是印度高贵种姓婆罗门的后裔,但却远离了印度文化的大氛围;他虽然出生在特立尼达,但并不认同这个曾被西班牙和英国先后殖民过的岛国的贫瘠的历史文化,他接受的是英国式教育,并定居那里,却对英国文化有一种疏离感,在"中心"与"边缘"之间徘徊。斯图亚特·霍尔在《文化身份与族裔散居》一文中指出:"它(文化身份)不是想象玩弄的把戏……它有历史——而历史具有真实的、物质的和象征的结果。过去继续对我们说话。但过去已不再是简单的、实际的'过去',因为我们与它的关系,就好像孩子与母亲的关系一样,总是已经'破裂之后'的关系。它总是由记忆、幻想、叙事和神话构建的。文化身份就是认同的时刻,是认同与缝合的不稳定点,而这种认同和缝合是在历史和文化的话语之内进行的。不是本质而是定位。因此,总是有一种身份的政治学,位置的政治学。"[②]奈保尔文化身份的形成,与他成长的多元文化背景有关,是复杂的经

---

[①] Weiss, Timothy F. *On the Margins: the Art of Exile in V. S. Naipaul.* Amherst: University of Massschusetts Press, 1992, P. 3.

[②] [英]斯图亚特·霍尔:《文化身份与族裔散居》,陈永国译,罗刚、刘象愚主编《文化研究读本》,中国社会科学出版社 2000 年版,第 212 页。

历和过去决定了他独特的文化身份。

奈保尔时常被认为处于"文化无根"状态，而且被称为"无根的作家"或"无根人"。2001年12月7日，在瑞典首府斯德哥尔摩诺贝尔文学奖颁奖仪式上，奈保尔在答谢辞中回顾了他的人生经历和创作生涯，他有意使用《两个世界》的标题来表示他一生始终必须面对两个世界的无奈。他说，"我从小就有两个世界的感觉，一个是外部世界，是那个高高的波纹铁门之外的世界；另一个是家里的世界……我们朝内看；我们过着我们的日子；外面的世界存在于一种黑暗之中，我们什么也不打听"①。然而，这两个世界是不可分离的。他的故乡特立尼达和他游历过的第三世界构成了一个世界。他在英国求学并定居，这是另一个世界。两个世界的反差和后殖民时期的苦难，为他的创作提供了广阔的背景和题材。奈保尔创作的愿望"产生于文化失落带来的深刻忧虑和耻辱"，他将这种体验描述为在一个黑暗世界上的生活，被困在"已经成为我作品主题的两个黑暗世界的中间"②。

1978年，诺贝尔文学奖得主艾萨克·巴希维斯·辛格（Issac Bashevis Singer）认为，作家需要"根"来产生优秀小说。他说，"真实的人们是有根的。你不可能写一部有关就是一个人（a human being）的小说，你必须挑选一个特定的男人或女人，一个有地址的人"③。人总是一定文化空间的存在物。人不可能没有文化之根。对于奈保尔而言，他的文化之根是混杂的和盘根错节的。

在前面的章节中，笔者对阿来的多元文化背景和文化身份已做了较为详尽的论述。1999年，阿来在国际比较文学学会的一次会议上发表了题为《穿行于异质文化之间》的演讲，表达了与奈保尔《两个世界》相似的感受——从童年起就"在两种语言之间流浪"，在"异质文化之间"穿行。用汉语写作的

---

① Naipaul, V. S. "*Two Worlds*"（The Naipaul Lecture）, in *Literary Occasions: Essays. ed.* Pankaj Mishra. New York: Knopf, 2003, P. 187.

② Bhaba, Homi. *Naipaul's Vernacular Cosmopolitans.* Chronicle of Higher Education, 2001, P. 13.

③ Pollitt, Katha. *A Real Writer Hypnotizes You.* Interview with Issac Bashevis Singer, Span, August 1981, P. 44. 转引自 Kirpal, Viney. *The Third World Novel of Expatriation: a study of Emigre Fiction by Indian, West Africa, and Caribbean Writers.* New Delhi: Sterling Publishers, 1989, P. 166.

藏族作家阿来和用英语写作的印度人奈保尔,他们的文化身份与民族身份都具有明显的双重性。

阿来与奈保尔的出生地、居住地以及文学活动空间都处在多元文化混合杂糅的过渡地带,他们的文学创作都是一种多元文化比较视野中的创作。他们在各自的创作领域都获得了巨大成功。2001 年,奈保尔获得诺贝尔文学奖。事实上,在获诺贝尔文学奖之前,奈保尔早已声名显赫——他被称作"加勒比文学之父"。1961 年获索姆斯特·毛姆奖(Somerset Maugham Award);1968 年获得 W. H. 史密斯奖(W. H. Smith Literary A2ward);1993 年获戴维·柯恩奖(David Cohen Prize);多次获布克奖(The Booker Prize)提名。阿来于 2000 年获中国文学最高奖项——第五届"茅盾文学奖",他的《尘埃落定》备受关注。

阿来与奈保尔在文学创作中,都敏锐地意识到了空间问题,并以文学的方式对各自的空间记忆和地域文化进行了书写,他们同样采用了既边缘又中心、既在局内又在局外的写作立场。作为一个印度契约劳工的后代,奈保尔生活在特立尼达的西班牙港,接受的是完全英式的教育,身处三种文化——古老的印度文化、西印度的殖民文化和英国文化的交互作用之中,却无法归属于其中的任何一种。在《我不能拒绝承认特立尼达,它也不能拒绝承认我》《作家与印度》《以英国为母?》等文章中,奈保尔对自己与这些国家的关系做了一种定位:一种既亲密又疏远、既熟悉又陌生的关系。阿来出生、成长于汉藏文化接合部的嘉绒藏区和多民族混合杂居的"藏彝走廊"上,身处远离汉藏文化中心的边缘地带和过渡地带,既受到藏文化传承的深刻影响,又接受了汉语言文化教育,同时,又受到周围其他民族文化的浸染,这使阿来成了"一个肉体和精神的双重流浪儿"。这种复杂的文化背景和身份定位使阿来与奈保尔一样都拥有了一种特殊的视角:既是局内人又是局外人,既是当地人又是陌生人的双焦视角。

文化传统为艺术家提供了表现创造力的工具,并决定了所能采取的形式,如果离开了文化传统,艺术家就既不能思考,也不能表达自己。阿来说:"写作是逐渐从模仿到独立的一个漫长过程。就像我写诗时喜欢聂鲁达、里尔克、布罗茨基、曼捷施塔姆并受到他们的影响一样,其实我写小说最早受的是《鱼王》的作者阿斯塔菲耶夫的影响。当然在不久之后,我就改变了我的'精神之父’，但每一个作家的影响，换言之，对每个作家的喜欢都是阶段性的。我不认为海明威的长篇小说写得多么出色，我喜欢他《亚当·尼克斯故事集》以及《乞力马扎罗的雪》这样的短篇。再后来喜欢福克纳，他的《喧哗与骚动》固然有特点，但更震撼我的却是《弥留之际》。接下来，我便认可黑人女作家托尼·莫里森的《娇女》《所罗门之歌》。但是你要我说出我最喜欢谁我就无法说出来了。一方面是因为对作家的喜欢在不停地变化，另一方面是因为精神影响实在难以分清彼此。"①

# 结　　语

《尘埃落定》创作于经济、文化全球化和中国少数民族文化现代化的大背景之中。作为文化族际共享的代表，阿来的汉语创作一直处在多元文学文化传统平行互动和相互融通的边缘状态。在多元文化语境中，阿来没有困惑于自己的边缘文化身份，而是意识到了边缘的丰富性、自由性和流动性。于是，他立足边缘，面向中心，反观本土，放眼世界，日益显示出其异质与混血的包容性和开放姿态。阿来的文学创作，体现了藏文学文化、汉文学文化、世界文学与作家的本土生存体验及其生命意识的有机融合与多元统一，呈现出融汇众流的写作风格。

---

① 冉云飞：《从〈尘埃落定〉看阿来》，《西部人物》2001 年第 1 期，第 48—51 页。

# 参 考 文 献

[1] 阿来. 尘埃落定 [M]. 北京：人民文学出版社，2001.

[2] 阿来. 大地的阶梯 [M]. 北京：人民文学出版社，2001.

[3] 阿来. 旧年的血迹 [M]. 北京：作家出版社，2000.

[4] 阿来. 阿来文集（四卷本）[M]. 北京：人民文学出版社，2001.

[5] 阿来. 阿坝阿来 [M]. 北京：中国工人出版社，2004.

[6] 阿来. 就这样日益丰盈 [M]. 北京：解放军文艺出版社，2002.

[7] 阿来. 遥远的温泉 [M]. 太原：北岳文艺出版社，2004.

[8] 阿来，蒋永志. 阿坝藏传佛教史略 [M]. 成都：四川民族出版社，1990.

[9] 阿来. 空山 [M]. 北京：人民文学出版社，2005.

[10] 阿来. 月光下的银匠 [M]. 武汉：长江文艺出版社，1999.

[11] 阿来. 格萨尔王 [M]. 重庆：重庆出版社，2009.

[12] 阿坝藏族羌族自治州地方志编纂委员会. 阿坝州志 [M]. 北京：民族出版社，1994.

[13] 托马斯·艾略特. 艾略特文学论文集 [M]. 李赋宁，译. 天津：百花文艺出版社，1994.

[14] 艾特玛托夫. 对文学与艺术的思考 [M]. 陈学迅，译. 乌鲁木齐：新疆大学出版社，1987.

[15] 爱默生. 不朽的声音 [M]. 张世飞，译. 北京：当代世界出版社，2002.

[16] 本尼迪克特·安德森. 想象的共同体：民族主义的起源与散布 [M]. 吴叡人，译. 上海：上海人民出版社，2005.

[17] 玛雅·安吉洛. 我知道笼中鸟为何歌唱 [M]. 杨玉功，译. 北京：十月文艺出版，2003.

［18］巴卧·祖拉陈哇．贤者喜宴［M］．北京：民族出版社，1986.

［19］班班多杰．藏传佛教思想史纲［M］．上海：上海三联书店，1995.

［20］班班多杰．藏传佛教哲学境界［M］．西宁：青海人民出版社，1996.

［21］露丝·本尼迪克特．文化模式［M］．张燕，译．杭州：浙江人民出版社，1987.

［22］马歇尔·伯曼．一切坚固的东西都烟消云散了——现代性体验［M］．徐大建，张辑，译．北京：商务印书馆，2003.

［23］艾克·博埃默．殖民与后殖民文学［M］．盛宁，韩敏中，译．沈阳：辽宁教育出版社，1998.

［24］索尔·贝娄．拉维尔斯坦［M］．胡苏晓，译．南京：译林出版社，2004.

［25］巴赫金．陀思妥耶夫斯基诗学问题［M］．白春仁，顾亚铃，译．北京：生活·读书·新知三联书店，1988.

［26］巴赫金．诗学与访谈［M］．白春仁，顾亚铃，译．石家庄：河北教育出版社，1998.

［27］齐格蒙特·鲍曼．流动的现代性［M］．欧阳景根，译．上海：上海三联书店，2002.

［28］列维·布留尔．原始思维［M］．丁由，译．北京：商务印书馆，1985.

［29］罗兰·巴特．S/Z［M］．上海：上海人民出版社，2000.

［30］乔治·布莱．批评意识［M］．郭宏安，译．桂林：广西师范大学出版社，2002.

［31］包亚明．二十世纪西文美学经典文本（第四卷）：后现代景观［M］．上海：复旦大学出版社，1999.

［32］霍米·巴巴．文化的定位［M］．伦敦：路特利支出版社，1994.

［33］朱立元．二十世纪西方美学经典文本（第一卷）：世纪初的新声［M］．上海：复旦大学出版社，2000.

［34］孟华．比较文学形象学［M］．北京：北京大学出版社，2001.

［35］包亚明．后现代性与地理学的政治［M］．上海：上海教育出版社，2001.

［36］包亚明．现代性与空间的生产［M］．上海：上海教育出版社，2003.

［37］蔡巴·贡噶多吉．红史［M］．陈庆英，周润年，译．东嘎·洛桑赤列，校注．拉萨：西藏人民出版社，1988.

［38］陈庆英．中国藏族部落［M］．北京：中国藏学出版社，1991.

［39］陈庆英．藏族部落制度研究［M］．北京：中国藏学出版社，1995.

［40］陈庆英，丹珠昂奔．西藏史话［M］．厦门：鹭江出版社，2004.

［41］陈玮．青海藏族游牧部落社会研究［M］．西宁：青海民族出版社，1998.

［42］陈致远．多元文化的现代美国［M］．成都：四川人民出版社，2003.

［43］陈平原．小说史：理论与实践［M］．北京：北京大学出版社，1993.

［44］陈东林．诺贝尔文学奖批判［M］．长春：时代文艺出版社，2002.

［45］陈晓明．后现代的间隙［M］．昆明：云南人民出版社，2001.

［46］陈惇，刘象愚．比较文学概论［M］．北京：北京师范大学出版社，2000.

［47］才旺瑙乳，旺秀才丹．藏族当代诗人诗选（汉文卷）［M］．西宁：青海人民出版社，1997.

［48］畅广元，李西建．文学文化学［M］．沈阳：辽宁人民出版社，2000.

［49］蔡益怀．想象香港的方法［M］．北京：中国社会科学出版社，2005.

［50］曹文轩．20世纪末中国文学现象研究［M］．北京：北京大学出版社，2002.

［51］曹顺庆．中外文学跨文化比较［M］．北京：北京师范大学出版社，2002.

［52］成卫东．镜头前的西藏［M］．长沙：湖南文艺出版社，2001.

［53］程正民．巴赫金的文化诗学［M］．北京：北京师范大学出版社，2001.

［54］程锡麟，王晓路．当代美国小说理论［M］．北京：外语教学与研究出版社，2001.

［55］第五世达赖喇嘛．西藏王臣记［M］．刘立千，译．北京：民族出版社，2000.

［56］达仓宗巴·班觉桑布．汉藏史集［M］．陈庆英，译．拉萨：西藏人民出版社，1983.

［57］丹增伦珠．布达拉宫脚下的雪村：半个世纪的变迁［M］．北京：商务印书馆，2003.

［58］赵志忠．20世纪中国少数民族文学百家评传［M］．沈阳：辽宁民族出版社，2007.

［59］丹珠昂奔．藏族文化发展史（上、下册）［M］．兰州：甘肃教育出版社，2001.

［60］丹珠昂奔．佛教与藏族文学［M］．北京：中央民族学院出版社，1988.

［61］丹珠昂奔．藏族文化散论［M］．北京：中国友谊出版公司，1993.

［62］丹珍草．藏族当代作家汉语创作论［M］．北京：民族出版社，2008.

［63］丹纳．艺术哲学［M］．傅雷，译．北京：人民文学出版社，1983.

［64］德吉草．歌者无悔：当代藏族作家作品选评［M］．北京：民族出版社，2000.

［65］杜永彬．二十世纪西藏奇僧：人文主义先驱更敦群培大师评传［M］．北京：中国藏学出版社，2000.

［66］杜齐G.西藏考古［M］．向红茄，译．拉萨：西藏人民出版社，1987.

［67］邓敏文．中国多民族文学史论［M］．北京：社会科学文献出版社，1995.

[68] 戴维·洛奇. 小说的艺术 [M]. 王峻岩，译. 北京：作家出版社，1998.

[69] 大江健三郎. 广岛札记 [M]. 刘光宇，李正伦，译. 北京：光明日报出版社，1995.

[70] 董希文. 文学文本理论研究 [M]. 北京：社会科学文献出版社，2006.

[71] 多布杰，拉巴群培. 藏族古代文学史 [M]. 拉先，译. 拉萨：西藏人民出版社，2003.

[72] 冯梦龙，蔡元放. 东周列国志 [M]. 北京：人民文学出版社，1955.

[73] 费孝通. 中华民族多元一体格局 [M]. 北京：中央民族大学出版社，1999.

[74] 费孝通. 费孝通九十新语 [M]. 重庆：重庆出版社，2005.

[75] 詹·乔·弗雷泽. 金枝 [M]. 徐育新，译. 北京：中国民间文艺出版社，1987.

[76] 约瑟夫·弗兰克. 现代小说中的空间形式 [M]. 秦林芳，编译. 北京：北京大学出版社，2000.

[77] 乔纳森·弗里德曼. 文化认同与全球性过程 [M]. 郭建中，译. 北京：商务印书馆，2003.

[78] 米歇尔·福柯. 疯癫与文明 [M]. 刘北成，译. 北京：生活·读书·新知三联书店，1999.

[79] 米歇尔·福柯. 词与物：人文科学考古学 [M]. 莫伟民，译. 上海：上海三联书店，2001.

[80] 米歇尔·福柯. 知识考古学 [M]. 谢强，马月，译. 北京：生活·读书·新知三联书店，2003.

[81] 福克纳. 喧哗与骚动 [M]. 李文俊，译. 上海：上海译林出版社，2004.

[82] 福克纳. 福克纳文集 [M]. 李文俊，译. 上海：上海译文出版社，2004.

[83] 福克纳. 福克纳随笔 [M]. 李文俊，译. 上海：上海译文出版社，2008.

[84] 《世界文学》编辑部. 福克纳中短篇小说选 [M]. 陶洁，译. 北京：中国文联出版公司，1985.

[85] 冯寿农. 文本·语言·主题 [M]. 厦门：厦门大学出版社，2001.

[86] 冯智. 慈悲与纪念 [M]. 西宁：青海人民出版社，1998.

[87] 樊星. 当代文学与多维文化 [M]. 武汉：武汉大学出版社，2005.

[88] 格勒. 论藏族文化的起源形成与周围民族的关系 [M]. 广州：中山大学出版社，1988.

[89] 格勒. 藏学人类学论文集（上、下册）[M]. 北京：中国藏学出版社，2008.

[90] 格勒. 藏族的早期历史与文化 [M]. 北京：商务印书馆，2006.

［91］张隆溪．比较文学译文集［M］．北京：北京大学出版社，1983.

［92］赵嘉文，马戎．民族发展与社会变迁［M］．北京：民族出版社，2001.

［93］格尔兹．地方性知识［M］．王海龙，张家瑄，译．北京：中央编译出版社，2000.

［94］梅·戈尔斯坦．西藏现代史——喇嘛王国的覆灭［M］．北京：时事出版社，1994.

［95］勒内·格鲁塞．草原帝国［M］．黎荔，译．北京：国际文化出版公司，2003.

［96］关纪新，朝戈金．多重选择的世界：当代少数民族作家文学的理论描述［M］．北京：中央民族大学出版社，1995.

［97］关纪新．20世纪中华各民族文学关系研究［M］．北京：民族出版社，2006.

［98］顾准．顾准文集［M］．贵阳：贵州人民出版社，1994.

［99］高鉴国．新马克思主义城市理论［M］．北京：商务印书馆，2006.

［100］高宣扬．当代法国思想五十年［M］．北京：中国人民大学出版社，2005.

［101］耿予方．藏族当代文学［M］．北京：中国藏学出版社，1994.

［102］耿予方．西藏50年：文学卷［M］．北京：民族出版社，2001.

［103］斯图亚特·霍尔．表征：文化表象与意指实践［M］．徐亮，陆兴华，译．北京：商务印书馆，2003.

［104］罗纲，刘象愚．文化研究读本［M］．北京：中国社会科学出版社，2000.

［105］卡尔文·斯·霍尔．弗洛伊德心理学与西方文学［M］．包华富，译．长沙：湖南文艺出版社，1986.

［106］莫里斯·哈布瓦赫．论集体记忆［M］．毕然，郁金华，译．上海：上海人民出版社，2002.

［107］戴维·哈韦．后现代的状况：对文化变迁之缘起的探究［M］．阎嘉，译．北京：商务印书馆，2003.

［108］戴卫·赫尔曼．新叙事学［M］．马海良，译．北京：北京大学出版社，2002.

［109］威廉·洪堡特．论人类语言结构的差异及其对人类精神发展的影响［M］．北京：商务印书馆，1997.

［110］惠特曼．草叶集［M］．楚图南，译．北京：人民文学出版社，1978.

［111］塞缪尔·亨廷顿．我们是谁？［M］．程克雄，译．北京：新华出版社，2004.

［112］华康德．实践与反思［M］．李猛，李康，译．北京：中央编译出版社，1998.

［113］黄布凡．藏语藏缅语研究论集［M］．北京：中国藏学出版社，2007.

［114］黄奋生．藏族史略［M］．北京：民族出版社，1985.

[115] 黄鸣奋. 超文本诗学 [M]. 厦门：厦门大学出版社，2002.

[116] 黄子平. "灰阑"中的叙述 [M]. 上海：上海文艺出版社，2001.

[117] 韩素音. 凡花 [M]. 杨光慈，钱蒙，译. 北京：中国华侨出版公司，1991.

[118] 韩素音. 再生凤凰 [M]. 庄绎传，杨适华，译. 北京：中国华侨出版公司，1991.

[119] 安东尼·吉登斯. 现代性的后果 [M]. 田禾，译. 南京：译林出版社，2000.

[120] 伽达默尔. 真理与方法（上、下卷）[M]. 洪汉鼎，译. 上海：上海译文出版社，2004.

[121] 基辛. 当代文化人类学 [M]. 于嘉云，张恭启，译. 北京：巨流图书公司，1981.

[122] 阿尔贝·加缪. 加缪文集 [M]. 郭宏安，袁莉，周小珊，译. 南京：译林出版社，1999.

[123] 姜安. 藏传佛教 [M]. 海口：海南出版社，2003.

[124] 贾平凹. 贾平凹小说精选 [M]. 西安：陕西人民出版社，1992.

[125] 江宁康. 美国当代文化阐释 [M]. 沈阳：辽宁教育出版社，2005.

[126] 宋兴富. 藏族民间故事 [M]. 成都：巴蜀书社，2004.

[127] 宋兴富. 藏族民间谚语 [M]. 成都：巴蜀书社，2004.

[128] 宋兴富. 藏族民间歌谣 [M]. 成都：巴蜀书社，2004.

[129] 米兰·昆德拉. 小说的艺术 [M]. 董强，译. 上海：上海译文出版社，2004.

[130] 迈克·克朗. 文化地理学 [M]. 杨淑华，宋慧敏，译. 南京：南京大学出版社，2005.

[131] 丹尼·卡瓦拉罗. 文化理论关键词 [M]. 张卫东，译. 南京：江苏人民出版社，2006.

[132] 史蒂文·康纳. 后现代主义文化：当代理论导引 [M]. 严忠志，译. 北京：商务印书馆，2002.

[133] 恩斯特·卡西尔. 人论 [M]. 甘阳，译. 上海：上海译文出版社，2004.

[134] 康德. 纯粹理性批判 [M]. 蓝公武，译. 北京：生活·读书·新知三联书店，1957.

[135] 詹姆斯·克利福德，乔治·马库斯. 写文化：民族志的诗学与政治学 [M]. 高丙中，吴晓黎，李霞，等译. 北京：商务印书馆，2006.

[136] 乔纳森·卡勒. 文学理论 [M]. 李平，译. 沈阳：辽宁教育出版社，1998.

[137] 马克·柯里. 后现代叙事理论 [M]. 宁一中，译. 北京：北京大学出版社，2003.

[138] 弗兰茨·卡夫卡. 卡夫卡中短篇小说选 [M]. 叶廷芳，译. 北京：人民文学
出版社，2003.

[139] 罗伯特·比尔. 藏传佛教象征符号与器物图解 [M]. 向红笳，译. 北京：中
国藏学出版社，2007.

[140] 让·弗·利奥塔. 后现代主义 [M]. 赵一凡，译. 北京：社会科学文献出版
社，1999.

[141] 让·弗·利奥塔. 后现代状况：关于知识的报告 [M]. 岛子，译. 长沙：湖
南美术出版社，1996.

[142] 约瑟夫·拉彼得. 文化和认同 [M]. 金烨，译. 杭州：浙江人民出版社，2003.

[143] 林耀华. 金翼 [M]. 庄孔韶，林余成，译. 北京：生活·读书·新知三联书
店，1989.

[144] 林向荣. 嘉绒语研究 [M]. 成都：四川民族出版社，1993.

[145] 林精华. 想象俄罗斯 [M]. 北京：人民文学出版社，2003.

[146] 罗常培. 语言与文化 [M]. 北京：语文出版社，1989.

[147] 罗康隆. 文化人类学论纲 [M]. 昆明：云南大学出版社，2005.

[148] 罗钢，刘象愚. 后殖民主义文化理论 [M]. 北京：中国社会科学出版
社，1999.

[149] 罗钢. 后现代主义文学作品选 [M]. 北京：高等教育出版社，2002.

[150] 李泽厚. 中国古代思想史论 [M]. 北京：人民出版社，1986.

[151] 李文俊. 福克纳的神话 [M]. 上海：上海译文出版社，2008.

[152] 李泽厚. 历史本体论 [M]. 北京：生活·读书·新知三联书店，2002.

[153] 李安宅. 李安宅藏学文论选 [M]. 北京：中国藏学出版社，1992.

[154] 李鸿然. 中国当代少数民族文学史论 [M]. 昆明：云南教育出版社，2004.

[155] 李建盛. 理解事件与文本意义：文学解释学 [M]. 上海：上海译文出版
社，2002.

[156] 李劼. 作为历史哲学和文化命运的二十世纪风景 [M]. 西宁：青海人民出版
社，1999.

[157] 李涛. 嘉绒藏族研究资料丛编 [Z]. 成都：四川藏学研究所内部资料，1995.

[158] 刘禾. 跨语际实践 [M]. 北京：生活·读书·新知三联书店，2002.

[159] 刘魁立. 刘魁立民俗学论集 [M]. 上海：上海文艺出版社，1998.

[160] 刘小枫. 拯救与逍遥 [M]. 上海：上海三联书店，2001.

[161] 刘小枫. 诗化哲学 [M]. 济南：山东文艺出版社，1987.

[162] 刘保端．美国作家论文学 [M]．北京：生活·读书·新知三联书店，1984．

[163] 刘若愚．中国的文学理论 [M]．田守真，饶曙光，译．成都：四川人民出版社，1987．

[164] 郎樱，扎拉嘎．中国各民族文学关系研究：先秦至唐宋卷 [M]．贵阳：贵州人民出版社，2005．

[165] 联合国教科文组织．世界文化报告（2000）：文化的多样性、冲突与多元共存 [M]．关世杰，译．北京：北京大学出版社，2002．

[166] 黎宗华，李延恺．安多藏族史略 [M]．西宁：青海民族出版社，1992．

[167] 梁庭望，张公瑾．中国少数民族文学概论 [M]．北京：中央民族大学出版社，1998．

[168] 廖东凡，贾湘云．西藏民间故事选 [M]．拉萨：西藏人民出版社，1985．

[168] 马林诺夫斯基．文化论 [M]．费孝通，译．北京：中国民间文艺出版社，1987．

[170] 阿利斯科·麦克格拉思．科学与宗教引论 [M]．王毅，译．上海：上海人民出版社，2000．

[171] 厄尔·迈纳．比较诗学 [M]．王宇根，宋伟杰，译．北京：中央编译出版社，1998．

[172] 卡尔·马克思．1844 年经济学—哲学手稿 [M]．刘丕坤，译．北京：人民出版社，1979．

[173] 乔治·马尔库斯，米开尔·费彻尔．作为文化批评的人类学 [M]．王铭铭，蓝达居，译．北京：生活·读书·新知三联出版社，1998．

[174] 马克柯里．后现代叙事理论 [M]．宁一中，译．北京：北京大学出版社，2005．

[175] 拉·莫阿卡宁．荣格心理学与西藏佛教 [M]．江亦丽，罗照辉，译．北京：商务印书馆，1996．

[176] 加西亚·马尔克斯．百年孤独 [M]．黄锦炎，译．杭州：浙江文艺出版社，1991．

[177] 马尔库塞．爱欲与文明 [M]．黄勇，译．上海：上海译文出版社，1987．

[178] 苗东升，刘华杰．混沌学纵横论 [M]．北京：中国人民大学出版社，1994．

[179] 马戎．民族社会学——社会学的族群关系研究 [M]．北京：北京大学出版社，2004．

[180] 马戎，周星．21 世纪：文化自觉与跨文化对话 [M]．北京：北京大学出版社，2001．

[181] 马戎．西方民族社会学的理论与方法 [M]．天津：天津人民出版社，1997.

[182] 马学良．藏族文学史（上、下册）[M]．成都：四川民族出版社，1994.

[183] 马丽华．雪域文化与西藏文学 [M]．长沙：湖南教育出版社，1998.

[184] 马丽华．西藏文化旅人 [M]．北京：中国社会科学出版社，2002.

[185] 中国社会科学院民族研究所图书室与西藏社会科学院汉文文献编辑室．藏事
论文选：宗教集 [M]．拉萨：西藏人民出版社，1985.

[186] 莫福山．藏族文学 [M]．成都：巴蜀书社，2003.

[187] 牟世金．文学艺术民族特色试探 [M]．济南：齐鲁书社，1980.

[188] 南卡诺布．藏族远古史 [M]．成都：四川民族出版社，1990.

[189] 纳日碧力戈．现代背景下的族群建构 [M]．昆明：云南教育出版社，2000.

[190] 恰白·次旦平措．西藏通史（上、下册）[M]．陈庆英，格桑益西，译．拉
萨：西藏古籍出版社，1996.

[191] 雀丹．嘉绒藏族史志 [M]．北京：民族出版社，1995.

[192] 瞿霭堂，谭克让．中国语言地图集：藏语方言图 [M]．香港：香港朗文公
司，1987.

[193] 齐美尔．社会是如何可能的 [M]．林荣远，译．桂林：广西师范大学出版
社，2002.

[194] 钱穆．民族与文化 [M]．台北：东大图书股份有限公司，1989.

[195] 钱穆．中国文化史导论 [M]．北京：商务印书馆，1996.

[196] 钱念孙．文学横向发展论 [M]．上海：上海文艺出版社，1989.

[197] 饶芃子．比较诗学 [M]．西安：陕西师范大学出版社，2000.

[198] 饶芃子．中西比较文艺学 [M]．北京：中国社会科学出版社，1999.

[199] 冉光荣．中国藏传佛教寺院 [M]．北京：中国藏学出版社，1994.

[200] 索南坚赞．西藏王统记 [M]．刘立千，译．拉萨：西藏人民出版社，1985.

[201] 释迦仁钦德．雅隆尊者教法史 [M]．汤池安，译．拉萨：西藏人民出版
社，1989.

[202] 爱德华·W. 苏贾．后现代地理学 [M]．王文斌，译．北京：商务印书馆，2004.

[203] 爱德华·萨义德．文化与帝国主义 [M]．李琨，译．北京：生活·读书·新
知三联书店，2003.

[204] 爱德华·萨义德．东方学 [M]．王宇根，译．北京：生活·读书·新知三联
书店，2003.

[205] 爱德华·萨义德．格格不入：萨义德回忆录 [M]．彭淮栋，译．北京：生

活·读书·新知三联书店，2004.

[206] 爱德华·萨义德. 萨义德自选集 [M]. 谢少波，译. 北京：中国社会科学出版社，1999.

[207] 萨丕尔. 语言论 [M]. 陆卓元，译. 北京：商务印书馆，1985.

[208] 列维·斯特劳斯. 忧郁的热带 [M]. 王志明，译. 北京：生活·读书·新知三联书店，2005.

[209] 石泰安. 川甘青藏走廊古部落 [M]. 耿昇，译. 成都：四川民族出版社，1992.

[210] 石泰安. 西藏的文明 [M]. 耿昇，译. 北京：中国藏学出版社，2005.

[211] 拉曼·塞尔登. 文学批评理论：从柏拉图到现在 [M]. 刘象愚，译. 北京：北京大学出版社，2005.

[212] 蒂费纳·萨莫瓦约. 互文性研究 [M]. 邵炜，译. 天津：天津人民出版社，2003.

[213] 《藏族简史》编写组. 藏族简史 [M]. 拉萨：西藏人民出版社，1985.

[214] 塞林格. 麦田守望者 [M]. 施咸荣，译. 太原：北岳文艺出版社，2001.

[215] 尚新建. 重新发现直觉主义：柏格森哲学新探 [M]. 北京：北京大学出版社，2000.

[216] 沈从文. 沈从文短篇小说选集 [M]. 长沙：湖南人民出版社，1981.

[217] 司马云杰. 文化悖论 [M]. 2版. 济南：山东人民出版社，1992.

[218] 曾国庆. 清代藏史研究 [M]. 拉萨：西藏人民出版社，1999.

[219] 孙妮. 奈保尔小说研究 [M]. 合肥：安徽人民出版社，2007.

[220] 石海军. 后殖民：印英文学之间 [M]. 北京：北京大学出版社，2008.

[221] 石硕. 西藏文明东向发展史 [M]. 成都：四川人民出版社，1995.

[222] 申丹. 叙事学与小说文体研究 [M]. 北京：北京大学出版社，2001.

[223] 科林·M. 特恩布尔. 森林人 [M]. 冉凡，BLAKE C F，译. 北京：民族出版社，2008.

[224] 汤因比，池田大作. 展望二十一世纪——汤因比与池田大作对话录 [M]. 荀春生，译. 北京：国际文化出版公司，1986.

[225] 汤因比. 历史研究 [M]. 徐波，译. 上海人民出版社，2001.

[226] 爱德华·泰勒. 原始文化 [M]. 连树生，译. 上海：上海文艺出版社，1992.

[227] 托马斯·F. W. 东北藏古代民间文学 [M]. 李有义，王青山，译. 成都：四川民族出版社，1986.

[228] 佟锦华. 藏族文学研究 [M]. 北京：中国藏学出版社，2002.

［229］童恩正．文化人类学［M］．上海：上海人民出版社，1989．

［230］谭桂林．人与神的对话［M］．合肥：安徽教育出版社，2000．

［231］谭燧．外国文学史教程［M］．长沙：湖南师范大学出版社，1999．

［232］田中阳，赵树勤．中国当代文学史［M］．长沙：湖南师范大学出版社，1998．

［233］薇思瓦纳珊．权力、政治与文化：萨义德访谈录［M］．单德兴，译．北京：生活·读书·新知三联书店，2006．

［234］勒内·韦勒克，奥斯汀·沃伦．文学理论［M］．刘象愚，译．南京：江苏教育出版社，2006．

［235］王尧，陈践．敦煌本吐蕃历史文书［M］．增订本．北京：民族出版社，1992．

［236］王森．西藏佛教发展史略［M］．北京：中国社会科学出版社，1987．

［237］王忠．新唐书吐蕃传笺证［M］．北京：科学出版社，1958．

［238］王建民，赞拉，阿旺措成．安多话嘉戎话对比分析［M］．成都：四川民族出版社，1992．

［239］王国维，滕咸惠．人间词话新注［M］．修订本．济南：齐鲁书社，1987．

［240］王铭铭．中国人类学评论：第四辑［M］．北京：世界图书出版公司，2007．

［241］王铭铭．西方人类学思潮十讲［M］．桂林：广西师范大学出版社，2005．

［242］王岳力．后现代主义文化与美学［M］．北京：北京大学出版社，1992．

［243］王瑾．互文性［M］．桂林：广西师范大学出版社，2005．

［244］王富仁．现代作家新论［M］．太原：山西教育出版社，1998．

［245］王耀辉．文本解读［M］．武汉：华中师范大学出版社，1999．

［246］王晓路，石坚．当代西方文化读本［M］．成都：四川大学出版社，2004．

［247］汪民安．身体、空间与后现代［M］．南京：江苏人民出版社，2006．

［248］汪民安．文化研究关键词［M］．南京：江苏人民出版社，2007．

［249］伍蠡甫．西方文论选［M］．上海：上海译文出版社，1979．

［250］吴培显．诗、史、思的融合与失衡［M］．北京：中国文联出版社，2001．

［251］吴永章．中国土司制度渊源与发展史［M］．成都：四川民族出版社，1988．

［252］吴晓东．从卡夫卡到昆德拉［M］．北京：生活·读书·新知三联书店，2003．

［253］吴炫．中国当代文学批判［M］．北京：学林出版社，2001．

［254］卫景宜．西方语境的中国故事［M］．杭州：中国美术学院出版社，2002．

［255］唯色．西藏笔记［M］．广州：花城出版社，2003．

［256］中国人类学会．中国八个民族体质调查报告［M］．昆明：云南人民出版社，1982．

[257] 向柏霖. 嘉绒语研究 [M]. 北京：民族出版社，2008.

[258] 罗伯特·休斯. 文学结构主义 [M]. 刘豫，译. 北京：生活·读书·新知三联书店，1988.

[259] 项晓敏. 零度写作与人的自由：罗兰·巴特美学思想研究 [M]. 上海：复旦大学出版社，2003.

[260] 徐肖楠. 走向世界的客家文学 [M]. 广州：华南理工大学出版社，2001.

[261] 薛宗正. 吐蕃王国的兴衰 [M]. 北京：民族出版社，1997.

[262] 夏敏. 喜马拉雅山地歌谣与仪式 [M]. 哈尔滨：黑龙江人民出版社，2005.

[263] 乐黛云. 比较文学与比较文化十讲 [M]. 上海：复旦大学出版社，2004.

[264] 乐黛云. 跨文化之桥 [M]. 北京：北京大学出版社，2002.

[265] 乐黛云，张铁夫. 多元文化语境中的文学 [M]. 长沙：湖南文艺出版社，1994.

[266] 杨义. 重绘中国文学地图通释 [M]. 北京：当代中国出版社，2007.

[267] 杨义. 中国叙事学 [M]. 北京：人民出版社，1997.

[268] 杨义. 李杜诗学 [M]. 北京：北京出版社，2001.

[269] 杨义. 杨义文存 [M]. 北京：人民出版社，1998.

[270] 杨乃乔. 比较诗学与他者视域 [M]. 北京：学苑出版社，2002.

[271] 杨圣敏. 中国民族志 [M]. 北京：中央民族大学出版社，2003.

[272] 严家炎. 中国现代小说流派史 [M]. 北京：人民文学出版社，1989.

[273] 於可训. 当代文学建构与阐释 [M]. 武汉：武汉大学出版社，2005.

[274] 伊丹才让. 雪域集 [M]. 成都：四川民族出版社，1992.

[275] 阎嘉. 文学理论精粹读本 [M]. 北京：中国人民大学出版社，2006.

[276] 特里·伊格尔顿. 二十世纪西方文学理论 [M]. 伍晓明，译. 西安：陕西师范大学出版社，1986.

[277] 特里·伊格尔顿. 后现代主义幻象 [M]. 华明，译. 北京：商务印书馆，2000.

[278] 佛克马·蚁布思. 文学研究与文化参与 [M]. 俞国强，译. 北京：北京大学出版社，1996.

[279] 叶维廉. 寻求跨越中西文化的共同文学规律 [M]. 北京：北京大学出版社，1987.

[280] 多识·洛桑图丹琼排. 佛理精华缘起理赞 [M]. 成都：四川民族出版社，2000.

[281] 扎雅·罗丹喜饶活佛. 藏族文化中的佛教象征符号 [M]. 拉巴次旦，译. 北京：中国藏学出版社，2008.

[282] 智观巴·贡却乎丹巴绕吉. 安多政教史 [M]. 吴均，译. 兰州：甘肃民族出版社，1989.

[283] 扎拉嘎. 展开 4000 年前折叠的历史：共工传说与良渚文化平行关系研究 [M]. 北京：中央民族大学出版社，2009.

[284] 扎拉嘎. 互动哲学：后辩证法与西方后辩证法史略（上、下册）[M]. 北京：中国社会科学出版社，2007.

[285] 扎拉嘎. 比较文学：文学平行本质的比较研究：清代蒙汉文学关系论稿[M]. 呼和浩特：内蒙古教育出版社，2002.

[286] 扎西卓玛. 阿古敦巴的故事 [M]. 拉萨：西藏人民出版社，2000.

[287] 扎西达娃. 西藏新小说 [M]. 拉萨：西藏人民出版社，1989.

[288] 泽波，格勒. 横断山民族文化走廊 [M]. 北京：中国藏学出版社，2004.

[289] 詹姆逊. 晚期资本主义文化逻辑 [M]. 陈清桥，译. 北京：生活·读书·新知三联书店，2003.

[290] 詹姆逊. 后现代主义与文化理论 [M]. 唐小滨，译. 北京：北京大学出版社，1997.

[291] 曾小逸. 走向世界文学：中国现代作家与外国文学 [M]. 长沙：湖南文艺出版社，1986.

[292] 宗白华. 美学散步 [M]. 上海：上海人民出版社，1981.

[293] 庄孔韶. 人类学通论 [M]. 太原：山西教育出版社，2002.

[294] 周宪. 审美现代性批判 [M]. 北京：商务印书馆，2005.

[295] 周宪. 超越文学：文学的文化哲学思考 [M]. 上海：上海三联出版社，1997.

[296] 周炜. 西藏的语言与社会 [M]. 北京：中国藏学出版社，2003.

[297] 周炜. 西藏佛教及历史问题研究 [M]. 北京：中国藏学出版社，2007.

[298] 周政保. 精神的出场：现实主义与今日中国之小说 [M]. 太原：山西教育出版社，1999.

[299] 周锡银，望潮. 藏族原始宗教 [M]. 成都：四川人民出版社，1999.

[300] 周季文，谢后芳. 藏文佛经故事选译 [M]. 北京：中国藏学出版社，2008.

[301] 周振鹤，游汝杰. 方言与中国文化 [M]. 上海：上海人民出版社，2006.

[302] 周星，王铭铭. 社会文化人类学讲演集（上、下）[M]. 天津：天津人民出版社，1996.

[303] 周尚意，孔翔. 文化地理学 [M]. 北京：高等教育出版社，2004.

[304] 中国社会科学院民族研究所，国家民委文化宣传司. 中国少数民族语言使用情

况 [M]. 北京：中国藏学出版社，1994.

[305] 中国民间文艺研究会青海分会. 青海藏族民间故事 [M]. 西宁：青海人民出版社，1984.

[306] 朱立元. 当代西方文艺理论 [M]. 上海：华东师范大学出版社，2005.

[307] 朱光潜. 西方美学史 [M]. 北京：人民文学出版社，2003.

[308] 朱国华. 文学与权力：文学合法性的批判性考察 [M]. 上海：华东师范大学出版社，2006.

[309] 张公瑾，丁石庆. 混沌学与语言文化研究新视野 [M]. 北京：中央民族大学出版社，2008.

[310] 张云. 丝路文化：吐蕃卷 [M]. 杭州：浙江人民出版社，1995.

[311] 张济民. 青海藏区部落习惯法资料集 [C]. 西宁：青海人民出版社，1993.

[312] 张世英. 哲学导论 [M]. 北京：北京大学出版社，2004.

[313] 张进. 新历史主义与历史诗学 [M]. 北京：中国社会科学出版社，2004.

[314] 张法. 走向全球化时代的文艺理论 [M]. 合肥：安徽教育出版社，2005.